suhrkamp taschenbuch 5110

STEPHEN GREENALL

WINTER TRAFFIC

THRILLER

Aus dem Englischen von Conny Lösch
Herausgegeben von Thomas Wörtche

Suhrkamp

Die Originalausgabe erschien 2017 unter dem Titel
Winter Traffic bei Text Publishing, Melbourne, Australien.

Erste Auflage 2020
suhrkamp taschenbuch 5110
Deutsche Erstausgabe

Suhrkamp Taschenbuch Verlag

Umschlaggestaltung: zero-media.net, München
Umschlagabbildung: FinePic®, München
Satz: Satz-Offizin Hümmer GmbH, Waldbüttelbrunn
Druck: C. H. Beck, Nördlingen
Printed in Germany
ISBN 978-3-518-47110-4

WINTER TRAFFIC

Für Margaret & Jim

ALPHA

27

Als es vorbei war, lag Shark tot da, und Bison zuckte auf dem Teppich wie was Gestrandetes oder ein Epileptiker. Sutton stand aufrecht, atmete aber wie beim Sex, ließ das Adrenalin abflauen, was er vor langer Zeit beigebracht bekommen hatte. Bison starb, und Suttons Atmung normalisierte sich.

Whit ignorierte er. Er verließ das Wohnzimmer und durchstöberte das Haus, suchte, wo Kristy versteckt war. Sie war oben, in einem besonderen Gästen vorbehaltenen Raum/Sutton merkte sofort, dass sie viel zu fest geknebelt war.

26

Es ist der erste Tag vom Wochenende, und Susan wacht früh auf. Ärgerlich, typisch: Man kann nicht ausschlafen, auch wenn man kann. Sie denkt an ein Ereignis neulich, hievt sich in der kühlen morgendlichen Frische vor der Dämmerung aus dem Bett. Ihr ehrwürdiges Bedürfnis, stumm Alarm zu schlagen, eine Welt, die sich der Sonnenenergie zuwendet und ihre geliebten Sterne vertreibt.

Zu Monden spricht sie. Heute ist ein Tag wie andere, Sutton ist nicht im Raum anwesend.

Sie steigt in ein Kleid, ein Luxus in Weiß und ihre samstägliche Rüstung, die sie im Sebel Townhouse geklaut hat. Vielleicht hat Cyndi Lauper sie getragen oder der Schlagzeuger von Simply Red. In der Küche öffnet sie die Hintertür, lässt die Salzwasserbrise herein, klatscht zweimal in die Hände, um eine Umarmung anzuordnen. Der große Hund rast heran und stößt mit Frauchen zusammen/stößt sie rückwärts über die Schwelle.

»Vorsicht, du verdammter Wüstling.«

Bloke bellt alles Liebe und schießt in den Garten, jagt den eigenen Schwanz, bis sein ganzer Körper zu einem losgelösten wilden Wedeln wird. Dann plötzliches Erstarren und ein fragend geneigter Kopf, sie hat es versäumt, den Ball zu werfen und für Bewegung/Spaß zu sorgen.

»Ja-ja, lass mich erst mal wach werden.«

Wasserkocher und Toaster, Gottes Meereslandschaft; Susan setzt sich auf die Stufen, um sie zu betrachten. Unstete Gedanken an die Arbeit, *der Polarstern*, vertretbarer und anderer Stress. Ihr fällt ein, dass Bloke nicht von unter dem Haus gekommen war/ sondern von der Seite. Sutton muss wohl am Truck arbeiten.

Das tägliche, schrille Kreischen des verdampfenden Wassers: Die Frau hört es, wie eine Hochfrequenzschwester, ihre Hand abwesend, solange sie das Tier tätschelt/sie bemerkt, dass etwas anders ist. Ein Gefühl von Blut in der Welt und kein vorhersehbares – verspritzt auf seinem Fell, wie ein brutaler Irrtum.

Sutton steht auf der Ladefläche, bekleidet nur mit Jeans. Er spritzt noch mal Wasser auf das alte Mädchen und denkt, ein paar Minuten mehr werden reichen. Aber Bloke ist aufgesprungen und weggerannt, wahrscheinlich weil sie ihn gerufen hat. Jetzt hat Sutton keine paar Minuten mehr.

»Was machst du?«

Er erstarrt nicht, aber er hört auf. »Ich wasch sie.«

»Ach ja?« Susans Augen liegen tief über dem Porzellanhorizont, Sonnen, die sich im Pfefferminztee spiegeln. »Hab gedacht, das hättest du gestern schon.«

Sutton springt auf den Zement und geht zum Garagentor, zieht es in einer einzigen geschmeidigen Bewegung herunter und zu. Es stört ihn, dass er die Seife noch nicht ganz abgewaschen hat.

»War das Kristy?«

25

Das Mädchen ist Sonne, fühlt sich wie daraus gemacht. Sie liegt auf dem Balkon, dessentwegen eine zusätzliche Null an der Miete hängt, und sagt sich, es ist warm genug, um hier zu sein, es soll sich lohnen. Jede einzelne ihrer Zellen wird vom Schatten geblendet, aber die Jahreszeit ist gegen sie. Lauras Stimme dringt von der anderen Seite der Scheibe zu ihr herüber.

»Du wirst nie braun.«

Ich will nicht braun werden/ich will sie nur spüren. Kristy hat diese Worte gesagt, hat sie zweimal gesagt. Aber Laura ist anstrengend. »Ich sterbe«, prognostiziert die Mitbewohnerin kläglich krächzend. »Ich werde wirklich *sterben.*«

»Ich hab dich gewarnt.«

»Du musst raus, Kris. Du musst rausgehen und uns Pizza holen.«

»Kann nicht. Ich brate in der Sonne.«

»Red keinen Scheiß – da draußen ist es eiskalt. Oh Gott, du bist so eine ätzende Echse.«

Sie betrachtet die Aussicht durch ein Basiliskenauge, der Hiobsbotschaftsperspektive des abnehmenden Sonnenazimuth. Kris sieht selbst elend aus, weiß aber, damit umzugehen. Was sie nicht versteht, ist, weshalb sie Kohle hinblättert, um hier zu wohnen, und bleibt, auch wenn der Sommer sich für den Rest des Jahres verpisst. Bei Höchsttemperaturen von siebzehn Grad fühlt sie sich kaum in ihrem Element.

»Hörst du mich? Du Echse!«

Du irrst dich/ich bin eine Schlange. Ziehen Schlangen im Winter gen Süden?

Sie sollte nach Norden verschwinden – Austern öffnen in Broome oder als Geisha nach Japan. Kristy fixiert den auf den Wellen treibenden Surfer, der einen Scheiß auf die Temperaturen gibt.

Wünschte, ich könnte das.

Das Bedauern ist alt, bei Hugo's hatte einer Unterricht angeboten, war mit neuen Boards und Neoprenanzügen zum Strand gefahren. Aber die Wahrheit kam schnell ans Licht/er hatte sich für pfiffig gehalten: *War in meinem Leben noch keinen Tag surfen.* Er hatte es geschafft, sie zu täuschen – sah danach aus, arbeitete aber in der Immobilienbranche. So ist Sydney/was für ein Arsch, sie waren einen Monat lang zusammen.

»Damit eins klar ist«, sagt Kristy und erhebt sich von der lieblosen Steinplatte. »Ich sage nein, aber du sagst ja. Dann bettelst du, dass ich mitkomme, weil du so verkatert bist, und weil ich ein guter Mensch bin, habe ich Mitleid.«

»Uahh, urg.«

»Aber jetzt kneifst du, und ich soll alleine gehen.«

Laura packt Kummer in den Schlummer. »Schau mich an, Frau. Würdest du bezahlen, das hier nackt zu sehen?«

Sie duscht und macht sich fertig, beim Verlassen des Badezimmers ermahnt sie sich, drauf gefasst zu sein: Die Welt erstickt, der Sauerstoffhitze beraubt. So bestätigt es sich, blaues Methadon-Dämmerlicht, Laura liegt unbrauchbar herum/noch wach.

»Wie kommt's, dass du immer so viel schneller fertig wirst als ich.«

Weil du zwanzig Sachen machst, die ich nicht machen muss.

»Ich bin alt«, sagt Kris. »Ich kenne die Abkürzungen.«

Licht am Herd führt sie in die Küche, zum Tiefkühler. Teurer Tequila: Das ist die Abkürzung. Kristy haut auf einen Schalter, um die Dunkelheit anzuknipsen, und synkopiert ihre Schlucke, lauscht nach Audio/hört Stereo. Der Empfang ist gut, und die Makler-Idioten berechnen ein Vermögen für die Aussicht auf die Brandung, aber nichts für deren Sound.

»Du musst es machen, Kristiana. Du musst uns *Essen* besorgen.«

»Klappe.«

Autsch – Laura zuckt wie ein Frosch im Labor, ihre Stimme altert um ein Dutzend Jahre, will zu ihrem Körper aufschließen. »Bist du sauer?«

»*Ja.* Ich hab dir doch gesagt, dass ich nicht scharf drauf bin – und jetzt bin ich die einzige blöde Kuh, die geht.«

»Musst du ja nicht.«

»Du hast doch meinen Namen angegeben, Laura.«

»Na und?«

»Du hast meinen verdammten scheiß *Namen* angegeben. Die sind nicht wie normale Menschen – die kannst du nicht einfach so verarschen. Denen ist scheißegal, ob du zwei Sommer hintereinander Miss Beach Road gewesen bist.«

»Wie auch immer.« Vorher klang Laura wie zehn, jetzt klingt sie wie fünfzehn: gleichgültig, desinteressiert, passend zum Grunge. »Die blöde deutsche Kuh wird sich freuen.«

»Holländerin. Wieso freuen?«

»Kapier's endlich, Kris – die haben mich doch nur gefragt, weil sie dachten, dass sie dich dann kriegen.«

Der Fahrer ist jung, nicht von hier. Höflich sagt er: »Es hieß, es kommen zwei.«

»Was du nicht sagst.«

Er streckt einen Daumen hoch, alles gut, und lenkt durch den

Verkehr. Stellt keine Fragen, beantwortet aber ihre: Iraner, Qom, seit zwei Jahren hier. Mit fünfzehn ist er Taxi in Städten gefahren, die sie niemals sehen wird, sich schwer vorstellen kann. Jetzt ist er 23 und studiert Wetter.

Der Wagen durchfährt ein riesiges Tor, und Kristy erkennt interne Durchgangswege, ein Anwesen mit Kreiseln und Vorfahrtsschildern, es gilt, echte Verkehrsentscheidungen zu durchdenken und treffen.

»Das ist das größte Haus in Bellevue Hill«, sagt er ausdruckslos.

»Nee, oder?«

»Glaubst du nicht?«

Sie halten vor dem von Dienstboten und Lieferanten genutzten Eingang.

Das *Fräulein* dirigiert sie in ein Zimmer. Hier ansässig ein Mädchen mit rotbraunen Haaren, der unschuldige Milchmädchenlook, der für manche schreckliches Gift ist. Kristy zieht ein Mieder aus schwarzer Spitze an, zwei kleine Schleifchen in der Farbe der Lust, dort wo Strapse auf Strümpfe treffen.

Haarklammern im Mund und beide Hände voll zu tun; der Aufbau eines hohen und auffälligen Pferdeschwanzes. Die Finger des anderen Mädchens streichen zur Beurteilung über den Stoff.

»Der ist so schön. Welches Label?« Kristy antwortet durch Nadeln und aufeinandergebissene Zähne.

Tahni aus Cobar. »*Aubade.* Ist das Französisch?«

Ein blondes Nicken, dann ein knappes, lautes Klopfen an der Tür, das sie die Zukunft vorhersagen lässt: »Das wird *Das Fräulein* mit den Masken sein.«

Und so erweist es sich, Tahni nimmt sie mit feierlichem Gebaren entgegen, kichert als Das Fräulein geht. Billig und aus Plastik, drei Schnurrhaarstriche beidseits eines rosa Schnäuzchens. »Was meinst du, wie viele da sein werden? Mädchen.«

»Weiß nicht«, sagt die Veteranin. »Fünfzehn, zwanzig.«

»Und wir tragen alle dieselben?«

»Dreh dich um.« Kristy geht an ihre Tasche und kramt darin nach dem Glitzerstift. »Hat sie dir eine Nummer gegeben?«

»Acht.« Sie setzt den Stift in Tahnis Kreuz an, beschriftet den schmalen Streifen Haut zwischen Mieder und Höschen mit *Kitten 8*. »Wieso nennst du Anita so? *Das Fräulein.*«

»Weil sie so herzlich und verschmust ist.«

»Aber ich hab gehört, die sind hier die Besten, für die man arbeiten kann.«

»Mädchen, das sind sie auch – mit Abstand. Komm her, mach's bei mir. Ich bin immer die Fünf.«

Tahni folgt der Aufforderung, klingt ernst nach halb vollendeter Kalligrafie. Klingt entsetzt. »Du bist schön.«

»Danke.«

»Nein … ich mein's ernst. Du bist … eigentlich schon so was wie … widerlich.«

Kristy ignoriert ihre Tasche, als sie klingelt; Tahni kündigt ein Sparvorhaben für ein Nokia 1011 an. »Die laufen über das, was man 2G nennt. Man kann sich einen von vier verschiedenen Klingeltönen aussuchen.«

Kris nickt, fragt sich teilnahmslos, wessen Anruf sie verpasst hat. »Bitte deinen Freund, dass er dir eins besorgt.«

»Ha, ich schau mich noch um … eins der Mädchen, da wo ich sonst arbeite, sagt, man kann hier Männer kennenlernen. Richtige, meine ich – Geschäftsleute, die richtige Freundinnen suchen. Die arrangieren das hier.« Kristy sagt nichts, und Tahni fragt sich, »Hast du deinen so gefunden? Deinen Freund?«

»Vergiss es.« Ein Anflug von Bitterkeit in der Stimme, neu hinzugekommen. »Wenn dir ein Mann ein Handy schenkt, dann macht er das, weil er erwartet, dass du drangehst.«

Wieder muss Tahni lachen. »Hast du keinen Friend?«

»Klar hab ich einen«, sagt Kris, dreht zum letzten Mal ihr Haar. »Aber ich lass mir keinen Scheiß von ihm kaufen.«

»Deshalb machst du das? Wegen der Freiheit.«

Tahni geht in das angrenzende Badezimmer und schließt die Tür, Kristy horcht nicht auf Geräusche, hört sie aber trotzdem. Nach einer Minute löst die Tür ihre Versiegelung, und eine schüchterne Stimme fragt, ob sie auch etwas möchte. Die widerliche Blondine geht zur Zimmertür/schließt ab.

»Ich denke, Anita hat dir die Vorschriften eingebläut.«

Die Anfängerin zuckt mit den Schultern. »Bloß ein bisschen Koks.«

»Du kannst high ankommen – die Hälfte der Mädchen macht das – aber in den Räumen hier darfst du nichts nehmen.«

»Ist das dein Ernst?«

»Was trinken ist okay, aber die Typen, die herkommen – die zum Fräulein kommen – dürfen sich nicht mal im selben Postleitzahlenbezirk blicken lassen, in dem eine Stripperin auf dem Rasen liegt und wiederbelebt werden muss.«

»Verfluchtescheißemachtendlichauf!«

Es kommt vom Flur, mit der flachen Hand wird gegen die Tür gehämmert, die Kris gerade verriegelt hat. »Räum das weg«, sagt sie und durchquert den Raum, schließt auf und lässt zwei eingefleischte Wasserstoff-Fans herein. Stolzieren wie Emus, misstrauische Blicke aus Kasuarenaugen, glitzernde Ladys, die den Raum in der Hoffnung auf ebenso glitzernde Gegenstände absuchen.

»Sieh mal an, wen haben wir denn da«, sagt die Größere, wirft ihre gefälschte Ferragamo aufs Bett. »Little Miss Read-Your-Aura. Dachte, du wärst nach Nimbin gezogen, um Kristalle zu verkaufen?« Tahni kommt aus dem Bad und kriegt eine Ladung Senfgas ab, eine geballte Mischung aus Opium + Shalimar + Poison + Angel. Keines der Parfüme weicht auch nur einen Zentimeter zurück/ein scheiß auswegloses mexikanisches Duell.

»Das Ding da ist Belinda«, sagt Kristy, zeigt mit dem Daumen.

»Sie hat falsche Titten und ein verdammt schlechtes Gedächtnis.« Belinda durchbohrt sie mit Steakmesserblicken und hätte fast was gesagt. Tut es nicht: Auf die Sprünge geholfen ist ihr Gedächtnis eigentlich ganz gut. Tahni streckt dem zweiten Mädchen eine Hand hin, und Kristy sagt, die Mühe kann sie sich sparen. »Belindas Schoßhund/Vorsicht bissig.« Der Schoßhund zeigt Kris den Finger, und es vergehen zwanzig angespannte Minuten, bis Das Fräulein hereinschneit und alle zum Vorgespräch versammelt.

Im Wagen bei dem Iraner hatte Kristy sich gewundert: »Wieso Wetter?« Er verstand sie nicht ganz, bat sie, es zu wiederholen. »Wieso studiert einer das *Wetter*? Was ist daran so Besonderes?«

»Das Wetter ist wunderbar«, sagte er schlicht, tatsächlich mit Verwunderung in der Stimme; das aus Gold gesponnene Mädchen lächelte los. Die Unterhaltung ließ nicht auf unterschwelliges Flirten schließen, zu keinem Zeitpunkt.

»Meteorologie«, sagte sie. »Wirbelt um uns herum, Tag für Tag. Welches sind Ihre Lieblingskarten, mein Freund? Die synoptischen?«

»Ich mag Satellitenbilder. Von oben, so weit weg, jede Stadt hat eine andere ...«

»Persönlichkeit?«

»Genau, das ist das Wort. London ist ein Tumor.«

»Sie haben recht.«

»Waren Sie schon mal da?«

»Tausendmal. Erzählen Sie mir von den anderen.«

»Moskau ist ein Netz«, sagte er. »Los Angeles sieht aus wie ein Pistolenschuss. Wissen Sie – wenn das Blut spritzt.«

»Wie sieht Honkers aus?«

»Hongkong ist eine Perle.«

»Paris?«

»Auch eine Perle.«

»Ach kommen Sie, mein Freund – kein Doppelgemoppel! Erzählen Sie mir von Kopenhagen.«

»Dänemark habe ich nicht gesehen. Aber Reykjavík ist wie eine eiternde Stichwunde, nur ein kleiner Schnitt seitlich ins Fleisch.«

»Okay. Dann Sydney.«

»Sydney ist eine ...«

»Sagen Sie's.«

»Eine Schmierspur.«

Schweigen, der Wagen fuhr durch ein protziges Tor: »Das größte Haus in Bellevue Hill.«

»Ach, kommen Sie.«

»Glauben Sie mir nicht?«

Die Tragweite lastete schwer. Nicht sichtbar: die Größe übertragen auf interne synoptische Karten, ein Überdruck in ihrer Schläfe, den kein Meteorologe je verzeichnen könnte. Die übersinnliche Gabe, Kristys beinahe willkommener Fremder. Vielleicht wieder am Aufflackern.

»Doch«, sagte das Mädchen mit einer Stimme fern der Sonne. »Ich glaube.«

24

Das Telefon im Flur klingelt, als es das eigentlich nicht tun dürfte. Um drei Uhr morgens ist es ein erschreckendes Objekt, schreit lautstark die Aussicht auf widrige Informationen heraus. Gute Nachrichten haben Manieren und warten auf die Sonne.

Sutton steht senkrecht/eilt dringlich durch die Dunkelheit. Susan dreht sich um, wacht gar nicht richtig auf. Beim dritten ohrenzerfetzenden Läuten ist er an Ort und Stelle, die Finger fest an der Gurgel des Hörers.

»Nein.«

Er sagt es zweimal und legt auf. Aber dann steht er eine Weile einfach nur da, man könnte ihn für eine Statue halten.

In der Waschküche zieht er die Klamotten von gestern an. Sie stinken nach Arbeit, nach ihm. Im Stehen steigt er in Stiefel, und sein Schatten eifert einem Spiegel nach, einem Diener, der sagt, sein Herr ist gebaut wie ein Storch.

Er weiß, dass Bloke unter ihm ist, aufmerksam auf eine bestimmte Musik lauscht: Wenn weiche Füße zu Zement werden, heißt das, der Mann geht raus. Eine Geheimlücke zwischen erdigem Boden und Haus, ein Durchzwängen für einen vollendeten Vagabunden. Er läuft mit seinem Menschen um die Wette, den Truck in Besitz zu nehmen/er hat nie Silber geschmeckt.

Bis hier und jetzt: Der Mensch testet seine Höchstgeschwindigkeit, und sogar Bloke, der wie ein Leopard durch die Dunkelheit schießt, kommt zu spät zu der Verabredung. Der Hund wittert die Gefahr – die Fähre legt ab – und springt auf eine Ladefläche, die bereits heftig schaukelt, ein drastischer Eintrittswinkel in die Atmosphäre des Unheils. Sutton zündet den Motor beim zweiten Mal Bitten, und das verwundete Kreischen der Räder ist ein Vorgeschmack auf das Bevorstehende.

Der Mann auf der Toilette wurde Brett getauft. Vielleicht wäre der Name akzeptabel gewesen, wäre er als Mädchen zur Welt gekommen; das wäre schrullig gewesen, unverwechselbar. Mit sechzehn hat er schlechte Haut und große Träume, sieht sich in seiner Familie nach einem Künstlernamen um. Er schnappklaut sich den Erstversuch seiner Großmutter, eignet sich das *Whittaker* an und schnitzt es zurecht.

Jetzt ist er schon im dritten Jahr vierzig, Whit Hammond, den die ARIA in ihre Hall of Fame aufzunehmen für geeignet erachtete. Zweimal: als Bassist zweier derart gewürdigter Bands, Alben, die man kennt, und Songs, die man liebt.

Wobei er nicht wirklich hall-of-famous aussieht, er hockt auf dem Scheißhaus in seiner Bellevue-Hill-Hütte. Coiffeur-Strähnchen für den rotgefärbten Pfau, Hände, die ausverkaufte Stadien beben ließen. Sie greifen nach einem an der Wand befestigten Telefon, das pink ist wie ein Sorbet, und zittern bei dem Versuch, sich an eine spektakuläre Nummer zu erinnern.

Sutton ignoriert die roten Augen, die den Highway-Verkehr regeln, Streitwagen jenseits der Fußgängerampeln gehorsam und blind. Die Fahrt kommt ihm trotz all seiner Beschleunigungen wie Zeitlupe vor – Augenblicke komprimiert wie Stunden unter Langzeitbelichtung.

Bloke schnappt als Hungry Hippo nach der reißenden Strömung auf der Ladefläche. Es herrscht Ebbe bei den Straßenlaternen am Straßenrand, als diese sich spielverderberisch zusammentun und warnen, einen beeindruckenden U-Turn erforderlich machen/*falscher* und *Weg* und *fahr* und *zurück*. Der Hund kann das Lotus-Lüftchen fressen, den Gangwechsel am Fahrer schmecken. Es ist das Gerücht seiner selbst, dem Susan nie begegnet ist.

»Sutto? Hier ist Whit.«

»Nein.«

»Ich hab Ärger, Mann. Hör mal, tut mir leid, dass ich dich verarscht hab, aber ich brauch deine scheiß Hilfe.«

»Nein.«

»Die haben Kristy. Okay? Die haben Kristy, und die tun ihr weh.«

Die Leitung ist tot, und Whit weint.

Er nutzt die Steigung, um den Truck abzubremsen, Bloke wird aufgefordert abzusteigen, als der Fahrer beiseitetritt. Einig in Gedanken und keine Pfeife nötig, nicht einmal ein Blick – lass ihn los, den Kriegshund.

»Bleib.«

Bloke hasst BLEIB – BLEIB ist der Tod –, aber sein Bauch presst sich auf den Asphalt. Er versteckt sich unter dem Fahrzeug wie in einem Fach für eine Geheimwaffe, dessen Scheibe im Notfall niemand zu zerschlagen erträgt.

In seinen besten Jahren war Whit Mädchenschwarm. Dann kam das Koks wie eine Trophäenfrau, schniefte sein Fett vollständig weg. Das ist ein Spitzenlook, wenn man sein Leben mit dem Tragen von Unterwäsche verdient/wenn man zwanzig ist und ein Mädchen. Der Stargitarrist kreischt, als die Tür explodiert und Bison Pell auftaucht.

Bisons Weste ist aus Leder, ohne Ärmel, dafür ist er heftig tätowiert. Er geht weniger, als dass er *watet* – die Muskelmassen beeinträchtigen seinen Gang. Er schlendert über die Fliesen und bietet Whit ein Leitungswasser an, eine Art Begrüßung/was für den Anfang.

Rock 'n' Roll Damnation: Bevor er weiß, wie ihm geschieht, liegt Whit vor seinem eigenen Kamin auf dem Bauch, heult durch einen Knebel, dass alles ein Irrtum sei/ein schreckliches Missverständnis.

Sutton ist der flussartig davonfließende Läufer, verschwindet über Pfade, die er seit Jahren nicht betreten hat. Er ist nicht mehr so fit wie damals, als er fortging. Es waren nur acht Monate, aber trotzdem haben sie ihn seiner Schnittigkeit beraubt. Er weiß, er kann nicht mehr das Messer sein, das er mal war.

Ein Sprint in die ausweglose Sackgasse, das Hammond-Haus ist hier daheim. Nicht das größte Anwesen in Bellevue, aber ein Triumph des Art-déco, beliebt bei den Matriarchen im Umkreis. Drei Bikes stehen Wache, außerdem ein Mann.

Nur ein Grünschnabel, zwei anständige Ohren hören Schritte. Sie sagen eine Gewitterwolke voraus, die nicht erfasst werden kann/sein Mund formuliert eine Kampfansage, die das Licht des Tages nicht erblicken wird.

Der Palast bebt vor European Trance, lässt ihn aus einer zentralen Kammer wummern. Null Text, nur die Ekstase eines einzigen Synthesizers, gebaut und gespielt in einer anderen Hemisphäre. Der Soundtrack hat eine Aufgabe/den Unfrieden zu übertönen.

Sutton geht durch die Garage rein, keine Ahnung, ob sie ihn auf dem Monitor beobachten. Insgeheim bezweifelt er es. Die Bikes auf der Straße haben ihm gesagt, mit wem er's zu tun bekommt, Shark plus Bison, hochrangige Mitglieder einer sehr eisernen Crew. Zusammen sind sie zwei mächtige Körper, aber vom Hirn her kaum legendär.

Umweg, Arbeitszimmer, das verdunkelte Heim eines Anrufbeantworters, dessen Lämpchen rot leuchtet. Ein Überfliegen des Schreibtischs und Abwägen der Möglichkeiten; Sutton weiß, dass es einen Safe gibt, widersteht aber der Versuchung. Eine inzwischen geänderte Kombination/die Waffe nicht mehr da.

»Wo zum Teufel kommst du her?«

Shark sieht Sutton als Erster im Durchgang, eine lebendige Verbindung zwischen dem tiefer liegenden Wohn- und dem tiefer liegenden Esszimmer. Das Bedrohliche in seiner Stimme ist bei Bradman Durchschnitt, knapp hundert/nicht ganz.

Bison wendet sich angewidert von seiner Aufgabe ab, Whits

Gesicht immer dichter an die Flammen zu halten. Er lässt den kaputten Rocker fallen wie einen Sack Blut und Knochen.

»Verpiss dich, Sutton.«

Shark ist kahl, riesig, mit Schweißperlen geschmückt. Er kommt ein Stück näher/nicht ganz heran. »Arschgesicht, bist du taub, oder was?«

Sutton hebt die Hand wie ein Hollywood-Indianer. Das Wohnzimmer ist ein großer Raum, aber überladen, viel zu voll mit protzigem Krempel. Am Chesterfield-Sofa lehnt eine Abgesägte.

»Hör mal«, sagt Bison. Er reibt sich die Wange, ein Triptychon aus eingekratzter Kriegsbemalung, das Suttons Frage beantwortet. Whit hat nicht ganz die Nägel dafür.

»Was?«

»Wir wissen, dass der Boss dich mag. Dir vielleicht sogar was schuldig ist. Aber bei Fuck-Whit hier ist das was anderes.«

»Genau«, sagt Shark. »Also lass es verdammt noch mal einfach bleiben.«

Der Schreiner scheint auf etwas zu lauschen, ein Signal oder eine Veränderung im nächtlichen Wind. Bison schiebt sich an die Flinte heran und äußert einen klugen Rat: *Lasst uns keine Dummheiten machen.*

»Das Haus hier hat Tricks«, sagt Sutton zum Fußboden. »So sind die Reichen. Suchen ständig Möglichkeiten, Geld auszugeben.«

»Rawson unten?«

»Nur ich.«

»Ach ja? Wo zum Teufel ist dann Nigger?«

»Nigger ist tot.«

»Bullshit.«

Bison stürzt sich auf die Flinte. Bewegt sich gut für einen großen Mann. Shark greift an. Er auch.

Sutton zieht einen Briefbeschwerer und einen Brieföffner hervor. Er sagt *Licht aus*, und das kluge Haus gehorcht.

23

Sein Fortschritt ist ausschweifend, eine bärenhafte Mischung aus Trägheit und Bedrohung. Der Bourbondunst ist heftig, aber hier und da sickert Verständnis durch: der Garten japanisch und makellos, ein kulturelles Gegengewicht zur hochgothischen Atmosphäre der Burg, die er wie einen Wassergraben umgibt. Der Bär erreicht eine dezente Tür, staunt über deren Farmhaus-Qualität, sechs Glasscheiben, durch die ein wohlgestaltenes Hausmädchen in Schwarz zu sehen ist. Kleiner Empfangsbereich/ein Job an der Garderobe. Er ermahnt sich, gerader zu stehen, eine akkuratere Daseinsweise aufzurufen.

Der Bär probiert die Klinke, stellt fest, dass abgeschlossen ist. Das Mädchen hört es und macht Augen, gibt ihm Zeichen *einen kleinen Augenblick*. Zu ihrer Rechten ein Mann im Smoking und ein paar Fahrstuhltüren. Ein halber Mann – er trägt den Kopf eines Cocker Spaniels. Der Fahrstuhl trifft ein und nimmt den überzeugenden Hybriden auf, ein lautes Klicken ertönt, als er geht. Der Bär wird eingeladen, duckt sich beim Eintritt, schrammt sich trotzdem den Schädel.

Das Mädchen zeigt zufriedene Gleichmut. Eine neugierige Musterung entwickelt sich in ihrem Blick, und er versucht sein Antwortgrinsen auf einen anständigen Rahmen zu beschränken. »Wie geht's, meine Schöne? Was kostet's denn?«

Die Musterung intensiviert sich; er hätte einen weniger zerknitterten Anzug anziehen sollen. Und weniger khaki, einen von den Lippen der chemischen Reinigung geküssten. Sie sagt: »Wir verlangen nur das Passwort.«

»*Chukka*. Ich kann's buchstabieren, wenn du willst – es in einem Satz verwenden.«

Ihre zusammengezogenen Brauen verraten, dass Scheitern selten ist. »Falsch.«

Der Bär schaut herunter, ein Walkie-Talkie an ihrer Hand; eine knappe Silbe, und der muskelbepackte Aufpasser kommt angerannt. Er kramt in seiner Tasche und versucht, nicht dreimal so groß neben ihr auszusehen. »Warte – ich glaube, ich hab's aufgeschrieben.« Es landet schwer auf dem Tresen und lässt sie starren, eine starke Verbindung aus Leder und Metall.

»Ich telefoniere mal …«

»Was nimmst du?«

»Wie bitte?«

Der Bär ist ein hörbarer Denker: »Du darfst die Klamotten anbehalten, also wahrscheinlich nicht der absolute Wahnsinn. Und trotzdem, was für eine Chance – zeig denen, dass du einen klaren Kopf bewahrst, und bevor du dich's versiehst, bist du Nanny in Aspen, fährst Ski mit Hamish und Harriet.«

»Ich bin sicher, wir können das klären …«

»Ich auch, meine Liebe; ich auch. Aber wenn du zum Hörer greifst, wird's kompliziert. Namen werden fallen – deiner und meiner, die von denen da oben.

Und das ist haarig, weil Namen hier nicht unbedingt die Währung sind. Nicht heute Abend.« Sie lässt das Abzeichen nicht aus den Augen, und seine Stimme gibt in ihrer Lautstärke nach. »Ich bin nicht hier, um Theater zu machen. Hab nur von einem anständigen kleinen Kartenspiel gehört. Okay, also hab ich mich im Tag geirrt …«

»Ich könnte Ärger kriegen. Diese Typen …«

»Erzähl keinen Scheiß. Ja … schon kapiert. Aber so was nennt man Gefahrenzulage, Süße. Was glaubst du, wovon ich lebe?«

»Und wie erklär ich das, wenn die mich fragen? Du bist nicht gerade unauffällig.«

»Sprich mir nach, *Der Kerl kannte das Passwort.*«

»Was? *Tunichtgut?*«

Ihre zerbissene Lippe/sein Braunbär-Lächeln. »Wurde schon schlimmer beschimpft. Der Mann gerade eben; hatte der eine Maske auf? Weil, wenn nicht – meine Herren – dann hat er im Leben ein krasses Päckchen zu tragen.« Sie wendet sich von seinem Gequatsche ab und öffnet einen übergroßen Schrank, wobei eine Menagerie aus erstklassigem Gummi zum Vorschein kommt; jedes Hundegesicht einzigartig. Ein leiser Pfiff bringt sein Erstaunen zum Ausdruck. »Darf man sich was wünschen? Ein guter Bekannter von mir ist Malamute. Oder Husky. Oder sonst so ein Scheiß. Also, wenn es möglich wäre …«

Sie wählt entschieden etwas aus und zielt damit auf seine kaum zu verfehlende Brust. Der Bär fängt, erblickt ein dem eigenen zu ähnliches Gesicht. »Schön. Und wen haben wir da?«

»Tibetmastiff. Hab ich noch nie ausgegeben.«

»Ah – ihr stimmt die Rasse auf den Kunden ab.«

»Ist das Beste an dem Job.«

Er setzt sie auf, sein wolliger Riesenschädel umschlossen von Latex und Klaustrophobie. »Wie sehe ich aus?«

»Ungefähr noch genauso.«

Er steckt eine rasch austrocknende Zunge durch den Maulschlitz, hechelt wie das Original. Das Keuchen und Schnaufen komischer Hängebacken bringt sie nicht zum Lächeln. »Wie verdorben geht's da oben eigentlich zu?«, fragt er. »Auf einer Skala von 1 bis *9½ Wochen*?«

»Kann ich nicht sagen.« Die Antwort ist knapp, kälter als der Skiunterricht in Aspen; das Mädchen geht um den Tresen herum und drückt auf den Fahrstuhlknopf. »Weiter als hier bin ich nie gekommen.«

Kristy geht durch den hohen Flur zurück in ihr Zimmer, vorgewarnt von Sophie B. Hawkins, dass sie dort nicht alleine sein wird. Sie hat gerade vier Schritte in den Raum hinein gemacht, als Tahni aus dem Badezimmer schwankt, das unehrliche Mädchen schmettert ein schiefes *Scheibenkleister,* als sie erwischt wird. Kristy sagt: »Du sollst es schniefen, dich nicht damit abpudern. Ich dachte, wir hätten über Diskretion gesprochen?«

»Tut mir leid, ich hab nur …«

»Leg mir auch eine.«

Tahni macht einen Luftsprung, als würde sie Toyotas verkaufen, eilt zurück in ihren Tresorraum. Kristy fragt vom Bett aus, ob sie Geld verdient hat. »Um die achthundert«, ertönt die berauschte Antwort. »Mit einer Stunde Lapdance.« Kris greift in ihre Tasche nach dem Flachmann mit dem Notfall-Rum.

Niemand weiß von ihrer Halbblut-Herkunft/sie ist fünfzig Prozent Queensland. Kein Lebender. »Kris! Hast du gehört, was ich gesagt habe?«

»Ja – achthundert. Das ist toll.«

Sie geht in das angeschlossene Badezimmer und verdreht die Augen, legt sich eine ordentliche Dosis, während Tahni kichert. »Bin wohl nichts gewohnt?«

»Achte gar nicht auf mich, bin froh, dass du's nicht übertreibst. Aber keine Drinks mehr, okay? Die Nacht ist noch jung.« Die Blondine killt die Line, und es geht ihr besser, bringt sie an den Rand des Todes, wenn auch nur knapp. Monate her, seit sie was hatte/Chris verbietet es. Kristy leckt die Kreditkartenkante ab und fingerbürstet ihr Zahnfleisch, beides mit einer freudlosen Gründlichkeit, die ihrer Lieferantin nicht verborgen bleibt.

»Läuft der Abend okay für dich?«

»Äh. Ist kompliziert.«

»Was hast du zusammen?«

Doppelt so viel wie du – »Es liegt nicht am Geld. Gerade ist ein Typ gekommen, einer, den ich kenne.«

»Ex?« Kristy antwortet nicht, und Tahni runzelt ihre Zweifel: »Bist du sicher, dass er's ist? Wenn er eine Maske trägt …«

»Glaub mir, Mädchen, den erkenn ich in der Hölle wieder.«

»Oh … War er denn, äh, gemein zu dir?«

Der Song blendet aus, weshalb Kristy ihr Handyklingeln hört. Wahrscheinlich Er, er spürt, dass sie nicht zu Hause ist/Puder im Blut hat. Guter Stoff eigentlich, alles in allem. Sie greift einen Augenblick zu spät nach ihrer Tasche und staunt über die Nachricht, acht verpasste Anrufe von *Whit Zuhause.*

»Kannst es mir sagen, Kris. Wenn er gemein war.«

Tahnis Stimme ist befrachtet mit einem Berg von Gefühlen, und Kristy weiß in diesem Augenblick, dass sie nicht das Durchhaltevermögen hat, dass sie den neuen Morgen nicht mit siebentausend in ihren Cobar-Stilettos begrüßen wird. Tränen nach Mitternacht, von Anita in einen Wagen gesetzt, ungefähr fünfundzwanzig Sekunden nachdem die erste die Tanzfläche berührt. Kristy sagt, »wie öffne ich SMS-Nachrichten?«

Miss 8 taucht auf, entzückt von Kristys Telefon. »Ach du Scheiße, das ist ja ein MicroTAC Elite.«

»Achtung, mein Trommelfell.«

Tahni schnappt es sich, tippt darauf herum. *»Du musst dringend kommen.* Ist das von deinem Freund?«

Kristy drückt Tahni einen Hunderter in die Hand und geht wieder ins Bad. Eine Krise bei Whit/hat ihr gerade noch gefehlt, verdammt. Wenigstens ist der Arsch nicht weit, fünfundneunzig Sekunden im Taxi. Tahni will ihr das Geld wiedergeben, aber Kristys Blick ist starr, kaufmännisch. »Das Metier ist fünfzehn Mal härter, als dir im Moment klar ist, also hör auf mich, wenn ich dir sage, du wirst immer bezahlt. Für alles, Tahni. Keine Ausnahmen.«

Das dritthübscheste Mädchen in Coonamble Shire nickt wie eine eifrige Schülerin. Dann verfällt sie in Traurigkeit: »Du hast nicht geantwortet. Der Typ oben – war er gemein zu dir? Ist das ein Dreckschwein, von dem ich mich fernhalten sollte?«

»Nein, irgendwie schon, absolut.«

»Bloß komisch, wie du hochgekommen bist, nachdem du bei ihm warst. Vorher war alles in Ordnung, du wolltest kein …«

»Hast du mir zugehört?«

»Total.«

»Gut. Ist nämlich kein Spaß, mit dreißig aufzuwachen im Körper einer Fünfzigjährigen und bei Porkys zu schuften, um die scheiß Miete zu bezahlen. Ist immer dasselbe alte Lied.«

»Er hat dir das Herz gebrochen. Oder? Ich seh's dir an.«

Kristy geht aus kosmetischen Gründen ins Bad, legt aber noch ein paar Lines, als sie's wieder klingeln hört. Tahni jodelt *Whit Zuhause*, und nach reiflicher Überlegung ist der Stoff scheiß schwach, was für Anfänger. Jede Halbschwester von einem nervigen Rocker kann dir sagen, wie sich das eigentlich anfühlen müsste, nach einer ausgewogen hochtourigen Schwerelosigkeit, in der dir der Everest langsam und verkehrt herum in die Handfläche kriecht. *In Wahrheit war er wunderbar* zu *mir, aber fürchterlich* für *mich, und es hat mir das Herz in tausend Stücke gerissen, dass ich ihm seins gebrochen habe.* Fast hätte Kristy es laut gesagt, aber das sind sehr feine Unterscheidungen in einer Schwarz-Weiß-Phase wie Aus-Cobar-hergezogen-und-neu-in-der-Stadt. Sie lässt die Angelegenheit in dunklere Gedankengefilde abgleiten, die rundliche Unschuld von Provinzmädchen, die sich innerhalb einer Saison verhärtet, das Weiche an ihnen wird im Licht der Hafenlaternen unzweideutig. Zehn verpasste Anrufe/sie sollte das verfluchte Ding im Klo versenken, immer rufen Männer an, nur nie der richtige. Wieso hat Chris es gekauft, wenn er's nicht benutzen wollte? Kristy drückt Tahni einen weiteren Hunderter in die Hand, erwartet Protest und bekommt ihn auch.

»Grr. Was haben wir heute Abend gelernt?«

»Lass dich immer bezahlen«, sagt Tahni strahlend. »Das elfte Gebot.«

»Das elfte?« Kristy hackt und schnieft. »Was für ein scheiß Witz/es ist das Erste mit großem E.«

22

Die Straße des Helden ist nach einem Dorf benannt, einem ganz kleinen auf der anderen Seite der Welt. Es gibt welche, die wollen sein Haus ermorden, auf seinem Grab Apartments züchten.

Natürlich wollen sie das: Ihm ist der Geruch nach sauberem Wasser eigen, ein direkter Strandblick. Wenn der beste Rugby-

Spieler des Landes zu ihm in den Garten käme, drei Mal hintereinander den Ball kicken würde, er würde hier an diesem Werbefilmstrand angespült werden.

»Was machst du?«

Sutton hält die Spritzpistole wie ein Gewehrschütze seine Waffe. Er dreht sich um zur Musik ihrer Stimme.

»Ich wasche sie.«

»Echt? Dachte, das hast du gestern schon.«

Susan denkt, er kommt zu ihr, gibt ihr ein Guten-Morgen-Küsschen. Stattdessen geht er zum Garagentor, eine harte, aber geschmeidige Bewegung, die sie lichtlos einschließt.

»An dem Hund ist Blut, verdammt.«

»Okay.«

Sein Hemd hängt über der Werkzeugkiste, Sutton zieht es an, knöpft es aber nicht zu. Er sieht seine Susan an, dunkles Haar und sehr hübsch auf dem weißen Kleid/der Kontrast tut fast weh.

»War das Kristy?«

Sutton schaut ausführlich und lange.

Der Held wacht lebensrettend vor seiner berühmten Veranda, beobachtet den Strand, lässt sich aber nie zum Schwimmen herab. Es ist ein Ort für Touristen in primitivem Mosaik, Seelen mit einem Bedürfnis nach Bilderbucherinnerungen. Es sind Ausländer, denen Ozeane neu sind, mit gleichförmig dunklem Haar, die im seichten Wasser beinahe ertrinken, sogar zwischen den Fähnchen. Es sind Muskeljungs und falsche Blondinen und blassbrüstige Jugendliche, Mädchen von da drüben, die rot anlaufen und irisch mosern. Es sind Proll und Pummelbraut und lachende Mums und Dads, ein Heuschreckenschwarm Kiwis und eine ganze Grafschaft Briten.

Er hat nichts verloren im zwanglosen Sand: Der Held muss einwachsen wie ein Fußnagel/die herrlichen Münder des Hafens stopfen. Sein Wasser ist schwarz vor Erinnerung, und die Erinnerung ist Sydney, innere Strände bildeten sich um sein einziges zentrales Auge. Starren auf die Membran und behaupten, du kannst sie nicht sehen, der Held und sein Helfer, der ihn in einem Truck chauffiert.

Der ganze Tag ist Nachspiel, durchsetzt von Nachspielnachgeschmack. Worte reifen auf eine bestimmte Weise, werden aber auf eine andere laut ausgesprochen; Spaziergänge zu zweit, andere unternimmt sie alleine. Sogar Bloke zieht nach dem Mittagessen los, still streicht er um ein paar Straßenecken, entkommt dem Haus.

Zweimal setzt es ihr zu, aber vor allem ist sie müde, und das ist der Satz, der ihr zum Refrain wird, die langen Stunden zeichnen Susan blass und dünn. Ihre Schönheit ist still, aber wenn sie Arabella auf einen Notfallkaffee trifft – oder zu Rocket's Video geht und einen nicht zurückgespulten Film zurückbringt – ist das Licht aus ihrem Gesicht gewichen/ist es das Gesicht einer anderen. Ihre Ästhetik war immer schon klassisch – nicht modern und blond und geairbrushed wie eine gewisse andere Person –, aber heute sieht sie edwardianisch aus, viktorianisch, auf jeden Fall First Fleet. Freudlose Gouvernantenaugen und ein Hauch von Typhus auf den Wangen, das Haar streng zum Knoten hochgesteckt, fünf Säuglinge haben nicht überlebt.

Sutton sagt nur die Wahrheit. Macht nie mehr Worte als nötig. Ist nicht geneigt, sich zu wiederholen.

»So ist es nicht.«

»Du hast versprochen, sie nicht zu treffen. Ich hab mir geschworen …«

»Whit hatte Probleme.«

»Du kannst nicht jedes Mal da hinrennen, wenn Whit Hammond …«

»Ach, komm. Ich hab ihn seit Jahren nicht gesehen.«

Susan kaut an einem Nagel/verdaut das Wahre an der Feststellung. »Michael hat mir gesagt, er war nie eifersüchtig.«

»Hey?«

»Das hat mir viel bedeutet, dass Rawse nicht eifersüchtig war … ist das schrecklich, so was zu sagen?«

Schulterzuckender blauer Leinenstoff.

»Ist, was es ist.«

»Penetrant.«

»Mit schrecklich hat das nichts zu tun.«

Das ist das vierte Problem mit Sutton: Er regt sich nie auf, verändert sich nicht in Reaktion auf gesteigerte Ansprüche. Nicht zeigen, dass einem etwas wichtig ist, ist so, als wär's einem auch nicht wichtig – und Frauen hassen das so oder so.

Irgendwann in der Zukunft werden ihre Freundinnen darüber staunen, dass sie es geschafft hat, so lange zu bleiben, darauf achten, ihre beherzte Beharrlichkeit zu artikulieren. *Aber komm jetzt, meine Liebe – ihr beiden seid so verschieden …* Vor ihr liegt die Aussicht auf eine Reihe von Mittagessen in der Rose Bay und Shopping in Paddington, dem sie sich vielleicht widmen könnte, um das Schlimmste abzufedern. Es wird das Beste sein, wenn sie still mitmacht – die Mädchen bei Prago trifft, das neue Yasuda Mori probieren –, und es ist absolut wichtig, dass sie wieder wächst, sich bemüht, die Flügel zu entfalten. Zu dieser Genesung gehört auch die Begegnung mit jemand Besonderem, dem Mann, der sie verstehen und verdient haben wird.

Du bist zu gut für die. Selbst Susan wird in solchen Begriffen sprechen, wenn sie dazu gedrängt wird. Ein Mädchen kann zwar die Eastern Suburbs verlassen, aber … »Du bist verdammt noch mal zu gut, und ich werde nicht mitansehen, wie du dahin zurückgehst, nur weil du das verdammt noch mal nicht kapierst.«

»Ich geh nie wieder dahin zurück«, sagt er leise.

»Gut. Das letzte Mal bist du nämlich fast gestorben.«

»Erzähl mir nicht, was ich fast getan hätte.«

»Verfickt – fick dich.«

»Außerdem war's nicht das letzte Mal. Das war das erste Mal. Bei dir klingt es, als wär's ein ständiges Hin und Her.«

»Schön. Aber ich bin keine von diesen Frauen, Jamie. Bin ich einfach nicht.«

Dies ist nicht das Letzte, was Susan sagt – aber es ist ihr letztes Wort.

Eine Stunde vor Sonnenuntergang kommt der Wagen von Arabella, ein luxuriöses Allradgefährt, das niemals westlich der Kent Street war. Schnelles Packen von Zuhause/ein paar notwendige Dinge. Haus und Hund tun sich zusammen und bilden eine perfekte Hintergrundstille.

Periodisch wiederkehrender Selbstmord, Wasser verebbt an Bondi Rock, und Sutton sitzt solo auf dem Treppenabsatz. Sein Tagesende ist geprägt von einem eigenartigen Südlicht, einem Pinatubo-Vermächtnis oder verbrecherischem Shire-Feuer. Die Nacht stiehlt sich vom sturmgeplagten Osten herein, wirkt wie frisch aus Südamerika, watet geduldig durch die Wellen, aus Angst an der Küste zu brechen. Um Mitternacht greift er nach einem kleinen Leuchtturm, stellt ihn auf – raucht die tägliche Zigarette mit einer langsamen Sorte Sorgfalt.

21

Als Shark auf den Boden knallte, beschloss er, dort liegen zu bleiben. Sutton keuchte heftig wie beim City2Surf, und Bison wälzte sich zu seinen Füßen/Schaum trat ihm vor die Fresse. Whit stöhnte im Hintergrund wie ein längst zum Geist Gewordener, und Bison starb mit einem Glucksen, als könnte er's verdammt noch mal nicht glauben.

Er kam in den Raum, um sie namentlich anzuflehen und Befehle zu erteilen, ihre Augen noch immer kostbare Edelsteine, aber irgendwie ihres Glanzes beraubt. Er sägte an den Fesseln und begann mit der Wiederbelebung, rief ein Herz an, dessen Hauptschalter bereits umgelegt war.

Zweiundzwanzig Minuten. Erschöpfender als der Kampf. Sutton ging ins Wohnzimmer und hörte das Bündel am Kamin einen Schluchzer ausstoßen und drehte ihn um, um sein Gesicht zu sehen.

Whit hatten sie geknebelt, wie es sich gehört.

Sutton ging an die Bar und nahm einen Schluck von etwas Braunem. Er dämpfte das Licht und meuchelte die Musik. Whit ließ er liegen, wie er war, weil er die Scherereien nicht gebrauchen konnte.

Runter in die Garage, wo die erste Leiche wartete, ein roter Rubikon, den er erneut überqueren musste. Er streunte durch die Tür und wanderte ausgedörrt auf die Straße, der Mann trieb hilflos, suchte aber die kantigen Umrisse seines Trucks.

Bloke jaulte in der Ferne wie ein Hund gewordenes Kind, ein Opfer von Hexerei oder selbstbezogenen Wünschen. Seine schwarzen Lippen konnten den Umkehrzauber nicht sprechen, aber der Versuch ähnelte einem Echolot/Sutton nutzte ihn als Faden.

Sutton setzte das Fahrzeug zurück und stellte das alte Mädchen unter. Er schob sich zwischen dem Trio der Harleys durch und das Garagentor kreischte krachend zu wie amputiert. Er stieß Bloke in die Fahrerkabine, um über Niggers Leiche zu wachen, und stieg nach dieser verschlagenen Aktion in die Hölle hinauf.

Whit sah ihn und brüllte, aber Sutton ging nicht zu ihm. Stattdessen fesselte er Shark und schleppte ihn im Gamstragegriff runter, knickte ein unter dem Gewicht, bis er ihn auf die Ladefläche gehievt hatte. Er kehrte zurück, um Bison einzusammeln, und beförderte ihn genauso, warf ihn zu Nigger auf einen Haufen gegenüber Shark. Am Feuer ging er in die Hocke, Whit wurde rübenrot im Gesicht vor Angst und vergeblicher Anstrengung.

»Sie ist tot. Sie war tot, als ich angekommen bin.«

Whit gab Klagelaute von sich, die noch im Käfig von Suttons Brust gefangen waren, wild mit den Flügeln schlugen. Seine Fesseln waren zerschnitten, aber es machte keinen Unterschied – er blieb liegen wie zerknülltes Papier/jaulte wie ein junger Hund. In der Bar schenkte Sutton ein Whiskyglas übervoll und stellte es dem Bruder als flüssige Beileidskarte hin.

Dann rollte er ins Schlafzimmer wie eine Maschine, ein ausschließlich für die Arbeit entworfener Wagen auf einem Wüstenpfad.

Bettlaken aus ägyptischer Baumwolle. Sutton breitete es aus und legte das Mädchen in die Mitte. Er zog die linke Ecke darüber und drückte sie sanft an sich, ein Griff nach rechts zur anderen Ecke.

Der Schreiner nahm das letzte Ende seines Seils, seine genialsten Knoten. Er band es ihr um die Knie und die Schultern, die Fußgelenke und den Hals. Sie sah aus wie die Tote auf einem Schiff aus alter Zeit, wie etwas, das dem Meer übergeben wird, und in dieser Haltung traf der Bruder ein, Whit zitterte, als wäre er nackt. Sein Wimmern, da er sie bereits verschnürt vorfand, ein Funke der Verbitterung/ein erleichterter Pieps.

»Sutto.«

Sutto sagte, *Wen kennst du, der genauso aussieht wie sie.*

Bloke freute sich, an Niggers Blut zu schlabbern. Es war die erste Kostprobe des Hundes, seit sich der kleine Smith vor Monaten am Fuß verletzt hatte, plärrend davonrannte wie ein feiger Jones/ sein Flip-Flop blieb rot vollgesogen liegen. Bloke raste hin und leckte die Badelatschenprämie ab, aber dann kam der Vater raus und knurrte ihn an.

Schwer zu sagen, was er getan hätte, hätte er frei über den Kadaver verfügen dürfen. Der Hund war infiziert von wilden, in Sutton aufbrausenden Meeren, Ozeanen, die keinerlei Berechtigung in der Menschenwelt haben. Mit der Nähe wurden sie noch heftiger und färbten sein Wasser rot: Sein Herrchen war ihm ins Tierreich gefolgt.

»Tut mir leid, was passiert ist«, sagte Whit. »Damals.«

Er fing an zu weinen, und Sutton knallte ihm eine, Whit rutschte an der Wand runter wie rohes Ei. Eine Weile funktionierte sein Mund stumm, aber die Ohrfeige hatte nichts Gemeines. Whit ergab sich dem Schock, und das durfte keiner von beiden zulassen.

»Es wird Ärger geben mit Slane. Du musst dich verpissen.«

Der Rocker schüttelte den Kopf. »Ich muss bleiben, mich um sie kümmern.«

»Die Chance hast du gehabt, Brett.«

»Ach ja? Und wo zum Teufel soll ich hin?«

Das Schulterzucken des Schreiners. »Denk dir was Schönes aus.«

Whits Augen drehten sich wie Symbole am Glücksspielautomaten – Kirschen, Zitronen, der Arsch überlegt, wie er's angehen soll. »Vielleicht sollten wir die Polizei rufen.«

»Wenn du die Polizei rufst, bist du erledigt.«

»Nicht mal Rawson?«

»Nein«, sagte Sutton. »Nicht mal den.«

Whit schloss die Augen vor dem Anblick ihrer Mumie, biss sich auf die Lippe, um eine andere Art Schmerz anzufordern. »Was willst du machen? Wenn Chris und Gary rausfinden …«

»Denk über das nach, worum ich dich gebeten habe.«

»Komm schon, Dude – es ist vier Uhr früh. Wen soll ich holen?«

»Ein Mann wie du hat Möglichkeiten.«

»Klar.« Tränen stiegen auf im Bruder, ein salziger Warragamba-Damm kurz davor, zu brechen. »Aber keine sieht aus wie Kristy.«

»Keine«, pflichtete ihm der Schreiner bei, gefühllos in seiner Zustimmung. »Nur die Hälfte aller Mädchen in Tamarama.«

»Verfluchte Scheiße.« Whit ging in die Hocke wie beim Yoga, die Fersen berührten nicht den Boden. »Lässt du mir eine Minute zum Verabschieden?«

»Ja«, sagte Sutton mit Nulltonstimme, »so lange kannst du haben.«

20

»Was hältst du von einem Tanz?«

Der Tibetmastiff hört die Stimme von Kitten 5 und wirft mit einem stummen Jaulen den Kopf in den Nacken. Er hat still dort gesessen, verstohlen am Rémy Martin genippt, den Verkehr adretter Hunde und halbnackter Katzen zur Kenntnis genommen. Seine Sicht ist nicht perfekt, füllt sich aber mit Dingen, die es sind: kalifornische Beine in Verbindung mit europäischen Höschen, die ganze Takelage gekrönt von einem Feuerwerk aus Fontänenhaar. »Die Welt ist klein«, wispert er, als sie das Chesterfield umrundet, eine schlangenhafte Grazie auf drastischen Pumps. »Aber wenn's dir gleich ist, lieber nicht.«

»Pech.« Sie bringt ihren Körper über seinem an, steigt rittlings über seine Knie, senkt sich herab, setzt sich auf seine Quadrizeps, um ihm ins Gesicht zu sehen und ihn wie ein Möbelstück zu nutzen. Ihre Arme ruhen auf Plateauschultern, Finger verschränken sich hinter einem Hals, den sie umdrehen möchte. »Was machst du hier?«

»Wenn du denkst, das ist kein Zufall …«

»So habe ich das nicht gemeint.« Sie vollführt entspannt eine Reihe von Kreisbewegungen und wiederholt leise die Frage.

»Ich bin undercover«, sagt er. »Arbeite an einem Fall.«

»Oh, der Blue Mover – wäre schön, wenn's wahr wäre.«

»Mein Name ist Tibetmastiff.«

»Dein Name ist Big Ship, Bonecrusher, armer alter Busted Flush. Wieso fangen die alle mit B an?«

»Kitten 5 ist high. Weiß Slane, dass du hier bist?«

»Würde es ihn interessieren?«

»Hör auf da mit deinen Hüften. Ich mag das nicht.«

»Ist es dir unangenehm, Bobby Cobra? Du lieber Himmel – noch ein B.«

»Ja«, sagt er, unzufrieden darüber. »Weil es dir nicht unangenehm ist.«

Kitten 5 spricht leise in sein Schlappohr, die unwiderstehlichste unter den eingetragenen Informantinnen: »Ein öffentlicher Tanz ist die einzige Möglichkeit. Die Wände haben Ohren, Kiddo – ganz besonders die im Schlafzimmer.« Sie beschnüffelt seinen Hals, bis ihre Zunge auf Fleisch trifft, die empfindliche Bruchlinie zwischen Hals und Gummihaut. »Im Ernst. Mach, dass du wegkommst.«

»Dasselbe wollte ich dir gerade raten.«

»Gefährliche Leute, Mister. Wenn die merken, wer du bist …«

»Die haben wohl einen Röntgenblick, oder wie?«

»Gefilmt haben sie dich, das haben sie. Unten, als du reingekommen bist. Zum Teil ist das der Grund, warum die so was überhaupt machen.«

»Hat Chris das gesagt?«

»Hat er.«

»Ach – dann weiß er also, dass du hier bist. Wahrscheinlich hat er dich drauf angesetzt.«

»Sei nicht blöd, ich mach das zum Spaß.«

»Und für Geld. Wie läuft das? Lapdance für zweihundert, einen blasen für fünf? Wie viel kostet mich ein Fick?«

»Viel.« Sie krümmt den Rücken, greift hinter sich, um an das erste von sechzehn Häkchen zu kommen, die ihr Mieder schließen. »Die ersten drei oder vier kann ich öffnen«, sagt das Kätzchen. »Danach liegt's an dir.«

»Meinst du, ich will das? In dieser scheiß Walnuss-Stube sitzen und dich ausziehen?«

»Pst, reg dich nicht auf. Ist ganz einfach: Die Hunde machen Angebote, und die Katzen entscheiden, wonach ihnen ist. Keine Vorschriften, nur die Logik der freien Marktwirtschaft.«

»Was noch?«

»Und klar, ein paar Mädchen schaffen an. Andere strippen nur.«

Er wendet den Kopf ab vor der Zusammenfassung, aber es gibt kein Entrinnen: Er bekommt alle beide im Profil präsentiert, gespiegelt in der Scheibe des Hafenblickfensters. Ihre schönen Umrisse ein sinnlicher Violinschlüssel, ihr Hals der eines liebreizenden Schwans. Der Bärenmann schließt die Augen und lässt den Kopf hängen, ein monströser Felsen, an den eine Prinzessin gekettet wurde. »Die Mädchen und die Autos«, sagt er nüchtern klagend. »Die Gemälde und die Kronleuchter. So viel Schönheit auf einem einzigen Fleck, und sieh dir an, wie hässlich sie sie machen.«

»Verzeihung, Miss 5?«

»Ich hab zu tun.«

»Ich störe sehr ungern, aber da ist ein Dobermann Pinscher, der dich *unbedingt* kennenlernen will.« Tibetmastiff schaut auf, vorbei an dem Mädchen, das die Welt ist, und richtet seine Aufmerksamkeit auf die Dame, die die Neuigkeiten bringt. Schwarzwaldaugen fixieren ihn, fluchen und verschwinden.

»Die ist ein Spaßvogel.«

»Ja – Anita. Ist nicht verkehrt.«

»Nicht *verkehrt*? Wegen ihr leide ich jetzt an Unterkühlung.«

»Kommst mir warm genug vor.«

»Ich mein's ernst – die hat mich mit ihren Titten verhext.«

»Zickende Stripperinnen sind ein harter Job«, sagt Kitten 5 verträumt, erhebt sich und dreht sich um, lässt sich erneut nieder, jetzt aber mit Blick in die entgegengesetzte Richtung. »Das ist wie ...

»... einen Sack voll Kätzchen hüten?«

»Komm schon, hak's auf.«

»Kris, die Ironie ist: Hier schleichen zwanzig Kerle mit maskierten Gesichtern rum, während Anita von der Essiglippe mit einer Visage auftaucht wie ...«

»Konzentrier dich.«

Die Verarbeitung ist ausgezeichnet, und die Häkchen sind winzig, der Bär fingert lange vergeblich daran herum. Er merkt, dass er außer Atem gerät, erschrocken über ihre Nähe, verwundert darüber, die Waage zu sein, die sie in diesem Moment wiegt. Er hatte die Hoffnung aufgegeben, sie je wieder zu berühren.

»Ich liebe dich.«

»Ich weiß.«

»Hätte ich's bloß nie gesagt, dann wären wir vielleicht noch zusammen.«

»Sagen durftest du's, Tibetmastiff. Nur war's nicht erlaubt, es auch so zu meinen.«

»Ja.«

»Sind sie schon verlobt?«

»Wer?«

»Wer denn noch?«

Das dunkelrote Leder knirscht unter ihrem professionellen Mahlen, seinem halbprofessionellen Schauder aus unfreiwilliger Reaktion; wider Willen nimmt er bei den Häkchen Fahrt auf, hat bereits die Hälfte des drahtigen äußeren Rückgrats hinter sich gelassen, das sie noch anständig bekleidet. »Ich halte Jamie nicht für einen, der heiratet.«

»Na ja, ich denke aber, sie vielleicht. Hasst sie mich immer noch?«

»Sie hasst dich nicht. Sie ist nur … misstrauisch.«

»Für eine, die so klug ist, ist sie auf alle Fälle strohdumm. Du lieber Gott, wenn er's wollte, hätte er's längst getan.«

»Mit dir gefickt?«

»*Sie geheiratet.*« Sie haut ihm aufs Knie, zielt genau auf eine bestimmte Stelle, von der sie weiß, dass es dort weh tut. Auf ewig/»Bad Dog«.

»Sie ist ein schwer beladenes altes Schiff«, intoniert er, während Kristy sich sachte zurücklehnt.

»Susans Gehirn ist astronomisch.«

»Was, wie ein Teleskop? Laserstrahlen und schwarze Löcher?«

»Ich meine Kosmologie. Ich meine, *Dr. Sheldons Zweig der Mathematik beschäftigt sich mit der Lebensdauer der Sterne.*« Das Zitat ist alt, für ihn wunderbar, aber der unmittelbare Effekt eigenartig: Er fühlt sich auf eine höhere Daseinsstufe gehoben. Das Schlaglicht seiner Konzentration leuchtet zur anderen Seite des Raums, konzentriert sich auf den Moment, auf dem der Dobermann Pinscher sitzt. Eine Krümmung von Raum-Zeit, eine karzinogene Intensität. »Hab gerade deinen Bewunderer entdeckt«, sagt er trotz schnell einsetzender Übelkeit. »Der Anita in den Ohren liegt.«

»Er muss wohl Blondinen mögen.«

»Weißt du, ihr seid euch eigentlich ziemlich ähnlich.«

»Der Dober und ich?«

»Du und die Susan. Beide interessiert ihr euch für das Universum, die Rätsel, die es antreiben. Unterschiedliche Seiten ein und derselben glänzenden Medaille, die Wissenschaft und der …«

»Schamanismus.«

»Ja – genau der. Sag mal, Schatz, kannst du immer noch hellsehen?«

Sie denkt darüber nach, vorübergehend reglos wie ferngesteuert, irgendwo hat sie irgendjemand auf Pause gestellt. »*Der Zweig des erotischen Tanzes von Kitten 5 befasst sich hauptsächlich mit der Realisierbarkeit des Vorhabens, Bobby Cobra aus den Räumlichkeiten hier zu vertreiben.*«

»Oje, das ist sehr gut.«

»Kennst du den Mann? Dobermann?« Dem Tonfall seines Kätzchens wohnt eine plötzliche Anspannung inne, die ihn erstarren lässt; das letzte Häkchen zwickt zwischen seinen geschundenen Fingern, Gliedern, die mehr als einmal gebrochen wurden und vorsätzlich schief zusammenwuchsen.

»Was ist?«

»Weißt du, was in diesem Gewerbe gefährlich ist?« Ihre Frage ist sanft, rührt von fern her. Das blinde Verlangen, ein Tau oder eine Schwimmweste auszuwerfen, trifft ihn ins Innerste, bis ins Mark.

»Sag's mir.«

»Man entwickelt einen Instinkt dafür, wird verdammt schnell schlau. Es sind nicht die Kerle, die glotzen, Bobby Cobra. Es sind die Männer, die *beobachten*.«

»Und das ist er. Der Dober ist ein Beobachter.«

»Du hast es erfasst«, sagt sie mit einer vor Bedeutung angespannten Stimme, das Mädchen rutscht unfreiwillig in die Rolle der Hellseherin. »Nur dass er nicht mich beobachtet.«

Auftritt der Hexe: Anita taucht aus dem Speisesaal auf und hat eine Karte in der Hand, in ihren reibungslosen Bewegungen liegt eine erschreckende Zielstrebigkeit.

Tibetmastiff schließt die Augen, beunruhigt auf eine Weise, die er nicht begreift. Er betet um Taubheit/hört alles.

»Zehn.«
»Was?«
»Unser Freund, der Pinscher, hat gerade zehntausend Dollar dafür geboten, dass du von dem Schoß da steigst, rübergehst und dich stattdessen auf seinen setzt.«
»Ich bin momentan unabkömmlich.«
»Kristy …«
»Wag es verdammt noch mal nicht.«
»*Schön*. Er hat mich gebeten, dir das zu geben.«
Tibetmastiff öffnet die Augen, merkt zu spät, dass er sie fest packt, absurd erschrocken über die Karte, die er nicht sehen kann, aber spürt. »Ich hätte nicht so viel koksen sollen«, sagt Kitten 5, klingt trotzdem ruhig. »Versaut mir meine übersinnliche Gabe.«
»Ganz vergessen, dass du's so genannt hast.« Er lächelt über die geheime Anekdote, die nur ihnen beiden bekannt und daher kostbar ist. »Weißt du noch, die Wahrsagerin bei Miranda? Ha ha ha/sie hat deine Hand berührt und ist hochgegangen.«
»Du denkst, du wirst geliebt in dieser Stadt. Stimmt doch, Bobby Cob.«
»Hör mal, ich weiß nicht, ob zehntausend hier Standard sind, aber ich schlage vor, du gehst von Bord. Kann dir nicht schaden, wenn du …«
»In Neuguinea gibt's einen Stamm«, sagt sie. »Wenn die dort die Gabe finden, wird sie blind gemacht. Nicht mit einem Messer oder so; die verwenden einen Zaubertrank. Und wenn das Mädchen überlebt, aus dem Koma erwacht, sieht sie die Zukunft jeder Person, die sie je berührt hat.«
»Was steht auf der Karte, Kitten? Seine Telefonnummer?«
»Sogar du weißt das besser. Sogar du, der du gar nichts weißt.«
»Ich weiß, dass ich nicht will, dass du Dschungelsaft in scheiß Papua-Neuguinea trinkst.«
Die Tänzerin greift hinter sich, um zu tun, was er nicht kann: das letzte Häkchen enthaken und das Rund ihres Mieders öffnen.

Sie löst die hinreißende Borke, dreht sich um zu dem Mann, den sie viele Male berührt, dem sie viele Male geweissagt hat. Kristy verstößt gegen die Vorschriften/zieht ihre Plastikmaske ab.

»Sieh mich an.«

Er tut es nicht, will nicht. »Was steht geschrieben?«

»Ich sollte, weißt du – nach Neuguinea gehen. Stell dir vor, wie toll das wäre: den Trank trinken und überleben. Sogar jetzt noch bin ich so verdammt feige.«

»Aber sie würden dich blenden, Liebes. Ich will in keiner Welt ohne deine Augen leben. Was hätte das für einen Sinn?«

»Ich will dir was sagen, aber ich weiß nicht wie: Ich weiß, du kommst damit nicht klar. Du kannst mich nicht mal ansehen, wenn ich direkt vor dir sitze, nackt wie am Tag, an dem ich ...«

»Du sagst, alle meine Namen fangen mit B an, nur nicht die, auf die es ankommt.«

»Ich hatte keinen Beweis, Bobby – keinen Grund, es zu denken. Aber in deinem tiefsten Inneren weißt du es. Ich war beim Arzt.«

Schwangerschaft; dem Mastiff stockt das Herz. »Du glaubst, ich würde leicht brechen, aber man nennt mich den Inkrementalen. Das ist nicht unverschämt/das ist Algebra. Die persönliche Grenze, über die man nicht hinwegkommt. Aber wenn du tapfer bist wie Ajax, dir die Welt auf die Schultern lädst ...«

»*Atlas*«, sagt sie. »Ich werd's lesen. Bist du bereit?«

»Warte ...«

Der Bär schaut in die Mündung aller
Gewehre vor denen er fliehen wollte,
Alle Pferde, die sich weigern

Die Worte sind Glocken, die ihnen beiden läuten, beide scheiß traurig, der Sprecher/Hörer zu sein. »Ich hab heute gekokst«, sagt Kristy zitternd. »Aber was hattest du?«

»Der Wichser hat mich verflucht«, sagt Big Ship leise, sein Blick plötzlich mit der Dunkelheit verschmolzen. Kitten 5 kennt eine Wahrheit, die Bobby Cobra nicht kennt, dass seine Augen schöner sind als ihre/als die aller.

»Er hat dir Poesie geschickt, Bonecrusher ... Herrgott noch mal, zehntausend Dollar! Ich hätte mir sechs Handys kaufen können.«

»Kannst du immer noch.«

»Nö – das Angebot ist abgelaufen. Dein Bewunderer hat das Gebäude verlassen.«

»Lass uns seinem Beispiel folgen. Komm mit zu mir, Pussycat. Kein Sex, nur schlafen.«

Sie schüttelt den Kopf, eine Geste, die er nicht sieht, aber spürt. »Ich hatte heute Abend sechzehn verpasste Anrufe – und alle von derselben verfluchten Nummer.«

»Der Glückliche.« Der Bär bearbeitet seinen Schmerz wie einen Hieb, der verschluckt werden kann, der Stern seines Herzens verfinstert sich. »Weißt du, meine Liebe, wenn man gratulieren darf ...«

»Ruhe, Bobby.«

Die Tänzerin greift nach dem kürzlich abgelegten Kleidungsstück und nein – er hat sie nicht angesehen. Nicht richtig/kein einziges Mal. Sie drückt seine Hand, und die Empfindung ist Gnade, eine Annullierung des Gedichts und seiner ganzen verhassten Entziehung. »Ich lasse dich ungern zurück, du Inkrementaler.«

»Aber du bist so gut darin.«

»Dafür kann niemand was.« Sie küsst seine Lippen, und Big Ship stirbt: Der Rest ist Jenseits. »Ist nur, weil ich anscheinend anderswo sein soll.«

19

Sutton löste das Führungsseil. Bloke beobachtete ihn mit Harlekin-Lächeln durch die Scheibe, die Reaktion des dummen Genies auf behobene oder bittere Zwangslagen. Der Schreiner drehte die Biker um, bis sie eine bußfertige Matratze für sie bildeten, unten bei den toten Männern/Kristys Leiche auf einem Haufen mit den anderen.

Aus der Bar oben holte er Flaschen. Whit stand starr wie ein Hutständer/bot eine Hand an. »Wo willst du sie hinbring…«

Sutton drückte ihm die Flasche Johnny hinein und ging weiter.

Sie fuhren-krochen langsam in die nächtliche Welt. Der Pilot schaltete in einen anderen Gang, und Bloke leistete ihm Gesellschaft auf der Bank, bellte aus über lange Zeit gepflegter Gewohnheit in der Absicht, Tom Ugly zu ärgern. Nur ein kleines Shih-Tzu-Kläffen, weil er nicht richtig bei der Sache war.

Darke Forest tauchte bedrohlich vor ihnen auf, und Sutton fuhr vom Princess Highway ab, entschied sich für den Kitemaker, um langsam wieder runterzukommen.

Bloke stand am Balding Hill, sah die bunten Deltas gleiten, unter Zephiren sterben wie Papierflieger mit Lemming-Gemüt.

Danach kamen geheime Straßen und schmale unerlaubte Pfade, die Eukalyptus-Dimension, die sich an der Copper Road erstreckt. Der Hund murmelte Köterverse wie von Pionierschwermut betroffen, und der Mensch trug Kristy in den Schutz des Shack.

Er legte sie ab wie *zerbrechliche Ware*, wie eine Kiste *Vorsicht, Glas!*. Er blieb in Erinnerung an das Mädchen stehen, das sie war, die blutleere Schwester, die sie gewesen ist. Das weiße Neonlicht war aus, und das grüne flackerte vor Ohnmacht.

Als der Mann herauskam, setzte er sich in den Truck und ließ ihn aufheulen wie einen Diesel.

Bloke drehte sich im Kreis beim Regentanz, konnte sich aber

die Flinte nicht aneignen. Er komponierte einen Song aus Werwolf-Tönen, um zu beweisen, wie sehr er ihn liebte. Blokes Brust schmerzte wie mit Kletten behaftet bei dem Gedanken, Sutton könnte ihn verlassen haben.

Sie benutzten halberschlossene Wege für den Rückzug, um ihrem Schlupfloch zu entkommen. Weit draußen auf dem Meer brannten Erzschiffe wie Scheiterhaufen für Kembla Grange. Bloke stand aufrecht, ein dämonischer Bulle, und trank den Lazarus-Wind. Schon bald würde die Sonne naseweis durch die Orangenrinde spähen.

Sie fuhren vorbei an Werftkränen, Brontosaurusse aus Stahl. Dahinter das Friedhofsheim von tausend Kaktus-Holden. Zwei Kräne rosteten im roten Schrott wie Mars oder Titan an einem Film-Set. Einer umgekippt und geschlachtet/ein Kain-und-Abel-Krieg tobte zwischen ihnen.

Es waren die Haushaltsgeräte, die er wollte. Sie vergammelten am westlichen Rand, dem toten und kaputten Land zugewandt. Sutton sah sich um wie ein Frischverheirateter, bis zu einer Tausend-Liter Kühltruhe, die er mit einer Kette hochhievte.

Der Truck wurde geholt, um den Eisschrank in eine entlegenere Ecke zu beordern. Es war ein Reich der Hügel, in dem Kies König war/wo Blaustein kostenlos herumlag. Sutton schuftete wie ein Hilfsarbeiter, bis der Sarg endlich drüben stand. Dann erhob er sich, als käme er vom Straßenbauamt, um den Spaten mit der Brust zu füttern.

Er sprang in die Fahrerkabine und stimmte das alte Mädchen ernsthaft aufs Rückwärtsfahren ein – sein Hintern presste gegen die improvisierte Gruft, um sie mit dem besiegten Kran zu verbinden. Die Vereinigung war brutal/nicht einvernehmlich/verschluckte aber Verbrechensnachweise.

Sie nahm die Reifenspuren wieder auf, die sie bei seiner Ankunft hinterlassen hatte.

18

Es ist wahr, dass Sutton im Gefängnis beinahe gestorben wäre. Das war kein Missgeschick, Angriff durch einen gemeinen Feind. Das Problem war drinnen.

Der großartige Detective war seine Rettung. Das lag nicht an seinem längst verflogenen Scharfsinn oder seinem gewaltigen Körpervolumen. Nicht einmal an seinen Bonecrusher-Händen, so zerfurcht wie der Darlinghurst Strip.

Die Vergangenheit, die Vergangenheit: Rawsons gordisches Haar und die vielen Tiber aus Schweiß, ein Koloss der gefälligen Schurken. Bevor er in der Moderne lebte, stand die Antike in seiner Schuld.

Er wacht auf und stöhnt laut vor Ischias, Stenose, die heroischen Strapazen, die die Titanenmassen heimsuchen. Die ältesten rühren von einem Unfall her, einem Autowrack, das er mit vierundzwanzig überlebte, als ihn ein Affenbrotbaum töten wollte. Ein Knick in der Wirbelsäule, den keine Schiene ausbügeln kann, und zwei Monate im Streckverband, die Ärzte sagten, *Laufen werden Sie nie wieder.*

Klopf-klopf. Wer da? Es ist leise – vielleicht an der Haustür – und noch einmal höflich beharrlich. Der Bewohner rollt von seiner zerwühlten Krippe und kommt irgendwie auf die Beine und zum Stehen, ein menschlicher Turm von Pisa, der aufgrund eines Katers gefährlich schwankt. Unterwegs stolpert er gegen vier Möbelstücke, geht aber jedes Mal mit Bestzeit daraus hervor. Das ist er im Kern, ein Talent für Kollisionen.

»Angel Dust.«

Ein blasses Scheibchen Besucher, kompakt und ordentlich, schiebt sich die Brille den Nasenrücken hinauf – ein nervöser Tic ausgelöst durch Rawsons unglückseligen Spitznamen für ihn. Tom sucht besorgt blickend die Diele ab und sagt: »Komm schon, Michael – so kannst du nicht die Tür aufmachen.«

»Warum?«

»Ohne verfluchte *Klamotten*. Ich hätte Gott weiß wer sein können.«

»Blödsinn.« Rawson entwirft ein Lächeln, das tief ist und wirr, ein kluges und witziges, vieles über den Moment hinaus erfassendes.

»Wer zum Teufel hättest du sonst sein sollen?«

Er dreht sich um und bahnt sich einen Weg durch das chronische Apartment, wird im Vorübergehen von Licht aufgespießt, das irgendwie durch die schmutzigen Jalousien dringt. Die Sonne hat etwas Robustes, von der Dämmerung weit entfernt, Beleg eines längst vergangenen Morgens. Rawson lässt sich in einen Sessel sacken, um sich eine zu drehen und die Augen vor der beiläufigen Brutalität des Tages zu verschließen.

Es wäre schlimmer – heller –, wäre da nicht der Schutzwall aus schmutzigem Geschirr, der sich vor dem Küchenfenster hoch aufstapelt. Der Turm wirft Schatten auf ein Ödland aus halbverzehrten Mahlzeiten, die gammelnden Überreste eines gemeuchelten Cheeseburgers und Selbstmord-Döners. Schmeißfliegen gleiten benommen und fettleibig durch die dicke Luft, eine Luftwaffe, die nie auf ausdauernde Gegenwehr stieß. Der Gestank hier ist erschreckend/einfach erschreckend.

»Darf ich mich setzen?«

»Kommt drauf an«, sagt Rawson. »Wenn du wieder wegen diesem scheiß Trevor da bist …«

»Nein. Deshalb nicht.«

Rawsons Sessel hat einen identischen Partner. Schuh, Socke, Mausefalle. Der Besucher macht es sich unüberzeugend bequem, während Rawson eine Hand über den Tisch wandern lässt, eine Ruderalkrabbe, die es auf eine verunglückte Pastete in stattlichem Alter abgesehen hat. Tom wendet den Blick ab und verpasst daher die glückliche Umleitung – die Krabbe schlägt schnell und senkrecht zu, schnappt sich stattdessen die Wodkaflasche.

»Die Teller sehen aus, als hättest du Jenga damit gespielt.«

»Bist du gekommen, um mit mir über Geschirr zu sprechen?«

Der Tierarzt schnaubt und reibt sich die Schläfe, sucht den Nerv, der Takt zu Entschlossenheit verhärten lässt. »Die Sache ist die, Rawse, das ist ein schönes Gebäude.«

Rawson bohrt einen guten harten Schluck ab und taucht nickend wieder auf. Ist ein verdammt schönes Gebäude; im erlesenen Teil von Elizabeth Bay gibt es jede Menge davon. Älter; nicht ohne eine schäbige Ecke hier und da, aber durchdrungen von unverwechselbarer Anständigkeit.

»Raus damit.«

Wieder der Tic mit der Brille. Tom ist vom Wesen her sanft, ein angesehener Tierarzt. Er sitzt in Ausschüssen und allem Möglichen: dem Theater, der Oper. Sein Privatleben unterscheidet sich von seinem öffentlichen.

»Die Eigentümergemeinschaft hat einen Beschluss gefasst!«

»Oh Mann, das kannst du singen – Die Eigentümergemeinschaft hat einen Beschluss gefasst!«

Zur Feier nimmt Rawson einen zweiten Schluck, der ihn auf eine Weise schmerzt, wie es der erste nicht getan hat. Er verzieht den Mund und stößt eine Reihe von Flüchen aus, eine Tirade von verbotener Schönheit, die eine behäbige Katzenmasse anlockt. Rawson und sein Kater sehen sich an, und er sagt: »Haben die endlich die ganzen beschissenen kleinen Kläffer verboten?«

Tom genießt den Moment mit einem Lächeln; das Gebäude ist mit kleinen Kläffern verseucht. Genauer gesagt, mit kleinen alten Damen, denen diese gehören. Rawson lässt seinen riesigen

Kopf im Uhrzeigersinn kreisen, gegen den Uhrzeigersinn, ein Clown in der Nebenvorstellung. »Tut mir leid«, sagt sein Freund aus alter Zeit. »Wirklich.«

Big Ship nickt, um es zu glauben. »Wann bin ich hergekommen, Tom?«

»Anfang Oktober.«

»Genau. Und wie viele Gefallen warst du mir noch schuldig?«

Der gute Arzt muss nicht darüber nachdenken, der ungeheuerliche Umfang seiner Schuld schreckt ihn nicht. »Fünf, vielleicht sechs.«

»Fünf, vielleicht sechs.« Rawson klingt müde, nachdenklich, resigniert. »Du hast mich hier reingebracht. Das ist einer weniger.«

»Jepp.«

»Und als mich die Alte aus der Zwölf im Aufzug gesehen hat, wie ich mir einen hab blasen lassen, hast du ihr eingeredet, dass es ein Missverständnis war.«

»Mrs Hirst. Ein klemmender Reißverschluss.«

»Genau – Sandy hat mir die Hose mit den Zähnen zugemacht. *Ein klemmender Reißverschluss,* Snappy Tom, wie findig du im Formulieren bist. Hättest Werber werden können. Das ist noch einer weniger.«

»Sagen wir zwei.«

Rawson kaut auf einem Fingerknöchel. »Oder Buchhalter.«

Der dicke orangefarbene Trev deutet die Stille als Aufforderung zum Melodrama. Er steht auf und springt schwer davon, flieht durch den verkürzten Flur wie von sadistischen Feinden verfolgt. Katzen gefällt es, sich zu benehmen, als würden sie regelmäßig geschlagen. *Jemand anders muss das Schwein füttern/ seine Schritte sind schwer wie die eines Kindes.*

Rawson steht auf und streckt sich, tektonische Reibung erfüllt den Raum mit Schlachtschiffmasse, der Flügelspanne eines Kondors. Der neue Schatten deckt eine radikale Wahrheit auf: Der Mann in der 2B ist ein schwerer Fall von Deplatziertheit. Wozu diente er, dieser Megakörper, der früher Löwen niedergerungen und Israeliten erschlagen hätte? Er gähnt mit Tränen in den Augen und – »Hey Zeus, der Käse hatte ein verdammt hartes Leben. Bilde ich mir das ein oder ist es ganz schön reif hier drin?« Er schwankt zur Spüle und attackiert das Fenster, strebt zu spät nach einem Atemzug Frischluft.

»Dein Pager spielt verrückt«, sagt Tom.

»Ja? Ist er das?«

»Denke doch.«

Der Tierarzt nimmt tapfer ein hölzernes Essstäbchen und hebt damit ein Stück Pizza von dem vibrierenden Haufen. Früher Champignon, jetzt nur noch Pilz; Tom gibt das Unterfangen auf, von Rawson im verstaubten Spiegel der nicht nachgebenden Fensterscheibe beobachtet. *Geh schon auf, du Scheißding.* Seit einiger Zeit blieb Rawsons reinster Zorn unbelebten Objekten vorbehalten, die ihm den Gehorsam verweigerten. *Da haben wir uns wohl einen schönen Helden angelacht?* Der Inkrementale strengt sich an, und die Scheibe gibt nach, ein Sieg, der den Einsturz des Geschirrturms nach sich zieht. Eine erdrutschartige Katastrophe, schmerzhaft umgesetzt, Tom hält sich die Ohren zu wie ein Kind. Aber wenigstens hat er seine Aussicht wieder, Centrepoint Tower wie ein Eimer Kentucky Fried, teure Eindrücke von der Brücke auf der Bühne rechts.

»Du liebe Zeit, alles klar?«

Rawson tanzt zwischen den Scherben, um den Schaden zu bemessen: Vier Teller und ein Becher haben es nicht lebend nach draußen geschafft. Ein Stück helle Keramik ragt aus seiner blutenden Wade, eine Wunde, die im allgemeinen Kreislauf unbemerkt bleibt. Wird Zeit zu spülen, alles abzuwaschen – auch wenn es nicht viel braucht, um ein anständiger Gastgeber zu sein.

»Hast du schon gefrühstückt, alter Freund? Nimm, was dir ins Auge springt.«

Er geht ins Schlafzimmer, verhört eine senffarbene Unterhose, fragt sich, ob sie eine weitere Tour hinkriegen würde. In dem engen und alten Badezimmer öffnet er das Schränkchen über dem Becken, dankbar, den Spiegel zu verschieben, sein Ich. Eine Flasche Old Spice steht grimmig stramm, und eine struppige Zahnbürste faulenzt. Rawson ist mit Beißerchenschrubben lange überfällig, entscheidet sich trotzdem für den chemischen Vernichtungsschlag – nimmt zu viel knallfarbene Mundspülung und vergurgelt sich hoffnungslos.

»Wie läuft es da drin?«

»Dieses scheiß Listerine, Mann – damit kannst du Unkraut vernichten!«

Die große Polizei schwankt zurück in die Küche, patscht nach tränenden Augen und reißt ein Dutzend herrliche Wimpern aus. Er erreicht die Spüle, erschwert ihre ohnehin schon elende Existenz mit einer ausgedehnten Runde Schleimrotzerei. Ein fragendes Brummen lässt ihn sich umdrehen, Tom betrachtet ein schäbig wirkendes Stück verschimmeltes Plastik. »Anscheinend ist hier jemand Tibetmastiff-Fan! Äh, wolltest du mir vielleicht was sagen?«

»Was? Ach, das. Schmeiß es in den Müll.«

»In den Müll, sagst du?«

»Gib's her, du kannst mich mal.« Die Schnelligkeit seiner kaputten Gestalt, sofern sie sich erst einmal in Aktion gesetzt hat, durch Schmerz verschoben: Bobby Cobra schnappt sein Gummi-Ich und wirft das Dreckschwein aus dem Fenster. Er klopft sich die Hände ab, froh, das Ding los zu sein, aber die Maske erweist sich als eigenartig lebensfroh: Beide Männer sind vorübergehend davon verzaubert, wie sie spiralförmig auf einer Brise hoch hinauf tanzt. Vielleicht wird sie hexenhaft über Stunden oder Tage vor seinem Fenster schweben? Nein: Die Gnade obsiegt, Vernunft und Logik, der Wind stürzt ab wie Finanzen an der Börse und versenkt den Tibetmastiff. Rawson schüttelt den ganzen magischen Zwischenfall ab, hängt über dem Becken, um sich erneut den Kehlkopf zu schaben. »Weißt du, ich bin froh, dass ich die Chance hatte, hier oben zu wohnen.«

»Ich auch.«

»Ach, Bullshit. Für dich war's doch eine Belastung – und du warst mir über die dreißig Jahre ein Freund. *Hrrch, grrah* – leck mich am Arsch, was ist denn *das* für eine Farbe?«

»Ich kenne einen sehr guten Hals-Nasen-Ohren …«

»Ich sag nur, es war schön, ein bisschen Zeit am Bug zu verbringen. Manchmal, wenn man in Kings Cross Dienst schiebt, vergisst man am Brunnen vorbeizugehen.«

»Klar, hey, hast du was gehört?«

»Was?«

»Ich meine, auf dem Dach. Dass sich da was bewegt.«

Rawson hebt die Schultern, um Gleichgültigkeit zu signalisieren. »Ratten.«

»Oh, bit-te. Wir sind ungezieferfrei, mein Freund. Dreifach bescheinigt.«

»Dann haben wir einzigartiges scheiß Glück. Hättest mal den gelbäugigen Scheißer sehen sollen, dem ich gestern auf der Ward Avenue begegnet bin. Größer als Trev! Ich bin direkt auf ihn zu, und er glotzt mich an. *Fick dich, Alter, mach eine Biege.*«

»Da – das Knarzen.«

Rawson beendet seine energischen Waschungen und kratzt sich am Sack. »Potts Point ist die Stadt auf den Punkt gebracht – die Reichen und Wohlanständigen Seite an Seite mit den Prolls. Kommst raus ausm Showgirls, kaufst dir eine Pille, drei Minuten später stehst du in der Millionaires' Row. Da musst du dich nicht mal beeilen.«

Tom ist jetzt aufgesprungen, sein Blick fixiert nagerhaft die Zimmerdecke. »Mach den Ventilator aus, ich will wissen, wo das herkommt.«

»Es heißt, Parra sei das Zentrum, aber das ist nur geografisch so. Das Zentrum wovon? Verbring dein Leben in Parra und du warst nie in Sydney gewesen.«

»Die Ecke hier«, sagt der Tierarzt. »Ach du Scheiße – könnte ein Problem am Fundament sein. Ich werde die Eigentümergemeinschaft verständigen müssen.«

Ach du Scheiße. Die Eigentümergemeinschaft. Rawsons Seufzen ist aufrichtig. »Reg dich ab«, sagte er. »Das ist ein Mensch.«

»Was?«

»Über der Decke.«

»Ich kann nicht folgen.«

»Ich habe einen Freund«, sagt Rawson. »Der pennt gerne mal da oben. Liebt die Dunkelheit, die Ruhe.« Der Polizist dreht sich um, sieht sich der zu erwartenden Verwunderung gegenüber; die meisten Leute sind schnell so weit. Vernünftige Typen mit ihrem vernünftigen Leben. »Tut mir leid. Hab nicht gemerkt, dass er hier ist.«

»Du lässt deinen Kumpel unter dem *Dach* schlafen?«

»Hab eine Matratze da oben liegen. Und einen kleinen Ventilator.«

»Gott, Allmächtiger.« Tom schüttelt den Kopf und tut die Sache mit einer Handbewegung ab. Für ihn ist das alles zu viel, zu verrückt. Aber dann stutzt er noch mal – mental, physisch – und dreht sich mit Starfuckerfunkeln in den Augen um. »Ist das der Typ von der Verhandlung?«

Rawson legt einen Finger an die Lippen. »Vorsicht. Hat ein Gehör wie ein Hund.«

»Wowie. Kein Wunder, dass deine Karriere im Arsch ist.«

Das darauffolgende Gelächter des Detectives ist kalt. Es stimmt, dass Sutton unter gewissen Kollegen keine Bewunderung genießt. Andererseits aber hat Rawson zahlreiche sehr viel schlimmere Bekanntschaften gepflegt. »Macht dir die Arbeit mit Tieren Spaß?«

»Natürlich.«

»Na ja, mir nicht.«

»Hör mal, ich wollte nicht …«

»Ja, ja/spar's dir. Bis wann muss ich draußen sein?«

Angel Dust macht eine unterlegene Miene. Er hätte die Einzelheiten früher abklären sollen, als die Stimmung friedlich war. »Vier Wochen. Aber die Verwaltung sagt, wenn du's in sieben Tagen schaffst, bekommst du die Kaution wieder. Du weißt schon, unabhängig vom Zustand der Wohnung.«

»Wirklich? Unabhängig vom unbeschadeten Zustand.« Rawson grinst, um zu zeigen, dass er niemandem böse ist. »Zwölf Wochen Miete als Kaution fand ich schon immer verdammt dreist. Für wen halten sich diese alten Schachteln eigentlich?«

Tom bemüht sich zu antworten. Rawson war schon immer eine komische Person gewesen, aber jetzt ist er schlichtweg lächerlich, ein Pygmäe im zerschlissenen Lendenschurz, infolge von Experimenten riesengroß geworden. Bis ins Kleinste außer dem Speer, mit der schmutzigen blauen Fliegenklatsche fuchtelt er nach seinem ungesehenen Bekannten am Himmel.

»Ich weiß nicht«, sagt schließlich der Tierarzt. »Aber ich denke, vielleicht würden sie dir dieselbe Frage stellen.«

17

Er ist im Foyer, holt die Post, ein herzliches *Hallo* an eine alte Schachtel gerichtet, die dies jetzt herzhaft missbilligt. Eine traurige Entwicklung/am Anfang wurde er geliebt. Das ist der Schlüssel zu seinem Rauswurf: Mit seiner rücksichtslosen Art hat er sie in ihrer Bewunderung abgewiesen, und nun ist es Zeit zu gehen. Sie dachten, sie bekämen den Vorkämpfer von Fairfield Siege, den Helden von Ashfield Fire. Sie dachten, sie bekämen den Träger der Peter Mitchell Medal, kamen für all das aber zehn Jahre zu spät.

Auch Rawson kommt zu spät. Seine Kollegen rechnen vormittags nicht mehr mit ihm. Heute könnte er sie vielleicht überraschen.

Doch nicht: Er erreicht das Ende des kurzen Gartenwegs, der ihn auf die Ithaca Road führt, und sieht im Herbstlaub dort einen hellblauen Fairlane mit laufendem Motor stehen. Es ist eine Falle, ein gemeiner Hinterhalt. Ein fieser verfluchter Überfall, das ist es.

»Buchmacher, die Hausbesuche machen«, sagt er zu den Hortensien. »Was lassen die sich als Nächstes einfallen?«

Jede Woche besuchte er Long Bay, und sie sprachen über Oberflächliches. Aber dann kam eine Zeit, zu einer anderen Stunde, als Suttons Schweigen wie ein Kraftfeld war. Der Polizist strengte sich an, ihm ein Geständnis zu entlocken.

– *Nachts.*

– *Was gibt's? Kannst du nicht schlafen?*

– *Ich schlafe gut. Weil ich aufgehört habe.*

– *Aufgehört?*

– *Ich wusste nicht … dass es so einen Unterschied macht.*

Es war nicht billig oder einfach, abendliche Dosen zu schmuggeln: Zwei für den Patienten, eine für den Zellengenossen, damit er die Klappe hielt. Die kalten Biere stellten Sutton ruhig und füllten ihn ab für die Mitternachtsschicht. Um vier Uhr früh kam Rawsons Logik zur Geltung.

Ein Körper, der pissen muss, wird seinen Herrn mit Visionen wecken – mit in Technicolor lodernden Träumen, die dem Patienten das Gefühl geben, am Leben zu sein.

Bobby Cobra öffnet die Beifahrertür, und der Fairlane macht sich auf Gewicht gefasst. »Lass mich raten. Ich hab aus Versehen einen Quaddie gesetzt.«

Der Buchmacher findet das lustig. Oder tut so. Jedenfalls hält sein heiseres Gelächter nicht lange an. Glen wird definiert von einer traurigen Unterströmung, und sein Kunde muss dagegen ankämpfen, um nicht hineingesogen zu werden.

»Also, der Tag hat normal angefangen. Mit der Wohnungssuche.«

»Oh. Scheiße.«

»Außerdem war das in der Post.«

Glen späht seitwärts drauf. »Rechnung?«

»Geburtstagskarte. Hab sie an meine Jüngste geschickt, war schon sauer, weil sie nie was gesagt hat.«

»Und wieso …«

»Hab sie an die falsche Adresse geschickt! *Zurück an Absender.*«

Der gute alte Glen schmunzelt, aber sein Schmunzeln entartet zu einem entsetzlichen, verzehrenden Husten; er hämmert sich mit der Faust an die Brust, und als er wiederauftaucht, schielt er reumütig nach außen. »Wahrscheinlich hast du's Heather aufs Ohr gebunden.«

»Hab mir Gott sei Dank auf die Zunge gebissen.«

»Schlau.«

»Ich streite mich nicht mehr mit ihr. Die ist Kingston Town, Alter – mit allem, was dazugehört.« Rawson reißt die Post auf, die nur er und irgendein Fremder je in der Hand hatten, zieht zwei Fünfziger heraus. »Biergeld. Wie geht's Lorraine?«

»Der übliche Dreckskampf. Scheiß Chemo.« Glen hat die Auskunft schon so häufig erteilt, dass sie keinerlei Emotion mehr enthält. Er ist müde, so wie Chemo-Ehemänner das Recht haben, müde zu sein. Und nachdenklich: »Ich glaube nicht, dass ich schon mal eine nette Heather kennengelernt habe. Das waren immer Zicken.«

»Geht mir genauso.« Rawson zieht seine Brieftasche, steckt das Geld ein. »Und ich will gefickt sein, wenn ich nicht eine davon geheiratet habe.«

»Geht's den Mädels gut?«

»Teenager, Mann. Rufen nur an, wenn sie was wollen.«

»Schon wahr.«

Wahr, aber wunderbar. Rawson bläht sich auf, verdüstert. »Aber dieser scheiß Mitchell – ist hin und hat Sash was auf den Hintern gegeben.«

»Was! Quatsch.«

»Schön wär's. Sie ruft heulend an, erzählt mir, sie wurde von der Schule nach Hause geschickt – irgendwas von wegen Schummeln beim Test. Sie kommt nach Hause, und Heather regt sich tierisch auf. Klar, ist ja auch die Mutter.«

»Klar.«

»Aber der Vollpfosten, ja – plötzlich denkt er, es ist seine Aufgabe, sie zu versohlen.«

»Du lieber Gott. Was hast du gemacht?«

»Ich war noch Stunden entfernt, als sie angerufen hat, Newcastle. Bin Freitag früh gleich hin, hab sie aber alle verpasst. Arbeit, Schule.«

»Da hat Mitchell Glück gehabt. Dachte, du hättest gesagt, er ist ein Arschloch, aber glimpflich? Rechnungsprüfer oder so.«

»Ein totes Arschloch, das ist er.«

»Wie alt ist sie jetzt, dreizehn?«

Dreizehn und geht rasant auf die zwanzig zu. »Egal, und wenn sie hundertundzehn wäre.«

»Unmöglich.« Glen schüttelt den Kopf und lässt den Motor an. »Komm, ich lad dich zum Essen ein.« Das Getriebe geschmeidig, aber eben doch kein Automatik. Rawson hebt das Kinn, reibt sich über die Stoppeln am Hals, als würde das Angebot sorgfältige Überlegung erfordern. »Essen umsonst. Einfach so, oder was?«

»Einfach was, wie?«

»Na gut, Glendale – führ mich zum Essen aus. Aber sag mir erst zum Schluss warum.«

»Abgemacht.« Glen zieht seinen Sicherheitsgurt lang. »Dachte, wir gehen zu Prime.«

»Was du nicht sagst?« Rawson dreht den verachteten Pager in seinen Baseballhandschuhhänden. *Karen Millar bitte anrufen.* Warum zum Teufel sollte er? »Siehst du den Truck da drüben? Halt daneben.«

Der Wagen gehorcht, und Rawson lehnt sich aus dem Fenster, improvisiert heiseres Bellen. Unter dem F100 taucht eine arktische Gestalt auf – ein Wolf greift mit erhobenen Pfoten an. Glen schreit auf vor Schreck, als er sich auf Rawsons Gesicht stürzt/ den Cop fast zu Tode schleckt. Der Buchmacher ringt nach Luft und fasst sich an die dicke linke Brust. »Herzinfarkt.«

»Darf ich vorstellen: Bloke.«

»Mist. Vieh!«

»Er wartet auf sein Herrchen. Hab ich recht, mein Junge? Ja – ja, genau, du wartest. So jetzt geh – warte auf Sutton. Ich bring dir Steak mit aus dem Restaurant.«

»Wer's glaubt.«

Der Fairlane rast zum Marinestützpunkt, die Haarnadelkurve, aus der sie raus und bis nach Woolloomooloo fliegen werden. Im Rückspiegel sieht Rawson wie Bloke sich flach macht und rückwärts unter den alten roten Truck kriecht, ein Flaschengeist aus weißem Rauch zieht sich in seine Flasche zurück.

»Verdammtes Monster«, sagt Glen.

»Verdammter Champion«, sagt Rawson.

Bloke ist kein Monster/er ist ein reinrassig gezüchteter Mix, der geheime Sprössling eines kalten Kriegs zwischen zwei lange zerstrittenen Nationen. Seine Mutter war eine Malamute-Prinzessin und sein Vater ein Husky-Bauer: Jede einzelne herrliche Komponente prangt strahlend in seinen Augen.

Das rechte ist Alaska und gehört dem moralischen Himmel. Es ist randvoll mit geduldiger Güte und dem Blau mütterlicher Liebe. Logik lebt in einer menschlichen Befehlen gegenüber aufgeschlossenen Pupille.

Das linke ist anders. Es ist sibirisch dunkel und gehört dem Chaos, ein Fossil aus Schlamm und Sehnen. Man könnte ganz dicht mit einer Taschenlampe in der Hand herangehen und würde sich dennoch nicht darin spiegeln.

»Ich steige aus«, sagt Glen. »Wenn die Runde jetzt vorbei ist, will ich mit ihr nach Europa, was anschauen, solange noch Zeit ist.«

»Guter Plan. Ist das die Stelle, an der ich dir erkläre, dass ich nicht zahlen kann?«

»Herrgott, Mick. Das weiß ich.«

»Ich könnte die Raten ein bisschen erhöhen. Ich hab einiges am Laufen.«

Der Buchmacher dreht die Lautstärke runter, findet die niedrigste praktikable Stufe.

»Du schuldest mir keinen Cent.«

Rawson grinst, als er das hört. »Ach was? Soviel ich weiß, waren es neulich noch zweihundertvierzigtausend.«

»Ich hab verkauft.«

»Was?«

»Die Schulden. Jemand hat sie aufgekauft.« Glen leckt sich über die Lippen, rissig wie alter Papyrus. »Du schuldest mir nichts.«

Rawson lehnt sich zurück. Eine Bewegung zur rechten Zeit/ das Dessert kommt.

Er nimmt eine Serviette und wischt sich übers Gesicht, schmiert über das zuletzt Gehörte. »Das kannst du nicht machen.«

»Doch kann ich.«

»Nein. Kannst du nicht.«

»Ist schon passiert.«

»Was zum Teufel redest du da?«

»Tut mir leid.«

Rawson drückt sich den Daumen in die Augenhöhle und reibt. »Wie lange machen du und ich das schon?«

»Weiß nicht. Ewig.«

»Genau, ewig. Zwanzig Jahre.«

»Alter, tut mir leid.«

»Tut dir leid? Scheiß auf *tut mir leid*. Mir tut leid, dass ich drauf gesetzt hab, dass Gay Icarus den Caulfield Cup verteidigt. Neunzehnhundert*zwei*undsiebzig, Glen. Der verfluchte Gay Icarus.

Hörst du, was ich sage? Ich hab dir mein verdammtes *halbes Leben lang* Geld in den Rachen geworfen.«

Glen starrt die Restaurantwand an, vor Stress treten ihm Tränen in die Augen. Restaurantgäste in der Nähe starren Rawson an, die Quelle des grotesken Gewispers. Auch Glen wispert: »Die haben mir hundertundzwanzig Cent pro Dollar geboten. Dann hundertfünfzig.«

»Wer?«

»Dann haben sie hundertsiebzig geboten und gesagt, dass es kein Angebot mehr ist. Entweder ich nehm's an oder ich nehm's an.«

»Ach du Scheiße.«

Rawson betrachtet die preisgekrönte Tarte wie ein verwirrendes Rätsel. Rubiks Kuchen. Glen kehrt zu seinem Glas zurück und trinkt den Roten langsam aus. Ausgezeichnetes Tröpfchen – ein Henschke aus dem Jahr, in dem Gay Icarus sich seinen Sieg hat abkaufen lassen. Scheiß Hill of Grace. »Du hattest einen Dobermann«, flüstert Rawson.

»Was?«

»Ist mir gerade wieder eingefallen.«

Glen ist verstört. »Hör mal, ich hab's kapiert. Wir kennen uns schon sehr lange.«

»Du hattest einen Dobermann Pinscher, aber dann hast du ihn wieder abgeschafft.« Der Zocker spricht, als würde er jemandem aus der Hand lesen, seine übersinnlichen Fähigkeiten abrufen. »Als deine Tochter auf die Welt gekommen ist, hast du den Hund abgeschafft.«

»Ich hab ihn nicht abgeschafft. Er ist auf eine *Farm* umgezogen.«

»Genau.« Rawson nickt, eine beunruhigende neue Leere im Blick. »Es war eine Hündin, und sie hieß Donna.«

»Weißt du, wer diese Leute sind? Weil ich dir nämlich sage, Michael, die haben mir schwer Angst eingejagt. Das waren keine Freizeitschläger von hier.«

»Was für ein Mensch nennt einen Dobermann *Donna?*«

»Einer wie ich«, sagt der Buchmacher, zeigt mit dem Daumen auf sich. »Und nur fürs Protokoll, sie war sehr freundlich.«

»Hat es dir je was ausgemacht, dass du keine Söhne hast? Nur Töchter?«

»Was? Fick dich.« Glen greift nach dem Nächstbesten, was er als Wurfgeschoss benutzen kann, ein silberner Löffel trifft Rawson an der Brust/fällt ihm harmlos in den Schoß. Null Zucken. »Mach schon«, sagt der Buchmacher, gestikuliert Richtung Tarte. »Erlöse das verdammte Ding aus seinem Elend.«

Rawson ignoriert den Befehl. »Mein eigener verfluchter Fehler«, sagt er durch weiße/durch geläuterte Lippen.

»Wieso. Weil du auf die falschen Pferde gesetzt hast?«

»Nicht die Pferde, Glen. Ich setz immer wieder auf die falschen verfluchten scheiß Menschen.«

Ein weiterer quälend schöner Tag am Hafen: Licht fällt aufs Wasser und blendet den Betrachter. Die Anzüge und Büromädchen gehen in zahlreiche Richtungen, strömen über die Promenade wie Worte bei einer Unterhaltung. Rawson folgt ihrer konservativ dunklen Modenschau ohne Kritik oder Diskriminierung in den wasserblauen Augen.

– *Wie lange.*

– *Hab auf einen Monat gepocht.*

– *Und?*

– *Die haben gesagt, eine Woche.*

– *Eine Woche. Prima. Wir sehen uns.*

Beim Beobachten der Fähren muss er sich Glens schmerzliche Wahrheit eingestehen. Sirius, Lady Charlotte – er hat auf so manche Verlierer gesetzt. Die letzten achtzehn Zockermonate, echte Oberkacke. In seiner Jugend hatte er immer Glück … jetzt beäugt ihn eine einbeinige Möwe wie einen Feind, der sich nicht mehr erinnern kann, warum sie sich so sehr hassen. Dahinter treibt der vernichtende Film und gefürchtete, halb lahme Leimtopf – der Abschaum, der seit Anbeginn von Mensch und Pferd jeden Stadthafen säumt.

16

Der auffällige Auftritt, den er hinlegt, passt durchaus zu dem prominenten Verbrechensbekämpfer, der er einst war. Die Sonnenbrille wird abgenommen, um ein reibungsfrei strahlendes Grinsen zum Vorschein zu bringen: Höfliche Verneigungen werden angebracht und entgegengenommen. Ein Telefon irgendwo hinter einer Trennwand weigert sich, das Klingeln einzustellen und ebenso *Detective Sergeant Rawsons persönlicher Anrufdienst, Lewis am Apparat.*

Gelächter ringsum, und Rawson führt es an. »Sehr witzig, Lewisham. Wirklich, sehr schön. Aber es muss heißen Detective Inkremental Sergeant – und vergessen Sie das bloß nicht.« Zehn Minuten hält er Hof im Revier ihrer Zuneigung, ein prächtiger Vogel, der sich gerne aufplustert. Beim Fußvolk gilt er noch als Folklore, als Volkslegende. Das wird sich nie ändern. Er wirkt ruhig, angekommen, und man würde niemals darauf kommen, dass er seine Mittagspause neben den Schienen der Ringbahn verbracht hat.

Nur vier gelbe Nachrichtenzettel auf seinem Schreibtisch. Worüber meckert Lewis? Auf den ersten drei steht sogar dasselbe. Eine gewisse Pia möchte mit ihm über *Whit* sprechen.

»Papierkorb. Papierkorb. Papierkorb.«

Auch der vierte ist nur eine minimal abweichende Variante, ein einziges zusätzliches Wort. Aber manchmal macht so was den Unterschied zwischen einer B-Seite und einem Hit aus. Eine gewisse Pia möchte mit ihm über Whit *und Whits Schwester Kristy* sprechen.

»Einen Augenblick deiner kostbaren Zeit, Detective.«

Scheiße. Das Büro, der Stuhl, Platz nehmen. »Habe gerade einen Anruf von Bruce Humphrey bekommen.«

»Los geht's.«

»Ist dein Pager einsatzbereit?«

»Kaputt«, sagt Rawson. »Wasserschaden.«

»Sehr ungünstig.«

»Ja, Kloschüssel. Pech.«

»Bitte. Ersatz.«

»Oh, danke, großartig.«

»Außerdem Karen Millars Nummer. Wenn Mike Samo das nächste Mal um das Vergnügen deiner Anwesenheit bittet, schiebst du deinen veralteten Arsch nach Temple, aber toute suite.«

»Iron Mike? Du liebe Zeit, wozu die Aufregung.«

»Im Ernst?«

»Ja – im Ernst.«

»Nicht mal du kannst gegenüber den Gerüchten in diesem Laden hier so taub sein.«

Nach dem Scheiß ist er düster im Gesicht und brummt, geht auf und ab, während das Büro vorgibt, nichts gehört zu haben. Sein Temperament ist eine ungewisse Masse, alles andere als stabil. Er schnappt sich das vierte gelbe Zettelchen und will wissen *Wer verdammte Scheiße ist Pia Cwerouassoa?*

»Es sind Damen anwesend.«

»Verzeihung. Wer zum Kuckuck is Pia Ca, Ca ... hol's der Henker, ich kann die scheiß Schrift nicht lesen.«

»Carozza?«

»Kann sein. Hier nimmt wohl ein Arzt die Nachrichten auf!«

»Das ist die von der *Tele*-Klatschkolumne. Harbour Confidential.«

Die Rawson'sche Stimmung entspannt sich; die Menschen spüren es. Er fächelt sich mit dem Zettelchen Luft zu und fragt sich: *Wie sieht sie aus?*

»Äußerst fickbar.«

»Ist das wirklich so … Herrgott, ich glaube, ich brauche einen Defibrillator.«

»Du bist doch gerade erst gekommen.«

»Ich weiß. Aber du liebe Zeit … Ich glaube, ich brauche einen Defibrillator.«

Rawson starrt die Ziffern an, bis sie sich dem überantwortet haben, was von seinem Gedächtnis übrig ist. Leise denkt er Kristys Namen und schickt die Mitteilung mit ihren Brüdern und Schwestern schlafen.

»Pia am Apparat.«

»Die liebe Pia. Detective Sergeant Rawson.«

»Rawso … oh hallo, danke für den Rückruf.«

»Schon gut, meine Liebe – hab gerade ein Bild von Ihnen gesehen.«

»Ha. Man hat mir gesagt, Sie sind ein Charmeur.«

»Die haben wahr gesprochen. Heute Abend bin ich im Ink, falls Sie Lust haben, vorbeizukommen und das auszudiskutieren.«

»Was auszudiskutieren?«

»Meine Charmanz.«

»Warum versuchen wir's zum Warmwerden nicht mit Whit Hammond.«

»Ausgezeichneter Gitarrist. Ich hab alle Platten.«

»Wissen Sie was über einen Zwischenfall bei ihm am Freitagabend? Ganz inoffiziell, natürlich.«

»Oh, natürlich. Aber ich bin beim CIB, meine Liebe – dem SPG angegliedert. Wären wir hier in Victoria, würden Sie mich als Gottes Sohn ansprechen.«

»Ooookay. Also viel zu wichtig für Beschwerden wegen Ruhestörung.«

»Lichtjahre.«

»Hab ich mir sogar schon gedacht. Aber dann hat jemand gesagt, Sie kennen ihn. Privat. Und seine Schwester Kristy.«

»Jeder kennt Whit und seine Schwester Kristy. Haben Sie die mal gesehen?«

»Klar. Regelmäßig oben ohne in der Zeitung. Meine Quelle denkt, Sie und Kristy …«

»Ihre Quelle. Wer mag das sein, frage ich mich?«

»Tut mir leid, Detective, Sie sind nicht der Einzige, der V-Leute schützt.«

Rawson lächelt bewundernd. »Ja, so was – und die Fachbegriffe hat sie auch drauf. War mir ein Vergnügen, mich mit Ihnen zu unterhalten, Pia. Wenn Sie das nächste Mal mit Lenny Clarke sprechen, sagen Sie ihr einen schönen Gruß von Bobby Cob. Schön zu sehen, dass Sie den Kontakt zu Ihren Fairfax-Cousinen halten.«

Pia legt auf und sagt zu niemandem, *woher zum Teufel hat er das gewusst.*

Ein Defibrillator war für Rawson früher ein doppelter Espresso bei Vittorio unten auf der Roslyn. Das ist jetzt nicht mehr so.

»Zeit. Ist sie körnig oder kontinuierlich? Baut sie sich auf oder befindet sie sich im Fluss? Gehört ein Moment sich selbst, ist er einer von unendlich vielen, alle wie er selbst, oder gibt es nur einen einzigen niemals endenden Augenblick? Instinktiv würde ich sagen, wenn das Licht Eigenschaften von Partikeln und Wellen aufweist, dann liegt darin die Antwort. Die Zeit muss ebenso verfasst sein, körnig wie kontinuierlich zur selben …«

»Zeit?«

»Zeit.«

»Bist du jetzt still?«, fragt Rawson.

»Tut mir leid, Michael. Du weißt, wie redselig ich vom Koksen werde.«

»Ja. Wollen nur hoffen, dass dir der Hammer das Maul stopft.«

Rawson teilt sich den mit Kissen gepolsterten Platz mit dem blassen pockennarbigen Lester. Lester hat die Ärmel hochgekrempelt, aber er ist kein Süchtiger: Er muss nur ab und zu mal aussteigen. »Hier ist immer Nachmittag«, sagt er. »Bei Wendy's bleibt die Zeit stehen.«

Rawson keucht vor Durst und drängenden Fragen. »Du meinst die körnige?«

»Nein«, sagt Lester. »Wir reden nicht über Wissenschaft.«

»Wir reden Scheiße.«

»Armer Michael. Du bist wie ein Bär mit Zahnschmerzen.«

»Ja, und ich kann mir keinen Zahnarzt leisten. Was weißt du über einen neuen Vorstoß beim Richter?«

»Koestler?« Lester grinst belämmert/wölfisch. »Bercovitch umkreist schon seit einiger Zeit diesen Grabstein. Superintendent – das ist sein Ticket.«

»Solange jemand anders die schweren Sachen hebt. Wie fand Bob Mack das denn, dass man ihm seinen besten Lehrjungen klaut?«

»Glaub nicht, was du hörst – Millar gehört niemandem. Außerdem ist Sir Bob kein besitzergreifender Typ.«

»Du redest, als wärst du ihm tatsächlich schon mal begegnet.«

Ein Mädchen in einem weißen Mieder kommt herein und kniet sich neben Lest. Blonde Haare, brauner Ansatz. *Wach, aber bäuchlings ausgestreckt im tiefsten Dorset,* sagt er ausdruckslos lächelnd, während sie ihm professionell das Geschirr anlegt. Auch ihr Lächeln ist ausdruckslos. Das Mädchen ist müde/macht den ganzen Tag so einen Scheiß.

Lesters Augen rollen verräterisch, und er sieht aus wie der in den Innendienst geflüchtete, der er ist, achselverschwitztes Hemd und die schlecht gewählte Krawatte inzwischen zum Ypsilon gelockert. Aber welcher Innendienst? Er ist billig ausstaffiert, vom Typ her einer, der noch bei Mama wohnt und bei Lowes einkauft. Eine steife Stanmore-Brise würde ihn umwerfen/man würde ihn für mittleres Management im Versicherungswesen halten.

Lisa geht durch den klimatisierten Raum und erreicht Rawse. »Könnte ewig hier liegen«, sagt er. »Vielleicht hat Lester recht. Vielleicht bleibt die Zeit bei Wendy's stehen.«

»Verdammte Scheiße, ich hoffe nicht.« Lisa ist hübsch, aber auf der Kippe, und das liegt nicht nur an den Jahren/liegt an der Laufleistung. Rawson will ihr sagen *Steig aus, solange du noch kannst, meine Liebe – ich hoffe, du hast was gespart.*

»Alles zwischen den Fingern durch, Schatz. Kommst du mit was trinken?«

»Kann nicht. Jane kommt mit.«

»Die liebe Jane.«

Lisa piekt den großen Lieutenant. Der Augenblick davor/er befreit seine Gedanken von der Schuldenlast. »Ich sollte das nicht machen.«

»Weil du ein Gesetzesvertreter bist?«

»Weil ich dann noch schlimmeren Scheiß rede als Lester auf Koks.«

»H macht nicht gesprächig. Niemanden.«

»Ich meine im Innern, Süße. Und ich sage so schreckliche Sachen.«

Sie gähnt, schaut Lest böse an. »Solange du nicht über Zeit und Raum laberst.«

»Abgemacht. Mach ihn nicht fertig – der ist ein verdammt guter Kontakt.«

Rawson beobachtet die Faltenbildung auf ihrer Stirn, während sie sich selbst als wunderschöne Marionette in die Welt montiert. »Gegen das Vergessen?«

»Mein heiliges Ehrenwort. Er ist der fünfmächtigste Mann im Staat.«

»Wenn du meinst.«

»Im Ernst. Der erzählt dem Premier, was er denken soll.«

»Ja, leck mich am Arsch.« Lisa steht auf und schafft Ordnung auf ihrem Tablett. »Da sieht man mal wieder, dass man nie wissen kann.«

Doch kann man, sagt Rawson über die Ehrfurcht hinweg. *Oh ja, verdammt noch mal, man kann.*

Das Ink. Murk sollten sie's nennen, oder vielleicht Dark Room. Mit der Infrarotbeleuchtung ist es genauso, die Silhouetten einzig durch ihren Hitzegrad umrissen. Man erkennt seine Nachbarin an ihrer Silhouette, den Nebenmann an seiner Masse; Gesichter sind ausgelöscht, und es könnte 1979 sein/es könnte 1983 sein. Die Musik macht es nicht besser, weil sie sich nie verändert: textfreier Funk, hart und beißend, die Songs Körper in einer Reihe ohne besondere Kennzeichen.

Er nimmt einen Tisch hinten, seine eigene Silhouette eher in schwarzem als rotem Licht skizziert. Übersehen zu werden ist kein Gefühl, das er versteht/Rawson strebt es an, wenn er kann.

Die ersten ziehen Kreise, zaghafte Satelliten auf immer engeren Umlaufbahnen um den geröteten Riesen herum, der er ist. Oder war: Bobby Cobra hat sich gesupernovat, ist nur noch der Überrest einer früheren Sonne. Ein schwärzer werdendes Loch/ein reißendes Gewicht im Gewebe. Er glättet den Stoff und legt zwei Kartensätze auf die unverkrümelte Oberfläche – Poker, Tarot – und stellt mit derselben Präzision eine Sanduhr aus Plastik auf. Zu seiner Rechten befindet sich ein Kübel mit Eis, aber es herrscht ein skandalöser Mangel an Champagner.

So mag sich ein König im Exil aufführen. Möchtegern-Höflinge eines künftigen Regimes kommen und kauern an seinem schäbigen Thron, klagen auf bestimmte Unternehmungen. Er zieht inzwischen einen geringeren Grad Mond an, aber Quantität ist nicht entscheidend. Einige werden vorgelassen, um salbungsvoll ihr Anliegen vorzutragen, andere entlassen, noch bevor der Sand durchgelaufen ist.

»Schon mal von denen gehört? Eckies, superhart.«

»Verpiss dich, Blödmann. Seh ich aus wie vom Drogendezernat?«

»Limited edition, Alter – wie fünf Mitsubishis auf einmal. Leck mich!«

»Hey?«

»Das ist die Marke: Faust mit gestrecktem Mittelfinger.«

»Oh.« Er bohrt in seinem Ohr, als fänden sich dort Daten/»Ja, vielleicht hab ich wirklich was gehört.«

»Auf der Straße werden die Fenechs genannt. *I Love Youse All.* Wirst du sagen, wenn du eine einwirfst!«

»Und was ist das – ein Dutzend als Gratiskostprobe?«

»Ich kann dir viel mehr besorgen.«

»Klar«, sagt Rawson. »Aber wer besorgt sie *dir*? Gib mir den Namen von der Gans, die die Eier legt.«

»Vergiss es, Skipper. So viel bin ich dir nicht schuldig.«

»Genau das ist es, Sunshine – am Ende schulde ich dir noch was.«

Das Handeln, das Feilschen, die erste Transaktion. Das Nächste ist ein Mädchen, das gute Ratschläge braucht, und Rawson hört sich mit ernster Miene ihre Sorgen an. Andere Rawsons würden die Situation ausnutzen, vielleicht sexuell, aber hier ist er Spender weiser Informationen, sein Rat ist vernünftig und auf seine Art zutiefst moralisch. Sie bietet ihm an, ihm was schuldig zu bleiben oder sich zu bedanken/Rawson lächelt wie ein Onkel.

Tu einfach, was ich dir sage, und sieh zu, dass du hier rauskommst, Süße.

»Mr Rawse.«

»Verpiss dich, Clyde – du hast hier keinen Kredit mehr.«

»Ich hab was, damit sind wir quitt.«

»Wir sind niemals quitt, du Schleimlappen.«

»Ich kenne einen, der für Leslie Prime arbeitet.«

»Leslie Prime, Leslie Prime.«

»Du weißt schon – der alte Standover Artist. Hat ein Wettbüro in Clemton Park, zwei Läden in Bexley.«

»Bexley. Clemton Park. Tu mir einen Gefallen, und verpiss dich.«

»Der Typ ist Leslies Handlanger. Keithy Dean. Hast ihn damals wegen bewaffnetem Raubüberfall drangekriegt.«

»Keithy Dean. Bewaffneter Raubüberfall.« Rawson wiederholt die Begriffe ausdruckslos, wie aus einer fremden Sprache.

»Willst du mir erzählen, du erinnerst dich nicht mehr an Bopper Dean?«

»Doch, auf jeden.«

»Er will mir einen Job verkaufen. Einen guten. Armaguard oder vielleicht Artarmon.«

»Einen guten?«

»Durchorganisiert. Nicht riskant. Bei der Vorgeschichte kannst du ihn vielleicht anrufen?«

»Wieso? Was hat er dir getan?«

»Wen interessiert's?«

»Mich.«

»Na schön. Er hat meine Missus gefickt.«

»Bopper Dean könnte deine Missus nicht mal mit einer automatischen Fickmaschine ficken. Wenn du noch mal so einen Scheiß erzählst, verknack ich *dich*. Hau ab.«

»Was krieg ich dafür?«

»Wofür? Für nichts? Menschenskind, lass mich nachdenken. Wie ist der gängige Tarif für nichts?«

So geht es, Stunde um Stunde, das wahre Ausmaß von Rawsons Insolvenz kommt ans Licht. Er ist ein König im Exil/der Papst im Wartestand/ein einflussreicher Händler, der Schiffe verloren hat.

Es heißt, 1985 habe er kein einziges Bier bezahlt. Fünfundachtzig und die ersten zehn Monate des Jahres 86. So verdammt gut ist es bei ihm gelaufen. So angesagt war er da.

»Wofür war der?«

»Ashfield.«

»Und der?«

»Rugby.«

»*Der* da?«

»Scheiße, ich hab keine Ahnung.«

Na ja, Jane kann das toppen: Sie hat, seit sie vierzehn war, keinen Drink mehr bezahlt. Und es ist schon eine ganze Weile her, dass Jane vierzehn war. Sie sieht Sutton am Tresen wie ein Hologramm Gestalt annehmen und geht, wie man früher so schön sagte, schnurstracks auf ihn zu.

»Hey, Mister. Gary war vorhin da. Er hat das von Bobby erzählt.«

»Ich weiß.«

»Einen Scheiß weißt du. Du bist gerade erst gekommen.«

Ein randvolles Schnapsglas steht vor ihm. Er rührt es nicht an und bestellt keinen für die Lady. Die Lady sagt: »Er sucht dich. Alle suchen dich – sogar Mr Krakatoa.«

»Krakatoa.«

»Ja, der heiße Neue bei denen. Logan Parsifal.«

»Perceval.«

»Perceval. Was hast du denn dieses Mal ausgefressen?«

Suttons Aura ist traurig. Parsifal/Perceval. »Ich habe Shark Delaney mit einem Briefbeschwerer erschlagen.«

»Prima, na dann – so soll es sein. Hey, wieso nennen die ihn so? Gary Ptero-dactyl. Die Geschichte hab ich nie gehört.«

»Eigentlich heißt er Terry. Mehr musst du nicht wissen.«

Sie lacht ohne Humor/er war immer schon ein Arschloch. »Sagst du jemals die Wahrheit?«

»Ich sage immer nur die Wahrheit.«

»Komm schon, Rawse ist hinten.«

»Nicht gut.«

»Was?«

»Hab ihn nüchtern gebraucht. Pass auf ihn auf.«

»Kapier's endlich, Jamie. Alle wissen, dass du ...«

Aber sie spricht es in die Luft/Sutton ist zum Ersten, zum Zweiten und zum Dritten. Und weg.

Rawson ist nicht weg. Rawson ist entschwunden.

Die Fenech in ihm schlägt alles in Sichtweite zusammen, schaltet alle Herausforderer aus, ausgenommen das Koks. Das Koks sieht aus, als könnte es bis zum Schluss durchhalten. Eine Gestalt, die er hätte kommen sehen müssen, wird groß.

»Gary *Pterodactyl*. Steht dein Vetter noch hier an der Tür? Hab ihn nicht gesehen.«

»Im Krankenhaus.«

»Ah, Berufsrisiko. Heutzutage gibt's mehr Gewalt. Weißt du, warum? Weil's weniger *Angst* gibt.«

»Ich trag meinen Teil dazu bei.«

»Ha ha ha, allerdings, du angsteinflößendes Arschloch. Was willst du trinken?«

»Das, wenn's Bourbon ist.«

»Ist es, Gary. Ist es.«

Rawson winkt und stößt an, so wie er bei fünfzehnhundert früheren Gelegenheiten auf diesem Platz gewunken und angestoßen hat, und er tut, als würde er nicht merken, dass ihn der stattliche Mann auf der anderen Seite des Tisches anstarrt. Wenn er dabei gesehen wird, dass er's merkt, wird er ein Ding draus machen müssen. Und dafür hat er gerade viel zu viel Spaß. Wie gut sind diese Fenechs?

So oder so, es ist allgemein bekannt, dass bei Gary im Kopf was fehlt. Der Kerl hat sie nicht alle beisammen. Wurde als Baby fallen gelassen – und als Krabbelkind noch mal, als Jugendlicher und als ausgewachsener Mann auch. Rawson lehnt sich zurück und seufzt.

»Also was geht, Gaz.«

»Sutton. Wo ist er?«

»Kann ich dir nicht sagen.«

»Wir wollen die Bikes fix und flott. Und das nur fürs Erste.«

»Die Bikes. Fix und flott. Nur fürs Erste?«

»Finde ihn lieber, bevor wir's tun. Das hat Slane gesagt, soll ich sagen.«

»Ach, das kommt von oben?«

»Wir können das entweder klären, oder es wird unschön.«

Big Ship wird nachdenklich. »Chris *the Game* Slane. Hab das immer für einen bescheuerten Namen gehalten. Was soll das überhaupt bedeuten?«

»Müsstest du wissen, Alter. Er hat dich doch reingelegt.«

Der Biker steht auf, der erste von Rawsons Gesprächspartnern, der sich selbst entlässt, um das letzte Wort zu haben. »Gary Pterodactyl«, sagt er zu niemandem, als der überflüssige Jim Beam auftritt. »Na, *das* ist doch mal ein verfluchter scheiß Spitzname.«

»Willst du den noch?«

»Ach, Liebes, wir werden ein schönes Zuhause dafür finden. Joh Bjelke-Petersen.«

»Hä?«

»Umgangssprache unter Queenslandkröten, heißt *Mach dir darüber mal keine Sorgen*.«

15

»Nimm die Brücke. Nicht den Highway. Fahr auf die rechte Spur, ja, Military Road. Hier bleibst du erst mal.«

»Wenn wir rausgewunken werden …«

Janes Wagen ist ein beschissener Commodore. Rawson liegt ausladend auf dem Rücksitz, rechnet sich Sydney aus. Seine Anweisungen treffen genau in dem Augenblick ein, in dem sie gebraucht werden, obwohl er die Augen geschlossen hält und zwischendurch immer wieder phantasiert.

»Ganz im Ernst, mein Freund. Wenn ich blasen muss …«

Die anderen Fahrer um ihre schmutzige Silbermaschine herum sind vom Papiergrau des Highways. Um diese Uhrzeit nicht viele, aber selbst einer erinnert daran, dass der Commodore nicht die Welt ist. Das spontane Ballett aus fahrzeuglicher Gesellschaft, die zusammentreibt und auseinander … Wer sind diese Fahrer? In welch nächtlicher Angelegenheit sind sie unterwegs?

Rawson kann sich nicht entscheiden, ob es unfassbar faszinierend wäre oder unvergleichlich öde, ihre Geschichten zu kennen.

»Auf dem Schild steht Mosman«, meint Jane. »Darkside. Ich komme nie nach scheiß Darkside.«

Norden und Süden kombiniert. Osten und Westen kollidiert. Es ist immer eine Stadt im Dunkeln, Jane. Wir alle sind Städte im Dunkeln.

»Sutton war heute Abend da«, sagt sie. »Ich hab mit ihm gesprochen.«

Schön und gut – aber wo ist Sutton jetzt? Nur ein Mann, ein Hund und ein Truck, da draußen im heißen, blauen Nichts. Rawson sagt, »War sonst noch jemand da?«

Ein paar andere Wagen werden Schichtarbeiter sein und einige liebeskranke Flüchtlinge, verlorene Seelen, die in romantische Katastrophen hinein- oder herausrasen. Ein paar werden nur zum Spaß und zur einsamen Hölle dabei sein, während eine Minderheit, geringfügig, kriminelle Unterhaltungen führt. Hinter ihnen ist einer, auf den keine Kategorie passt, und das ist ein Ford namens Sutton.

»Du meinst, *ob Kristy da war*?«

»Egal.«

»Komm schon, Rawse – erzähl mir nicht, dass du immer noch an der Alten hängst.«

»Spit Junction. Halt dich rechts. Dauert noch ewig. Red nicht so über sie.«

»Hab nie verstanden, was du an der findest.«

Oh, lüg mich nicht an, Jane. Flunker mir nichts vor. Was Männer an Kristy finden, finden ständig auch alle anderen.

»Hunters Bay«, sagt sie. »Ist das unsere?«

Das Meer schlabbert ununterbrochen wie ein durstiger Hund oder ein Krake über die Promenade. Nichts wird diesen Durst löschen/dieser Durst muss sich selbst ertragen. Lediglich ein weiterer Vertrag, der nicht erfüllt werden kann.

»Dein Pager brummt.«

»Nicht mehr lange.«

»Man verlangt nach dir«, sagt sie.

»Ja.«

Und nein. Übertragungen von der anderen Seite des Wassers; die Blut-Hirn-Schranke von Sydney. Rawson könnte das Gerät zerschlagen, aber die Nachrichten würden trotzdem weiterhin kommen. *Karen Millar anrufen.* Er denkt an eine Welt, bevor es Pager gab.

Das Wasser wirkt grau und herbstkalt. Sie parken, um an den Uferbäumen entlangzuspazieren. Ein einziges rotes Licht bewegt sich über den Hafen, ein Schiff oder ein Fahrzeug, unmöglich festzustellen. Sie setzen sich auf eine Bank, und Rawson legt sich hin, seinen Kopf in ihren Schoß, während Jane eine Zigarette raucht. Hin und wieder steckt sie sie ihm in den Mund; Bobby Cobra zieht lang und passiv. Sie erwähnt es nicht mal, als sie sieht, dass er weint.

»Wieso kommst du hierher, Babe?«

»Weil ich muss.«

»Immer alleine?«

»Immer alleine/nur dieses eine Mal mit dir.«

Sie sind gleich alt, beide vierundvierzig. Janes Haar ist perfekt glatt und perfekt schwarz, umrahmt ein Gesicht, das interessant, weil asymmetrisch ist. Wegen des vielen Lebens, das sie hinter sich hat. Ihre Haut ist blass wie die eines Froschs.

»Wir sind alle nur Städte im Dunklen.«

»Ich weiß«, sagt sie. »Hast du schon gesagt.«

»Besser, man wiederholt die Wahrheit, keine Gerüchte. Das ist das Problem mit der Welt – die Menschen machen es andersherum.«

»Und was ist die Wahrheit?«

»Dass wir alle viele unterschiedliche, zusammengepferchte

Menschen sind, nicht um die Ecke schauen können, auf das, was uns bevorsteht. Verstehst du mich?«

»Nicht so richtig.«

»Wir alle sind die Summe vieler Jahre Schwerstarbeit, Erde, die durch ein grausames und überraschendes Beben zerstört werden kann. Vandalen mit Baseballschlägern stehen am Rande, wollen nach allem ausholen, was du hast und was du bist. Sie sind die Befreier, Jane Hemingway – die Räuber und Berauber.«

»Wusste gar nicht, dass du meinen Nachnamen kennst.«

»Ich kenne alle Namen und alle Geschichten, die sie untermauern.«

»Na schön. Gary Pterodactyl?«

»Kind britischer Einwanderer nach dem Krieg. Terry Sackville. Gezeugt auf einem Schiff. Sag es dreimal schnell hintereinander.«

»Gezeugtaufeinemschiffgezeugtauf…«

»Terry Sackville.«

»Oh. Terrysackvilleterrysackvilleterrysackville.«

»Daher Pterodactyl.«

»Aber wieso Gary?«

Ein zitronenfarbener Hund taucht am Rande des Parks auf und bleibt neugierig stehen. Zwei Menschen, seltsam angeordnet zu eigenartiger Stunde, die Dame senkrecht, der Mann horizontal. Der Hund hebt erwartungsvoll die Pfote.

»Bikerkram«, sagt Rawson. »Outlaw-Motorcycle-Gang-Ritual. Sackville ist ein ehemaliger Rebel und die geben sich Kampfnamen. Den von ihrem Ersten.«

»Ihrem ersten was?«

»Ihrem ersten Onepercenter aus einer rivalisierenden Gang, den sie zusammengeschlagen oder erschossen haben.«

»Oh Gott.«

»Es kommt also zu Fehden, wegen Namen werden Kriege geführt. Oder manchmal auch nicht – wenn ein Rebel oder ein Bandito einer Auseinandersetzung mit einem aus dem Weg zu gehen versucht, dessen Name ihm nicht gefällt. *Wer ist da draußen, Leute? Ian? Oha, eigentlich sehe ich mich nicht als Ian. Wie sieht's aus mit einem Max, habt ihr einen?*«

»Witzig.«

»Das kann es sein. Es heißt, Blackie Mountain in Cessnock hätte wie ein Baptist auf einer Beerdigung geheult, als er im Dunkeln Dick Champion halb totgeschlagen hat.«

Jane lacht. »Dick Mountain.«

»Eigentlich kein schlechter Kerl.«

»Dick Mountain?«

»Dick Champion.«

Der Hund bellt ohrenbetäubend und dreht Runden wie ein Pferd in der Schlacht, rennt wie wild aufs Meer zu. Jane schaut dran vorbei zur Landzunge, um die herum jetzt zwei neue Lichtpunkte aufeinander zuzulaufen scheinen. Halb rechnet sie mit dem Geräusch einer fernen Katastrophe, Rumpf gegen Rumpf, aber die Signale ziehen ruhig aneinander vorbei. Auch Rawson schaut zur Landzunge/hat sonst nirgendwo hingesehen.

»Der Kram über Vandalen und Erdbeben. Da redest du doch von deiner beruflichen Laufbahn.«

»Das, aber noch mehr. Es braucht viele Fälle, bis du's zu was bringst, Janey. Aber nur einen, um abzustürzen.«

»Und das war deiner. Dein Absturz.« Jane ist eine schöne Hexe, schlank in der Nacht, streicht über sein magisches Haar. Sie hat ihre Seele für magische Kräfte verpfändet. »Ich weiß, dort wurde sie gefunden.«

»Niemand weiß nichts. Mit wem hast du geredet?«

»Mit niemandem. Ich erinnre mich einfach. Verdammt schrecklich … aber ihr habt ihn erwischt.«

»Ich nicht, Liebes.«

»Du weißt, was ich meine. Ihr, die Polizei.«

»Ja, William Meath, innerhalb weniger Tage gefasst. Egal, was die Flut sagt.«

»Igitt – ich kann sein gruseliges Gesicht noch in der Zeitung sehen. Das Bild von seinem Boot.«

»Ich spür dich jetzt noch zittern.«

»Aber du hast mit dran gearbeitet. Hast geholfen.«

»Allerdings. Eine Gruppe Eingeschworener hatte die Aufgabe, das monströse Monster zu finden, das dafür verantwortlich war. Operation Beowulf … aber ich war nur eine zusätzliche Hilfe. Das Verdienst gehört anderen. Holden, Paspaley.«

»Ihr habt zusammen dran gearbeitet?«

»Nein – getrennt. Ich hatte keinen Anteil daran. Nicht dass sie was davon gehabt hätten. Ausgestoßene, alle beide.«

»Aber du bist noch da.«

»Das bin ich. Der Letzte meiner Art.«

»Wieso lässt du dann nicht los? Oder ist das eine dumme Frage?«

»Eine dumme Frage, Baby Jane. Erstens, er hat es nicht getan. Der Mann, den sie festgenommen haben, war's nicht.«

»Hä?«

»Ist die Wahrheit.«

»Aber das ist schrecklich.«

»Das ist sowohl schrecklich wie auch nicht. Die haben nicht einfach irgendeinen Zivilisten von der Straße geholt. Die haben einen bösen alten Kifi rangenommen.«

»Einen Kinderficker?«

»Genau.«

»Einen Killer?«

Rawson atmet eine Weile ihren Rauch. »Du sagst das, als wäre Töten das Grauenhafteste überhaupt. Einer, der mit Kindern rummacht, Janey Hem. Nur nicht der, den wir gesucht haben.«

»Und das ist … allgemein bekannt?«

»Nicht allgemein. Im Gegenteil. Ich hab Beweise, aber von der schlechten Sorte: auf schlimmen Dingen basierend. Nach ihr hätte er sich nicht umgedreht.«

»Was heißt das?«

»Meath hat Jungs missbraucht.«

»Das ist ja wohl kaum ein Beweis.«

»Du denkst, die sind alle gleich, alle Perversen sind aus demselben Holz geschnitzt. In gewisser Weise stimmt das, aber wir alle spüren den Sog auf eigene Art. Dass Meath umsteigt, ist ebenso wahrscheinlich, wie dass ich's tue. Nicht dass das als Verteidigung wirklich gut ist. *Ich war's nicht Euer Ehren – ich vergreife mich nur an Jungs.*«

Jane, noch faustisch, aber tief im Innern gebrochen, bekommt eine Aufstellung an Bürden vorgelegt, die viel größer sind als angenommen. »Ich weiß nicht, was ich sagen soll.«

»Dann sag nichts.«

»Jemand ist davongekommen. Wie geht es dir damit?«

Wie geht es ihm damit im Inneren, dem Ruinierten Inkrementalen. Dem Hammer of Haberfield, dem Lion of Leichhardt. »Wenn man an den Tatort kommt«, meint er leise, »ist das die vierte oder fünfte Frage, die man stellen muss. Manchmal weiß einer der Streifenbeamten schon, was gleich kommt, und er erspart sie einem. Wirft einem einen finsteren Blick zu und sagt, *ja, Sir – wie üblich.*«

»Vergewaltigt.«

»Aber es ist das Gegenteil vom Üblichen, und das wissen alle beide. Sie sagen das nicht, um cool zu sein – sie können nur nicht anders. Nicht ohne es zu sagen, so wie du gerade ... Manchmal denke ich, Frauen sind besser darin. Den Tatsachen ins Auge zu sehen.«

»Vielleicht.«

»Und das ist schlecht, weil man nach was Positivem sucht, nach irgendeinem Fitzelchen von einem Anzeichen, dass es ihr jetzt besser geht. Dass ihr Leben Tag für Tag entsetzlich war. Dass ihre Eltern Arschlöcher waren, was oft der Fall ist.«

»Ja.«

Aber das alles war völlig vergebens bei dir, denn als ich deinen Namen hörte, wusste ich, dass du geliebt wurdest. Sophie Dance/

Sophie Dance, als ich die Wortfolge hörte, wusste ich, dass du geliebt wurdest. Namen sind wichtig, sind irgendwie Belege des vorangegangenen Lebens, sind Vorlagen voller vielsagendem Licht, und das Licht, das du warst, war warm und reich geborgen.

Der Hund kommt über das karge Stück Balmoral zurückgeflitzt, vollführt alle drei bis vier Schritte Angebersprünge. Er schnappt nach Motten und seine Fortbewegung ist ein Aufeinanderprallen von Gegensätzen, ein Tanz aus Frustration und Freude gleichermaßen. Jane fährt ihm mit den Fingern durch sein fabelhaftes Haar, umfasst das große Betonkinn mit ihrer bezaubernden Hand. »Du wirst es morgen nicht zur Arbeit schaffen.«

»Ich werde es nie wieder zur Arbeit schaffen.«

»Du brauchst Urlaub.«

»Ich brauch eine Kugel.«

»Nicht.«

»Glaubst du, ich hab Angst vor dem Ort? Nein. Irgendwas ist ihr gegenüber zum Tier geworden, aber nicht draußen an Cobblers Beach. Getan wurde es woanders und die Leiche dort deponiert.«

»Schsch.«

»Ich hab die Reifenspuren gesehen, Janey. Ich hab darüber hinausgesehen, bis zu den Puzzleteilen und den Lügen, die sie zusammengehalten haben. Die Manöverkritik ist eigenartig, keine Frage. Das Verbrechen ist wie der Verbrecher/im Wesentlichen asexuell.«

»Sei, was du vorhin gesagt hast, Schatz. Sei eine Stadt im Dunkeln.«

»Ich weiß nicht wie.«

»Gibt es auf der Welt wirklich jemanden, der Dick Champion heißt?«

Der Inkrementale steht auf, um sich zu entkleiden, ein riesengroßer, draufgängerischer Golem, durch Beschwörungsformeln zum Leben erweckt. Durch ihre; unwissentlich. »Nein«, sagt er leise. »Nicht mehr.«

»Was bist du …«

Die Brandung atmet schwer auf seiner Seite, Rawson geht ohne Rhythmus im Gang darauf zu. Fast knickt er mit dem linken Knöchel um, richtet sich aber rechtzeitig auf, geht weiter, als wäre der Sand durch die Hitze unerträglich. Zarter Huf – schmerzhaft/schmerzhaft – aber das alles gehört zum normalen leidvollen Alltag.

Er fragt sich, ob Kris es vorhergesehen hat, geahnt. Spürt sie die sensationelle Matrix in seiner Brust aufkeimen? Die letzte Woge der letzten Pille bäumt sich auf, um ihn zu erdrücken, der Blue Mover grapscht in die Erinnerungen an seinen letzten Schwimmausflug in Darkside. Jetzt gibt es keine Kamera, nur eine eigenartige Überzeugung: Er ist das Zentralgestirn Sydneys. Der Ort all seiner großartigen Errungenschaften, aber auch der Sumpf seiner Gräuel.

»Bist ein verrückter Arsch«, ruft Jane, als er nackt zum Wasser geht und gleichzeitig hört und nicht hört, denn ICH BIN DIE FÜNF WEGE UND ICH BIN DIE SIEBEN WEGE UND ICH BIN DIE BRÜCKE ÜBER DEN HAFEN UND DER TUNNEL BALD DARUNTER. ICH BIN DIE YACHT DIE AM FIVE DOCK LIEGT UND DER UNVERBUNDENE PIER UND DER ROSTIGE GRÜNE CORTINA AUF DEM RASEN IN AUBURN VALLEY. UND ICH BIN RESCHS WUNDERWAFFE UND VERDÄCHTIGE NEWTOWN PASTRY UND DAS ROYAL DOWN IN PADDO AN EINEM GLÜCKLOSEN SONNTAGABEND. ICH BIN DIE NORTON CARBONARA UND DER AUFGEBLÄHTE HURSTVILLE HUMMER UND DER EXHIBITIONIST VON ANNANDALE UND DIE PHILIP STREET REVUE. ICH BIN DER MOSMAN WATER PROSPECT UND DAS ASS AUS CABRAMATTA UND DER ALTEN BEULENPEST-REIHENHÄUSER IM HERZEN VON ARGYLE ROCK. ICH BIN DAS TRAUERN AM KRIEGERDENKMAL UND DIE ROSTIGE MARKISE IN FAIRFIELD UND DER GOLDENE COOGEE DARLING UND DER PINCHGUT-SALUTSCHUSS. ICH BIN DIE BENEBELTE COURTHOUSE-TÄNZERIN UND DER MÜDE GESCHEITERTE RAUSSCHMEISSER. ICH BIN

DER ANFANG UND DAS ENDE ALLER KÄMPFE ALLER ZEITEN. ICH BIN DER MANN DER ZUSTICHT UND DAS MÄDCHEN DAS BLUTET UND DER MANN DER SPÄTER MIT VERGELTUNG IM HERZEN HEREINKOMMT: ICH BIN DIE WAFFEN IM KAMPF UND DER WAGEN ZUM ABHEBEN UND DAS BLUT AUF DEM BODEN AUF DEM VERSCHLAFENE POLIZISTEN AUSRUTSCHEN. UND ICH BIN DIE LATERNE AM UFER UND DAS FEHLEN VON GELÄCHTER UND DER EINE DER IHR DIE HAND HÄLT ALS ES BESTIALISCH GEGEN SIE GEHT. ICH BIN DAS MÄDCHEN DAS NACH COBBLERS BEACH KAM UND DER HUND DER DEN SCHRECKEN HERAUSBELLTE UND DIE ELTERN DIE IM NACHHINEIN BEBEND EINTRAFEN UND WEINTEN.

14

Alle, die sie Leonara nannten, sind tot. Sie sitzt im neunzehnten Stock des St James an einem Fenster, das so hoch ist wie sie selbst, gekrönt von der Katzenlady-Frisur, die jetzt ihr Markenzeichen ist. Neben ihr liegt ein mit flüchtigen Zeichen verrätselter Stenoblock, und in ihren Händen hält sie die Zeitung, für die sie die letzten vierundzwanzig Jahre gearbeitet hat. Lenny sieht Tony Bercovitch kommen und tut, als würde sie ihn nicht sehen.

»Guter Fall?«

»Klar«, sagt sie und schaut auf. »Wenn man auf Inzest steht.«

»Bin nur zum Zuschauen da. Harper Holdings.«

»Bisschen trocken, oder?«

»Kann sein. Aber deine Freunde beim *Fin* werden jede Menge zu schreiben haben, sobald's zum Urteil kommt.«

»Sicher«, sagt Lenny. »In fünfzehn Monaten.«

»Zeit für einen Plausch?«

Die Journalistin nickt und faltet die Zeitung zusammen. Lenny macht gerne *Finde den Fehler*, lässt die Leute in dem Glauben, sie würde das Kreuzworträtsel mal eben so nebenbei lösen. Sie geht nicht davon aus, dass er einfach nur aus Freundlichkeit Hallo sagt.

Die blassgrünen Augen seiner eidechsenartigen Kaltblütigkeit erscheinen ihr urwüchsiger, um Jahrtausende älter als der Rest. Bercovitchs Alter ist schwer zu schätzen, zum einen ist der Anzug billig und wurde zum anderen nicht mehr erneuert seit Hayden von Hawke abgelöst wurde. Lenny weiß um den auf Tonys Seite der Kirche vorherrschenden Glauben, bastel dir ein Ehrenabzeichen, das beweist, dass du nicht korrupt bist. Er schmiert sich immer noch eine Lasterladung Bryl in die Haare, spart nur eine verwegene Locke am Rande seiner Stirnfransen aus: Der Mann ist Mod/kein Rocker. Er hält inne, um dem Nachdruck zu verleihen, sagt *Die schicken mich nach oben.*

»Herzlichen Glückwunsch, Inspector. Ich sehe immer noch die Spur kokelnder Leichen.«

»Nichts ist in Stein gemeißelt. Man hat mir einen ungelösten Fall gegeben.« Er legt einen Ellbogen auf den Tisch, Gesicht und Gebaren eines Prälaten. »Wir nehmen Koestler neu auf.«

»Wusste nicht, dass ihr ihn abgelegt hattet.«

»Na ja, nein ... den Fall von einem Richter legt man nicht ab.«

»Nicht, wenn er in seinem eigenen Haus erschlagen wurde. Bekommt Brendan Tavish ihn endlich abgenommen?«

»Wir rufen frische Ressourcen auf.«

»Neue Hinweise?«

»Ich bin zuversichtlich.«

»Ich denke mal, das ist ein Angebot, Tone. Mag mir nicht vorstellen, dass du einem Mädchen was vormachst.«

Bercovitch täuscht ein vorsichtiges Lächeln an. »Ich muss dir nicht sagen, wie groß der Fall sein wird, wenn wir ihn knacken.«

»Groß war er schon immer – ein abscheuliches Verbrechen,

das die Gemeinde in Aufruhr versetzt hat. Muss so gewesen sein, der Minister hat es gesagt.«

»Und der kommende Minister wird es noch mal sagen.«

»Wie der abgerichtete Affe, der er ist. Aber scheiße für dich, du musst die ganzen gefährlichen Chemikalien aus dem Weg räumen. Wo stecken heutzutage eigentlich Holden und Faulkner?«

Die Frage ist rhetorisch, aber Tony beantwortet sie. So einer ist er nun mal. »Holden hat sich vorzeitig pensionieren lassen. Faulkner wurde in der Asservatenkammer begraben.«

»Arme Schweine.«

»Einer musste sich den Schuh anziehen.«

»Mag sein. Aber ich hab FJ lange gekannt, und er war ein verdammt guter Ermittler.«

Bercovitch schließt die Augen, nickt und spricht mit so was wie Verzückung. »Zwanzig Jahre tadellose Gutachten.«

»Scheiß auf die Gutachten. Ich spreche von der Arbeit draußen.«

»Ich weiß. Die Jungs haben die Arschkarte gezogen, kein Zweifel. Ihre Bemühungen wurden durch eine Reihe von Anfeindungen zunichtegemacht.«

»Du solltest Presseerklärungen schreiben. Spielst du auf einen gewissen Polizeihelden an?«

»Wohl kaum die Bezeichnung, die ich verwenden würde. Aber ja – Rawson kam ihnen in die Quere, um seinen Partner zu schützen.«

»Das hat aber wohl nicht viel gebracht. Der Partner hat gesessen.«

»Wegen des falschen Delikts, Lenny. Der Generalstaatsanwalt hat's im großen Maßstab verkackt.«

»Wie's bei den Klassikern heißt.«

»Ich mein's ernst – die Jamie-Sutton-Revision hätte niemals zugelassen werden dürfen?«

»Zugelassen?«

»Mit ein bisschen Glück macht er wieder auf taubstumm. Und Rawson kann sich die Zelle mit ihm teilen.«

»Wow.«

»Warte. Das hab ich nicht gesagt.«

»Ein Versprecher mit gespaltener Zunge«, sagt Lenny lächelnd. »Was willst du hier? Den einzigen Polizisten reinreiten, den ich je leiden konnte?«

»Mich kannst du doch auch leiden, oder nicht?«

»Du bist kein Polizist – du bist ein Reinreiter. Als du mir das erste Mal ins Gesicht gelogen hast, bist du nicht mal rot geworden. Ich dachte, *der Arsch wird es weit bringen.*«

»Und das habe ich auch, Ms Clarke. Aber zum gegenwärtigen Zeitpunkt wäre ich für ein wenig Unterstützung dankbar.«

»Ich höre.«

Bercovitch sieht aus wie ein Androide, auf dessen innerer Festplatte Fehlermeldungen blinken. Er ist so programmiert, dass er sagt, wie's läuft, nicht darauf, Fragen zu stellen. »Ich hätte gerne einen Leitartikel. Die Menschen von New South Wales verlangen, dass etwas geschieht. Eine himmelschreiende Ungerechtigkeit blieb ungesühnt. Als Gemeinschaft sollten wir nicht untätig zuschauen, während Schläger und Gangster …«

»Oh Mann, fax ihn einfach rüber.«

»Danach schreibst du ein paar Artikel über die wachsende Dynamik. Nimm den Jahrestag als Aufhänger, deute an, dass die Polizei kurz vor einem Durchbruch steht.«

»Tut sie das?«

»Wird sie. Ich hab Millar den Fall übergeben.«

»Ah, dem Protegé. Und du hast gesagt, du hättest keine Geschütze.«

»Karen ist eher so was wie persönliches Kapital. Eigentlich dürfte ich sie gar nicht einsetzen müssen.«

»So muss es Bob Mack ergangen sein.«

»Bitte. Da drüben war sie verschwendet.«

»Welche Unterstützung bekommt sie?«

»Zusammenarbeit mit den Myrmidonen, sie kann sich ihren Partner aussuchen. Wenn sie Fortschritte vorweist, vielleicht sogar eine Task Force.«

»Du würdest Millar eine Task Force leiten lassen?«

»Warum nicht?«

Blödsinn. Das arme Mädchen. Aber angeblich ist sie clever. Zu helle, um zu glauben, dass dieser Drecksack sie glänzen lassen würde. »Wieso hast du gesagt, Rawson kann sich mit Jamie Sutton die Zelle teilen?«

Reue macht Bercovitch steifer. »Hätte ich nicht sagen sollen. Aber du musst wissen, dass zahlreiche interne Ermittlungen gegen ihn laufen.«

»Weiß ich – nur kommt anscheinend nie was dabei raus. Woran liegt das?«

Tony befeuchtet seine Lippen, ein weiterer unvorteilhafter Tick, der ihn reptilienhaft wirken lässt. »Menschen überkommt ein fehlgeleitetes Verständnis von Loyalität, wenn es um Rawson geht. Wegen seiner ...«

»Charismatischen Ausstrahlung?«

»Wegen seiner Akte.«

»Ehrlich, Tone, ich weiß nicht, warum du ihn hasst. Er war keiner von denen. Harden wollte das Schwein sofort erschießen.«

»Vielleicht zum Schluss.«

»Bobby hat Cavendish immer auf Armeslänge Abstand gehalten.«

Bercovitch wird blass im Dämmerlicht, und Lenny schaut zu Boden, zu Recht zur Einsicht gebracht. »Rawsons Zeit ist abgelaufen«, sagt er mit einer Stimme, die sich rasch normalisiert, die Hände abklopft und weiterzieht. »Mehr hab ich nicht gemeint. Er ist hier drei verschiedenen Abteilungen zugeordnet, nur damit die Chefs so tun können, als hätten sie keine Ahnung, was er den ganzen Tag treibt. Er gibt einen SPG-Workshop in der Woche, und darüber hinaus kann man nur Vermutungen anstellen. Weißt du, wie die ihn bei KX nennen? *Pay and Display.*«

»Nett.«

»Der ist ausgebrannt, Lenny.«

»Absolut. Aber das ist er erst im Dienst an der Bevölkerung geworden – und manchmal erinnern sich die Menschen auch daran. Der Kerl war Bombe.«

»*War* ist korrekt. Die Anti-Korruptionsbehörde ist hier, und der Ausschuss wird kommen. Im neuen Polizeiwesen gibt es keinen Platz für einen wie Rawson.«

Das neue Polizeiwesen. Bercovitch nickt ein paar Wahrheitsanzügen im Vorbeigehen zu, merkt nicht, wie misstönend die eigene Formulierung im Raum hängen bleibt, ihn mit ihrem Nachhall outet. »Ich dachte, du reitest Leute einfach gerne in die Scheiße«, sagt sie durch ein benommenes Lächeln hindurch. »Ich wusste nicht, dass du ein Fanatiker bist.«

»Ist das eine Beleidigung?«

»Jedenfalls kein Kompliment.«

»Die Akte über unseren Freund ist dick und wird immer dicker. Was er über den Fall Koestler herausgefunden hat, ist nur die Spitze des Eisbergs. Wenn du die Wahrheit wissen willst …«

»Schließlich bin ich ja Journalistin.«

Wieder leckt er sich über die Lippen. »Dieses Mal steckt Rawson mit dem Kopf in der Schlinge. Die Leiter der Abteilungen schauen ganz genau hin. Und wenn der Held gestürzt wird, lassen sich damit Zeitungen verkaufen.«

»Oh, Inspector, was Sie so alles sagen.«

»Chief. Sind wir im Geschäft?«

Lenny nimmt eine Hand ans Kinn; ihre Denkerpose, ein Ringfinger, an dem niemals ein Ring steckte. »Ich werde mit Duncan über den Leitartikel sprechen. Ich kann's vorschlagen, aber ich hab keine Entscheidungsgewalt. Nicht in der Redaktion.«

»Sei nicht so bescheiden. Du bist die überragende Lenny Clarke.«

»Andererseits aber klingt es, als wäre das was, worauf er anspringt. Das er sowieso gerne machen würde.«

»Dann wirf dem Arsch einen Köder hin. Wenn er anbeißt, sag ich dir, wer den Ausschuss leitet.«

»*Quatsch.*«

»Abgemacht.«

Sie schwankt, kann ihr Erstaunen nicht verbergen/ihr Gefühl, ausgetrickst worden zu sein.

»Sprich den Namen, und ich bin für immer dein.«

»Die Geduldigen werden belohnt.«

Verfluchtes Arschloch. Er entschuldigt sich und geht aufs Herrenklo, Lenny ist dankbar für den Augenblick, um sich zu sammeln – zu überlegen, ob es stimmt, dass über den Vorsitz der Kommission entschieden wurde. An sich ist es nur ein Gerücht. Als Bercovitch wiederkommt, nimmt er die Rechnung, sagt, *das geht auf die Abteilung.* Die Journalistin lächelt, um neuen Mut vorzutäuschen. »Glaubst du immer noch, die Biker haben Koestler umgebracht?«

Tony stellt sich der Frage gelassen. »Chris Slane zählt nach wie vor zum Kreis der Verdächtigen.«

»Das kann man wohl sagen. Der Verbrecherkönig und der Richter. Wenn Girl Friday nur genau genug sucht, wird sie bestimmt Schmutz finden.«

Bercovitch lächelt. Wieder der Androide: Der Glanz eines neuen Zeitalters, eines neuen roboterhaften Bewusstseins. »Das ist das Schöne am Fanatikerdasein, Lenny. Man fürchtet sich nie vor der Wahrheit.«

13

Susan badet im Morgen. Ihre heißeste Phantasie ist Energie, die erforderliche Temperatur, um aufzustehen und die Terrassentüren aufzustoßen. Der Sog ihres eigenen Nullpunkts und ein rätselhaftes spöttisches Vogelgezwitscher. Jemand, unten, pfeift.

Sie schuldet den Amerikanern einen Anruf. Um was zu sagen? Besorgt euch einen besseren Analytiker. Und es ist eigenartig, weil ihr Bruder geschäftlich in Singapur ist und Mum im Leben niemals pfeifen könnte, selbst wenn sie's versuchen würde.

Fehlstart, Susans persönliches Fenster schließt sich, der Zeitunterschied zwischen ihr selbst und Nevada. Gnadenlos: ihre Neun ist deren Fünf, die Astronomin ist nie ganz sicher, ob ihr Land voraus oder ganze Jahrzehnte hinterher ist.

»Bei Shane Metcalf.«

»Guten Tag. Ist Aphrodite da? Griechisches Mädchen, bringt mir Glück.«

»Die kam aus Zypern, mein Lieber. Ist wieder zurück.«

»Oh. Autsch.«

»Aber ich hab gute Laune. Welches Konto?«

»*Rawson, Michael.*«

»Und das Passwort, Michael?«

»... lass mich mal nachdenken.«

»Wenn ich dir einen Tipp geben darf, denk an einen Mädchennamen.«

»Glaub mir, Darling/der würde mir noch in der Hölle einfallen.«

Susan geht die Treppe nach unten und findet ihn im Wintergarten. Dieser schließt an eine offene Wohnküche an, in der jeder Bürger eine glänzende Miele ist, man ein zweites Exemplar von allem für notwendig hielt. Zwischen ihnen befindet sich eine Mason-Dixon-Linie als Frühstücksbuffet, auf das die Heldin stolz gewesen wäre.

»Du. Siehst. Grauenhaft. Aus.«

Sie behandelt ihn mit der Teekanne, und Rawson versucht sich ein Grinsen ins Gesicht zu schnitzen.

»Ja, ich komm von einem Trip. Ist ein Wunder, dass ich überhaupt auf und unterwegs bin.«

Und ein verdammt ungerechtes; Susan war nach den Halbachtnachrichten ins Bett gegangen. Sie greift nach dem Saft und fragt sich, was er hier macht.

»Bin zufällig vorbeigekommen. Deine Mum hat mich reingelassen.«

»Hast Glück, dass sie dich erkannt hat.«

»Shelly kennt sich aus mit Polizisten; nächtliche Observierungen und so weiter. Setzt sie mir immer so was vor, wenn du sie besuchst?«

Susan trinkt/stellt mit Nachdruck ab. »Ist kein Besuch. Und ich denke, das weißt du.«

»Hä?«

»Wir haben uns getrennt.«

Er lässt die Zeitung sinken. Kein Boulevardblatt/der *Herald* bleibt unbehelligt. Susan kann dem Schmerz in seinen Augen nicht begegnen. »Kann dir gar nicht sagen, wann ich das letzte Mal den Mungographen hier im Haus gesehen habe.«

»Pst, hör dir das an – seit fünf Minuten wieder in Paddo und redet wie eine echte Patriotin. Als wärst du auf der Ascham School im Internat gewesen.«

»Ha.«

»Genau. Schulsprecherin.«

»Haussprecherin.«

»Und Klassenbeste. Arthur hat die Liste deiner Aufgaben im Mannschaftsraum vorgelesen. Hab nie ein Wort verstanden.«

»Hat er dir gesagt, dass ich hier bin?«

»Wer?«

»Wer wohl?«

»Nein, Liebes. Hab nicht mit ihm gesprochen.«

Sie beäugt ihn insgesamt skeptisch und wagt sich an den Kaffee. »Mach dich wenigstens nützlich und iss was. Mum dreht durch, wenn Hristo kommt.«

»Heute ist Gärtnertag, oder? Wahrscheinlich bringt er seine Schwiegereltern mit und frisst euch die Haare vom Kopf. Diese verdammten Magyaren, sind wie die Heuschrecken.«

»Das ist nicht witzig, Michael. Er ist ein sehr netter Mann.«

»Ein Mann? Ein scheiß Roboter. Der bräuchte mal so einen Persönlichkeitschip.«

»Er macht dicht, wenn *du* da bist, weil du immer schon so unverschämt warst. Wir haben dir hundertmal gesagt, er stammt aus Bulgarien.«

»Hab nur Spaß gemacht, wollte mich mit ihm über Gartenbau unterhalten.«

Susan rührt Süßstoff ein, ein winziger Strudel, der unregelmäßige Reflexionen verursacht; ihre metaphysische Lust auf einen Haarschnitt. »Wohnt er bei dir?«

»Der Gärtner?«

»Saukomisch.«

Rawson zwinkert/hatte er eigentlich nicht sein wollen. Aber Jamie wird immer im Raum stehen. »Vorgestern Nacht war er auf dem Dach. Wann ist die Scheiße passiert?«

»Samstag.«

»Okay. Und heute ist was?«

»Heute ist *Mittwoch.*«

Er grübelt, als würde die Wochenmitte seine nächste Bemerkung bestimmen. »Schlimmer dieses Mal?«

»Vorbei dieses Mal.«

Schon wahr, er sieht schrecklich aus – aber vorher hatte er wenigstens ein bisschen glücklicher ausgesehen, da im Schatten mit dem Koffein und dem Schundblatt. Jetzt ist es offiziell, Hansard, Big Ship sieht grauenhaft aus. »Hab's ihm hundert Mal gesagt«, raunt er ausdruckslos ins Leere. »*Steck dem Mädchen einen Ring an den Finger.*«

»Darum geht's nicht.«

»Glaub mir, Liebes – der ist verheirateter als die meisten Ehemänner, die ich kenne.«

»*Hör zu.*«

Leute, die damit einen Satz beginnen, wissen meist, was als Nächstes kommt. Susan nicht; die Worte brauchen ewig lange, wirken aber eigenartig einstudiert, Dialoge aus den Theaterstücken, die sie in ihrer Kindheit geschrieben hatte. Für Puppen: »Ich glaube … er hat uns im Stich gelassen. Mehr gibt es dazu nicht zu sagen. Vielleicht aber auch nicht.«

»Verstehe. Also …«

»Das Problem ist, ich habe mich im Stich gelassen ge*fühlt*, und darauf kommt es an. Es geht nicht darum, was passiert ist. Es geht darum, wie es sich für mich anfühlt.«

Der Blue Mover nickt, aber ihre Enthüllung entsetzt ihn: der Vorrang der Gefühle, die Zurückweisung der Fakten. Er denkt in Richtung Verschwörung – der ganze Mann-Frau-Diskurs durch unsichtbare Nebelhörner gefiltert, verfälschter Unsinn, der keine Spuren hinterlässt/sich wie ein perfektes Verbrechen darstellt. *Was ich sage, ist nicht, was sie hören. Was ich sage, ist nicht, was sie …* »Jem war verändert, als er von Special zurückkam«, sagt er wenig überzeugend, spricht vor allem deshalb, weil er dran ist. »Beim zweiten Mal, meine ich.«

»Unsinn. Sutton ist einfach Sutton.«

Rawson nickt stumm zustimmend, zählt die Ringe unter ihren Augen. Sie setzte sich schon immer aus ungewöhnlichen Kombinationen zusammen: Eleganz und Köpfchen, gutes Aussehen und Güte, nicht viel Blödsinn. Von der bipolaren Störung weiß er; konnte es immer spüren, ohne es gesagt zu bekommen. »Ich vermisse deinen Dad«, sagt er leise. »Ein viel besserer Cop, als ich je einer war.«

»Fand er nicht.« Susan schaut in ihren Kaffee und lächelt bedrückt. »Ich meine, du hast ihm ja auch nur drei Mal das Leben gerettet.«

»Drei Mal?«

»Sydenham, Fish Markets, das Haus in Alexandria.«

»Scheiße, Alexandria zählt nicht. Der Schwachkopf mit dem Gewehr hat vergessen nachzuladen.«

Er steht auf und geht zu den Doppelglasfenstern, dem langen und schönen Garten, dem der beginnende Winter keinen Abbruch tut. Er findet seine Vollendung in einem antiken Rahmen, eingefasst von der Zeit und weißen Orchideen. Anlässlich des siebzehnten Geburtstags der Tochter vom Vater gebaut. Laut Kleingedrucktem war es das Werk dreier Männer.

– *Rawson ist gut im Heben von schweren Sachen.*

– *Ist das wirklich so. Wie wär's, Constable. Hast du Zeit, einem Kollegen zu helfen?*

Als würde man Arthur Sheldon etwas abschlagen. Es ist nicht sein Dienstgrad, oder Einschüchterung; der Mann baut verdammte Modellflugzeuge. Aber er ist ein Gentleman, alte Schule, es ist eine Ehre, gefragt zu werden. *Geht ihr noch ins Artful Dodger's? Potzblitz, wie man es dreht und wendet, eine faire Verabredung. Keine Fliegen auf King Arthur/er hat reich geheiratet.*

– *Mir eine große Freude, Sir. Gelten die üblichen Tarife?*

– *Auf mein Wort! Und wie die gelten. Bringen Sie einen Assistenten mit, sofern Sie einen haben, einen mit Werkzeug.*

– *Vielleicht kenne ich jemanden,* gestand der Rawson von vor zwanzig Jahren zögerlich, als würde er einen wertvollen Vorteil ins Spiel bringen. *Junger Bursche.*

»Hör auf zu schauen.«

»In den Garten?«

»Die Vergangenheit.«

Sie fingen um sechs an und arbeiteten den ganzen sengend heißen Tag, Rawson war nicht zu gebrauchen, aber Sutton fast schon zugelassener Schreiner. Die ganze Zeit brachte Michele Wasser und Limonade, auf ihr Wohlergehen bedacht, aber auch äußerst besorgt, sie könnten es verderben oder aufstecken. *Die Gäste kommen um fünf,* sagte sie immer wieder mit nörgeliger Ehefrauenstimme, der Angst einer Mutter. Und Arthur meinte, *Zum Glück haben wir Sutton*, und vielleicht war es das, vielleicht aber auch nicht. Bei Sonnenuntergang kamen die ersten der neunzig Teenagermädchen, machten jede Chance zunichte, den angehenden Constable E.M. Rawson zur Tür hinauszubekommen. *Benehmt euch*, sagte Arthur – wenn auch nicht zu dem neunzehnjährigen Zimmermann, der den ganzen Tag lang so still/so respektvoll gewesen war. Und verdammt kurz davor, sich zu streiten, als er versuchte, dem Jungen Geld in die Hand zu drücken, was Sutton ablehnte, weil von Geld keine Rede gewesen war. *War eine gute Erfahrung*, entgegnete er, *interessant, so was zu bauen.* Auf ihr Drängen hin blieb er, trank ein paar Bier und stand in seiner Acht-Dollar-Arbeitsshorts in der Ecke, die Sonnenbrille auf der Nase zum Schutz gegen das Licht des späten Tages. Pflichtschuldigst gratulierte er dem Geburtstagsmädchen, und von der anderen Seite des perfekten Gartens aus sah Rawson ihr Gesicht dabei, der junge Polizist dachte *Allmächtiger/ los geht's.*

»Ist das dein Pager?«

Und jetzt ging's immer noch – eine Fahrt über zwanzig Jahre mit vielen engen Kurven und zentripetalen Biegungen. »Weißt du, was Arthur uns für den Tag geschenkt hat?«

»Nur weil du's mir schon fünfzig Mal gesagt hast.«

»Ein Kasten Premo – das war die Währung. Wenn man was verkackt hatte, musste man dem nächsten Typen über einem einen kaufen, und wenn einem jemand einen Gefallen getan hat, auch – nur dann Crown, was Importiertes. Und dann war da dein Mann, der kein Geld wollte.«

»Das war eine ganze Weile, bevor er mein Mann wurde.«

»Michele hat ihm hundertfünfzig in den Werkzeugkasten gesteckt. Das Einzige, was sie in ihrem ganzen Leben je unerlaubt getan hat.«

Er dreht sich und steckt sich das letzte Gebäckteilchen in seinen malmenden Schlund, wird sich des Geräts bewusst, seines banalen Bebens. Wann wird es das lernen? Rawson rechnet mit dem gängigen Klischee – *Karen Millar anrufen verdammt noch mal* – aber tatsächlich wird Beunruhigung ausgelöst: verpasster Anruf, Zoe oder Sash, Schlafzimmeranschluss, also unmöglich festzustellen, welche. Sein Stirnrunzeln ist unverblümt: Komische Tageszeit, komische Wochenzeit, komische Lebenszeit, zu der seine Mädchen anrufen.

»Hast du deine Brieftasche verloren?« Sie fragt, weil er herumsucht, ausführlich seine Taschen oben und unten abtastet.

»Hab meine *Oxys* verloren, Mann. Hab hier irgendwo zwei von den besten.«

»Mum hat Schmerztabletten im Arbeitszimmer.«

»Die hat nur den Mist, den man ohne Rezept bekommt. Hab ein bisschen mehr Respekt.«

»Oh Gott, geht die *Uhr* da richtig?«

»Weißt nicht, Liebes – ist doch *dein* verdammtes Zuhause.«

»Scheibenkleister. Ich muss in Nevada anrufen.«

»Vegas, oder? Kredithai oder Buchmacher?«

»Versuch's doch mal mit dem verdammten Chef des ganzen Projekts.«

Volltreffer, innere Jackentasche, deutlich zeichnen sich die Tabletten ab; Rawson ist Erleichterung, Verwirrung. »Hab gedacht, das wohnt in Arizona?«

Dr Sheldon schüttelt den Kopf und erklärt – die gottlose Apparatur im einen Staat, der Verwaltungskram in einem anderen. Irgendwas von wegen Steuer, eine zwanzigminütige Autofahrt, hat sie jeden Tag gemacht, als sie da oben war.

»Ah, das Sin-o-Gram. Was macht das noch mal?«

War ein Spaß – ein fader Running Gag – aber das Ächzen in ihrer Stimme bringt größere Verzweiflung zum Vorschein. Die vorliegende Aufgabe ist eine Krise, nicht an sich lästig, aber einfach die hundertste Woge ihrer Art in rascher Abfolge. Rawson ist gesurft, wo Susan watet/er greift nach ihrer Hand.

Zu spät: Das mathematische Mädchen atmet, schwimmt kräftig, geht zum Telefon nach oben und sagt ihm, er soll *essen*.

Das Gesicht von Arthur wurde zum Lächeln, Glück zweiter Güte, ihn so zu sehen. Rawson erkannte den Motor dahinter, im Prinzip ein Prozess der Lichtbrechung. Die kleine Tochter des Mannes war endlich wieder zu Hause.

– *Du siehst gut aus,* sagte der emeritierte Inspector, führte ihn herein.

Die Etikette des Älteren, seine Höflichkeit überzeugend, erschwerten die Aufdeckung der blechernen Unwahrheit. Selbst für meisterliche Metalldetektoren. *Schön, dich zu sehen,* erwiderte Big Ship, mit der Wärme von ehrlichem Platin. *Wo ist sie?*

Er hörte die Antwort, das Mädchen im Regenraum mit ihrer Mutter, die beiden lachen wie Nachtigallen trotz der einladenden Unbill des Wetters; in diesem Moment fiel ihm auf, dass Arthurs Reichtum unermesslich war. Rawson konnte kaum glauben, wie jung und glücklich und langhaarig sie aussah, mit dreißig wie zwanzig, als sie dem Bären um den Bärenhals fiel.

Und schreckte bei seinem Anblick nicht zurück, ein Bruch mit der jüngsten Konvention.

Immer noch der alte Wuschelkopf, wunderte sie sich über seine zottelige Siebzigerjahrefrisur. *Du musst ihn dir von mir schneiden lassen.*

– *Was, und denen da oben die Genugtuung lassen?*

– *Wahrscheinlich würden sie dich wieder einstellen,* brummte Arthur. *Aller guten Dinge sind vier.*

– *Ich könnte meinen eigenen Rekord brechen, meinst du.*

– *Rawse, darf ich dir Hristo vorstellen? Er hat mir im Garten geholfen.*

– *Ist eine große Ehre …*

– *Edward Michael Rawson stets zu Diensten.*

– *Ich bin ein großer Bewunderer aus …*

– *Oh Gott, Arthur, ich wusste, dass du noch ein Ass in der Tasche hast. Schau dir die Fingerhüte an!*

– *Trinkst du ihn immer noch weiß mit drei Stück Zucker, Michael?*

– *Inzwischen vier, Shell. Inflation.*

– *Vier! Nein, das mach ich nicht.*

– *Wie wunderschön deine Tochter ist.*

– *Edward, ich hab dich vor vielen Jahren zum ersten Mal …*

– *Das Mädchen ist verliebt; schau nur, ihre Augen sind voller Sternenstaub. Kein Ring, hm? Wohl eher eine Unentschlossene. Ich hoffe, es ist kein Astrologiekollege.*

– Astronomie, *Michael.*

– *Er sagt es absichtlich falsch, Mum. Er hält sich für schlau.*

– *Schlauer als der Ausflüchte suchende Intellektuelle, mit dem du dich zusammengetan hast. Gib es zu, Suzie Q: Du hast dich in einen Wissenschaftler verliebt.*

– *In die Wissenschaft,* sagte Arthur stolz. *Wieder.*

– *Ich war noch sehr neu hier, in diesem Land …*

– *Merk dir, was du sagen wolltest, Wristy. Also, was ist aus den Hühnern geworden, Inspector? Pöbel.*

– *Wenigstens wird keins wegen Mordes gesucht; dieser Steve Mavin kann vielleicht abwehren. Hristo hier war ja immer …*

– *Und was ist dran an dem Gerede über eine Weltvernichtungsmaschine in der Wüste?*

Sie nahm seine Hand wie eine Geliebte, sagte *Komm mit/Ich will dir alles darüber erzählen.*

Der Detective steuert das Arbeitszimmer an, beschließt das Rätsel des verpassten Anrufs seines Kindes zu lösen. Mailbox, Sash, eins Komma zwei Sekunden hört man ihre Tränen. »*Dad, du musst …*«

Musst was? Das verfluchte Ding würgt sie ab, aber sie klingt verzweifelt, der hohe authentische Ton von Kummer, den er kennt, aber selten hört. Verblüffend für Rawson, zutiefst verletzend, wie sie zwischen den Silben einatmet, aber die Luft nicht wieder herauslässt.

»Fehlerhaft«, sagt der von der Telefongesellschaft, als er diese alarmiert. »Das ganze System ist runtergefahren, aber ich kann Ihnen die Fragmente auf den Pager schicken.«

»Fragmente.«

»Ja – verschlüsselt, gestört. Das war vielleicht ein Tag heute.«

»Allerdings«, sagt er zum Telefon beim Auflegen. Rawson nimmt erneut ab; möglicherweise ist das der Moment, zuzuschlagen, das Schicksal mit einem Blitz aufzuspießen, wie ein elektromagnetischer Jupiter.

»Bei Shane Metcalf …«

Nee: Wieder auflegen, der Inkrementale verdutzt über die eigene Dummheit; als könnte irgendwer sein Vermögen unter diesem millionenschweren Katzenjammer bergen. Seine Hand packt den Macallan 18 an der Gurgel.

»Was treibst du da unten?«

»Nichts«, ruft er, erschrocken über das Timing von Susans vielschichtiger Frage; anscheinend hängt sie in Nevada in der Warteschleife. *»Ich liebäugele bloß mit dem Aspirin deiner Mutter.«*

Er schenkt ein und lässt die Oxy aus der Höhe fallen, löst zweifache Auflösung aus. Sterbender Sprudel, der Fall des Pagers in seinen Händen, Rawson kippt die Hälfte des ätzenden Gebräus herunter und erhält unverzüglich die Quittung. Ein Zucken im Gerät, aufgeregte Ansage *Mitchell ist nirgends zu finden/Dad, du musst kommen und das in Ordnung bringen.*

Himmelherr – der zweite Ehemann, Heathers Haushund. Vielleicht ist der Drecksack abgehauen? Rawson hofft verdammt noch mal nicht/Mitch ist Spitzenverdiener. Der Schriftfetzen verschwindet von dem winzigen Bildschirm, wird Vergangenheit, und der mittelprächtige Verdiener kramt im Schreibtisch nach einer Schreibwaffe.

Komm mit mir, sagt sie und nimmt seine Hand wie eine Geliebte. *Ich will dir alles erzählen.*

Sonderbehandlung: Michael hat sie sich mit der Zeit verdient, offenkundige Verehrung für alles Gerede von ihrer Arbeit, Susans Analyse leicht verdaulicher, aber Ehrfurcht gebietender Ideen. Die beiden pflanzten sich ins Arbeitszimmer, und sie kam von Macro auf Micro und wieder zurück, das Mädchen frisch zurück aus Amerika wie eine Theorie der Schwerkraft, der sie auf den Zahn fühlen wollten, denn, na ja, offenbar war Schwerkraft alles. Sie wusste, es war zu attraktiv, um wahr zu sein – zu aufgeräumt, um Chaos zu erklären – aber als sie zu sprechen begann, steckte ihr primär das Vertrauen in magische Zahlen im Rachen.

– *Riesengroß*, sagte sie, als Beschreibung ihrer eigenen Augen. *Eine achtundzwanzig Kilometer lange Titanbahn in Form eines Möbiusbands, das Ganze zweihundert Meter unter der Oberfläche.*

– *Boah*, sagte der Inkrementale. *Und das bedeutet was?*

– *Oh Gott, wo soll ich anfangen ... wenn wir Litvonins Modell nachvollziehen können, haben wir einen Beleg für* ITER. *Die Japaner sind dabei, und die Europäer beschließen gerade die Finanzierung. Vielleicht erleben wir das noch, Michael. Die Ionisierung von* Wasserstoff!

– *Sag das noch mal auf Englisch, Doc.*

– *Kalte Fusion, ein Stern von der Größe eines Autos, der sämtliche Autos auf dem Planeten antreiben wird.*

– *Cool.*

– *Aber es geht nicht um Autos; nicht mal um Energie. Der Polarstern könnte uns zu einer Großen Vereinheitlichten Theorie verhelfen.*

– *Groß bin ich schon, danke.*

– *Eine wissenschaftliche Antwortstrategie, grundlegendes Verständnis der Funktionsweisen von Quantenfeldern sowie deren Selbstkontrolle. Mit Litvonins Quanten-Reihe könnten wir den Schlawiner Zeit enttarnen.*

– *Den Schlawiner Zeit!*

Susan errötete verlegen, aber hübsch. *Sein Lieblingsausdruck. Die jüngsten Erkenntnisse lassen vermuten, dass ...*

– Red weiter.

– … dass die Gegenwart tatsächlich einige Zeit her ist. In der Vergangenheit liegt.

– Mach mal halblang, Mädchen, du tust meinem Gehirn weh.

– Also bitte, ich kenne dein Gehirn. Das Problem ist, dass sich in Bezug auf die Größenordnung niemand sicher ist. Die Portugiesen denken, es sind nur ein paar Minuten, aber die Deutschen sprechen von Jahren.

– Ich weiß, wem ich mich anschließen würde. Was ist mit der Zukunft?

Sie leckt sich die Lippen, aber nicht anzüglich; es war der Zweifel daran, dass ein Zivilist dahintersteigen könnte. Er würde nicht über die offenkundige Ablenkung hinwegsehen. Susan begab sich an einen Ort direkterer Freude. *Das Schöne am Polarstern ist, wie sie's geschafft haben, ihn auszutricksen. Weißt du noch, wie wir über die Unschärferelation gesprochen haben?*

– Na klar. Schopenhauers Katze.

– Materie verändert sich unter Beobachtung. Man kann immer noch Kohärenz erreichen, sicher, aber dann ist man Teil des Systems.

– Das kleine Arschloch weiß *es einfach.*

– Und man kann ein Modell nicht in sich kritisieren. Man gelangt immer nur zu relativen Wahrheiten, niemals absoluten.

– Sinnlos. Hoffnungslos.

– Aber das ist eine Unbekannte, mit der der Polarstern aufräumt. Schwer zu erklären, auch nicht mein Gebiet, aber stell dir eine Reihe winziger, besonders ausgerichteter Spiegel vor, Hunderte in einer Reihe, die das Licht beugen.

– Die Wahrheit ist Verbiegen.

– Genau. Und im Kern ist eine Kammer, zwei Observationsplattformen.

– Zwei Halsschlagadern.

– Die perfekte Gyroskope sind. Ich spreche von einer schwerelosen Umgebung.

– Na, wen haben wir denn da? Eine verdammte Astronautin.

– Ein Beobachter pro Plattform, aber wir müssen von entgegengesetzten Seiten eintreten. Wir dürfen einander nicht sehen und nicht den geringsten Kontakt haben. Das wäre …

– Eine Observierung.

– Ungewissheit, ja. Du schwebst also, angeschnallt auf einem Stuhl, beschleunigst mit 3g, die Maschine von der Größe eines Flugzeugträgers um dich herum – brummt, beschleunigt, beschleunigt herannahendes Licht, während du dich drehst und auf den Kopf stellst, dich allmählich fragst, ob das deine verfluchten Moleküle sind, die gleich zerquetscht werden. Dann drehst du dich zur Öffnung hin und …

– Und?

– Du siehst es. Gott.

– Du liebe Güte … hat er einen Bart?

– Das ist dieser laserschmale Horizont, das älteste Licht des Kosmos. Das Schärfste, das Konzentrierteste, was du je sehen wirst. Und du willst weinen oder jemandem davon erzählen, aber das kannst du nicht, und zwei Meter weit hinter einem halben Meter Kevlar schaut eine andere Person auf genau dasselbe, *aber vom umgekehrten Quantenlineal aus.*

– Und worauf noch mal?

– Die andere Seite des Universums.

– Scheiße.

– Genau. Scheiße. Jetzt sieht sie ihn anders an, wie eine nach vielen gemeinsamen Leben wiedererkannte Seele. *Und wenn du sie beide gesehen hast – beaufsichtigt in einer Aorta, dann der anderen – dann scheint alles zu passen. Das Leben, meine ich. Du läufst wochenlang herum und bist glücklich.*

– Glücklich.

– Ganz, als ob … Herrgott, ich weiß nicht, wie das klingen wird, aber es ist, als wären die beiden maßgeblichen Sorten Licht, die es gibt, in dir selbst, würden miteinander sprechen, sie begegnen

sich nie persönlich, aber sie kommen irgendwie in dir zusammen, und du kannst nie wieder düster sein.

– Schweigen eine Weile, ein zufriedener Augenblick, vielleicht Minuten/vielleicht Jahrhunderte alt.

– *Klingt nach einem Mordsding, was du da machst, Suze.*

– *Ich liebe es, Rawse. Ich liebe es, dass ich weiß, was ich auf dem Planeten zu tun habe.*

– *Ja, bestimmt.*

– *Aber erzähl du mal, wie geht es dir? Siehst du Jamie öfter?*

Als Susan zum zweiten Mal runterkommt, lungert er schlicht Brechreiz ausstrahlend in der Nähe der Heldin herum. Er schnuppert an einem Granatapfel und schreckt zurück, verirrt sich in einen Lichtstrahl. Fehler: Die Sonne knallt ihm ins Gesicht wie Lester Ellis.

»Was versteckst du unter der Zeitung?«

»Nichts, Kaffee. Wie lief's mit den Yanks?«

Susan grübelt. »Rufen zurück. Die Person, die ich brauche, sitzt tatsächlich *in* der Maschine.«

»So ein Glückspilz.« Rawson baut einen bescheidenen Berg aus Würstchen, jagt sie mit der Gabel über den Teller. Auch er grübelt, über Sash/die verfluchte Technik. Rechtzeitig fällt ihm ihre Stille auf, ihr Ruhezustand in Zivil.

»Wir machen wohl krank, wie?«

»*Du?*«

»Du kannst mich mal«, sagt der doppelte/dreifache Retter von Arthur Sheldon. »Ich bin schwer dabei, voll im Stress.«

»Egal … ich nehm mir frei.«

»Frei.«

Sie umfasst ihren Hals mit den Händen, die Ellbogen hoch erhoben wie eine balinesische Skulptur; die massierende Kursabweichung von rechts nach links wird zu unterschiedlichen Zwecken vollzogen. »Ich hab ein Angebot bekommen. Parkes.«

»Du liebe Güte – Big Dish Country. Willst du wirklich in Parkes leben?«

»Ist eine Beförderung und bedeutet, dass ich wieder an die Fakten komme und niemanden managen muss.«

»Klaro!«

»Was soll das heißen?«

»Nichts. Schwere Entscheidung.«

»Sag schon.«

Der Mann atmet aus. Er sollte nicht. »Vielleicht hast du was gesucht, das du geben kannst. Und dann, am Wochenende, hast du's gefunden.«

»Das ist so alles andere als fair, dass ich nicht mal …«

»Okay-okay, was weiß ich.«

»Genau.«

Die Grimasse von Bobby Cobra, das Gefühl von einem Minenfeld und die noch immer explosive Frage: Was wollen die? Erschrocken stellt er fest, dass etwas neutralisiert wurde/sich der Schmerz in seinem Schädel abgeschaltet hat.

»Was glaubst du, wo er ist?«

»Jem?« Er richtet seine Gedanken auf die Frage, ernst, aber neugierig hinsichtlich seines dramatischen gesundheitlichen Aufschwungs. »Wahrscheinlich ist er in Copperhead. Starrt aufs Meer.«

»Meinst du, er versteht es?«

»Hm …«

Wird gerettet von der Klingel, die läutet wie ein Butler, der Besuch ankündigt. Susan geht hinaus und kommt mit Hristo wieder, der grüne Mann lüftet seine blaue Schirmkappe.

»Wristy! Wie geht's?«

Aber nicht an Rawson gewandt; das Nicken, das er dem Polizisten schenkt, ist nüchtern und sein kurzes Gespräch mit Suze eine Qual, eine ernsthafte Unterhaltung über Pflanzen, die rasch auf Dünger kommt. Es veranlasst den Inkrementalen, schon bald eine gewagte Flatter zu planen, seine anderen schwarzäugigen

Susannen fordern lautstark seine Aufmerksamkeit. Doch dann lassen die Yanks das Telefon läuten, und sie flitzt hin, um sie zu erwischen, verfluchte Scheiße/er ist mit Hristo allein.

Er würde selbst gerne sprinten, aber Rawson hat plötzlich einen Lauf, reitet auf Wellen, die eigenartig freundlich sind/ihm einen schönen Tag wünschen. Vielleicht sogar philosophisch werden: »Jede Frau ist ein Land der Gegensätze«, erklärt er, als Susans Fußgelenke oben um die Ecke biegen.

Der Gärtner sieht sie jammervoll verschwinden. »Was?«

»Jede Frau ist ein Land der Gegensätze, aber manche sind Belgien, Belize schafft man an einem Tag. Andere sind verdammte Chinas, Alter, da bist du Jahre beschäftigt.«

»Stehst du auf Chinesinnen?«

»Was? Nein – nein. Ich meine, doch, klar ... wenn mir danach ist. Ich spreche von der *Spannweite,* Wristy, der Komplexität. Wälder und Wüste, Berge und Ebene. China ist nur eine Metapher/ich wende sie an, wie's passt. Denk an Amerika von Meer zu Meer, denk an Russland oder Brasilien.«

»Ich hatte noch nie was mit einer Brasilianerin. Was ist los?«

»Meine ätzenden Kopfschmerzen haben aufgehört, das ist los. Nichts lenkt einen ab wie Migränenebel, aber plötzlich bin ich startklar. Weißt du, was sie mir gesagt hat? Tatsachen bedeuten denen einen Scheiß. Es geht darum, wie sie sich *fühlen.«*

»Die Angst kenne ich.«

Der Blue Mover kommt näher, weiht die andere männliche Person in sein Komplott ein; Hristo hält die Luft an und windet sich. »Weißt du, was Frauen wollen, Alter? Die wollen *genau das, was du ihnen nicht gibst.«*

Sein Übergang zum Flüstern ist gerissen: Die Jungs schauen auf und finden sie erstarrt auf der Treppe. »Was macht ihr da?«

Ruckartige Trennung, *Nichts* gleich zwei Mal. Hristo futtert seinen Speck, während Rawson zu ihr sagt: *Das ging aber schnell,* kriegt sogar ein Gähnen hin, obwohl er sich extrem hellwach fühlt.

»Zahlen sind ökonomisch«, sagt sie langsam, ihr eigenes erwiderndes Gähnen nicht vorgetäuscht. »Auch wenn sie falsch sind.«

»Benehmen sich nicht, hm?«

»Schon seit Monaten nicht.«

»Und du sollst eigentlich immer dieselben ablesen, oder? Jedes Mal.«

»Oh Gott, Michael, du bist ein Elefant.«

»Es sollte *p* rauskommen, *Litvos Konstante.*«

»Genau. Und zu 96.7 Prozent tut es das auch.«

»Was sind schon 4.3?«

»Versuch's mal mit 3.3 – das ist ein sehr ernster Schlamassel. In der Mathematik, in der Wissenschaft, bist du nie so gefickt wie mit Vermutungen. Hristo? Der Rahmspinat ist übrigens auch für dich.«

»Oh. Danke.«

»Du kriegst das schon hin, Suzie Q. Du knackst es.«

»Nein«, sagt sie zu einem aufgrund thermischer Entropie erkalteten Kaffee. »Wir haben zweihundert Mathematiker in achtzehn Ländern, und keiner kann das. Drei davon wurden, verdammt, mit der Fields-Medaille ausgezeichnet.«

»Hörst du das, Wristy? Suzie kann absolut nicht fluchen. Sagt nie was Dreckigeres als *verdammt* und setzt es, *verdammt*, immer an die falsche Stelle.«

Sie hört es kaum, redet vor allem mit sich selbst. »Das Erschreckende ist, dass die Abweichung immer genau dieselbe ist. Das ist kein Zufall, keine durchgebrannte Sicherung oder vorbeifliegende Biene. Als gäbe es einen anderen Wert für *p*, der ebenso Gültigkeit besitzt, nur seltener ist.«

»Ist das der Spinat, den wir hier angebaut haben?«

»Du hast ihn angebaut, Hristo, und ja, das ist er.«

»Geiles Outfit, *Wristy.*« Das Lob hat Folgen, Rawsons spätgezündeter Blick auf die Kappe, die er preist. »Alter, ein Henson Park-Getreuer. Wann ist das denn passiert?«

Hristo reagiert, indem er das Kauen einstellt. Das war's. Susan runzelt die Stirn und Rawson führt aus: »Wristy hat sich den Jets verschrieben.«

»Die Cap hat er schon ewig.«

»Blödsinn.«

»Ist dir nie aufgefallen? Sieh sie dir an, Michael – die ist zwanzig Jahre alt.«

Hristo macht keinen Mucks, erstarrt, der Droide braucht dringend WD40. »Wenn er die vor zwanzig Jahren aufhatte, Gott – dann hätte er ja gerade noch meinen letzten Hit-out mitbekommen.«

Der Bulgare steht auf und nimmt Susans Hand, bietet seine Gefolgschaft an wie Lancelot/bedankt sich artig für das Mahl. Der alte Schmeichler. Er dreht sich um, ohne zu zögern, und fixiert den schwarzen Ritter.

»Runde fünf. Ihr habt im Regen getroffen. Die North Sydney Bears.«

»Hey?«

»Du hast zwei Kämpfe gewonnen und wurdest rausgetragen. Dann bist du zurückgekommen, hast einen neuen angefangen.«

»Ich kann mich an keine Bears im Regen erinnern. Willst du sagen …?«

»Du hättest alles sein können«, sagt die Magyarenheuschrecke. »Aber gut gespielt hast du immer nur, wenn ihr verloren habt.«

Rawson ging nach Nevada, spielte gut trotz Niederlage. Gut am Anfang: Die erste Halbzeit war genial. Ein bisschen wie das Leben. Aber dann geriet es aus den Fugen und wurde zur Lachnummer. Genaugenommen wie er.

»Oh Gott, trinkst du *Scotch*?«

»Worauf du Gift nehmen kannst. Kontern gegen den Kater.«

»Verdammt … ist das zu fassen, Hristo?«

»Ja.«

Der Tiki-Cocktail aus Vegas-Lichtern, Kristy nahm sie mit Freundinnen auf, die irgendwie in Christophers Umlaufbahn gehörten, aber offiziell noch halb Single waren. Er hängte sich an den Bock von einem Cop, den er kaum kannte, irgendein Arsch aus White Collar, den er bei einer Gegenüberstellung nicht erkannt hätte. Scheiß drauf, gefickt, mach einfach, was sein muss. Ihre Hotels waren benachbart, und er hielt es für Schicksal/was hätte es sonst sein sollen.

»Der Kräutergarten, Susan. Hat sich deine Mutter entschieden?«

»Hat sie. Kannst guten Gewissens alles rausreißen.«

»Den Thymian? Den Salbei?«

»Alles.«

Sein Liebling Kris Knife, so freundlich zu Beginn. Danach ignorierte sie ihn aus der Stadt hinaus/vernachlässigte ihn vom Gelände. Das Schmerzliche des Kitzels war Ship zu passiv, also machte er sich daran, zu zerstören, was er nicht wieder reparieren konnte, ein Zombie mit einem doppelten Rum, der den konkurrierenden Kurort heimsuchte, ein Pfefferkuchenkater, der sich selbst als symbolischen Vogel vor ihre mitternächtliche Tür schleppte.

»Mein schwingenloser zerrütteter Muskelprotz.«

»Was?«

»Ich will *Dancing Queen* hören. Willst du *Dancing Queen* hören? Oder vielleicht ein bisschen *Gimme Gimme Gimme.*«

»Anscheinend hat dir die Aspirin wirklich geholfen.«

»Oh, und wie – ich habe ein *S. O. S.* gesendet, und schon kamen sie angerannt. Schadet nicht, dass der Macallan *Honey, Honey* ist. Wirfst du deshalb immer wieder ein Auge drauf?«

»Ich glaube, du hast den armen Hristo verschreckt. Er hat seinen Spinat kaum angerührt.«

Über vierzig und sich aufführen wie fünfzehn; was für ein Folterinstrument war sein Ohr, Rawson presste es ans Holz und hörte Aufruhr im Gange, billiger Champagner floss in Strömen auf ihren Partys, dazu der Unfug ausländischer Männer. Gegen Morgengrauen eine quietschende Bettfeder, seine irre Eile, einen alles überragenden Orgasmus zu konstruieren, ein speziell auf seine Kosten genossener Höhepunkt.

Eine Flucht zu Tischen, an denen ihm das Glück gewogen war, ein eigenartiges kosmisches Schmunzeln auf seinem Sin-o-graph.

»Ich bin da rüber, weißt du. Hab sie gesucht. Die, deren Name nicht genannt werden darf.«

»Du meinst, in den Staaten.«

»Ich meine Devil's Playground. Vor achtzehn Monaten. Du warst hier und ich war dort, und wie beschissen rückständig ist das?«

»Ich weiß. Jamie hat mir davon erzählt, meinte, dir wär's schrecklich gegangen.«

»Hab jede Sekunde davon verdient.«

Es drauf angelegt. *Noch eine*, hatte er zum Croupier gesagt, immer und immer wieder, als die Karten freundlich ausfielen. Dann aber nicht mehr; bis ihre Schicht zu Ende war, hatte der Ruinierte Inkrementale fast alles wieder zurückgezahlt, also gab er ihr die Differenz als Trinkgeld. Bezahlte für die Lektion: In der Abfolge von Buben und Damen hatte er die Liebe als chancenlose Logikbrücke betrachtet, jede Person ein Satz unterschiedlicher Ichs und mit Uno-Antwort auf die letzte Karte – die geliebte – aber niemals wissend, welcher Trumpf vonnöten war, denn die Verbindung war eine verfluchte Verblindung. Aberwitz, Desaster, einen Herzkönig legen, wenn ein niedriges Kreuz gebraucht wird, Karos fallen erdrutschartig, bringen dich um dein Blatt.

»Schlachtordnung.«

»Welche Ordnung?«

»Die ganzen großartigen Karten, die du nicht zeigen konntest.«

»Ich denke, du solltest dich ein bisschen hinlegen.«

»Du stehst hier auf der falschen Seite der Geschichte, mein Lieber.«

»Dann iss was. Bitte. Tu's für mich.«

»Einmal hat sie mir ein Mars gekauft; mein Blutzucker war niedrig. Ich hab's versteckt/ich hab's noch. Eigenartige Chemie, findest du nicht – Schokolade aus der einen Hand ist süßer als aus der anderen.«

»Alles in Ordnung, Michael? Weil du nicht okay aussiehst.«

»Vielleicht wie du selbst. Sprich zu mir, meine Schöne.«

»Es gibt nichts zu sagen.«

»*Chiquitita, tell me what's wrong.*«

»Mir geht's gut. Ehrlich. Ich muss nur die nächsten ...«

»Ich hab die Schubladen im Arbeitszimmer durchgesehen.«

Big Ship wanderte in die Wüste, flirtete mit dem Verdursten. Zum Schluss kam er zurück, weil er Vater war, weil er Durst hatte – aber erst nachdem er eine ganze öde Nacht im Ödland verbracht hatte. Er ging persönliche Bruchlinien ab, füllte sie mit Gedanken an sie und dann wieder nicht an sie – an zwei junge Mädchen im Osten Australiens/an zwei junge Männer im Westen. Die Trauer und die Raserei seiner düsteren Tektonik, die Angst, ein böser rivalisierender Polarstern sei unter seinen Füßen versunken. Tequila und Acid, seine ganzen Physikquanten, Schmetterlinge am Amazonas, die in Europa Stürme auslösen, und die Lust der Cobra darauf, dass Spooky auf fernen Planeten Krieg entfacht.

»Meine höchst hervorragende Maid ...«

»Die Schubladen im Arbeitszimmer ... worauf willst du hinaus.«

»Eine ist voller Kleidung, Suzie Q. Fremde Klamotten von DJs, Anzughemden noch mit den Etiketten dran, kurze Hosen für Teenager. Ich hab einen Stift gesucht, verstehst du, und sie waren da reingestopft wie ein Geheimnis/ich frage mich, ob's dir gut geht.«

»Du redest Müll, das tust du.«

»Komisch. Gestern erst hab ich mit Ipsafacto gesprochen.«

»Mit wem?«

»De Souza. Komm schon – früher hast du gerne mal ein bisschen Latein gehabt. Eines Tages ist er vor Gericht aufgestanden, hat die Fassung verloren. *Aber ipsafacto, Euer Ehren.*«

»Wenn du was zu sagen hast …«

»Na schön. Ich glaube, ich hab gerade zwei Fenechs geschluckt.«

»Und die sind was?«

»Eine interessante Entwicklung – für uns beide, wenn du weiter heimlich an meinem heiligen 18 nippst.«

»Stimmt, hab ich gemacht. Aber jetzt geht's mir besser. Nämlich richtig *gut*.«

»Hör auf, solange du noch Vorsprung hast, Suzie Q. Oder nicht zu weit zurückgefallen bist. Oder nur ein kleines Stück. Oder nur ein, zwei Meilen«.

»Er war sehr gut zu mir, weißt du? Angelo. Er hat dem Sicherheitstypen gesagt, dass er sich verziehen soll.«

Rawson verzog sich, bettelte bei der Fluggesellschaft um einen anderen Flug. Sie wollten vierhundert Flocken/er führte schlimme innere Blutungen an. *Sir? Sir, das klingt, als sollten Sie unbedingt einen Arzt aufsuchen.* Echt jetzt, Sherlock? Aber Krankenversicherung hatte er auch keine, ein schutzloser Mann verlässt den einen Sündenpfuhl und fährt nach Hause in einen anderen. Einen noch schlimmeren, Rawson ist noch immer durstig und mit den Plackereien der Ewigkeit geschlagen, Blondinen in allen Richtungen akupunktieren seinen Herzmuskel. Alle dreißig Sekunden beschleunigt die Pumpe in einen albernen Galopp, ein Traber im Rennen der Zugläufer und hingezogen zu Rawsons Roulette: keine Wetten mehr, keine Regenbogen – die sture Weigerung sämtlicher Mädchen an sämtlichen Straßenecken Sydneys, Kris zu sein.

Hristo greift nach der langen Gartenschere. Der großen, seiner verrosteten Liebsten, die keine Kompromisse macht. Das Licht im Schuppen rekonfiguriert sich, und als er sich umdreht, sieht er eine Frau hereindrängen. Haare und Schweiß, ein Schwall aus Worten: Er braucht einen Augenblick, bis er merkt, dass es Susan ist.

»Du musst was für mich tun. Ich kann nicht, ich kann nicht, aber er hat mir die Lösung gesagt, und er lässt sich nicht abwimmeln.«

»Wovon red …«

Sie zieht an seinem Ärmel, fuchelt mit dem Schnurlosen vor seiner Nase herum. »Du bist ein Unschuldiger, weißt nicht mal, wie man popelt, Wristy. Verstehst du? Du bist eine Jungfrau, die kein Stück Seife erkennt.« Sie fängt an, die Angaben runterzuleiern, Nummern und Namen, *hier bitte/drück einfach Wiederwahl.* Als sie geht, ist er sprachlos, wie vom Donner gerührt, schnuppert an seiner Achselhöhle, ob sie mieft.

Betrunken? Kann sein. Abba dröhnt seit fast einer halben Stunde aus dem Haus; der Kerl ist ein schrecklicher Einfluss. Aber Hristo befolgt Anweisungen.

»Bei Shane Metcalf.«

»Die Leute hier sind eigenartig.«

»Dann arbeiten Sie erst mal bei einem Buchmacher. Konto?«

»Edward Michael Rawson.«

»… ich habe einen *Rawson, Michael.*«

»Canterbury morgen, zweites Rennen. Zweitplatzierter …«

»Immer langsam mit den jungen Pferden. Passwort?«

»*Kristy.*«

»Okay, Michael. Und über wie viel sprechen wir?«

»*Alles auf Sieg.*«

»Sicher? Ist fünfstellig.«

»Alles auf Sieg auf … ich hab den Namen vergessen.«

Die Dame seufzt und sucht die zugelassenen heraus, nennt ihm die Quoten und die Möglichkeiten. »Jimmy Hoffa, sechsfünfzig; The Goggomobil, drei Dollar; Himma Primma Donna ist mit zwei zwanzig Favorit. Luxor Fortune? Zwanziger. Drunken Circus? Sechzehner. Dann kommt Bound for Gluery, dreißig zu eins …«

»Der ist es«, sagt der Gärtner, ist sich ziemlich sicher.

»Drunken Circus?«

»Nein.« Der Magyar wechselt das Ohr, sagt *Alles darauf, dass das Pferd, das Bound for Gluery heißt, gewinnt.*

Rawson sitzt in der Wanne wie der Schlawiner Zeit. Vollständig bekleidet unter der laufenden Dusche, sein Pager im Abfluss ein brauchbarer Stöpsel. Er hat alle Fragmente übertragen und es geschafft, sie zusammenzusetzen, ein Bär im Regen ist gut im Puzzeln.

Dad, du musst herkommen.

Susan tanzt in den Raum und wieder raus, liebt den Sound der Greatest Hits, von Songs, von denen sie nicht mal mehr wusste, dass sie sie besitzt. Was für ein *Super Trouper.* Sie hat nicht viel getrunken/in einer Stunde wird es ihr gut gehen.

Und sie wird es in Ordnung bringen.

Er wird zur Erholung länger brauchen: Der Inkrementale erkundet Hochs und Tiefs im selben Raum-Zeit-Moment, sieht sich gleichzeitig seinen beiden Öffnungen gegenüber. Es dürfte nicht möglich sein/erscheint ihm nicht natürlich.

Mum dreht durch, weil wir Uncle Jem gerufen haben, und jetzt – oh Gott! – ist Mitchell nirgends zu finden.

Die Gegenwart hat sich bereits ereignet: vor Minuten oder vielleicht auch vor Jahren. Die Vorstellung tröstet, weil sie Theorie ins Chaos bringt, seine hochdrehende Familie der ihm Nahestehenden und Lieben. Sasha hat Jamie angerufen, den Jem, den Susan verließ. Whits Schwester war nicht in der Zeitung/Heathers Schoßhund ist nicht zu finden.

Wir glauben, dass was passiert ist, aber wir wissen nicht, was, und Mum sagt, ich bin an allem schuld.

Er hört Susan hereinkommen und sich auf die Fliesen setzen.

Das Plastik ist vorgezogen, aber ihre Hand schlängelt sich drunter durch, Rawson drückt ihr die Finger, um zu beweisen, dass er lebt. Er sagt: »Der Duschvorhang gefällt mir.«

»Ist älter als ich«, flüstert sie. Plausibel, der genannte Artikel ist ausgeblichen, aber das Kindermotiv deutlich zu erkennen: ein Wandbild aus Himmelskörpern, die Planeten allesamt heimische Persönlichkeiten. »Sonne, Mond und Sterne«, sagt sie verträumt.

»Die kenne ich gut.«

»Wen kennst du?«

»Star Sun-Moon. Koreanisches Mädchen, tanzt drüben im Rascals. Oder im Rumours. Eine Person von großer Schönheit.«

»Du und deine schönen Personen.«

»Bitte sag, du hast ihn nicht wegen Kris verlassen.«

»Ich dachte, wir wollten sie nicht erwähnen.«

»Wirst sie gleich erwähnen müssen – sie ist das Passwort für mein Wettkonto.«

»Wettkon …? Nein, mein Lieber, im Leben nicht.«

»Schon gut; ich erwarte nicht von dir, dass du umsonst arbeitest. Aber wenn …«

»Warum fragst du dann überhaupt?«

»Weil mein Glück mich im Stich gelassen hat, Susan Q, aber solche wie du – eine unschuldige Jungfrau, die einen Popel nicht von einem Stück Seife unterscheiden kann – du kannst meinem Glück neues Leben einhauchen. Metcalf ist sonst nicht meine Anlaufstelle, weit gefehlt, aber die einundzwanzigtausend, die ich bei ihm stehen hab, sind mein größtes Vermögen auf dieser Welt. Und das Pferd namens Drunken Circus ist der liebste junge Hengst in ganz New South Wales, ein Geheimtipp bei feuchtem Wetter, fängt ganz sicher erst zweistellig an.«

»Drunken Circus«, singt sie. »Du fragst nur, weil ich so eigenartiger Stimmung bin.«

»Ja.«

»Das ist total *arschlochmäßig*, Michael.«

Rawson grinst und schaut auf die ansteigende Flut, die jetzt seinen Nabel begrüßt.

»Ja? Wenn ich so ein Arschloch bin, wo ist dann meine scharfe Freundin?«

Allerdings, wo? Die Frage ist ein kleines bisschen zu intim, also wundert er sich nicht, dass er ihren Halt verliert, sie in den Flur hinaustanzen spürt. *Canterbury Park,* in Richtung Venus, Neptun intoniert. *Drunken Circus. Wenn du's machst, Dr. Sheldon, sag ich dir, was mit deinem Polarstern nicht stimmt.*

Ihr Lachen ist nicht besonders freundlich, und Rawson tut, was sie getan hat – schiebt die Hand unter dem Vorhang durch. Bobby Cobra hebt drei Finger, der fromme Gruß, den er nie lernte, weil er im Vorfeld ausgewiesen wurde/ungezogen wie ein junger Flegel. »Im Leben, in der Liebe, bist du nie so gefickt wie mit Vermutungen.«

»Was?«

»Zwischen den beiden war nie was, meine Liebe. Jetzt geh ans Telefon, und drück auf Wahlwiederholung.«

»Als ob. Nicht bevor ich Bares von dir sehe.«

»Na schön.«

Der Rawson, der durchs Alpha schaut, beginnt zu sprechen, besitzt in vollem Ausmaß die Macht des Mundes, aber kaum Herzensgegenwart. Das Herz gehört dem Rawson auf Omega – einem Mann, dessen Passwort nicht der Name einer Tochter ist/ der nicht hingehen und es in Ordnung bringen kann. Susan lauscht seinem Textschwall, ein komischer Song, den kein Mathlet schreiben könnte. Der Soundtrack der Stille, als sie den Raum verlässt, um das Telefon zu suchen.

– *Die Gegenwart*, sagte sie ihm vor drei Jahren, als sie frisch aus Amerika kam. *Hat sich tatsächlich vor einiger Zeit ereignet.*

– *Du tust meinem Gehirn weh.*

– *Die Portugiesen denken, es sind nur ein paar Minuten, aber die Deutschen sprechen von Jahren.*

– Ich weiß, wem ich mich anschließen würde. Was ist mit der Zukunft?

Er könnte nach Darkside fahren, dem Heim seiner Familie, aber Rawson würde es nur schlimmer machen; derart ist das vorherrschende Kalkül, seine Exponentialwirkung auf die Krisen der Töchter, die Drangsal seiner Ex-Frau. Die zweifachen Anschuldigungen, die der Mann auf sich zieht, in jedem Fall gerechtfertigt: Er ruft zu oft an/er ruft nicht oft genug an, ein Bär, in dessen Macht es nicht steht, es richtig hinzubekommen.

– Sag mir, Prinzessin. Ich hab keine Angst.

– Die neuesten Forschungen haben ergeben … hör zu, Michael, das ist kompliziert.

– Blödsinn. Du willst nur die Wahrheit nicht sagen.

– Welche Wahrheit?

– Die Zukunft, Suzie Q. Dein Sin-o-gram denkt, so was gibt es nicht.

12

»Gary und ich gehen also was trinken, und Gary meint, *Die Wichser sind unpünktlich wie ne Braut vorm Altar.* Gefällt dir das? Wie ne Braut vorm Altar. Als sie auftauchen, sind sie zu dritt, ein Dünner und zwei Fette. Wieso sind Maori immer so verdammt fett? Charlie Moose und noch zwei andere, und sie kommen rein, als würde ihnen der Laden gehören.«

Vespa Kline nickt und spuckt. »Ich dachte, du hättest gesagt, das war im South Pac Club.«

»Stimmt. Wentworthville.«

»Aber dann gehört ihnen der Laden doch auch.«

»South Pac? Na gut. Jedenfalls-lassen-sie's-ganz-schön-raushängen, verdammt! Charlie Moose sagt, *Das sind meine Neffen,* und nennt ihre Namen, und die Namen sind so was wie dreißig Buchstaben lang.«

Vespa steht im Türrahmen, starrt den Flur entlang. Nuts Finnegan befindet sich ungesehen mit einem Baseballschläger im Wohnzimmer. Guter Mann, Nuts – wachsam, ein echter Schläger. Was umso besser ist, denn der Kerl, der Besitzer, könnte jeden Moment reinkommen. Und wenn, dann gibt's Krieg.

»Was jetzt?«

»Gary sagt: *Wir haben da einen und wollen, dass ihr ihn fertigmacht, für zehn.* Charlie Moose meint: *Zehn Minuten oder zehn Stunden?* Und ich so, *Wie wär's mit zehntausend, Holzhirn.* Und alle gucken mich an, als wäre ich der Idiot. Als wäre *ich* der Idiot.«

»Oh, Mann.«

»Und einer von den Neffen, der dünne, meint: *Klar, den machen wir fertig. Gib mir eine Kugel, und ich schreib seinen Namen drauf, Alter.* Maoris sagen zu allen verdammt noch mal Alter.«

»Tonganer.«

»Hä?«

»Charlie Moose und seine Leute sind Tonganer.«

»Genau. Tonganer. Also sagt Gary: *Okay, gut, macht ihn fertig. Aber bringt ihn nicht um oder so. Den konnten wir sogar mal ein bisschen leiden, aber jetzt braucht er was auf die Finger, damit er Manieren lernt.* Und der Dünne sagt, *Für zehn Riesen bringen wir dem Motherfucker bei, wie er sich umdreht und noch bitte sagt. Aber die erste Hälfte sofort, den Rest später.*«

»Und?«

»Und Gary sagt, *abgemacht*, und zieht das Foto raus, und Charlie Moose schaut drauf, und seine Stimme geht richtig hoch. *Das ist Jamie Sutton, Bro/das ist verdammt noch mal Jamie Sutton.* Der Neffe wird ganz still, und ich erzähl keinen Scheiß oder so, aber er wird weiß wie ein Laken. Er sagt kein Wort, steht bloß auf und geht.«

»Und Charlie?«

»Charlie meint: *Schöne Fahrt zurück in die Stadt*, und verpisst sich auch. Haut ab, lässt fünf Riesen auf dem Tisch liegen, und Gary und ich sitzen da wie die Vollidioten. Weißt du, was ich glaube?«

»Was?«

»Ich glaube, die hatten eine Scheißangst. Was meinst du?«

Vespa ist für Bikerverhältnisse ein alter Mann, ein ehrenwerter Nestor, blauäugig und mit den Jahren immer milder. Er hat sich Erics Erzählung mit dem Rücken zur Küche angehört, das Zischen der Dose zeigt das gemächliche Arbeitstempo des Jungen an. Vespa kann nicht behaupten, dass er vollständig einverstanden damit ist. Jemandes Haus ist nicht tabu wie sein Bike oder seine Frau, aber trotzdem.

»Eric, ich denke, es gibt alte Gangster und es gibt geschwätzige. Aber ich sag dir was, mein Freund – das sind niemals dieselben.« Das Zischen stoppt, und Vespa hört, wie die Zahnrädchen in Erics Kopf zum Stillstand kommen.

»Vesp, warum hat Gary das zu Charlie Moose gesagt? Dass wir Sutton mal leiden konnten?«

Eine anständige Frage/der Junge stellt nicht zu viele. Nestor streicht sich über den Schnurrbart, von Zeit und Tabak auf interessante Weise verfleckt. »Weißt du noch, wie der Richter ermordet wurde?«

»Nee.«

»Doch. Vor ein paar Jahren, East Balmain. Richter Faggot Koestler.

»Ah ja doch, da klingelt was.«

»Nein, tut's nicht. Die Bullen wollten das dem Chef anhängen.«

»Ihm unterschieben?«

»Ihm unterschieben, ihn anzeigen, was auch immer. Die Sache ist die, dafür haben sie Sutton gebraucht.«

»Wieso?«

»Slane und Sutton waren zusammen, bevor's passiert ist, haben sich Geschichten erzählt auf der Fähre.«

»Was für Geschichten?«

»Woher zum Teufel soll ich das wissen? Die Bullen wollten von dem Schreiner erfahren, wo er gewesen war, um Slanes Alibi zu knacken. Slane hat ihnen erzählt, er wäre draußen in der Vorstadt gewesen, Turramurra, aber das war Fake, und sie wussten es.«

»Fake?«

»Hat nicht gestimmt. Problem war, Sutton hat ihnen gesagt, sie können ihn mal.«

»Cool.«

»Tatsächlich hat er ihnen gar nichts gesagt. Er hat in der scheiß Zementburg gehockt und keinen Mucks gemacht. Fünfundvierzig Stunden lang.«

»Du liebe Zeit, das könnte ich gar nicht.«

»Nein. Du könntest das nicht. Du kennst nicht mal einen, der das könnte.«

»Du könntest es, Vesp.«

»Also kriegt er eine Anzeige. Sutton. Irgendein bescheuerter Präzedenzfall im Kampf gegen das organisierte Verbrechen. Inzwischen wurde es aufgehoben, aber damals haben sie ihm gleich zwei verpasst wegen Behinderung polizeilicher Ermittlungen. Zwei verfluchte Jahre. Man könnte also sagen, Game schuldet ihm noch was. Bist du fertig, oder was?«

Vespa dreht sich um, will sich vom Werk des Jungen überzeugen, und knallt gegen die Mauer seiner eigenen Bestürzung.

Fridensgespreche!
24 Stunden biss
wir dir einen Killer schicken
Motherfucker

»Oh Gott, Eric.«

»Was denn?«

»Rechtschreibung, Mann. *Rechtschreibung.* Wir stehen da wie Vollidioten!«

»Jemand kommt.« Die Stimme von Nuts, ein heiseres Wispern, dringt aus dem Wohnzimmer herüber. Eric lässt die Dose fallen und nimmt seine Waffe, ein viel zu großes Ding mit hölzernem Vollschaft namens Big John. Sie hätten den Hammer mitbringen sollen, den großen Hund, Logan Perce, verdammt. »Sutton?«

»Nee«, sagt Nuts. »Lady mit Klemmbrett. Und ein Japs, der ein Schild aufstellt.«

»Ein Schild?«

»Irgendwas mit Century. Century 21.«

»Das ist ein Stripclub«, sagt Eric schlau. »Ist in der Stadt.«

»Oh, Scheiße.«

Vespa schnappt sich den Fahrer und sagt dem Jungen, er soll bleiben, wo er ist; Nuts kommt aus dem Wohnzimmer und bleibt im Entree stehen. Der Umriss der Lady zeichnet sich auf der Scheibe ab, und man kann sehen, wie sie in ihrer Handtasche kramt, dann das gefräßige Graben des Schlüssels im Schloss.

Susan tritt an die Schwelle, und Bloke kann nur einen kurzen Blick erhaschen, eine so verwackelte Ansicht, dass er sich vorkommt wie ein Promi-Fotograf. Sie schiebt Haare hinter ein Ohr und wird von einem Pulli dick isoliert/verschränkte Arme. Sutton trägt seine Uniform aus Jeans und Stahlkappenstiefeln, eine dunkle Wraparound eines teuren amerikanischen Labels. Sie ist sein einziger Luxusartikel, und er hat sie schon lange.

Sie sprechen ohne Fluss und demonstrieren einander Zurückhaltung, sehen aus wie zwei, die sich immer nur auf diese Weise begegnen – an der Tür zur Übergabe von Kindern. Aber sie haben keine/keine Sorgerechtsfragen/Bloke jault, weil sie nicht Hallo sagt.

Der riesige Hund kennt einen Dschungel erdiger Düfte, entwirft ein schlichtes Weltbild aus seinen komplexen Geruchsempfindungen. Das Nachmittagslicht spendiert Farbzusammenstellungen wie Scotch von der verschnittenen Sorte, mit der Rawson sich ins All geschossen hat. Es konzentriert sich in Zetland, wo die Druckerpressen rattern und die Spätausgabe *Tele* auf Laster verladen wird. Ms Carozza zwinkert einem zu und heizt die Gerüchteküche an, plappert wie ein Wellensittich von Seite dreizehn herunter:

Auch nach so vielen Jahren ist Pik-Bass Whit Hammond immer noch crazy. Während einer Überraschungsparty am Freitagabend sahen seine Bellevue-Nachbarn rot, doch als die Jungs in Blau eintrafen, war es vorbei mit dem Geschrei. Die Anwohner der exklusiven Sackgasse verbuchen seither einzigartige Ruhe und Frieden – am Samstag drauf sah man Hammond bereits kurz nach Tagesanbruch gen Heathrow jetten. Erste Klasse, morgens als Allererstes: von wegen Nachtflug erwischen! Begleitet wurde der randalierende Rocker von seiner ebenso müden Halbschwester, der stets glamourösen Kristy Hammond-Blake (wie Harbour Confidential aus zuverlässiger Quelle erfahren hat, handelte es sich um einen Auftritt wilder Frisuren und dunkler Sonnenbrillen, als die beiden den Zoll passierten).

Stunden später bebt Mick Rawson, der Kosmonaut der Anspannung, immer noch; er ist eine Meile die Straße rauf und verglüht beim Wiedereintritt, vom Tratsch auf ein gefährliches Tempo gebracht. *Set the Controls for the Heart of the Harbour …* *G-Kraft*-Komplikationen schüren ein Feuer in seinen Eingeweiden, ein mit seiner mittelschweren Zirrhose in keinerlei Zusammenhang stehender Brand.

Schlechter Angriffswinkel: Er verließ die Sheldons, um eine Rennzeitung aufzutreiben, begegnete dabei Hals über Kopf Pia. Als er Heathrow hörte, sprintete er zum London, aber die Tür war verriegelt/wegen Renovierung geschlossen. Stattdessen ging er ins Four in Hand, huldigte anschließend Lord Dudley. Ein Aufstieg nach Olympia und ein Sprung ins Grand National; ein Ausflug ins Paddo Inn/zum Paddo Arms kurz rüberwinken.

Die Legende Bryan Lonie leistet Beihilfe, ein König der Sauftouren, immer mit seinem zuverlässigen Taschentransistor im Gepäck. Er schaltet ihn ein und dreht die Rennergebnisse lauter, Rawson stellt Canterbury Park morgen ein. Natürlich sagt er nichts über einen Metcalf namens Shane/einen jungen Hengst namens Drunken Circus, hat zu viel damit zu tun, sich mit »Scared And« Lonie zu beschimpfen. Steile Geschichten und pikante Anekdoten, beide Wortschwälle einem legendären Polizistenschnorres entsprungen: Er ist stahlgrau wie Bryans Augen und Bryans Seele und galt Polizeidienstanwärtern ungefähr zwanzig Jahre lang als Maßstab im Geiste der Eitelkeit. Bobby Cobra war einer von ihnen, in jungen Jahren eingeschüchtert durch Bryan Goddamn Lonie, dessen Drill-Sergeant-»Verpiss dich« klingt wie ein weit derberer Fluch ... Nein, von dem will man nicht verbal angegangen werden/nicht mal jetzt, wo er dreiundsechzig ist. Hat sich frühzeitig pensionieren lassen, dieser Bryan *»Verpiss dich«* Lonie – ein schlimmer Vorfall im Zellentrakt und amtliche Untersuchungen im Anschluss. Nicht dass dabei etwas hätte bewiesen werden können, der Fall harrt seiner Aufklärung. Aber der Würgegriff steht nicht mehr auf dem Lehrplan/insgeheim schwört er drauf.

Die zupackende Stimme von Bryan Würgegriff Lonie sagt, *lass uns in die Stadt fahren, wo's Rennergebnisse in den Kneipen gibt, du heruntergekommener Mischlingsbastard.* Das Taxi, das sie kapern, fährt in der Nähe der Sheldons vorbei, und es liegt auf der Hand, dass sie ins Crown-Hotel wollen, das elisabethanische Angebot von Zehn-Dollar-Steaks und Büromädchen, die nach einem Glas/einem Fass Riesling rufen. Die Mädels trinken mit einem bescheiden zufriedenen Seufzen auf das Ende der Wochenmitte, ahnen nicht, dass überall im Land letzte Rennen laufen – wissen nichts von den Schlusslichtern in Casterton, Bordertown und Scone. Die Sieger zunächst vorläufig, dann wird ausgezahlt/herrlich, wenn sich ihr Gewicht als korrekt erweist.

Bryan Rotten Lonie wirft alle Markterwartungen über den

Haufen, sagt *Scheiß auf die Crown/ist meine Runde verdammt, und ich sage, wir steuern die Bucht an.* Rawson ist dringend schlafbedürftig, aber er gibt nicht klein bei: Dem Lonie Ranger schlägt man nichts ab/das macht man verdammt noch mal einfach nicht. Er siebt nach seinem Vorteil und findet Narrengold, Elemente seiner selbst, die er auf The Rocks schleudern kann. Schleudern und betäuben in einem niederschmetternden Bezirk, Männer rudern mit zu viel Fracht an Land und haben zur Sicherheit keine Ehefrauen, die sie vermissen oder nach Hause nörgeln. Die vom Inkrementalen ging vor einem halben Dutzend Jahren verloren, verabschiedet von beinahe aufrichtigen *zum Glücks,* beinahe so empfunden. Was Bryan Flaming Lonie betrifft, so ist seine Freundin eine hübsche Philippinin, die keiner Fliege was zuleide tut.

Im Lord Nelson gehen sie zu harten Spirituosen über, weil Bryan Hurenbockender Lonie in einen Hobart Quaddie investiert hat. In Elwick hat er aus irgendeinem Grund immer Glück und *Wenn du mir nicht helfen kannst, ein ordentliches Loch in die drei Riesen zu schlagen, bevor ich Gelegenheit habe, sie mir abzuholen, dann ist mein Name nicht Bryan Agincourt Lonie.* Später stellt er die weltlängste Stange Wasser in die Ecke, und Rawson sitzt still im vorderen Schankraum jenes gesitteten Wirtshauses, beobachtet Männer und Frauen aus der Finanzwelt und denkt dabei an ein nahe gelegenes einstöckiges Einfamilienhaus. Seine Erbschaft war da, und er war in ein Bordell in der Victoria Street eingefallen, mit ungefähr genau so viel herausspaziert, wie Bryan Elwick Lonie gerade gewonnen hat. Aber damals war das noch ein Riesenhaufen Geld.

»Woran denkst du?«

Big Ship setzt an, sieht Bryan Fire-and-Brimstone Lonie in die Korditaugen. Sie fixieren ihn/schicken ihm Suchscheinwerfer über den Oberkörper; *alle Sündhaftigkeit beginnt mit unabhängigen Gedanken,* verkündet der presbyterianische Finsterblick. Rawson senkt seinen in dem Versuch, ihm zu entgehen, entsetzt über den Zockerbleistift, festumklammert in seinem Devil's Plaything. Einen Bierdeckel direkt zur Hand kreischt *Drunken Circus/Bopper Dean.*

»Kleines Reihenhaus, hätte ich kaufen sollen, gleich hier die Straße rauf.«

»Millers Point?«

»Argyle Place.«

»Leck mich am Arsch, wann denn?«

»Vor zwanzig Jahren. Zweiunddreißigtausend wollten die.«

»Und die hättest du gehabt?«

»Mehr oder weniger. Was für ein Trottel.«

»Hab gedacht, Fußballspieler hätten damals bloß Taschengeld kassiert.«

»War ja kein Fußball«, sagt Bobby Cobra. »Außerdem war ich da schon fertig. Der Unfall.«

»Ach so.«

»Aber Mum war gerade gestorben, außerdem hatte ich noch hier und da was. Ich hab halt gedacht ...«

»Hast gedacht, der Markt bleibt ewig am Boden.«

»Hab gar nichts gedacht. Bin bloß ins Taj und an die Spielautomaten.«

»Und den Bräuten hinterher.«

»Korrekt.«

»Apropos, was ist eigentlich aus der einen da geworden? Du weißt schon – die, nach der du verrückt warst.«

Rawson schaukelt zurück und verzinkt die Hände, legt sie auf einen Bauch, der mal waschbretthart war und alles in allem immer noch gar nicht so schlecht ist. »Die ist nach London, hab ich gehört.«

»Ach was?«

»War aber schon ewig vorbei. Wir sind noch befreundet.«

»Das ist die vom Sprengstoffkommando?«

»Vom Sprengstoffkommando?« Rawson gewährt ein Lächeln. »Du meinst Deanna ... nein, nach D war ich nie verrückt.«

»Nicht?«

»Nee. Hat trotzdem Spaß gemacht, mit mir zu schlafen.«

»Ich liebe Rothaarige«, sagt Bryan Liebt-Rothaarige Lonie. »Das war ein tolles Geschoss – wert, sich in die Luft jagen zu lassen. Fickst du sie noch?«

»Hat geheiratet.«

»Na und?«

Dabei macht Rawson verstohlen biergetränktes Konfetti aus dem Pappdeckel, lässt die Handlung gewohnheitsmäßig erscheinen, obwohl sie in Wirklichkeit kalt und berechnend ist. Es gibt keinen Grund, durch die Tavernen der Stadt zu ziehen und ihnen diese gefährlichen Namen einzuflüstern; keinen Grund, einem der Beteiligten den Spötter an den Hals zu wünschen. Das Pferd hat so schon genug Last zu tragen, und was Bopper Dean betrifft …

Außerdem, was ist dieses gefürchtete und fürchterliche Ding, das man den Spötter nennt? Rawson stellt sich eine Art Spotthut vor oder einen kaputten Eisenkranz. *Alter, du hast dir den Spötter aufgesetzt/du hast den verfluchten Spötter auf.* Kürzlich griff er nach seinem gewichtigen Hut, entfernte ihn, nur um anschließend mit einem höhnenden Nichts zu ringen.

Eine Stunde später treiben sie aufs Kopfsteinpflaster, noch immer fromm und manierlich im Vergleich zu den mittelalterlichen Westgoten, die sie später werden, ungeheuerlich vom Bier und den Blähungen, unablässig jeden Gott und jeden Nachbarn lästernd. Um diesen erhabenen Zustand zu erreichen, werden sie im Dämmerlicht das Captain Cook entern und einen Humpen auf die Gesundheit des großen Mannes leeren, sich in Sachen Kleidung und Gebaren, Durst und Mittel, diesen zu stillen, treu an ihren englischen Vätern orientieren. Anschließend aber werden sie ins Oxford and Mercantile weiterziehen, in den verfluchten scheiß Orient, mehr und mehr dem irischen Vermächtnis ihrer Mütter zuneigen. Als es an den richtigen Nachtmarsch geht, platzen sie wie eine wildgewordene Bande von Straßenräubern ins Fortune, der Große brüllt, *ich bin ein Bonecrusher/händigt eure Börsen aus, sonst bellt mein Eisen.* Das Pub kommt einem nicht vor wie das erste des Landes, aber sie versichern einem, dass es das ist/Austraya fing mit einem Besäufnis an. Fünf ganze Tage und sieben Todesopfer, die Überlebenden akklimatisierten sich mit dem Rum, den sie zu ihrem Geld machten. Rawson stößt sich den Kopf an der niedrigen Decke der Schenke und starrt über den Kai jüngsten bunterleuchteten Bedauerns. *Über dreizehntausend Meilen kommen sie her/was für eine Odyssee des Elends. Stell dir vor, du kauerst an irren Ufern verprügelt von deinen Mannschaftskameraden.* Bryan Adjectival Lonie hängt in der hintersten Ecke des Fortune, während das Trompetentierchen, das er gelöst hat, ein höchst profanes Sonett abspult, im Namen beider einem blindwütigen irisch-republikanischen Geistlichen nacheifert. HABT IHR DAS PFERD GESEHEN DAS GIERIG TRINKT AUS EINEM EIMER MIT DER AUFSCHRIFT ›JAMESON‹, DAS KRÄFTIG PISST IN EINEN EIMER MIT DER AUFSCHRIFT ›ANYTHING SCOTS‹? DIESES PFERD IST SCHUTZHEILIGER UNSERES UNTERFANGENS HEUTE NACHT, DENN DIE ZEIT IST GEKOMMEN KONFESSIONELLE GEWALT AUSZUÜBEN UND UNSEREN GEHORTETEN MALT ZU VERTEILEN. ICH SPRECHE ALS VERTRETER DES GESETZES UND IM NAMEN DES KÖNIGS ERLASSE ICH DAS SÜNDIGE SAKRAMENT DER WHISKY APARTHEID. DU/JA DU HINTER DEM TRESEN, MEIN LIEBER SOLLST SEIN WIE DER FRÜHJAHRSREGEN, DER DEM WEIZEN ALLE SPREU STIEHLT, UNSEREN GESEGNETEN KATHOLISCHEN SCHNAPS VON JENEM VERHASSTEN PROTESTANTENKRAM UNTERSCHEIDET. UNTER MEINER FÜHRUNG WERDEN WIR LETZTEREN VERNICHTEN UND ERSTEREN VERDÜNNEN UND IHN ZU UNSERER WÄHRUNG MACHEN IN DIESEM WACHSENDEN NEW SOUTH WALES. AUF DIESEN ERLASS HIN SOLLEN IREN UND NORDIREN UMGETAUFT WERDEN ALS WÄREN

SIE BRÜDER, NICHT MIT BLOSSEM WEIHWASSER SONDERN VERMITTELS DES LIEBLICHEN UND HEILIGEN JAMIE!

Nach dem Rauswurf torkeln sie in chaotischer Partnerschaft hin zur einzigen Fortstreet Taverne, die archaisch düster sprechen kann. Der Held von Waterloo hält den Geist von 1790 aufrecht, der grobe Sandstein schindet einen Hafen für die Geister der Iren. Im Lilalicht-Bezirk werden sie wie brüderschaftlich umgetauft, Bryan ›Ostern 1916‹ Lonie schwingt sich ein letztes Mal märtyrerisch zum Reden auf: *Ich mach das jeden Tag, du Arsch/ich versichere dir, das ist himmlisch. Selbst musst du doch auch ein hübsches Häuflein haben, eine Schmiergeldkasse, mit der du dich zur Ruhe setzen kannst? Musst deine scheiß Papiere einreichen/musst deine Kündigung einreichen und es mir gleichtun.* Rawsons Vorrat an Wahrheit wird jetzt erschöpft sein, eine niemals volle oder selbsterhaltende Schmiergeldkasse.

Das klingt ausgezeichnet, Bry/klingt total toll.

Jetzt die Stunde, in der das Zerbrechen der Natur der Dinge entspricht, der Ruinierte Inkrementale den Hang hinunterflieht und keinen Blick mehr zurück auf ein von der Seele früherer Zeiten satanisch gewordenes Brauhaus wirft. Es treibt ihn dem Wasser in die Arme, dem einzigen Wirkstoff, der sich stets anders verhält, der ständig Stimmungen und Vorhaben erklärt, die dem Betrachter neuartig erscheinen. Der Blue Mover stolpert unter der Promibrücke hindurch und stößt dabei zufällig auf deren möglicherweise beeindruckendste Aussicht.

Er wird an der Kante hier schwanken und endlich wissen, was die Flut gesagt hat: *Der plattgedrückte Beanie aus null Glück sitzt auf deinem Kopf, der Kranz aus gebrochenem Eisen, mit dem du dich selbst kröntest, als wärest du Napoleon.* Luna wird für gestörte Zufriedenheit werben, ein gemeinsam mit den unzähligen Ertrunkenen von Sydney eingesperrter Sträfling. Sie drängen heran unter der Einwegscheibe der Hafenoberfläche, Geister aufgrund von Glück oder schlechten Entscheidungen hinter den Symmetriepunkt übergesetzt. Rawson wird sich den Spötter herunterreißen und auf die Veteranenknie fallen, *Sagt mir, bevor ich dorthin komme, Freunde, ist es friedlich dort, wo ihr seid?*

Die Lady vom Stripclub taucht unheilvoll hinter der Scheibe auf, wendet eine geübte Hüfte und Schulter gegen die Tür an, bringt sie dazu, nachzugeben. Frühes Stadium von etwas älter mit teurem braunem Haar, ihr Rock, die Bluse und die Jacke passen perfekt zueinander. Sie sieht Nuts auf offener See und stößt ein erstauntes *Uh-ah* aus, verkündet laut ihren Namen wie ein Safeword. Der Biker wendet sich ratsuchend um/er und Vesp halten noch Knüppel in der Hand.

»Gordon Kline«, sagt Vespa, kommt und schüttelt ihr die Hand. »Linda, oder?«

»Genau – Linda LaSalle, Century 21.«

»Ah, verstehe. Tut mir leid, wenn ich Sie erschreckt habe; wir dachten, Sie sind vielleicht eine von den Vandalen und kommen noch mal zurück.«

»Vandalen?« Linda jongliert mit ihrer Handtasche, ihrem Klemmbrett, ihrer Begabung, verwundert zu gucken.

»Ich fürchte, die sind über die Küche hergefallen. Mr Sutton hat uns geschickt. Kennen Sie Mr Sutton?«

»Ich hatte mit Susan zu tun. Mit Ms Sheldon.«

»Ah, natürlich. Also sie haben beschlossen …«

»Zu verkaufen.«

»Richtig. Na ja, eine schönere Lage kann man sich nicht wünschen! James hier – mein Partner James Finnegan – hat mir erzählt, gerade ist eine Vierzimmer-Immobilie auf dem Brighton Boulevard für achthunderttausend über den Tisch gegangen.«

»Das glaube ich gerne. Die ganze Gegend zieht an.«

»Meinen Sie, auf dem Markt ist noch Luft nach oben? Mir scheint er ein bisschen überhitzt, wenn Sie mich fragen. Aber ich bin ja auch nur Handwerker.«

»Ah.«

Linda fällt auf, dass Vespa und Nuts nicht wie Handwerker aussehen; Vespa hört und dreht sich um, verlegen und grinsend. »Oh … die Lederkluft. Wir sind nur kurz vorbeigekommen, um einen Kostenvoranschlag wegen des Schadens abzugeben. Eigentlich sind wir unterwegs zur, ah …«

»HOG-Versammlung«, sagt Nuts.

»HOG?«

»Harley Owners Group. Wir haben einen Raum gemietet in Charing Cross.«

»Oh, na also, *das* ist auch eine gute Gegend«, sagt Linda, und die Jungs merken, sie haben es geschafft. Ihre Stimme entartet zum Klagelaut. »Aber erzählen Sie mir von diesen *Vandalen.*«

»Graffiti. Zum Glück nur an der einen Wand. Aber da ist, äh …«

»Deftige Ausdrücke«, sagt Nuts.

»Oje«, sagt Linda. *»Schade.«*

»Ja, ein Jammer. So ein schönes Haus. Wir haben damals die Fliesen gelegt, stimmt's Jimmy. Damals.«

»Die Fliesen. In den Badezimmern.«

»Gibt es mehr als eins? Susan meinte …«

»Mr Sutton hat nie erwähnt, dass er verkauft. Ich bin überrascht.«

»Eine plötzliche Entscheidung; ist mein Eindruck.« Linda wirkt abwesend, schätzt die Größe des Wohnzimmers/misst den Teppich. »Hübscher Raum, zum Glück sind sie nicht hier reingekommen. Wurde die Polizei verständigt?«

»Ich weiß nicht, ob Sutto sich die Mühe machen will.« Vespa dreht sich um und ruft Eric mit Namen, weist ihn an, ihm die Dose zu bringen. Der Lauscher taucht auf – schüchtern, übellaunig –, und Vespa wird die Sprühdose onkelhaft träge übergeben.

»Die haben sie dagelassen. So was Schockierendes, Vandalismus. Das passiert, wenn man der Jugend keine Beschäftigung gibt. Ich sage, führt den Barras wieder ein.«

»Klingt nach einer ausgezeichneten Idee«, sagt Linda La Salle.
»Was ist der Barras?«, fragt Eric.
»Lasst mich nur mal mit den kleinen Wichsern in einem Raum allein«, sagt Nuts Finnegan.

11

Bopper Dean fährt rückwärts in eine enge Parklücke, ist zufrieden mit seiner Leistung, obwohl das Getriebe grüßt. Er schaut auf die Galerie, um sich zu vergewissern, dass es die richtige ist. Selten bei ihm, das Gefühl zu früh anzukommen.

Five Ways ist geschlossen. Er will eine Erdbeermilch, hat aber keine Lust auf die Einheimischen – glamouröse Philippinos werfen ihm angewiderte Blicke aus den angesagten Cafés zu, an denen er vorbeimuss. Er trägt die farbverkleckstenweißen Klamotten eines Malers, und die Gegend ist freundlich zu Malern, aber nicht zu solchen wie er.

Bopper läuft Spießruten, seine Selbstwahrnehmung stellt sich in aggressiver Gangart dar. Er trägt einen abgetragenen Sharks Beanie eng an den Ohren und schaut nie geradeaus/immer nur zur Seite. Die instinktive Angst von einem, der auch immer nur aus einem solchen Winkel zuschlagen würde. Als er zum Wagen zurückkehrt, sieht er, dass Rawson eingebrochen ist.

Boppers böser Blick ist barbarisch. Er umrundet das Fahrzeug und trinkt durch missmutige Lippen, steigt stolz auf der Beifahrerseite ein. »Komm ruhig rein.«

Rawsons Schulterzucken ist gnadenlos. »Ich wusste nicht, wie lange du brauchst.« Der Detective klingt müde, möglicherweise gereizt – aber Bopper ist nicht für seine emotionale Intelligenz bekannt.

»Und du? Brichst hier verdammt noch mal einfach ein. Woher wusstest du überhaupt, dass es meiner ist?«

»Weil's ein knallroter Kastenwagen mit Aufkleber hinten ist, auf dem *Mr Fuck* steht.«

»Den hab ich da nicht hingeklebt.«

»Nein, Bop – aber du hast ihn auch nicht abgemacht.«

Der Inkrementale meditiert, seine Augen nur mineralische Schlitze. Bopper schmort. Herrgott, auf dem Beifahrersitz des eigenen Wagens sitzen – wie entmännlichend. Rawse hat die Rennzeitung auf dem Schoß/er war immer schon ein Märtyrer der Pferderennen. »Wusste nicht, dass du Fan von Cronulla warst«, sagt der Polizist schließlich.

»Ich? Ich geh zu den *Panfers.«*

»Ah, hast deine Vorlieben geändert. So viel Zeit im Gefängnis in the Shire.«

»Leck mich. Hab seit Jahren nicht mehr gesessen.«

»Ja, seit zwei.«

»Und die neuen Anklagepunkte, die sie gegen mich erheben wollen, sind Blödsinn. Mein Anwalt sagt, wenn Gesetz und Gerechtigkeit übereinstimmen, ist das Zufall.«

»Wirklich. Zufall. Was für neue Anklagepunkte?«

»Hab einen Truck von Yass hergefahren, war nicht mal meiner.«

»Vielleicht war das das Problem.«

»Gib nicht den Komiker. Ich hab's für Freunde gemacht. Heelers hat mich rausgewunken und illegal durchsucht.«

»Und was gefunden?«

»Nichts.«

»Nichts?«

»Nur die Giraffe.«

»Was für eine Giraffe.«

»War noch eine ganz kleine.«

»Hab nicht nach der scheiß Geburtsurkunde gefragt – ich hab gefragt, was sie da gemacht hat.«

»Sie hat gar nichts gemacht! Sie war tot.«

Rawson seufzt und massiert sich die Schläfen. »Artarmon.«

Fast kann er sich an den reflexhaften Windungen des Beifahrers erfreuen.

»Was mache ich hier, Rawse? Ich steh nicht drauf, mitten an einem arbeitsreichen Tag …«

»Armaguard.«

»Hm? Willst du was andeuten?«

»Lass den Scheiß. Clyde Palmer bringt es in Umlauf.«

»Ach, das *Arschloch.*«

»Ja, könnte man so sagen. Wie dumm bist du?«

»Ich bin nicht dumm«, sagt Bopper inbrünstig, als wäre dies der Vorwurf, den er am häufigsten zu hören bekommt, die Umschreibung, die er am meisten verabscheut.

»Doch, das bist du«, erwidert Rawson. »Du bist ein zutiefst dummer Mensch.«

Bopper überbrückt die Entfernung wie ein Panter, aber der Polizist wehrt den Angriff mit einer Handbewegung ab, rammt Bops Kopf auf das Armaturenbrett und hält ihn dort. Boppers Lungen weiten und ziehen sich zusammen wie ein Akkordeon, die einzige Bewegung im Wagen, aber es gelingt ihm, ein gedämpftes Krächzen hervorzubringen. »Was. Soll ich. Machen?«

Big Ship antwortet, als wäre er gelangweilt, als gäbe es keinerlei Streit zwischen ihnen. »Du sollst gar nichts machen. Aber du hörst besser auf, über Banküberfälle auf der Northside zu faseln, sonst fühlt sich ein eingeschworenes Mitglied noch verpflichtet, dich zu krallen.«

»Ich bring ihn um, den Hund.«

»Nein, tust du nicht. Das ist ein echter Beinebrecher, Clyde.«

»Bin ich auch.«

»Du bist ein echter Schwachkopf, das bist du. Ein verfluchter verhinderter *Busfahrer.* Du könntest keine Grundschulfete überfallen.«

»Na gut.«

»Wer weiß noch von dem kleinen Plan?«

»Niemand.« Rawson hört die Lüge und drückt zu. »Ich mein's ernst! Clyde weiß es nur, weil ich ihn als Aufräumer wollte.«

»Ich gehe davon aus, er hat abgelehnt.«

»Ich habe *ihn* abgelehnt. Er hat sich an Trish rangemacht.«

»Das alte Stück Hammelfleisch, das im Ox tanzt?«

»Das ist meine Freundin, Alter!«

»Oh.« Rawson zeigt Reue, indem er seinen Griff lockert; Bopper setzt sich langsam auf, massiert sich den dünnen und sehnigen Hals. Vorwurfsvolles Schniefen. »Nur zu deiner Information, es ist das Clarence, nicht der Ox. Und die sind da immer alle schwer beeindruckt.«

»Keine Frage. Hab eine andere gemeint.«

»Will ich auch hoffen.«

»Trotzdem – kein Geflunker mehr, Bop. Du kannst mir nicht erzählen, dass Les nichts davon weiß. Der filetiert dich wie ein Steak, wenn du ohne seinen Segen einen Überfall durchziehst.«

»Was glaubst du, von wem ich den Auftrag habe? Verfluchtes Hochzeitsgeschenk war das.«

»Ein bewaffneter Raubüberfall? Wie einfühlsam.«

»Und du hast noch nie einen gesehen, der so …«

»Ruhe. Ich denke nach.«

In der Ferne die Umrisse von Angelo de Souza. Er biegt um die Ecke und schaut über die Straße, ein Pinguin verdutzt angesichts der hohen exotischen Bäume. Bopper sieht ihn eine Sekunde und richtet sich auf wie ein Setter. »Der Typ ist Polizist.«

»Das ist umstritten.«

»Kennst du ihn?«

»Er kommt, um mich zu treffen. Ich brauch mal dein Büro für eine Weile.«

»Büro?«

Rawson zeigt auf den sie umgebenden Raum, das Fahrzeug, in dem sie sitzen. »Der Wagen, du Doofmann.«

»Aber ich muss Sachen erledigen, muss düsen.«

»Düsen darfst du nur, wenn eine Sirene im Spiel ist. Jetzt

musst du gehen, das musst du. Verdammt noch mal schlendern.«

Bopper schüttelt den Kopf, ein kenntnisreicher Rechtsgelehrter. »Wenn du den Wagen willst, musst du mich umnummerieren. Das ist Gesetz.«

»Aber das Gesetz ist nur Vorfall – hast du selbst gesagt. Hol's dir später ab, Mr Fuck.« Bopper scheint bereit zu widersprechen, aber der zweite Polizist nähert sich. Er berührt liebevoll den Griff, öffnet die Beifahrertür.

»Keithy?«

»Was.«

»Pass auf dich auf. Dein Boss ist ein fieses kleines Eichhorn.«

»Mr Prime? Der kümmert sich um mich.«

Rawson schüttelt traurig den Kopf. »Nein, Bopper Dean. Tut er nicht.«

Angelo war körperlich noch nie beeindruckend, aber in letzter Zeit ließ er sich zu viele neungängige Menüs seiner Mutter schmecken: Im Profil sieht er aus wie ein großes D. Die Hose aus Gabardine macht es auch nicht besser, er trägt sie entsprechend der langen Einwandererpraxis hoch.

»Hier kommt er, der bunte Hund.«

De Souza tut, als würde er den knallfarbenen Transporter nicht sehen, auch nicht den zotteligen Riesen darin. »Bunter Hund?«

»So wie in *Auffallen wie ein*. Steig ein … wie geht es dir auf den Straßen von Point Piper? Kommst du klar? Du lieber Gott, Ange, um nichts auf der Welt würde ich mit dir tauschen. Rose Bay? Wohl eher Rose *Beirut*.«

»Du verarschst mich.«

»Volltreffer. Gefällt dir mein Gefährt?«

»Nicht schlecht. Wobei mir einfällt, wir haben neulich deinen Streifenwagen gefunden. Rookwood.«

»Du liebes bisschen, was zum Teufel hab ich denn in Crookwood gemacht.«

»War in ziemlich schlechtem Zustand, Mann. Bisschen wie du.«

»Mir geht's gut, bin bloß am Runterkommen. Was habt ihr mit dem Wagen gemacht?«

»Stand am Bordstein, hat Strafzettel gesammelt. Haben ihn bei Bando aufpolieren lassen.«

»Ganz vergessen, dass ich die Karre hatte.«

»Alles gut; wir haben sie heimlich wieder in den Fuhrpark geschmuggelt.«

»Bist ein guter Mann, de Souza – egal, was die anderen sagen. Also jetzt zu der Anzeige wegen Ruhestörung.«

Angelo sammelt sich, legt eine Hand auf den Bauch, als ruhten dort alle Angaben zu allen Fällen. »Die Nachbarin hat's gemeldet. Eine ältere Dame hat sich über die Musik beschwert.«

»Ist ihr klar, dass sie neben einem internationalen Rockstar wohnt? Das heißt einer Personengattung, die allgemein dafür bekannt ist, dass sie zu jeder Tages- und Nachtzeit wach ist und einen Wahnsinnskrach veranstaltet?«

»Es war ruhig, als sie ankamen, aber sie hat ihnen Suttons Kennzeichen genannt.«

»Neugierige Alte.«

»Er ist mit seinem Truck vorgefahren und hat die Bikes reingeschafft. Dann, denkt sie, hat er die Hütte ausgeräumt.«

»Aufgrund welcher Logik?«

»Als er aufgetaucht ist, saß der Hund auf der Ladefläche. Aber als er wegfuhr, hockte er vorne beim Fahrer, die Fläche hinten war verdeckt.«

Rawson grübelt, schwankt hin und her. Er war immer schon ein Fingernagelkauer, und jetzt knabbert er ordentlich dran rum. Drunken Circus in neunzig Minuten/ein tiefer und ein noch tieferer Atemzug. »Was hat Miss Marple sonst noch heimlich hinter dem Vorhang beobachtet?«

»Nicht viel, aber in der Ausgabe vom *Tele* gestern stand ein schwammiger Artikel darüber.«

»Ein teigiger. Pia Wie-heißt-sie noch?«

De Souza nickt, gähnt. »Carozza. Nettes Mädchen, eigentlich.«

»Nett anzusehen?«

»Nett zum Unterhalten.«

»Sag nicht, du hast sie zurückgerufen. Die wirst du nie wieder los.«

»Will ich auch gar nicht. Sie ist hübsch.«

»Und kann's kaum abwarten, einen Typen wie dich kennenzulernen. Hat's jemand bei Sutton versucht?«

»Foster wollte bei Hammond nachschauen, aber der Agent sagt, er ist in Großbritannien. Hammond, meine ich – nicht Foster. Aber wir denken, dass Sutton sauber ist.« De Souza schaut rüber zur Galerie, das Rendezvous, ein bescheidenes Wahrzeichen mit einer herrlichen Renovierungsfassade. »Meine Nonna mag Kunst, sammelt diese Franklin-Mint-Sachen. Du weißt schon, die kleinen Figuren.«

»Das ist keine Kunst, Baby – das ist Kunsthandwerk.«

»Das ist der Laden, der fast abgebrannt wäre.«

»Genau der.« Rawson klingt zur Abwechslung mal bewundernd. De Souza wird niemals einen Orden bekommen, aber er hat das Gedächtnis eines Cops, das Interesse eines Polizisten für alle Formen von Diebstahl, im Kleinen wie im Großen.

»Der Typ war Speed-Dealer.«

Der Inkrementale muss grinsen. »Oh, der ist ein Meisterverbrecher. Ein echter Crack. Aber mach dir keine Sorgen – Bobby Cobra wird sich um ihn kümmern.«

»Gefährlich?«

»Scheiße, nein. Selbst bei dem Feuer ging's nur um die Versicherung, ein Bruder und eine Schwester, die sich um die Kohle streiten, weil es kein Testament gab. Lass dir das eine Lehre sein, Ange: Stirb nicht untestamentarisch.«

De Souza ist ernst, verinnerlicht die Predigt. »Arisch?«

Rawsons Brummen wird durch das Auftauchen einer Brünetten in seinem rechten Außenspiegel unterbrochen. Eine schlanke Kreatur mit glänzender Mähne sitzt in einem Wagen auf der anderen Seite.

»Was haben wir denn da?«, fragt er sich und klingt erfreut. »Was Anständiges im silberfarbenen Falcon. Ich glaube, ich werde observiert.«

»Meinst du?«

»Ipsafacto, Bruder de Suze.«

»Ist das Karen?«

»Wer?«

»Karen Millar. Sie hat gestern die Fahndung eingeleitet.«

»Nach wem?«

»Nach dir. Ich hab sie angerufen, gesagt, du würdest herkommen – behauptet, wahrscheinlich hast du deinen Pager im Suff geschrottet.«

Rawsons Fluch kann nicht wiedergegeben werden. Er haut mit der Faust aufs Lenkrad/der Kastenwagen hupt um Gnade.

10

Das Rennen findet in einem ihm unbekannten Vorort statt, einem Ort im Landesinneren, weit entfernt vom notwendigen Meer. Ein Einmal-reicht-Café bietet ihnen Unterschlupf, Frühstück, Bloke hechelt einer Reihe von Aufziehhunden ein hungriges Grinsen entgegen. Es sind kosmopolitische kleine Burschen, die sich im Ganzen verschlucken ließen, sollte er sich entscheiden, Kannibale zu werden/ihm wird gesagt, sei brav.

Sutton checkt aus dem Marco Polo aus, steuert im Nieselregen die Umrisse von Canterbury Park an. Der Truck versteckt sich über dem armen abgeschobenen Bloke, und der Mann stellt sich im warmen Herbstregen am Einlass an. Als er die Tribüne betritt, hat er sie fast für sich alleine, ein Seelensolo, desinteressiert während des ersten Rennens des Tages. Die Tiere sind jung, provinziell, ein Galopp in der Stadt, nur um zu sehen, ob es ihnen gefällt.

Es hat nicht den Anschein: Die Pferde sind schmutzig, gehetzt, neben der Spur wie der Schreiner, der sie anglotzt. Zwischen den Ereignissen isst er ein Schlechte-Idee-Sandwich, raucht eine einzige Zigarette. Das ist seine Tagesend-Geste, aber er hat sich nicht mehr dran gehalten, nicht mehr, seit Susan weg ist. Sich verstecken, Tabak verachten, jeden Morgen mit einem inneren Versprechen aufstehen/*heute Abend fahre ich nach Süden und tu's.*

Das Wesen, das sich in der Scheibe der Galerie spiegelt, wirkt streng und piratenhaft/Rawson will ihrem Blick nicht begegnen. Einfacher, Karen Millar nur anzusehen.

Sehr: Sie sieht nach mehr aus fürs Auge, obwohl die Anatomie ihrer präzisen Reize schwer zu überblicken ist. Ein fortlaufendes Projekt. Sie ist nicht geschminkt/das ist interessant.

»Hör mal, ich hab's mir überlegt.«

»Was?«

»Nichts.« Rawson festigt sich angesichts des aufsässigen Untertons, der Haltung ihrer Hüften. Scheiß drauf: Sie kriegt die volle Ladung, wie im Wagen. »Hast du schon mal mit einer lebenden Legende gearbeitet?«

»Offiziell Jungfrau.«

»Wer's glaubt.«

Er schenkt ihr einen offen anzüglichen Blick von Kopf bis Fuß, sieht ein paar Dinge, die ihm gefallen, und etwas ganz Wesentliches, das ihm nicht gefällt. Er reißt es ihr aus der Hand und hält es sich vor die Nase, ein hübsches hochwertiges Notizbuch mit cremefarbenem Ledereinband. »An dem Ding ist mehr Parfüm als an dir.« Rawson macht eine Handbewegung, als wollte er's wegwerfen, den Stein des Anstoßes wie einen Bumerang ins dichte Gestrüpp schleudern.

Tut er nicht. Es ist zu beeindruckend – die Mentholfrische ihrer totalen Nichtreaktion. Millar ist athletisch, fast schon dürr, aber nach zehn Minuten in ihrer Gegenwart weiß er, das Mädchen hat Kraft.

»Hey, steck's weg. Das ist nicht unbedingt eine Gelegenheit, bei der man sich Notizen macht.«

»Und wie soll ich dann lernen?«

»Vertrau mir, Darling – ich denke, du wirst es lehrreich finden.«

Sie schiebt das zarte Büchlein zwischen das dünne dunkle Leder ihrer Dokumententasche. Sie passt gut zum Rest ihres Looks, ihrer verhunzten Anwaltsästhetik. Die Stimmung des Bonecrusher wird mit der Abwärtsbeschleunigung immer bösartiger, erreicht ein Tempo, das ihn insgeheim erschreckt. »Als Nächstes erzählst du mir, dass du ein verdammtes Mikro trägst.«

»Wie ich schon in *Mr Fuck* gesagt habe, die internen Ermittlungen gehören der Vergangenheit an.«

»Und wie ich geantwortet habe: Rottweiler, Mäuse und Katzen.«

»Wieso bremst du ab? Ich dachte, Bobby Cobra sei ein Mann der Tat.«

Seine Tat besteht darin, den Türgriff zu packen, auszuspucken und auf ein ausgewachsenes Knurren umzuschalten. »Ist mir schnurzpiep, was Sie gedacht haben, Miss Millar. Aber wenn das die Zukunft der Polizei ist, dann stecken wir alle knietief in der Kacke.«

Der Kurator erzeugt Raumempfinden vermittels natürlichen Lichts und der Hängung irgendwelcher Gemälde. Im ersten Raum sind drei Werke ausgestellt, offensichtlich aus drei verschiedenen Schulen hervorgegangen. Das erste ist eine infernalische Landschaft, ebenso breit wie Rawsons Spannweite, das zweite ist ein gesichtsloser Akt und das dritte ein klassisches Stillleben, bei dem man einen Augenblick braucht, um das Abweichende/Subversive zu entdecken. Einfach ein typischer Obstteller, nur dass der Apfel voller Maden ist. Der Inkrementale wendet sich an ihr Profil.

»Kein Wort.«

»Gut.«

»Todesschmerz.«

Die Assistentin bietet einen malvenfarbenen Anblick, macht einen Riesenlärm, als ihre Absätze das Hartholz treffen. Alles an ihr zeugt von Aufwand: modische lila Brille, lila Rock und gewienerte lila Schuhe, deren Emaillestruktur einem Krokodil ähnelt. Sie ist ein großes Mädchen, um die zwanzig und schlank, aber beim Näherkommen reckt sie den Hals, als wäre Rawson ein größeres Wahrzeichen als zuvor angenommen. Er scheint den Raum zu verzerren und zu gefährden, der klimatisiert und zitronenbeduftet wurde, der Porzellanladen, der seinen in alter Zeit prophezeiten Elefanten gefunden hat.

»Darf ich helfen?«

»Der Chef.«

»Vielleicht könnte ich …«

»Geh weiter, Baby.«

Es ist, als hätte er ihr eine geklatscht; weniger im Hier und Jetzt, eher in einem früheren Leben – der Verdacht scheint sich zu halten, reinkarniert aus einer Beleidigung, die in Karthago oder Machu Picchu ausgesprochen wurde. Sie fällt zurück wie eine weichende Cobra, und Rawson schlendert Hände-in-den-Hosentaschen zur Landschaft. Die Eukalypten haben purpurne Borken, einige brennen und andere sind in Wirklichkeit blassleibige Frauen. Holzfäller laufen mit archaischen Kettensägen und eigenartigen Konquistadoren-Helmen umher.

»Rawson.«

Die Stimme des Inhabers; er ist ohne Vorwarnung eingetreten, ohne gewarnt worden zu sein. Sein Gesicht demontiert, als er den Namen ausspricht, wie den Zauberspruch einer letzten Zuflucht. Die Nummer eins trägt Designer-Jeans und dunkle italienische Stiefel, silberne Manschettenknöpfe bändigen ein kostspieliges lila Hemd. Das Haar ist strähnig, dunkelblond und gerade lang genug, um alle zwei Sekunden aus dem Gesicht gestrichen werden zu müssen.

»Callum, ich werd verrückt.«

»Es heißt Caallum. Das a ist lang.«

»Genau«, sagt Rawson, »weil du noch eins reingestopft hast. Lass mich mal die Visitenkarte sehen: *Caallum Baker-Murphy, Profi-Wichser.*«

»Was willst du?«

»Ein bisschen Quality Time mit der reizenden Assistentin wäre schön.«

Genau auf das missliche Stichwort kommt sie wieder herein, Caallum wirft ihr geplagte Blicke zu und sagt, *Machen Sie heute mal früher Mittag, Eddie.* Das Mädchen sendet eine Welle aus Abneigung in Rawsons ungefähre Richtung und fragt nach, wegen der vormittäglichen Rechnungen.

»Das kann warten.«

Sie zuckt mit den Schultern und schiebt zum Ausgang, Rawson kommt seiner Pflicht, sie skandalös anzüglich anzuschauen, geflissentlich nach; er tut, als würde er ihr die Tür aufhalten, lässt es dann aber doch bleiben und geht selbstgefällig grinsend in ihrer darauffolgenden Abwesenheit umher. Die gesamte zufriedene Eitelkeit der Welt wohnt seiner unzerstörbaren Statur inne/wenn er wollte, könnte er die Gemälde von der Wand reißen, wenn er wollte/er könnte ihn rausholen und pissen.

»Namen sind Zeitkapseln. Heutzutage begegne ich ständig Edwinas und denke, *Scheiße, der Name ist wieder angesagt.* Nur dass er nicht jetzt angesagt ist, oder? Er war vor zwanzig Jahren angesagt.«

Caallums neuer Blick auf Karen ist fragend. »Schau sie nicht an«, sagt Rawson mit nicht scherzender Stimme.

»Ich wusste nicht, dass du auf Kunst stehst.«

»Mit dem, was du nicht weißt, könnte man den Hafen zuschütten. Warum zum Teufel tragen alle hier im Laden Lila?«

»Niemand trägt Lila.«

»Also, sie war von Kopf bis Fuß mit dem Zeug eingekleidet, und dann das Hemd, das du da anhast – Scheiße, verdammt/ ich dachte Mardi Gras wäre vorbei.«

»Du meinst Lila im weiteren Sinne. Wir nehmen's hier ein bisschen genauer.«

»Tatsächlich? Und wie viele Bezeichnungen habt ihr genau dafür?«

»Schnecken-Purpur, Chinesisch-Purpur, Krokus, Orchidee und Heliotropium. Electric, Psychedelisch. Am anderen Ende des Spektrums haben wir Violett, Lavendel, Stiefmütterchen …«

»Okay, okay, so viel dazu.«

Der Detective schlendert weiter, bleibt an einer Stelle im Zentrum des Raums stehen. Er wirft den Kopf in den Nacken und mit lautem Husten massenhaft Speichel aus. Die Hände geformt zu einer geheimnisvollen Geste entlässt er die Spucke in vertikalem Strahl, eine tiefe Denkerpose über dem grässlich grünen Geschmier, das herauskommt. »Was hältst du *davon*?«

Caallum hat die Augen vor dem Grauen verschlossen. »Ich habe nichts getan. Um diese Art von Schikane. Zu verdienen.«

»Schikane? Das ist der kreative Prozess! Schau dir die Farben an, die Komposition.«

»Bitte geh.«

»Komm schon, Clam – wir beide kennen uns so lange. Ich hab dich als Erster festgenommen, Baby. Das bringt ewige Verbundenheit mit sich.«

»Ich hab nichts mehr mit dem Geschäft zu tun, seit …«

»August sechsundachtzig war das. Verzeih mir, wenn ich nostalgisch werde, aber was haben wir über den Regen gestaunt. Vierhundert Millimeter an einem einzigen Tag! Freddy Nile ist in die Werften geschwappt.«

»Ich war einfach nur zur falschen Zeit am falschen Ort.«

»Auf einer Polizeistation mit zwei Fässchen Pseudo in der Weltraumrakete? Ja, Clammage – ich denke, das kann man so sagen.«

Ein Vorhang aus falscher Schadenfreude trennt Rawson vom Raum. Millars Ruhe ist durch ihn hindurch beeindruckend; sie steht in der Ecke, angewurzelt wie die Milo von Venus. Big Ship geht zur Tür und dreht das schlichte Schloss.

»Cal, wenn du so lange schon nicht mehr im Geschäft bist, warum nennt dann jeder Sauerstoffdieb in Kings Cross deinen Namen im Zusammenhang mit der nächsten Generation qualitativ hochwertiger Meisterwerke? Ich weiß nicht, wie man die Farbe in deiner Welt bezeichnet, Mann – aber in meiner ist sie wahrhaftig groß und so lila wie der Schlüpfer einer Schwuchtel.«

»Ich hab keine Ahnung, wovon du sprichst.«

»Na schön. Lass mich dir nur noch eine Frage stellen.«

Rawson ballt seine riesige linke Pfote zur Faust und hält mit dem Gebaren eines Vaudeville-Scharlatans seine rechte Hand darüber, macht eine kurbelnde Bewegung. Ein pantomimischer Mechanismus, der den Mittelfinger seiner Faust wie eine Zugbrücke hochfahren lässt.

»Fick dich. Kommt dir bekannt vor?«

Sutton kennt sich aus mit Pferden. Wird sich hüten, Geld auf die verdammten Mistviecher zu setzen. Er schaut die Rennen gerne an, aber er hat nie so richtig den Kick empfunden, der ihn immer wieder zurückkehren lässt. Der Sport der Könige hat etwas Masochistisches/in Sutton steckt wenig davon.

Der Regen fließt von einer Bahn ab, die als Abflussrinne bekannt ist. Sie hat nicht den Glamour von Randwick oder Rosehill, ist aber hübscher als beide. Die Pferde stolzieren gerade über den Platz, betrachtet von einem Parlament einsamer Eingefleischter. Es sind Männer, die solch offenkundige Pflege, solch herrlich mühelosen Glanz niemals kennen werden.

Die Tiere legen die Gerade trabend oder in energischem Galopp zurück, laufen sich für das Rennen um vierzehn Uhr warm. Sutton achtet auf die Favoriten und auf die Nummer fünf, das Pferd von Rawson, das die Buchmacher safe behalten haben. Und es ist wahr, dass er ein gutaussehender Typ und Sandy Whelan, wenn auch nicht unbedingt ein Mega-Jockey, so doch ein Reiter von hohem Ansehen ist. Sutton schaut in der Rennzeitung nach, welche anderen Rennen Sandy heute noch hat, und stellt erstaunt fest, keine.

Rawson steigt aus dem Transporter, fühlt sich dreckig und überhitzt. Millar folgt nicht/er fordert sie nicht auf. Er hat Glück mit einem Taxi und lässt sich schwer hinten hineinplumpsen, lockert seine Krawatte und sagt *Irgendwohin, Hauptsache weg.* Sie schieben sich die Oxford Street hinauf und reiten auf einer seltenen grünen Welle, die Stadt zeichnet sich ab wie ein Pop-up-Buch für Kinder. An einer roten Ampel schaut er rüber und sieht einen trägen Streifenwagen mit laufendem Motor, tippt seinen hilfsbereiten Fahrer an und zahlt mit den letzten Caroline Chisholms.

Es sind Davey Corcoran und ein Gestell, das aussieht wie höchstens zwölf Jahre alt. *Nimm mich mit*, sagt Rawson durchs Fenster und Davey winkt ihn rein.

»Wohin?«

»Mir egal. Schalt die Rennen ein.«

»Okay.«

»In Canterbury geht es an die Aufstellung«, sagt der Mann im Radio, dessen Stimme ihm zur vergüteten Verfügung steht. Clam Bake wird ihm fünfundsechzig Prozent geben, aber wenn dieses Pferd nicht auftaucht, ist alles verdammt vergebens. Rawson zählt bis zehn und gibt sich Mühe, höflich zu sein.

»Was macht die Kunst, Davo?«

»Kann nicht klagen.«

»Wahrscheinlich könntest du, wenn du wolltest.«

»Stimmt. Das hier ist Constable-Anwärter Irgendwie-Oder-So.«

»Probert«, sagt das Kind, streckt die Hand über die Trennscheibe in der Mitte. »Ist mir eine Ehre.«

»Habt ihr Drecksäcke keine Klimaanlage, oder was?«

»Ich dreh sie hoch«, stammelt der Junge.

»Ja«, sagt der große Mann. »Das Radio auch, wenn du schon dabei bist.«

Sutton sieht Drunken Circus einwandfrei starten und sich ins Mittelfeld vorarbeiten. Am Ende der zweiten Achtelmeile ist er Zweiter innen, eine Bahn ab von der Begrenzung, bequem auf der sechsten. Sutton ist gegen den Thrill nicht immun/es hat nur den Anschein.

Stars Without Make-up hat sich übernommen, mischt sich unter die Mitläufer, die nur genau das sind, Pferde, in denen nicht mehr als tausend Meter stecken. Jimmy Hoofa ganz am inneren Rand ist der Anführer, den es im Auge zu behalten gilt, zusammen mit Bound for Gluery auf vielleicht fünfter oder sechster Bahn. Luxor Fortune hasst das Tempo und läuft Vollgas um sie herum, Sutton hofft, dass Sandy Whelan vernünftig genug ist, sich auf keine Verfolgungsjagd einzulassen. Drunken Circus bleibt, wo er ist – hübsch im Windschatten – und am Anfang der Gerade tut Whelan das Richtige. Er schiebt sich auf den letzten dreihundert Metern an dreien vorbei und setzt alles auf eine Karte/lässt ihn total los.

»Sie sind kurz vor dem Ziel, und hier kommt Drunken Circus!«

Rawson hat sich mit jeder Faser seiner Seele nach diesem Ausruf gesehnt. Das Tier war für eine bescheidene Position vorgesehen, aber vergiss den Scheiß/jetzt regnet's Kohle, Baby. Schamlos stößt er den Konföderiertenruf aus, und die Jungs vorne wechseln elektrisierte Blicke. *Das Arschloch hat fünfzehn zu eins gewettet*, sagt Davey Corcorans zerbissene Lippe.

Die Erde hört auf, sich zu drehen, hält den planetarischen Atem an, während die Legende einen Kopfsprung drei Meter hoch ins grelle Vergessen wagt. Rawsons Augen schließen sich fest vor den beiden Verteidigern, und seine Hände sind Vollmondsatelliten, die hoch über ihm in Stellung gehen. Einer für jede Sekunde, die vom großen Finale übrig ist; einer für jeden Punkt, den seine Mannschaft beim Abpfiff zurückliegt. Das ist der Moment, von dem du träumst, wenn du klein bist, wenn du jung bist, und für eine einzige Sekunde körniger Zeit lang sieht er die Schicksalsgötter lächeln/er spürt, wie der scheiß Ball ins Tor geht.

09

Ein rückwirkend zielgerichteter Schritt, ein schnelles und arrogantes Schlendern, das sich rhythmisch seinem mahlenden Kiefer anpasst. Er sieht aus wie ein Mann, der Tabak kaut, aber tatsächlich ist Kaugummi seine Droge. Seine Frau überredete ihn, es zu kauen, und jetzt ist er seit zwei Jahren drauf, aber manche Angewohnheiten lassen sich kaum abschütteln, manche überhaupt nicht, und dann ist da auch noch die von Sandy, der Superman oder Nosferatu ist – besiegbar, aber nur gelegentlich, unter höchst spezifischen Umständen.

Der Jockey drückt auf den Knopf und der Kofferraum öffnet sich mit einem Knacken. Er legt seine Sporttasche hinein und will den Deckel wieder schließen, aber ein leises Räuspern genügt, ihn innehalten zu lassen. Er schaut runter zur Stoßstange und sieht eine Gestalt in Marineblau, einen Mann verzerrt wie in einem verrückten Spiegelkabinett.

Der Reiter macht sich keine Gedanken. Er ist in einer rauen

Ära aufgewachsen. Parkplatzblödsinn? Soll vorkommen, mein Lieber. Stealin Whelan dreht sich um mit einem Gesichtsausdruck, der besagt, er kennt sich aus im Ghetto.

»Hallo«, sagt der Mann.

Sandy bleibt stehen. Er wollte mit irgendwas Genialem einsetzen, aber es fällt ihm ums Verrecken nicht mehr ein.

»Kennst du mich?«

»Ja«, sagt Sandy. »Ich kenne dich.«

»Gutes Rennen heute.«

Der Jockey schließt den Kofferraum.

»Wohl leidenschaftlicher Wetter?«

»Hab mich das ein oder andere Mal dafür interessiert. Jetzt würde ich mich freuen, deine Meinung über das Pferd zu hören.«

Sandy merkt mit großem Entsetzen, dass er nicht wagt, sich anmerken zu lassen, dass er das verfluchte Kaugummi verschluckt hat. Soll man nicht machen. »Drunken Circus«, sinniert er und tut, als würde er einen Fussel von seinem gekürzten Ärmel streichen. »Kannst du als anständigen kleinen Läufer abheften, dem ein paar Fehler unterlaufen sind.«

»Zum Beispiel Fehlstarts?«

Whelans Blick huscht über den Parkplatz. Verdammt, Murphys Law/keine Menschenseele da. »Nicht unbedingt.«

»Wahrscheinlich hat er sich im Rennen zu weit nach hinten fallen lassen.«

»Nein.«

Sutton nimmt die Sonnenbrille ab. »Vielleicht hat ihm die Härte der Bahn nicht zugesagt.«

»Hör mal«, sagt Sandy mit einem Anflug von Arroganz, »wenn du ein Problem hast, dann besprich das mit den Stewards. Die werden dir sagen, dass du dich verpissen sollst, genau wie ich gleich.«

Sutton grinst. »Ich denke, den eigentlichen Fehler hat er auf den letzten Metern gemacht, weißt du – als er nach links ausgeschert ist und sich dem Fohlen direkt an den Arsch gehängt hat.

Das arme Mädchen hat so einen Schrecken bekommen, dass sie noch einen Gang zugelegt und gewonnen hat.«

»Ich hatte es auf eine Lücke abgesehen. Die hatte sich aber geschlossen. So ist das beim Pferderennen.«

»Reg Gasnier wäre stolz gewesen.«

»Geh Scheiße fressen.«

Sandy dreht sich um und stakst zur Fahrertür, überrascht, dass man ihn lässt. Schnell springt er rein und zentralverriegelt, aber als er den Motor anlässt, röhrt der wie ein Elch. *Verfluchtekackeaberauch.* Der Möchtegernfahrer schaut in den Rückspiegel, sieht den Typen mit einem mechanischen Herzen in der Hand. Der verfluchte scheiß Verteilerkopf. Der Saboteur geht lässig zur Beifahrerseite und klopft an die Scheibe. Sandy flucht und entriegelt/der Typ steigt ein.

»Was hast du mit *meinem scheiß Wagen gemacht.*«

»Nichts Schlimmes.«

Der Jockey haut aufs Lenkrad – war nicht mehr so wütend seit der Nacht, in der er sich vergessen und Deb eine runtergehaun hat. Die Bullen wurden gerufen, und sie hat eine einstweilige Verfügung erwirkt, ganze sechs Wochen hat's gedauert, bis sie zurückgekommen ist. »Du machst mir keine Angst«, sagt er verächtlich wie ein Gibbon. »Ich weiß, was du bist.«

»Wenn du weißt, was ich bin«, sagt Sutton leise, »dann weißt du ja auch, was ich nicht bin.«

»Ach ja? Was bist du denn nicht?«

Sutton fährt den Arm aus wie eine Cobra aus dem Korb, ein schuppiger Umhang hinter Sandys Sitz. Die Geste bringt die beiden Männer näher.

»Ich bin nicht dran interessiert. Mir noch mehr. Bullshit anzuhören.«

Männer kennen kein größeres Missgeschick. Frauen auch nicht.

Bloß niemanden fragen, der's schon mal erlebt hat. Nicht nötig: schlimmer als Feuer, schlimmer als Überschwemmungen. Schlimmer als verdammte Hungersnöte, aber ähnlich. Kein Elend kommt heran, und Worte können es nicht beschreiben.

»Alles klar bei dir da hinten?«, fragt Davey Corcoran. Bewaffnet mit angeborenem Taktgefühl hat PC Probert das Radio in kleinen, wiederholten Schritten leiser gestellt.

Die Essenz des Schmerzes liegt darin, dass man es niemals erfahren wird. Hoffnungen werden geweckt und dann – nichts. Sie werden nicht einmal zerschlagen. Alles, was einem bleibt, ist ein stechendes Gefühl von Leere, dort in der Magengrube, wie ein fieser Fall von Kolik.

»Wahrscheinlich der Zwergwichser an Bord«, sagt Davey.

»Bound for Gluery«, wispert PC Probert.

Das Schlimmste, was passieren kann, ist Folgendes: Am Beginn der Zielgeraden brüllt der Kommentator den Namen deines Pferdes in höchst aufgeregtem Tonfall und erwähnt anschließend *den scheiß Namen nicht wieder.*

Glens Büro ist schon etwas älter, aber bequem. Sutton steht mittendrin, so wie ein Held vor seinen König tritt: halb herausfordernd, halb unterwürfig. Im Allgemeinen wird einer wie er abgewiesen, aber jeder Monarch fürchtet den einen unter Tausend, der sein Reich zugrunde richten kann. Oft ist es der, dem man es am wenigsten zutraut/der Gral ist aus Holz.

Glen zieht die Lippe hoch. »Also los. Seines Bruders Hüter.«

Sutton wird kein Stuhl angeboten. Er geht ans Fenster, schaut hinaus und rüber zum Woollahra Winter. Der Schreiner bezieht bequem Stellung auf der Fensterbank.

Glen sagt: »Wie wär's, wenn du mir die Stell-dich-da-drübenhin-Nummer ersparen würdest. Ihr wisst – erinnert euch, wo ihr seid.«

Die Tür geht auf, und eine von Glens Sekretärinnen fragt, ob sie was trinken möchten. Glen sagt nein. Sutton sagt nichts. Das Mädchen geht.

»Hör zu, Jamie, ich kenne ihn länger als du, und ich sage dir jetzt, dass mir das nicht gefällt. Aber weißt du, was der Unterschied ist, zwischen Rawson und mir? Der Unterschied ist, dass er gerne jammert, das Opfer spielt. Teilweise braucht er das. Deshalb ist er der Zocker und ich bin der Buchmacher. Also bis er herkommt, mir in die Augen schaut und mir sagt, was ich tun soll … ich meine, im Ernst, was hätte ich machen sollen?«

Sutton neigt den Kopf nach links.

»Fick dich«, sagt Glen. »Ich wollte nicht aufgekauft werden. Hab überhaupt noch nie von so was gehört. Aber verdammt noch mal zwei zu eins auf eine solche Schuldensumme und die haben gesagt, dass ich sowieso gar nicht die Wahl habe. Hoffentlich hat er das auch erwähnt.«

Sutton öffnet die Hände, um anzudeuten, dass niemand nichts gegenüber irgendwem erwähnt hat.

»Komm schon – du kannst mir nicht erzählen, dass er dich nicht geschickt hat.«

Der Schreiner zuckt mit den Schultern; Glen seufzt verzweifelt, reißt die Arme weit auseinander. »Wozu zum Teufel führen wir dann dieses Gespräch?«

Sutton verlässt die Fensterbank und nimmt jetzt doch einen Stuhl. Der Schreibtisch ist eine Müllhalde: Tintenfass und Jarmulke, ein Haufen Kontoauszüge. Die schwarzweißen Augen eines gerahmten Kerry Packer spähen über einen Berg von Quittungen hinweg. Glen ist auch auf dem Foto, aber vollständig verdeckt.

»Er hat heute gewettet«, sagt Sutton. »Canterbury Park. Ich weiß, nicht bei dir. Ich weiß nur nicht, warum.«

»Hast du wirklich nicht mit ihm gesprochen?«

»Er hat meine Ex gebeten, zu setzen. Anscheinend hatte er noch zwanzigtausend bei Shane Metcalf gut.«

»Ich kenne Shane.«

»Ich weiß, dass du Shane kennst. Niemand hat dich gefragt, ob du Shane kennst.«

»Na schön. Was war los in Canterbury Park?«

»Sandy Whelan war los.«

Glen wartet auf weitere Ausführungen. Bekommt keine. Dann doch. »Das ist keine Stadt mehr für Rawsons Geld.«

Sutton sitzt breitbeinig da, die Fäuste auf den jeweiligen Knien; sieht aus wie ein Junge auf einem Highschool-Foto. »Erklär mir das.«

»Die Leute, die seine Schulden gekauft haben«, sagt Glen, »haben mehr Einfluss als die Brandung aufs Ufer.«

»Willst du sagen, die wussten, dass er einen ordentlichen Wettschein hatte – und haben dafür gesorgt, dass er verliert.«

»Ich will gar nichts sagen. Aber du solltest wissen, wenn die so was mitbekommen und sich dafür entscheiden, dann können sie's auf jeden Fall bewerkstelligen.«

»Leuchtet mir ein.«

Glen ist fett wie ein Ochsenfrosch und grau wie eine Beutelratte, wenn Sutton der Schüler ist, dann ist er der Direktor. Wenn er hustet, klingt das, als würde sich ein Rad in seiner Brust sehr schnell verkehrt herum drehen, dabei irgendeinen wichtigen Scheiß beschädigen. »Rawson spricht von dir, als wärst du die schärfste Säge im Schuppen. Aber dann sagst du so was, und ich merke, dass du einen Scheiß weißt.«

»Klär mich auf.«

»Die wollen nicht das *Geld*, Jamie. Die haben mir fast das Doppelte gezahlt nur für die Rechte. Die Besitzrechte an dem Typen, das Recht, ihn zu ficken.« Glen spürt die Worte, spuckt sie aus wie Gift. Sutton ist ein Kontrast, was Verbotenes am Eingang von Tempeln.

»Und du hast sie denen verkauft?«

»Buddy, im Vergleich zu denen bist du ein Erdbeertörtchen. Die sind hier reingekommen und über den Tisch weg nicht mal aggressiv geworden. Die haben mir nur Sachen gesagt, private

Sachen, von denen ich dachte, dass sie unmöglich jemand wissen kann. Winzige Details, die meine Mum und mein Dad mit ins Grab genommen haben und die gar nicht wichtig sind. Ich sag dir was, Mann, mir ist ganz kalt geworden.«

»Klar.«

»Dann haben sie mit Scheiß über mein Leben angefangen, den ich *nicht* weiß. Echter Hirnfick. An dem Punkt war ich fast schon so weit, ihnen Big Ship umsonst zu überlassen. *Kein Problem*, haben sie gesagt, *Loyalität ist was Wunderbares.* Dann waren meine Töchter und Enkeltöchter dran. Game verdammt noch mal over.«

»Wer sind *die.*«

»Ich weiß es nicht. Ehrlich ... ich weiß es nicht. Aber sie haben gesagt, wenn ich Rawson das Geld gebe, kommen sie wieder. Nur dass sie's dann gar nicht selbst sind, sondern, Zitat, ein paar gemeinere Menschen. Das ist, als würde dieser scheiß Hitler sagen, das nächste Mal komm nicht ich – dann kommt ein echter scheiß Nazi. Verstehst du, was ich sagen will?«

»Ja, Glen. Ich versteh's.«

»Gut.«

Sutton steht auf und geht zur Tür. »Wie lange haben sie dir gegeben?«

»Wer?«

»Die Ärzte.«

Der Buchmacher schaukelt zurück, mustert den seltsamen Mann in seinem Büro. Er zündet sich eine weitere Zigarette an/ sie helfen ihm beim Denken. »Hast wohl ein abgeschlossenes Medizinstudium, oder wie?«

»Lungenemphysem. Mein Onkel ist dran gestorben.«

»Gut gemacht, Schlaumeier. Hast doch mehr Durchblick, als ich dachte.«

»Und?«

»Und was spielt das für eine Rolle. Um Rawson musst du dir Sorgen machen. Was hast du vor?«

Sutton hat vor zu gehen und tut es.

08

Deine Probleme sind nicht so diabolisch. Sie müssen einfach nur in einem anderen Licht betrachtet werden, sozusagen mit Abstand neu bewertet. Ein Beobachter auf dem Mars würde sie nicht für so fürchterlich halten, ebenso wenig einer, der sich deinen Fall in hundert Jahren ansieht. Wie viele Menschen wandelten auf Erden, hundert verfluchte Milliarden? Die meisten müssen sich so gefühlt haben/auch das hier wird verdammt noch mal vergehen.

»Einundzwanzig fünfzig«, sagt der Taxifahrer.

»Meine Fresse, ich weiß noch, als ich für zehn hergekommen bin.«

»*Zehn*. Wann war das denn?«

Ungefähr zu der Zeit, als ich Sergeant wurde, du Blödmann. Ah, aber das ist das Problem mit Beamten in Zivil, wenn man Detective ist: ohne Uniform kein Respekt. Rawson übergibt fünfundzwanzig und denkt, *Ich hätte auch keinen Respekt vor mir.*

»Hier bitte. Ihr Wechselgeld.«

Kann dem Mann nicht mal Trinkgeld geben. Rawson seufzt, steckt die Drachmen ein, kommt sich vor wie das Mädchen aus dem Gedicht, das die Wahrheit sagt/und dem niemals geglaubt wird.

Es ist eine Stadt kleiner Dörfer. Mit der Zeit ist ein Zoo der verschiedenen Sippen entstanden, Existenzen an nördlichen Stränden oder sonst wie deplatziert. Seine Familie war an den Grünstreifen verloren, der Hornsby vom Meer trennt/Rawson hat von Streifenwagen gehört, die über die Dienstschichten hinweg in Ryde verschwunden blieben. Mit Schaudern denkt er an die Bewohner von Blacktown, die nicht gerüstet sind, etwas anderes zu sein an Horden, die sich in Shire-Zufriedenheit suhlen und dies für einen Gottesbeweis halten. Noch mehr wollen einem erzählen, dass der Inner West boomt, und wann zum Teufel tut er's nicht? Teure fünf Sekunden lang hatte er mal Ferien bei den Kirribillis gemacht.

Jetzt fallen ihm wieder die Fliesen von Cogee ein, ein dem Vergessen anheimgegebenes Besäufnis. Wie das Mädchen, mit dem er sich betrunken hatte, die Eigenheiten ihres Gesichts. Vor den Toren von Palace verfiel er der Gewalt, von gelber Beleuchtung aufgebracht. Er kämpfte gegen Banden von Surfern und Polizisten außer Dienst, brach Knochen in Rausschmeißervisagen.

Jetzt ist ein anderer Herbst, zumindest eine Handvoll Tage lang, und er befindet sich in einer anderen Stadt – einer Siedlung ohne Überheblichkeit, wo der Winter de facto vor der Tür steht. Suttons altes Mädchen bemannt die Auffahrt, und die Haustür klafft gegenüber einem *Zu verkaufen* auf dem Rasen.

Zu was?

Es ist offiziell, Henny Penny.

Das Wohnzimmer ist leer/die Umzugshelfer waren da. Rawson geht ohne Heimlichkeit in die Küche. »Du bist nicht leicht zu finden, mein Freund. Was ist mit dem Schild?«

Sutton füllt den blauen Wasserkessel und stellt ihn auf den Herd. Der elektrische Wasserkocher gehörte Susan. »Das Timing stimmt.«

»Was? Aber ich liebe dieses Haus.«

»Ich weiß.«

»Vielleicht kaufe ich es.«

»Klingt gut.«

»Du und sie«, sagt Rawson. »Seid ihr wirklich auseinander?«

Sutton stellt die unidentischen Becher bereit. Als er den Kühlschrank öffnet, um Milch herauszuholen, ist sie das Einzige darin. Bobby Cobra schwankt auf den Fußballen und betrachtet die verunstaltete Wand. »Und jetzt noch ein Graffitiproblem. Die Unruhestifter können nicht buchstabieren.«

»Vespa Kline. Nuts Finnegan.«

»Woher weißt du das?«

»Die Immobilien-Dame ist ihnen zufällig begegnet.«

»Und die haben was gemacht? Ihr eine Visitenkarte übergeben?«

»Behauptet, sie seien Freunde, die sauber machen. Haben es auf Kinder geschoben.«

»Ach ja, klar doch. Hatten Nuts oder Vespa eine Theorie, warum der jugendliche Abschaum der östlichen Vorstädte es auf dich abgesehen haben könnte, Motherfucker?«

Sutton grinst, schüttelt den Kopf, braut den Tee und schiebt einen rüber.

»Erzähl mir das mit Slane«, sagt Rawson. »Oder muss ich dir einen Zwanziger in den G-String stecken?«

»Hast du die Zeitung gestern gesehen?«

»Allerdings – die Glamour-Flüchtlinge. Kristy hat scheiße ausgesehen. Und das aus meinem Mund will wirklich was heißen.«

»Stimmt.«

»Trotzdem, ich hab längst gewusst, dass du was damit zu tun hast – die Nachbarin hat dein Kennzeichen gesehen. Wirst nachlässig.«

»Wahrscheinlich.«

»Die Tatsache, dass du mit einem gigantischen weißen Wolf durch die Straßen streifst, macht es auch nicht besser. Wo ist er?«

»Hinten.«

Rawson stößt einen schrillen Pfiff aus und trinkt seinen Tee, wünschte, es wäre Kaffee mit einem Schuss von was Whiskyartigem. »Ernsthaft – was ist da drüben passiert?«

»Bloß irgendein Ärger.«

»Wer hat angefangen? Kristy oder Whit?«

»Whit.«

»Wenn nämlich Chris wieder die Hand erhoben hat …«

Sutton geht in den Nachbarraum und kommt mit Farbe, Pinseln, einer nagelneuen Walze wieder. Er nimmt einen Eimer von unter der Spüle und holt einen Zellulose-Schwamm heraus. Rawson zieht seine Jacke aus und krempelt die Ärmel hoch, sagt, *Gib her.* Der Detective macht die Wand sauber, während Sutton einen Schraubenzieher holt, ihn an dem Vier-Liter-Eimer ansetzt und den Deckel abhebelt.

»Ich hab mit Glen gesprochen.«

»Ach wirklich ... kleben wir die Kanten ab?«

»Klar.«

»Wo ist die Walze?«

Sutton geht in den Raum nebenan und kommt mit Malerkrepp wieder. Rawson reißt Streifen ab und klebt ein blaues Rechteck, das Ergebnis ähnelt einem Fenster durch das *Fridensgespreche!* wie geschmacklose, moderne Kunst betrachtet werden kann. Sutton säubert die Walze. »Glen hat ausgepackt.«

Der Inkrementale greift ein Küchenhandtuch und wischt die Wand, um sie zu trocknen, nimmt die Schale mit der Grundierung in Empfang wie den Teller für die Kirchenkollekte. Er setzt die Walze in einer W-Bewegung an und schon bald ist das Gekritzel ausgelöscht. »Ach, na ja. Shit happens.«

»Erzähl mir von ihm. Dem Mann, der die Schulden gekauft hat.«

»Okay. Aber nicht jetzt.«

Pfotentrapsen: Bloke manifestiert sich in der Hartholzdiele, ein wölfischer Schatten geht ihm voraus, größer und schrecklicher als er selbst. Er geht mit nicht mehr als einem flüchtigen Nicken in ihre Richtung an der Küche vorbei, *habt ihr hier alles unter Kontrolle, Leute?*

»Fick dich, Schwarzlippe! Das nennst du Hallo sagen?« Rawsons Pager springt an, und er nimmt ihn, stellt ihn auf stumm, dann geht's wieder los. »Halt die Klappe.«

»Das Telefon ist noch angeschlossen, wenn du's brauchst.«

»Scheiß drauf, gibt's vielleicht was, worüber du reden willst?«

Die Frage veranlasst Sutton, das Werkzeug abzulegen, bringt eine Bedeutungsschwere in den Raum, auf die Rawson es nicht angelegt hatte. »Weil ich's mir nämlich ganz gut zusammenreimen kann.«

»Kannst du?«

»Eigentlich wollte ich mich selbst drum kümmern.«

»Dich *wie* kümmern?«

»Mit einer spektakulären Demonstration von verfluchter Gewalt würde ich denken.« Rawson verschränkt die Arme, zeigt damit an, dass er ernst meint, was er gleich sagen wird. »Ich denke, ein umfassendes Geständnis ist angebracht.«

»Du willst kein umfassendes Geständnis hören«, sagt Sutton leise.

»Also ganz bestimmt will ich's mir nicht aus einer von Sashas Tiraden zusammenreimen.«

»Sash?«

»Von wem denn sonst?«

Der Augenblick lässt nach/Sutton setzt seinen Pinsel an. »Du sprichst von Mitchell.«

»Was hast du denn gedacht, von wem ich rede? Whit Hammond? Scheiß drauf, Mann. Es geht um die Familie. Das ist wichtig.«

Seine Familie nickt. »Letzte Woche hat sie angerufen, hat gesagt, sie kann nicht in den Park kommen, weil sie Hausarrest hat. Mitchell hat sie geschlagen.«

»Und?«

»Und du warst in Newcastle, deshalb hab ich beschlossen, mal ein paar Worte zu wechseln.«

»Oh Gott. Du bist hin und hast ihn umgebracht?«

»War das falsch? Ich wusste nicht, dass du ihn magst.«

»Ich mag ihn wirklich, verdammt. Ich bin heilfroh, dass sie sich nicht mit einem echten Kerl eingelassen hat, so einem, den ich hätte windelweich prügeln müssen.«

»So kann man's auch sehen.«

»Was ist Mitchell überhaupt für ein scheiß Name. Würdest du einem trauen, der Mitchell heißt?«

»Dem hier schon«, sagt Sutton. »Er hat sie nicht angerührt.«

»Sicher?«

»Klar. Das hat sie sich ausgedacht.«

»Herrgott.« Rawsons Auswärtsatem harkt. »Krieg keine Kinder, mein Freund. Ist viel zu enttäuschend.«

»Sag so was nicht.«

»Hast du ihm einen Schrecken eingejagt?«

»Ein bisschen. Er erschrickt ziemlich schnell.«

Rawson zündet sich eine an, sie stehen rum und schauen der Farbe beim Trocknen zu. Sutton hat einen Gedanken und geht zum Schuppen, kommt mit einer total verstaubten Flasche Johnnie Walker Blue zurück. *Ganz vergessen, dass ich die noch habe/ hab sie bei einer Tombola gewonnen.* Rawson staunt bei dem Gedanken daran, dass einem so etwas entfallen kann.

Sie recyclen die Becher, benutzen sie jetzt als Gefäße für ein anderes Getränk, und Rawson kommt der Gedanke, dass sein Wunsch in Erfüllung geht und noch was extra. Und wen schert es schon, dass es nicht seine Lieblingsdroge ist? Er wird nicht spitzfindig werden, auf Förmlichkeiten beharren – nicht, wenn ein geliebtes Haus verabschiedet werden muss. Sutton sagt, *vier Wochen auf dem Markt, dann wird versteigert.* Rawson schüttelt den Kopf und sagt, *gottverdammt.*

»Wo hast du übernachtet?«

»Verschieden«, sagt Sutton.

»Mal hier mal da gepennt?«

»Genau.«

»Gehst du zum Spiel?«

»Denk schon.«

»Dann reden wir dort weiter … weißt du, ich hatte heute ein Pferderennen.«

»Wie ist es gelaufen?«

Rawson lächelt, nur halb verbittert. »Fick dich.«

Sie streichen zum zweiten Mal und ziehen das Kreppband ab. Sutton räumt auf, und das Letzte, was entsorgt werden muss, ist die halbleere Flasche Blue. Er schaut Rawson an, und Rawson zuckt mit den Schultern wie Atlas, nimmt sie fatalistisch in Besitz. Sie verriegeln hinten und gehen durch die Diele, und Sutton schließt zum letzten Mal die Tür. Bloke leckt außen über die herabhängende Rawson-Pfote, dasselbe auf der anderen Seite/der Detective schmeckt immer salzig.

»Noch ein Steak verdrücken?«

»Kann nicht«, sagt Rawson. »Hab was in Surry. Der Typ von R&B wird pensioniert.«

»Rhythm & Booze.«

»Genau.«

»Ich fahr dich.«

»Wieso – musst du in die Richtung?«

»Nicht direkt«, sagt Sutton.

»Scheiß drauf. Ich geh runter zum Boulevard und schnapp mir eine Motordroschke.«

Sutton pfeift, und Bloke springt auf die Ladefläche. Sutton geht herum zur Fahrerseite, und Rawson schaut auf das Haus. »Hast du sie vertrieben?«

Sutton bleibt stehen und denkt nach. »Ich weiß nicht. Kann sein.«

Ein leichtes Flugzeug fliegt über ihnen nach Süden. Ein festes rotes Licht/ein blinkendes grünes. Rawson kapiert, dass Sutton und er über verschiedene Frauen sprechen. Er schraubt den Deckel vom Johnnie ab, während Sutton in den Truck steigt, ihn grummelnd anlässt. Der Detective tätschelt den Hund und dankt dem Menschen durchs Fenster.

»Wofür?«

»Dass du auf meine Mädchen aufgepasst hast.«

Sutton parkt seine Sonnenbrille auf dem Armaturenbrett, legt den Rückwärtsgang ein. Eine scheinbar schlichte Angelegenheit, die bei dem alten Mädchen aber eine Menge Insiderwissen erfordert.

»Immer.«

07

Was ist bloß aus dem Mädchen geworden.

Du weißt schon.

Nach dem du verrückt warst.

Die Markise vom Shakespeare ist breit, aber der Bürgersteig kurz, die Trinkenden kleckern ordentlich auf Asphalt und Steinplatten. Es ist ein Pub, das alten Prinzipien gehorcht, eine Taverne, in die man seinen Hund mitnimmt, und keine glattäugige Maniküre wird es wagen, etwas anderes vorzuschlagen. Als Rawson sich nähert, fährt ein Taxi vor, eine Frau mit drei Männern vom Sprengstoffkommando steigt aus. Die roten Haare erklären sie zur hinreißenden Deanna, ein Drink, bevor er sich dem stellt.

Er macht einen Umweg über den Park, der an die Sozialwohnungen anschließt, ein paar abgerissene Kids investieren Zeit in die Rampe. Junkies hängen an Desperado Corner ab, während sich ein Hund weigert, zu kacken, weil er weiß, dass sein Herrchen den Ausflug danach beenden wird.

»Lass die Sauftüte verschwinden«, sagt Rawson zu seinem Mann, einem einsamen Alten auf einem der grünen Plastikstühle.

»Wieso, bist du Bulle?«

»Ja und nein.« Der Bonecrusher holt die Flasche raus, die er backbord in der Tasche trägt wie eine Abgesägte. »Gefäß?«

Der Säufer ist weißer Backenbart, rosa Haut: Das blaue Label erzeugt Ehrfurcht. »Das ist gefährlicher Stoff da, danach gibt's kein Zurück.«

»Nicht unsere Schuld, dass wir einen erlesenen Geschmack haben.«

Rawson schenkt ein, großzügig bei beiden, schartiges Emaille dirigiert in der Luft. Der Landstreicher sagt: »Du hast ihn verwässert.«

»Womit?«

»Mit Wasser.«

»Nee«, sagt Rawse. »Wermut, Mann. Schon mal getrunken?«

»Was glaubst du wohl? Gott segne dich, mein Lieber.«

»Jemand muss es tun.«

Rawson saust über die Straße mit Zufriedenheit im Windschatten, das letzte Fünftel des tadellosen Whiskys. Er wählt die diskreteste der schmalen Türen des Shake, aber der Mann, der pensioniert wird, ahmt ein Adlerauge nach. »Little Bobby Cob! Was willst du trinken, du gutaussehender Straßenköter?« Rawson schnorrt ein Grinsen so breit wie New South Wales, und Herrgott noch mal, Morris – du siehst aus wie das Wrack der Hesperus. Lass dir bloß nicht einfallen, heute Abend zur Brieftasche zu greifen, sonst brech ich dir die verdammten scheiß Hände.

Copperhead hat seinen Namen von Little Bobby Cob. Es ist eine Anspielung auf zeitgenössisches Liedgut, ein Witz, den nur er allein lustig findet. Sutton achtet auf Worte – auf die parasitische Weise, wie sie Dinge festzurren – aber in ihm steckt nicht viel Poesie.

Die Auswahl ist gleich weit von zwei englischen Städten entfernt. Das Gute, dass sie von keiner direkt erreicht werden kann. In der Regierung träumt jemand davon, sie zu verbinden, ein Kitemaker-Anbau, der The Shack verschlucken würde.

Keine Angst: Das Vorhaben würde eine spektakuläre Brücke über Klippen erforderlich machen, zwanzig Millionen Instanzen des kostbaren Steuerzahlerdollars. Es wird niemals den Stempel der Genehmigung erhalten/Suttons Plan wird für immer geheim bleiben.

Die silberne Sonne kommt heraus und ist kaum eine. Der sie umgebende Busch hallt vor Lärm, Bloke bellt einigen Uferratten eine Erwiderung entgegen. Ein Leierschwanz stolziert auf dieser Pyramide des Gesangs, aber sofort schalten die Gottesgeschöpfe sämtlich auf stumm.

Er findet und rollt die 44-Gallonen-Tonne. Sie ist dunkel emailliert, nie benutzt. Beim Durchtrennen stellt er die Motorsäge auf hungrig, Funken stieben aus dem Schnitt wie Feuer im All. Ein verwirrter Zauberer, der die *Zersägte Jungfrau* aufführt, eine theatralische Vivisektion, aber noch ist sie nicht da.

Der Schreiner trägt seine Schweißermaske, als er die Begräbnishälfte hievt. Der Gang ist eine Mission, der Mann balanciert auf dem Angelpunkt: Es sieht aus und fühlt sich an wie Buße. Er setzt zurück in ein lichtloses Gebüsch, wie ein kraftloses schlafloses Blaxland, und als das Gestrüpp nachgibt, kein Hauch der Warnung, sitzt es ihm auf dem Hintern.

So gestaltet sich seine Ankunft auf dem Klippen-Ausguck. Es ist verstohlen, ungetauft, der Schatz der Copperhead Road. Er liegt flach auf dem Rücken wie ein zufälliges Teleskop und funkt zum Sternenfeld.

Erlesene Nadelstiche, eine Decke aus Zobel, Unendlichkeit verborgen in ihren Falten.

Als er sich auf die Rückfahrt begibt, wird er weniger, ist eigenartig müde, treibsandet in einen blutrünstigen Zorn hinab. Er geht in die Werkstatt und nimmt drei Böcke vom Stapel, mit einem Marker beschreibt er die Tiefe der Kurve, die er herausschneiden muss. Als er Sägeabfälle auf den Müll wirft, sieht er den Hund neben dem Eingang, ein karnevalistisches Grinsen auf dressierten

Beinen, dem Verpiss dich gepfiffen wird. Sutton krümmt einen Arm und zieht die A-Frames zurück zum Ausguck, baut eine für Opfergaben an Götter geeignete Feuerschale.

Das Leichentuch leuchtet matt in der Dunkelheit, ihre Silhouette verkrustet in Sägespänen und Kalk. Nur eine hastige Halbmaßnahme, als er sie dort ließ, ein armseliger Viertelbeweis gegen den Verfall. Hundertfünfzig Stunden Starre, und er weiß, sie wird ausgemergelt sein.

Eine Gestalt am Rande seines Sichtfelds, Bloke hat ihm ohne anständige Absichten aufgelauert. Er drängt sich vorbei, um die Tür aufzubrechen, und Sutton bewegt sich wie noch nie/versenkt seinen Stiefel im Hund.

Er packt sie in die zweiundzwanzig und richtet sie zum Wasser aus. Sie scheint auf heimischer Erde zu liegen, auf Zweigen, die diesen Scheiterhaufen aus Backstein krönen. Blätter werden zerstoßen, um einen Eukalyptus-Duft zu erzeugen, ein Griff nach Butan als Treibstoff für ein kompliziertes Feuer.

Der Pazifik klingt nicht friedlich, er randaliert/führt Krieg. Er sagt sich, es ist das Beste, was er zu bieten hat, Gott weiß, sie war nie konventionell. Das Setting mit der Atmosphäre eines Hohetempels wird ihr gefallen, ewige Riten auf dem schwarzen und opalweißen Meer. Als sich die Brise bereit zeigt, nach Osten zu lenken, nimmt Sutton das Streichholz, das sie trennen wird.

Bloke wird in erzürnter Ferne vernehmbar, jault Verletztheit zu unsichtbaren Monden hin. Sutton ruft lange, bevor sein Tier antwortet, der Hund ist verdrießlich und zögert. Als er zur Ladefläche galoppiert und ihn der Mensch zur Fahrerkabine treibt – an der Mähne packt und ihn ihm Ganzen an sich drückt.

06

Im Shake flippen sie aus. Niemand hat es geplant – die Party lief einfach mega, ein Rudel Hyänen schickt Morris als todsicheren Sieger in die Rente. Eine kritische Masse an Kameraden, Kameradschaft, Tabletts mit Sambuca kursieren im Raum und Tequila steht als Nächstes auf der Trefferliste.

Rawson hat jetzt ein Fischauge, nimmt die Welt flach und verzerrt wahr, aber alles andere als farblos. Das Pub ist ein Saal voller umherspringender Schatten, die Decke ein Firmament oder eine Echokammer, in der jede Vierzig-Fuß-Silhouette ein gefühlloser Punch ist, eine profane und gackernde Judy. Existenz rotiert durch das Prisma seines Bierglases, ein goldenes Pisse-Aquarium, das alles bloßstellt, was es beleuchtet.

Deanna ist im Ausland, rothaarig natürlich, ihr Joghurt-Teint und ihre Bewegungen geschmeidig wie ein Fuchs. Eine Schönheit aus Rostbraun zwischen kackfarbenen Hunden, die Rawson erwischt, wie sie von der Profilleiste erst dieses, dann jenes Kerls weg und in seine Richtung schaut. Die bleiche Maid des Todes nutzt einen immer näheren Baum zur Deckung.

»Die unbefahrene Straße.«

Bob Mack. Rawson dreht sich und schüttelt die Hand drauf, Bob der Zuspätkommer, relativ nüchtern, jedenfalls kein harter Säufer. Attraktiv mit fünfzig und gepflegt; noch nie haben Koteletten auch nur halb so gut an jemandem ausgesehen. Er ist dabeigeblieben, auch als alle anderen Typen in der Stadt abtrünnig wurden, sich an anderen Modeachsen orientierten. So macht Bob Mack das/er bleibt dabei.

»Jedes Mal, wenn ich dich sehe«, sagt Rawson, »wundere ich mich, dass du mir keine Handschellen anlegst.«

»Immer mit der Ruhe. Wie ist es dir ergangen?«

»Besser als manch anderem. Hab gehört, ein Dingo hat dein Baby gestohlen.«

»Tut mir leid, Mike – kann dir nicht folgen.«

»*Mike*. Niemand nennt mich so. Gefällt's dir noch da drüben?«

»Wüsste nicht, dass es mir je gefallen hätte.«

»Aber du warst dafür gemacht.«

»Ja«, sagt Bob Mack. »Ich denke schon.«

»Alle denken das: die beste Zuordnung, die ich je gesehen hab. Du und das, passt hundertprozentig … ich wusste, bei dir würde es anders sein. Dass du die Stellung hältst. Dass wir dich nicht hassen würden.«

»Viel zu großzügig.«

»Und dann hast du den Bann gebrochen, hast dem Reich einen Dienst erwiesen. Der Zauberer war weg, ausgerissen mitsamt der Wurzel, der alte Mann vom Berg. Weißt du, ich denke, ich habe Paddy Conlon schon mal drin gesehen.«

»Das bezweifle ich.«

»Magic Conlon. Kannst du dich an sein Temperament erinnern? Der einzige Mensch, der je schön war, wenn er wütend wurde.«

»Er hatte schöne Hände, daran erinnere ich mich.«

»Da ist Caron Daley. Wie kann er es wagen, seine perfekten, feinen Gesichtszüge zu zeigen? Hey, Wichseimer!«

»Ich wäre gern so besoffen wie du.«

»Ach was? Nora! Tausend Bier für mein Hammelkotelett von einem Freund.«

Bob Mack will was springen lassen, eine Monsterrunde schmeißen, aber dann klingelt sein Telefon und wird trotz des Lärms von ihm und Rawson gehört. Er fischt es heraus und schaut auf die Nummer. »Haben die dir so eins gegeben?«

»Scheiße, nein. Bin so schon viel zu erreichbar.«

»Das entspricht nicht dem allgemeinen Konsens.«

»Glaub's oder lass es bleiben, alter Sack. Fast jeder kann die Dreckfinger ausstrecken und den Inkrementalen anschmieren. Ist tragisch.«

»Hab ich alles schon gehört.«

Er hatte immer traurige Augen gehabt, Bob Mack: Seine Antwort auf den Humor anderer ist Grimassen schneiden. Er kann nicht teilnehmen, kann nicht riskieren in den Zauberkessel der Freude zu fallen. Ein Kreuzritter, brennt in der Hitze seines eigenen flammenden Schwerts, hält seine Pein aber geheim. Das muss man sich mal vorstellen – Kapitän der Pirates und dabei nicht einen einzigen natürlichen Knochen im Leib.

»Ich nehm das lieber.«

»Mach das«, sagt Rawson, treibt in den anderen Raum. Ein anderer Raum, eine andere Straße, andere Räumlichkeiten, wenn auch immer noch in Reichweite des Parks, in Rufweite des bebenden Shake. Er torkelt, während er angestrengt Ausschau hält nach dem Licht ihres hohen Gemachs, dem Licht, das sagt, sie ist zu Hause. Rawson sagt sich, er ist ein anständiger Mensch, schaut die Straße rauf und runter, um sich zu vergewissern, dass niemand guckt.

Ihre Tür oben an einer gemeinschaftlichen Treppe steht offen, die Wohnung im obersten Stock eines dreistöckigen Gebäudes. In die Jahre gekommen, gewöhnlich in den Dimensionen: Sie hatte ihr Leben als Freudenhaus begonnen. Später beherbergte sie Katholiken, neunzehn Brüder und Schwestern der Arbeiterklasse und danach die Petroleum-Praxis eines nicht zugelassenen Zahnarztes. Rawson atmet es tief ein – die Vergangenheit gemischt mit ihrem Patschuli und Marihuana – und intoniert ihren Namen vermittels der tiefsten verfügbaren Oktave.

»Edwina.«

D-Dur. Er schiebt die Tür auf, bringt ein bohemistisches Atelier und dessen Perle im Innern zum Vorschein: Die Künstlerin am Werk, sitzend, ihrer Staffelei zugewandt, mustert ihn wie eine ihr bekannte, aber unbedeutende Plage. Sie trägt ein weißes Männerhemd offen, nicht zugeknöpft, und Rawson wendet den Blick von der Taubenflügelrundung ihrer jugendlichen Titten ab. Seine Augen ziehen sich auf die andere Figur im Raum zurück, dunkel und groß, ein finster blickender Bill Sikes, der seinen lila Homburg verloren hat. Rawson träumt von der nächsten Welt, der aller Spiegel beraubten.

Sie nimmt ihren Joint und einen kräftigen Zug davon; sein Erscheinen zu verarbeiten, wird ein neues Maß an Rausch erforderlich machen. Rawson bewundert ihre Gefasstheit, ihre königliche verdammte Schönheit, also biegt er scharf rechts in ihre chaotische Kochnische. In dem verkürzten Kühlschrank findet er drei Biere – offenkundig Produkte drei verschiedener Brauereien – und nimmt sich das Grolsch.

»Du hast einiges zu erklären, junge Dame.«

Er führt sich im Nachgang seiner Ankündigung die Flasche zu, fragt sich, ob es fliegen wird, in diesem Dschungel der gebrochenen Rekorde etwas bedeuten kann. Sie lacht, aber es liegt große Grausamkeit darin. Rawson sagt: »Weiß es dein Vater?«

»Weiß er was?«

»Dass du einem bekannten Schwerverbrecher den Papierkram machst.«

»Schwerverbrecher? Nur zu deiner Information, Caallum hat ausgezeichnete Beziehungen zur Kunstszene. Und ich mach nicht den Papierkram, ich leite den Laden.«

»Das liegt daran, dass der Chef draußen an der Ecke steht und Blei in den Blutkreislauf von Darlinghurst pumpt.

»Wow, redest du wirklich so?«

»Nur zu deiner Information – ja, wirklich.«

»Netzwerke, Michael. Ist gut für meine Karriere.«

»Ich dachte, du wärst Malerin.«

»Worauf willst du hinaus?«

»Mal Scheiße. Mal Scheiße schön. Zack – schon hast du ein Netzwerk.«

»Was verstehst du denn davon?«

»Ich kenne deinen Dad«, sagt er. »Das heißt, ich bin verpflichtet, auf dich aufzupassen.«

Erneut ein liebreizendes Kichern. Es wirkt seinem überholten

Autoritätsanspruch entgegen, erweist sich mit jeder neuen Wendung als brüchig. Wie sein Glaube, seine Unbeschwertheit. Edwina sagt ihm, er soll den Scheiß lassen, und steht auf, schließt einen einzelnen Knopf an ihrem Nabel, atmet gefährlich aus. »Wir wissen beide, warum du hier bist.«

Rawsons Antwort besteht darin, zu schwanken, gehalten von seinem einzigen physischen Kontakt zur Welt: dem glasigen Flaschenhals in seiner lahmen Hand. Würde er das Gefäß fallen lassen, es zerschlagen, würde er aufhören zu sein – er würde vergehen, wie eine Bleistiftskizze unter der Farbe der endgültigen Fassung. Er verbirgt sein Entsetzen, als sie auf ihn zukommt, vorbeigeht, an einem Haufen verkrumpelter Designerklamotten vorbeigreift. In der Ecke versteckt sich eine Leinwand vor der Welt, schämt sich für ihr eigenes Dasein. »Ich habe auf dich gewartet«, sagt Edwina – möglicherweise zu ihm, möglicherweise zur Leinwand.

»Tu's nicht.«

»Wovor hast du Angst?«

Rawson entdeckt eine farbige Masse, zwei Drittel eierschalenweiß eingekreist, das jungfräuliche Gebiet, auf dem ihr Pinsel noch nicht war. Sieht sie ihn wirklich so? Als Masse bunt gemischter Lilatöne? Sein Gesicht ist eine Version der Hölle: tyrensische Wangen, Krokusaugen, Orchideenkinn, psychedelische Lippen. Sie portiert sich zu ihrem Arbeitsplatz und sagt zu ihm, *Komm schon – du bist mein Archie.*

»Hör auf damit.«

Er geht ans Fenster und killt still das Bier. Über dem Wardlaw Park liegt Frost, glänzt in der Nähe des roten Staubs und des Ahorns und des Blechs und der chinesischen Zeder. Bob Mack ist im Laternenlicht zu sehen, spricht mit einem Mädchen auf der Schaukel. Rawson hat viele Musen gehabt, war aber nie eine gewesen/wird es nicht dulden. »Solltest du nicht mit dem Rucksack durch Europa reisen?«

»Warum, was gibt es denn in Europa?«

»Erst mal eine ganze Menge Gemälde.«

»Zugegeben.«

»Und Erfahrung. Du weißt schon ...« – Rawson winkt flüchtig in Richtung des McPherson-Triptychons an ihrer Wand –, »was du brauchst, wenn du mit diesem Schabernack hier richtig gut werden willst.«

»*Schabernack*. Oh Gott, ich liebe es, wie du redest. Ich habe Tarquin davon erzählt.«

»Wer ist Tarquin?«

»Niemand. Ein Autor.«

Er bewegt sich mit dem Rücken zu ihr, nimmt jedes Arbeitsgeräusch wahr, das sie macht, und erreicht den steinalten Plattenspieler auf dem gelben Chromschreibtisch. So ist ihre Inneneinrichtung, Antiquitäten gemischt mit innovativen zeitgenössischen Möbeln, alle teuer, alle im ersten Moment unter den Nagel gerissen, in dem sie sie gesehen hat. Die Lügen, die sie ihren Freunden erzählt, über die unglaublichen Preise, die sie herausgeschlagen hat. »Mahler«, verkündet er, seine Augen strengen sich an, das Etikett auf der Platte zu lesen, während die sich dreht.

»Dreh dich um.«

»Nein.«

»Sieh mich an.«

Er will nicht. Eine Minute nichts, kein Mahler, dann das unheimliche Voranschreiten ihres Poltergeistes von hinten, kichert seinen Namen und umrankt das vermaledeite Grau seines harzigen Stamms, um ihm den Joint zwischen die Lippen zu schieben. Rawson inhaliert, während sie seinen obersten Hemdknopf küsst, dann den darunter, dann den darunter ... ist sie die letzte Frau, die er kennen wird? Ein Wahnsinn von einem Abgang. Edwinas Zunge stößt an seine Gürtelschnalle, und Rawson fasst sie an den Schultern – hebt sie und stellt sie weg, als wäre er ein Kran und sie ein Paket. Zwischen ihnen ein Vorhang aus sinnlichem Dunst. »Ich will«, sagt sie, »dich malen.«

»Niemals.«

»Feigling.«

»Schuldig.«

»Weißt du, was mein Vater sagt?« Sie mustert sein Gesicht, zeichnet voodoohafte Physiognomien. »Er sagt, du hattest unglaubliches Potential. Einen Verstand wie ein Tellereisen, hättest noch was drauflegen können bei deinen Fächern und Schulbester werden.«

Rawson nickt, um anzudeuten, dass er diese Theorie schon mal gehört hat. »Und was ist passiert?«

»Dein Körper: Ist dir in die Quere gekommen.«

»Aha, mein Körper.«

»Willst du ficken, oder was?«

Gustav ist wie ein französischer Film: Er endet nicht, er hört einfach auf. Rawson sammelt sich und legt eine andere Platte auf, Schostakowitsch, der Nächste auf der Liste. Edwinas Gras ist wie immer stark, wie meist sehr gut. »Erzähl mir von Tarquin.«

Er verbannt sie aus seiner unmittelbaren Präsenz; sie nimmt ihm den Joint wieder ab und kehrt zu ihrem Sockel zurück, ihrer coolen Distanziertheit. »Was willst du wissen?«

»Worüber schreibt er?«

»Dies und das.«

»Schreibt er dir Liebesbriefe?«

»Er schreibt einen Roman: ein vermisstes Mädchen, ein verbissener Detective. Deshalb muss er einen richtigen Polizisten kennenlernen, der Nachforschungen für ihn anstellt.«

»Sag ihm, er soll ins Kino gehen.«

»Er macht gar nichts anderes, glaub mir … Wieso? Würdest du ihn empfangen?«

»Wo ist das Mädchen?«

»Hm?«

»Im Buch – ist sie in einem Keller oder im Grab? Liegt sie irgendwo auf dem Grund eines Flusses oder einfach nur im falschen scheiß Wohnzimmer?«

Sein Interesse macht sie neugierig. »Kann ich nicht sagen«,

sagt sie vorsichtig. »Ich habe immer nur seine Gedichte gelesen.«

Rawson brummt. »Haben sie funktioniert?«

Er geht zu ihrem Stahlbett, ein Gulliver in Zeitlupe gefällt, begleitet vom Klang russischer Streicher. Er lehnt sich mit geschlossenen Augen zurück und ist einen Moment später entsetzt über die ungerechte Detonation ihrer Polaroid-Kamera. Er wacht auf mit einem Ruck und will nach dem Apparat greifen, aber das Mädchen ist zu leichtfüßig, durch ihre eigene Belustigung seiner Reichweite entzogen. Sie derwischt durch den Raum und klatscht auf das sich herausbildende Rechteck, seine Totenmaske nimmt Form und Farbe an.

Er hätte es wissen müssen – die Kühlschranktür ist mit solcherlei spontanen Schnappschüssen gepflastert, Edwina viele Male reproduziert, sie grinst aus einem Dickicht von Freundinnen in die Kamera, ebenso schöne Mädchen wie sie, umwerfend und dünn. Die grenzenlose Eitelkeit junger Frauen, die wissen, wie ausgesprochen fotogen sie sind: keine Wahrzeichen auf diesen Bildern, keine besonderen Anlässe, nur Freizeitmomente, abendliche Sauftouren. Rawson sieht zu, wie sie es genau betrachtet, findet aber etwas, das fehlt: Die ganze Freude fließt aus ihr heraus. Möglicherweise ist die Kamera magisch und zeigt die Fluoreszenzmarkierungen, die auf einer Seele liegen, all ihre Zysten und nässenden Krebsgeschwüre.

»Wer war die Frau?«, fragt sie mit einer Reihe langsamer Worte: Das Mädchen hat sich selbst hypnotisiert. »Heute in der Galerie.«

»Niemand. Nur eine Polizistin.«

»Was hast du mit ihr gemacht?«

»Ich? Nichts.«

»Sie ist heulend weg.«

»Haben uns wohl im Gebüsch versteckt.«

»Schläfst du mit ihr?«

»Natürlich.«

»Lügner … die würde dich nicht ranlassen.«

»Aber du schon? Wie geht denn das?«

Edwina schaut weiter auf das Polaroid/wird nichts anderes ansehen.

»Bild dir nicht zu viel drauf ein – Maler schlafen immer mit ihren Modellen. Siehst du? Ich muss nicht nach Europa. Ich weiß auch so, wie das läuft.«

Er nickt ernst und begreift, dass Europa für Edwina ein alter Hut ist. Sie war mit neun, mit zehn, mit dreizehn und mit sechzehn dort. Sie könnte morgen fliegen, wenn sie wollte/sie könnte noch heute Abend zum Flughafen. So läuft das, wenn dein Vater prominent ist, ein ehemaliger Generalbundesanwalt und Bundesjustizminister und künftiger Irgendwas. Die Locken ihrer Elsterhaare reichen ihr fast bis zur Taille, und Rawson sieht erneut das zentrale Problem weiblicher Schönheit: Man kann sie niemals berühren, ihr Ende erreichen. Sie malen, bildhauerisch gestalten, sie besingen oder Blütenblätter auf ihre Wege streuen – all dies sind nur dürftige Annäherungen, die salzige Kruste, die nach dem Prozess übrig bleibt, chemisch, etwas zu lieben außerhalb von sich selbst, etwas, womit man sich nie verbinden, was man nie halten kann. Der Detective empfindet jetzt wie ein Künstler – die sinnlose Sehnsucht, das Gefühl nur um ihrer selbst willen – und er hat die Schönheit viele Male gefickt. Und doch war sie im Augenblick währenddessen/direkt danach immer noch äußerlich, exogen, nicht bereit, eine Mischehe einzugehen. Er bekommt einen Einblick in die Logik von Kannibalen, so dumm und so traurig.

»Schließ die Augen.«

Das tut er – dann schummelt er und linst. Edwina geht an ihr Bücherregel, nimmt einen Band, versteckt darin das Polaroid. Sie greift nach einer kleinen Blechdose und bewegt sich verstohlen auf ihn zu.

»Ich hab gesagt zumachen! Mund auf!«

Die Fügsamkeit schmeckt bitter auf seiner Zunge. Säuremasse. Sie sagt »Hat *dir* jemals jemand Liebesbriefe geschickt?«

Rawson absorbiert, denkt darüber nach. »Einmal.«

»Wer war sie?«

»War ein Kerl.«

Sie lacht; es klingt hell und vorzüglich. »Oh, das hätte dir gefallen, du bist so bigott.«

»Bin ich nicht. Schwuchteln sind geil.«

»Ich meine, deine *Generation*. Was hat er geschrieben?«

»Weiß nicht mehr.«

»*Sag* schon.«

Seine Augen verschwimmen vor komplexer Erinnerung. ICH HABE ALSO DISTANZIERT FASZINIERT DEINEN WERDEGANG VERFOLGT, DABEI NIE WIRKLICH GEWUSST WARUM: WAR ICH VERLIEBT IN DICH? NATÜRLICH – IN DEM SINNE, DAS JEDER MENSCH SEIN DIAMETRISCHES ICH VEREHRT. DAS BIST DU FÜR MICH, MEIN UMGEKEHRTES KORRELATIV. »Er hat gesagt, wir seien gegensätzliche Seelen.«

»Hat er gesagt, dass er dich liebt?«

»Dass er mich liebt, beschützt, an mich denkt, mich hasst.«

»Oh Gott. Das ist OBSESSION!«

»Sagt Tarquin so was nicht?«

»Den ersten Teil sagt er. Den letzten nicht.«

»Nein – ich bin sicher, dass er dich nicht hasst.«

»Wahrscheinlich sollte er.«

»Gib ihm Zeit.«

Das Licht unter ihrer Tür wird von zwei Schatten unterbrochen. Eine Paarung von Schuhen: Jemand lauert wartend, das Ohr mit schützender Hand an die Tür gelegt. Rawson wendet den Blick ab, und er wandert zum Bücherregel, fragt sie, wo sie ihn versteckt hat. Das zu erfahren, wird ihm viel verraten. Er steht auf und geht auf die Rücken zu, und einige sind jungfräulich/andere gebrochen.

»Meine Freunde haben so ein Spiel«, sagt sie, wieder an ihrer Staffelei. »Wie lautet der Titel deiner Biografie?«

»Das ist leicht«, sagt Rawson. »*Huren und Pferde.*«

»Dann hast du's schon mal gespielt.«

»Wie heißt deine?«

»Miss Chaos.«

»Schrecklich. Versuch's noch mal.«

»Ich bin zu jung für eine Biografie.«

»Band eins, weitere werden folgen.«

»Wie wär's mit … Erster Impressionismus!«

»Schon besser«, sagt Rawson lächelnd.

»Gehen wir aus?«

Sie zieht sich an, während er die Bücher überfliegt. *Middlemarch. Madame Bovary.* Seine Hand schwebt über dem Kanon – *Ulysses, Moby-Dick* – dann zögert er, will nicht sträflich daneben raten. *Rot und Schwarz.*

»Die Namen, die Gesichter.«

»Was?«

»Das ist der Titel«, sagt Rawson leise. »Meiner Memoiren.«

»Na, dann schreib das scheiß Ding doch.« Sie überlässt ihm die Gewalt über den Spiegel, ihre Augen und ihr Mund bleiben weit offen stehen, während sie ihre Wimperntusche mit dem Zauberstaub aufträgt. Selbst grotesk ist sie noch entzückend.

»Das wäre die längste Beichte der englischen Sprache«, beichtet Rawson der Literatur. *Emma, Orlando, Felix Holt, der Radikale.* Als er das Richtige sieht, greift er schnell danach und nimmt es, findet rasch das Polaroid. Das schlimmste Lesezeichen aller Zeiten/sie hat ihn in der *Ilias* geparkt. »Ich bete dich an«, flüstert er weit unter der erforderlichen Lautstärke.

Edwina findet ihre Geldbörse und die Schlüssel, macht sich nicht die Mühe, das Licht auszuschalten. Sie gehen hinaus ins Treppenhaus, und Patrick Conlon ist dort, seine Kehle durchschnitten, aber er blutet nicht, tote Augen tragen nichts zur milden Freude seines Lächelns bei. Zur Anerkennung nickt Rawson traurig und langsam.

»Warte«, sagt Edwina, »ich hab was vergessen.« Sie dreht sich um und haut Big Ship eine runter, stellt sich auf die Zehenspitzen, um maximale Kraft auszuüben. Der Schmerz trocknet auf seiner Wange wie Wasser am Strand.

»Wofür war das?«

»Dass du heute in der *Galerie* so ein *Arschloch* zu mir warst.«

Rawson schaut Patrick hilfesuchend an; Conlon hebt die Augenbrauen, neigt den Kopf, öffnet die kaputten Hände.

»Na gut«, sagt Rawson. »Wollen wir?«

Sie gehen durch das Gewirr am unteren Ende der Crown, die gemeinsame Luft bildet einen Vorhang, einen Musselin, in den ihre Gesichter die Gegenwart pressen. Sie wird mit jedem Schritt kühler, bis sie ihnen wie eine Rippenfellentzündung die Lungen versengt; sie sind nicht gekleidet für außernatürliches Wetter. Erleichterung kommt in Form einer gasbeleuchteten Straßenbahn heran, dicht gedrängt darin die Besucher des Rennens im alten Victoria Park. Die Männer tragen Hüte und lesen zusammengefaltete Rennzeitungen, *Quartos,* und als die Ellbogenhorde endlich ausgeworfen wird, setzen sie sich zu dritt. Patrick und Edwina genießen das Fenster, während Rawson am Gang sitzt/der Aufmerksamkeit des ernsten Schaffners ausgesetzt. Der Inkrementale hat keine Shillings, so dass ihm der Uniformierte eine Mundharmonika reicht, ihm signalisiert, Bobby Cobra müsse für den Fahrschein spielen. Er presst die Lippen an das Metall, und was herauskommt, ist fröhlich, melodisch und geschickt. *Ich wusste nicht, dass du das kannst*, sagt Edwina zur Scheibe.

Patrick ist nicht größer als sie, klein, aber von den Proportionen her perfekt, gutaussehend wie Alan Ladd: Als Kind war *Shane* Rawsons Lieblingsfilm gewesen, aber er hat sich nie erlaubt, die Ähnlichkeit zur Kenntnis zu nehmen, nicht bis zu diesem Moment. Die Zerstörung von Patricks Kehlkopf, für alle Welt erkennbar. »Dieser Mann war Golden Gloves«, sagt Big Ship zu Edwina. »Ein talentierter Boxer, nicht nur ein Cop. Wir nannten ihn Perseus.«

»Äh, warum?«

»Nein … wir haben ihn Perseus *Zwei* genannt. Er war eine Fortsetzung.« Rawson richtet seine Worte an Patricks Ohr, während Patrick stumm in die lebendige Nacht starrt. »Ich habe nie ein nettes Wort zu dir gesagt. War immer distanziert. Ich wollte glauben, dass du's irgendwie geschafft hast, aber in tiefstem Innern wusste ich, dass Eamon seinen Willen bekommen hat. Fast hätte ich Blumen geschickt … aber wohin? Und an wen?«

Als sie aussteigen, ist der Abend warm geworden, und auf dem Gehweg wimmelt es nur so von amerikanischen Matrosen; ein stumpfer Schmerz im Knie des Inkrementalen sendet Signale. Er nimmt Edwina am Arm und lotst sie durch die Menge, folgt Patrick, während Patrick sich an einen Eingang heranschiebt, der sich in weißem Neon feiern lässt. Der Mann an der Tür des Orpheum sieht aus wie eine nur schwer knackbare Nuss, er schätzt Rawson ab und schüttelt den Kopf. Patrick spricht sich ins Ohr des Kieferbrechers aus, während Rawson sich alle Mühe gibt, friedlich zu schauen, ineffektiv, zu einer niedrigen Decke aus Sternen hinaufpfeift, die sich zu ihm unbekannten Mustern konstellieren. Jemand drückt ihm eine Trompete in die Hände, und er schaut einen kurzen Augenblick lang zweifelnd. Dann entfaltet er einen jazzigen Refrain, seine Phrasierung ist elegant und in sich geschlossen. Die vorübergehenden GIs bleiben stehen und pfeifen, jubeln, und der Türsteher nickt, winkt sie rein, spricht niemanden an wegen Geld. Rawson ist in Hochstimmung, verliert aber den Halt unter den Füßen und stolpert die Treppe runter: Als er hochschaut, über die Schulter zurück, sieht er Patrick winken, zurückgehen, in die Straßenbahn steigen, er war nur der Bote.

Die beiden Überlebenden wandern durch unterirdische Gänge, niedrige Kammern mit Spelunken, Burlesque-Shows und Kartenspielen, Billardtische im Wettbewerb von unbeweglichen Zuschauern umringt, Männer denken nach über den Zustand des Spiels, als könnte Snooker sie sowohl in existentielle Zwangslagen bringen wie daraus befreien. Rawson und Edwina streben nach den fernen Klängen der Musik, ein Echo, das zurückhallt und sie gereizt weitersuchen lässt, bis Rawson von Durst geplagt einen Durchgang zwischen stationären Körpern hindurch zum Tresen schlägt, wo er sich mit einer erfolgreichen Kastagnetten-Einlage zwei Cocktails verdient. Der Alkohol ist dunkel, und in den beiden eisfreien Gläsern schwimmt jeweils ein Augapfel; als Rawson die Abscheulichkeit genauer betrachten will, findet er nur kandierte Kirschen.

»Lotus & Lethe«, sagt der Nachbar an seinem Ellbogen. »So nennt man das.« Die Stimme klingt vertraut, aber der Mann verbirgt seine Identität unter einem schwarzen Fedora, einer strategischen Art, den Kopf zu neigen. Sie stoßen an und trinken, aber der Trunk besitzt keinen Geschmack. »Ich hatte ein Mädchen am Arm«, sagt Rawson und stiert vor sich hin. »Haben Sie gesehen, wohin sie gegangen ist?«

Der Mann zuckt mit den Schultern. »Das ist ein guter Ort zum Vergessen. Namen, Gesichter. Mögen Sie Poesie?«

»Ich hätte eine Auszeichnung in Englisch bekommen können, aber mein Körper kam mir in die Quere.«

»Wer's glaubt, wird selig«, sagt der Mann. »Wollte ich doch lieber als Ackerknecht Lohndienste bei einem anderen, einem Manne ohne Landlos leisten, der nicht viel Lebensgut besitzt, als über alle dahingeschwundenen Toten Herr sein!«

»Genau«, sagt Rawson, trinkt erneut, stimmt vollkommen zu. »Lieber Surfer sein unter den Lebenden.« Er schaut auf das Whiskyglas, um die Menge zu überwachen, stellt erschrocken fest, dass es wieder randvoll ist. Paradiesisch! Er verleibt sich mehr davon ein – ein riesengroßer Rawson-Schluck –, aber der Pudding ist noch immer magisch und geschmacksneutral. »Kennen Sie sich mit Büchern aus«, sagt er zu dem schwarzen Fedora. »Vielleicht kennen Sie das von Tarquin. Ein Freund von, wie heißt sie noch, dem Mädchen, mit dem ich gekommen bin.«

»Ihrem Geliebten, denke ich.«

»Sie haben recht«, sagt Rawson, schlägt mit der Hand auf den

Tresen. »Und wenn ich ihn in flagranti erwische, werde ich sein *Gesicht* zerfleischen. Metzeln.«

»Ach, mein unbesonnener Freund.«

»Nein – ich nehme es zurück. Er ist nur ein Kind, und sie gehört mir nicht. Ich weiß nicht, was ich mir dabei gedacht habe/bitte verzeihen Sie.«

»Schon geschehen. Erzählen Sie mir von seinem Buch.«

»Es ist noch nicht veröffentlicht, auch noch nicht geschrieben, aber ich kann mir nicht vorstellen, dass ein Mann wie Sie sich dadurch von irgendetwas abhalten lässt.«

»Sie haben recht. Werde ich nicht.«

»Geht es um das vermisste Mädchen und den fanatischen Detective?«

»Wissen Sie, wie es heißt?«

»Ich könnte raten. Schriftsteller sind Schweine?«

»Stimmt.«

»*Die Suche nach Grace* von Tarquin Irgendwas ... ich will nur wissen, ob das Mädchen tot ist oder ob es noch schlimmer ist. Können Sie helfen?«

»Vielleicht ist es ja viel besser. Vielleicht ist sie in Sicherheit und es geht ihr gut und sie ist glücklich.«

»Ich kenne Sie«, sagt Rawson abrupt, verengt verschlagen den Blick.

»Tatsächlich sogar sehr gut. Ich bin froh, dass Patrick Sie gefunden hat.«

»Schön – also Sie schmeißen hier immer noch den Laden. Von hier unten, aus dem Orpheum.«

»Das Orpheum ist oben«, sagt der Mann. »Hier ist die Eurydike.«

Ein Riesenkrawall im zentralen Gang, als sich ein Mann danebenbenimmt. Ein großer Kerl: zunächst von der Statur und dann vom Gebaren, stößt Körper beiseite wie ein Brecher von Welten, sein einziger Aufsatz ein Schopf schwarzes, zotteliges Haar. Rawson schaut rüber und sieht, der Mann ist er selbst, Rawson, verdoppelt und Amok laufend zieht er durch die Welt. Das Gesicht ist eine bunte Mischung verschiedener Lilatöne.

»Das bin ich«, sagt Rawson zu dem Rawson am Tresen. »Ich bin er.«

»Seien Sie sich da nicht zu sicher«, sagt der schwarze Fedora. Der Rawson am Tresen folgt dem verzweifelten Blick seines Zwillings und sieht ein Mädchen – blond, braungebrannt, geairbrusht –, sie wird von fünf oder sechs Männern durch den Raum geführt, ihre Anzüge sind von altem Schiefergrau. Sie haben ihr die Augen verbunden, drehen sie wie auf einem Kindergeburtstag, haben alle dieselben ausdruckslosen nichtssagenden Gesichter. Der Rawson am Tresen denkt vage an einen Pädophilenring, den er mit seinen eigenen bloßen und kriminellen Händen zerschlagen hat. Die Blonde kommt ihm bekannt vor.

Was macht sie hier?, brüllt der gepeinigte Zwilling, wird jetzt von fünfzehn Körpern festgehalten, zurückgehalten, damit er keine Scherereien macht. Der Rawson am Tresen ist entschlossen, zu seinem Doppelgänger zu gelangen, ihn in seinem Unterfangen zu unterstützen: Eine Stadt kann nicht gegen die beiden an/es heißt sieben gegen Theben. Aber der schwarze Fedora berührt ihn am Handgelenk, und der Bewegungswille verendet. »Lass ihn ruhig Theater machen«, wagt er leise, vielleicht sogar mit Vergnügen zu sagen. »Er hat ihren Namen vergessen.«

»Hab ich nicht. Ich kenne sie gut.«

»Wahrheit?«

»Sie heißt, äh …«

»Beeil dich lieber.«

»Fängt mit K an, Karen? Ich will die ganze Zeit Karen sagen.«

»Zu spät/sie ist weg.«

»Sich die Musik anschauen?«

»Klar.«

»Warum waren ihre Augen verbunden?«

Der Rawson am Tresen sucht seinen Klon, aber das Double hat sich in Luft oder blutige Erde aufgelöst. Er lässt seinen Drink stehen und reiht sich in den langsamen Verkehrsfluss zum nächsten Raum, findet ihn identisch mit dem, den er gerade verlassen hat; dieselbe Beleuchtung, dieselben Möbel. Seine schöne Begleitung von zuvor gesellt sich wieder zu ihm, ihre Locken noch immer dunkel, aber die Farbe ihres Kleides verblichen. Sie ist ungehalten: »Du hast mit dem Mann getrunken, also ist er dein Freund.«

»Und wenn?«

»Hast du nicht gemerkt, wie schrecklich er war? Er hatte keine Augen, nur zugenähte Höhlen.«

Rawson bleibt im Gang stehen, um darüber nachzudenken, er stößt mit der Stirn gegen eine tiefhängende, flackernde Glühbirne; die Menge strömt ohne Beschwerde um ihn, den bewegungslosen Felsen, herum. Als er nach links schaut, sieht er erneut dieselbe Bar, sich selbst doppelt und aufgestützt, im Gespräch mit dem schwarzen Fedora. Dann schaut er nach vorne und sieht sie umgeben von Kinderschändergesichtern, die Männer, die ihr die Augenbinde anlegen und sie mit der Sorgfalt eines Gesellschaftsspiels drehen, sie vorwärtsgewandt davonführen. Ein Wintersturm tobt in seiner Brust, und Rawson wird vollständiger und vollkommener er selbst, brüllt eine Kampfansage, was die ihm nächsten Personen veranlasst, lebhaft zu reagieren und ihn erneut festzuhalten. ICH BIN FELIX HOLT, DER RADIKALE, erklärt er dem nächsten Mopshässlichen, schlägt dem Kerl mit tausendprozentiger Wucht in die Visage. Nichts: Der Mann lässt es sich gefallen wie einen Angriff aus dem Nichts, was den erschreckt, der zugeschlagen hat, einen, der in solchen Dingen sofortige und spektakuläre Ergebnisse gewohnt ist. ICH BIN RAWSON DER INKREMENTALE sagt er mit einem besseren Gespür für Selbstbeherrschung – und dieses Mal wird der normale Betrieb wieder aufgenommen. Sein neuer Schlag schickt den streitsüchtigen Gast zu Boden, tötet ihn vermutlich, um ehrlich zu sein, und Rawson brandet durchs Gedränge der versprengten Körper wie durch Tauben auf dem Martin Place, bis er das Mädchen erreicht/ihr das Tuch von den Schläfen zieht, ihren Namen ruft, EDWINA, EDWINA. Sie scheint viel jünger als auf der Fahrt in der hölzernen Tram, und er holt sie zu sich, bis sie ihm ihre Arme um den Hals schlingt, eine töchterliche Handlung, aufgrund derer sich andere Namen kristallisieren: ZOE, SASHA. Diese behalten ihre erschütternde Macht, aber es ist »Edwina«, deren Namen er immer wieder der dramatischen Wirkung wegen flüstert, jede Gestalt in der Eurydike scheint es zu hören und davor zurückzuschrecken, als wäre ein Choral übersinnlicher Macht angestimmt worden. Ihre verhinderten Entführer fallen, und Rawson trampelt sie nieder, zerschmettert sie liegend, spricht ihren Namen wie eine Gewähr, die ihm immer und immer wieder erneut Fortschritt sichert, nach oben und nach draußen bis unter freien Himmel. Die Morgendämmerung wird sie finden an der Ecke eines Straßenmusikers in einem begossenen Taylor Square, Rawson spielt auf einer geborgten Fidel, während das magische Mädchen frei durch den Regen tanzt, sein anfänglich meisterhaftes Können schwindet, wird mit jedem Augenblick des Hellerwerdens schlechter. Vorüberziehende Passanten werfen Gold in seine geöffnete Tasche, und Edwina applaudiert der Wohltätigkeit, doch die Münzen fallen ausnahmslos vorne wieder heraus, rollen an prekären Rändern entlang in die geflutete Gosse, durch rostiges Gitter, Köpfe und Zahlen hinaus in längst vergangene Ozeane.

05

Das Dach des Sydney Football Stadium hat sich verzogen, wellig, eine Backform, die zu lange im Ofen war. Durch das Flutlicht eine Mullschicht aus heilendem Regen, ein fein nebliger Niederschlag, der den Rabbitohs gefallen wird. Wetter gleicht angeblich den Wettkampf aus.

»Was denkst du?«, sagt Rawson.

»Ich denke, dass du schrecklich aussiehst.«

»Witzig.«

»Was ist passiert?«

»Nichts. Komme gerade runter. Was hältst du von dem *Spiel.«*

Sutton zuckt mit den Schultern. »Wir haben eine Chance.«

»Wär ich mir nicht so sicher. Die Dogs haben kein schlechtes Rudel.«

Hoch auf der Tribüne. Höhenangst. Sie sind lieber alleine, und heutzutage ist das leicht. In das Stadion passen fünfundvierzigtausend, und die Bunnies würden sich freuen, wenn auch nur ein Drittel so viele kämen. Selbst eine Riesenvorführung wie diese – war Tipp des Tages auf Nine – lockt nur die Eingefleischten hinter dem Ofen hervor.

»Ich wünschte, deine Leute hätten Cement aufgestellt. Wen habt ihr denn jetzt vorne außer Spud?«

»Hermansson ist gut.«

»Hermansson ist ausgezeichnet – wenn man ihm genug rotes Fleisch füttert.

»Ach ja, na ja.«

»Der arme alte Carroll. Die ersten zwanzig Minuten kriegt er alles ab. Die Köter wissen, dass sie euch geschlagen haben, wenn er rausgenommen wird. Eines Tages verlierst du den, hast du gehört.«

So ist es immer, Rawson spricht, als wäre nur Sutton alleine Fan von South Sydney. Als würde er, Bobby Cobra, einen ganz anderen Verein anfeuern. Das ist Blödsinn: Nach 83 wechselte er zu Myrthengrün und Kardinalrot, und auch wenn seine Anhängerschaft unausgesprochen bleibt, so ist sie häufig doch erbittert. Wenn es losgeht, klammert er sich an den Plastiksitz und beschimpft den adjektivischen Schiedsrichter, einen gewohnheitsmäßigen Peiniger der Männer in Rot und Grün. Big Ship schwitzt mit bei jeder Bombe und jedem Vorwärtspass, jeder offensichtlich verpassten Gelegenheit, und wenn ein Tor fällt, gähnt er, als würde er sich langweilen, und flucht dann wieder wie ein Bierkutscher, wenn die Souths es hinbekommen, den Einwurf zu vermasseln. Beim Pfiff zur Halbzeitpause wird er unter einem Schweißfilm fluchen, sich an den vollkommen ruhigen und stillen Sutton wenden und behaupten, *deinen Leuten würde eine Rakete im Arsch guttun! Ich weiß, dass dich dieses Arschloch Mander ans Kreuz genagelt hat, aber ich persönlich würde mich schämen, mich als Fan zu bezeichnen. Allmächtiger, Jamie, ich weiß nicht, wie du das hinbekommst.*

»Maybon war letzte Woche verdammt gut. Die Bears haben versucht, ihn kaputt zu bomben. Das war ein Spitzensieg. Weißt du ... für euch ... oh Scheiße, da kommt Sedaris. Das muss dich doch fertigmachen, Jem, dass alle eure Junioren für andere spielen. Von Jim Dymock will ich erst gar nicht anfangen. Nein nein nein ... ich nehm auf deine Gefühle Rücksicht. Ich werd's nicht mal *laut sagen.*«

Die Rabbitohs sind einsatzfreudig, aber unterlegen. Das ist die Geschichte ihres Jahrzehnts. Rawson erhebt sich, als die Spieler Orangen essen gehen, und sagt: »Ich muss einen Mann treffen wegen einem Hund.«

»Ich auch.«

»Du hast schon einen.«

»Susan«, sagt Sutton. »Olympic. Gibt noch Hauskram abzuschließen.«

»Oh. Na, viel Glück mit dem Scheiß.«

»Danke.«

»Wir sehen uns danach. Komm vorbei.«

Das Schöne an diesem Sport ist, dass jedes Tier seine Berufung findet. Niemandem wird der Start verweigert, außer wegen Feigheit – dem verleumderischen Vorwurf der Hasenfüßigkeit. Nashörner preschen zur Mittellinie, Geparden schreiten die äußeren Grenzen ab. Dann kommen die gerissenen Schakale, interpretieren das Spiel als Aneinanderreihung heikler Tötungen. Sie schnuppern nach Abfallresten und passen, wenn sie fürchten, getackelt zu werden. Im Verlauf verbinden sie Elefanten mit Löwen, Numbats mit Kaninchennasenbeutlern. In einer Rugby-Liga gibt es solche und solche.

»Ich wusste nicht, dass Bercovitch ein libanesischer Name ist.«

Tony beugt sich über seine Kinder, wischt einem Sauce aus dem Gesicht und schlichtet einen hochkochenden Streit. Er hat den verdutzten Gesichtsausdruck einer Person, die vergessen hat, wen sie treffen wollte. »Libanesisch? Mein Dad ist in Pagewood aufgewachsen.«

»Unter einer sehr begehrten Adresse.«

»Meine Großmutter wohnt noch da. Sie spricht nicht mal Libanesisch.«

Rawson verdreht die Augen und schaut Tony in seinem Pullover von oben bis unten an.

Erstaunlicher Verschleiß: Der Artikel hat mehr als einen Ausflug nach Belmore hinter sich. Es ist das erste Mal, dass er Bercovitch in Zivilkleidung sieht, und der Effekt ist eigenartig; er wusste nicht mal, dass der Mann Kinder hat. »Stell mich vor.«

»Das ist Mark. Gib die Hand, Mark. Das ist Melanie, sag Hallo, Melanie.«

Das Mädchen interessiert sich absolut nicht für menschliche Angelegenheiten, weder sozialer noch sportlicher Art – sie befindet sich tief im Gespräch mit ihrer Puppe. Aber der Junge starrt Rawson mit offenem Mund an, als wäre er ein lebendig gewordenes Märchen. Ein Riese kommt zum Rugby, aber er ist kein Bösewicht; er lächelt und winkt, spricht mit Dad.

»Mrs B ist wohl kein Rugby-Fan?«

»Bingo.«

»Na gut. Danke für das Treffen.«

»Du bist derjenige, der gesagt hat, es könne nicht warten.«

»Das Laster schläft nicht, Tone.«

»Und was heißt das.«

»Ich hab Probleme. Können wir wohin gehen?«

»Was – mit den beiden?«

»Okay, schön, setz dich. Ich werde es dir verschlüsselt erzählen.« Rawson schaut Inspiration suchend ins Leere, in die Halbzeitunterhaltung seiner Seele. Billiges Latex in kontrastierenden Farben, überdehnt auf heiratsfähiger Haut. Auch viele Haare: Die Achtziger sind für diese Mädchen noch nicht vorbei. »Ich hab ein bisschen Zeit mit einer gewissen Cheerleaderin verbracht. Kurzer Rock, sie hat ihre Puschel ausgepackt.«

Tony runzelt die Stirn. »Kurz. Das heißt, sie ist jünger?«

»Deine Frau ist nicht die Einzige, die Bingo spielt. Die Sache ist die, ich wurde bei der Nummer mit ihr mittendrin erwischt.«

»Und?«

»Von einem Typen mit Kamera, Mann, Super 8, und er hat noch ein Hühnchen mit mir zu rupfen. Das ist ein Verbrecher, ich hab ihn mal festgenommen, und er hasst den Boden, auf dem ich gehe.«

»Ist nicht gesetzlich verboten, Zeit mit einer Cheerleaderin zu verbringen.«

»Ist nur wegen dem, was wir danach gemacht haben. Mehr Lines, als Hamlet Zeilen hat, er hat alles gefilmt.«

»Ach du Scheiße.«

»Da-aaad«, sagt Mark.

»Na ja, ist dein Grab«, sagt Tony durch aufeinandergebissene Zähne. Er will Rawson nicht ansehen/schaut nur seine Kinder an. »Du hast es dir selbst geschaufelt. Warum soll ich einen Finger krumm machen …«

»Die Cheerleaderin. Ist Streifenpolizistin.«

Schweres Unglück: Melanie lässt ihren Hotdog auf den Sitz fallen, und Mark lacht, und dann gibt's einen Wutausbruch und Tränen. Die kleine Katastrophe stört die berühmte Coolness des Vaters; Rawson staunt, während Tony die Situation weiter verkompliziert, indem er den Hotdog aufhebt, abwischt und dem kleinen Mädchen zurückgibt. Mel will nichts davon wissen – ihr

Heulen verstärkt sich, und es ist klar, dass Chief Inspector Bercovitch gründlich überfordert ist.

»Dieses Mal bist du zu weit gegangen«, sagt der Gestresste, wischt seiner Tochter Sauce vom Rock. »Reicht dir wohl nicht, dich selbst irgendeinem Drecksack vor die gezogene Flinte zu schieben – du musst auch noch ein armes junges Mädchen mit in den Schmutz ziehen.«

»Es ist Kaz.«

»Was?«

»Karen Millar, Mann. Ich hab mich in sie verliebt.« Rawson pflanzt sein Gesicht in die eigene Schulter, um die Scham zu begraben, erkennt aber noch den Schrecken, der um Tony's Augen ätzt. Ein Flüstern durchschneidet die Fanfare der lustlosen Halbzeit-Menge: »Millar? Aber du kennst sie doch kaum. Hab euch noch nie zusammen in einem Raum gesehen.«

»Sechs Monate, Mann. Wir waren diskret.«

»Du? Hast es Karen besorgt?«

»Ausdrucksweise Tony, bitte.«

»Oh, scheiß auf die Ausdrucksweise. Kein Wunder, dass sie dich wollte – du hast sie da verdammt noch mal reingeritten!«

»Das ist nicht wahr. Und sehr unfreundlich.«

»Ich glaub es nicht.«

»Ich halte zu ihr, Berc. Ich mach es wieder gut. Ich kümmer mich um den Schaden.«

»Am *Arsch*. Du lässt dich beurlauben, mein Freund – mit sofortiger Wirkung.«

»Hey? Aber das müsste ich ja über Bruce regeln.«

»Und?«

»Bruce kann mich nicht ausstehen. Der wird fünfzig Seiten Papierkram von mir verlangen und sie dann in der Pipeline verlieren.«

»Scheiß drauf, ich kümmer mich um Bruce. Unter der Bedingung, dass du dich von ihr fernhältst.«

»Auf keinen Fall.«

»Klingt das, als wär's eine *Bitte*. Lies es mir von den Lippen ab: Millar ist tabu, bis wir das in Ordnung gebracht haben … und jetzt wegen dieser alten Festnahme. Geht's um Geld?«

»Rache.«

»Und?«

Der Blick, den er Rawson schenkt, ist primatenhaft, der hervorstehende Kiefer der eines hungrigen Pavians. Der Raum zwischen den beiden Männern wird zum Wüstenhighway des düsteren Verkehrs, eine aufleuchtende Werbetafel mit der Aufschrift, *verdammte Scheiße, kümmert euch einfach drum.* Rawson wird kalt bis auf die Knochen/er hatte nicht begriffen, was sie dem Mann bedeutet.

»Okay«, flüstert er. »Ich kümmer mich drum.«

»Gut.«

»Wegen der Beurlaubung – welche Gründe gibst du an?«

»Spielt das eine Rolle?«

»Kannst denen sagen, mein Rücken ist hinüber. Wär nicht mal gelogen.« Rawson steht auf und streckt seine Hand hin, aber die Erwiderung ist ziellos, schlaff. Tony wirkt anämisch im grellen Flutlicht/er sieht aus wie ein frisch geschuppter Fisch.

»Wir haben eine Abmachung?«

»Haben wir«, sagt der Inkrementale, spürt die Schwerkraft und will Gleiches mit Gleichem vergelten. Dann strahlt er wie ein Leuchtturm. *Mark? Mel? Wir sehen uns später. Jetzt benehmt euch eurem Dad zuliebe/habt Spaß in der zweiten Halbzeit.*

04

Sutton geht ins Olympic. Er bestellt ein Bier und ein Glas vom zweitbesten Wein, trägt die Getränke in eine Ecke. Er wartet, während sie lässig zu spät kommt und dann schlimm zu spät, aber er rührt seinen Tooheys nicht an.

Er will sich gerade nach einem Telefon umsehen, als Arabella hereinkommt. Sie hat sich aufgedonnert, um einen draufzumachen, ist Anwältin bei einer der Top-Drei Beratungsfirmen, sieht aber am Wochenende gar nicht danach aus. Ihr Hallo ist kühl und distanziert, und Sutton bleibt besorgt stehen.

»Sie schafft es nicht«, sagt Arabella. Ihr Gesicht bekundet anständiges Mitgefühl, aber Mitgefühl ist nicht ihr Metier. Sie greift in die Fendi an ihrer Hüfte und hält ihm einen Briefumschlag hin.

Sutton nimmt ihn nicht. Er bedankt sich bei ihr mit einem Wort und verlässt das Lokal, fühlt physisch Müdigkeit und emotional gar nichts.

Der europäische Stahl ist dunkel, leuchtet aber. Ein Passant würde im Vorübergehen nicht erkennen, wer sich darin befindet. Ihm würde nicht einfallen, überhaupt hineinzusehen. Ein makelloser Wagen, dem Zusammenhang angemessen. Elizabeth Bay auf dem Höhepunkt des Wochenendes.

Zwei Männer darin, weiß und trainiert. Unauffällig: Ihre Anzüge sind ordentlich, maßgeschneidert, bedecken enganliegende schwarze Unterwäsche. Einer überwacht den Block durch ein hochmodernes Fernglas, das in einem nicht mehr existierenden Deutschland hergestellt wurde. Beide tragen Uhren eines bestimmten Fabrikats und wie sie selbst sind diese nicht identisch, könnten es aber gut sein.

Auf der Konsole zwischen ihnen befindet sich ein Computer, der im Dunkeln sehen kann. Drahtlos ist er mit der Kamera verbunden. Das einzige Licht leuchtet am futuristischen Armaturenbrett, dazu das grünliche Leuchten des Laptop. Auf dem Bildschirm sehen sie eine korpulente Katze vorbeispazieren und über den Rasen schlendern.

Sie dreht sich um, durchdringt sie mit Blicken, als würde sie's wissen. Ein Gegen-Beobachter auf leisen Pfoten/mit hellen Dämonenaugen.

Sutton ist das Nächste, was sie durch die Scheibe sehen. Er taucht aus einem unvorhergesehenen Winkel auf und geht zum Eingang, schließt mit dem Schlüssel auf, um hineinzugelangen. Einer schaut durch die Linse/der andere beobachtet ihn auf dem Bildschirm.

»Der Freund.«

Ein Akzent, farblos wie Ethanol. Der Sprecher drückt eine Taste, und das Computerbild ändert sich, wird jetzt zu einem in kränklich orangefarbenes Licht getauchten Gang.

Der Mann namens *Sutton* betritt ihn vom Treppenhaus her und geht in die Wohnung des Mannes namens *Rawson*.

Jede Eventualität wurde eingeplant. Sie steigen ohne Eile aus dem Wagen, und alles, was sie tun, ist zwingend, zwanglos, *casual*. Einer geht an den aufklappenden Kofferraum, und der andere holt seine Jacke heraus. Die Schlüssel, die sie mitgebracht haben, sind erst Stunden alt, geschnitten von Kleinschmieden in einer anderen Stadt.

Bei der letzten Sirene überquert er die Moore Park Road, überlegt, Sutton und Suze einzuholen. Sicher haben sie jetzt eine Fußballhalbzeit lang genug offen miteinander geredet. Besonders diese verdammte Halbzeit/die Quälerei dauerte ewig. Rawson treibt wie Wetter durch die Räume des Olympic, taucht aber mit angehaltenem Atem wieder auf.

Der Blue Mover hat keine Lust, alleine zu trinken, umgeben von besiegten Bunnies; er entscheidet sich für ein Lokal, in dem er es besser hinbekommt – richtig allein allein zu saufen. Ein Taxi ins Light Brigade, wo die Angestellten verhinderte Models sind, Mädchen, die sich immer noch benehmen, als wären sie in Mailand total angesagt. Das Bier ist teuer, aber gut zum Wundenlecken, besonders in der hinteren Bar, wo man bequem auf Rechnung zecht. Er setzt außerdem hundert auf den Favoriten im Globe Derby, legt den Pager auf den Tisch/horcht auf dessen Brummen.

Vergeblich.
Interessant. Sutton muss alle Hände voll zu tun haben.

Die Männer in den dunklen Anzügen machen alles richtig. Sie dringen in Rawsons Wohnung ein und bewegen sich synchron hintereinander, prüfen jeden einzelnen Bereich in vorher abgesprochener Reihenfolge. Die Zielperson wird nicht angetroffen. Es brennt Licht, aber es ist niemand zu Hause.

»Sauber.«

»Sauber.«

Sie stehen in der schmutzigen Küche und sehen einander an, lassen ab von ihrer Tötungsbereitschaft. Die Rücken gerade, aber die Schultern entspannt.

Für diese Eventualität haben sie keinen Plan.

Einer von beiden legt seine Waffe auf die Spüle. Made in Austria. Ein Schalldämpfer ist angebracht, und als sie das Metall berührt, entsteht ein gewisses Geräusch – das Geräusch, auf das die Person unter dem Dach wartet.

Rawson ist mit dreihundert im Plus, aber er kann es nicht fühlen. Auf seiner Haut liegt ein methylisierter Film, und er trinkt schnell, aber der Kater ist zwanzig Punkte voraus/hat tausend Meter Vorsprung. Er zieht das Tempo noch ein bisschen an und mixt Schnaps mit hinein, könnte ihn aber ebenso gut auch in einen Brunnen kippen.

Die Vergeblichkeit ärgert ihn irgendwie, bringt ihn wirklich ans Ende seiner Geduld. Die Schwüle entspricht nicht der Jahreszeit, und er wünschte, das Gewitter würde sich endlich beeilen und verdammt noch mal ausbrechen. Er setzt seine Hoffnung auf Ursa Major, einen großen weißen Hund in Devonport, der ein Rennen läuft, aber abgehängt wird. Son of a Beach. Bobby Cobra wird klar, dass er's gehörig verkackt hat.

»Ich bin ein Vollidiot«, sagt er zu den Bodendielen.

Er schaut auf seinen Pager – nichts – und geht an das öffentliche Telefon, hat eine Weile lang Mühe, sich an seine eigene Nummer zu erinnern. Er wird belohnt mit sich selbst auf Band, dankt sich für den Anruf und fordert sich auf, eine Nachricht zu hinterlassen. Er kehrt an den Tisch zurück und killt seine Reschs.

Er verzeiht sich/hat viel im Kopf.

Nein – tut er nicht.

»Du bescheuerter Vollidiot.«

Sutton und der Überlebende sind ineinander verschlungen wie beim Griechisch-Römisch. Das Gelage ist weit vorangeschritten. Beide sind fast gestorben. Einer tut es gleich.

Sutton ist unten, aber er hat die Oberhand, seinem Gegenspieler die Arme um den Hals und den Kopf gelegt. Wie ein Waffenschmied sucht er den Abzug am Schädel, eine Vorrichtung, die den Feind vom Leben entsichert.

Aber es ist eine schwierige Plackerei/der andere ist gut, Sutton steckt Schäden ein, während seine Reserven gen Null gehen. Mit jeder Sekunde wird er benommener, und der sich herausbildende Gedanke schwächt ihn: Vielleicht ist er an der Reihe abzutreten.

Das Telefon klingelt, um den Feind zu aktivieren, seine Verzweiflung aufzufrischen.

»Sutto? Ich bin's, Cob – nimm ab. Bist du nicht da? Scheiße, was bin ich für ein bescheuerter Schwaller. Aus irgendeinem Grund war ich durcheinander und dachte, wir treffen uns im Lympic. Bist du wirklich nicht da? Scheiße – wenn du das abhörst, bleib, wo du bist, ich bin unterwegs. Tut mir leid, mein Freund. Was für ein bescheuerter Schwaller.«

Sie wälzen sich auf dem Boden wie siamesische Zwillinge, die sich erbittert gegen die Trennung stemmen. Sutto geht auf, dass einer von ihnen sein letztes Wort gehört hat, rausgekickt wurde vom *Schwaller*.

Rawson stellt sein Leergut auf die Bar und will gehen. Eigenartigerweise stellt ihm das Mädchen ein neues hin – nur dass es kein Silver Bullet ist/sondern ein Jamey pur. Seine Augen strahlen im Zentrum eines Stirnrunzelns, das Mädchen erklärt, *Schönen Gruß von dem da*. Sie ist schlank und hübsch, nicht zu gebieterisch, und Rawsons Blick folgt ihrem geworfenen Haar in das breite vordere Zimmer des Brig. Solo an einem Tisch, mit Blick auf die Oxford Street sitzt der Gangster Chris Slane.

Der Ruinierte Inkrementale vernichtet die beiden Fingerbreit aufs Haus, stellt das leere Whiskyglas ab. Sie hebt die Augenbrauen, er sieht sie erwartungsvoll an.

»Komm schon, meine Liebe. Erzähl mir nicht, er hat nur einen bezahlt.«

Rawson wickelt zwei weitere ab und spaziert auf leisen Pfoten, mit Dämonenaugen in den stillen Raum. Slane hat die Ellbogen auf dem Tisch und die Hände verschränkt wie eine Riesenmuschel. Er blickt über die berühmte Straße, offenbar völlig vertieft in alles, was er sieht. Das hier ist gehoben. Hier ist Fashion.

Slane liebt Mode. Er trägt Designerjeans und dezent teure Sneaker, ein dunkles, enganliegendes T-Shirt einer bekannten Surfermarke. Auch ohne dieses verbreitet er deutliche Anspielungen auf Strände. Maroubra vielleicht. Er ist weder blond noch unerfahren, noch sieht er aus, als wollte er ein Statement abgeben – dazu ist er nicht der Typ – aber seine Haare sind lang, und irgendwo in seiner Aufmachung befinden sich Sand und Surferwachs. Man würde sich nicht wundern von einem Strandhaus in Hawaii zu erfahren/Rawson weiß von dem in Batemans Bay.

»Worauf wollen wir trinken?«

»Ich weiß nicht«, sagt Slane. »Dein Verein hat nicht gewonnen.«

»Mein Verein hat seit zehn verfluchten Jahren nicht mehr gespielt.«

Eine neue Interpretation von Slanes speziellem Lächeln, das verführt und gleichzeitig an Irrsinn grenzt. Er betrachtet sein Glas wie ein Schamane, der Rawson etwas über sein früheres oder künftiges Ich erzählen wird, den Bobby Cobra, der er vielleicht noch sein wird. Ein offenes Gesicht, von der Sonne dunkler getönt und dadurch entschärft, dass er schwer schielt. Der zermürbende Zweifel, der im Gespräch mit den Blinden entsteht, ein unangenehmes Nachsinnen über das, was sie sehen.

»Du brichst immer noch eine Lanze für die Bluebaggers.«

Rawson nickt, wirkt dabei leidenschaftlich. »Ja.«

»Verständlich. Blut, Schweiß und Tränen. Drei Spielzeiten, richtig?«

»Sechsundvierzig Spiele unter Harry Bath. Sagt dir der Name was?«

»Denke schon.«

»Lügner. Der alte Fuchs. Hat nur fünf Jahre in Sydney gespielt. Zwei bei Balmain, drei bei den Saints. Was glaubst du, wie viele Premierships er gewonnen hat?«

»Jede Menge.«

»Jede Menge am Arsch. Strenger als mein alter Herr, und das will was heißen. Dafür ist er ein Anführer. Ich war ein Kind, noch nicht ganz alt genug, aber als Harry sagte, ich hätte das Zeug, um Beetson in den Schatten zu stellen, hab ich's ihm geglaubt.«

»Und hast du's getan?«

»Absolut – ganze scheiß acht Minuten lang. Danach hatte Artie meine Visage satt, mich mit so vielen schlechten Ansagen erschlagen, dass ich dachte, es sind die Sechs-Uhr-Nachrichten.« Slane erneuert sein Grinsen. »Die schlimmste Gehirnerschütterung, die ich je hatte«, sagt Rawson. »Aber Harold meinte, ein Prop, der sich an das Spiel erinnert, war gar nicht dabei.«

»Damals ging's rauer zu.«

»Das war Krieg. Und ich sag das nicht, weil ich alt und sentimental bin.«

»Nein. Ich glaub's.«

Slane hat weit auseinanderstehende Augen und achtet sehr auf sich. Geht pumpen. Disziplin, Eitelkeit, die Anforderungen seines Berufs: Er hat umgeben von brutalen Männern seinen Weg gemacht, und danach auszusehen war eine der Voraussetzungen. Aber Brutalität ist nicht das, was er ausstrahlt. Chris ist urwüchsig, nicht verwildert.

Das Gesicht eine Mischung aus fehlerhaften Elementen – gespaltenes Kinn und zerfurchte Stirn, gebrochene Nase und wahnsinnige Augen – aber mit welch verblüffender Synergie sie sich verstärken. Wenn er einen Raum betritt, wird er wahrgenommen, gesehen. Rawson hat mehr sexuelles Charisma verbreitet, als er anzuwenden wusste, aber jetzt setzt er sich zu einem, der noch mehr davon hat. In Big Ship regt sich ein Neid ohne Vorläufer, eine Empfindlichkeit gegenüber sich selbst und ästhetischen Angelegenheiten. Vielleicht ist das in Hinblick auf die Geschichte eine nur natürliche Reaktion. »Hat sie schon mal was aus dem Old Dart von sich hören lassen?«

»Nein«, sagt Slane. »Hat sie nicht.«

»Vielleicht musst du hin und sie holen.«

»Hab ich auch schon dran gedacht.«

»Willst du einen guten Rat?«

»Von dir? Wegen Kris?«

»Schon kapiert.«

Wie wär's mit einer Prügelei – wer nimmt es mit wem auf? Rawson überlässt sich dem Vorgang des Einschätzens und Abwägens, dem sich alle Männer in Kneipen verschreiben. Rawson ist klar, dass Rawson siegreich daraus hervorgehen würde – aber nicht so haushoch wie noch vor einigen Jahren. Ehrlich gesagt, es wäre ein verfluchter Superkampf. Der Blue Mover sagt, »wenn ihr mir vom Rugby gefolgt seid, dann nehme ich an, ihr folgt auch Jamie.«

»Falsch.«

»Gary?«

»Ich spreche nicht für Gary.«

»Na schön. Also, er hat nicht viel gesagt. Probleme bei Whit. Womit Whit dich geärgert hat, weiß ich nicht, und es ist mir auch egal. Glaube nicht, dass Jem das weiß. Er hat sich vor langer Zeit mit Whit überworfen.«

»Stimmt.«

»Ihr wollt also die Bikes wiederhaben – na gut. Aber deine Jungs fangen was an, und das könnte aus dem Ruder laufen.«

»Wir haben die Bikes.«

»Ach. Okay.«

»Es geht nicht um die Bikes. Das wirst du sicher verstehen.«

»Es geht darum, das Gesicht zu wahren.«

»Es geht um die Männer, denen die Bikes gehört haben.«

Rawson nickt und tut, als würde er was verstehen. »Sutton hat nicht gesagt, wer …«

»Shark Delaney. Bison Croft. Nigger.«

»Ah. Der harte Kern … die ersten beiden zumindest. Diesen Nigger kenne ich nicht.«

»Garys Neffe.«

»Ah. Pech.«

»Genau.«

»Dann liegen Shark, Bison und der Neffe also Gary in den Ohren, weil sie Rache wollen. Was willst du von Sutto? Er wird denen keine Blumen schicken.«

Rawson streckt sich, gähnt, schaut sehnsüchtig über die Schulter zur Bar. »Meinst du, die bringt noch mehr davon rüber?«

»Shark und Bison liegen Gary nicht in den Ohren. Die liegen niemandem in den Ohren.«

»Was? Sind sie zu Boden gegangen?«

»Könnte man sagen.«

Rawsons Lächeln ist langsam, verschlagen. Es bedeutet, *Komm schon, Alter/nimm mich nicht auf den Arm. Erlaubst dir wohl einen Spaß, oder wie?* Aber Slane ist undurchschaubar. »Was soll das heißen? Dass Sutto zu Whit gerannt ist wie die Kavallerie und drei von deinen Leuten erledigt hat?«

»Fähig dazu ist er.«

»Aber er kann verdammt noch mal nicht zaubern, Chris. Er ist *Schreiner.*«

»Nicht immer.«

»Er läuft nicht mordend durch die Stadt.«

»Nein. Aber es passiert so einiges.«

Rawson bohrt ihm einen Finger in die Brust. »Wenn er es mir nicht erzählt hat, wem sonst? Er hätte mindestens bei der Beseitigung Unterstützung gebraucht.«

Slane ist mild, fast schon mitleidig. »Er liebt dich zu sehr, um dich einem solchen Risiko auszusetzen.«

»Danke, aber ich brauche keine Hilfe, um meine Karriere an den Arsch zu bringen. Worauf läuft das hier hinaus?«

»Was?«

»Das mit Sutton.«

»Ich bin nicht gekommen, um über ihn zu reden. Gary wird machen, was Gary machen wird, und Sutton weiß das. Aber damit hab ich nichts zu tun. Jetzt gerade interessiere ich mich nur für Kris. Sie muss nach Hause kommen.«

»Ein Monat da drüben tut ihr vielleicht gut.«

»Du hast mich nicht gehört. Hat sie mit ihm gesprochen?«

»Jamie? Nicht den Blassesten. Und wenn ich's wüsste, würde ich's dir nicht sagen.« Der Detective wird jetzt übermütig, unbekümmert. Er wurde von einer Welle getragen, dem ersten berauschenden High, das er den ganzen Abend erlebt/ein stierisches Ich regt sich aggressiv. Rawson mag Chris eigentlich, würde dem Arschloch aber auch zu gerne eine reinhauen. Also schön: Ein Augenblick kann aus gegensätzlichen Empfindungen bestehen. Man stelle sich vor, Chaos, Krankenhaus, Rawson von Schaulustigen beglotzt, während eines langen und erschreckenden Nachspiels …

»Du verstehst nicht«, sagt Slane. »Kristy ist krank.«

In den ersten Frühjahrswochen des Herbstes, in denen er mit ihr zusammen war, prügelte Rawson sich mit sechs Matrosen auf der Straße und verlor. Yanks auf Landurlaub, Bobby Cobra ließ drei Marineschädel krachen und machte sich gerade an einen vierten, als ein weiterer – ein Drückeberger – mit einem brüllenden zweifüßigen Geschoss aus dem Schatten auf fünf Uhr gerast kam.

Scheiße, Tomahawk, verfluchter Volltreffer: Das Knie klaffte auseinander wie aus dem Baukasten zusammengesetzt, zerfiel in seine Einzelteile mit einer sofortigen Bereitwilligkeit, von der er gar nicht wusste, dass sein Körper in der Lage war, sie aufzubieten. Der Hüne ging zu Boden, und die degenerierten Loser scharten sich um ihn, landeten Tritte in seine Eier/an die Schläfe. Aber Kris war Athene, versprengte die Seemänner mit ihrem göttlichen Zorn/*Hautabihrdreckschweine*.

Es war nur richtig: Ihre Schönheit war die Ursache des Unfriedens – der ursprünglichen Respektlosigkeit und des brutalen Rawson'schen Rückschlags. Aber er hatte nicht die Grausamkeit in ihr verstanden, den Honigdachsaspekt und dessen Bereitschaft, sich zu schlagen. Der Inkrementale lag benommen auf Darlinghurst-Zement, starrte jetzt auf die Windmühle, die sie nun in Viertel zerteilte, wusste im Grunde seines Herzens, dass er dem letzten Mädchen begegnet war, das dort leben würde.

Das Knie war kaputt. Sie half ihm, die Verrenkung rückgängig zu machen, und sie humpelten zu ihr nach Hause. Hinreißende Betrunkene, sie kühlten sich gegenseitig mit Eis; zusammen setzten sie sich einen Schuss. Das schiefe Dreieck ihrer unkontrollierten Liebe, die Neigung, von einer Deformierung in die nächste zu verfallen: er, sie und das Heroin.

Rawson bekam eine Schiene. Sechs Wochen. Die Schwellung ging zurück, und das Gelenk war wieder funktionsfähig, und sie sagten ihm erneut, dass es niemals wieder werden würde wie vorher. Ausnahmsweise hatten sie recht: Als er sie wieder zurückgegeben hatte, war der Honigdachs weg.

Weg zu jemand anders. Es tat nicht weh, nur wenn es belastet oder gestreckt wurde, und wenn er das tat – so ist es bis zum heutigen Tag geblieben –, versengt ihr Kristallbild seine Organe, Nostalgie äußert sich als anatomischer Schmerz.

Rawson verspürt Übelkeit. »Wie krank?«

»Das vermag ich nicht zu sagen. Aber wenn sie Sutton anruft …«

»Wie? Krank?«

Slane schließt die zürnenden Augen. Das linke ist trüb nach einer Verletzung mit einem Glas vor langer Zeit, eine weiße Murmel, deren pfefferminzgrüne Iris sich mit gräulichem Perlmutt mischt. Auf beiden Seiten war man würdevoll mit der Klärung umgegangen – dem Übergang ihrer Zuneigung – aber jetzt ist alles wieder auf dem Tisch. Chris fängt an, und Michael lauscht Worten, die ihn schlucken und blinzeln lassen.

Es gibt eine Haustür und eine Nebentür/er geht vorne raus. Der Centennial Park liegt gegenüber, aber selbst die Silhouetten der am dichtesten stehenden Bäume verlieren sich im anschwellenden Wolkenbruch. Links ist nichts, weshalb er nach rechts stolpert, der Wölbung des Light Brigade Hotel in die Jersey Road folgt. Er sieht das Spielzeugstadtpolizeirevier, von dem er vergessen hatte, dass es existiert, das behagliche kleine Cottage, das von der Polizei Paddington unterhalten wird.

Regelmäßig blitzt es, anhaltend, ein Stromkreisunterbrecher löst aus in gothisch gerahmten Himmeln. Ein Planet denkt Rückstellung – wirbt um gnädigen Neustart –, und Rawson betet ein Dutzend Treffer lang, erfährt aber null Veränderung.

03

Das Ding, das durch die Drei-Uhr-morgens-Tür geschossen kommt, ist schlimmer als unsauber/es ist blau wie eine Strandhaubitze. Sutton liegt ausgestreckt neben einem Clown mit dem Gesicht nach unten auf dem Hartholz. Rawson türmt sich auf wie das Vinson-Massiv.

»Wer ist der Wichser?«

Suttons Augen sind offen, aber ohne Fokus. Rawson versteht das Spiel nicht und geht in die Hocke. »War das Buddy?«

»Kann mich nicht bewegen.«

»Ich beweg dich.«

Der Riese schüttelt ihn wie Bercos Tochter ihre Puppe; Schmerz lodert auf in dem Dummy, und Rawson wird sofort nüchtern. Er ruft sich selbst um Hilfe und nach schwerem Wasser, aber als er in die Küche saust, stolpert er über die Leiche.

Blut und Hirn zur Schau gestellt: Big Ship zwingt ein Glas unter den Hahn/spritzt wie ein wild gewordener Hydrant im Sommer.

Sutton ist nach zwanzig Minuten einigermaßen wiederhergestellt, aber selbst da ist seine Sicht noch dreifach verschwommen. Zwei Bandscheiben raus und sein Brustbein hinüber.

Rawson hilft ihm duschen. Als Sutton fertig ist, putzt der Cop den Laden, schrubbt wie ein Irrer, in jeder Ecke, lässt nur die Leichen aus. Rawson setzt den Kessel auf für Tee, aber er hält das Warten nicht aus, ist zu fasziniert vom Rorschach-Blut. Er hat schlimmere Tatorte gesehen, aber nie bei sich zu Hause, nicht zugedröhnt bis an die Haarspitzen mitten in einer kriminellen Nacht.

Der Blue Mover zieht die Vorhänge zu, legt Bach auf. Die Musik ist eine würdevolle Maske, Fugen voller Respekt gegenüber den Toten.

»Du lieber Himmel, Jamie. Was für ein Scheiß.«

»Französische Brieftaschen, tschechische Uhren. Die Anzüge sind italienisch.«

»Okay, also sind es Wichser.«

»Ex-Militär, das sind die.«

»Ex-alles.«

»Special Forces.«

»Ach ja? Also, wenn die so speziell …«

»Ich war über der Zimmerdecke, ich hatte Glück.«

»Nein, Sunshine. Charakter ist Schicksal. Und man muss schon ein verdammt komischer Spinner sein, wenn man bei jemandem unterm Dach schläft.«

Charakter ist Schicksal. »Du bist korrupt«, sagt Sutton.

»Ja, mein Lieber – so nennt man das wohl.«

Sutton verrichtet die Arbeit hinsichtlich der Leichen, Rawson die hinsichtlich von allem anderen. Das ist nur fair, jeder macht seine eigene Unordnung sauber. Sutton sagt *Oi*, und Rawson kommt bis in den verkürzten Flur, Spülhandschuhe sitzen wie pink Fehdehandschuhe auf seinen Unterarmen. Sutton hockt über dem Toten im Wohnzimmer, und der Mund des Toten ist geöffnet.

»Falsche Zähne.«

»Der Kerl mag Schokolade. Und wie.«

Suttons Handschuhe sind chirurgische. Er betrachtet jeden Finger einzeln und genau, so klinisch wie die Kriminaltechniker, denen Rawson begegnet ist. »Keine Fingerabdrücke.«

»Scheiße.«

»Ja«, sagt Sutton. »Das ist schlimm.«

»Wieso melden wir's nicht? Wir haben nichts Falsches gemacht.«

»Ich schon.«

»Dann verpiss dich. Ich sage, ich war's, ein Mann in seiner Burg.«

»Wird nicht funktionieren.«

»Weil ich nicht dazu in der Lage bin?«

»Weil sie's rekonstruieren.« Sutton sitzt in der Hocke, die Ellbogen auf den Knien, kratzt sich mit dem Unterarm die Nase. »Du würdest nicht durch das Loch passen, das ich in den Himmel gejagt habe.«

»Okay.«

»Die werden deine Augen sehen, dir Blut abnehmen.«

Bobby Cobra nickt und schluckt. Er weiß, was sie tun werden. »Kommen noch mehr?«

Sutton schüttelt den Kopf, definitiv. »Heute nicht. Die beiden werden einen Wagen gehabt haben, was Besseres, aber nicht zu auffällig. Den müssen wir finden.«

»Gut. Ich bleibe hier, aber nicht alleine.«

»Okay. Warum nicht?«

»Heroin, Alter. Ich krieg die Panik.«

Suttons Gesicht ist geschlossene Gesellschaft, überträgt nichts von dem, was sich dahinter abspielt: Nicht seine Gedanken, nicht seine Müdigkeit. »Ich mach die Küche fertig.«

»Okay.«

»Wo hast du die Bleiche versteckt?«

Sutton bleibt auf der Straße stehen, als er den 5er BMW sieht. Er drückt auf den Knopf, und der Wagen blinkt kraftlos zustimmend. Er übergibt Rawson die Schlüssel unterarmig, greift in seine Tasche nach einem frischen Paar Chirurgenhandschuhe. Sonst rührt sich nichts auf der Straße.

Er öffnet die Fahrertür und sucht das Innere ab. Der Laptop schläft, und als er eine Taste drückt, weicht die Nachtlandschaft neuem Leben. Eigenartige Nebel lassen die Straße diesig wirken, wie von Gaslaternen beschienen, eine vollständige Rückkehr zu ihrer viktorianischen Gestalt. Er drückt auf *Escape* und sieht Massen von Daten über Rawson, über sich.

Rawson öffnet den Kofferraum und kramt in der Sporttasche, frische Kleidung zum Wechseln, ordentlich zusammengelegt. Eine schwarze Lederaktentasche beherbergt Schlagringe und Kampfmesser, zwei gemeine Keulen. Rawson schließt die Aktentasche und den Kofferraum.

Sutton umkreist den Wagen, während der Ruinierte Inkrementale zu einer nahen Telefonzelle geht, vierzig Cent einwirft. Er gibt sich selbst zu erkennen und plaudert mit einer Telefonistin, sagt, *Kein Problem, ich kann warten*. Eine ganze Minute später dankt er ihr und legt auf.

»Und?«

Rawson lässt sich Zeit mit der Antwort. »Sie hat gesagt, ich muss das Kennzeichen falsch notiert haben. Sie denkt, es existiert nicht.« Sutton nickt und nimmt die Schlüssel, schließt den Wagen ab. Rawson überlegt, »Was jetzt?«

»Wir fahren hoch nach Manly, zahlen bar im Novotel.«

»Okay. Warum sollten wir?«

»Eben.«

Der Detective taxiert den Himmel auf Licht. Eines jener Abendfirmamente, an denen nichts zu sehen ist, keine Sterne/kein Garnichts. Eine niedrige Wolkenmasse, die sich verschworen hat zu verbergen. Aufstellung hinter Armadas im Dunkeln.

»Wie lange hast du da gelegen?«

»Eine Weile«, sagt Sutton.

»Tut mir leid.«

»Schon okay. Ich hatte Zeit, nachzudenken.«

»Und?«

»Die hatten Schlüssel. Kannten den Grundriss.«

Rawson befragt seine Schuhe. »Wäre einfacher, wenn ich denken würde, sie hätten dich gesucht. Wenn ich denken würde, sie waren von Slane geschickt.«

»Klar«, sagt Sutton. »Aber um das zu denken, müsstest du geistig zurückgeblieben sein.«

»Und? Willst du gar nicht wissen, wer die waren?«

»*Not tonight, Josephine.* Komm – die Uhr tickt.«

Die Wohnung ist blitzblank, und das Einzige, was sie von den Maisonetten der Nachbarn unterscheidet, sind die beiden Verstorbenen, die sich wie zur Abholung bereites Gepäck in der Ecke stapeln. Schwere Verletzungen wurden geflickt und ausgeblutet, geflickt und fest verbunden.

»Ich geh nicht davon aus, dass du dem Ginger Ninja auf deinen Reisen begegnet bist.«

Sutton schüttelt den Kopf. »Keine Sorge. Solche Leute töten einen Hund beim ersten Sichtkontakt, aber einer Katze krümmen sie kein Haar.«

»Schon in Ordnung, ist ein schlaues Kerlchen.« Rawson zeigt auf die Koffer, die Menschen, die-sind-wie. »Was jetzt?«

»Wir lassen sie ihren Rausch im BMW ausschlafen.«

»Ihren Rausch.«

»Lass es so aussehen, tu, als wärst du besoffen, wenn du sie einlädst.«

»Besoffen sagst du. Ich versuch's.«

»Komm schon. Ich binde eure Handgelenke zusammen.«

Rawson lässt es sich gefallen, die Lebenden und die Toten mit einer Angelschnur verbunden. Er macht sich Sorgen wegen Zeugen. »Wenn einer kommt«, sagt Sutton und schneidet die Schnur ab, »grölst du einfach irgendeinen Scheiß.«

»Kennst mich doch, ich komm an keiner Kneipe vorbei.«

»Hast du alles? Wenn wir hier drin fertig sind, kannst du nie wieder zurück.«

»Ich weiß«, sagt Rawson. »Kommt schon hin.«

»Wieso?«

»Das Schwein hat mich rausgeworfen.« Rawson schaut die

Leichen böse an, als würden sie in der Hausverwaltung sitzen. »Schätze mal, ich war kein vorbildlicher Mieter.«

02

Flüchtiger Regen bedeckt das erhobene Plateau, Pferdekoppeln, von der alten und ehrwürdigen Schule unterhalten. Prächtige Hektar, neuere Eltern stampfen verwirrt zwischen den unbezeichneten Feldern umher, geplagte Flüchtige auf der Country Road. Ein neues Pintara-Modell in unauffälliger Farbe kriecht dorthin, wo sich die U15 mit Newington anlegt.

Sutton stellt die kleine Limousine auf Parken. Rawson sitzt auf dem Beifahrersitz, trägt den Pork-Pie-Hut eines Buchmachers. Er sagt, das macht die Gedanken klarer, wendet Kopfschmerzen ab, gut gegen Kater. Auf dem Rücksitz dessen, was er für ein ungeeignetes Fahrzeug hält, zappelt Bloke und winselt wie ein aufgeregtes Kleinkind.

»Der Junge spielt Stand-off.«

»Stand-off«, sagt Sutton.

»Ja – die Zehn. Siehst du ihn?«

Es ist der Junge, den Sutton bereits ansieht. Er zieht ganz natürlich Blicke auf sich. Das liegt nicht nur an seiner relativen Größe; er hat eine Aura, einen widerspenstigen Haarschopf, der sicherlich den geltenden Vorschriften in seiner so prestigereichen Schule widerspricht. Gordisches Haar, schnelle Tiber an Schweiß …

»Oh Gott«, sagt Sutton.

Sie sehen zu, wie er den Ball einem angreifenden Scrum abnimmt und mit gefährlicher Überzeugung vorantreibt, entzieht sich schon bald seinem Marker und zwingt den Inside-Centre, sich einzuschalten. Fehler. Er ist kein Inside-Centre/er ist eine Temposchwelle.

Der Junge könnte weiter. Stattdessen passt er. Noch bevor der Versuch punktet, joggt er zurück, ein dümmliches Grinsen im Gesicht. Dann ruckt er herum, ihm fällt wieder ein, dass er derjenige ist, der die Conversion kickt. Er wirft den Kopf in den Nacken und lacht über sich selbst.

»Oh Gott«, sagt Sutton.

Fat Tevor Rawson bekam die Erlaubnis zu kommen. Er legt sich in Rawsons Schoß wie Nero, wiegt den Wagen, grinst sanft trotz allem.

Katzen ist alles egal/sie verstehen nicht.

Ich bin ein paar Mal mit ihr weg gewesen. Zu Bonecrusher-Zeiten, bin mit den Jungs durch die Clubs gezogen und hab alles Mögliche angestellt. Jeder hatte drei oder vier Mädchen am Start, aber sie gehörte nicht dazu.

Bonecrusher.

Verdammt bescheuerter Name/ich hab Geld mit dem Drecksack verloren.

Zweimal war das. Einmal zum Italiener und einmal zum Inder. Neunzehnhundertdreiundsiebzig.

Indisch war damals das neue Ding.

Aber es hat nicht gefunkt. Wir waren beide nicht der Typ des anderen.

Zwei Jahre später bin ich ihr zufällig begegnet. Ich hab an einem Raubüberfall in Erko ermittelt und musste rüber ins Royal Prince Alfred Hospital, eine Zeugin befragen. Sie war die zuständige Krankenschwester.

Ich hab gesagt, *ich wusste gar nicht, dass du Krankenschwester bist.* Und sie sagt, *ja, ich war in meinem letzten Ausbildungsjahr, als wir damals zusammen essen gegangen sind.* Und mir war's peinlich, weil sie mir das auf keinen Fall verschwiegen hatte. Ich hatte so ein Bild davon, wie sie mir gegenüber am Tisch sitzt und mir von sich erzählt – und ich sitz da, der verfluchte Rugby-Star und checke im scheiß Löffel, ob mein Haar noch sitzt.

Kommt mir vor, als wären wir lange zusammen gewesen. Aber es waren nur ein paar Monate.

Vielleicht ist es auch egal, wie lange man mit jemandem zusammen ist – kommt darauf an, wie viel man dieser Person von sich zeigt.

Es hat funktioniert.

Es war gut.

Sutton sitzt schweigend da, bis klar wird, dass die Worte nicht ohne Hilfe kommen werden. »Und was ist passiert?«

Nichts. Was Blödes. Ich hab nicht in der Gegend rumgefickt, aber ich hab trotzdem weiter geflirtet. Die Mädchen an der Bar, die Sekretärinnen auf der Wache … ich weiß nicht, warum ich das gemacht hab. Ich meine, ich hatte das Mädchen, das ich wollte.

Wir haben uns gestritten, und sie ist gegangen. Ich dachte, sie würde wiederkommen, aber so eine war sie nicht.

Die anderen schon. Aber sie nicht.

Hat ein ganzes Jahr gedauert, bis ich sie wiedergesehen habe. Wieder durch die Arbeit, wie beim ersten Mal. Ich fragte, und sie hat mir erzählt, dass sie praktisch verlobt ist, irgendein Europäer, ein Deutscher oder Holländer oder so ein Scheiß. Ich hab so getan, als wär's mir egal, aber ich hab gefragt, ob wir uns treffen würden, und sie hat gesagt, *nein / nein / nein / na gut*.

Nur das eine Mal. Ich dachte, es würde toll werden, aber es war schrecklich. Wir wussten, dass wir das eigentlich nicht machen sollten.

Danach hat sie gesagt, dass ich sie loslassen muss, also hab ich das gemacht.

»Klingt gar nicht nach dir.«

»Nein … tut es nicht. Aber wenn ich weiter gebohrt hätte, hätte das höllisch wehgetan, und den Schmerz konnte ich nicht gebrauchen, nicht ausgerechnet da.«

»Und es war nur das eine Mal?«

Ja. Sutton nickt und schaut in den Regen. »Aber einmal kann auch schon reichen.«

Vor sieben Jahren hat sie mich angerufen. Sie ist im Land/will Mittag essen. Ich bin hin und hab sie in so einem schicken Laden am Hafen getroffen.

Sie hatte so ein Leuchten. Geld. Schwer, sie sich als stille kleine Krankenschwester im Prince Alfred vorzustellen. Sie war weg gewesen, du hattest eine Million Sachen gemacht, und dann war da die Distanz, als wäre ich zurückgeblieben. Als müsste ich ihr leidtun.

»Sie hat dir von dem Jungen erzählt.«

Ja, musste sie. Sie brauchte die vollständige medizinische Vorgeschichte wegen irgendeines Gens. War mir neu. Sie drückte die Daumen und hoffte, dass das Kind von ihm war, aber dann verwandelte sich der Kleine in einen großen ungeschickten Blödmann, und sie wusste, dass es nicht so gelaufen war, wie sie sich das vorgestellt hatte.

Sie gab mir ein Foto, ich durfte es behalten. Hab's wochenlang in der Tasche behalten, mich schuldig gefühlt, drauf gewartet, dass Heather es findet. Vielleicht wollte ich das sogar, vielleicht hab ich's gebraucht.

Er ist zwanzig Monate älter als Zo.

Sie haben in Europa gelebt. Ich hab nie erfahren, womit ihr Mann sein Geld gemacht hat, wusste nicht das geringste bisschen über ihn. Aber dann im letzten Jahr hat sie geschrieben.

Sie war wieder da. Alle waren sie wieder da. Sie war krank, und alle Schweizer Kliniken der Welt konnten sie nicht retten.

»Hast du sie gesehen?«

Wünschte, ich hätte nicht. Man sah ihr an, wie schwer sie kämpfte.

»Was hat sie gesagt?«

Dass ich ihr was bedeute, sie hofft, dass es mir gut geht. Und dass es ihr wirklich leidtut, aber der Mann wusste Bescheid.

Manche Sachen kommen einfach raus, egal wie man's anstellt. Sie dachte, es könnte ihm bei der Trauer helfen, ihn dazu bringen, sie zu hassen. Ich hab gesagt, niemand kann jemals eine Person wie sie hassen.

Sie hat mir von ihm erzählt, hat gesagt, ich müsste Angst haben.

»Wann war das?«

Im Dezember. Du und Suzie ihr wart oben an der Küste. An Neujahr ist sie gestorben.

»Tut mir leid.«

Wird dir noch viel mehr leidtun, wenn ich dir sage, wer er ist, womit er seinen Lebensunterhalt verdient.

Das alles, während sie den Protagonisten von Rawsons Geschichte beobachten, den Jungen, keine dreißig Meter von dort entfernt, wo sie sitzen. Keiner von beiden lässt ihn aus den Augen, auch nicht, wenn er über lange Strecken im Backplay verschwindet oder am anderen Ende des Spielfelds steht, bei einem gnadenlosen Ruck unten liegt. Er führt einen Zug gegen die Jungs aus Newy an, zieht quer rüber und lässt andere auflaufen. Er punktet sogar, während Rawson erzählt, was er über den Ehemann weiß.

Der Junge erhöht.

Sutton vergräbt das Gesicht in den Händen.

01

Wir stehen an The Gap und starren nichtssagend aufs Meer. Kein Suizid, aber so was wie ein Tod. Rawson trifft als Zweiter ein und fährt mit seinem Wagen neben unseren heran, fast fünf ganze Stunden sind es, seitdem wir uns zuletzt gesehen haben.

Sein Mietwagen ist besser. Die Firma, bei der er war, hatte bessere zum Aussuchen – bessere als den schnöden Pintara. Er nimmt Benson & Hedges aus der Tasche und bietet sie Sutton wortlos an, die Männer, an die Motorhaube gelehnt, besprechen den fraktalen Himmel.

»Du sagst, die sind mit den Waffen rein, weil sie wussten, dass du drin bist.«

»Ja«, sagt Sutton. »Dich hätten sie nur durchsucht.«

»Warum dich nicht?«

Sutton überlegt es sich anders und nimmt eine. B&H sind nicht seine Marke, aber es wird schon gehen. »Der Mann hat Geld bezahlt, damit du ihm gehörst.«

»Okay.«

»Vielleicht war der Plan, deinen Freund umzubringen, es zu melden.«

»Macht mir nichts«, sagt Rawson. »Ich hab ein Alibi.«

»Ja, ein wasserdichtes – du warst mit dem drittgrößten Heroindealer des Landes saufen. Danach bist du auf den Schießplatz, um das Maß voll zu machen.«

Rawson ernst: »Wahrscheinlich hätten sie dich ausgezogen, dich nackt ans Bett gefesselt. Damit es so aussieht, als wären wir ein Liebespaar.«

»Komm runter.«

»Ich weiß, wie diese kranken Dreckschweine vorgehen, Jamie.«

»Wie viel schuldest du ihnen?«

Das neue Seufzen hallt wider, schwer zu überhören. »Zweihundert und noch jede Menge. Aber es geht nicht um die Kohle. Ich meine, die haben Glen vier dafür gegeben.«

»Auch wieder wahr.«

»Und wenn ich bezahle, lassen die sich was anderes einfallen. Zerpflücken meine Karriere, was auch immer davon übrig ist.«

»Der Teflon-Typ.«

In einer anderen Dimension hätte Rawse grinsen müssen; in dieser scheitert er an der Herausforderung. »Vielleicht ist jetzt nicht die Zeit, davon anzufangen, aber die Sache mit Koestler läuft an. Das Mädchen, mit dem die mich zusammenbringen wollten, sie ist die Speerspitze.«

Sutton nickt ruhig. »Hast du ja gesagt, dass das passieren würde. Das Datum genannt.«

»Oh, in Macquarie stehen sie auf Jahrestage. Wenn nur die Gäule auch so berechenbar wären.« Rawsons Zigarette hat noch ihr ganzes Leben vor sich, aber ein hartherziges Schnippen macht ihr den Garaus. Er zündet sich eine neue an/der erste Zug ist der beste. »Hör mal, der Staatsanwalt hat sich ganz schön die Finger verbrannt. Die werden nicht wiederkommen.«

»Vielleicht«, sagt Sutton. »Aber fünf zu zehn, dass die mich in eine Kiste stecken, mir dieselben zweihundert Fragen stellen.«

»Dann versuch zur Abwechslung doch mal sie zu beantworten.«

»Wenn die zu Slane gehen, dann kommen sie auch zu mir. Nichts ist sicherer als das.«

»Sei nicht feige. Das letzte Mal hat es dir Spaß gemacht – die besten acht Monate deines Lebens.«

Sutton bestätigt dies nicht. Er schaut auf das todbringende Wasser/ihm gefällt dieser Ort. »Das Geld«, sagt er. »Kannst du bezahlen?«

»Keine Chance.«

»Ich krieg ungefähr fünf fürs Haus.«

»Fick dich. Es ist so, wie ich gesagt habe – der Typ wird so oder so die Daumenschrauben ansetzen.«

»Ich weiß. Aber es sind Schulden.«

»Ganovenehre, Jamie Sutton – wir sprechen nicht von degenerierten scheiß Zockern. Wenn er mich sowieso fertigmachen will, zieh ich's vor, ihn dafür nicht auch noch zu bezahlen.«

Sutton tritt seine Kippe aus. Er hätte noch eine Weile was davon gehabt, aber manchmal ist es wichtig, ein Vergnügen abzubrechen. »Von Ehre kann keine Rede sein. Wenn wir das Geld auftreiben, ist das ein Knüppel weniger, mit dem er dich prügeln kann. Wie viel kriegst du zusammen?«

»Vierzig.«

»Mehr nicht?«

»Ich hab sechzig für die Mädchen zurückgelegt, wenn sie achtzehn werden.«

»Okay. Also hundert zusammen.«

»Nein, Mann. Vierzig.«

Sutton schaut Rawson an, und Rawson schaut zurück. Er hat Sand im Auge, ein Überrest heftiger konkurrierender Winde. »Ich werde ihnen nicht nichts hinterlassen«, flüsterte er. »Er hat einen Sohn von mir, und wenn er die sechzig auch noch bekommt …«

»Dann eben vierzig.«

Rawson wischt die Tränen weg, die der Wind geschehen ließ. »Was denkst du? Suchen wir uns ein anständiges Pferd?«

Alle Yachten wandern heimwärts, ziehen die Köpfe ein wie Schafe beim Klang der Glocke. Es ist der Moment, wenn Sonne und Mond gemeinsam am Himmel stehen, jeweils alternative Reiche betrachten. Die eine ist nur die Kopie des anderen, mit jedem Tag schwächer.

»Was hast du mit Trev gemacht?«

»Kristy wird ihn nehmen.« Rawson hustet. »Sie liebt das kleine Arschloch, füttert ihn seit Monaten.«

»Ich dachte, sie hat einen Hund.«

»Sie hat einen Terrier, so groß wie eine Ratte, er heißt Ivo, ist halb blind und total taub … ich denke, Trev wird froh sein. Sie wohnt im Erdgeschoss, hat einen Garten, wo er abhängen kann.«

»Schön.«

»Ich meine, sie wird ihn kastrieren lassen, aber was zum Teufel soll ich …«

»Klingt gut, Mann. Er kann da abhängen.«

»Genau.«

»Wann fährst du runter?«

Bobby Cobra starrt aufs Wasser, macht katzenartige Gestalten, zuckt zusammen, als Sutton es wiederholt. »Heute Nacht segle ich runter«, sagt Big Ship entschlossen. »Und du?«

»Morgen. Hab gesagt, ich würde Michele besuchen.«

»Von ihrer Tochter mal zu schweigen.«

Sutton schüttelt den Kopf. »Parkes. Donnerstag ist sie hin.«

»Oh Gott. Wirklich jetzt?«

Wieder zittern sie. Vielleicht wird dies von jetzt an zur Gepflogenheit. Rawson steht auf, und die Motorhaube knackt, aber es nutzt nichts/er hat eine riesige Delle hinterlassen.

»Tut mir leid.«

Sutton pfeift, und Bloke wird unglücklich hinten verstaut. Wenigstens lässt er beide Fensterscheiben runter/der Hund ist beidhändig. Rawson sagt: »Slane hat mir gestern Abend ein paar Sachen erzählt.«

»Okay.«

»Gary will Blut sehen. Aber ich vermute, das weißt du.«

»Was noch?«

»Du hattest zu tun«, sagt Rawson. »Bison, Shark. Warum hast du's mir nicht gesagt?«

Sutton zuckt mit den Schultern. »War's das?«

»Nein. Wir müssen über Kris sprechen.«

Sutton schaut zu Boden. Ein einziger Herzschlag, überspringt zwei. »Ja.«

»Er will sie wieder im Land haben. Er sagt, sie ... ihr geht's nicht gut.«

»Wir sehen uns dort«, sagt Sutton. Er sieht Rawson nicht an/sieht den Pintara an. Plötzlich ist er seine liebste Muse, Ziel kluger Ratschläge. »Zieh den Kopf ein, Copper. Wach nicht tot auf.«

Gemeinsam laufen wir über die Vaucluse Heights und saugen die Süße der Dämmerung ein. Die erste Aufgabe am Abend ist, den Tag von dem zu reinigen, was hätte sein können. Als die Schatten sich Richtung Camp Cove verdichten, ist unser Fluss reines Mitgefühl. Die Sonne verblutet, während wir den Strand überqueren und in geschwärzter Erinnerung baden.

Wenn wir wieder stark sind, sprinten wir bergan/blicken gen

Osten aufs Wasser. Ein nächtliches Flugzeug besprüht die Meeresfelder jenseits der Lichter eines Tankers. Rhythmus bietet unsere stete Kraft auf, wir sind sechsbeinige Hammerschläge. Wir rennen mit dem Leuchtturm um die Wette, bis der Hund zum Sieger erklärt wird.

Außer hier und jetzt. Sutton kanalisiert grenzenloses Knurren, das er aus dem heiligen Ozean bezieht. Seine Traurigkeit ist eine Energie, ein Wunsch, jetzt alleine zu sein. Er bemüht sich, gegen sich selbst anzusprinten und um sein träumerisches Talent zu trauern. Es sticht Bloke in der mächtigen Brust, aber er fällt im Zwielicht zurück.

BETA

13

Beeindruckend ist er nicht, der Coroner's Court. Man sieht ihn allabendlich in den Nachrichten, gegenüber den fensterlosen Mauern der Uni. Jeden Tag erleben Menschen darin den beschissensten Moment ihres Lebens.

Es ist wahrscheinlich, dass Ihre Frau …

Es hat den Anschein, dass Ihr Sohn …

Nach Abwägung aller Eventualitäten, stelle ich fest, dass Ihre Schwester …

Sie kommen mit Hoffnung, suchen eine Antwort. Sie bekommen schlechten Kaffee und Papierkram, der ihren Schmerz noch einmal neu einfärbt.

13

Karen ist die Frau, die über den Parkplatz geht, hohe Absätze steigen in ein Fahrzeug, das mehr ist als ein Auto, weniger als ein Truck. Es war einmal ein Polizeitransporter.

Der Motor läuft, und zwar unrund, Auspuffgase verwandeln sich in widerlichen Dunst. »Miss Millar«, sagt der Mann am Steuer.

»Es heißt *Ms.* Immer schön Schritt halten mit der Zeit.«

»Du siehst gut aus. Anders.«

»Du auch.«

»Gut?«

»Anders.«

Er streicht sich über den Bart, die einzige neue Komponente seiner Erscheinung, die sie noch nicht gesehen hat. Er ist grauer, als ihm lieb ist. »Wollen wir's hier machen?«

Karen ist es gleichgültig. »Gestank macht mir nichts aus, falls du dir deshalb Sorgen machst.«

»Was für ein Gestank?«

»Es gibt immer mehr als einen, Cookie.«

Er zuckt mit den Schultern und gähnt, schaut verträumt, ein Mann mittleren Alters, der ins nächste übergeht. Aber nicht schäbig: Brian bleibt handfest, buckelt in einer Jacke, die die Mode verbietet. Ein Charakterzug von Männern, die ein gewisses Alter erreicht haben, sie halten ihre Garderobe für unübertreffbar, geeignet für jegliche Epoche, die noch kommen mag.

Aber noch immer für Überraschungen gut: Zwei Fellknäuel tauchen aus seinen Taschen auf, brüderlich, aber ohne Zwillinge zu sein. Maunzend und hechelnd, die ersten Gesichtszüge von Dobermann und Schäferhund. »Sag den Jungs Hallo. Ich werde sie Hector und Achilles nennen.«

»Ach ja? Warum?«

»Weiß nicht. Weil sie so gute Freunde sind.«

Karen hebt und senkt den Kopf, aber es ist nicht Zustimmung, was sie empfindet. Die armen Kleinen; was müssen sie von diesen fetten Primatenhänden halten, die nach ihnen greifen, sie knuddeln und belästigen. »Wie lange hast du den?«, fragt sie, meint den Wagen.

»Hab ihn mir im März geholt, großer Polizeiausverkauf.«

»Schön. Überleg nur mal, wie viele Verbrecher da schon drin gefahren sind.«

»Jetzt sitzt wieder einer hinten.«

Millar dreht sich um, erstaunt, dass sie den grinsenden Greyhound auf der anderen Seite des Gitters nicht gesehen hat. »Ein Verbrecher. Was heißt das, ist er langsam?«

Sein Nicken wirkt beunruhigt. »Wie ein beschissener französischer Film.«

»Was jetzt?«

»Verdammt hartes Training, denke ich.«

»Na gut. Und wenn er nicht drauf anspringt?«

»Reg dich ab«, sagt Brian, hebt eine Hand. »Alle meine Blindgänger kommen auf eine Farm in Bowral. Da lebt eine Lady, reich wie Midas. Liebt Tiere, hasst Menschen.«

»Ich mag sie jetzt schon. Wie heißt der Hund?«

»Million Percent.«

»Million Percent. Ich behalte ihn im Auge, gewinne Millionen.«

»Sie ist noch kein Stadthund«, warnt Cookie, zeigt mit dem Daumen in Richtung des nahe gelegenen Wentworth, des Mekka seiner Sehnsucht. »Halt in Dapto nach ihr Ausschau.«

»Dapto. Alles klar. Hast du was rausbekommen?«

Er stellt sich auf den Themenwechsel ein, die Leidenschaft des Trainers scheint noch durch, als er den Rang des Amateurs verlässt und Profi wird. Brian übergibt ihr einen flachen braunen Umschlag und sagt sachlich: »Ja – er trifft sich mit einer anderen.« Karen nickt und reibt sich über die Stirn, weist unabsichtlich auf die Verletzung hin, die Stiche. »Dir ist da ein Malheur passiert.«

»Ist nichts.«

Fotos gleiten in ihre schwarzweiße Sicht, der verheiratete Mann in intimer Gesellschaft. Das Highway Motel, die Frau, die nicht seine Ehefrau ist.

»Es ist immer dieselbe Sorte Treffpunkt«, sagt Brian, nachdem sie eine Weile Zeit hatte. »Billige Hotels, selbst wenn sie Geld haben, so wie er. Ich kapier's nicht.«

»Echt nicht?«

»Ich würd's schicker machen, das Beste nehmen, das ich mir leisten kann.«

Das sagst du jetzt, aber wenn man's macht, ist es anders. Man geht an solche Orte, weil Hollywood einen dazu erzieht. Beschissener Zimmerservice, Aushilfe an der Rezeption: Sich dem Genre anzupassen, ist schon der halbe Spaß. Es heißt reich wie Krösus, nicht Midas, Herrgott noch mal.

»Was hast du erwartet?«

Karen steckt die Fotos ein. »Ich zahl die Rechnung. Irgendwelche Zusatzkosten?«

»Hör mal. Wir können das auch als Gefallen betrachten.«

»Nein, Brian. Können wir nicht.«

Geld wird auf den Sitz zwischen ihnen gelegt. Der potentielle Dobermann betrachtet es skeptisch, und der Fahrer schaut nach draußen, möglicherweise verlegen. »Wieso am Coroner's?«, sagt er schließlich, sein halb erschlaffter Blick vom Court eingenommen.

»Warum hier?«

»Ich bin verabredet. Tu nicht so, als wüsstest du nicht, mit wem.«

»Was soll das heißen?«

»Komm schon. Du weißt inzwischen über mich Bescheid.«

Brian zuckt mit den Schultern. »Ich weiß, dass du einen Bruder hast, der seine Frau betrügt.«

»Ist das alles?«

Er ruft ein Gesicht auf, das sie vorher noch nicht gesehen hat. Resignation, Zuneigung: vielleicht noch etwas – etwas, das sie gar nicht wissen will. »Ich denke, du bist so ziemlich die geheimnisvollste Person, der ich je begegnet bin.«

Sie lächelt knapp und betrachtet die Welpen. Sie winden sich in seinem Schoß wie eine Schlange im Achterknoten, die ewig ihren eigenen Schwanz frisst.

»Wegen der Namen. Denk noch mal nach.«

»Warum?«

Weil sie Schicksale mit sich bringen. Weil ich nicht möchte, dass deine Hunde groß werden und einander töten, nur weil du nicht weißt, dass Achilles und Hector verdammt noch mal keine Freunde waren.

»Weiß nicht. Kommen mir einfach ganz schön hochgestochen vor.«

»Da. Jetzt hast du's wieder getan.«

»Was hab ich getan?«

»Das Thema gewechselt. Hör mal, ich möchte nicht deshalb kein Geld von dir, weil ich dich kaufen möchte, sondern weil der Job scheiße war. Das hättest du auch selbst machen können, Karen. Locker.«

»Ach ja? Und wenn er mich erwischt hätte?«

»So blöd bist du nicht, Mädchen. Und er ist nicht annähernd so schlau.«

»Vielleicht nicht. Aber Zeit, Ressourcen – das wäre Missbrauch gewesen.«

»Alle machen das.«

»Nicht alle.«

Brian packt die kleinen Tiere wieder in seine Jacke. »Wieso erzählst du den Leuten, dass du einunddreißig bist?«

»Weil ich einunddreißig bin.«

»Erst im Juli.«

»Du lieber Gott, Officer – wusste nicht, dass das ein Verbrechen ist.«

»Nur interessant, mehr nicht.«

Draußen überquert der Wind die Schwelle, die ihn von leise in hörbar verwandelt, und sie fragt sich, was daran interessant ist, wenn man das Alter angibt, das man bald haben wird, nicht das, das man gerade hat. Sie hat das immer so gemacht, vermutlich von ihrer … oder vielleicht hat sie es auch von niemandem. Vielleicht ist es ihr angeboren, sie hat es aus einem früheren Leben mitgebracht, dem vor diesem. »Was kannst du mir über Michael Rawson sagen?«

Brian zwinkert. »Den Namen hab ich lange nicht gehört. Großer Typ.«

»Ein Guter?«

»Hat so seine Fans. Hatte selbst nie viel mit ihm zu tun. Scheiße, die Götter der Mordkommission – man würde sie nicht ohne guten Grund belästigen. Wieso fragst du?«

»Vielleicht muss ich mit ihm arbeiten. Hab durchwachsene Berichte gehört.«

»Das glaube ich. Ein Guter mit einem Haufen Ärger. Ich war dabei an dem Abend, als er und der Pardoner sich fünfzig Runden in Drummoyne Bowls geliefert haben.«

»Der Pardoner.«

»Ja – Roger Paspaley. Wochenlang haben wir über nichts anderes geredet.«

»Ist das dein Ernst?«

Karen kennt Drummoyne Bowls. Kann sich nicht vorstellen, dass dort etwas Denkwürdiges geschieht. Aber Brians Augen verengen sich, wandern zurück in der Zeit. »Ungelogen, Kaz – der Kampf hat dreißig Minuten gedauert. Ruf beim Guinness-Buch an, zwei echte Schläger prügeln sich *eine halbe Stunde,* so dass die Fetzen fliegen. Kaum zu glauben, Rawson ist der kleinere. Und einhundert Außerdienstliche stehen wie angewurzelt da … war Wookie Hensons Abschied.«

»Wookie?«

»Die behaarteste Frau, die ich je gesehen habe.«

»Wow.« Karen schüttelte den Kopf. »Wieso ist keiner dazwischen?«

»Ach ja? Wer denn zum Beispiel? Ich spreche hier von echter Titanenscheiße – wahre Naturgewalten. Die wären immer noch dabei, hätte nicht jemand die Bullen gerufen.«

»Ihr wart doch die Bullen.«

»Stimmt.« Der Hundetrainer lächelt. »Du weißt, dass es eine Party ist, wenn die Bullen wegen der Bullen gerufen werden. Zum Schluss konnte man die Pisser kaum noch erkennen. Der Pardoner sah aus wie Buster McGovern nach dem Mack Truck, wenn du verstehst, was ich meine?«

Tut sie nicht – aber es ist unmöglich, das Feuer der Erinnerung in seinen Augen, seine Freude am Erzählen zu verkennen. »Rawson hat also gewonnen.«

»Na ja«, sagt er, »kommt drauf an, wen du fragst. Joey Calimari hat Wetten angenommen, bei Gleichstand einen Paspaley-Sieg ausgezahlt.«

»Du machst Witze.«

»Nein, zwei zu eins kommt ungefähr hin.«

»Ich meine, dass es einen gibt, der *Joey Calimari* heißt.«

»Der ist in Ordnung – leitet das Betrugsdezernat in Pittwater ... trotzdem, alles in allem, die meisten haben behauptet, Rawson habe geführt. Sie denken, Squid Rings hatte einfach nur eine scheiß Angst vor dem alten Eamon.«

»Eamon?«

»Cavendish.«

Nostalgie fließt ab wie Blut von einem dunklen Parkplatz, Cookie scheint zu merken, wie er klingt – nach einem Überbleibsel, einem Mann, der nach der Flut liegengeblieben ist. Es bringt ihn zurück in die Gegenwart, und er überlässt sich ihr, wird nicht zurückgehen. »Viel Glück damit, Kleine. Dem Familienkram.«

»Danke«, sagt Karen. »Für alles.«

Er wappnet sich, macht sich bereit für die vor ihm liegende Strecke. Eine lange Entdeckungsreise, und die Entdeckung ist folgende: Es gibt kein Ende, alles geht einfach immer weiter.

»Ich will dich was fragen«, sagt der Privatdetektiv. Karens Hand lag schon am Griff, aber Cops sind nicht gut im Entkommen.

»Scheibenkleister.«

»Wieso hast du's geändert?«

In der Schule ist sie gerudert. Jetzt läuft sie. Sie ist gut, ihr Körper wie dafür geschaffen, seit sie aufgehört hat, sogar noch mehr. Im Winter vermisst sie keine Zigaretten – nur im Sommer, ein Glas Wein in der Hand und die Sonne im Gesicht. Eine gewöhnliche Geschichte, aber sie ist kein gewöhnliches Mädchen.

Sie war laufen, als ihr das Malheur passierte. Gestern, Kollision mit einem tief herunterhängenden Ast. Wohl kaum typisch, aber sie war von einer Erinnerung abgelenkt, die ihr tief unter die Haut ging. Nichts unmittelbar mit ihr selbst, sondern ein schmerzliches Déjà-vu in Zusammenhang mit der Strecke, die sie gewählt hatte, dem abgeschiedenen Park in der Nähe.

Ein Fall vor Gericht im letzten November. Nicht ihrer – der eines Kollegen. Aber Karen sah Fotos, eine Joggerin wie sie, ähnlich von Körperbau und Haarfarbe her, im Polizeigriff abgeführt und unter vorgehaltenem Messer vergewaltigt.

Die unschönste Formulierung der Sprache. Oder insgesamt einer Familie mit mehreren Anwärtern. Sie ist ständig präsent auf der Wache, im Bezirk, die Alltagssprache der Nichtzustimmung.

Karen erinnerte sich unwillkürlich, dass der Vergewaltiger ein Teenager war. Dass der Überfall acht bis zehn Minuten dauerte. Dass das Opfer fünfundzwanzig war und verlobt, heiraten wollte, wobei es aber nicht blieb.

Warum hatte sie's geändert?

»Was geht dich das an?«

»Nichts«, sagt Brian. Mit der Giftigkeit hatte er nicht gerechnet. Oder nur halbwegs. »War nur neugierig, von Mensch zu Mensch.«

»Gemeinsam Reisende, oder wie?«

»Ist mir nur aufgefallen. Ist …«

»Interessant?«

»Du lieber Gott. Ich hätte nicht gefragt, wenn ich gewusst hätte, dass du so sauer wirst.«

»Ich bin nicht sauer.«

»Ich weiß, wie *sauer sein* aussieht, Carla. Ich bin kein verfluchter Idiot.«

Sie starren einander böse an. Dann lachen sie laut los. Million Percent bellt, um die Waffenruhe zu bejubeln.

Sie drückt dem Mann zum Abschied ein Küsschen auf die Stirn und steigt aus, schleppt ihre verschiedenen Bürden über den Platz. Als Karen ihre Jacke schließt, versteckt sie die Bluse, die ihre einzige farbliche Erleichterung war. Sie schließt die Augen gegen die Kälte und vervollkommnet unwillkürlich ihren Look, das Mädchen in Trauer.

12

Über all die Jahre, die du ihn kennst, waren die Haare des Untersuchungsrichters schlachtschiffgrau. Sogar auf den Fotos, den alten mit deinen Eltern. Wenn er lächelt, lächelt er mit dem ganzen Gesicht, seine Augen wie Halbmonde. Aber wenn das Lächeln verschwindet, hinterlässt es keinerlei Spuren.

Er sitzt am Tisch eines der Anwälte, untersuchungsrichtert vor sich hin. Du schaust auf die vor ihm ausgebreiteten Unterlagen und machst ein reumütiges Gesicht. Er nickt und guckt gleichgültig, und du denkst in seine Richtung, bitte sag es nicht.

– *Ich hab von Koestler gehört. Das ist ein echtes Vertrauensvotum.*

– *Wollen hoffen, dass ich etwas damit anzufangen weiß.*

– *Hmm … ich wollte nur gratulieren.*

– *Danke.*

– *Und einen Rat geben.*

Dieses Hmm *nervt dich, plötzlich erscheinen seine Monde. Er denkt, du wirst nicht in der Lage sein, den Fall aufzuklären. Der Untersuchungsrichter ist berechtigt, Prognosen abzugeben, na schön – aber nicht, so gönnerhaft zu wirken. Er hat kein Recht zur Herablassung, nicht dir gegenüber. Er hat die Arbeit nicht gemacht.*

– *Schon gut*, David. Ich weiß, was ich tue.

– *Da bin ich sicher. Aber weißt du, was Tony Bercovitch macht?*

Du lächelst. Du legst die Hände in den Schoß und spielst das vernünftige Mädchen, die gute Zuhörerin, und selbst das ist nicht darauf angelegt, zu täuschen, denn du bist vernünftig, du bist eine gute Zuhörerin.

Was sieht er, wenn er über den Schreibtisch blickt? Im Job, im Leben geben sich die Menschen stets hartgesottener, als sie es sind. Aber das ist etwas, das du dir selbst schenkst, den Stolz, den du privat zulässt. Bei dir ist es nicht gespielt.

Möglicherweise ist das die Sache, die du ändern würdest, den Stein im Innern. David ist nicht überzeugt, war es nie – er will immer hinter die Maske schauen. So läuft das, wenn man als Frau aufsteigen will: Die Menschen wollen dich brechen, an das kleine Mädchen herankommen, für das sie dich halten. Aber wenn es ihnen nicht gelingt und sie die Wahrheit begreifen, verteufeln sie dich erneut, weil du etwas anderes bist.

Du fragst nach Giselle, richtest ihr schöne Grüße aus, gehst zur Tür hinaus wie eine Dose heruntergesetzter Spinat. Du versuchst dem Klang seiner Stimme davonzulaufen, wenn er es sagt, der Gewissheit, dass er es tun wird. Aber er tut es nicht. Nicht jetzt, niemals, Deine Eltern wären stolz.

– Karen.

– Ja?

– Wen haben sie dir gegeben?

Du drehst dich um und gestehst den Namen, der Sergeant Incremental. Dreimal über diesen Dienstgrad hinaus befördert, dreimal wieder heruntergestuft. Einzigartig in der Geschichte der Polizeikräfte. Der Blue Mover, der Verstrickte, der sich im Zentrum vieler Verschwörungen befand.

Die Ausnahme von allen Regeln: der arme Davey, schau in sein Gesicht. Endlich, nach so vielen Jahren, hast du es geschafft, ihn aus der Fassung zu bringen.

– Rawson? Du lieber Himmel.

– Stimmt was nicht?

– Das ist schlecht.

– Wieso? Er kennt den Fall.

– Ja. Und einige der Hauptverdächtigen.

– Bei dir klingt das wie was Negatives.

– Sei nicht naiv. Tony hat dich getestet.

– Und was, ich hab's verkackt?

– Geh noch mal hin. Sag ihm, du hast es dir anders überlegt.

– Kann ich nicht. Ich hab's über Mike Samo veranlasst.

– Du hast was?

– Was ist denn verkehrt am Bonecrusher?

Der Untersuchungsrichter schüttelt den Kopf und macht, was er immer macht: Er widmet sich wieder dem Dokument, legt sich ins Zeug wie die Ein-Mann-Belegschaft, die er ist. David kritzelt und spricht sein Urteil auf die Seiten.

– Du hast eine strahlende Zukunft, Karen.

– Danke.

– Hättest dir jemanden suchen sollen, bei dem das genauso ist.

12

Bleak City verdient ihr Geld. Sie trifft bei Tagesanbruch ein, und es fühlt sich an wie Dämmerung, wie ein dichter Infekt, der die Stadt umhüllt. Lustloses Riedgras jenseits des Asphalts und halbherzig griffiger Regen. Das Taxi rast über den Tullamarine Freeway, und Karen starrt in die Landschaft, fragt sich, wie es möglich war, dass sie Schauplatz ihrer Geburt wurde.

Frisch der Kaffee, frisch der Himmel. Der Grieche führt eine verherrlichte Milchbar, bezeichnet sie als Café, behauptet, es sei ein Feinkostladen. Ein schmutziges Schild sagt *Weitere Sitzplätze oben*. Als ob es jemals Bedarf dafür geben könnte: Hier ist nur Laufkundschaft, abgehärtete Stammgäste, ohne jegliches Bedürfnis zu verweilen. Der Sommer war nicht freundlich, und die Geschäfte der Stadt sind leer.

Sie hält den Blicken stand und entdeckt einen langen und kargen Raum, Holzboden und daher eiskalt. Unverkennbare Mansardenatmosphäre, nur dass der Künstler daraus verschwunden ist – längst weg, schon vor Jahrzehnten. Niemandem hat sein Zeug gefallen, deshalb hat er sich für einen harten Abgang entschieden, unter Zuhilfenahme einer unnachgiebigen Straßenbahn. Arbeitshypothese.

Die vordere Wand besteht aus Industrieglas, gesäumt von einer Arbeitsfläche aus altem Stein; hierhin setzt Karen sich, um den Parkplatz des Hotels nebenan zu überschauen. Melbourne schwebt in der Luft, gibt wenig von sich preis, schüttet eine Handvoll Almosen in Form von Licht über einen dokumentierten Sydney-Skandal.

Sie nimmt es überallhin mit. Nicht alles – es ist *Krieg und Frieden* – nur die Zusammenfassung der Höhepunkte und das Tagebuch des Opfers. Karen trinkt mörderischen Kaffee und betrachtet die Bilder des Toten in Farbe, in forensischem Schwarzweiß. Eine winzige Kreatur; vielleicht hat ihn der Tod kleiner gemacht. Angelus Koestler, ein Schwächling, aber bewehrt mit einem Gehirn so groß wie ein kleiner Mond. Und einem berühmten Motor dazu – ein halbes Jahrhundert lang hat er Vierzehn-Stunden-Tage gearbeitet.

Harter Abgang: Die Hände wirken gekreuzigt, versteinert. Das Gesicht – welches Gesicht? –, es ist eine gemarterte Masse. Die schwere Platte liegt auf seinem Oberkörper wie ein Schlachterblock, wie eine biblische Tafel, die kein Blitz zu spalten vermag. Mit Wucht an die Schläfe geschlagen, *autsch,* Guillotine post mortem, Stein statt Stahl. Der Killer hat gekniet und sie als Presse benutzt, zum kalten satanischen Gebet. Um es besser herausquetschen zu können, dein Leben, das Gewicht dieses Mordes, der an dir verübt wird.

Kein gewaltsames Eindringen. Was Persönliches. Außergewöhnlich: Auge in Auge, es musste was Intimes gehabt haben, zu sehen, wie das Licht im anderen flackert und erlischt, zu wissen, man selbst ist die Ursache. Verdammte Scheiße, Mann, wenn du solche Freunde hast, dann …

Geräusche von hinten, Millar bricht ab und dreht sich um und sieht einen alten Druck schief an der Wand hängen. Die tote Stadt Smyrna. Gefasst legt sie die Fotos mit der Vorderseite nach unten zurecht und hört das Knacken eines umgelegten Schalters, das fahle Gelb der Glühbirne oben.

Sanftes Feuer. »Danke«, sagt sie über die Schulter hinweg. Das Kind des Besitzers, heraufgeschickt, um das Licht in Ordnung zu bringen, dessen Verknappung zu beheben.

Sie kommt zu früh. Andererseits, Holden auch. Aufgrund ihrer Recherchen kennt sie seinen Wagen und sein Gesicht. Er fährt in dem leeren Hof vom Union vor, steigt aber nicht aus.

Etwas später kommt ein Transporter, und der Fahrer steigt in Holdens Ford. Sie reden eine Weile, fünf oder sechs Minuten. Transportermann steigt aus und holt Kisten aus Holdens Kofferraum; der Transporter verpisst sich. Karen merkt sich das Kennzeichen, ohne es zu wollen, ohne es zu versuchen.

Was soll das alles.

Das Union war seine Entscheidung, nicht ihre. Es macht um elf auf, und um fünf nach sind sie die einzigen beiden Gäste darin. Guinness, Zitronenlimo. »Wie geht's Ihnen im Rentnerleben?«

»Nichts zum Drauffreuen«, sagt Holden. »Für Sie aber noch lange hin. Am Telefon dachte ich, Sie wären älter.«

»Immer nur so alt wie der Fall, an dem man arbeitet.«

»Gesprochen wie ein Tierarzt. Sie wissen schon – ohne jegliche Anhaltspunkte. Sind Sie hergekommen, um an meinen Berichten und Protokollen rumzumeckern?«

»Gibt ein paar mehr Abkürzungen, als mir lieb ist, aber das ist schon verständlich.«

»Vermutlich miserabel.« Holden schüttelt den Kopf. »Ich wollte gerade los, wissen Sie? Viele haben Koestler gehasst, und ich habe vierzig der Schlimmsten darunter auf Verbrecherseiten ausfindig gemacht. Aufenthaltsorte müssen Sie nicht überprüfen.«

»Da bin ich froh.«

»Sollten Sie auch sein. Sind ein paar echte Drecksäcke dabei. Das Leben ist zu kurz.«

»Ich wusste nicht, dass Koestler gehasst wurde.«

»Nicht?«

»Ich höre immer nur was über seinen Intellekt, der *beste Jurist seiner Generation*.«

»Na ja, ich hab ihn gehasst.«

»Okay.«

Holden dreht an den Schrauben. »Anscheinend haben Sie mit niemandem gesprochen, der regelmäßig vor ihm erscheinen musste. Es hat ihm große Freude bereitet, einen dumm aussehen zu lassen, hat seine Eloquenz genutzt, um andere an dem einzigen Ort zu verarschen, an dem sie ihm nicht den Stinkefinger zeigen konnten. Für Cops hatte er nicht viel übrig.«

»Ein Linker?«

»Nicht wirklich – echt harter Brocken. Er war auf niemandes Seite. Bei den Kollegen war er nicht beliebt. Und auch nicht bei den schwulen Rechthabern.«

»Den was?«

»Den Anwälten.«

»Ach so.«

»Denen vom anderen Ufer. Sie wissen schon, den begabten jüdischen Gerichtsdienern frisch aus der Philip Street, die es kaum abwarten können, ihm den Schwanz zu lutschen und damit anzugeben … aber jetzt klinge ich ein bisschen bigott.«

»Nicht wirklich.«

»Doch. Wirklich.« Holden mustert sie von oben bis unten. »Sie sind gebildet.«

Karen lächelt. »Abgeschlossenes Jurastudium. Aber ich war niemandes Gerichtsdienerin.«

Er lacht, es klingt grausam und hart. »Fernstudium?«

»Nein, gleich nach der Schule. New South.«

»Alle Achtung – Sie hatten das Papier in der Hand und haben sich zum Streifendienst gemeldet?«

»Alle waren sehr enttäuscht.«

»Ich kann nicht glauben, dass Ihr Vater das erlaubt hat.«

»Er hatte keine Wahl. Er ist verstorben. Mum auch.«

»Oh – Pech.«

»Irgendwie.« Millar schiebt ihren minimalen Pony hoch, um die Narbe zu zeigen, die schmale, aber ewige Furche, die sie zieht. »Ich war mit im Wagen, als es passiert ist.«

Holden lehnt sich zurück, um einen Weitwinkelblick darauf zu werfen, justiert die neue Dimension. »Wie alt?«

»Fünfzehn.«

»Taffes Mädchen. Wenn Sie sich nicht zum Dienst verpflichtet haben, um Ihre Eltern zu ärgern, wen denn dann?«

»Muss es so sein?«

»Hören Sie, ich hab zwei Töchter.«

Millar ist reumütig, kleinlaut. »Wenn Sie das tröstet, ich hab mich mit meinem Bruder nicht verstanden.«

29. März 1989

Christopher kam zu Besuch. Endlich. Sein Auftreten war subversiv, aber nicht wie vorhergesehen. Subversiv gegenüber den Erwartungen. Er hat das Haus noch lange nach seinem Abschied nachhaltig geprägt. So wie französische Frauen hervorragend beobachtbar sind – unabhängig von ihrer Schönheit –, besitzt er jenen einzigartigen Charakterzug. Und Schönheit außerdem.

Ich würde dafür bezahlen, ihm beim Zähneputzen zuzusehen, oder bei einem Faustkampf mit bloßen Händen. Ich würde bezahlen, ihn essen zu sehen. Natürlich mag er mich nicht.

Aber er wird wiederkommen. Hier gibt es zu viel zu haben. Und man darf nicht vergessen, dass auch Abscheu eine Art von Faszination ist.

Sie stehen auf und spielen Billard. Es kostet nichts. Keiner von beiden konzentriert sich, deshalb wird das Spiel zur Farce der stumpfsinnigen Kollisionen. Keine Sorgfalt, keine Strategie, nichts wird eingelocht.

»Was ist das Sizilianische Verbrechen?«

Holden verzieht das Gesicht. »Unser Spitzname dafür. Da war ein Witzbold am Werk – das Blut, die Figuren.«

»Kapier ich nicht.«

»Wohl nichts übrig für Schach, hm? Das ist eine Eröffnung: zwei Bauern, zwei Springer. Sizilianische Verteidigung.«

»Verstehe«, sagt sie. »Weil die Waffe ein Schachbrett war.«

»Genau. Aber durch das Sizilianische kommt noch ein Mafia-Aspekt dazu. Die Biker sind keine Italiener, aber verdammt organisiert.«

»Das ist clever.«

»Für Bullenverhältnisse, vermute ich wohl. Ich weiß nicht mehr, wer sich das ausgedacht hat.«

»Und was ist passiert?«

»Sie wissen, was passiert ist.«

»Nur in Bruchstücken«, sagt Karen. »Niemand will so richtig auspacken.«

»Vielleicht liegt's am Rock und dem frischen Gesicht, der Geschichte mit den Pirates. Haben Sie Koestlers Tagebuch?«

»Natürlich.«

»Spaß dran?«

Sie verschlingt es. Es wurde für sie zum Maßstab, zum Lebenspartner. Sie hat es verinnerlicht, nimmt es überallhin mit, zieht es zu Rate wie einen Kodex, der das Gehirn unterwandert, den Schlaf durchsetzt. »Er kann gut mit Worten umgehen.«

Holden nickt und kreidet seine Pomeranze. »Sagt viel, ohne was zu sagen. Aber zumindest war er sehr akribisch, hat seine Termine aufgeschrieben. Chris Slane, am letzten Mittwoch jeden Monat. Die beiden sind wie ein Uhrwerk.«

»Hat Sie das überrascht?«

»Ja und nein. Slane ist schlau, kennt Leute ganz oben. Kultiviert seine ungewöhnlichen Bekanntschaften, damit er …«

»Ungewöhnlich rüberkommt.«

»Ja.«

»Was ist mit Koestler?«

Holden verzieht das Gesicht, als würde er 500 spielen und nicht bieten können. »Das ist schwieriger. Er hat nicht häufig Besuch gehabt und keine regelmäßigen Gäste, abgesehen vom Biker-Prinzen. Was er sich davon versprochen hat, weiß ich nicht.«

»Erzählen Sie mir von der Zeugin.«

»Sie meinen die gute alte Helen Appleton? Ersparen Sie mir das.«

»Kommen Sie schon, Sie schaffen es.«

»Stellen Sie sich eine typische englische alte Jungfer vor. Denken Sie an Agatha Christie.«

»Ein bisschen schrullig?«

»Ein bisschen irre Schlampe. Akademikerin mit Spinnwebhaaren und einer großen Vorliebe für braune Kleidung.«

»Sie hat Slane bei einer Gegenüberstellung erkannt, ihn im Haus gesehen.«

»Ja … deshalb hat Slane eine eidesstattliche Erklärung abgegeben und behauptet, auf keinen Fall, er sei in West Pymble gewesen und habe Häuser verputzt … im beschissenen West *Pymble*. Der will uns doch verarschen.«

»Denke schon.«

»Trotzdem wussten wir, dass er gerne mal die Fähre genommen hat, und wir haben das überprüft. Haben zwei Zeugen gefunden, die ihn und Jamie Sutton auf der Zwölfsiebendreißig vom Quay ab gesehen haben.«

Millars Stirnrunzeln ist autoritär. »Das steht nicht in den Fallakten.«

»Schauen Sie noch mal nach. Zwei Fünfzehnjährige, die die Schule geschwänzt haben. Sie erinnern sich an Slane, weil sie ihn ganz in Ordnung fanden. Sie wissen schon – die Tattoos. Sutton wahrscheinlich auch. Slane ist in East Balmain ausgestiegen und Sutton weitergefahren.«

»Klingt gut für mich.«

»Oh, wir fanden's toll. Bis sich die Eltern eingeschaltet und gemerkt haben, wen ihre kleinen Lieblinge da gerade des Mordes beschuldigen. Es war eine vornehme Schule, die sie geschwänzt hatten. Auftritt der Familienkanzlei, sofort alles widerrufen, wir sind nie wieder an sie herangekommen.«

»Eigentlich nachvollziehbar.«

»Schätze mal. Danach haben wir Druck auf Sutton gemacht. Sein Schweigen hatte zur Folge, dass alles auf Helen zurückfiel.«

»Und?«

»Und Rawson kam angetanzt und hat die Vernehmung versaut, hat sie ins Kreuzverhör genommen wie der Anwalt der Verteidigung. Dass Miss Appleton Trinkerin allerhöchster Güte ist, Sherry zum Frühstück, zu Mittag und zum Abendbrot. Ein kleines bisschen Druck vom lieben grünen Riesen, und plötzlich dreht sie total am Rad. *Sie haben an jenem Tag viele Menschen ins*

Haus des Richters gehen sehen, oder, Helen? Haben Sie Detective Holden gesehen? ›Oh ja absolut.‹ *Ich wette, Sie haben sogar mich reingehen sehen – Detective Rawson. Und was ist mit Detective Faulkner hier?* ›Oh, na klar, sicher, die alle.‹«

»Vielen Dank auch Patty Valentine, zieh das vor Gericht ab, und komm nie wieder mit einer Klage.«

»Rawson wollte den Druck von Slane nehmen.«

»Von *Sutton*. Die beiden sind dicke miteinander wie Blut, nur hat sein Gala-Auftritt nicht gereicht. Als die Boulevardblätter erst mal verbreitet haben, dass wir einen Gangster verdächtigen, ging der verdammte Zirkus los. Slane war glitschig, und Sutton gab kein Stück nach – hat das Alibi nie bestätigt, nie zurückgezogen. Der Staatsanwalt hat die Hände in die Luft geworfen und genommen, was er kriegen konnte.«

Das Eis in Karens Drink will nicht schmelzen. Was Verschmiertes am Rand, eine vage Andeutung von Lippen, die nicht ihre sind. »Anstatt Ihre Zeugin fertigzumachen, hätte Rawson seinen Freund zur Vernunft bringen sollen. Ihn dazu bringen, Slane ans Messer zu liefern.«

»Wachen Sie auf, Frau – Rawson erteilt keine guten Ratschläge, und Jamie Sutton nimmt keine an.«

»Na schön. Aber einen achtmonatigen Aufenthalt im Long Bay Hilton hätte er jederzeit abbrechen können. Aus welchem Grund hat Sutton den Mann geschützt?«

»Weiß nicht. Vielleicht haben ihn die Biker dafür bezahlt. Vielleicht auch aus guter altmodischer Angst.« Holden nimmt seine Waffe und betrachtet den Tisch voller Bedauern. Er sieht aus wie ein Mensch, der sich nicht mehr erinnern kann, ob er rot oder gelb ist.

»Ich vermisse die Halben und die Vollen«, sagt er. »Kennen Sie Melbourne?«

»Ich bin von hier«, sagt Millar. »Hab hier gelebt, bis ich zehn war.«

»Von hier ist man nur, wenn man einen Verein unterstützt.«

»Richmond.«

»Oh, Gelb und Schwarz. Meine Frau hat dasselbe Leiden.« Er versenkt eine, dann noch eine. Harte Schüsse: Holden meint es jetzt ernst, ihm reicht's. Millar sagt, *meine Runde*, und der Mann nickt erbittert, schickt eine dritte Kugel aus dem Spiel.

27. April 1990

Othello *am State Theatre mit Giles, der seine Frau dabeihat. Sie hat das Gesicht eines Airedale Terriers. Das ist sehr irritierend.*

Das Stück war holprig, Iago eine Fehlbesetzung. Es stolperte so vor sich hin, wie eine Komödie mit fehlender Schlussszene.

Am Nachmittag: Besuch im Büro von drei Detectives.

Rex Faulkner, Roger Paspaley, Ajax.

Die Trostlosigkeit, die der viktorianische Himmel ist. In einer Stunde wird er sich selbst satthaben, etwas anderem weichen.

»Sie arbeiten aber nicht alleine an dem Fall«, sagt Holden.

»Nein. Ich habe die freie Wahl.«

»Dann nehmen Sie nicht Brendan. Der wärmt nur den Stuhl.«

»Es gibt jede Menge Freiwillige.«

»Ja, klar … ist eine große Sache. Vielleicht Carseldine. Jim O'Shea.«

»Ich hab gesagt Rawson.«

Holden schließt die Augen. »Ich dachte, Sie hätten gesagt, Sie leiten das im Auftrag von Berc.«

»Stimmt.«

»Der wird Ihnen auf gar keinen Fall Rawson genehmigen.«

»Mike Samo hat ihn schon genehmigt.«

»Samo? Ach du Scheiße.« Holden taxiert sie mit hartem Blick, starrt auf den blauen Kreidewürfel in seiner Hand. »Ich hoffe,

Sie haben keine hohen Erwartungen. Rawson wird Ihnen nichts bringen.«

»Weil er befangen ist?«

»Weil er heutzutage kaum noch fähig ist, in seinem eigenen Arschloch zu ermitteln.« Holden nimmt sein Glas und hebt es zum Prosten. Er wurde vorzeitig pensioniert, sieht aber aus wie im Rentenalter. »Es gibt unterschiedliche Rawsons. Ein paar kann ich immer noch leiden. Aber er hat Bruchlinien, Schwachstellen.«

»Erklären Sie mir das.«

»Er kann keine Fälle mit Kindern. Wenn's hart auf hart kommt, ist das ein echtes Manko.«

»Kinder?«

»Vor ein paar Jahren hat er an ein paar direkt hintereinander gearbeitet. Das ist jetzt nicht mehr erlaubt. Und ist gut so.«

»Ja.«

»Sie auch?«

»Zum Glück nicht.«

»Amen.« Holdens Queue ist ein unbarmherziger Kolben, der die neue Anordnung zerstört. Er bleibt gebeugt über dem Chaos stehen und beäugt die Kugeln, während sie sich verteilen. Zwei gelbe. »Ich weiß, was Sie denken. Bei mir klingt das wie was Gutes.«

»Kann sein.«

»Glauben Sie's bloß nicht. Wenn Sie sich in dem Mist selbst verlieren, tut Ihnen das nicht gut. Die Familie hat nichts davon, wenn Sie aufsteigen.«

»Was ist mit Ihnen, Sam? Wann haben Sie sich verloren?«

»Wie meinen Sie das?«

»Hehlerei mit verbotenen Waren.«

Holden richtet sich auf, tritt auf sie zu und streckt seinen Queue aus. Er hat jede Menge Lachfalten, aber er bringt sie nicht zum Lachen. »Sie sind keine Anfängerin.«

»Ehrlich gemeinte Frage, von Cop zu Cop.«

»Wollen Sie darüber zu Gericht sitzen?«

»Eigentlich nicht.«

»Gut. Weil ich nämlich alles in den Job investiert habe und er mich gefickt hat. Und das nicht erst zum Schluss. Wegen Koestler abgesägt zu werden, war nur das Letzte in einer langen beschissenen Reihe, verstehen Sie?«

»Klar.«

»Und Ihnen wird das auch passieren.«

»Wahrscheinlich.« Sie streckt die Hand aus. »Ich hab's ernst gemeint, was ich gesagt habe. Ich bin dankbar.«

»Kommen Sie«, sagt Holden. »Ich bring Sie zum Taxistand.«

In einer perfekten Welt würde ein Taxi warten. »Faulkner«, sagt sie. »Guter Polizist?«

»Scheiße, absolut.«

»Er steht in Koestlers Tagebuch.«

»Rex?«

»Ja. Er hat Koestler in seinem Büro besucht, ein Jahr vor Koestlers Tod. Im April 1990. Eigenartiger Zufall.«

Holden unverbindlich. »Kann alle möglichen Gründe gehabt haben.«

»Stimmt. Nur fällt mir keiner ein.«

Er starrt auf den endlichen Horizont, schaukelt gegen die Kälte an. Sie wünschte, sie hätte die Gabe, Gedanken zu lesen, Stille als das zu konstruieren, was sie wirklich ist. Schließlich sagt er: »Was noch?«

»In seinem Tagebuch spricht Koestler immer wieder von etwas, woran er arbeitet. Eine Art Vermächtnis.«

Knappes Nicken: »Das Meisterwerk. Wir haben seine Sekretärin darüber befragt, aber aus dem Gedächtnis heraus war sie zu nichts zu gebrauchen. Dass der Typ fleißig war, hat es nicht besser gemacht, der hatte überall seine Finger drin.«

Jetzt taucht ein Taxi auf. Millar zeigt ihre Absicht an, und Holden wünscht ihr Glück.

»Danke für die Hilfe.«
»Sie werden noch viel mehr brauchen.«
»Vermutlich.«
Sieht aus, als hätte er Mitleid mit ihr – was eigenartig ist, weil sie Mitleid mit ihm hat. Holden ist eine graue Chiffre, er entfernt sich von ihr und verliert sich in der grauen Umgebung. Als er ihr noch einmal etwas zuruft, kommt es ihr vor wie ein Traum, wie die Erfindung eines schlafenden Gemüts, das nicht einmal ihr eigenes ist.
»Verbrechen ist Inzest, Karen.«
Sie schwankt und runzelt die Stirn. »Sie meinen … Inzest ist ein Verbrechen?«
Holden schüttelt den Kopf, beim Anblick der verkehrsverstopften Straße. Sie pocht wie Gedärm, pulsiert und pausiert. »Ich meine, wenn man ein Verbrechen aufklären will, muss man sich die Verbrechen im Umfeld ansehen. Die anderen Verbrechen, die es ermöglicht haben. Verstehen Sie?«
Millar nickt und sagt ja, schüttelt den Kopf, um zu sagen, nein.

11

Du hast ihn angelogen. Du hast am Fall eines Kindes gearbeitet.
Nur einmal. Genug, um zu sehen, wie es läuft und wie nicht.
Das Land sollte schreien und der Himmel in Schockstarre verfallen.
Aber die Wolken treiben weiter, und die Vögel merken es nicht.

11

»Sie sind Karen.«

Er spricht, als würde er taufen. Als würde er etwas bekräftigen, das zuvor nur provisorisch war. Er ist jünger, als ihr bewusst war, älter als sie, aber nicht viel. »Hinten im Kino«, sagt Karen. »Schon ein Klischee. Aber wenigstens kein Porno.«

Slane wendet seine Aufmerksamkeit nicht von der leisen Werbung ab. Lächelnd? »Kein Klischee. Ich habe nicht viel Freizeit, und ich gehe gerne ins Kino.«

»In Historienfilme?«

Slane nickt. »Nett von Ihnen, über die Brücke zu kommen.«

»Nett von Ihrem Assistenten, mir eine Karte zu schicken.«

»Schon gut – ich glaube, er ist in Sie verknallt.«

»Nach nur einem einzigen Anruf?«

»Ist platonisch, glauben Sie mir. Er sagt, Sie sind es wert.«

»Ich fühle mich geschmeichelt.«

»Sollten Sie auch. Li ist wählerisch.«

Sie setzt sich, eine Reihe weiter hinten auf der gegenüberliegenden Seite und sieht ihn im Dreiviertelprofil. Es ist leer, abgesehen von einer Mutter und einem Baby weiter links. Vormittagsvorstellung. Karens Blick wandert zu dem bemerkenswert aussehenden Instrument unten im Zuschauerraum, und sie fragt sich laut, was es ist.

»Das nennt man eine Wurlitzer. Wird am Wochenende vor der Vorstellung gespielt, Oldies lieben es.«

»Und offenbar auch einige Jüngere.«

Er rutscht auf seinem Sitz herum, denkt darüber nach. »Ich habe viel übrig für die Vergangenheit, Karen. Aber ich lebe nicht darin.«

»Das klingt, als sollte es etwas bedeuten.«

»Koestler: Ihre Chefs denken, er erwacht wieder zum Leben.«

»Vielleicht suchen sie auch nur jemanden zum Verfolgen.«

Jetzt bildet sich doch ein Lächeln heraus, sie kann es sehen. Es interessiert sie, seine Hände zu beobachten, wie sie Richtung Leinwand gestikulieren. »So was passiert nur im Film. Faulkner, Holden – als der Fall frisch war, sind die nicht an mich herangekommen, welche Chancen haben Sie jetzt?«

»Sie sind schrecklich gut informiert.«

»Gehört zu meinem Job.«

»Gehört es auch zu Ihrem Job, wehrlose alte Männer zu erschlagen?«

»Ach, der arme Angelus, der unschuldige Zuschauer. Selbst Tony Bercovitch weiß das besser.«

»Sie sollten sich mal die Autopsie ansehen, Chris. Das liest sich auf jeden Fall, als wäre er ein Opfer von irgendwas geworden.«

Karen hat von dem Lächeln gehört. Jetzt merkt sie, dass sie ihn richtig sehen will. Von vorne. »Sie sollten bleiben«, sagt er, meint den Film. »Soll gut sein.«

»Danke, den hab ich schon gesehen.«

»Dann mögen Sie also auch Historienfilme?«

»Eigentlich nicht. War ein erstes Date.«

»Klingt, als würde es kein zweites mehr geben.«

»Denke nicht.«

»Hat sie Ihnen nicht gefallen?«

»Ha.«

»Was gibt's da zu lachen?«

Er dreht sich zu ihr um. Die Augen, die Augen. Und es stimmt, es gab keinen Versuch, humorvoll zu sein. Slanes Gesichtsausdruck ist gleichmütig, seine Ruhe eine beinahe spürbare Größe. »Drei Sterne«, sagt sie. »Pfeiffers Haare haben mich wahnsinnig gemacht. Sie wissen schon – die Korkenzieherlocken.«

»Was ist mit der Geschichte?«

»Ich könnte Ihnen kostbare Zeit sparen, wenn ich Ihnen sage, wie's ausgeht.«

»Aber ich weiß schon, wie's ausgeht.« Er legt die Hände in den Schoß, sieht vorübergehend aus wie ein Philosoph. »Vielleicht finden Sie ja Klischees, weil Sie so angestrengt danach suchen. Aber Sydney ist Neuland, Karen. Sie haben ein starkes Gesicht.«

»Sicher? Ist ziemlich dunkel hier drin.«

»An dem Tag, an dem Koestler gestorben ist, war ich nicht in West Pymble. Ich war bei ihm zu Hause – East Balmain. Einige der Abdrücke auf der Mordwaffe stammen von mir.«

Karen verschränkt die Arme, überspielt die nervöse Anspannung, die durch ihren Körper strömt. »Ihre Anwältin wäre jetzt stinksauer.«

»Das möchte ich bezweifeln. Sie müssten mal sehen, was ich ihr bezahle.«

»Stellen Sie sich vor, ich nehme das auf.«

»Sie nehmen das auf?«

»Also, warum sagen Sie's?«

»Weil ich Sie mag.«

Das Baby stößt einen beleidigten Schrei aus; ohne Vorankündigung, ohne Nachspiel. Karen denkt an den bescheuerten Mythos, dass weibliche Gehirne alle neunzig Sekunden auf Babygeschrei lauschen. »Dann nehme ich mal an, dass Sie Holden nicht leiden konnten.«

»Holden hatte keine Manieren. Er hat nicht bei mir im Büro angerufen und sich einen Termin geben lassen. Verstehen Sie? Sie sind jetzt schon eine bessere Polizistin, als er je einer gewesen ist.«

»Danke.«

»Ist kein großes Kompliment.«

»Warum sind Ihre Fingerabdrücke auf dem Brett?«

Slane greift in seine Tasche. Mars. »Das genügt erst mal. Unter Ihrem Sitz liegt ein Geschenk.«

Ihr nach unten gerichteter Blick ist skeptisch, und dennoch wartet er dort – ein Umschlag zu ihren Füßen. Slane hatte geraten, wohin sie sich setzen würde. Und zwar richtig … Karen greift nach unten und empfindet den Gegenstand bar jeder Logik als schwer, ein leichter Vanilleduft. »Es ist keine Karte dabei«, sagt sie leise. »Aber wenigstens tickt es nicht.«

»Doch, es tickt.«

»Um Sie zu entlasten?«

»Ich bin entlastet. Sie waren nicht dabei, deshalb werden Sie sich nicht daran erinnern, aber ich wurde durchleuchtet, und meine Unschuld wurde festgestellt.«

»Halb Sydney denkt, dass Sie es waren.«

»Ein Dorf irrt nie, Detective – aber bei einer Stadt ist das anders. War schön, Sie kennenzulernen.«

Entlassen. Sie steht auf, zögert zu gehen, denkt aber daran, sich bei ihm zu bedanken, sämtliche Vorschriften zu beachten. Die Unterhaltung ist an ihr natürliches Ende gelangt, aber Karen kann es sich nicht verkneifen. »Wenn ich jemand anders wegen dieser Sache vor Gericht stelle, nimmt das den Druck von Ihrem Freund.«

»Meinem Freund?«

»Jamie Sutton. Die Fähre, die Beliebigkeit Ihres Alibis.«

»Sutton mag vieles sein«, sagt Slane mit aufgerollter Stimme. »Aber er ist nicht mein Freund.«

Er streckt die Hand aus, und Karen merkt, dass er sie berühren möchte. Eine eigenartige Empfindung. Deshalb schwört sie sich, sie auch als Erste wieder zurückzuziehen – aber als es passiert, hat sie's nicht getan.

10

Du bist fünfzehn Jahre alt, als sich die Welt aufbäumt, um dich zu töten. Du kennst es als Das Ereignis, *es ist vorbei, noch bevor es begonnen hat, vorbei in derselben Zeit, die man braucht, um diesen Satz zu lesen.*

Das ist das Wesen eines Autowracks: Es scheint aus dem

Nichts heraus zu entstehen, eine spontane Entscheidung, an Ort und Stelle von Gott getroffen. Erst viel später wird dir die Wahrheit bewusst.

Es war ein Unfall, das schon – aber kein Zufall. Die tödliche Kurve war vorherbestimmt, entschieden in einer Zeit, bevor es Straßen gab, Autos oder Menschen. Ihre Bösartigkeit lauert auf ewig im Universum.

Das Ereignis war das Ende deiner Eltern. In gewisser Weise auch deins. Deine Straßenkarte wurde neu gezeichnet. Du warst nie wieder einfach nur ein Mädchen, du warst die Überlebende des Ereignisses.

Als du aufgewachsen bist, hast du davon geträumt. Immer wieder: Unzählige Nächte hast du in dem abgeschlossenen und einzigen Kino verbracht. Alle haben gesagt, das sei normal, vollkommen normal, aber auch das ist etwas, womit du dich nie einverstanden erklärt hast. Es war auch nie der richtige Wagen oder der richtige Schauplatz. Diese Entstellungen erschienen dir wie Respektlosigkeiten. Vor den Toten; vor der wesentlichen Wahrheit des Ereignisses.

Du hast den Psychiatern von Dem Traum *erzählt, und es hat sie glücklich gemacht. Kleine Abwandlungen belegten, dass du das, was dir widerfahren ist, »kolonisierst«.*

Kolonisierst.

Du hast vier Monate im Krankenhaus damit verbracht, der Psychiater überdrüssig zu werden.

So viele Jahre später ist Der Traum *immer noch eine Lüge. Der Wagen hat die falsche Farbe, es ist das falsche Modell, die falsche Landschaft, die falsche Tageszeit. Wäre es ein Verbrechen, würdest du es niemals aufklären, nicht bei solchen Unstimmigkeiten, erschwert durch eine Zeugin, die sich selbst nicht bestätigen kann.*

Das in Flammen aufgegangene Wrack überschlägt sich, landet auf Wasser, brennt wie ein tragischer Flugzeugrumpf.

Das ist Blödsinn: Deine Eltern starben im Landesinneren. Geschwindigkeit war die Hauptzutat. In der Limousine saßen drei Personen – zwei vorne, eine hinten –, und das ist auch gut so, denn es passt zu dem, was wir wissen. Aber wenn du Den Traum *träumst, ist die Person hinten schwer zu verzeichnen, ihre Augen fehlen, du kannst nicht sehen, wohin sie schaut, sie sieht nicht aus wie du.*

10

Karen steuert nach Paddo und hofft, die Mail ist gut. Sie biegt in die Straße ein und sieht einen Tatort von einem Wagen, einen Eiterpickel am makellosen Arsch der Vorstadt. Ein Kastenwagen, ein Flammenriff flackert unter der Fußleiste.

Mr Fuck.

Koestlers Stimme ist jetzt in ihr, die feine Gabe seiner Ausdrucksweise, die sie aus seinen Aufzeichnungen übernommen hat. Mit ausreichend Sorgfalt könnte man die elegante Handschrift fälschen, aber nicht die Besonderheiten ihres Innenlebens – den Mechanismus seiner Denkweise. Er ist wie das Rädchen an einem Tresor, dessen Tick und Tack sie überall wiedererkennen würde.

Jetzt weiß sie es: Karen ist die stille Leserin, existiert unerkannt, lässt den Mann auf der anderen Seite gerne mit Angelo de Souza plaudern. Nur episodisch nimmt sie Kenntnis von deren schrecklich grellem Fahrzeug, da sich ihre Hände so voll anfühlen. Auch ihr Herz, ihre Brust, ihr Kopf, ihre Eingeweide frei von Mittagessen. Der Drang loszurennen ist mächtig, die Angst abzubrennen steigt in jeder einzelnen Zelle auf. Zum Teil hält sie es immer noch für einen Schwindel, einen kleinen Anstoß, aber dieser Teil in ihr nimmt jetzt mit jeder parfümierten Seite ab.

Slanes Film wird bald zu Ende sein. Daniel Day Lewis bleibt bei Winona, sägt Michelle ab. Pech, Gräfin – hättest dir was wegen deiner verfluchten Haare einfallen lassen sollen.

Ich könnte Ihnen kostbare Zeit sparen, wenn ich Ihnen sage, wie's ausgeht.

Korkenzieher-Krause. Es lässt ihr keine Ruhe, ein Rädchen, das nie wirklich einrastet. Es lässt ihr keine Ruhe, trotz des Sprengsatzes in ihrem Schoß, der Bombe, getarnt als wunderschönes Buch. Sie klappt es zu und streicht mit der Hand über den cremefarbenen Ledereinband. Vanilleduft, das Zeitalter der Unschuld. Koestler gab seinem Meisterwerk einen Namen, aber sie versteht nicht, was er bedeutet.

Aber ich weiß schon, wie's ausgeht.

Karen ist bereit. Sie klappt die Sonnenblende hoch, so dass Licht auf ihr Haar fällt, welches sie löst und schüttelt wie ein Model, das Conditioner verkauft. Eine winzige Verzierung in der Landschaft, eine in der Geschichte der Straße unbedeutende Handlung. Aus dreißig Metern Entfernung, mit Blick in die falsche Richtung, müsste man schon ein Observationsgenie sein, um es zu bemerken.

Oder ein auf Frauen eingestimmter Mann, was er, wie sie weiß, ist.

Das Rädchen rastet ein; die Unruhe verfliegt.

Christopher Slane liest Edith Wharton, verdammte Scheiße.

Ups: de Souza purzelt aus dem Wagen – aus der Szene und dem Vorort. Ein Stiefeltritt ins Fundament treibt ihn entlang des Vektors.

Unruhe bewegt das Mädchen im silberfarbenen Falcon, auszusteigen. Kurzes Glattstreichen des Rocks, des Kostüms – ein freudloses Flattern hin zur Korrektheit. Der auf Frauen eingestimmte Mann schaut in den Rückspiegel, setzt vorsorglich einen umfassenden Kurzblick an.

Vergebliche Mühe/der Spiegel gibt eine solche Reichweite nicht her.

Der Beifahrersitz bleibt ganze fünfzig Sekunden unbesetzt. Dann sie. »Danke, dass du dich gemeldet hast.«

»Tut mir leid.« Die Legende streckt eine geöffnete Hand aus. Bärentatze. Er zuckt zusammen, um Charme aufzutreiben, ein Fünkchen von Anstand auszusenden. »Constable E. M. Rawson, zu Diensten. Ist die Abkürzung für ›elektromagnetisch‹.«

»Millar. Wir sind uns schon mal begegnet.«

»Das glaube ich kaum.«

»Goulburn, 1985. Du warst Gastdozent.«

»Ach was? Und was habe ich die Gäste gelehrt?«

»Selbstverteidigung.«

»Ich erinnere mich nicht an sie.«

»War eine große Gruppe«, sagt sie. »Hast du mit LAC gesprochen?«

»Nicht direkt, aber ich hab die Botschaft verstanden. Ich will nicht unfreundlich sein, Detective Millar, aber was spielen Sie für ein Spiel?«

»*Pourquoi?*«

»Mich zu Ihrem Fall Koestler hinzuzuziehen. Für einen aufsteigenden Stern wie Sie bin ich Gift. Karriere-Kryptonit.«

»Aber ich habe immer gehört, du bist Superman.«

Sie sagt es ganz normal – ohne Ironie, ohne schlaue Tricks in der Stimme. Rawson ignoriert die Bemerkung und übertreibt. »Lass mich dir Ärger ersparen. Wenn einer wie ich im Gang steht, solltest du so tun, als wüsstest du nicht, wer ich bin.«

»So gut ist niemand im ›So tun‹. Hältst du mich für einen aufsteigenden Stern?«

»Ich halte dich für eine Nervensäge.«

»Halte mich, wofür du willst.«

»Einen Toecutter im Rock mit Mosman-Akzent? Danke, Liebes – tu ich sowieso.«

»Man hat mir gesagt, dass du's einem nicht leichtmachst.«

»Nimm's nicht persönlich. Ist nur so, dass ich zwei der bescheuertsten Gespräche meines Lebens in diesem Wagen geführt und keine scheiß Energie mehr für ein drittes habe.«

Sie greift nach dem Geschenk auf ihrem Schoß, fragt sich, wie ihm dessen wohlduftender Sog entgehen kann, die ihm dargebotene Schwere. Das Buch gehört nicht in dieses verranzte Bumsmobil; es setzt sich ab, lenkt Aufmerksamkeit auf sich, und jeder wahre Detective würde das sofort merken.

»Koestler. Ich kann den Fall aufklären.«

»Was gibt es da aufzuklären? Slane war's.«

»Glaubst du das?«

»Natürlich nicht. Er würde sich die Hände nicht schmutzig machen.«

»Vielleicht hat er es nicht geplant«, sagt sie, richtet sich auf ihrem Sitz auf, reißt sich trotz einer ganzen Reihe von Komplikationen zusammen. »Vielleicht ist er wütend geworden.«

»Chris macht so was nicht.«

»Bist du sicher? Freunde zerstreiten sich aus allen möglichen Gründen.«

»Freunde, hm. Waren die das?«

Karen neigt den Kopf, als würde sie intensiv nachdenken, als wollte sie einem alten Verdacht Ausdruck verleihen. »Koestler war Junggeselle; Slane ist attraktiv. Vielleicht hat der Richter einen Annäherungsversuch gewagt.«

Der Ruinierte Inkrementale haut mit der Faust aufs Armaturenbrett. Fliege tot.

Millar zuckt mit keiner Wimper. »Holden ist gut. Rede mit dem.«

»Ich rede mit dir. Eine gute Festnahme könnte meine Karriere vorantreiben. Und wenn ich dir einen Tipp geben darf, vielleicht würdest du damit auch deine retten.«

Rawson lacht/das ist witzig. »Na schön, Pippi Langstrumpf. Aber wegen Koestler irrst du dich. Er war zwar Junggeselle, aber auf Männer stand der nicht.«

»Auf Jungs?«

»Nichts dergleichen. Das war ein Asexueller, wie man ihnen manchmal begegnet. Gehörte zu den Naturbeobachtern.«

»Und woher willst du das wissen?«

»Weil er mich hätte haben können, Baby, aber irgendwie hat er abgewunken.«

Rawson schaut, ob sie lächelt. Nö/nichts. »Der alte Newton war asexuell. Du weißt schon – der mit der Erdanziehung. Du hast selbst auch ganz schön was davon.«

»Na so was, danke.«

»Aber tolle Haare.«

»In Hinblick auf diesen Wagen, Detective Rawson.«

»Stehst du drauf?«

»Ist geklaut.«

»Hä?« Er lenkt seinen zornigen Brechreiz in ihre Richtung. »Warum zum Teufel überprüfst du meine Karre?«

»Aus Langeweile. Aber mach dir nichts draus – die internen Ermittlungen gehören der Vergangenheit an.«

»Der Rottweiler lässt das Mausen nicht.«

»Du meinst die Katze.«

»Redewendungen umbiegen – ist so ein Talent von mir.« Rawson lässt ihren Beinen heimlich einen anzüglichen Blick angedeihen. »Hast du irgendwelche nennenswerten Talente?«

»Ich bin ein menschlicher Lügendetektor.«

»Schön.«

»Dass du dich nicht mehr aus Goulburn an mich erinnerst, ist eine besonders schöne.«

Rawson versucht zu grinsen, aber irgendwie will es nicht zünden. »Mit deiner Justierung stimmt was nicht … sag mir, hast du's auch auf Jamie Sutton abgesehen, so wie Holden?«

»Hab ich noch nicht entschieden. Es heißt, er sei ein stiller Typ.«

»Stimmt.«

»Ich mag stille Typen. Schade, dass er Polizisten hasst, ich würde mich gerne mit ihm unterhalten.«

»Warum? Um ihn zu fragen, ob Slane auf der Fähre war?«

»Um ihn zu fragen, warum *er* auf der Fähre war … hör mal, wenn ich ihn in Ruhe lasse, machst du dann mit?«

Rawsons verbittertes Lächeln. Innere Stimmen, der ratgebende Engel auf ewig zurückgewiesen. »Das kleine Mädchen sammelt erste Erfahrungen, indem sie Kollegen ans Bein pisst. Tony Bercovitchs Schützling. Davey Chestwyns *Patenkind.* Ich will gefickt sein, Mädchen, glaubst du wirklich, ich setze mich in einen verdammt geklauten scheiß Wagen und geh einen Deal ein?«

»Du kannst mir vertrauen, Michael.«

»Nein, Karen – kann ich nicht. Ich bin ein korrupter Polizist. Ich *lebe* von der Korruption.«

»Hör auf, Scheiße zu reden.«

»Warum sollte ich lügen?«

Sie schaut herunter und weg, vorbei an der Schwelle dessen, was sie sagen möchte. Wozu sie bestimmt ist und um sich hernach für immer blöd vorzukommen. »Du hast Peter Mitchell auf dem Kaminsims stehen.«

»Hab ihn versetzt, meine Liebe. Schon vor Jahren.«

Millar schaut zur Galerie. Tränen: Blockiert man den Kiefer, blinzelt man langsam, merkt es niemand. »Wieso machst du das? Gehst das Risiko ein?«

Rawson ist fast zärtlich. »Darling, du würdest nicht mal wissen, was ein Risiko ist, wenn es dir auf der Straße hinterherpfeift. Risiko ist, morgens aufzustehen. Risiko ist das zweite verfluchte Rennen in Canterbury Park.«

»Ich weiß nicht, was das heißt.«

Er seufzt und entscheidet sich, sagt *Hüpf raus, Knackarsch – gibt was, das du sehen solltest.*

Der Mann folgt seinen Anweisungen schneller als sie, lässt den Transporter stehen und geht direkt zur Galerie. Karen fasst ans helle Leder und wird von seinem dunkelschwingenden Schatten erwischt, bewegt sich wie ein Kind, das erst geht, dann rennt, erst geht, dann rennt.

09

Die Psychiater nehmen die Gespräche mit dir auf. Du lernst, sie zu hassen. Später bist du diejenige, die ins Vernehmungszimmer geht und sich dem Gefangenen vorstellt, auf einen Knopf drückt und mit dem Verhör beginnt. Vielleicht bist du deshalb Cop geworden.

Nein – das ist nicht der Grund. Es fängt vorher an, damit, dass du sie aufnimmst: die Psychiater. Du sagst David und Giselle, dass du das Diktaphon für die Schule brauchst, aber in Wirklichkeit ist es Rache. Du nimmst die kleinen Bänder und hebst sie auf – Dr. Kagan, Dr. Eliott –, und zum ersten Mal seit Dem Ereignis *schläfst du wieder richtig. Selbst die Macht des Traums nimmt ab, seine schlimme nächtliche Frequenz.*

Schon bald nimmst du auch David, Giselle und deinen Bruder auf. Dann Freunde in der Schule, peinliche erste Dates. Die guten Sachen hebst du auf, aber im Leben geht es meist nicht um das, was gut ist – monoton, trivial –, deshalb löschst du sie größtenteils. Die Technik wird immer kleiner und teurer, aber du investierst ständig. Mit neunzehn bist du süchtig danach, dem täglichen Diebstahl verfallen wie eine x-beliebige Kleptomanin. Die pyromanische Flamme des Verkabeltseins, sich schlafen zu legen zum Klang der gesprochenen Geräusche des Tages, du selbst wie eine Figur aus einem Theaterstück, der einzigen, die in das Geheimnis eingeweiht ist.

Siehst du? Eine geborene Kollegenanpisserin, das bist du. Das Verachtenswerteste, das Unverzeihlichste.

09

»Du siehst aus, als könntest du einen Drink gebrauchen.«

Ein verkniffenes Lächeln, das heißen soll *geh weg*. Einer von zigtausend Tics in einer Stadt, einer Welt, in der das Leben nicht aufgezeichnet wird. Nichts bleibt, nichts wird erhalten.

»Aufrichtiges Angebot.«

»Nein danke.«

Die Energie der Woche verändert sich um sie herum: Um halb fünf am Donnerstagnachmittag schreitet sie wie ein Algorithmus voran, als würden sich die Stadtelektronen auf Vergnügen, Fußball, Alkohol und bis spätabends geöffnete Geschäfte einstellen.

»Bist du verabredet?«

»Ja«, sagt Karen. Sie ist eine verkniffen Lächelnde, eine Nicht-Dankende. Sie braucht was zu trinken, braucht anderes aber noch dringender: eine Dusche, eine Zellreinigung, ein Abwaschen ihres Paddington-Nachmittags.

– *Kein Wort.*

– *Schön.*

– *Todesschmerz.*

»Aber genau das ist es«, sagt Lenny Clarke. »Ich bin diejenige, mit der du hier verabredet bist.« Eine Glocke ertönt, um die Happy Hour einzuläuten. »Aber allem Anschein nach ist dir das neu.«

Karen grinst spöttisch und spricht seinen Namen aus wie eine Obszönität. »Bercovitch.«

Lenny bietet ihre Karte an, und Karen schüttelt den Kopf, geht davon. Alleine in der Kabine wird sie intim. Ein einzelner Ohrhörer, ein einzelnes Bedürfnis, alles genau zu erfahren. Ist der Scheiß wirklich passiert? Caallum starrt die Pille an in Rawsons Hand, Rawson kurbelt seinen Stinkefinger hoch.

– *Wo hast du das her?*

– *Wie bescheuert bist du eigentlich, Clam. Sagen wir mal – von eins bis zehn? Whit und du, ihr habt einander verdient, einer dämlicher als der andere.*

– *Whit ist zu mir gekommen.*

– *Na und? Du weißt, wer E am Cross verkauft.*

– *Chris hat sich nicht um Whits Interessen gekümmert.*

– *Whits Interessen versauen ihm jedes bisschen Glück, das er in seinem Leben je gehabt hat. Und du bist noch schlimmer. Du scheinst nicht zu kapieren, was Slane ist. Er hat sechzig verfluchte Kerle, Cal. Was hast du? Zehn Gemälde und eine Freundin namens Edwina.*

– *Whit hat gesagt …*

– *Hör auf mit Whit, du blöder Arsch. Slane ist mit Whits Schwester zusammen, im Prinzip sind die verschwägert. Das hat ihn nicht davon abgehalten, Leute vorbeizuschicken, damit die Whit verprügeln. Was werden die machen, wenn sie rausbekommen, dass du derjenige warst, der den degenerierten Wichser beliefert hat?*

– *Wir haben das verbockt.*

– *Du hast ein echtes Talent für Untertreibungen, Clammage.*

– *Kannst du mir helfen?*

– *Keine Chance. Du bist geliefert.*

– *Aber du kennst Chris. Du kannst doch mit ihm reden.*

– *Herrgott.*

– *Ich werde auch …*

– *Was wirst du? Schau sie bloß nicht an.*

– *Aber.*

– *Tu so, als wäre sie gar nicht da. Verdammt noch mal. Hier.*

– Äh, ich bezahl auch.

– Das schon eher. Whit ist spurlos verschwunden, er hat sich verpisst. Von jetzt an sind nur noch du und ich dabei.

– Okay. Aber die Biker …

– Mach dir wegen denen keine Sorgen.

– Okay, mach ich nicht.

– Wir machen Halbe-Halbe, Cal. Siebzig zu dreißig für mich.

»Ich rieche Vanille«, sagt Lenny Clarke, als Karen zurückkommt. Ein glückliches Stirnrunzeln.

»Komm schon, Onkel Warwick holt dir was.«

»Einen Tanqueray. Einen doppelten.«

»Tonic?«

»Wozu die Party verderben.« Lennys Augenbraue – dann Karens wenig später, als die Journalistin zurückkommt. Lenny trinkt Milch. »Super. Jetzt komme ich mir wie eine Säuferin vor.«

»Tu's nicht«, sagt Lenny.

»Im Dienst?«

»Mit dem Auto da. Hier gibt's nur einen Säufer, glaub mir.«

»Okay.« Karen schaut sich ohne große Begeisterung um, die ganzen jüngeren Anzugträger kippen sich Bier hinter die Binde. »Wir könnten woanders hingehen.«

»Lieb von dir, das anzubieten, ist aber okay. Ich fahre, weil meine Füße bleischwer sind.«

»Verstanden.«

»Hab gehört, du bist mit Rawson im Team. Wie läuft's?«

Karen hebt ihr Glas zum sarkastischen Zuprosten, und Lenny nickt wieder von vorne los.

»Hast du wirklich gedacht, Tony würde sich mit dir an einem solchen Ort verabreden?«

»Du hast recht«, sagt Karen, schaut sich um. »Ich hätte es wissen müssen, war aber mal wieder so ein Tag gewesen …«

»Hast du den Fall gelöst?«

»Ja. Colonel Mustard im Arbeitszimmer.«

»Letzteres stimmt.«

Karen wird ernst. Oder ernster. »Bercovitch will, dass ich den Fall abgebe – ist es das so ungefähr?«

»Mehr oder weniger.« Lenny lächelt. »Wir sind bloß Bauern in diesem Spiel. Aber der Grund, warum er dir das nicht selbst sagt, ist …«

»Er will mich bestrafen.«

»Du warst ein ungezogenes Mädchen, Ms Millar. Du hättest Carseldine nehmen sollen, vielleicht bei Brendan Tavish bleiben.«

»Glaube auch.«

»Netter Mann, Brendan. Wie geht's seinem Sohn?«

»Mukoviszidose«, sagt Karen. »Nichts, das irgendwann besser wird.«

»Der ist vollkommen unfähig, BT, aber niemand bringt es übers Herz, ihn zu versetzen.« Karen schaut weg, will nicht anbeißen. Solidarität. Lenny lehnt sich zurück. »Wie geht's David Chestwyn denn inzwischen so?«

»Kann ich dir nicht sagen. Ist ein vielbeschäftigter Mann.«

»Wohnt im Prinzip da, soweit ich gehört hab. Muss interessant sein, den obersten Untersuchungsrichter zum Vater zu haben.«

»Patenonkel.«

»Und ehemaligen Vormund. Fluch oder Segen?«

»Er hat sehr viel weniger Einfluss, als du denkst.«

»Schade, dass man das anders wahrnimmt.«

»Mir egal, was die Leute glauben«, sagt Karen. »In der Hinsicht hab ich Glück.«

»Eine praktische Eigenschaft, wenn man der Star der Inneren ist.«

»Kennst du den Fall Koestler?«

»In- und auswendig.«

»Immerhin eine, die ihn kennt. Er wurde abgeschlossen, und Rawson bringt nichts. Kann noch eine ganze Weile dauern, bis ich was zu berichten habe.«

Lenny zuckt mit den Schultern und schenkt sich einen Schnurrbart. »Die ganze Welt denkt, du bist verrückt, weil du Mick willst.«

»Wie gesagt, der Scheiß interessiert mich nicht.«

»Aber ich denke, das ist genial. Du heuerst ausgerechnet den Typen an, der die Ermittlungen bekanntermaßen überhaupt erst an die Wand gefahren hat. Stell dir vor, wie phantastisch du dastehst, wenn dir trotz solcher Altlasten eine Festnahme gelingt.«

»Daran hab ich gar nicht gedacht.«

»Sei nicht albern. Hast du mit Holden gesprochen?«

»Wir haben zusammen gebruncht, war ganz nett.«

»Michael und er waren früher eng befreundet.«

»Ich bekomme das Gefühl, dass Rawson mit allen eng befreundet war.«

»Ja, schade, wie sich das alles entwickelt hat.«

»Ich kann aber verstehen, warum Holden nicht viel von ihm hält. Zeugenbeeinflussung. Würde mir auch nicht gefallen.«

»Zeugenbeeinflussung?«

»Bei Koestler.«

»Das ist nicht der Grund, wieso die sich nicht leiden können.« Lenny trinkt einen Schluck und schaut Karen begierig an, ein älterer Gepard an der Wasserstelle. »Hör mal, ich merke schon, dass dir das nicht gefällt – aber du kannst nicht Tonys Liebling sein, wenn dir seine Politik nicht gefällt.«

»Ich bin nicht sein Liebling, ich bin sein Bauer, schon vergessen?«

»Wenn du damit nichts zu tun haben willst, schön – das ist einfach die Vereinbarung, die ich mit Tony habe. Aber es ist nur fair, dass ich meine Karten auf den Tisch lege. Ich schreibe ein Buch über den Fall, die Verlage stehen Schlange. Du musst zugeben, dass das Material ganz schön pikant ist.«

»Klingt gefährlich.«

»Du hast keine Ahnung. Vorschuss heißt Vorschuss, weil man ihn immer schon vorher ausgibt. Trotzdem, wenn alles so gelaufen ist, wie ich denke …«

»Und wie, denkst du, ist es gelaufen?«

»Rechtsbeugung«, sagt Lenny. »Korruption im Zentrum der Macht.«

»Schrecklich.«

»Ich hab den Tatort gesehen, Karen.«

»Ach ja? Und wer hat dir das erlaubt?«

»Rexy Faulkner. Ist ein Freund.«

»Und wie ist es mit Holden, bist du mit dem auch befreundet?«

»Sozusagen.«

»Roger Paspaley?«

Lenny schwankt. Es ist, als hätte ihre Lieblingsnichte das A-Wort in ihrer Hörweite benutzt: ein elender Styx von einem Ding, ein Fluss, den man kein zweites Mal überquert. »Woher kam das?«

»Nirgendwoher«, sagt Karen. »Versuche nur, dich einzuordnen.«

»Wo einzuordnen? Ins verdammte Buch des Bösen?«

»Ich hör immer wieder diese Namen, dieses Gewisper – Cavendish und seine Leute. Als wäre ich mittendrin in die Geschichte eingestiegen und käme nicht mehr mit.«

Lennys Gesicht sagt, dass sie das Gefühl kennt. »Paspaley war derjenige, der gerufen wurde, wenn sie jemanden nicht leiden konnten.«

»Wirklich? Ich dachte, man hätte ihn den Ablasskrämer genannt, den Pardoner.«

Lenny neigt den Kopf, schaut Karen an, als wäre Karen zurückgeblieben. »Hör auf.«

»Womit soll ich aufhören?«

»Irgendeinen Mist zu behaupten, über den du nichts weißt.«

Karen verschränkt die Arme. Königsindische Verteidigung. »Ich denke, so was nennt man Polizeiarbeit.«

Die Spielerin ihr gegenüber fährt sich mit den Fingern durchs Haar, dreht Locken, bietet eine Erklärung an, die sie nicht braucht. »Die Leute fragen mich nach Polizisten. Weißt du … was einen guten ausmacht? Ich sage immer, das ist die falsche Frage.«

»Und welches ist die richtige?«

»Was macht ein gutes Polizeikorps aus? Und die Wahrheit ist, man braucht eine gute Mischung.«

»Die Paspaleys. Die Bercovitchs.«

»Und die Millars.«

Millar schaut in ihren Drink. Hätte einen dreifachen bestellen sollen. Morris Hopgood lädt heute Abend auf ein paar Getränke ein, und Bob ist ganz sicher da. Slurry Hills. »Ich kann nichts weitergeben, was ich nicht habe. Die Hälfte von nichts ist nichts.«

»Selbst wenn ich das glauben würde, ist das nicht der Punkt. Du musst vorsichtig sein.«

»Du bist diejenige, die mit Unausgegorenem um sich wirft.«

»Touché.«

Karen ist drüber. Heute Abend wird sie sich wieder fit laufen – sich einen erstklassigen Läufer auf der Promenade suchen und sich von hinten an ihn heranpirschen, seine Ohren mit dem Echo ihres überragenden Rhythmus füllen. Einen Mann, der es ernst nimmt, hochgeschnittene Shorts und Zweihundert-Dollar-Laufschuhe. Und ihn dann fertigmachen, ein hinreißender Lufthauch, *Alter Schlappschwanz* mit greller unsichtbarer Tinte hinten auf ihr Shirt geschrieben. »Wenn du über Koestler schreibst, wird Rawson scheiße dastehen.«

»Warum? Weil er Holdens Vernehmung versaut hat?«

»Wegen allem.«

»Das ist nicht meine Absicht. Aber er ist ein großer Junge.«

»Junge kommt hin. Warum die Warnung?«

»Weil's besser für dich wäre, wenn du mit mir zusammenarbeiten und dich ein bisschen ins Scheinwerferlicht stellen würdest. Wenn du kurz davor bist, das Ding aufzuklären, wird Bercovitch am helllichten Tage über dich herfallen. Sein Name erscheint in Leuchtbuchstaben, und du läufst die nächsten sechs Monate in Coffs Harbour Streife.«

»Mir gefällt's in Coffs Harbour«, sagt der Detective ausdruckslos. »Da passiert nie was.«

Lenny streckt ihr erneut ihre Karte hin, und dieses Mal nimmt Karen sie. Sie überfliegt sie, hypnotisiert von der Schrifttype. »Bauern sollten Läufer einkreisen«, sagt sie mit eigenartiger Stimme.

»Sollten sie, vorausgesetzt, sie vertrauen einander.«

»Verstehe – wir Mädels müssen zusammenhalten.«

»Vergiss den Scheiß«, sagt Lennys Jaguarlächeln. »Jede für sich alleine.«

08

Dein Anrufbeantworter ist trächtig, eine Ziffer blinkt drei, fünf oder neun. Er transportiert Geräusche von Frauen, Mädchen, mit denen du zusammengewohnt hast, mit denen du Jura studiert hast, die was mit dir trinken gehen wollten.

Diese Einladungen sind eine sterbende Generation, verhängnisvoll vernachlässigt, sie werden immer seltener. Bereits jetzt verblasst die Geschichte hinter jedem Namen in deiner Erinnerung. Sie scheinen es nicht zu kapieren – bis endlich doch.

Polizei hält sich an die Polizei. Inzest. Du hast dir deine Sippschaft ausgesucht, und die Entscheidung ist unwiderruflich. Im Guten wie im Schlechten …

Andererseits schmeißt du ja vielleicht auch hin. Vielleicht hältst du dich an die Gesetze, lässt dich von einer Firma anstellen, pflegst soziale Kontakte und verabredest dich, hast Dates, Freunde, Kinder und heiratest.

Ha ha ha.

08

»Die unbekannte Straße«, sagt Bob Mack.

Die Zielperson dreht sich um, und sie schütteln sich die Hand, Rawson, der Platzhirsch, relativ betrunken, bestenfalls ein schlimmer scheiß Säufer. »Jedes Mal, wenn ich dich sehe«, sagt er, »wundere ich mich, dass du mir keine Handschellen anlegst.«

»Mach dich locker, Mike. Wie geht's?«

»Mike. Niemand nennt mich so. Gefällt's dir noch da drüben?«

»Wusste gar nicht, dass es mir je gefallen hat«, sagt Bob.

»Nein – aber du bist dafür wie gemacht. Die beste Zuteilung, die ich je gesehen habe. Der Mann, der den Bann gebrochen, den Zauberer vertrieben hat. Ich glaube, vorher hab ich Paddy Conlon da gesehen.«

»Das will ich bezweifeln.«

»Da ist Caron Daley, verdammt. Der Silver Wobbler! Dass der's wagt, sein perfekt gestaltetes Gesicht zu zeigen.«

»So blau wie du möchte ich auch mal sein.«

»Na, da ist die Bar, mein Freund. Du weißt doch, wie's geht.«

Bob will gerade dem Rat folgen, aber sein Handy klingelt und wird irgendwo trotz des Lärms gehört. Er fischt es heraus und schaut auf die Nummer. »Haben die dir schon so eins gegeben?«

»Scheiße, nein«, sagt Rawson. »Bin sowieso viel zu leicht zu erreichen.«

»Hab alles gehört.« Bob legt sich das Gerät ans Ohr, wie eine Muschel, und der Inkrementale zieht ab, ein Stück Plankton in weiter Abgeschiedenheit. »Ich bin's, Karen«, sagt das Telefon.

»Wo?«

»Draußen. Im Park.«

»Wo die Süchtigen sitzen?«

»Die haben für heute Feierabend.«

Haben sie? Bob wägt ab. »Na gut. Einen Augenblick.«

Sie klang klein am Ende der Leitung, und aus der Ferne sieht sie klein aus, strahlt hell unter einem mottenverseuchten Heiligenschein, vor und zurück auf der unsicheren Schaukel. Sein vorherrschender Gedanke ist, ihr muss kalt sein?

»Wolltest du nicht reinkommen?«

Karen schüttelt den Kopf. Sie verschränkt die Arme und lehnt sich zurück, streckt die Beine aus und kreuzt die Füße. Sie sah aus wie ein Kind, und jetzt sieht sie aus wie ein Teenager. Will ihn nicht ansehen. Tanqueray, höchstwahrscheinlich. Bob Mack hängt ihr seine Jacke über die Schultern, sie rührt sich nicht. Er sagt: »Der Blue Mover ist da drin.«

»Natürlich.«

»Ist das der Grund?«

»Ach, komm schon. War ich jemals so gesellig?«

»Nein«, sagt Bob Mack. »Das gefällt mir an dir.«

»Ist das das Einzige?«

»Hör auf.«

Sie haut ihm fest eine runter, erhebt sich dafür rasch. Er steckt die Ohrfeige unerschrocken ein, wendet nur leicht das Gesicht ab, und als sich ihr Mund auf seinem schließt, packt er sie an den Schultern. Bob hebt sie und stellt sie weg, als wäre er ein Kran und sie ein Paket.

»Benimm dich.«

»Fick dich.«

»Das hatten wir alles schon.«

»*Du* hattest das schon. Ich bin noch dabei.«

Er dreht sich um und geht, sie packt ihn grob an den Handgelenken: Bob könnte sich aus ihrem Griff lösen, aber er kann nicht. Er mag das Licht nicht, ist eifersüchtig auf die bevorstehende Dunkelheit. Ein Aufschrei aus dem Shakespeare, gleichmäßig und stumpf, aber keine neugierigen Blicke.

Es ist ein zu jeder Stunde in sich gekehrtes Wirtshaus.

»Verzeihst du mir?«

»Ich hab's nie persönlich genommen«, sagt er. »Das weißt du.«

»Das weiß ich nicht. Ich hab dich angefleht, mich zu nehmen, und du hast gesagt, okay. Aber es gibt kein Zurück.«

»Das sage ich allen, K. Weil es so ist.«

»Aber du hast mich gehen lassen. Und das hättest du nicht tun sollen.«

»Du warst zu gut, um zu bleiben.«

»Das ist nicht der Grund, warum du ausgestiegen bist.« Sie klingt enttäuscht, vorwurfsvoll.

»Wieso hast du mir nichts von Cavendish gesagt.«

Bob Mack sieht sie misstrauisch an. »Komisch, dass du das sagst.«

»Und?«

»Der Mann war tot, als du dazugekommen bist. Warum sollte ich von ihm erzählen?«

»Er kommt einem nicht tot vor.«

»Woher hast du das?«

»Hab ein bisschen nachgelesen.«

»Alte Zeitungen?«

»Genau. Machst du das so, B? Holst dir deine Neuigkeiten aus der Zeitung?«

»Wenn du mir was ...«

»Die Cavendish Crew. Die haben Sachen gemacht, oder?«

»Die haben alles Mögliche gemacht.«

»Hat Rawson dazugehört?«

Eine Sekunde lang sieht es aus, als würde er sie dort zappeln lassen. Aber er bleibt. »Rawson hat sie gehasst.«

»Aber er hat mitgemacht.«

»Rawson ist kompliziert.«

»Nein, ist er nicht. Du bist kompliziert.«

»Ich? Ich bin einfach.«

»Ja – der einfache Bob Mack. Der unschuldige. Liebt seine Frau, würde sie niemals betrügen, außer vielleicht nur ein einziges Mal ...«

Zusammen auf der großen Wiese. Er schwankt, erfüllt vom unsichtbaren Aufblitzen vergangener Entscheidungen, uneinsehbarer Abzweigungen, in der Dunkelheit verpasst. Drüben im

Gras – ist das eine alte Flasche Johnnie Walker Blue? »Tut mir leid, Kleine. Ich muss los.«

»Nenn mich nicht ›Kleine‹.«

»Wir packen dich in ein Taxi.«

»Frage«, sagt sie. *»Antwort.«*

Seine Augen beben, als wollten sie's nicht hören. Früher hatte er sie nach Fällen gefragt, immer auf dieselbe Art: *Frage, Antwort*. Jetzt bekam er's ins Gesicht gekippt wie wohlverdiente Schwefelsäure. »Na los, dann frag.«

»Die Verurteilung von William Meath. Sophie Dance. War das Schiebung?«

»Hatte nie was damit zu tun.«

»Danach hab ich nicht gefragt.«

Er schaut zu Boden und geht tiefer unter die Oberfläche, verschränkt die Finger im Nacken, als wäre er sein eigenes ungezogenes Hundebaby. Sie kennt dies als seine Denkerpose, großherzig und aufrichtig. »Beowulf war eine unglückliche Familie.«

»Genau. Und du weißt, was Tolstoi über sie sagt.«

Das weiß er wirklich nicht. Das Gras unter seinen Füßen hat der Winter getötet, es bewegt sich wie ein Fließband aus Teppich und trägt ihn fort, Gott sei Dank fort. Eine vernichtende Auseinandersetzung, die ihn seine Jacke gekostet hat; er wusste, es würde ihn etwas kosten. Die Lichter des Shakespeare schwimmen wie Bojen, und der Park ist jetzt ein Hafen, wenn auch kein sicherer, und es ist eigenartig, dass sie nicht ruft oder ihn erneut verfolgt. Vielleicht ist sie jetzt zufrieden, alleine zu sein, zurückgekehrt in ihren nativen Zustand. Bob Mack begreift mit einem elenden Ruck, dass er nicht ins Shake zurückkann, nicht mit dem Geruch von Bluterde an sich, den Überbleibseln des ganzen toten und kaputten Landes. Stattdessen treibt er leewärts auf der leeren Flut, ankerlos, eine Katze mit gestutzten Schnurrhaaren, und entschwindet vollständig.

07

Surry war Gomorrha, ein elender Slum, in dem sich die Bretterverschläge vier- oder fünffach übereinanderstapeln, Abwasser aus der Bude über deinem Kopf nach unten sickert. Tropf tropf tropf, sagte das elende Konzentrationslager, alle männlichen Anzugträger hatten Narben im Gesicht, Messer einstecken. Kokain war das Geschäft und das Gangsterwesen total, der Typhus strich durch die Straßen wie ein Stadtschreier. Man hat den Clan auf Gore-Street-Fotos gesehen und war erschüttert bis ins Mark, aus der Fassung, von einer Bürgerschaft, die keine Polizei je kontrollieren kann. Die Sippe war rattig, der Befall vollkommen, die Ratte war ihre Bruderspezies.

Sie bestärken einen darin, es als Land in ständiger Krise zu betrachten. Die Machthaber, die Medien. Nachrichten handeln immer nur von der Bösartigkeit der Menschen – ihren Versäumnissen, den Katastrophen, die sie ereilen. So oder so ist die Moral deutlich: Die Unschuldigen werden täglich zermalmt.

Polizisten existieren vor Ort, am alltäglichen Austausch jener bestimmten Informationen. Am bitteren Ort des Geschehens. Eigenartig, dass jede Wache mit einem Schutzschild versehen ist.

Nein – man kommt erst dazu, wenn das Verbrechen bereits begangen wurde, wenn die Gelegenheit zu schützen vergangen ist. Die Eingeschworenen sind Jagdhunde, Vergeltung Suchende, unser Logo sollte eine große Stachelkeule sein.

Die Namen, die Gesichter: Sie können nicht abgebildet werden, keine Kartographie kann der Aufgabe gerecht werden, beantworten, wer was wann und wo getan hat, alles im Nachhinein durch die Zeit aufzeichnen, bis man seine Nation wahrhaftig kennt, jedes einzelne erschreckende Parlament. Eine Stadt ist keine Stadt, nur ein unendlicher Kodex schiefgegangener Dinge, ein Palimpsest aus Raub und Mord, Lüge und Vergewaltigung.

Und was bist du? Auch nur eine verfluchte Schlafwandlerin, zu spät dran, um das abgefuckte Zufallsgeschehen zu katalogisieren. Deine persönlichen Grenzsteine gehen unter im Verkehr, sind lebendiger und intensiver, weil grauenhaft. Eine Messerstecherei hier, eine Strangulation dort, das Buch des verfluchten Bösen setzt sich zusammen aus den Unterlagen auf deinem Schreibtisch.

07

Karen hasst den Keller. Das Leichenschauhaus ist ihr lieber. Zumindest sind die Toten steril, verarbeitet, verschifft. Das Leichenschauhaus kommt ihr sauber vor, weil dort so viel Durchgangsverkehr herrscht.

Hier nicht. Der Gestank des Todes liegt nicht im Tod, sondern in der *Atmosphäre*. Staub und Verlängerung, Zeit wird schon beim geringsten Fortgang in Monaten gemessen, Partikel setzen sich in deine Haare und deinen Mund mit der langsamen Atomisierung einer Million ungeliebter Akten. Karen atmet die Papiermilben ein, und sie atmen zurück, dringen ein in ihre Lungen fest wie harte Tatsachen, die sich in schmutzige Luft auflösen.

Abgelegte Fälle, die Ungerächten, übersehene Verbindungen und Hinweise, denen nicht nachgegangen wurde. All die Dienstvergehen, die sich selbst begangen haben und ungestraft damit davongekommen sind. Saug es ein, schrubb es ab, scheiß es aus, scheiß es weg.

Sie nennen das Leichenschauhaus nicht das Leichenschauhaus. Den Keller nennen sie das Leichenschauhaus. Das Leichenschauhaus nennen sie die Tiefkühltruhe oder den Kühlschrank.

Scully ist bebrillt, kaut Kaugummi, betrachtet Gegenstände mit unerbittlicher Intensität. Er hat nie abgelassen von seiner Obsession fürs Rätselhafte: Was hält alles zusammen? Ein Bleistift ist faszinierender als ein Mann, eine Büroklammer faszinierender als eine Frau. Das tiefe Mysterium eines Gegenstands zu entschlüsseln, wäre, alles zu entschlüsseln. Er steht mit der Ausstrahlung eines Vorsitzführenden über ihrem Vanillebuch, dreht eine Seite mit einer Pinzette um. Scully sieht aus wie ein Friseur zwischen zwei Kundinnen, die nächste zieht *New Idea* zu Rate. Er sieht aus wie eine Gottesanbeterin mit Uni-Abschluss in reiner Mathematik.

»Ist das Koestlers Schrift?«

Scully nickt, ohne aufzuschauen. »Wurde bestätigt.«

»Das ist gut.«

»Scheiße ist das. Die ganze, äh, Wissenschaft.«

»Hat der Richter das jetzt geschrieben oder nicht?«

»Natürlich hat er. Aber eine Seite fehlt. Sie wurde entfernt – siehst du das hier? Schau an der Naht, Kara. Sehr vorsichtig mit einem Taschenmesser.«

»Von Bedeutung?«

Scully runzelt die Stirn. »Ist teures Papier, florentinisches Pergament. Nichts, was man zerschnippelt.«

»Und der Inhalt?«

»Ich hab's nicht gelesen.«

»Komm schon.«

»Kein Interesse.«

»Aber das ist ein *Beweismittel.*«

»Eins von der menschlichen Seite«, sagt er. »Und damit habe ich nichts zu tun. Woher hast du das?«

»Chris Slane hat's mir im Kino zugesteckt.«

»Hab dich nicht nach deinem Liebesleben gefragt.«

»Du fängst gleich eine. Wessen Abdrücke sind wo drauf?«

Scully fummelt das Buch mit weißen Stoffhandschuhen zurück in den Beutel.

»Die von Koestler sind überall. Und was das da betrifft« – er zeigt auf den Umschlag –, »haben wir Karas schmutzige Pranken –, sowie die des bereits erwähnten Christopher Slane.«

»Ich wusste nicht, dass wir eine Akte über Slane haben.«

»Haben wir auch nicht. Du darfst es wissen – aber nicht verwenden.«

»Und was genau, verdammte Scheiße, *darf* ich verwenden?«

»Oh, sie ist gereizt.« Scully geht durch den Raum und drückt auf die Sprechanlage.

»Fenton? Der gelbe Ordner auf meinem Schreibtisch – bring ihn bitte runter.« Mit arktischem Blick sieht Karen ihn an den Tisch zurückkehren, was der Wissenschaftler gar nicht zur Kenntnis nimmt.

»Ich dachte, du hättest verstanden«, sagt sie, klingt gefährlich. »Was glaubst du, warum ich nach Dienstschluss herkomme?«

»Warum – um mich ungestört zu verführen.«

»Wer zum Teufel ist Fenton?«

»Auszubildender, sehr tüchtig. Und zutiefst unneugierig, falls du dir deshalb Gedanken machst.«

»Das bedeutet, ihm ist die menschliche Seite scheißegal?«

»Ganz genau.«

Das darauffolgende Schweigen ist betreten. Scully gefällt es am allerwenigsten. »Solltest du nicht unterwegs sein, was trinken gehen?«

Nein – sollte sie nicht. Sie hat gestern Abend getrunken, und es war ein ausgewachsenes Desaster. »Wieso, weil alle anderen das so machen?«

»Du musst leben, Mädchen. Wozu ist das sonst alles gut?«

»Ich plane demnächst mal ein heißes Treffen mit Rex Faulkner.«

»Ich mache mir schon Sorgen.«

Fenton tritt ein, schmächtig und rothaarig, alles, was man von einem jungen Mann namens Fenton erwartet. Er parkt die gelbe

Mappe und verabschiedet sich, schaut sie nicht an. Scully macht sich an einem Becher mit irgendwas Blauem zu schaffen.

Sie ist schwer versucht, ihn zu berühren, aber dann würde sie auf den Köder reinfallen. Scully spielt mit ihr, bestraft sie wegen ihres mangelnden Vertrauens. Karen sieht sich an der niedrigen Decke um, das trübe Neonlicht und die länglichen Vertiefungen. »Sieht aus wie ein naturwissenschaftliches Labor.«

»Als solches betrachte ich es auch.«

»Du weißt, was ich meine. Wie auf der Highschool.«

»Und das war es mal – was dem Bildungssystem verloren ging, kam uns zugute. Ich hab früher in so einem Verlies unterrichtet.«

»Wann?«

»Ach, ungefähr zu der Zeit, als du geboren wurdest.«

»Klingt nicht, als würdest du's vermissen.«

»Null Prozent«, sagt Scully. »Die kleinen Arschlöcher haben mir den Glauben an die Menschheit genommen.«

»Und der Eintritt in den Polizeidienst hat dir wieder dazu verholfen?«

»Ja. Jetzt darf ich mit den mir liebsten Menschen Zeit verbringen.«

»Toten.«

»Und guten, wie du. Bist du bereit, mich zu lieben?«

Sie hat genug gelitten: Scully schiebt ihr die gelbe Mappe zu und klappt sie im selben Zuge auf. Ein einzelnes Blatt, der vertraute gräuliche Glanz, der mehr ist als Papier, weniger als Metall. »Du hast es geröntgt«, sagt Karen.

»Das ist der Mediziner in mir.«

»Warum röntgt man ein Buch?«

»Um dessen Knochen zu betrachten.«

Ein Rechteck aus Licht, umgeben von einem Nichts aus Dunkelblau, der Text ausgelöscht. Das Innenleben des Tagebuchs offengelegt, und dennoch hat sie keinen Bezugsrahmen. »Wonach halte ich Ausschau?«

»Du enttäuschst mich, Supergirl. Was ist das?«

Sie folgt seiner Fingerspitze und entdeckt einen Haarriss.

»Eine Kontur?«

»Eine Leiche. Vergraben im Keller des Einbands hinten, fachmännisch.«

Fachmännisch: Sie schaut den Geist von Koestler an, Scully hält den Schutzumschlag in den Wasserdampf, zieht ihn ab wie menschliches Gewebe. Zarte Pinzetten, die sonst wertvollen Briefmarken und Insekten vorbehalten bleiben. Ein winziger Raum, in den man ein Geheimnis einschließt. »Das ist die fehlende Seite.«

»Und jetzt ist sie wieder da.« Der Wissenschaftler zieht einen neuen verschließbaren Beutel hervor, darin ein einzelnes Blatt desselben wunderschönen Papiers. Karen beugt sich über das neue Beweismittel, wirkt ruhig, fährt innerlich aber Achterbahn; ihr flüchtiger Blick erkennt eine Suppe aus alphanumerischen Zeichen. »Ich habe es *Kodex Eins* genannt«, sagt Scully. »Das ist Schachnotation.«

»Was heißt das?«

»Nichts. Kauderwelsch.«

»Echt jetzt?«

»In Bezug auf Schach, meine ich. Ich habe die Züge ausprobiert, sie gehen nicht auf – Bauern bewegen sich wie Türme, Könige tanzen über den ganzen Platz.«

»Kennst du dich damit aus?«

»Hab mich ein bisschen dran versucht.«

Karen schaut in die mittlere Ferne, denkt an ein Spiel, das ihr Vater ihr schmackhaft machen wollte. Ihr gefielen die sauberen Linien, die klaren Regeln, aber je mehr sie darüber erfuhr, umso schrecklicher kam es ihr vor: winzige Armeen auf einem winzigen Feld, dafür unendliche Varianten. Ereignishorizont: Dad hatte sie immer geschlagen, dann fing auch Robert an, sie niederzuwalzen. Scheiß drauf; ihr Teenagerblick wendete sich schließlich getragen von der Erkenntnis ab, dass Schach Buchhalterei ist, eine geisttötende Last aus Zahlen. »Koestler wurde mit einem Schachbrett erschlagen«, sagt sie. »Das kann kein Zufall sein.«

»Würde ich nicht annehmen.«

Scully geht ungelenk in die Hocke, und Karen hört die Klappe in der Stahltür. Als er sich wieder aufrichtet, hält er ein Metalltablett in der Hand, die Mordwaffe liegt wie ein zu ihrem abendlichen Verzehr bestimmtes Gericht darauf. Alabaster, schwarzweiß, ein harter Kampfplatz von knapp einem Quadratmeter. Das Karomuster erinnert sie an die Küchenböden in Wohnungen vor langer Zeit – jemand hat das Fleischmesser fallen lassen, ein ganzes Viereck mit einer langen Blutader. Ein ansehnliches Artefakt, schwer genug für ein Turnier im Kalten Krieg, und das absolut Letzte, was Angelus Koestler durch den Kopf ging.

»Ich habe noch mal nach Fingerabdrücken gesucht«, sagt er. Karen hebt eine Augenbraue, um die Frage zu stellen, und Scully zuckt mit den Schultern. »Deine Vorgänger waren scheiße. Meine auch.«

»Meine waren nicht scheiße. Sie haben sich nur auf einen einzigen Ermittlungsstrang beschränkt.«

»Ja, den von Slane.« Scullys Finger sind zarte Drähte, die sich an die Kanten des Bretts anschließen, sachte Kontakt herstellen, das Ding tragen wie den Kopf eines geachteten Häuptlings. »Er hat es immer nur so berührt.«

Sie begreift, worauf er hinauswill. »Übergeben wie ein Geschenk.«

»Wie etwas Wertvolles.«

»Neue Abdrücke?«

»Nein.«

»Dann hat das für mich auch keinen großen Wert.«

»Hat es nicht?«

Sie denkt über die Frage nach. Sie denkt über Holden nach, über die Verbrechen, die Verbrechen ermöglichen. Alles ist Inzest. »Wohin führt das?«

Scully winkt sie näher heran und nimmt die Pinzette; sie sieht, wie er ganz leicht an einer Ecke des Bretts kratzt, ein winziges Stück freilegt. Nein – ein Pigment, eine dunkle Schuppe die vulkanisch wirkt, supersolar. Scullys dicke Brillengläser vergrößern seine Augen, die ohnehin schon vergrößert sind durch das Entzücken des Wissenschaftlers. Sie fixieren sich auf das *x* und das *y* der Offenbarung, den Punkt, an dem sie zusammenkommen.

Das Brett ist nicht aus Alabaster. Das ist nur eine Schicht, ein ausgeklügeltes Furnier. Das Brett ist grün wie Jade oder amerikanisches Geld.

»Komm schon, Supergirl. Sag mir, was du siehst.«

Ein Echo, eine erneute Runde prickelndes Déjà-vu, das Kara veranlasst, die Stirn in Falten zu legen.

»Das ist Kryptonit.«

06

Zugzwang. *Also das ist vielleicht ein bescheuertes Wort. Seltener als das, was es umschreibt. Im Schach kann man nicht passen, nicht drauf verzichten, dran zu sein. Die Regel ist Zwang: Man muss ziehen, weitermachen, einen Fuß vor den anderen setzen, bis zum Feld der Hinrichtung.*

Und genau das macht man.

Ganz am Anfang nannten sie ihn den Buben. *Neunzehnhundertsiebenundsiebzig, einen verunglückten Wagen von dem Fußgänger heben, den er umbrachte, unbeeindruckt von dem brennenden Wrack daneben, das alle Geringeren im Zaum hielt.*

»Bobby Cobra« kam später. Du weißt es, weil du gefragt hast. Eine Aufgabe, die du verabscheust, weil sie dich ins Hintertreffen setzt, aber manchmal ist es den Schmerz wert, zu wissen – die Geschichte hinter jedem Spitznamen zu erfahren und so die Ge-

schichte der Welt. Jeder Mack-Truck, jeder zufällig vorbeikommende Buster McGovern.

Blue Movie. *Der Film ist berüchtigt, und einer der Gründe dafür ist: Mitgespielt hat das einzige verfluchte Ding, weswegen er je suspendiert wurde.*

Du hast ein Sexvideo vermutet, irgendeine schlüpfrige Anekdote aus der Männerwelt der Achtziger. Hast ein Näschen für solche Sachen entwickelt, die dreckig grinsenden Anspielungen in der Teeküche, die Warnungen aussenden wie der Geruch von verdorbener Milch. Hast es schnell verfeinert, und welche Frau tut das nicht – das Gespür dafür, nach welchen Geschichten du fragen musst, welche du besser auf sich beruhen lässt.

Du hast dich geirrt wegen Blue Movie. *Du lieber Gott, wenn es doch nur ein verfluchtes Sexvideo gewesen wäre. Sogenanntes Schauspiel, wirklich traurig, das Galgenmikro in jeder zweiten Einstellung im Bild. Der auf Zelluloid gebannte Rawson ist ein fetter Privatermittler mit einem blöden Hut, einem dunklen Zugzwang von einem Plastikschnurrbart. Achtundsiebzig Minuten unüberzeugende Handlung, unmöglich ernst zu nehmen: schlampige Dialoge, unbeholfene Stunts, Ozploitation aus dem Jahr, in dem du deinen Uni-Abschluss gemacht hast.*

Das Drehbuch wurde von einem Bewunderer geschrieben – irgendwann lächelt Rawson und richtet plötzlich den Blick in die Kamera, denkt, die Szene ist abgedreht. Das hoffnungsvolle Strahlen eines kleinen Jungen, der nur gefallen möchte ... dann sagt der andere Schauspieler was, und Bobby Cobra zuckt zusammen, erinnert sich an seinen Text.

Es ist eigenartig: Im Film hat er keine Präsenz. Er kann weder spielen noch den Moment halten oder tragen. Er hat kein Charisma außer am Ende, seiner Todesszene, wo er lange langsam ins Wasser geht. In diesem Moment ist er urplötzlich hervorragend, eine Mischung aus Gielgud und Pacino, zu dritt kommen sie draußen auf la Plage *zusammen.*

Eigentlich hätte es Bondi sein sollen, aber sie hatten keine Ge-

nehmigung bekommen, stattdessen in Manly gefilmt. Als würde das niemand mitbekommen. Spoiler, die ganzen schwankenden Norfolk-Kiefern im Hintergrund, die schreien Wir befinden uns hier auf der verfluchten Nordseite.

Wisst ihr, von wegen Authentizität, Abkratzen in der Wildnis. Vielleicht hat er im seichten Wasser die Kamera vergessen. Vielleicht war seine Welt endlich tonlos geworden, und er konnte sie nicht laufen hören.

06

Ein Skyline-Wind kommt vom Land herüber, nicht aus dem Himmel, der Himmel ist nur eine geschlossene Theorie, gefangen zwischen tiefen westlichen Wolken und einem Randfeuer-Horizont. Er fährt durch Weizengürtel und streift einen früh aufstehenden Farmer, der über Logistik nachdenkt. *Wer wird mich finden, das Haus ist ein Saustall.* Der Wind nimmt an Tempo und Entschiedenheit zu, fährt ostwärts in eine Stadt und streichelt eine Joggerin, die sich dehnt, Beweglichkeit im Unbehagen zu finden versucht. Um halb sechs ist es eiskalt im Dunkeln, der Scheitelpunkt einer unerbittlichen Nacht und der leeren Rubrik des Tages.

Caron Daley betrachtet die Gestalt, die er ist, und denkt alles Mögliche. Die Stimme, die ihm sagt, er sollte nicht hier sein, ist die Stimme, die er ignoriert. Immer. Er schaut in den Spiegel, und die Stimme verstummt. Es ist seine Lieblingsbeschäftigung.

Er schaut erneut auf, und die Joggerin ist verschwunden, weitergelaufen, verschwunden für eine Stunde. Das ist okay – der Angriffsplan steht. Besser sich anzunähern, wenn noch ein bisschen Licht ist. Die leise und zischende Stimme auf ABC beginnt ihm die Nachrichten vorzutragen, ein eiliger Flaschengeist, der von politischen Skandalen, vermeidbaren Schiffsunglücken und ausländischen Massakern spricht. Eine Frau wurde an der North Central Coast erschlagen; Wirbelsturm Ritchie hat halb Guatemala an den Arsch gebracht. Caron hört alles, saugt es auf, entspannt trotz seiner Unentspanntheit. Geduld ist die vorherrschende Tugend bei der Polizei.

Das Klopfen an seinem Fenster ist fest, dreifach, und er zuckt zusammen. *Herrgott.* Die Joggerin, plötzlich steht sie vor ihm.

Caron dreht das Radio ab, lässt die Scheibe runter. »Wow, Mann.«

»Was machst du hier?«, sagt Karen.

Er holt Luft. Adrenalin. »War auf dem Weg nach Hause, dachte, vielleicht kann ich dich abfangen.«

»Nach Hause?«

»Ich hab Nachtdienst.«

»Und?«

Er zögert; das ist schiefgegangen. »Vielleicht können wir was frühstücken oder so.«

Karen stemmt die Hände in die Hüften, ihre Laufklamotten voller Schweißflecken. Sie sieht sich um, wägt innerlich ab, unentschieden wie die Meeresbrise. Sie will nicht frühstücken oder so. »Kannst mich begleiten.«

»Okay. Was ist mit dem Laufen?«

»War ich schon, Sherlock – ich war am Auslaufen, nicht am Aufwärmen.«

»Ah.«

»Nennst du das wirklich Observieren?«

Er hat ein charmantes Lachen, warm und attraktiv wie seine Ausstrahlung. Der schönste Mann bei der NSW-Force. Wollte Model werden, aber er kam aus einer Familie stahlharter Copper, die ihn wie einen Albino im Nest zu Tode gepickt hätten, hätte er ihre Gene verwendet, um Armbänder und Rasierschaum zu verticken. Aber gefallen hätte es ihm – er ist tierisch eitel und bekannt dafür. Caron versucht es mit Konversation. »Die denken, Rawson ist abgehaun.«

Null Reaktion. Vielleicht hat sie's nicht gehört. Karen atmet schwer, als sie sich auf das Gebäude zubewegen. Kaz nimmt es wirklich ernst mit dem Laufen. Rechtzeitig sagt sie: »Mike Samo hat gesagt, beurlaubt aus privaten Gründen.«

»Blödsinn. Weiß Mike Samo überhaupt, wie du *heißt*?«

»Lass den Scheiß, Caron.«

»Ich will einsteigen.«

»Kannst du nicht. Du bist Raub.«

»Stell den Antrag. Ich bin dabei.«

Carmel Waters taucht drohend auf. Klingt nach einem Rockstar aus den Siebzigern, 110 Apartments für urbane Berufstätige auf dem Karrieretrip. Am Wasser, gehoben, ein hübscher Garten und ein Pool hinter dem Tor. Caron erinnert sich daran, sehnsüchtig. Karen wirft einem heraustretenden Pärchen ein neutrales Hallo zu und hält ihm die Tür auf. »Wieso denken die, er ist abgehaun?«

»Weil ihn niemand gesehen hat. Das ist normalerweise ein ziemlich verlässliches Anzeichen.« Sie verdreht die Augen, und Caron nimmt die vernünftigen Ergänzungen vor. »Die Wohnung ist verlassen, das Handy tot. Er hat seine Kurse nicht unterrichtet.«

Karen schließt ihren Briefkasten auf. Werbung, Rechnung, Werbung/Werbung/Rechnung. Dann hatte der Arsch also doch ein Handy. »Ich arbeite wieder mit Brendan zusammen«, verkündet sie, konzentriert sich hauptsächlich auf die Post. »Und selbst wenn nicht, gäbe es ein paar hundert andere Mitarbeiter bei der Mordkommission, die ich vor dir fragen würde.«

»Wegen unserer Vorgeschichte?«

Sie zuckt zusammen. Verachtet ihn, weil er darauf anspielt. Verachtet sich selbst. »Das waren nur zwei Minuten, vor zwei Jahren.«

Carons Lächeln ist eine Waffe. »Zwei Minuten? Das ist üble

Nachrede, Mädchen.« Er streckt die Hand aus, will ihr eine verirrte Strähne ihres wunderschönen Haars aus dem Gesicht streichen, ermächtigt durch seinen beinahe allumfassenden Erfolg bei Frauen. Karen überstreckt sein Handgelenk, und der Mann klappt zusammen wie ein Zelt im Sturm.

»Nein heißt nein, Caron.«

Nein heißt nein.

»Hey, du Faulsack.« Brendan fährt zu spät vor, aber es ist früh, noch nicht ganz sieben, die *Faulsack*-Ironie. Er bietet ihr einen Styroporbecher mit Automatenkaffee an, und sie überlegt es sich. Ja, na gut, Scheiß drauf.

Victoria Road mit einer Million anderer Frühaufsteher. Der dritte Gang ist besser als der erste. Es ist dieselbe Strecke, die Bob Mack auch nimmt. Karen verspürt einen Stich im Herzen ihres limerenten Ichs und wacht davon auf. Sie schwört, das fühlt sich an wie Kaffee, der letzte für den Tag.

»Komisch, wie sie Laufbänder machen«, sagt Brendan bei Rot. Sie folgt seiner Sichtlinie, Frauen im Fenster wie zum Verkauf, rackern sich auf einer Reihe Infinity 2000s ab. Ein schickes Fitnesscenter, in dem Männer nicht Mitglied werden dürfen.

Erklärung erforderlich. »Komisch, *wie* sie welche machen – oder, *dass* sie welche machen?«

»Äh. Dass sie welche machen.«

»Wieso komisch?«

»Schau dich um«, sagt er, mit einer ausladenden Handbewegung, die er von Delvene Delaney gelernt hat. Er meint den Planeten. »Das tollste Laufband aller Zeiten.«

Othello *am State Theatre. Giles hat seine Frau dabei.*

Karen macht sich nicht die Mühe auszuführen, weshalb Laufbänder hergestellt werden. Sie denkt an das Infinity 2000, das sie gekauft hat, als sie aus der WG auszog, alleine wohnen wollte.

Sie haben ein enges Verhältnis. Haben sogar einen *Running Gag*: Peter Coren, seit tausend Jahren im Beruf, eine Million Zigarettenkippen belegen das. Seine bebrillte Negativität ist an sich schon berühmt, ein eiserner Pessimismus, den keine Wohlfühlgeschichte je verwässern könnte. »Voll abgefuckt«, folgert Pete in fast jedem x-beliebigen kritischen Augenblick, als könnte er sich nicht zur Ruhe setzen, bis er das Urteil eine Milliarde Mal ausgesprochen hat, Augenzeuge einer Trilliarde abgefuckter Dinge geworden ist. Teiresias. Und doch ist sich der Mann ebenso unveränderlich seines charakteristischen Spruchs nicht bewusst – dass sich die Mädchen im Büro im Hintergrund vor Lachen krümmen, wenn er ihn wie ein Uhrwerk präzise abliefert.

»Voll abgefuckt«, sagt Brendan Tavish bei jeder überfahrenen roten Ampel, ebenso prägnant deklarativ wie diese, zwei Worte, ausgesprochen wie ein einziges. Sind das die Benzinpreise? Voll-abgefuckt.

»Abgefuckt«, pflichtet Karen ihm bei, lächelt und stimmt ein, bezieht sich jetzt auf den kalten Wind, die Inflationsrate, die noch immer brennenden Ölquellen im armen alten Kuwait.

»Hast du die Mitteilung wegen der Überstunden gesehen? Gibt keine mehr bis Juni.«

»Vollabgefuckt.«

»In der Moore Park Road sind die Hälfte der Spuren gesperrt.«

»Istechtvollabgefuckt.«

»*Jemand hat den letzten Keks geklaut.*«

»*Abgefucktverkacktfuckt!*«

Othello am State Theatre mit Giles, der seine hundsköpfige Frau dabeihat.

»Hab das Frühstück ausgelassen.« Das behauptet Brendan, formuliert den Wunsch, anzuhalten und etwas zu essen. Blödsinn. Er sieht aus, als hätte er in seinem ganzen Leben noch keine Mahlzeit ausgelassen. Brendan ist nicht dick, nur weich.

Das Stück stolperte so vor sich hin, Iago war eine Fehlbesetzung. Karen sagt: »Hast du jemals einen Richter in seinem Büro besucht?«

Ihr Partner denkt darüber nach. »Ein- oder zweimal, Aussage hinter verschlossenen Türen. Ging um Jugendschutz.«

»Ich meine, ohne dass Anwälte dabei waren.«

»Was – nur ich und der Richter? Scheiße, nein.«

Es stolperte so vor sich hin, wie eine Komödie.

Am Nachmittag: Besuch von drei Detectives.

»Sagt dir Ajax was?«

Brendano zuckt mit den Schultern. »Damit macht man den Backofen sauber. Warum?«

Nur so. »Ich muss in die Gore Street«, sagt sie. »Ich brauch Info von den Mitarbeitern.«

»Sleepwalkers, hm.« Er zieht an seinem Sicherheitsgurt, ein Würdenträger, der abermals seine Schärpe für ein Staatsdinner anlegt. »Worauf sind wir aus?«

»Ich will die Kontaktdaten von einem ehemaligen Spürhund.« Karen justiert sich, registriert seine nächste Reaktion wie ein Wettersatellit. »Roger Paspaley.«

Auf gut Glück entdeckt Brendan das in Frischhaltefolie eingewickelte Stück Kokos-Schokokuchen im Handschuhfach. Ihres; von gestern. Karen bewilligt die unausgesprochene Nachfrage mit knappem Nicken. »Was hat Roger Paspaley mit Koestler zu tun?«, überlegt er mit übervollem Mund.

»Nichts«, sagt sie. »Andere Ermittlungen.«

Wieder zuckt der Partner mit den Schultern. Sein Mund, ihre Krümel. »Wie du meinst.«

Er ist nicht schlau, aber er ist ein guter Mensch. Die Welt, die Polizei braucht ein paar mehr wie ihn. Möglicherweise ist er schlauer, als er durchblicken lässt. War nie ein Spitzenleister, aber echte Volltrottel behalten sie nicht bei der Mordkommission.

Gestern hatte sie ihn nach Dienstschluss an der Schule seines

Kindes abgesetzt. Karen wollte schon wegfahren, tat es dann aber doch nicht, der Junge kam aus dem Gebäude seiner Spezialschule, Brendan stand auf der anderen Straßenseite und strahlte. Das arme Schwein an Krücken, jeder Schritt ein Kampf mit sich selbst, einem nicht kooperationsbereiten Körper, aber gelächelt hat er trotzdem die ganze Zeit wie ein aufrechter alter Veteran. Brendan setzte ihn augenscheinlich mit viel Liebe in den Wagen, was schwierig ist, wenn man's zum zehntausendsten Mal macht.

Verfickte scheiß Mukoviszidose. Tränen stiegen Karen in die Augen, und sie musste sie runterschlucken, es unterdrücken in der Hoffnung, dass es irgendwo landen würde, wo es leichter zu verdauen war – nicht tief drinnen horten, eine bösartige Traurigkeit, die darauf wartete, in der Zukunft hervorzubrechen, sie runterzuziehen auf den Grund wie ein leck geschlagenes Schiff.

Mitten am Vormittag, und das ist jetzt das Leben – diese graue Limousine, dieser Mistralregen, der im Schatten von Sleepwalkers, dem Polizeiarchiv, vorüberpeitscht. Warten auf Brendan Tavish. Nach viel zu langer Zeit sieht sie seine unordentliche Gestalt unter die Markise treten, eine heftige Gewitterwolke, die sich auf einen dreißig Meter Sprint vorbereitet.

»Nö«, sagt er beim Einsteigen, saugt Atem ein wie ein Mann, der den mongolischen Horden entkommen ist, nicht relativ mittelmäßigem Wetter. Es ist ihm gelungen, ein Snickers zu erstehen. »Sie wollte nichts rausrücken.«

Karen schließt die Augen. *Nur die eine verfluchte Nummer.* »Warum nicht?«

»Sie sagt, erstens kann sie nichts finden. Und zweitens wären wir sowieso nicht dazu berechtigt.«

»Berechtigt. Das ist wunderbar. Trägt sie Uniform oder ist sie Zivilistin?«

»Uniform. Von einer Zivilistin würde ich mir so einen Scheiß nicht bieten lassen.«

»Wirklich nicht?« Karen steht auf und ist draußen, stolziert davon, bevor er Gelegenheit hat, zu protestieren, vorzuwarnen, sich zu entschuldigen, seine kalorienreiche Süßigkeit auszupacken.

»Mein Name ist Millar.«

Der Feind ist Veteranin. Matronenhaft, düster und steif, zäh wie ein Steak bei The Forresters. Und dennoch wissen sich Karens Hüften auszudrücken. Sie sagen *Hör zu, du verhärmte Schlampe.*

»Ja?«

»Eben gerade war Detective Tavish hier, mein Kollege.«

»Okay.«

Der Computer steht zwischen ihnen – er ist greifbar, aber nicht das Einzige. Die Sisterhood und deren komplexer Wirkungsverlust, Folgenlosigkeit. Disparitäten des Alters, des Aussehens, des Dienstgrads, des beruflichen Erfolgs. Die Gore Street ist ein trister Stern, eine Heimat wertloser Dinge. »Ich muss mit einem Detective R. Paspaley Rücksprache halten in Bezug auf Fallnotizen, die er hinterlassen hat. Es ist dringend.«

Karen sagt es laut. Nicht fies, einfach nur laut genug, um die Theorie zu überprüfen, dass der Name eine Zauberformel ist, die den Bürofluss versiegen lässt. Brendan hat erstklassig gepokert, aber *Paspaley* schlägt kleine Wellen bei der Spielzeugpolizei. Die Szene wird merklich stiller, kehrt sich aber doch wieder um.

Die Matrone schüttelt den Kopf. »Wenn er pensioniert ist, muss das über LAC laufen. Dafür gibt es Anträge.«

Dafür gibt es Anträge. Karen legt ihre Karte vor. »*Ist* er denn pensioniert? Ich weiß tatsächlich überhaupt nichts über ihn.« Auf der Karte steht ein Titel, eine Unterschrift.

Mike Samo.

Die Matrone runzelt die Stirn, haut in die Tasten.

»Wie lief's?«

»Fortschritt. Was hältst du von einem Besuch in Temple?«

»Nichts leichter als das«, sagt Brendan. »Muss selbst hin; Bercovitch will ein Update.«

»Verstehe ... der und ich, wir reden nicht miteinander.«

»Hab ich mir schon gedacht. Was ist passiert?«

»Kein Kommentar.«

»Na schön. Was soll ich ihm sagen?«

»Weiß nicht – versuch's mal mit der Wahrheit.«

»Die Wahrheit ist, dass ich so was wie ein besserer Fahrer für dich bin. Dabei darf ich noch nicht mal *fahren.*«

»Ich weiß. Ist echt nicht fair.«

»Scheiß auf fair.« Brendan schaut zu, wie sie den Wagen anlässt, die Handbremse löst. »Sag mir nur, was das ist, womit du nicht rausrückst. Mit dem Ruhm oder dem Schaden?«

»Wenn ich das wüsste.«

»Du weißt es«, sagt Brendan. »Willst es nur nicht laut sagen.«

»Komisch«, sagt die Matrone. »Sehen Sie mal, hier. Ein leeres Feld. Da müsste eigentlich stehen *gekündigt, pensioniert, entlassen, verstorben*. So was hab ich noch nicht gesehen. Dürfte gar nicht möglich sein.«

»Haben Sie eine Nachsende-Anschrift?«

»Nichts.«

»Was ist das?«

»Fallnummern.«

»Von den Fällen, an denen er gearbeitet hat?«

»Nein – Versicherungskram. Arbeitnehmerversicherung. Er wurde im Dienst verletzt.«

Ja, so wie's aussieht, jede zweite Woche. Paspaley immer als Erster durch die Tür, ein verfluchter Stoßtrupp. »Bezieht er Versehrtenrente? Dann müssen Sie die Schecks doch irgendwohin schicken.«

Hängende Schultern signalisieren Ratlosigkeit. »Das ist ein anderes System.«

»Zeit«, sagt Karen Millar, lügt dabei schamlos. »Ich habe Zeit.«

Was, wenn ein Polizist eines Tages einfach verschwindet – und niemand losgeht, ihn zu suchen?

Brendan lacht; Karen hat es ausgesprochen. War keine Absicht, aber sie befindet sich im Kreuzfeuer des Berufsverkehrs von Sydney; sie fädelt sich in den Verkehr, bekommt Druck von allen Seiten, die Winkel eng und Entscheidungen innerhalb von Sekundenbruchteilen getroffen. Es braucht nicht viel, um die Befehlskette zu durchbrechen – das kriegt man mit jedem bescheuerten Schachzug hin –, und dann schreit die Kreuzung ihren Schmerz aus Dutzenden von Hupen heraus.

»Ich nehme an, du sprichst vom Inkrementalen«, sagt der Beifahrer. Karen befolgt ein vorübergehendes Schweigegelübde und lenkt in ruhigere Gewässer. Sie spricht nicht vom Inkrementalen. Brendan lächelt: »Vielleicht sollten wir eine Vermisstenakte anlegen.«

Drei Straßenecken von Temple entfernt hält sie an und schnappt sich den anvisierten Parkplatz zügig. »Für Rawson? Scheiß drauf. Um eine Vermisstenakte anzulegen, müsste man das Arschloch wiederhaben wollen.«

»Ha.«

»Kannst du das für mich auf die Post bringen? Liegt auf deinem Weg.«

»Wird erledigt.«

»Und vergiss die Quittung nicht.«

»Um Gottes willen.«

Sie nimmt den Umschlag, auf den Brendan keinen Blick geworfen hat, und schreibt mit flinkem Stift eine Adresse drauf. *Zu*

Händen von Roger Paspaley. Ihr Partner nimmt ihn ernst entgegen und schaut zweideutig, seine Bratpfanne von einem Gesicht brutzelt, möglicherweise vor Unentschiedenheit. Dicke Lippen formulieren den Namen: *Margaret, Ipswich.* Karen fängt ihn am Pass ab. »Frag nicht«, sagt sie. »Und sag's niemandem.«

»Frag nicht nach«, sagt er ausdruckslos, lädt die Daten hoch wie ein Hypnotisierter. Es ist eine religiöse Maxime, die Seelen retten wird, Kummer ersparen. »Und sag es niemandem, nie niemals.«

05

Stell dir eine Welt vor, in der Bob Mack deine Liebe erwidert. Ein Paralleluniversum. Wie sieht sie aus? Bei Tod trinkst du ein zweites Glas Roten, um den Schlaf zu befördern, Fragen wie diese zurückzuweisen.

Jemand hätte ihn zwingen sollen. Okay, dann war's nicht Teil des Entwurfs, vom kosmischen Meister nicht vorgesehen, aber einer von denen – Bob, Gott – hätte sich für das Team opfern und dir geben sollen, was du wolltest. Das Apartment fühlt sich leer an ohne die beiden.

Voll abgefuckt, Peter Coren.

Du bist gewissenhaft beim Licht, aber den Fernseher schaltest du nie aus. Er läuft rund um die Uhr sieben Tage die Woche in ungebrochener Stille, ein treuer Idiot, das Feuer zu Hause, das du brennen lässt, um Einbrecher und Pech abzuschrecken. Sein blaues Flackern ist wie eine elektrische Moskitofalle, fängt die Alpträume ein, die auf der Suche nach Wirten durch das Gebäude geistern.

Das scheiß Ding ist kaputt.

Du läufst zweimal täglich und eliminierst den Kaffee, trinkst warme Milch vor der verabredeten Zeit. Das alles ist wunderbar, nur dass sich der andere Beteiligte – der Schlaf – nie wirklich an die Verabredung hält.

Nein, mit Schlaf ist es wie mit Kindern oder Sex, Gott hat ihn für andere erschaffen.

Koestler, der Schutzheilige deiner Schlaflosigkeit. St. Angelus, die erste tote Seele, die dich je nachts wach gehalten hat. Du solltest keine Beweismittel mit ins Bett nehmen, aber es beruhigt dich, das Pergament zu berühren, der Duft der feuchten Vanille. Wenn du sein Buch hältst, hältst du Sydney, eine Jauchegrube, die einfach wunderbar aussieht und riecht.

Eros, Thanatos, Manöverkritik. Du liegst in seinen Armen und säuerst das Bett, Wein wird zu Essig, eine wundersame weibliche Maschinerie, die weiterläuft bis sie Schrott ist, niemals glänzt, eine vom Krebs befallene Milch, die niemals Babys hervorbringt.

05

Wasseransichten. Karen kennt sie genau. David und Giselle wohnen sieben Ecken weiter – immer schon, wird immer so bleiben. »Was hat der Typ für eine Geschichte?«, fragt Brendan.

Seine Geschichte? Er ist der Hafenmeister, der unbeachtet gebliebene Künder. Beowulf war eine unglückliche Familie. »Shifty Barron«, sagt Karen.

»Shifty? Schön.«

»Erinnerst du dich an die Fährenkollision vor einem Jahr?«

»Vage. Ist niemand dabei umgekommen.«

»Falsch. Ein älteres Mädchen hat sich erschreckt, einen Herzinfarkt erlitten. Der Typ war der Kapitän.«

»Scheiße.«

»Nicht von der *Pea* – der anderen. Der *Scamander.* Der Untersuchungsrichter hat gesagt, es war nicht seine Schuld.«

»Dein Vater, der Untersuchungsrichter?«

»Mein gesetzlicher Vormund, der Untersuchungsrichter. Aber Mr Barron hier hatte ein Gläschen Rum im Blut, vielleicht auch zwei. Ihm wurde die Lizenz auf Lebenszeit entzogen.«

»Oha. Aua.«

Ganz genau, aua. Dreiundvierzig Jahre in den Gewässern Sydneys, die Hälfte davon auf den Fähren: Meisterpilot, in zehnter Generation, letzter Abkömmling einer langen Reihe von Walfängern. Während der Zweihundertjahrfeiern wurde er ausgewählt, um die Queen nach Pinchgut zu fahren, der Mann hat zweihundert Jahre auf See verbracht, teilweise wirklich, alles verwirkt. Ein Gläschen Rum, vielleicht zwei? Für einen wie ihn ist das so was wie Muttermilch, das Insulin des Diabetikers.

»Arme Sau«, sagt Brendan Tavish träge. »Warum unterhalten wir uns mit ihm?«

»Wir haken nach. Nach dem Mord haben sie bereits mit ihm gesprochen, wollten seine professionelle Meinung hören.«

»Was hat er für eine Beziehung zum Richter?«

»Ich rede nicht vom Richter. Ich rede von Sophie Dance.«

Brendan rutscht herum, ihm ist unwohl, im Ansatz ein Hosenhochziehen des stets Sitzenden. Cobblers Beach. Kann er sich erinnern? Ja – irgendwie schon. Brendans Erinnerung insgesamt ist vage. »Klingt, als hätten sich unsere Ermittlungen erweitert.«

»Macht dir das Sorgen?«

»In Hinblick auf das, was ich neulich zur Post gebracht …«

»Du hast nie gesagt, wie's mit Bercovitch gelaufen ist.«

»Was glaubst du wohl? Er hat nach Slane gefragt, wollte wissen, wieso wir den Typen mit dem Alibi nicht noch mal vernommen haben. Jimmy Sutton.«

»Jamie.«

»Den auch. Tony interessiert sich nicht besonders für alternative Theorien. Ist das der Grund, warum ihr so schlecht aufeinander zu sprechen seid?«

»Kein. Kommentar.«

»Er hat uns ein bisschen zusätzliche Myrmidonen-Power angeboten, meinte, Casey würde uns zwei Typen zur Verfügung stellen.«

»Das wird die glücklich machen.«

»Allerdings. Blöde Arschlöcher.«

»Was hast du ihm noch gesagt?«

»Berc? Nicht viel. Nur dass du Slane entlastet hast, dich auf die großen Festnahmen seit den späten 80ern konzentrierst.«

»Du lieber Himmel, Brendan.«

Er lacht, wird zum ersten Mal seit dem morgendlichen Tee lebendig. »Ich hab gesagt, wir wären sehr dankbar für die Myrmidonen-Power, hab mich verneigt und zur Tür rausgeschlichen.«

Naturellement. »Aus dir wird noch was«, verspricht sie frei von Bedrohung. Sie löst ihren Gurt und sagt: *Lass mich mal Seemannsgarn mit dem Mann spinnen.*

Barron, alt und klein, patrouilliert an den Rändern des Platzes, sein Markierungswagen ist ein inkontinenter Rollator. Die untergeordnete und anspruchslose Aufgabe eines Halbrentners; vermutlich kennt er jemanden im Verein, den mächtigen Mosman Whales. Er sieht sie schon von Weitem.

»Hey, hallo. Ich …«

»Ich weiß, wer Sie sind.«

Ach ja? Das wäre nämlich echt ein Ding. Ausweisvorzeig. »Karen Millar, es ist dienstlich.«

»Klar. Mordkommission.«

»Dann eilt mir mein Ruf also voraus?«

»Nein, aber ihr seht einfach alle gleich aus. Ihr habt alle denselben Gang, redet denselben Mist.«

»Haben Sie kurz Zeit?«

»Eigentlich nicht.«

Das Gerät gibt ein leises Surren von sich, Farbe tropft auf den Winterboden. Man braucht saubere Linien, um das Spiel durchzuführen. »Warum so feindselig, Ces?«

Sein Fortgang wird nicht unterbrochen; er ist stetig, andauernd. »Worum geht es? Das Mädchen oder die *Desert Pea?*«

»Es geht nicht um die *Desert Pea.*«

Der Tidemaster brummt. Die *Pea* war für die Welt nicht so schlimm wie das Mädchen – aber schlimmer für ihn. Sophie Dance. »Muss erst mal wieder die Erinnerung vorkramen.«

»Wenn's Ihnen nichts ausmacht.«

»Es macht mir was aus. Ihr kommt zu mir, zweimal schon. Und passt nie auf.«

»Die Flut ist kompliziert.«

»Blödsinn. War einfach nur nicht recht, hat nicht zu eurer Geschichte gepasst.« Barron hält inne und beäugt sie böse. »Nein, ihr seht nicht alle gleich aus. Die anderen Arschlöcher waren Riesen.«

»Das ist wahr – aber das Zeitalter der Riesen ist jetzt vorbei.« Karen schaut vorbei an seinem erbitterten Gesicht, gelb wie die Medizin, die er nicht nimmt. Ein gestrandeter Admiral, der diesen Job angenommen hat, weil er dadurch nah am Wasser ist. Sie sagt: »Diese anderen Arschlöcher. Haben die Namen?«

»Paspa irgendwas. Ich bin mit ihm raus an die Stelle und hab ihm gezeigt, wovon ich rede, ihm eine verfluchte Karte gemalt. Das war, bevor die überhaupt die Festnahme gemacht haben. Nicht, dass ich was Besseres von dem erwartet hätte – der Wichser ist enttäuscht von der Brücke gegangen. Da wusste ich, dass es ein abgekartetes Spiel war.«

»Was war mit dem Zweiten?«

»Über den Zweiten wollen Sie nichts wissen. Sie interessieren sich für den Kleinen, den Richter. Der dran glauben musste.«

»Hat Koestler Ihnen gesagt, warum er sich dafür interessiert hat?«

»Hab nicht gefragt. Sehe ich denn so blöd aus?«

»Wegen dem Zweiten – ist er gekommen, bevor oder nachdem Meath festgenommen wurde?«

»Kurz danach. Hat genau die richtigen Fragen gestellt und gesagt, ich soll's für mich behalten. Riley.«

»Rawson.«

»Ja.«

»Ist der auch enttäuscht wieder weg?«

»Der ist gebrochen wieder weg – aber nicht an irgendwas, was ich gesagt habe. Ist bloß ganz allgemein ein gebrochener Mann, kurz davor, sich aufzuhängen.«

»Geht ihm besser.«

»Scheiße. Hab gedacht, der ist tot.«

»Bleiben Sie bei dem, was Sie den anderen gesagt haben?«

Ces knurrt, eine feindliche Verärgerung, zu der nur Landratten den Anlass bieten können.

»Ich bleibe nicht dabei – aber das Wasser. Sie denken, dass die Flut eine Rolle spielt? Denken Sie, die ändert ihre Meinung?«

Nein – denkt sie nicht. Sein Hintergrund ist der Verkehr auf dem Wasser, würdevoll und ruhig, man könnte jahrelang hier oben sitzen und niemals einen Unfall sehen wie den, der sein Ende war, der fließende Konflikt. Es gibt so viel mehr schlichte Harmonie auf der Welt, als je berichtet wird … der Platz ist hoch gelegen, man hat eine gute Aussicht, der Hafen wirkt wie ein Maul und das Opera House wie der einzige Schneidezahn, zackig und genial. »Tut mir leid«, sagt sie, entschuldigt sich im Namen aller. »Es hätte ganz anders laufen müssen.«

Barron ist Essig. »Ich denke, ich bin nicht derjenige, bei dem Sie sich entschuldigen sollten. Aber ich denke, dass es ein bisschen spät ist. Dieser Meath wird eine herrliche Zeit im Knast gehabt haben.«

Zweifellos. Karen schaudert. Voll abgefuckt.

Der Herr der Gezeiten stimmt zu. »Wäre fast damit an die Presse gegangen. Hätte ich machen sollen, aber ich wollte das große Arschloch nicht ins Abseits geraten lassen.«

»Rawson?«

»Hören Sie auf. Was haben Sie da in Ihrer kleinen Tasche? Sie halten sie so fest.«

Sie schaut herunter, um den Vorwurf zu überprüfen. Der Gegenstand befindet sich ständig an ihr, sie trägt ihn wie eine Rüstung. »Das ist ein Bericht, den der Richter geschrieben hat, bevor er starb. Ihre Aussage ist entscheidend für seinen Befund.«

»Gut. Jemand muss sich darum kümmern.«

Karen nickt und zieht sich zurück, hasst die Geste, weil sie ein feierliches Versprechen andeutet, Engagement. Sie würde sich gerne darum kümmern, aber Gerechtigkeit ist auch ein ausgewogenes Verhältnis zwischen Berufs- und Privatleben, ein blutig gebratenes Steak.

Theoretisch toll, aber verdammt schwer zu bekommen.

»Bierzeit«, sagt Brendan Tavish. »Durst?«

»Kann ich mir nicht leisten«, sagt Karen.

»Pleite oder wie? Die ganzen neuen Klamotten. Deshalb dürfen Frauen niemals die gleiche Bezahlung bekommen – ihr würdet einfach alles für Schuhe rausschmeißen.«

Karen grinst. Er hat da so eine bestimmte Art, kann so was sagen, und trotzdem geht die Stimmung nicht flöten. »Ich hab schon was vor.«

»Ein heißes Date?«

»Essen mit der Familie. Was steht an am Wochenende?«

Jetzt reibt er sich die Hände. »Heute Abend Fußball mit dem Sohn. Campbelltown. Die Raiders werden es nicht leicht haben, aber, hey, die Magpies schaffen das.«

»Sind das nicht die, die von allen gehasst werden?«

»Du meinst Collingwood. Die Wests hasst keiner. Man muss gut sein, um gehasst zu werden.«

Sie betrachtet den Mann, der es fertigbringt, so was zu sagen, der viel klüger ist, als er denkt. Er guckt fröhlich, zufrieden; unmittelbar bevorstehende Kaltgetränke schalten ihn in einen neuen Gang, in dem er funktionieren und anbranden kann. Er hat sich für die Woche ausgeschaltet, weil rationale Menschen das so machen.

»Kannst du folgendes Rätsel für mich lösen?«, sagt Karen. »Wo haben die Rex Faulkner heutzutage so geparkt?«

04

Wenn man am Aufsteigen ist, bekommt man gesagt, wie weit man es noch bringen wird. Dann begegnet man jemandem, der das Gegenteil behauptet. Dass man gar nicht aufsteigt. Weißt du, was du für ein Problem hast? Die Leute wissen nicht, woran sie bei dir sind, und das ist ihnen nicht geheuer.

Er war kein Arsch. Tatsächlich hatte er den Nagel auf den Kopf getroffen. Menschen müssen sich gegenseitig Etiketten aufkleben, sich gegenseitig auf eine Art Essenz einkochen. Aber du hast die Vorstellung immer gehasst, auf den ersten Blick durchschaubar zu sein.

Du machst es selbst. Das wird Cops beigebracht. Zum Schluss ist es ja doch Blödsinn. Man kann nicht jemanden ansehen und wissen, ob seine Geschichte wahr ist. Man begegnet keinem Kumpel und kennt die Beschaffenheit seines Schmerzes.

04

Ein Wölkchen von einem Mann, angeblich trägt er jeden Tag denselben Anzug. Tadellos gepflegt, mit Kupferknöpfen, die Weste sitzt eng, obwohl sie wenig zu umschließen oder zu fassen hat.

Der Anzug ist kalt, aber schön, stammt aus der Savile Row, eine Reise nach London vor langer Zeit.

»Klopf, Klopf.«

Er schaut langsam auf, als würde es Unglück bringen, den Kontakt mitten im Satz abzubrechen. Wie Faulkner selbst ist auch sein Schreibtisch ordentlich, beide werden von der Messinglampe erhellt. Deren grüner Schirm ist ihr aus neuen Filmen über alte Zeiten vertraut, die Banken und Bibliotheken aus dem ausländischen Früher. Ein wertgeschätztes Geschenk oder Souvenir: von einem engen Mitarbeiter, einem dankbaren Opfer. Die Lampe ist berühmt, Faulkners Metapher, weil sie in seiner Anwesenheit immer eingeschaltet ist, sogar zur Mittagszeit im Hochsommer.

Vielleicht gibt er den Geist auf, wenn sie's tut, ein verzauberter Gegenstand, der ihn hier hält. Vielleicht sehnt er sich danach, dass eine Grimm'sche Prinzessin eintritt und den bösen Fluch aufhebt. Unter dem Gifthauch seines eigenen Qualms legt er die Stirn in Falten und sagt, »Wer ist da?«

»Millar. Ist das eine gute Zeit für eine kurze Störung?«

Faulkners erneut gesenkter Blick lässt vermuten, dass so etwas existiert. Die Narbe auf der linken Gesichtshälfte ist an sich schon eine Prominenz, eine Schienenspur, zurück zu einem Schmerz vor langer Zeit. Die Zeit hat ihre Farbe in den seines Teints drum herum übergehen lassen, graues zusammengeknülltes und anschließend wieder geglättetes Papier, eine Wunde, aber die Umgebung hat Frieden gefunden. Original vierzig Stiche. Der beste/schlimmste aber ist die Ursache, die alle kennen. Keine berufliche Schlägerei oder eine schwierige Festnahme, eine zerschlagene Flasche im Ironworks Hotel. Es war ein Geschenk seiner Frau.

»Nehmen Sie Platz.«

»Danke. Sie wissen, worum es geht?«

»Sicher. Um Koestler.«

So was spricht sich rum. Selbst bis hierher, in den vergessenen

Keller eines bewusstseinsverändernden Gebäudes, auf der Karte verzeichnet unter E. Steht wohl für Escher; Scullys Ecke in der Asservatenkammer ist die Pitt Street im Vergleich hierzu. »Ich hätte angerufen, aber Ihr Anschluss ist tot.«

Karens Blick wandert zu dem antiken Telefon an seinem Ellbogen. Faulkners Blick nicht. Auch dies ein Souvenir, nur zum Anschauen.

»Was wollen Sie wissen?«

Er raucht, widmet sich dem Vorgang mit professioneller Ernsthaftigkeit. Sie denkt an die Teergruben, die seine Lungen sind, das interessante Herz, das sie umschließen. Das Erste, was sie über Faulkner erfuhr, war, dass er treuliebend ist, selbst jetzt noch als Witwer. Maureen, eine vom Pech verfolgte Frau und bekanntermaßen irre, wurde vom ersten Tag ihrer Begegnung bis zum letzten über die Maßen von ihm geliebt. Und das ist bis heute so geblieben. Nichts sonst im Reich der zehntausend Dinge kam auch nur annähernd an die eingeschworene und totale Zuneigung von Rexy Faulkner heran.

»Das Tagebuch des Richters«, sagt Karen. »Sie stehen drin.«

Er schnippt die Asche von der Kippe, schafft es, im selben Augenblick mit den Schultern zu zucken und zu nicken. Beide Reaktionen sind minimal, fatalistisch. Vielleicht will sie hart sein, unhöflich, aber die Zeiten, in denen er Anstoß nahm, sind vorbei.

»Wann denn?«

Eine Frage frei von Neugier. Form ohne Inhalt: Das steht für den Mann. Eine andere Karen würde so tun, als würde sie in ihrem handgroßen Notizbuch nachschauen – die Karen, die mit Holden Billard spielte. Sie versucht, sich die beiden bei einem geselligen Treffen vorzustellen, Bier trinken, reden über die alten Zeiten. Geht nicht.

»April 1990. Zwölf Monate bevor er starb.«

Faulkner schaut auf seinen Schreibtischkalender, fixiert sich selbst in der Zeit. Er misst die Vergangenheit an der Gegenwart,

April 90 gegen Mai 93. Tausend Tage, mehr oder weniger, eine ereignisreiche Zeitspanne, aber nicht für ihn. Er hat sie hier verbracht, lebendig begraben mit der prächtigen Lampe.

»Sein Wagen wurde gestohlen. Ein Daimler. Sind Sie mal einen gefahren?«

Sie schüttelt den Kopf. »Kann ich nicht behaupten.«

»Wie ein Sherman. Sie wissen schon – der Panzer.«

»Im Tagebuch steht, Sie und Paspaley.«

»Genau.«

»Ein leitender Detective der Mordkommission wegen eines gestohlenen Wagens. Wirklich?«

Faulkner atmet aus. Ein Flaschengeist in der Luft, er hat Mühe, Gestalt anzunehmen, zum Leben zu erwachen und Wünsche zu gewähren. Aber eine solche Umgebung ist das hier nicht. »Der Mann ist Richter am Supreme Court. Da werden nicht irgendwelche Penner hingeschickt.«

»Sie haben ihm das Gefühl gegeben, wichtig zu sein, gehört zu werden?«

»Klar. Wie von den Chefs gewünscht.«

»Ist der Wagen wieder aufgetaucht?«

»Spontan würde ich vermuten, er war zu exotisch, um verschoben zu werden. Der Trottel hat wahrscheinlich gar nicht kapiert, was er sich da unter den Nagel gerissen hat.«

»Wurde einfach abgestellt, oder?« Faulkner zuckt erneut mit den Schultern; dieses Mal gar nicht so unmerklich.

»Kleine Welt«, sagt sie, »dass Sie dann die Leitung in seinem Mordfall übernehmen.«

»Wenn Sie meinen.«

»Muss wohl weniger Detectives in den Mordkommissionen dieser Stadt geben, als ich dachte.«

»Ja … und keine, die die Bezeichnung wert sind.«

Gut gegeben. Karen verändert sich, wird zur Notizbuch-Checkerin, liest laut Worte vor, die sie nicht geschrieben hat. *»Am Nachmittag: Besuch im Büro von drei Detectives. Rex Faulkner,*

Roger Paspaley, Ajax.« Faulkner wartet, zwingt sie, es auszusprechen. »Wer ist Ajax?«

»Hab nicht die leiseste Ahnung«, sagt er. »Soweit ich mich erinnere, waren wir zu zweit.«

»Sind Sie sicher?«

»Ziemlich.«

»Komisch, dass da drei steht.«

»Ich bin halt ein Knaller«, sagt Rex. »Das Doppelte wert.«

Erneut kein Funke von Anstoß. Das Leben hat ihn ausbluten lassen. Oder vielleicht war er immer schon so gewesen: gespenstisch, lebendiger innerer Farben beraubt. Vielleicht wurde er nur vermittels der Elektrizität seiner Frau real, und das ist der Grund, warum er sie geliebt hat.

»Hat es Sie geärgert, dass Sie in der Stadt herumrennen und einen gestohlenen Wagen suchen mussten?«

»Einen gestohlenen Daimler.«

»Ja – ich hab's gehört. Der einem hohen Richter gehört hat. Wo finde ich Paspaley?«

»Weiß Gott.«

»Vom Winde verweht?«

»Klar. Wie alle aus der Crew.«

»Sie meinen die Cavendish Crew. Gehörte Holden dazu?«

»Jetzt überspannen Sie die Freundschaft«, sagt Faulkner. »Zu verfolgen, wer wo bei wem war, hat nie wirklich zu meinen Hobbys gezählt.«

»Aber dass Sie mit Paspaley zusammenarbeiten, ist schon mal sehr eigenartig. Sie sind beide von der Mordkommission, gehören aber unterschiedlichen Teams an.«

»Hat sich zufällig ergeben. Ich war an dem Tag in St James.«

»Der Zufall«, sagt Karen. »Ist eine mächtige Kraft.«

»Die mächtigste überhaupt, denke ich.«

Sie nickt. Irgendwo da draußen kommt eine Freitagabendstadt in Gang. Aber hier unten ist nichts, keine Zeit und kein Raum, nur ein fester einzelner Punkt. Sie steht auf und klopft zum Ab-

schied auf den Tisch: Klopf-Klopf, nur dieses Mal ist es ein Abschluss. »Tut mir leid, wegen der Störung. Danke für Ihre Hilfe.«
»Kein Ding«, sagt Faulkner.
Nie wurde ein wahreres Wort gesprochen.

03

Du hast nichts Fundiertes zu sagen. Ich hoffe, du lässt dir nicht einfallen, es zu versuchen. Liams Lehrer sagt, dass Worte »Systeme« *sind. Das muss es sein, womit die Leute heute hausieren gehen.*
Na ja, du arbeitest innerhalb eines Systems.
Du weißt genau, wozu es gut ist, was es wert ist.

Liam. Die einzige Person von Bedeutung, die du nie aufnimmst. Welches Bedürfnis? Ein Augenblick mit ihm kommt dir für immer unvergesslich vor. Sein Gewicht auf deinem Schoß, nie so unbequem, dass du wünschtest, er würde runterrutschen. Der Druck seiner warmen Haut – immer so ein heißes, so ein überhitztes Kind – und das überströmende Gefühl von Blutsverwandtschaft.
Nein, Verwandtschaft über Blut hinaus: Liam ist kein biologisch Verwandter. Aber von dem Augenblick an, in dem du ihm als glucksendem Baby begegnet bist, hattest du das Gefühl, dass er dir gehört. Du bist fünfundzwanzig Jahre alt und weißt schon lange, dass du Robert nicht mehr in deinem Leben haben willst. Aber dann trifft der Junge ein, Hollys einzige bedeutungsvolle Geste, und plötzlich – ach du Schande – steckst du auf Gedeih und Verderb mit drin.

03

»Hast du jemals jemanden verhaftet, von dem du wusstest, dass er unschuldig ist?«

Der Mann, der die Frage stellt, heißt Edward. Karen wurde aufgefordert, ihn Eddie zu nennen, aber das ist so wie ein tasmanischer Parlamentsabgeordneter oder ein Queensland Sheffield Shield: Es wird niemals dazu kommen.

»Warum zum Teufel sollte ich?«

Edwards Schulterzucken ist gerecht. »Um Druck auszuüben, vielleicht.«

»Druck?«

»Ich verurteile es nicht, ich will's nur verstehen.«

»Was verstehen?«

»Wir alle müssen schwierige Entscheidungen treffen. Subjektives Risiko, et cetera.«

Er versucht, Anteil zu nehmen, brüderlich zu sein. Er vergleicht das, was er den ganzen Tag macht, mit dem, was Karen den ganzen Tag macht. Edward ist ein auf Offshore-Derivate spezialisierter Börsenmakler. Holly, die Gastgeberin, kommt mit einer Schüssel grünem Salat herein und fragt, wer einen Drink möchte.

»Ich«, sagt Karen.

»Funktioniert der Wein für dich?«

»Noch nicht.«

Dinner bei ihrem Bruder. Hinterhalt. Sie müsste eigentlich besser sein. Edward arbeitet mit Robert zusammen, und die beiden sind kaum zu unterscheiden. Geld als Spiel, ein Konzept, ein Überbleibsel, das sie nicht wegzuwischen versuchen. Sie wirken nicht echt.

Sie kam nur, um Liam zu sehen, und Liam ist ins Bett gegangen. Er ist fast sieben, und als das Spiel angepfiffen wurde, sagte er den Erwachsenen im Schlafanzug gute Nacht. Jetzt läuft es stummgeschaltet im Hintergrund, und Karen wirft hin und wieder einen Blick auf den Spielstand, denkt an Brendan Tavish und seinen Jungen auf der Tribüne. Sie hofft, dass die beiden mehr Spaß haben als sie.

Kann verdammt noch mal gar nicht anders sein. Robert schaut immer so selbstzufrieden, und Karen starrt ihn immer von der Seite an, indirekt neugierig, fragt sich, wie und warum.

»Das, worüber wir gesprochen haben«, sagt Holly. »Bist du dem nachgegangen?«

Der andere Grund, weshalb sie gekommen ist. Musste es irgendwie hinter sich bringen. Hätte eine heimliche Sitzung nicht ertragen, irgendeinen dämlichen Vormittagsbrunch in einem Café in Crows Nest.

»Ja«, sagt Karen. »Bin ich.«

Sie und ihre Schwägerin sind in der Küche beim Einräumen der Spülmaschine. Der Ton wurde wieder hochgedreht, und die Männer, die männlichen Kinder, kleben davor. Es sind Rugby-Typen, keine Liga-Fans, aber die Jungs schauen alles im Fernsehen, wenn es live ist.

»Und? Mach's nicht so spannend.«

Karen mag Holly, kann aber keinen Respekt vor ihr aufbringen: Hollys Geschmack in Hinblick auf Männer ist zu fragwürdig. »Nein«, sagt sie leise. »Er betrügt dich nicht.« Holly schließt die Augen – die Erleichterung einer Frau, die kein eigenes Geld verdient – und räumt unter Verwendung ihres Körpergedächtnisses eine Dessertschüssel ein. Dann bewegt sie sich eine Weile lang gar nicht.

So ein hübsches Mädchen. Sie hätte sich einen aussuchen können. Aber die Welt war so angsteinflößend, und Robert war so sicher.

»Definitiv nicht?«

»Ich hab einen Profi drauf angesetzt«, sagt Karen – und sieht kurz Million Percent im Licht der Scheinwerfer von Dapto aufblitzen. »Vertrau mir.«

Oder vielleicht ist es gar keine Erleichterung: Es gibt keinen Vorläufer von Hollys Gesichtsausdruck, und Karen weiß nicht, als was sie ihn bezeichnen soll. Die Frau spricht mit der toten Stimme, die fürs Beichten erfunden wurde, die Informanten benutzen. »Er denkt, dass du ihn nicht magst.«

»Wer?«

»Robert.«

Immer so eine gequälte Stimme. Man muss sich sehr weit von sich selbst entfernen, sich wie jemand anders fühlen, um das hinzubekommen. »Darf ich mal das Arbeitszimmer benutzen? Ich muss mich um ein paar Dinge kümmern.«

Holly erklärt sich lächelnd einverstanden. Karen entfernt sich rasch von dieser Hunderennbahn der Verzweiflung, ein von Feigheit und Lügen angetriebener Hase.

»Was spielst du?«

Der Raum ist maskulin. Roberts Vorstellung von Klasse ist die Encyclopaedia Britannica sowie ein Riesenglobus, neben dem alles andere winzig erscheint. Pseudoantik, eine kleine Glühbirne darin. So dachten die 1650, dass die Welt aussieht, von Australien keine Spur.

Karen blickt auf, und ihr Lächeln ist voll, instinktiv. Liam steht in der Tür, klein für sein Alter, eine Silhouette vor dem hellen Flurlicht. Sie legt einen Finger an die Lippen und macht ihm Zeichen, näher zu kommen. Er ist nicht alleine, er hat seinen Bären dabei.

»Alles klar, Großer?« Liam nickt. Er ist neugierig. »Ist meine Arbeit«, sagt sie.

Auf dem Schreibtisch wird Roberts Schachbrett auf Herz und Nieren geprüft. Das Schachset, das ein Mann kauft, aber nie damit spielt, sagt viel über ihn aus. Es ist groß – beinahe schwer genug, um jemanden damit zu erschlagen – und vulgär wegen seines Preises. Die Figuren sehen aus wie aus Glas, sind aber aus Kristall. »Komm, setz dich auf meinen Schoß.«

Neben dem Brett steht Koestlers Geheimpapier. *Kodex Eins,* das ganze wahnsinnige Schach. Oder nicht Schach: Karen hat eine Woche damit verbracht, die Züge auszutüfteln, die Figuren zu bewegen. Es bedeutet gar nichts.

»Alles in Ordnung, Großer?«

»Bist du wirklich meine Tante?«

»Ach, Schatz.« Karen küsst ihn auf den Kopf. Johnson & Johnson, das sauberste Haar, dem sie je begegnen wird. »Hast du mit deiner Mum geredet?«

Liam nickt, so wie kleine Kinder es tun – aus ungenierter Überzeugung. Karen bewegt einen Turm, so wie ein Turm niemals bewegt werden dürfte, und denkt über ihren nächsten Zug nach.

Ich liebe dich, Großer. Wir sind eine Familie für immer.

»Du malst Buchstaben«, sagt Liam und stößt den großen Globus an.

02

Der Wind, Diener der Kälte und umso schärfer, weil die Stadt nicht danach aussieht. Klare Sonne, klarer Himmel: Sydney gibt sich Mühe, in jeder Jahreszeit genauso auszusehen. Ein Tourist könnte eine Postkarte an Verwandte in ferne Länder schicken, und sie würden es für Sommer halten, für das Paradies. Fakten sind zweitrangig, wenn man beweist, wie viel Charakter man hat.

Jetzt lassen sie für Charlie King den Hut rumgehen. Du kennst Charlie nicht, aber du kennst die Geschichte. Letztes Jahr bei der Schießerei, durch die die Sphinx Avenue berühmt wurde, ein eingeschworenes Mitglied tot und ein anderes verkrüppelt. Padstow: Jetzt wieder in allen Nachrichten, hochgewürgt zum öffentlichen Konsum, das Bezirksgericht verurteilt den heroinsüchtigen Jugendlichen, der es getan hat.

Nein, kein Jugendlicher – er wurde als Erwachsener verurteilt.

Nathan Derrick, jetzt sitzt er für alle Ewigkeit hinter Gittern. Grand Theft Oxo. Eigentlich bloß ein Drecksack – enttäuschend unbedeutend.

Komm schon, Charles – wenn du dich da draußen abknallen lässt, dann von einem Namen, einem berühmten Gesicht, von jemandem dessentwegen man über dich sprechen wird, dein vergossenes Blut mit deren toxischem Ruhm verbunden. Kein verfluchter Nathan, der einfach so durchdreht, sich nichts hat zuschulden kommen lassen bis zu dem Tag, an dem ihr euch begegnet seid, außer Verbrechen gegen sich selbst.

Brendan bietet dir die Hälfte seiner Spaghetti an. Du sagst, du hast keinen Hunger.

»Komm schon, Kaz. Ein Mädchen kann nicht nur von Brausetabletten leben.«

»Sie kann es versuchen, dünn sterben.«

»Blödsinn. Du kannst essen, was du willst, bei der ganzen Lauferei.«

Sein Instinkt täuscht ihn nicht: Du hast heute nichts gegessen, und jetzt ist der Tag vorbei.

Als du um die Ecke zum Parkplatz gehst, schlägt dir ein bitterer Wind entgegen, eine schneidende Nachrichtenfront aus Hunger und Einsamkeit.

Erleichterung: Carmel Waters ist nah, ein Kühlschrank voller Essen und eine Decke, die funktioniert. So ein Glück. Mehr Glück, als Nathan je hatte. Mit siebzehn bloß ein Drecksack, schon wahr – aber als er mit zwölf unter die Brücke zog, in Hunger und Einsamkeit promovierte, noch nicht.

Als Charlies Hüfte zu schmerzen beginnt, nimmt er einen doppelten Scotch und projiziert eine Welt ohne Nathan. Dasselbe machen Die.

Scheiß drauf.

Scheiß auf Utopie und bargeldlos. Scheiß auf Daumenscan,

und scheiß auf Netzhaut. Scheiß auf eine Welt ohne Verbrechen, eine Welt ohne Geheimnisse. Scheiß auf das Leben, in dem unsere Seelen von innen nach außen gekehrt werden, sauber gebleicht, in Gefolgsleute unterteilt. Scheiß auf Plaudern, und scheiß auf Aufzeichnungen. Scheiß auf Anführer, scheiß auf Bequemlichkeit, scheiß auf vernünftig, scheiß auf Systeme, scheiß auf dich.

02

Du Braut der Ruhe, bis jetzt ungefreit. Lenny kann kein Museum betreten, ohne daran zu denken – nicht, wenn sie so dasitzt, in der Düsternis eines verdunkelten Flügels, frei von Luft, dafür mit Klimaanlage, ein perfektes Klima für Stille. Perfekt für das Gefühl, dass man wahrer und schöner sein könnte, wäre man nur geduldiger, antiker in der Herangehensweise. Wie in jeder schwach beleuchteten Urne hinter Glas dort drüben, sein unsterbliches Geschick dafür, ausschließlich von sich selbst zu handeln.

Sie sieht aus, wie Karen sich Helen Appleton vorstellt: krauses Haar, braune Kleidung. Karen sieht ihr zu, wie sie in einer übergroßen Handtasche kramt, deren Riemen sich um einen Arm schlingen, hoch und weit ausgestreckt wie ein Gerüst, als wäre er gar nicht Teil ihres Körpers. Ihre freie Hand und der gesamte Kopf verlieren sich darin, sie sucht und gräbt, anscheinend vergebens. Sie sieht aus wie eine Pennerin, ein überwucherter Womble, in jeder erdenklichen Hinsicht das Gegenteil von Karen.

»Hast du was verloren?«

Lenny taucht auf. Zwinkernd, gereizt. »Den verfluchten Verstand.«

»Klingt, als wär's ernst.«

»Ich könnte schwören, ich hab das andere Portemonnaie eingesteckt.« Lenny kapituliert und baut das Gerüst ab; die Tasche fällt, kein Sicherheitsnetz, und verteilt sich auf dem Boden wie ein Mafia-Attentat. »Gib mir Koffein oder die Kugel.«

Karen setzt sich auf den Diwan, lehnenlos, aber mit Kissen, neben Lenny, das Gesicht aber in die andere Richtung. »Entschuldigung, das war sehr kurzfristig. Wo bist du hergekommen?«

»Blue Mountains«, sagt Lenny. »Faulconbridge.«

»Ganz schön weit.«

»Vielleicht ist es das ja wert. Und du?«

»Ich wohn drüben in Five Dock. Hab ein Apartment.«

»Solo?«

»Genau.«

»Hast du's gut«, sagt Lenny. »Ich wohn mit drei Kerlen zusammen. Die machen nichts außer schlafen, fressen und streiten.«

»Teenager?«

»Kater. Ist was passiert?«

Viertel nach zehn. Lenny musste die Seite ungefähr um sechs bekommen haben. Niemand steht samstags früher auf, außer der Yoga Crew, und zu der gehört sie nicht. Sehr häuslich ist sie, sie und die Katzentiere, unzählige Tassen Tee und ein angebeteter Kamin. Es gab einmal eine Zeit, in der sich das Büro benommen hat, aber dann wurde es zügellos, floss über, wurde zur tosenden Wolga aus Büchern und Ordnern, Zeitschriften und Artikelausschnitten, im ganzen Haus eine Überschwemmung an Wörtern, deren Lesetag niemals kommen würde. Lenny musste ungefähr um acht gegangen sein. Sie hätte anrufen können und den Termin verschieben, um Aufschub betteln, aber sie hat es nicht getan. Sie hat sich organisiert und ist zum Bahnhof gegangen.

Oder fast organisiert. Hat das falsche Portemonnaie eingesteckt.

»Rawson ist abgetaucht«, sagt Karen. »Kondensstreifen.«

»Hat er sich unerlaubt von der Truppe entfernt?«

»Kann man sagen. Er hat Bercovitch irgendeinen Mist erzählt, von wegen, wir hätten was miteinander. Liebestechnisch. Daraufhin hat Tony ihm Urlaub gegeben. Das war vor einer Woche, und seitdem wurde das Arschloch nicht mehr gesehen.«

»Ist angeln gefahren. Hast du mit Tone gesprochen?«

»Scheiß auf Tone. Der hat's geschluckt, mit allem Drum und Dran. Hat mir mit Suspendierung gedroht.«

»Was war Micks Ansatz, einfach bloß bescheuert sein?«

Karen zuckt mit den Schultern. »Bei den Typen renn ich gegen Mauern. Der letzte Versuch war dein Faulkner. Musste meine Manieren vergessen.«

»Hat er dich abblitzen lassen?«

»Dafür wäre ziemlich viel Energie nötig.« Karen schaut Lenny nicht an, will die ironische Belustigung nicht sehen, in die ihr *Hab's dir doch gesagt* sich kleidet. Der Anblick würde sie ärgern. »Dieses Koestlerbuch, das du schreibst. Hast du schon einen Titel?«

»*Das Sizilianische Verbrechen*.«

»Ah, dann hast du also darüber nachgedacht.«

»Gefällt er dir?«

»Ist nicht neu.«

»Ich zahl Rawse gerne einen Anteil.«

»Ist es seiner?«

»Klar. Was für ein Witzbold.«

»Sag mir, was du über ihn weißt.«

»Rawson?«

»Koestler.«

Mastermind nur ohne Scheinwerfer: Lenny braucht kein Studiopublikum, um ihn zu spüren, den Leistungsdruck. »Hängt da noch was anderes dran?«

»Ich interessiere mich für deine Ansicht.«

»Na schön. Geburtsname Angelus Klaus. 1926 in Rom geboren, Diplomatensohn. Die Eltern sind aus Europa geflohen, als er elf war. Ein dürrer, stotternder Junge; deutscher Nachname, italienischer Akzent. 1938 nicht gerade angesagt.«

»Oh Mann.«

»War auf dem King's, im Internat, dann in Sydney. Pauline, Altphilologie und Jura, Klavier, außerdem ein bisschen Cricket – der unvermeidbare Rhodes. 1954 hat er seinen Magister in Jura gemacht und die folgenden zwei Jahre in der Kanzlei Owen Greywater gearbeitet, eine Riesenleistung. Seine Zulassung als Anwalt bekam er 58, im selben Jahr hat er sich mit Rosemary Delahunty verlobt – das ist die von den *Darling Point*-Delahuntys. Rose stirbt plötzlich vor der Hochzeit an Blutvergiftung, und der Legende nach hat er nie wieder eine Frau angesehen.«

Karen klatscht langsam, aber voller Bewunderung. »Nicht schlecht.«

»Wahrscheinlich nicht ganz akkurat mit den Jahreszahlen.«

»Klang für mich auf den Punkt. Aber du bist ein bisschen wie sein Tagebuch, erzählst mir alles und nichts. Ich frage dich noch mal, Ms Clarke – wie siehst du das Opfer?«

Lenny fühlt sich leicht getroffen. Sie verstummt und konzentriert sich, schaut ins Leere, vorbei an dem Glas, vorbei an dem versteinerten prähistorischen Rüsselkäfer. »Ästhet, Einzelgänger, hochkultiviert. Ein öffentlicher Intellektueller im europäischen Sinne. Du weißt schon – pflichtbewusst, gemeinnützig. Und ein Sammler.«

»Von was?«

»Allem. Aber vielleicht ist das zu vage, um damit zu punkten.«

»Nein«, sagt Karen, »du hast recht, Koestler war vielseitig interessiert. Hauptsache alt und in gutem Zustand. Hast du was gesehen, was dir gefällt?«

Lenny richtet sich auf und schlägt die Beine übereinander. Liest die unaufgeregte Tafel noch einmal, eine Bronzetafel auf dunklem Kastanienbraun.

Sammlung Lonardi

Von einem anonymen Spender, April 1991

»Schöne Sachen«, sagt die Journalistin. »Aber bunte Mischung.«

»Die Mitarbeiter hier nennen es das Elster-Zimmer. Interessanterweise handelt es sich fast schon um heiße Ware. Syrien will die Tafel zurück, die Japaner erheben Anspruch auf die Camée. Und wir wollen nicht mein persönliches Lieblingsstück vergessen, den silbernen Grenadier mit dem eingelegten Chronometer.«

»Französisch?«

»Britisches Museum. Dort denkt man, er ging 83 verloren.«

»Diebesgut. Wohin führt das?«

Karen bleibt stehen und nähert sich der Scheibe. Griechische Urne. Gut, dass sie alleine sind. »Gestern hab ich mich mit dem Kurator unterhalten. Er hat mich zum Mittagessen eingeladen, drei Gänge.«

»Mit Wein?«

»Margaret River durch und durch.«

»Du lieber Gott. Hat er ausgepackt?«

»Nicht direkt. Die Anonymität des Schenkers ist unanfechtbar. Tatsächlich denkt der Vorstand hier, dass die Papiere von einem, Zitat, Jura-Genie entworfen worden sein mussten.«

»Ach du Scheiße.«

»Sechs oder sieben Regierungen haben auf Rückgabe geklagt, aber das Ganze ist ein einziges Chaos. Souveränitätsfragen, einstweilige Verfügungen, Streit wegen der Rechtsprechung.«

»April 91«, sagt Lenny. »Das ist der Monat, bevor Koestler gestorben ist.«

»Und nicht der danach. Dieser Schatz wurde ausgehändigt, nicht hinterlassen.«

»Ein Lebenswerk. Du meinst, er hat es einfach abgegeben?«

»Bin geneigt, in diese Richtung zu denken«, sagt Karen. »War er nostalgisch in Hinblick auf seine Kindheit?«

Die Journalistin nickt. »Die Mutter kam aus einer vermögenden Familie. Eine italienische Gräfin. Die Villa, die Diener.«

»Weißt du noch, wie es hieß?«

Lenny lächelt jetzt langsam, aber verständig. Sie hat's nicht mitbekommen. Wird langsam älter, ist aber auch schwer, mit den Millars dieser Welt mitzuhalten.

»Der Familiensitz, wo er aufgewachsen ist?«, sagt die Reporterin in gemessenem Takt.

»Er hieß *Lonardi.*«

01

Du hast am selben Tag Geburtstag wie Amerika. Zum sechzehnten bekommst du ein Geschenk von den Ärzten, den Psychiatern. Die Erlaubnis, das Krankenhaus zu verlassen, mit David und Giselle nach Hause zu fahren.

Nach Hause.

Independence Day. Die Schwestern klatschen, schenken dir einen Kuchen.

Du warst schon ein- oder zweimal bei ihnen zu Hause, die Familie hat gegrillt. Ein schönes Zuhause, mit Pool. Sie haben dich reingeschoben, und Robert, das kleine Dreckschwein, schien enttäuscht, dich zu sehen.

Lange Zeit galt dir die größte Aufmerksamkeit. Deiner ständigen Pflege. Er war zehn und sagte bereits Mum zu Giselle. Du fandest das zum Kotzen, aber das war nur angewandte Heuchelei. Dein Bruder war nie Teil deiner Familien, nicht wirklich, also warum solltest du ihm sein Glück nicht gönnen, wenn er eine neue gefunden hat?

Im Wohnzimmer herrscht feierliche Stimmung. Es ist Abend, längst nach Roberts Bettzeit, kurz vor deiner eigenen. Du kriechst an den Rand des Balkons und lauschst aufmerksam allem, was sie sagen, oder über zwei, drei Minuten auf bedeutungsloses Geplauder, dann rufen sie deinen Namen.

Krücken: Du kommst die Treppe runter wie eine Debütantin, und alle stehen auf, um dich zu begrüßen. Dann wird es der Invalidin bequem gemacht, während die beiden Constables – ein Mann, eine Frau – sich vorstellen. Rückblickend erkennst du, dass sie noch grün hinter den Ohren sind, jung, aber damals wirkten sie weltgewandt und maßgeblich.

Der Unfallbericht liegt vor, liebevoll zusammengestellt aus Bruchteilen und Reifenspuren, aus Scherben und zerdelltem Blech. Sie sind gekommen, um dich über die Einzelheiten des Ereignisses aufzuklären.

– Erinnerst du dich an den Unfall?

– Nein.

– Dein Vater hat nichts falsch gemacht. Wahrscheinlich hat er dir mit seiner Reaktion dein Leben gerettet.

– Waren meine Eltern sofort tot?

Es herrscht Stille. Die Constables wechseln einen Blick. Der Junge von der Kinderpolizei trifft eine Entscheidung und nickt, sagt ja.

Quatschkopf. Du erhebst dich von dem kostbaren Sofa und krückst durch den Raum, David erklärt den Besuchern, dass du deinen Kreislauf ankurbeln musst. Du gehst an die breiten Fenster nach vorne raus, und da siehst du.

Er steht auf dem Rasen und starrt hinauf zu Gott, wirkt friedlich beim Rauchen. Er sieht gut aus, vielleicht doppelt so alt wie du, aber noch nicht alt. Er hat etwas Frisches an sich, als hätte er gerade erst geduscht, als würde er immer so aussehen wie gerade erst geduscht. Alle Tage seines Lebens wird er saftig sein wie frischgeschnittene Kiefer, so was Natürliches, wenn man ihm nahekommt.

Das möchtest du. Von solchen Armen umschlossen werden, nichts käme je an ihnen vorbei.

Das Mädchen von der Kinderpolizei folgt deinem Blick.

– Das ist ein Detective, mit dem wir zusammenarbeiten. Wir nehmen ihn mit.

– Er ist riesengroß.

Sie lacht, und etwas daran setzt ein Wissen in Gang, das Wissen, dass sie in ihn verliebt ist. Du sagst mit schlichter Anweisung in der Stimme: Sag mir, wie er heißt. *Die Erwachsenen wechseln erneut Blicke, aber es ist eine bekannte Tatsache, dass man traumatisierten Teenagern in Hinblick auf eigenartiges Verhalten einiges durchgehen lässt.*

Er auf dem Rasen – in jenem Augenblick ist er die Welt, ersetzt die vorangegangene Version, in der Mütter und Väter nicht sofort sterben.

– Carla, die Beamten hatten einen langen Weg.

– Dave hat recht: Es wäre höflich, wieder Platz zu nehmen, dein Zuhörverhalten. Aber du tust es nicht. Du bleibst an der Scheibe stehen und sagst, tut mir leid, macht weiter.

– Unhöfliches Kind. Hätte genauso gut Kaugummi kauen können, Kopfhörer aufsetzen. Das Mädchen von der Kinderpolizei spricht freundlich, aber du kannst sie jetzt schon nicht leiden.

– Hast du denn den Unterrichtsstoff in der Schule aufholen können?

– Nicht so richtig.

– Also jetzt hast du ja viel Zeit. Wie alt bist du?

– Siebzehn.

Eigentlich ist sie gerade erst sechzehn geworden, schaltet sich die stets hilfsbereite Giselle ein. Die Polizisten nicken geduldig und verständnisvoll. Wenn man vom Monaro Highway gekratzt werden musste, schleichen sich schon mal ein paar Ungenauigkeiten in die Details; Name, Alter, Daseinszweck.

Nur dass es keine Ungenauigkeiten sind. Du machst das schon dein ganzes Leben.

Du bist nicht siebzehn – du sagst nur, dass du es bist, fühlst dich so. Mit neun-Schrägstrich-zehn machst du's genauso, mit neunzehn-Schrägstrich-zwanzig, als hättest du der Zeit zwischen dem Jetzt und dem nächsten Geburtstag bereits abgeschworen, sie vorausschauend abgetreten, geopfert, um ein schlimmeres Schicksal abzuwenden. Das Mädchen von der Kinderpolizei fragt, welcher berufliche Werdegang dir vorschwebt.

– Ich werde Anwältin.

Die Erwachsenen reagieren darauf, reden, aber du hörst sie nicht. Tatsächlich ändern sich deine Ambitionen genau in diesem Moment – sie alchemisieren, werden zu etwas Unveränderlichem, aber Neuem.

Der Riese auf dem Rasen tritt seine Zigarette mit dem Absatz aus, steckt sich die Kippe hinters Ohr. Dunkle Haare, dunkle Haut. Er schaut erneut gen Himmel, ein Philosoph, ein Krieger-Poet: Die Aura seiner Ehre ist schlicht. Sie wollen dir seinen Namen nicht verraten, aber das ist egal, weil Liebe ebenso wie das Böse Zufall ist, ein Unfall, der zusammengekauert auf deinem persönlichen Highway lauert, noch bevor du dort überhaupt hinkommst.

01

Sie gehen ins Café und retten Lennys Leben. Bei einem Ausflug könnten sie Freundinnen sein. Lenny bestellt einen dreifachen Espresso mit Milch.

»Bauarbeiterdosis«, sagt Karen.

»Was glaubst du, was Journalismus ist? Eigentlich nichts anders als Klempnerei.« *Nur dass man es mit viel mehr Scheiße zu tun hat.* Hätte Lenny fast noch ergänzt, aber das ist hier nicht der richtige Ort: Es ist viel los, hell vor Samstagsenergie, auf vornehme Kundschaft ausgerichtet. Kultivierte Cafenistas umgeben sie ringsum, aber die Polizistin wirkt nicht nervös. Man könnte den Raum verwanzen und würde nichts anderes bekommen als eine verrauschte Aufnahme.

Karen starrt die Tassen an. Ihre milchige, Lennys schwarze. »Hast du das Schachbrett da hinten gesehen?«

Lenny nickt. Ein russisches, zaristisch, Jahrhundertwende. »Er hatte eine Vorliebe für Schach.«

»Zum Schluss nicht mehr.«

Das Lächeln der Journalistin ist düster. »Was für ein Abgang.«

Karen ist fit, Adidas, nicht unsicher. Sie greift in den mit einem Reißverschluss gesicherten Folder und stellt Figuren auf den Tisch. Drei davon reich verziert, grüner Stein silbern geädert. Offensichtlich eine Mischung aus Quarz und Jade, zwei Bauern und ein Läufer. »Die gehören zu dem Brett, mit dem Koestler getötet wurde.«

Lenny schüttelt den Kopf, will widersprechen. »Zu dem Set in seinem Arbeitszimmer gehörten Staunton-Figuren. Sehr groß, aber typisch.« Sie beugt sich vor, um genauer hinzusehen. »Der Kerl hier sieht mir nach Ming-Dynastie oder so aus.«

»Versuch's mal mit Qing. Das Brett und die Figuren waren aus Kalzit. Was du vor dir hast, sind drei Teile dessen, was als das Rievaulx-Spiel bezeichnet wird.«

»Äh, also bis Kalzit konnte ich noch folgen.«

»China 1836, ein britischer Irrer von der RAS taucht auf. Das ist die Royal Astronomical Society. Wenn er nicht zu Hause ist, ist er der dritte Earl of Rievaulx. Seine Freunde nennen ihn Percy.«

»Ich hol mir schnell einen Stift.«

»Wenn du willst, dass ich weiterrede, lässt du's bleiben. Percy befindet sich auf der Suche nach einem legendären Meteoriten in den Bergen vor Turpan. Angeblich ist er so groß wie ein Haus, aber als er mit seinen Packpferden dort eintrifft, stellt sich heraus, dass man ihn auch einfach hätte fortschleppen können. Offenbar war bei der Übersetzung was schiefgelaufen.«

»Ist das wirklich wahr?«

»Der Earl ist angepisst, also kehrt er nach Nanking zurück und beschließt, ein bisschen mehr draus zu machen – was Beeindruckenderes aus dem Mondstein zu fertigen.«

»Ein Schachset, meinst du?«

»Ja – aber ein vornehmes, eines, das seinem himmlischen Ursprung gerecht wird. Percy beschließt, dass die Figuren außer den Bauern berühmte Astronomen darstellen sollen.«

»Die Schwergewichtigen in der letzten Reihe.«

»Genau, die Springer und Könige und Türme sollen aussehen wie Kopernikus, Galileo.«

Lenny zweifelt jetzt wieder. »Der hier sieht aber aus, als hätte er keinen einzigen Tag außerhalb von Schanghai verbracht.«

»Du sprichst von Johannes Kepler. Aber ja, Percy war platt, als er den fertigen Artikel sah; die chinesischen Gesichtszüge wollten ihm nicht zusagen. Um dem Ganzen die Krone aufzusetzen, hätte ihn die Society wegen seiner Eigeninitiative an den Galgen bringen können, und so tut Percy das einzig Kluge: Er verscherbelt das Set für eine halbe Tonne Opium und widmet sich seinem neuen Geschäftszweig.«

»Es läuft immer auf Heroin hinaus«, sagt Lenny. »Darf ich annehmen, dass das Set seither eine aufregende Karriere gemacht hat?«

»Wäre ein eigenes Buch wert. Falls aus dem über Koestler nichts wird …«

»Glaub mir, Verbrechen verkauft sich besser als Geschichte.«

»Da wäre ich mir nicht so sicher, Lenny. Das Kunstwerk ist viele Millionen wert. Mit einem Verkauf auf dem Schwarzmarkt könntest du den Neuerwerbs-Etat hier auf Jahre hin finanzieren.«

»Kein Wunder, dass die dich zum Mittagessen eingeladen haben.«

»Na ja, ich hab nicht durchblicken lassen, dass wir's haben. Schon gar nicht jetzt, wo wir's geschafft haben, ein verfluchtes Teil zu verlieren. Den Partner von dem hier.« Karen zeigt auf den Mandarin-Läufer, den kleinen Bercovitch. »Scully durchkämmt die Katakomben der Asservatenkammer.«

»Scully?«

»Mein Mann im Keller. Schachfreak, hatte einen Nervenzusammenbruch. Ich nehme an, das ist das einzige außerirdische Schachset der Weltgeschichte.«

Lenny greift nach einem der Bauern – sachte, als wäre das Material zerbrechlich, nicht unter einer fernen Sonne ausgehärtet und mit dreihundertfacher Schallgeschwindigkeit hergeschleudert worden. Die Journalistin spürt die Kraft der Offenbarung, aber das hat nichts mit Meteoriten zu tun. »Deshalb waren Slane und Koestler Kumpels. Slane war sein Importeur.«

Karen nickt. Jetzt kommen sie sich alleine vor. »Er hat Koestlers Zeug ins Land geschmuggelt. Wer hätte das besser gekonnt?«

»Nur dass irgendwann dicke Luft zwischen den beiden war. Vielleicht ein Streit über die Bezahlung.«

»Oder auch nicht«, sagt Karen. »Slane ist nicht der Mörder.«

»Dann stehst du wieder ganz am Anfang.«

»Nein – tu ich nicht. Ich habe die Mordwaffe.«

»Die hast du immer gehabt«, sagt Lenny. »Mehr oder weniger.«

»Weniger. Das Brett hat Bedeutung.«

Eine ganz normale Produktpräsentation: Karen greift in ihre andere Tasche und nimmt *Kodex Eins* heraus, auf ein Viertel zusammengefaltet. Sie faltet die Seite vorsichtig auseinander und legt sie auf den Tisch.

»Code«, sagt Lenny, reckt den Hals über dem Meer an Aufzeichnungen.

»Schach«, sagt Karen. »Wird nicht lange dauern.«

»Du klingst sehr sicher.«

»Wir sollten es finden, deshalb nehme ich an, dass wir ihn knacken sollten.«

Karen tippt mit dem Finger an den Papierrand. »War versteckt, eingeschoben in das Letzte, was Koestler je geschrieben hat.«

Sie trägt es bei sich, das Vanillebuch, so biegsam und kostbar. Karen zieht es heraus und schiebt es vor, blättert zur ersten Seite um. Da stehen nicht viele Wörter, aber ihre Offenlegung fühlt sich obszön an.

Manöverkritik

Ein außergerichtliches Gutachten über die Verurteilung von William Meath wegen Mordes an Sophie Dance

Lennys Pupillen ziehen sich zusammen wie Doppelplaneten, deren Leitstern erloschen ist. Sie lehnt sich zurück, zupft einen Schal zurecht, der gar nicht da ist.

»Was zum Teufel ist das?«

»Ein rauchender Colt. Er verrät uns wer, verrät uns warum.«

»Darf ich das lesen?«

»Natürlich.« Detective Millar klappt den Colt zu und nimmt ihn wieder an sich, schiebt ihn zurück ins Holster. »Aber nur, wenn du lieb bist.«

OMEGA

28

Ungewöhnliche Winde zwingen den Piloten zu einer drastischen Schleife, einer knirschenden Kursabweichung, die gelehrt, aber nie verwendet wird. Das Schiff schlingert durch hundert Grad Kompass und wird mit einer neuen Ausrichtung belohnt, der Überquerung einer weiteren Küste, die sie nicht sehen können.

Vielleicht dieses Mal.

Hör gut hin/du hörst das Metall schreien.

Am Zoll wird er durchgewunken. In der Ankunftshalle ein Fahrer ohne Schild.

Das Innere der Limousine ist lichtlos und eiskalt. Die Überfahrt in die Stadt verläuft schweigend und mühelos.

Zu einer anderen Zeit hat er mit einem Mann gearbeitet, der einen Kopfschuss erlitten hatte. Koma. Nach acht Monaten wachte er auf, bekam Depressionen. Das innere Leben der Trance war diesem hier vorzuziehen.

Er sagte: *Ich möchte wieder zwischen Wolkenkratzern sein.* Die ratlosen Ärzte baten ihn um weitere Ausführungen. *Die Schattencrew hat alles erledigt. Da war Platz, Ruhe. Ihr könnt euch die Präzision nicht vorstellen.*

Die Menschen hatten Mitleid mit ihm, mit seiner Familie.

Die Chirurgen wurden sich in Bezug auf *Koma* nicht einig. Der eine sagte Latein, der andere Griechisch. Simon schlug nach und stellte eine Bedeutung des Wortes fest, die mit Optik zu tun hatte. Eine Aberration, die bei schräg zur optischen Achse einfallendem Strahlenbündel entsteht und einen Bildpunkt wie einen Kometen sprühen lässt.

Er fand diese Definition erstaunlich, ihren Quellcode unwichtig.

Auch er will nur zwischen Wolkenkratzern sein. Ihm gefällt deren gedankenlose Erhabenheit, jeder einzelne formt seine Gestalt vor grauem Himmel mit nichts als einer nächtlichen Krummaxt.

Eines Tages werden sie alle Kunst beherbergen, alle Kultur. Ihm gefällt, dass ihre Lichter niemals ausgehen.

Er steigt aus der schlanken Schönheit des Wagens und sieht sich selbst in einer Wand aus Chrom gespiegelt. Simon stellt eine Koalition aus Blautönen dar, der Anzug bildet eine Fraktion, die Krawatte eine andere, sein maßgeschneidertes Hemd eine dritte.

Er sieht sehr smart aus. Würde seine Mutter noch leben und wäre sie hier, sie würde sagen: *Du siehst sehr smart aus.*

Vielleicht ist er jener Mann im Koma. Sogar jetzt gerade könnte er in einem hartnäckigen vegetativen Zustand in einem Krankenhauszimmer in einer anderen Dimension liegen.

Andererseits könnte er auch die Aberration sein, die den Bildpunkt der Achse wie einen Kometen sprühen lässt.

Fast hätte er geheiratet. Das war lange her, bevor er sich kennenlernte.

Sie hatte gestichelt wegen der Leute, weil er nichts mit ihnen zu tun haben wollte. Sie hatte ihm ein T-Shirt zum Geburtstag bedrucken lassen, *Bitte nicht stören.*

Wahrscheinlich hat sie den Richtigen gefunden, Kinder bekommen. Gut. Sie war zu gesellig.

Um mit ihm zusammen zu sein. Sie war zu gesellig, um mit ihm zusammen zu sein.

Temperamentvoll. Das war sie. Alle mochten sie.

Sie sagte, *Komm zu mir zurück.* Nein – zuerst war es, *triff dich mit mir, nur treffen.* Der Rest kam später.

Er sagte, *ich hab dich nicht glücklich gemacht. Du bist nur hier, weil ich dich verlassen habe und ich der Einzige bin, der das getan hat.*

– *Ich bin hier, weil ich nicht aufhören kann, an dich zu denken.*

– *Ja. Aber du denkst: Er hat mich verlassen. Und er ist der Einzige.*

– *Nein.*

– *Es geht um dich. Es geht nicht um mich.*

Er spürte die Kluft am Punkt ihres größten Abstands, zwei Satelliten, die wie winzige Laternen in der Dunkelheit des Weltraums hängen, unverbunden. Der Druck ihrer Seele, wie sie hinter schönen Augen kratzte und versuchte, durchzukommen, den Abstand zu überbrücken. Ihn anzustecken.

Was habe ich falsch gemacht.

Nichts.

Liebst du mich nicht?

Er machte eine Ausnahme und schaute hinein. Das seltene Blau einer obskuren Flagge, ein Land, das ihn beinahe umgebracht hätte. Als er mit ihr zusammen war, war er in der Welt; sie war noch immer, wozu die Welt sie gemacht hatte. Er konnte sich erinnern, gedacht zu haben, dass er sie liebte, aber sie hatte sich nie kennengelernt. Oder sonst etwas.

– *Ich werde dir sagen, was ich zu bieten habe.*

– *Egal was es ist, ich werde es nehmen.*

– *Das ist wahr.*

Er stand auf und ging und sah sich nicht noch einmal um.

Seine schönen Schuhe erweisen sich als geräuschlos auf dem perlmuttartigen Marmor. Das Foyer ist ein gewagter Ausdruck von nichts, eine hohe Glasdecke abgesichert durch Stahl. Zur Rechten befindet sich ein Schreibtisch aus poliertem Stein und die winzige Gestalt der Sicherheit. Der Wächter beobachtet ihn und sagt nichts, tut nichts.

Er benutzt einen Schlüssel, um einen Fahrstuhl zu rufen und aufzusteigen. Die Türen teilen sich und bringen eine dünne Frau in einem dunkelgrauen Kostüm zum Vorschein. Sie zieht durch seine Sichtlinie, von rechts nach links wie arabische Schrift. Immer wenn er Arabisch spricht, denkt er an die Kultur, die die Zahl Null enttarnt hat.

Die Frau bewegt sich in stetem Tempo und spricht leise Japanisch. Er denkt, *von dort komme ich gerade.* Simon betrachtet die Signale, die sie sendet und empfängt, ihre Übertragung kommt fast an die Perfektion der Augenblicklichkeit heran.

Eines Tages werden Menschen sich bewegen wie Signale. Nicht er, nicht sie, aber vielleicht ihre direkten Nachkommen. Die Gesetze der Physik verändern sich radikal in großer Kälte, und es wird eine Kultur entstehen, die auch diese Null enttarnt.

Das Stockwerk ist durch kurze Trennwände unterteilt, die ihm den Blick in einige Richtungen versperren, nicht so in andere. Die Wände sind dünn und aus Glas, im selben Farbton wie der Boden. Der Grundriss stellt ein kryptisches Labyrinth dar.

Die Frau steht einer internen Oberfläche gegenüber, die anders ist, weil sensibel: Lebendige Zahlen in vielen Spalten, vielen Farben. Mengen tauchen auf, nur um wieder zu verschwinden. Von Zeit zu Zeit gibt eine Reihe ihre strukturelle Integrität auf, Ziffern, die wie in einem suizidalen Regen kaskadenartig herabstürzen.

Er hört seinen Namen und dreht sich um, sieht einen Mann, von dem er weiß, dem er aber noch nicht begegnet ist. Hände treffen sich. In seinem Inneren die Spaltung, die sich vollzieht, wenn er gesellig sein muss.

Blickkontakt zu einem hervorragenden Anzug. Die Gesichtszüge des Mannes sind kristallklar wie seine Stimme, und möglicherweise mutet er sich ähnliche Spaltungen zu, um zu sein, was er ist, zu tun, was er tut.

Simon würde sich nicht wundern, Simon nimmt die Welt als vollkommen provisorisch wahr. Wenn man zu ihm sagen würde: *der Mann, der dir die Hand schüttelt, ist ein Hologramm und die Empfindung von Fleisch und Blut nur eine Täuschung, die wir dir in den Kopf gesetzt haben, damit du glaub…*

»Wie war Ihr Flug.«

»Angenehm.«

»Schwer, Sie sich anders vorzustellen.«

»Ebenso wie Sie.«

»Nett von Ihnen, so was zu sagen.«

»Ich sage das nicht, um nett zu sein.«

»Ich formuliere es anders: Schön zu hören. Wunderschön.«

»Sie meinen die Aussicht.«

»Die Felswände am Hafen sind aus Sandstein. Alle auf Schichtgestein erbaut.«

Simon denkt, dass sie sich von den Fenstern wegbewegen werden, in das Labyrinth eindringen. Stattdessen umgehen sie es am Rand. Ein kleiner runder Tisch wird von Stühlen flankiert, die auf die Scheibe ausgerichtet sind, als wäre die Stadt ein Kino. Ein geschultes Ohr hört die zyklonalen Winde, und er weiß, dass sich das Gebäude krümmt, ein dehnbares Gestell, das sich verbiegt, um zu überleben. Es gibt keinen echten Ausblick, weil das Wetter zu verrückt ist.

»Annehmlichkeit ist das Thema.« Simon erwidert nichts. Ihm gefällt, dass sich die Stühle nicht gegenüberstehen/er ist sich der Mappen auf dem Tisch bewusst. »Wenn ich Ihnen einen Mann nennen würde – einen auswählen –, könnten Sie ihm weh tun? Ich meine nicht physisch.«

»Wie sonst?«

»Könnten Sie dafür sorgen, dass er sich … unwohl fühlt.«

»Natürlich«, sagt Simon.

»Dieser Mann?«

»Ja.« Simon blättert nachträglich durch die Mappe.

»Schon eigenartig, aber physisch wäre geschmacklos. Ich würde mich nicht …«

»… wohl dabei fühlen.«

»Wie nennt man das, wenn etwas Ihre Gedanken beherrscht. Wenn Ihnen egal ist, was es kostet oder was es aus Ihnen macht.«

»Obsession.«

Der kristallklare Mann starrt auf eine Stelle der schwermütigen Zustimmung. »Kennen Sie Meyers?«

»Vom Ruf her.«

»Und welchen hat er?«

»Nützlich zu sein.«

»Er ist tot. Coughlin auch.«

»Verstehe.«

»Der Mann ist einfallsreich. Er hat einen einfallsreichen Freund.«

»Spielt keine Rolle.«

»Bitte – die zweite Mappe.«

Simon öffnet sie und sieht das Bild. Jamie. Viele Informationen gibt es nicht, aber es ist interessant.

»Wie gesagt, spielt keine Rolle.«

27

Nah vom Gefühl her, aber abgelegen ist der Stützpunkt, den die Navy unterhält. Schiffe geistern über die äußeren Straßen der Bucht wie Schiffe aus einer fernen Vergangenheit, Wasserfahrzeuge durch einen Fluch oder schrecklichen Zufall hierher geraten. Funktürme als Spiere fehlkonstruiert, als Saling.

Matrosen bemannen die Decks und entdecken deren Hinfälligkeit, die Zivilisation ist nicht beständiger als eine Schnur mit leuchtenden Glasperlen. Es ist die Art von Region, die sechs Wochen im Jahr grotesk überlaufen ist, träge und verschlafen während des gesamten Rests.

Er wirft sich den Morgenmantel über und geht barfuß zu den Duschen. In einer einzigen Hand sein Kulturbeutel, Blue Statros, Zo hat ihn ihm zu Ostern geschenkt. Handtuch, Zahnpasta, Seife an einer Schnur, das Gefühl von kühlem Gras zwischen den Zehen und hundertachtzig Grad Flieder. Sein gedankenloses Pfeifen zweiundfünfzig Sekunden lang/taufeähnliches Geschrei, als die Hitze durchschießt. Auf dem Rückweg fällt ihm auf, dass im Büro Licht brennt, er nimmt Geld aus der Sockenschublade und trifft noch immer tropfnass ein.

Val ist eine gute alte Schrulle. Sie und Don führen den Laden seit siebenundzwanzig Jahren. »Hab zu ihm gesagt, du hast das Zeug zum Einheimischen.«

Rawson grinst. »Hat der Penner gedacht, ich bin bloß Tourist?«

»Beachte ihn gar nicht – er denkt, jeder, der länger als eine Woche bleibt, ist auf der Flucht.«

»Kluger Mann.«

»Und bildet sich Wunder was drauf ein. Warte mal, mein Lieber, ich geb dir eine Quittung.«

Zehn Minuten später rollt Suttons Truck an, Bobby Cobra streckt den Kopf zur Tür raus/*komme gleich.* Bloke auf der Ladefläche hinten ist eine bleiche Erscheinung, der Gott der Kojoten durch Geistertanz herbeigerufen und durch den Rauch am Rande eines

Wildwestlagers entdeckt. Er schaut vorbei am bauchigen Blech des Millard, Rawson ruft mit herzlichen alttestamentarischen Flüchen nach seinem Kamm. Klatscht sich Brut drauf/ein bisschen was für die Ladies. Jaweh weiß, es wäre schön, wenn hier welche wären.

Sie bestellen dasselbe wie schon mal, Chicken Parmesan für den Handwerker, Reef 'n' Beef für den Muskelprotz. Vom Tisch auf dem Balkon aus überblickt man den Meeresarm, ein Großbildfernseher dient der Orientierung. Rawson steht auf, als er ihre Nummer hört, und geht das Essen holen. Als er mit Besteck zurückkehrt, haben die Raiders das Münzewerfen gewonnen und angestoßen, die armen alten Wests müssen einstecken.

Ein hutzeliger Salvo erleichtert sie mit der Sammelbüchse um ihr Klimpergeld, und danach kommt das Mädchen aus dem Rotary Club und vertickt Lotterielose. Rawson kramt in der Tasche, befreit zwanzig Dollar, *Hab immer noch ein halbes Kilo Würstchen vom Gewinn letzte Woche.* Sein Lächeln ist wieder da/er ist jetzt schon ein Liebling.

Big Ship sieht sie davongehen, das unwiderstehliche Schwingen ihrer RSL-Karosserie, eine kostbare Garnele wird dem mahlenden Unterkiefer zugeführt. »Hast du den *Herald* von heute gekauft?«

»Ich les den *Herald* nicht.«

»Stimmt – du stehst ja über Zeitungen drüber. Schade. Der Leitartikel war der Hammer.«

»Okay.«

»*In dieser Woche jährt sich zum zweiten Mal ein Ereignis* – was habe ich dir gesagt –, *das einen bleibenden Schandfleck auf unserem Staatswesen hinterlassen hat.* Duncan liebt ein bisschen Staatswesen. *Es ist schon merkwürdig, dass eine Regierung, die nach Recht und Gesetz gewählt wurde, so kläglich an der Aufgabe scheitert, den oder die Mörder von Richter Angelus Koestler zu fassen, doch genau das ist die missliche Lage, in der wir uns als Gemeinschaft …«*

»Du hast ihn auswendig gelernt.«

»Gründlich gelesen, ja. Ist voll mit den Fingerabdrücken von diesem A-Gesicht Bercovitch.«

»A-Gesicht?«

»Ich will ein bisschen kürzertreten mit den Schimpfwörtern, bisschen mehr sein wie du.«

»Beunruhigt?«

»Nein. Wir haben Wichtigeres zu tun, als Blitzaktionen wegen diesem vermaledeiten Koestler zu starten.«

Hinter ihnen das unterschwellige Geplauder der Einheimischen und die primitive Berieselungsmusik der Spielautomaten. Die Keno-Automaten blinken rot und blau, und auf den Bildschirmen sind Rennen in Carrington, Meadowlands und dem verdammten Harold Park zu sehen. Rawsons Blick springt zwischen den Pferden, dem Spiel und seinem verschwindenden Steak hin und her, und da ist ein Traber in Mackay namens Hideout. Das Tier hat ein glänzendes Onyxauge, mit dem es die Kamera fixiert, während diese herumschwenkt, der Goldminenjubelruf in Rawson sagt *Machschondublödesvieh.* Sein Schooner schwitzt Feuchtigkeit auf die Lottertickets, die durch Farbmarkierungen seitlich kenntlich gemacht sind, die lila Obsession und der schwarze Zwang, das Risiko ein orangefarbener Streifen. Auf keinen Fall/widerstehe/du musst dich vom Gift entwöhnen. »Die Einheimischen haben morgen einen erbitterten Zweikampf«, sagt er. »Nehmen's gegen den Pöbel aus Kiama auf. Weißt du, wie die heißen?«

»Pöbel aus Kiama?«

»Nein, die Einheimischen. Die Vincentia …?«

»Sharks.«

»Fick dich, Jamie – würde ich dir die Geschichte erzählen, wenn's um die Vincentia *Sharks* gehen würde?«

»Vielleicht. Du erzählst manchmal echt schlechte.«

»Blödsinn. Ich bin ein großer Geschichtenerzähler.«

»Die Vincentia Stingrays.«

»Die Vincentia *van Goghs*. Wie findest du das?«

»Okay«, sagt Sutton. Ein seltenes Lächeln.

»Sonst nix?«

»Nein.«

»Bisschen früh fürs Pub.«

»Vergiss es«, sagt Sutton. »Ich weiß was Besseres.«

Rawson zuckt mit den Schultern und kippt den Rest runter, verzieht das Gesicht wegen Sodbrennen. Hideout gewinnt locker/bringt vierzehn zu eins.

»Das ist der Hammer«, sagt Big Ship. Er steht auf dem Parkplatz von Suttons Motel, nickt anerkennend einem fünf Meter langen schmucklosen Motorboot zu.

»Wem hast du das gestohlen?«

»So ein Typ war mir noch was für einen Auftrag schuldig.«

Rawson beugt sich runter, um mit dem Hund auf Augenhöhe zu sein. »Ist das wahr, Bloke? So ein unverschämter Kerl.«

»Der Baulöwe. St Ives.«

»Ah, okay, dann hast du ihm eine reingehaun und ihm seinen Kahn abgenommen.«

Sutton schaut Rawson an, während Rawson in das Wasserfahrzeug späht, sich begeistert wie ein Kind an Weihnachten. »Mit allem Drum und Dran. Mach mal Licht/ist das eine Kühlbox?«

Rawson schüttelt die Box und öffnet sie, entdeckt Eis, Bier, und Köder. Der himmelblaue Glanz seiner unvergleichlichen Augen, kurz laufen sie vor reiner Meeresfreude über.

»Ich hätte auch gewartet«, sagt er ohne Vorwarnung, ohne Einleitung.

»Hä?«

»Der Auftrag in St Ives. War seine Idee, mir das Boot zu schenken. Ich hab keinen Druck gemacht.«

»Du lieber Gott, Mann, hab ich auch gar nicht gedacht.«

Sutton hat per Hand aufgetakelt, die Taue im Wasser verloren, wo das Mondlicht nicht hinreicht. Schwer, sich vorzustellen, was darunterliegt, welche Verbrechen und Gaunereien sich im dunklen Meer zusammenbrauen.

Rawson bindet eine Schnur an seinen großen Zeh und lehnt sich zurück wie eine Karikatur vom ländlichen Leben. Er benutzt Schwimmwesten als Kissen, und alle sechs oder sieben Minuten wird das Geräusch, das er macht, wenn er eine VB-Dose zerdrückt, die Stille durchbrechen. Bloke liegt innen am Schiffskörper, lauscht durch das Metall auf Neuigkeiten aus dem abgrundtiefen Meer.

»Ich sag's einfach.«

»Tu's nicht.«

»Ich könnte mich hierdran gewöhnen.«

»Jetzt hast du's versaut.«

»Schau dir den verfluchten Himmel an. Das ist, als wäre man … wie heißen diese Dinger?«

»Im Planetarium?«

»Genau. Ich vermisse die Stadt kein bisschen. Du?«

»Überhaupt nicht.«

»Scheiße, ich schon.«

»Wird Zeit, dass wir einen Plan machen«, sagt Sutton. »Über den Auftrag sprechen.«

»Sternschnuppen. Pass auf, alle dreißig Sekunden. Da ist eine. Volltreffer.«

»Du machst so Andeutungen, als würdest du denken, dass ich anbeiße. Und dann ist es jetzt so. Ich beiße an.«

»Die machen dir weis, dass es andere Welten gibt, ganz andere Dramen. Und ein Mensch ist nichts – ein Steinchen im All, das sich langsam in der Schlange vorwärtsbewegt, bis es *peng* macht. Atmosphäre, Tod.«

»Tiefgründig.«

»Willst du wissen, ob ich darüber nachgedacht habe? Natürlich hab ich drüber nachgedacht – lange und intensiv.« »Bebiere mich.«

Sutton greift in die Kühlbox und übergibt die Auserwählte der Atmosphäre, dem Tod. Gleichzeitig nimmt er die zerdellte Hülle des vorangegangenen Opfers und stellt die entscheidende Frage. »Was willst du?«

»Meine Mädchen sehen.«

»Gut.«

»Und wie stell ich das an?«

»Ich weiß nicht«, sagt Sutton. »Du musst das Land verlassen.«

»Kann ich nicht. Nicht beim jetzigen Stand der Dinge.«

Sutton greift in seine Tasche und holt einen Umschlag hervor, legt ihn auf den Sitz neben Rawsons Kopf. Der Riese lässt die Rübe rotieren, um den Gegenstand besser zu sehen. »Was zum Teufel ist das?«

Das Boot schaukelt. »Flugticket«, sagt Sutton. »Bankscheck. Genug, um eine Weile davon zu leben, ein paar Jahre, wenn du vorsichtig damit umgehst.«

Rawson sagt nichts, die einzige Bewegung seines Körpers ist der Rhythmus seines pronierenden Fußgelenks, im Takt zu einem Song, der nur in ihm existiert. Er quält ein Seufzen, um die Stille zu zerstören. »Gibt es ein Wort, das *Danke* und *Fick dich* gleichzeitig bedeutet?«

»Glaub nicht.«

»Wenn das so ist: Danke. Und fick dich.«

»Du nimmst es nicht?«

»Nein.«

»Warum nicht?«

»Muss ich nicht erklären. Nicht dir.«

»Na schön.«

»Was uns zum nächsten Tagesordnungspunkt bringt. Weißt du, was ein *treasure certificate* ist?«

Sutton zuckt mit den Schultern. »Eine Art Pfandbrief.«

»Genau. Sehr praktisch, wenn man große Summen in der Gesäßtasche mit sich herumschleppen möchte. Erinnerst du dich an Les Prime?«

»Nur dem Namen nach.«

»Last of the Knucklemen, ein Faustkämpfer, der über den Autohandel und Heroin zu Geld gekommen ist. Inzwischen nur noch Autohandel.«

»Das ist der, für den Keith Dean arbeitet.«

»Genau der. Bopper hat im Sommer ein Mädchen geheiratet, das im Oxford tanzt, und Leslies Hochzeitsgeschenk ist ein Überfall, falls Bopper ihn will, geht um Schatzwechsel.«

»Und will er?«

»Nicht direkt. Er kann für sich selbst einstehen, aber nicht für die verfluchten Loser, die er anheuern müsste.«

»Das heißt, er verkauft den Job weiter. An einen Loser wie dich.«

»Ja – für den halben Anteil.«

»Ganz schön happig. Wie funktioniert das?«

»Bopper setzt einen Termin fest, und am Tag vorher ruft Les seinen Broker an, sagt, er will was abholen für eine Reise. Vereinbart eine Filiale für den Übertrag.«

»Von wie viel sprechen wir?«

»Achthunderttausend. Verstehst du, Leslie geht kein Risiko ein … solange die Schatzwechsel geklaut werden, bevor sie in seinen Besitz übergehen, ist er über den vollen Betrag versichert.«

»Klingt, als wär's auch für Bopper nicht besonders riskant.«

»Wenigstens hat er ein bisschen Vorarbeit geleistet. Kommt auf die richtige Bank drauf an und dass er die Finger vom Bargeld lässt. Wir wollen nur das kleine grüne Paket mit dem Känguru und dem Emu.«

»Wir.«

»Zweihundert Riesen für einen halben Tag Arbeit interessieren dich nicht?«

»Manchmal dauert's länger«, sagt Sutton. »Zwanzig Jahre.«

»Ich hab das schon gemacht, Jem – bei einigen hat's geklappt, ein Bäckerdutzend Mal nicht. Ich weiß, worauf es ankommt.«

Sutton wählt diesen Moment für seine tägliche Zigarette. Er zündet sie an und nimmt einen Zug, Skepsis bildet sich in seinen Lungen. »Siehst du dich wirklich mit einer Skimütze und einer Abgesägten?«

»Scheiß drauf. Wir machen das auf die schlaue Art.«

»Soll heißen?«

»Soll heißen, ich sehe *dich* mit einer Skimütze und einer Abgesägten.«

26

Karen wagt sich an den Bug der *Lady Charlotte*. Wie alle First Fleeter ist sie halb adelig, halb Schlepper. Sie schneidet durchs Wasser, trotzt dem Regen, den der weibliche Detective übers Ohr haut, indem er sich in einen dicken Mantel hüllt. Ein Preuße trug ihn, schlug sich damit an der Somme. Grabenfuß. Sie überlegt, ihn Scully zur Analyse zu überlassen, wer weiß, welche Geschichten er mit Hilfe von Mikroskop und DNA zu erzählen hat.

Wilde Schönheit, Karen ist nur noch ein Augenpaar, das die Hafenlichter und die Schwarzschiff-Aquarelle wahrnimmt. Sie zahlt den Preis, Tränen wie saurer Regen, niemand sonst hat sich aufgerafft, an Deck zu kommen; der warm beleuchtete Innenraum ist dicht bevölkert von reichen, zweitklassigen Poeten, sie ziehen Vernunft und Bequemlichkeit vor. Jeder im Hafen Fahrende nähert sich der Poesie, aber normalerweise ist die Annäherung provisorisch und oberflächlich, nicht viele haben das nötige Geschick.

Unterwegs jetzt, zu Fuß den Berg hinauf, um East Balmain zu infiltrieren, ein langer Feldzug unter schwierigen Bedingungen. Karen hatte gesagt bekommen, nach einem dunklen Honda Prelude Ausschau zu halten, und da steht er, mit laufendem Motor, wie angekündigt. Sie überlegt nicht zweimal/steigt einfach ein.

»Denken Sie an eine Zahl zwischen eins und zehn«, sagt der Mann am Steuer. Nicht der Mann, den sie erwartet hat. Er hat die Augen zugekniffen, seine Konzentration ist spürbar. »Denken Sie an eine Zahl, und behalten Sie sie im Kopf.«

»Gut.«

»Ist es die sieben?«

»Nein.«

»Scheiße.« Seine Anspannung löst sich, eine Luftdruckpumpe, die seufzend den Geist aufgibt. »Sagen Sie schon.«

»Eins.«

»Ah.« Li nickt langsam, nimmt die Lektion in sich auf. »Sie haben die Fähre genommen, Karen. Das ist schön.« Er meint nicht die Aussicht, die beschauliche Beförderungsart.

Er meint die Symmetrie.

»Hatte auf den Chef gehofft«, sagt sie. »Aber er hatte wohl Wichtigeres zu tun.«

»Tut mir leid … sein Terminkalender ist der Wahnsinn.«

»Ich bin untröstlich.«

»If you can't be with the one you love, Detective Millar.«

Li, nicht groß, aber wohlgeformt: strenge Diät, beeindruckend definiert, jede Muskelgruppe sticht hervor, wie ins Visier genommen, gefüttert wie ein bevorzugtes Haustier. Er ist vollständig enthaart, und die Frisur wirkt kostspielig. »Wissen Sie, wo ich ihn kennengelernt habe? Beim Yoga.«

Karen schüttelt den Kopf. »Sie sind mir ja ein schöner Biker.«

»Ich bin nur der Bürobursche. Vespa Kline hat keine Ahnung, wer ich bin.«

»Eigenartiges Outfit.«

»Wir tun, was wir können. Myrmidon, die bezeichnen uns als *asymmetrisch.*«

»Laut Ihrer Akte haben Sie mit gesellschaftsrechtlichen Auseinandersetzungen angefangen. AAR, ordentliche Festanstellung …«

»Ich habe eine Akte? Das freut mich sehr.«

»Keine dicke. Was – Morde und Übernahmen haben Ihnen nicht genügt?«

»Das hier ist besser. Ehrlicher.«

»Den Spruch hat Slane auch gebracht.«

»Vielleicht ist *authentisch* der richtige Begriff … er hat sich gefreut, Sie kennenzulernen. Beruht das auf Gegenseitigkeit?«

»Ich habe mich über das Beweismittel gefreut.«

»Aber jetzt wollen Sie mehr.«

Li schaut auf das verdunkelte Haus auf der anderen Straßenseite. Koestlers Haus. Überall befindet sich ein Tatort, man muss nur weit genug in der Zeit zurückgehen. »Ich rede den ganzen Tag lang so einen Mist, Detective, deshalb verzeihen Sie mir, wenn es abgedroschen klingt. Was Sie wollen, ist teuer – und wir wissen nicht, ob Sie's bezahlen können.«

Sie war nie drin gewesen. Die Erbengemeinschaft hatte es nach einer Anstandsfrist verkauft, an einen Unternehmenschef im Metallsektor. Junge Familie – das Arbeitszimmer wurde zum Kinderzimmer umgebaut. Gewagte Entscheidung, das eigene Baby in einem von solchen Gespenstern bevölkerten Raum schlafen zu lassen. »Nachdem er mir das Buch gegeben hat, hat Chris gesagt: *Das genügt erst mal.* Als hätte er vielleicht noch mehr zu geben.«

»Myrmidon«, sagt Li. »Schon mal bei denen versucht?«

»Die haben im Moment viel zu tun. In Illawarra sind ein paar Leichen aufgetaucht.«

Li grinst wie ein Luchs, der sich im Dunkeln verschwört. »Ich hab ihm gesagt, Sie sind es wert.«

»Nach der amtlichen Identifizierung werden sie in ein bis zwei

Tagen an die Öffentlichkeit gehen. Aber man denkt jetzt schon an interne Säuberungen.«

»Gähn.«

»Die Medien werden es lieben. Gangster gegen Gangster, damit verkauft man Zeitungen.«

»Natürlich«, sagt Li. »Es gibt keine moralische Kehrseite. Denken Sie an eine Zahl zwischen eins und fünfzig.«

»Nicht das schon wieder.«

»Kommen Sie schon; ich muss üben.«

»Üben?«

»Und Sie sind ein gutes Versuchskaninchen.« Li legt sich die Finger an die Schläfen, bildet einen geschlossenen Kreis. Leite die Schwingungen/deute die Blitze. »Dreiunddreißig.«

»Nein.«

»Warm?«

»Eins. Wieder.«

»Scheiße.«

Li war Boat-People. Vier Jahre alt, die Mutter hat die Flucht nicht überlebt. Aufgewachsen bei Pflegeeltern sowie einer großen Schwester, mit der er nicht mehr redet. Sie ist Bäckerin in einer anderen Stadt, der Konkurrenz tief im Süden. Wie kommt ein Jugendlicher aus Cabramatta an eine Festanstellung bei AAR? »Ich will keinen Krieg«, sagt Karen.

»Gut. Wir mögen Sie.«

»Ihr seid das Problem der Myrmidonen, und das dürft ihr gerne bleiben. Aber ich will alles, was Slane weiß. Alles, was an dem Tag, an dem Koestler starb, im Haus vor sich gegangen ist.«

»Das Schachset. Sind Sie dahintergekommen?«

»Ich werde nicht feilschen.«

»Chris hat gesagt, wir sollen einen Preis vereinbaren.«

»Haben Sie gehört, was ich gerade gesagt habe?«

»Ganz ruhig – ich weiß, wie Sie drauf sind. Das merke ich an Ihren Zahlen.«

Karen schüttelt den Kopf; sieht aus, als hätte sie super zugehört. »Ist das wirklich die Art, wie ihr Dinge regelt? Mit Aus-der-Hand-Lesen und Teeblättern?«

»Ich lese nicht aus der Hand«, sagt Li. »Ich lese Menschen. Und was die Entscheidungen betrifft, na ja, die trifft Chris … ich wünschte, Sie könnten sehen, wie er damit umgeht … das ist verdammte Spitzenklasse. Er fährt nicht mal Motorrad.«

»Du lieber Himmel, Li. Eigentlich sollten Sie's doch wegen dem Geld machen.«

»Was soll das heißen?«

»Mein Lieber, Sie sind verknallt in den Chef.«

»Ich weiß, ist tragisch.« Er lacht und schaut ihr ins Gesicht. »Tut weh, oder?«

Karen steigt aus dem Wagen, verlässt die Straße, verlässt die Vorstadt. Balmain ist die Hölle, was Taxis angeht/es gibt keinen Durchgangsverkehr. In der Darling Street wirft sie den Mantel ab, ist seines Schutzes unwürdig, zittert auf dem darauffolgenden dunklen Fußmarsch.

25

Die Bucht wird von einer gefährlichen Flut beherrscht, die das Boot nicht zu meistern vermag. Ständig drehen sie Achtern ab, strecken den Bug einem weiteren groben Klatschen hin, einem Schaukeln so heftig, dass weder Bloke noch Rawson zur Ruhe kommen. Keiner von beiden ist seetauglich – keiner von ihnen ist Seemann.

»Ich kotz gleich.«

Sutton lässt den Außenbordmotor an, und sie fahren flussaufwärts, stechen in ein morgendliches Delta von der Farbe eines Tiefseekabeljaus. Als sich das Wasser braun verfärbt, eine gesprenkelte Forelle ohne jede Chance auf Regenbogen. »Fang was Plattes«, sagt Sutton, sowohl prophezeiend wie befehligend.

Das erste der echten Fischerboote fährt vorbei, und sie setzen ein *Hoy* ab, Bloke bellt die Bugwelle des größeren Gefährts an, als dieses unerbittlich auf sie zusteuert. Aber die Umarmung, als sie kommt, bleibt folgenlos.

»Hab drüber nachgedacht.«

»Ja«, sagt Sutton.

»Dabei?«

»Nein. Raus.«

Rawson beugt sich über seine Angelrute, ein hässlicher dunkellila Stock. Er wirkt erschöpft, ausgezehrt, sorgenvoll, frierend. Eine Decke liegt über seinen Schultern, als hätte ihn die Grippe heimgesucht, und als Sutton verneint, rümpft er bloß die Nase.

»Die Stelle hier ist scheißtot.«

»Ausdrucksweise.«

»Ist sie aber.«

Sutton reißt den Motor an, lenkt in den Muttermund des Flusses. »Ich hab die Ausrüstung«, verkündet Rawson, als sie eine verdeckte Biegung finden. Es ist kein Trotz/seine Resignation ist schlicht.

»Ohne Zweifel.«

»Wenn du's nicht machst, muss ich Bopper nehmen. Und wenn ich Bopper nehme, wird jemand sterben.«

»Ja. Er.«

Bei Rawson knabbert was, aber der Wichser haut wieder ab. Bei Sutton beißt einer, und er holt ihn ran, ein Plattkopf von einer ordentlichen Größe.

»Das ist der verfluchte Bandit, der meinen Köder geklaut hat«, sagt der Inkrementale, als sie ihn in den Eimer hieven. »Den hab ich heißgemacht.«

»Schon klar.«

»Gib noch mal eine scheiß Dose rüber, ja.« Das verräterisch blecherne Knacken, der Seufzer einer zerdrückten Dose. »Hör dir wenigstens an, was ich mir überlegt habe.«

»Wieso.«

»Damit du mir deine professionelle Meinung dazu sagen kannst.«

»Na schön.«

Rawson bestückt seine Rute und dreht sich um, vertreibt Bloke von der Mitte des Boots; ordnet Angelkasten und die Ersatzwinden auf dem Sitz an. »Das ist die Filiale, das ist der Truck. Der Mietwagen – hier – steht schon zeitig bereit. Ich denke so an sieben Uhr früh, Motorhaube oben, Zettel an der Windschutzscheibe.«

»Wann kommt der Wagen?«

»Punkt zehn. Wegen Leslies Spezialanforderung muss es eine Vormittagslieferung sein.«

»Hält er immer an der Stelle?«

»Ja, ist reserviert.«

»Was ist mit Kameras?«

»Keine.«

»Schön. Und wo genau bist du?«

Rawson geht es langsam und sorgfältig durch, mit gemessener Stimme spricht er über Unwägbarkeiten. Er redet fünf oder sechs Minuten lang, sie fangen einen Fisch, er redet weitere fünf oder sechs Minuten.

»Das A und O ist der Schütze, wenn er abhaut. Kein Tempo, keine quietschenden Reifen. Er muss verdammt gefasst bleiben.«

»Er muss eine ganze Menge.«

Sutton befestigt einen neuen Köder, wirft erneut aus. Die Sonne muss irgendwo sein, aber auch heute ist es mal wieder zweifelsfrei bedeckt. Der Gestank der Mangroven ist eine ständige Herausforderung.

»Was meinst du?«

»Ist gut«, sagt Sutton. »Theoretisch. Aber es läuft nie so, wie's soll.«

»Meinst du, das weiß ich nicht? Ich unterrichte diesen Mist.«

»Dann solltest du's besser wissen.«

Rawson hat Kundschaft und findet sich in einer Zwickmühle wieder. Einerseits hocherfreut über seinen Fang, auf ganz kindliche Weise, aber auch seinem Anfall von schlechter Laune zutiefst verpflichtet. Er dreht sich um und wirft den Fisch in den Eimer, als wäre die Meisterleistung zu alltäglich, um überhaupt erwähnt zu werden.

»Nimm das Geld«, sagt Sutton.

Er zuckt und windet sich, Todeskampf, der Eimer ist zu wasserfrei und klein. Bloke runzelt die Stirn angesichts der Unruhe und steht auf, tapst ungeschickt, tritt auf Rawson und verheddert die Winden.

»Sitz, du Blödmann!«

Sutton schüttelt den Kopf. »Magst du überhaupt Plattfisch?«

»Ich hasse Fisch, verdammte Scheiße. Das weißt du.«

Sutton kippt die Geiseln ins Wasser zurück, und zwanzig Minuten später haben sie wieder festen Boden unter den Füßen, machen sich auf zu einer billigen Burgerbude, wo ihnen ein fatales Frühstück bereitet wird.

24

»Ich bin's. Hast du von der Sache in Gong gehört?«

»Du lieber Gott, Kara. Wie spät ist es?«

»Myrmidon. Industriegelände in Illawarra.«

»Oh Gott.«

»Komm schon – als ob du geschlafen hättest.«

Klingt aber, als hätte er das tatsächlich. Er krächzt ins Telefon, *Ich fahr da nicht hin.*

»Ich dachte, du schaust dir gerne Tatorte an.«

»Tu ich ja auch«, sagt das Handy. »So wie ich gerne angeln gehe. Weißt du, wann ich das letzte Mal angeln war?«

»Komm schon, Scull. Bitte.«

Rote Stiefel, Champion-Haare: Der Streber in ihm bewundert das Supergirl, aber sein Zugeständnis klingt gequält.

»St. Peters Station. In zwanzig Minuten.«

Die Frau, die in dem Wagen auf dem Parkplatz sitzt, ist einfach eine Frau. Einfach nur gesammeltes Zellwachstum, Mineralien, Aminosäuren, Elektrolyte, elektronische Lichtimpulse, die als Erinnerungen wahrgenommen werden, falsche Erinnerungen. Als gäbe es auch noch andere.

– *Das Schachset. Sind Sie dahintergekommen?*

– *Ich werde nicht feilschen.*

– *Chris hat gesagt, wir sollen einen Preis vereinbaren.*

– *Haben Sie gehört, was ich gerade gesagt habe?*

– *Ganz ruhig – ich weiß, wie Sie drauf sind. Das merke ich an Ihren Zahlen.*

– *Ist das wirklich die Art, wie ihr Dinge regelt? Mit Aus-der-Hand-Lesen und Teeblättern?*

– *Ich lese nicht aus der Hand. Ich lese Menschen. Und was die Entscheidungen betrifft, na ja, die trifft Chris …*

– *Du lieber Himmel, Li. Eigentlich sollten Sie's doch wegen dem Geld machen.*

Sie spult vor, trifft die Tasten blind. Durch die Übung ist sie perfekt geworden.

– *Myrmidon, die bezeichnen uns als asymmetrisch. Wissen Sie, als was Game uns bezeichnet?*

– *Lassen Sie mich raten. Ihr seid eine Familie?*

– *Wir sind ein* Wahlkreis. *Und wenn Sie so einen haben, wird Ihre Stimme gehört.*

– *Klingt nach einer sehr anspruchsvollen Einheit, die Sie da führen. Wie um Himmels willen schaffen Sie das?*

– *Indem ich die Kernbedürfnisse befriedige.*

– *Scheiße, tut mir echt leid, dass ich gefragt habe.*

– *Rawson. Wir wollen wissen, wo er ist.*

– *Was?*

– *Das ist der Preis.*

– *Sie können mich.*

– *Chris hat gesagt, dass Sie das sagen würden.*

– *Dann ist er sehr talentiert darin, die Situation zu deuten.*

– *Stimmt.*

Langes Schweigen. Möglicherweise ist die Frau durcheinander, rechnet zusammen und hasst Antworten. Ein Budget ist das, was man ausrechnet, bevor man doch lieber abwaschen geht. *Rawson hat die Grenze überschritten,* sagt sie schließlich. *Ich denke nicht nach über ihn.*

– *Dann richten Sie Ihre Gedanken auf ihn. Oder lassen Sie's bleiben.*

– *Ich habe nicht den blassesten Schimmer, wo er ist.*

– *Na schön.*

– *Ganz im Ernst, Li. Sie können mich.*

– *Wir werden ihm nichts tun. Wir wollen den Schreiner. Sie kennen den Kerl, den ich meine.*

– *Das ist hier keine verdammte Infobörse.*

– *Kein Grund, beleidigt zu sein.*

– *Mein Freund, ich schnippe mit dem Finger, und es läuft. Die Murmurs würden mir die Füße küssen, wenn ich ihnen Grünes Licht für euch gebe. Razzien, Überfallkommandos, Schließungen in the Cross. Wir können so fest zudrücken, dass Ihre Eier blau werden.*

– *Ihrem Kollegen passiert nichts. Das garantieren wir.*

– *Aber die Jagdsaison auf den Schreiner ist eröffnet, wenn ich das richtig verstehe.*

– *Das ist ein guter Deal, Karen. Eine gute Transaktion.*

– *Hören Sie auf mit dem Geschäftsgequatsche.*

– *Denken Sie nur nicht zu lange darüber nach. Wenn wir ihn selbst finden, haben Sie nichts mehr zum Bezahlen. Das wäre dumm.*

– Sie sitzen hier und bitten eine vereidigte Angehörige der Polizeistreitkräfte, Ihnen zu helfen, einen Mord zu organisieren. Verzeihen Sie mir, wenn ich mir in diesem Gespräch nicht wie die Dumme vorkomme.

– Wir haben den Schreiner tatsächlich mal sehr geschätzt. Er war wie wir, asymmetrisch. Aber wir müssen auch an unsere Wählerschaft denken. Das ist Geschäft.

– Und es kommt nicht in Frage.

– Diese Telefonnummer ist drei Tage lang gültig. Wie das Angebot. Der Mann auf dem Band lacht. *Myrmidon, die würden dir die Füße küssen … das gefällt mir.*

Die Frau im Wagen nimmt die Cassette aus dem Player. Das Gerät ist teuer, mini von der Reichweite, digital analog zu ihrem Gefühlsleben. Schutzmechanismus: Sie zieht das Band heraus und zerknüllt es zu einer Kugel, kaut und schluckt es, wie eine für Roboter erfundene Zwischenmahlzeit.

Detective Millar kommt gut durch die King Street, aber nur weil es fünf Uhr zweiundvierzig an einem grauen und verregneten Morgen ist. Auf der Rückfahrt wird es zum Verkehrsinfarkt kommen, die allerschlimmste Durchgangsstraße in einer Stadt mit schlimmem Verkehr. Nein: Auf dem Rückweg wird sie eine andere Strecke nehmen, sich durch den Arsch von Erko oder Alex schlängeln.

Schau dir den Spinner an, sagt sie im Wagen, hält hinter einem Milchlaster mit Warnblinker, der eine Imbissbude beliefert. Dreckiger Naturtyp, der fragliche Spinner ist dünn wie ein Torpfosten, trägt einen Trenchcoat und einen Anglerhut auf dem Kopf. Er verlässt den Rumstehmodus und überquert die Straße, hält die secondhand erstandene Kopfbekleidung fest, galoppiert leicht gebückt, als würde er sich unter den Rotorblättern eines Helikopters bewegen.

»Mir gefällt deine schicke Kappe.«

»Hm?«

Sie dachte, er würde sie wegen der Bemerkung über das Angeln tragen – nette Idee, nette Anspielung –, aber die Ausdruckslosigkeit in Scullys Bauxit-Augen liefert eine andere Erklärung: Er hat nur zufällig beim Hinausgehen danach gegriffen. Tweed, besetzt mit Federhaken und ausgeklügelten Ködern, eine schreiende Reklame für Exzentrizität. Wissenschaftliche Gemüter begreifen Coolness nicht … Coolness ist für sie eine Reihe bedeutungsloser Daten, die bereitwillig verworfen werden können, ein Schwindel aus der realen Welt, der falschen Welt.

Scully hat schlechte Laune. »Ich dachte, du hast einen Partner für so was.«

»Er kann nicht«, sagt Karen. »Die denken, hier in der Gegend ist ein gefährlicher Sexualstraftäter unterwegs. Hast du irgendwelche Perverse gesehen? Wir vermuten, dass er einen Trenchcoat und einen komischen Hut trägt.«

»Oh, sie feuert heute aus allen Zylindern.« Er dreht sich zum Rücksitz um, zu dem unordentlichen Berg von Ordnern und klobigen Kisten. »Der moderne Arbeitsplatz – geräumig, sicher, aufgeräumt.«

»Ich hasse das Clubhaus. Das weißt du.«

»Hab dich immer für eine Ordnungsfanatikerin gehalten. Schau dir das an, verdammt erschreckend, was die einem alles mitzunehmen genehmigen.«

»Genehmigen? Was ist das?«

»Herrgott, wenn der Wagen geklaut wird, bist du geliefert.«

»Würdest du deine Aufmerksamkeit auf das Handschuhfach lenken, Professor. Dir deinen Unterhalt verdienen.« Er tut wie ihm befohlen, entdeckt den Reißverschluss-Folder. *Alter Freund*, sagt er zu der alphanumerischen Seite. »Geknackt?«

»Mein kleiner Neffe. Die Figuren beschreiben Buchstaben.«

»Beleidige mich nicht.«

»Aber rückwärts – und über Kopf.«

»Wow … was hat er gemacht, die Züge im Spiegel betrachtet?«

»So ungefähr.«

»Wie alt ist der Junge?«

»Acht.«

»Acht?«

»Oder was es eher trifft, er ist schwerer Legastheniker.«

»Ah.« Scully liebt es insgeheim – über den Highway rasen und Sydney hinter sich lassen, die Frau seiner Träume am Steuer und eine neue Entwicklung im Sack. »Er sieht Dinge auf eine Weise, wie wir das nicht können. Guter Junge?«

Liam? Liam ist der Beste. »Meinst du die Myrmidonen lassen uns durch?«

»Kommt drauf an, wer da ist«, sagt er.

»Ich kenne Caron Daley.«

»Kennen? So nennst du das?«

»Fick dich. Eine Nacht, Tequila. Wird einem Mädchen denn nie was verziehen?«

»Nein«, sagt Scully ausdruckslos. »Mädchen nicht.«

Karen nimmt den Blick von der Straße, ihre Konzentration abgelenkt von der Verdrossenheit in seiner Stimme. »Stimmt was nicht?«

»Ich denke nach.«

»Worüber?«

»Blitze. Sucht.«

Menschliche Stille. Das Gummi macht wumm wumm wumm auf dem kaputten Highway. Der Wagen braucht neue Reifen – und einen neuen Highway. Einer der Reifen ist nicht richtig eingestellt.

»Schau dir den Scheiß an.«

Der finstere Himmel hätte aufhellen und sich mäßigen müssen, ein Einsehen haben, einem kalten, aber klaren Wintermorgen weichen. Stattdessen wurde er unleidlich und griff auf Boshaftigkeit zurück, sein bestes verbliebenes Machtmittel. Als sie nach

Shire kommen, verdunkelt er sich, und zwanzig Minuten später hängt er über ihren Ohren, klopft an die Fenster, rüstet um wie ein Schlagzeuger, der von Jazz auf Rock umsteigt. Die Scheibenwischer fangen gelassen an, in Bereitschaft – dann geht es flotter und schließlich hektisch, dann sind sie der Aufgabe gar nicht mehr gewachsen. Es schüttet.

»Also, was ist hier passiert?«

Drei Autos sind in einen Unfall an einer Hauptverkehrskreuzung verwickelt: Die Leute können schon nicht fahren, wenn's trocken ist, aber kommt ein plötzlicher Wolkenbruch dazu, haben wir hier Schlammstadt. Vor Engadine ist die Welt nur noch ein feuchtes Meer aus Bremslichtern, Wagen dicht gepackt wie Sardinen, wie die Dosen, in denen Sardinen serviert werden. »Ich hoffe, die haben ihre Zelte aufgebaut.«

Er meint die Kriminaltechniker vor Ort; Karen stellt sich einen Zombiearm vor, der aus dem Kies ragt, durch den kriminellen Regen zum Leben erweckt wurde. Unvorhergesehene Regengüsse sind schlecht für den Verkehr/für die Spurensicherung noch schlechter.

Das ist eine fiese Verkomplizierung. »Die Myrmidonen lassen uns nicht durch.«

»Nein«, sagt Scully.

»Nicht mal dich?«

»Ist noch nicht mein Fall. Erst die Astronauten.«

»Slanes Crew«, sagt sie leise. »Ich spüre das.«

»Hexe.«

Ein Blitz. Er krampfadert durch den Himmel, dicht gefolgt von einem königlichen Donnerschlag, seinem ungesehenen Komplizen. Karen starrt katatonisch und spricht mit öder Stimme. »Blitz, Sucht. Kannst du das ausführen?«

»Es lässt nie nach. Niemals.«

»Die Sucht?«

»Der Blitz. Keine Minute, in der nicht irgendwo auf dem Planeten einer einschlägt. Zwanzig Millionen Jahre ohne Wetterpause.«

»Was ist vor zwanzig Millionen Jahren geschehen?«

»Nichts. Geh weiter zurück: drei Millionen, vierzig. Wie alt ist der Blitz?«

»Wann gab es zum letzten Mal keinen?«

»Ist doch nur Energie.«

»Alles ist Energie.«

»Ich nicht«, sagt Karen. »Ich bin scheißmüde.«

»Nein, Kara. Du bist ein Blitz.«

»Und Sucht – was hast du dir dazu gedacht?«

»Dass in der Natur alles binär ist. Null und eins.«

»Kapier ich nicht.«

»Der Raum, in dem sie existiert. Der Süchtige will keine tausend Biere, keine tausend Lines. Er will nur eine, nur eine Line.«

»Die nächste. Danach hört er auf.«

»So verkacken wir's – immer nur eine Kippe. Ein Anruf, ein Schuss, ein Keks, ein Fick.«

»Ein Kuss. Ein Wort.«

»Ein Hinweis.« Scully schaut sie mit echter Zärtlichkeit an, wahrem Feingefühl für die eigenartige schiefe Schönheit, die sie ist. »Fenton hat dich neulich nachts gesehen.«

»Wirklich?«

»*Ja.* Sleepwalkers. Du hast dich im Archiv niedergelassen, ganz unten.«

»Hab ihn nicht gesehen.«

»Natürlich nicht, Fenton ist ein Schnabeltier.«

»Mit Entenschnabel?«

»Krankhaft schüchtern.« Scullys Ton wird vorwurfsvoll. »Es war halb drei Uhr nachts.«

»Herrgott noch mal – ich hab halt was nachgesehen. Wenn *er* da unten war, dann darf *ich* das auch.«

»Er steht aber nicht um fünf, sechs oder sieben Uhr auf und geht laufen.«

Abgeschlagenheit: Sie bricht pantomimisch in Schluchzen aus, setzt es auf wie ein Kleinkind kurz vor dem Schreianfall. Ein Wagen vor ihnen zwängt sich in den quälend langsamen Konvoi, und Karen trifft eine Entscheidung, schnappt sich plötzlich den Parkplatz, den er frei macht. Als sie halten, lässt sie den Kopf hängen, wirkt bewusstlos, wirkt müde müde müde. Die leise Radiostimme und der Rhythmus des Regens, der Takt von Scullys freundlich onkelhafter Aufmerksamkeit. »Ich lade dich zum Frühstück ein.« Sie nickt roboterhaft, nimmt das Angebot an, verschließt sich selbst gegen die quecksilbervergiftete Welt. Er sagt: »Woher wusstest du von diesem Myrmidon-Fund?«

Neustart: Die brennenden Schaltkreise in ihren Augen erwachen im Zwielicht eines grauen Wagens in einem grauen Monat in einer grauen Stadt. Karen mag tiefhängende Wolken, Winterregen: Sie verleihen dem Dasein ein Gefühl von Abgeschiedenheit, Unmittelbarkeit. Nicht wie leerer Himmel, direktes Sonnenlicht: Diese rufen gegenteiliges Empfinden hervor, der ausdruckslose und idiotische Sommer namens Ewigkeit. Die Sonne ist der Tyrann, der zur Agora in Rom zurückführt, nach Athen, Korinth, Troja … was war vor Troja?

»Atlantis.«

»Komm schon – so nass ist es auch nicht.«

»Myrmidon, die haben Brendan einen Krümel hingeworfen«, sagt sie, noch immer trancehaft. »Wir sollen es weitererzählen.«

»Dann hast du also doch einen Partner für so was.«

»Hoffnungslos. Würdest du Brendan Tavish an einen abgesperrten Tatort lassen?«

»Ich kenne Brendan Tavish nicht.«

»Du kennst niemanden. Du kennst Fenton.«

»Ein Bikergrab in Illawarra. Worin besteht die Verbindung zu Koestler?«

»Es gibt keine«, sagt Karen leise. »Ich musste nur einfach unbedingt raus aus Sydney.«

Scully öffnet erneut das Handschuhfach und den Reißverschluss-

Folder. Jetzt ist er der Fischer, watet an ungewöhnliche Stellen des schnellströmenden Flusses. »Also dank deines Neffen ergeben die Züge Buchstaben. Und was bedeuten sie?«

»Nichts. Wieder nur Rauschen.«

»Zeig.«

Karen öffnet den Folder, dreht sich, verrenkt sich, eine menschliche Brücke zum chaotischen Rücksitz. Der neue Zettel, den sie Scully gibt, befindet sich in keinem Reißverschluss-Folder. Ihre eigene saubere Handschrift in Druckbuchstaben, keine Zwischenräume, sechs- oder siebenhundert Buchstaben. Scully seufzt. »Ein Märchen ist's, erzählt von einem Dummkopf, voller Klang und Wut, das nichts bedeutet.«

»*Kodex Eins* ist eigentlich *Kodex Zwei.* Ein antikes Kryptogramm.«

»Haben das die Codeknacker gesagt?«

Sie nickt. »Wir brauchen den Schlüssel – die Chiffre, die ihn enträtselt. Ohne haben wir fünf bis sechs Monate vor uns. Und das auch nur, *falls* sie an der Uni nachfragen, um den Computer zu borgen.«

»Gut. Dann kümmern wir uns lieber mal um den Schlüssel.«

»Ich stecke gerade in einem Tief, mein Freund, das kannst du mir glauben. Also – die Liste meiner bisherigen Versuche: Einhundertzweiundsiebzig, und das sind noch nicht alle.«

»Methodisch; braves Mädchen. Enogitna?«

»Das ist der Name von Koestlers Katze. Rückwärts.«

»An dem Punkt sind wir also.«

»Ach, ich kenne das, Scull – Wahnsinn. Das Schlimmste ist, mir hat's gefallen.«

»Ich hab Beziehungen zur Bundespolizei.«

»Du meinst, die amerikanische?«

Er nickt. »Das sind echte Dechiffrierer. Langley.«

»Blödsinn.«

»Ist wahr. Letztes Jahr war ich Vorsitzender einer Konferenz über Blutspritzer. In Pittsburgh. Jetzt schicken die mir das Zeug, aus dem sie nicht schlau werden, denke mal, ich bin so was wie eine Rockstar-Koryphäe.«

»Mich wundert gar nichts mehr«, sagt Karen, wobei ihr Tonfall vermuten lässt, dass es sich tatsächlich so verhält.

Träume sollten nicht wortgetreu sein. Sie sollten schwer zu erinnern sein, schwer zu begreifen. So läuft das bei einer gesunden Person.

»Kaffee?«

»Tee«, sagt Scully zur Bedienung. »Und zweimal das große Frühstück.«

»Wie möchten Sie die Eier?«

»Bringen Sie uns einfach alles so, wie Sie's essen würden.«

»Weiß, braun oder türkisch?«

Scully grinst breit und ruhig. Soll heißen, *verdammte Scheiße, was hab ich gerade gesagt?*

»Jetzt spuckt sie rein«, sagt Karen.

»Wir sollten dir einen Milkshake bestellen, damit du ein bisschen Fett ansetzt.«

»Du weißt, wie man mit einem Mädchen spricht.«

»Ist das erste Mal, dass mir das vorgeworfen wird.«

»Wie ist es so in Pittsburgh?«

»Kalt.«

»Nein, im Ernst. *Wie* ist es da?«

Scully neigt den Kopf; ihr neugieriger Ton klingt eigentümlich, entfernt, authentisch. Er legt die Ellbogen auf den Tisch, verschränkt die Hände, als wollte er ein Ein-Mann-Armdrücken gewinnen. Er hat die Wassertropfen noch nicht von seiner Brille gewischt oder seine alberne Kappe abgezogen.

»Ich schätze mal, man würde sagen, es hat was Kaputtes. Postindustriell wie eine Spielzeugeisenbahn, die Gott beim Bauen hat fallen lassen.«

Sie versucht zu lächeln. Teile davon dringen tatsächlich durch.

»Lord Scully, König der Blutspritzer ... Hör mal, ich weiß das Angebot mit den Yanks zu schätzen. Aber ich hätte gar keine Zeit, das durchzusehen. Bercovitch nimmt mir den Fall ab. Bald.«

»Aber du hast ihn vorangetrieben.«

»Nicht in der Richtung, die er sich vorgestellt hat.«

»Und? Pech für Bercovitch.«

»Ich war unartig, hab ihn nicht auf dem Laufenden gehalten.«

»Aus guten Gründen, da bin ich sicher. Was hast du um halb drei Uhr morgens in der Gore Street gesucht?«

Karen gibt Milch in ihren Tee. Er ist so heiß, dass ihr Gaumen pocht, ein angenehmes Gefühl. »Versetzungen. Vergehen führender Mitarbeiter.«

»Faszinierend.«

»Ich versuche, Rex Faulkner nachzuweisen, dass er gelogen hat, Beweise zu finden, dass er nach Beowulf versetzt wurde, ungefähr zu der Zeit, als Paspaley Leiter war.«

»Beowulf?«

»Cobblers Beach, die Verhaftung von William Meath. Hatte außerdem gehofft, das Diebstahls-Protokoll von Koestlers Daimler zu finden.«

»Erfolg gehabt?«

»Nein. Aber auch Scheitern kann eine Art Erfolg sein. Hab ich recht?«

»Ja – nur nicht von der Sorte, wie man ihn sich wünscht.« Das Essen kommt, und Karen fängt an, damit zu spielen. Scully schneidet und spießt ein Kartoffelrösti auf, untersucht es eine Weile auf der Gabelspitze. »Du hast zwei Möglichkeiten«, sagt er langsam, völlig eingenommen von dem Bissen. »Lass die Finger davon – oder schaff so knallharte Beweise bei, dass den Chefs keine Wahl bleibt, als entsprechend zu handeln. Bercovitch kann einen eiskalt aufgeklärten Fall nicht unter dem Deckel halten.«

Karen schaut an ihm vorbei, vorbei an dem eiskalten Tisch, dorthin, wo der Regen nicht aufhören will. Nein, Träume sollten nicht wortgetreu sein – aber die von Karen sind es. Gestern Nacht im Schlaf ging sie über den Tatort in Illawarra, schmeichelte sich bei den Murmurs ein. Der Techniker im Raumfahrtanzug ging in die Hocke und fegte Kies beiseite, brachte das gequälte Gesicht von Detective Sergeant Rawson zum Vorschein. Sie wachte keuchend auf, überraschenderweise erschrocken.

»Richter Koestler war schon eine interessante Type«, sagt Scully. »Das Kryptogramm. Er hat ein sehr tiefsinniges Spiel gespielt.«

»Er hat seine Kunstsammlung verschenkt, seine Angelegenheiten geordnet. Er wusste, dass die's auf ihn abgesehen hatten.«

Der Wissenschaftler schaudert. Er denkt nicht gerne darüber nach. Der Mann verdient seinen Lebensunterhalt mit dem Sezieren von Leichen, aber es ist eigenartig, was Leute zusammenzucken lässt. Seine Gedanken eilen in Fluchtrichtung, suchen Aufmunterung, einen Beweis, der ihm das Gefühl gibt, für das Leben zu sein, für die Welt. »Es leuchtet im Dunkeln.«

»Was?«

»Das Schachset, Kara. Es ist wunderschön.«

Sie nickt geistesabwesend, versucht es sich vorzustellen. Ein Regenguss hier bedeutet Dürre in Panama, Portugal, Pittsburgh. »Wenn es im Dunkeln leuchtet, müsste das fehlende Teil doch leicht zu finden sein?«

Wieder schaudert er. Dieses Mal löst sein Unbehagen Erheiterung bei ihr aus, eine Schadenfreude, die irres Gelächter anstößt. Müdigkeit fördert Manie, Scully schwillt an, als er es hört.

»Benimm dich, junge Dame. Sitz gerade, und iss dein verdammtes Frühstück.«

23

Rawson fährt in dem schrecklichen Pintara vor, macht die Lichter und den Motor aus. Das Radio lässt er an, weil er den Song mag, aber als er zu Ende ist, schaltet er es ab.

Er nimmt den Brief vom Sitz. Sucht die Wörter ab wie ein Erstleser, formt die Buchstaben langsam und stumm mit dem Mund. Lake-Eyre-Lippen/hätte Salbe kaufen sollen/kann sie damit nicht auf die Wange küssen. Als er genug hat, faltet er das Blatt zusammen und leckt den Umschlag klebrig.

Ein Mann kennt kein größeres Missgeschick. Eine Frau auch nicht.

Frag nicht, wer da gewesen ist. Schlimmer als Feuer, schlimmer als eine Flut, schlimmer als jede Hungersnot, aber ähnlich.

Eine Dürrezeit der Gnade, des Verständnisses. Niemals wird Regen kommen/es ist das Schlimmste, was passieren kann.

Ihr Haus ist fast noch genauso, schwach zeichnet es sich hinter zwei riesigen Lärchen ab. Sibirische: Alle Blätter sind ängstlich zu Boden gefallen und bilden einen braunen Teppich auf dem vom Frost heimgesuchten Gras. Neuer Rasen, der zersetzend in den vorangegangenen darunter übergeht. Nahrung ist Zeit und Raum/sie blutet.

Die Lärchen haben die Angewohnheit, zu unterschiedlichen Jahreszeiten unterschiedlich auszusehen. Pragmatiker, Gestaltwandler. Graue Äste verhaken sich, und sie stehen standhaft wie Männer auf Streikposten. Alte Männer: entkleidet und erschöpft, gequält, entschlossen, dem Angriff zu widerstehen, weil ihnen gar nichts anderes übrigbleibt, es keinen Ort zum Ausweichen mehr gibt.

Rawson sitzt für die Länge von sieben Songs ohne Musik im

Wagen. Er sucht nach dem Willen, wünschelt ohne Rute nach dem Keinen-Ausweg-Sehen, dem Nirgendwo-mehr-Hinkönnen.

Er hatte angeboten vorbeizukommen, sich um den Garten zu kümmern. Sie hatte gesagt, wild sei er ihr lieber. Eine Formulierung, die sie verwendete, fast schon lyrisch – Rawson heftete sie zur späteren Analyse ab. Sich jetzt zu erinnern ist anstrengend, fast körperlich. Neblig ist der Pfad der Erinnerung, leuchtet ein Licht/vertreibt die Spinnweben.

– *Ich rühr den Garten nicht an, nicht mehr. Ich hab's aufgegeben.*

– *Aufgegeben?*

– *Wenn man ihn in Ruhe lässt, ist das Ergebnis unverfälscht. Die Natur entscheidet.*

Heute ist der vierte Jahrestag dieser Unterhaltung, des Entschlusses, sie abzuheften. Winter 89. Die Bunnies haben sämtliche Spiele gewonnen, das Kind ist seit einundzwanzig Monaten unter der Erde.

Ein starker nächtlicher Wind geht in Sydney einem Sturm voraus. Rawson nimmt die Blumen vom Rücksitz und steigt aus dem Wagen. Ein Anflug von Respekt vor dem Garten, seiner Wildheit, oder vielleicht einfach nur vor der Seelenverwandtschaft. Auch sie fährt einen Pintara. Der Inkrementale klingelt an der Tür. Macht sich gefasst. Er weiß, sie wird älter aussehen/ihre Tage sind das Dreifache wert. Sie öffnet mit einem kleinen erstaunten Lächeln, das freundlich ist, eloquent, *hab mir schon gedacht, dass du kommst, aber ich halte es nie für selbstverständlich.*

»Komm rein, Michael. Schön, dich zu sehen.«

Sie wäre heute dreizehn geworden, aber sie wird es nicht.

»Wunderschön«, sagt die Dame, stellt sie in Wasser. Er fragt sich, ob sie es auch so meint. Rawson findet Blumen entfernt hübsch, hat aber kein Auge, keinen Sinn dafür, achtet auf gewöhnliche Kennzeichen wie Größe und Preis. Andere Blumen stehen aufgereiht auf dem Esstisch, neben einem Bild des Mädchens. Die weißen Azaleen kommen gewiss von der Großmutter. Gealterte Fürsorge, ein festes Budget, für immer in unseren Herzen. Sie ist keine Großmutter mehr.

»Tee?«

»Das wäre wunderbar. Ich meine, wenn du auch einen trinkst.«

Die Bedingung ist höflich, aber überflüssig: Gwen ist süchtig. Sie holt ihr bestes Service heraus und vier verschiedene Sorten Kekse und geht den Kessel auffüllen, Rawson fällt erneut auf, dass sie links scheußlich hinkt.

Schlimm gestürzt/kaputte Hüfte. Wenn Gott dich verlässt, verlässt er dich vollkommen.

Der zweite Strauß ist von der Schule. Leute aus dem Ort. In liebevoller Erinnerung. Schön, dass sie am Geburtstag Blumen schicken, nicht an dem anderen Tag, der auch noch zur Auswahl stand. Vielleicht ist das eine Richtlinie.

»Hatte heute ein gutes Gespräch mit Ian«, sagt sie über ihre Schulter. Zwei Schildpattkatzen kommen herein, die erste streift sein Bein und zeichnet eine Acht. Rawson betrachtet die Kapriole aus troposphärischer Höhe, erneut froh darüber, dass sie Gesellschaft hat. »Ich soll dich von ihm grüßen.«

»Das ist nett von ihm«, sagt Ship, denkt an den bulligen Mann, den er nur einmal in zerstörtem Zustand gesehen hatte. »Wie geht es ihm?«

»Ganz gut. Ich meine, heute ist es schwer.«

»Ja.«

»Aber es gefällt ihm da oben. Caloundra passt gut.«

Ein stabiler Kerl, dieser Ian – ich wundere mich nicht darüber, dass der dritte Strauß Blumen von ihm stammt. Und, Gwendolin, hab kein schlechtes Gewissen, weil deine Ehe in die Brüche ging. Als engagierter Polizist seit über zwanzig Jahren kann dir der weise Inkrementale sagen, dass sich die Eltern eines ermordeten Kindes üblicherweise auflösen wie Hochzeitstorten im Regen. Ja-ja, der Mann zieht meist in einen anderen Staat und heiratet erneut. »Ganz hübsches Fleckchen Erde«, schnieft er mit Glaubes-oder-lass-es-bleiben-Stimme. Tatsächlich stellt er sich die Sunshine Coast paradiesisch vor. »Bisschen zu schick für mich. Bisschen zu falsch.«

»Nein, ist nicht jedermanns Sache«, pflichtet Gwen ihm bei, reicht ihm seine Tasse Tee. Die Ungleichheit ihres Masseverhältnisses ist beachtlich, Gwen eine vogelartige Frau mit kurzen Haaren und einem Gesicht, das die Natur mit Falten versehen hat, mit komplizierten Furchen. Es wird zu einem kunstgleichen Unterfangen, dem Entwurf einer Anti-Kathedrale auf der Ebene hinter ihren Augen. Rawson ist eigenartig empfänglich für deren schreckliche Erhabenheit und kauert davor/starrt in seinen Tee.

»Na, dann komm. Wie geht es deinen wunderbaren Töchtern?«

»Gut«, zuckt er zusammen. »Die jüngste mag die Schule nicht. Die ältere liebt sie.«

»Sasha hasst die Schule? Oje. Aber das ist oft eine Zeit lang so. Das geht wieder vorbei.«

Bobby Cobra nickt und schaut durch das Bullauge, das Küchenfenster, das keinen Ausblick erlaubt. Ein großflächiger staatlicher Forst nach hinten raus und das Quaken von Fröschen. Bald kommt Regen. Es schmerzt ihn, dass sie sich an ihre Namen erinnert. »Bist du noch bei der Kinderfürsorge?«

»Die müssen Stunden kürzen«, sagt sie, ja – aber – dann auch wieder nicht. »Wobei ich mehr als drei Tage die Woche vermutlich auch nicht hinbekommen würde. Vielleicht stelle ich mich im Bowls Club zur Wahl.«

Ach, ja, genau, der Bowls Club. Drei Jahre älter als du, aber sie sieht schon fast aus wie eine alte Frau. Bist ein Arsch, so was zu denken, aber schwer vorstellbar, dass sie vor gerade mal dreizehn Jahren noch in gebärfähiger Verfassung war. O Herr, vergib dir/Herr, schneid dir die Kehle durch. Jetzt will sie sich in den Vorstand vom Bowls Club wählen lassen, aber als du die Dame kennengelernt hast, stand sie in der Blüte ihres Lebens, mit langem glänzendem Haar/du hättest sie gerne flachgelegt. Um Gottes willen und dem all seiner Heiligen, was zum Teufel ist los mit dir?

»Kürzungen«, sagt er, klingt grimmig. »Nie sind die Mittel da, die man braucht, es sei denn, es stehen Wahlen bevor.«

»Ich bin ja nur Aushilfe.«

»Sag das nicht, ich bin sicher, du machst das ganz toll mit den Kindern.«

»Das hoffe ich. Die Leute fragen sich, wie ich das mache, schauen mich an, als wäre ich kurz vorm Überschnappen.«

»Vergiss die Leute.«

»Nein – sie haben ja nicht ganz unrecht. Ich wache immer noch auf und denke, dass bestimmt jemand den Fehler bemerkt hat. Dass es gleich an der Tür klopft, ein netter Herr von der Regierung. *Tut mir leid, dass wir so unangemeldet stören, Mrs Dance. Hier haben Sie Ihr Kind zurück.*«

»Ja.«

Du denkst an den Kerl, der sie gefunden hat. Warwick Penbernethy war sein Name. Ich bin sicher, Gwen erinnert sich besser als du.

Warwick war Merchant Banker/soll kein Rhyming Slang sein. Ein ganz normaler Typ mit einem Hund, einer Frau. Er stand früh auf und dachte, ich geh mit dem Vieh spazieren. Also, mit dem Hund. Ein wunderschöner frischer Morgen unten an Cobblers, und er tut dem Hund was Gutes.

Aber dann kommt der nicht mehr wieder, und er pfeift, und er muss noch mal zurück, aber der Hund brüllt wie ein verdammter irrer Affe, also geht er und schaut nach.

Gwen hält die zarte Tasse mit zarten Händen, bläst hinein, fasziniert von dem Gebräu. Unendliche Welten gefangen in diesen Teemolekülen, Planeten mit eigenen Sonnen, ihren eigenen Grausamkeiten zwischen Räuber und Gendarm. »Hast du noch Spaß an dem Job?«

Spaß am Job. Du lieber Himmel, alles Gute zum Anzac Day/Schöne Scheidung. »Ich hab gekündigt«, sagt er, die Erklärung kommt abrupter als beabsichtigt; über Gwens Gesicht rollt eine Lawine aus Sorge. »Ich arbeite noch an meinen Plänen, aber ja – ich hör auf.«

Du hast ihn besucht. Penbernethy. Das war vor neunzehn Monaten/es hat dir keine Ruhe gelassen. Du bist eines Nachts aufgewacht und hattest das Gefühl, als würde was nicht mit ihm stimmen, also bist du hin, bist seiner Frau gleich an der Tür begegnet. Sie meinte: »Der hat uns schon vor Monaten sitzenlassen. Wir glauben, er ist in Kanada/wir haben keine Ahnung, wo zum Teufel er steckt.« Du hast gefragt, was passiert ist, und sie hat mit den Zähnen geknirscht, gesagt; »Verdammter Nervenzusammenbruch, der ganze posttraumatische Stress. Niemand hat ihm geholfen, nachdem er das kleine Mädchen gefunden hat. Niemand hat nachgesehen, ob mit ihm alles in Ordnung ist.«

»Du bist zuständig für die Kingstons da, Michael. Ich darf die gar nicht essen.«

»Oh, ich bin total versessen auf Kingstons, Gwen.«

Und das Schlimme ist, dass du dankbar warst. Du warst froh, dass es Warwick Penbernethy nicht gut ging, weil es dadurch okay war, dass es dir auch nicht gut ging.

Und dir ging es nicht gut.

»Willst du verreisen?«

Rawson nickt ohne Überzeugung, nimmt einen Keks vom Teller und leitet eine Post-Kingston-Welt ein. Eine Welt der mittelmäßigen Monte Carlos und Shortbread Creams/Sasha sagt immer *Pedale* dazu. »Übersee. Ich hab versucht ein paar Probleme zu lösen und …«

»Und?«

»Erstaunlich, wie wenige es gibt. Komisch, auf wie wenig so ein kleines Leben hinausläuft.«

»Ich denke, das geht jedem so.«

»Schon wahr.«

»Aber es ist eigenartig, dich so … fatalistisch zu erleben.«

»Wirke ich verändert?«

»Ja.«

»Weil ich kein Polizist mehr bin.«

Du hattest selbst PTS. Dieser schrille Ton, den eine Geige macht, bevor eine Saite reißt, das warst du, alter Junge – das ganze Jahr 88 hindurch warst du eine Saite kurz vor dem Reißen, ständig wütend, und zwar ganz besonders auf die Menschen, die du am meisten geliebt hast. Wieso muss es immer so sein? Du hast verstanden, was da los war, und hast Medikamente genommen/eigenartiger ironischer Name dafür. Du hast wie alle anderen Schütze-Sternzeichen auch gerne mal was getrunken, aber nie, um den Tag zu überstehen. Du hast versucht, es jemandem auf der Arbeit zu sagen, einer Frau, die nett zu dir war, und sie sagte: »Du hattest auch vorher schon mit schlimmen Fällen zu tun, Bobby – wieso ist dieser hier anders?« Du hast dir dieselbe Frage gestellt, aber erst als du sie von den Lippen der lieben Deanna hörtest, bekamst du die Antwort mit Fingern zu fassen.

Nicht, dass du sie ihr hättest sagen können/das wäre grausam gewesen. Sie war verliebt in dich, dachte, du würdest Heather vielleicht verlassen, aber du musst immer dankbar dafür sein, dass sie darüber nachgedacht hat.

Die Mädchen/die Mädchen. Du warst verfluchter Detective der Mordkommission mit goldenem Stern, aber du hast nicht begriffen, wie sie insgesamt die Haut verändert haben, in der du lebst. Vielleicht wenn sie von der Zeit näher beieinander gewesen wären – ihre Geburt, Sophies Tod –, wärst du vielleicht schneller von Begriff gewesen, aber fünf Jahre sind eine verflucht lange Zeit/ein Leben läuft in fünfzehn Sekunden rückwärts ab.

»Du wirst immer Polizist bleiben, Michael.«

»Nein.«

»Du wirst zurückkommen. Die haben nicht viele geborene Detectives, so wie du einer bist.«

Er lächelt traurig/schön, so was zu hören. Früher war es die Wahrheit gewesen. *Die haben geborene Detectives wie mich, Gwendolin. Und ich bin keiner mehr.*

»Mir ist nach Sherry«, verkündet Gwen, beide Handflächen auf dem Tisch. »Was sagst du dazu?«

»Ich würde sagen super.«

Er trägt seinen Tee ins Wohnzimmer, und Gwen geht zur Anrichte und holt eine Karaffe heraus. Sie schenkt zweimal ein und gibt ihm einen. Vor drei Jahren haben sie das gemacht und dann vor zwei. Aber nicht im letzten Jahr/er hatte die Tradition für tot gehalten.

»Auf sie«, sagt Gwen, hebt ihr Glas.

»Auf sie.«

Er trocknet auf ihrem Gaumen, und Gwen fragt nach den anderen Beowulfs. Rawson sagt, was er weiß, erstattet Zwischenbericht mit einer Stimme frei von Gefühl. Einem geht es gut, einer ist tot, einer pensioniert, ein anderer vom Winde verweht ... Rawson achtet darauf, Sophies Foto auf dem Tisch nicht anzusehen, das Foto, das in den Medien gezeigt wurde/der Welt. Der dritte Strauß ist nicht von Ian.

»Was zum Teufel?«

Die Schrift ist winzig, krakelig, der Name stößt Rawson ab. Er kann sich an ihre Gestalt auf der Galerie erinnern, ein jämmerliches altes Weib, das mit unergründlicher Miene allem lauschte, die Anklägerin stempelte ihren elenden Sohn zum gemeinen Entführer, zum Kinderschänder. Sogar damals war sie schon steinalt/Meine Gedanken sind bei Ihnen.

Rawson ist düster, die Lippen weiß. »Ich wusste nicht, dass sie das macht, dass sie dir Blumen schickt.«

»Oh ja, jedes Jahr. Wie ein Uhrwerk, so ist Mrs Meath.«

»Ich würde mir das verbitten.«

»Schon gut, Michael. Es schmerzt mich nicht.«

»Nein? Der Anblick dieses Namens?«

Gwen schaut durch den Vorhang. Meath ist seit zehn Monaten tot. Er war in sehr verwahrlostem Zustand, als er ins Gefängnis kam/auch er war drei Mal so schnell gealtert.

»Mich schmerzt«, sagt sie, »dass er es nie gestanden hat, nie Reue gezeigt. Ich kann mich irren, aber vielleicht würde das etwas ändern. Sein Name bedeutet nichts. Sein Gesicht? Nichts. Aber mir tut die Mutter leid. Ich bin sicher, sie hat ihr Bestes getan, und jetzt muss sie mit dem Wissen leben, wie er war. Manchmal denke ich, ihr Kreuz ist schwerer als meins.«

»Wie kann das sein?«

»Weil die Welt auf meiner Seite war. Ich sage nicht, dass das viel ausmacht, das tut es nicht. Aber verachtet zu werden, so wie sie verachtet wurde … möchtest du noch einen Sherry?«

»Möchte ich.«

»Ich gehe immer noch zum Therapeuten, weißt du. Er ist sehr gut, und der Staat bezahlt, wofür ich dankbar bin.«

»Natürlich.«

»Er sagt, ich soll dich bitten, mich nicht mehr zu besuchen.«

»Ah.«

»Tut mir leid. Das muss sehr unfreundlich klingen.«

»Nein, Gwendolin. Es klingt, als könnte er recht haben.«

Rawson nimmt den neuen Sherry, und jetzt schaut er Sophie an. »Als ich ihren Namen herausgefunden habe – als Paspaley ihn mir gesagt hat – war ich am Boden zerstört, denn ich wusste, dass jemand mit einem solchen Namen geliebt worden sein musste.«

Sie nähern sich der Grenze des offenen Weinens und hören auf, die Erfahrung hat sie gelehrt, auf dieser Seite des Flusses zu bleiben. Als er spricht, klingt er heiser, weit entfernt. »Piece Talks.« Fridensgespreche.

»Was?«

»Erinnerst du dich an die beiden Jungs, die sich im Busch verirrt haben? Westaustralien, sie sind losgezogen, wollten irgendwo als Aushilfen anheuern.«

»Ich glaube schon.«

»Sie waren noch ganz jung, fünfzehn/sechzehn. Wurden gehänselt und beschimpft, losgeschickt und mitten im Nirgendwo von den anderen getrennt, hatten keine Ahnung, worauf sie sich einlassen.«

»Sie sind abgehaun, oder?«

Rawson senkt den Kopf. »Sie haben eine beschissene Karre mit Vierradantrieb geklaut, mit der man nicht mal bis zum Supermarkt fahren würde. Rein in die Great Sandy Desert ohne Landkarte und null Wasser. Durst. Der eine hat sich erschossen. Der andere ist zwei Kilometer zu Fuß weiter und hat eine Botschaft auf einen Flaschendeckel gekratzt.«

»Die haben einen Artikel drüber gebracht. *Four Corners.*«

»Ich hab in dem Alter auch Aushilfsjobs gemacht, aber durch die Sendung ist es real geworden, die Familien müssen damit leben. Simon und James.«

»Das hat dir zugesetzt.«

Simon und James. Heather kam rein, und du hast geweint, kurz vorm Wehklagen. So hat sie dich nie gesehen. Ich hab Friden, *stand da. Das hat dich fertiggemacht/der Junge hat Friden.*

Rawson stellt sein Glas ab und trinkt seinen Tee aus. Eigenartig, wie ein nicht ausgetrunkener Drink auf dem Gemüt lastet, dem Trinker keine Ruhe lässt, obwohl er nur ein Schlückchen dringelassen hat. »Wird Zeit, dass ich verschwinde. Bringst du mich raus?«

Unter den Bäumen sind sie gegen den kalten, schalen Regen gefeit. Der Wind bringt Rawsons Haare total durcheinander. »Du bist ein guter Mensch.«

Ihr Lächeln ist entschuldigend. »Es gibt viele Tage, an denen ich es nicht bin.«

»Nein, du bist was Besonderes. Immer noch da.«

»Wenn es bloß nicht so wäre. Ich frage mich, was mein Dasein für einen Sinn hat.«

Der Beowulf zieht den Umschlag hervor. »Ich hatte lange Zeit, um das zu schreiben. Hätte ich es früher schreiben können, hätte ich es getan. Aber das konnte ich nicht, Gwen. Als wäre die Tatsache an sich ihre eigene Rechtfertigung.«

Ihre Arme verschränken sich fest vor ihrem Körper, der Körper argwöhnisch, nicht erpicht darauf. »Was ist das?«, erkundigt sie sich nach dem Ding in ihren Händen, windet sich, als wollte sie die unbedachte Entgegennahme rückgängig machen.

»Die Natur entscheidet.«

»Ich verstehe nicht.«

»Die Namen, Gwen – die Gesichter. Lies es, wenn du willst. Oder lass es.« Rawson tritt vor und nimmt ihre winzigen Hände in seine; der Brief schaut heraus. »Es wird helfen, das verspreche ich. Ich habe mich davon überzeugt, dass es Freundlichkeit war, einen schlafenden Hund in Ruhe zu lassen, aber das war nur meine eigene Schwäche. Die Mutter von Sophie Dance ist nicht so, Gwendolin. Die Mutter von Sophie Dance ist eisern/sie wird es schaffen.«

Big Ship stößt in die Nacht, und sie spricht einen Satz in seinem Kielwasser, den der Wind entführt. Sein detektivischer Verstand setzt ihn aus seinen Fragmenten zusammen, und *viele krumme Dinger hast du gemacht, aber der Brief ist keiner davon, auch nicht die unausgesprochen darin enthaltene Handlung. Wenn du an ihre Sophie denkst, beklagst du, dass ein wütender Mann die frühesten Erinnerungen deiner Mädchen bestimmt, eine große und zornige Person, die man meiden muss, weil sie herumschreit und unglücklich ist. Und deshalb haben sie nicht verstanden, was sie dir bedeutet haben, und das kannst du der Flasche nicht verzeihen oder dir, der du dich entschieden hast, sie zu trinken.*

»Gott segne dich, Michael.«

Dies sind die Scherben, die er wie ein Puzzle zusammensetzt, und sie ritzen sich in seine Seele wie in Kalkerde, ein Zündschloss, das seinen angebotenen Schlüssel ausschlägt/er gräbt eine gefühlte Ewigkeit tiefer.

22

Millar liebt Flughäfen, weil sie keine Krankenhäuser sind. Das Essen ist gleich – scheiße, aber die Reisen weniger konfrontierend. Und man kann davon erzählen: Karen geht durch die Flughafenhalle und denkt über das Terminal nach, die Neon-Beleuchtung, die in den Augen schmerzt und Flashbacks auslöst. Sie benutzen ein bestimmtes Putzmittel, und ihr wäre es lieber, sie würden es nicht tun.

Lenny wartet im Warteraum. Besuchszeiten sind vorbei, sie werden erst am Morgen wiederbelebt, ein entferntes und theoretisches Ereignis. Nachtschicht im Sydney Adventist, Arbeitsmodell einer still empfundenen Ewigkeit.

Karen hat leise Worte mit der Schwester an der Anmeldung gewechselt, die Schwester nickt und nimmt ein Telefon. Verständigt Dr. Jemand. Lenny trinkt Tee, der mit Sorgfalt von einem Automaten aufgebrüht wurde. Als Karen hingeht, frisst er ihr Kleingeld.

»Howdy, Freundin. Siehst aus, als könntest du gleich hierbleiben.«

Karens Grimasse ist nicht aufgesetzt. »Danke, aber ich hatte schon. War nicht sehr erholsam.«

»Wann?«

»Vor Jahren. Aber das Sana lebe hoch.«

Lenny sieht sich um in einer Umgebung, die ursprünglich für geistig verwirrte Edwardianer gebaut worden war. Sie ist zum ersten Mal hier, aber weiß Gott, sie sind alle gleich.

»Ich hab's gehasst«, sagt Karen abrupt eindringlich. Sie sind beide verdattert, ein Schlag aus dem Nichts, von irgendwoher, grundlegend. »Ich vermute, das ist meine Art zu sagen, ich bin froh, dass du dir Zeit nehmen konntest.«

»Würd's nicht verpassen wollen.« Schlupflider; Lenny ist auch müde. Alle sind müde. »Vernimmst du einen Patienten?«

»Ist keine Vernehmung. Soweit ich gehört habe, wird's eine Einbahnstraße.«

Dr. Sum Wan sieht aus, als wäre sie immer noch Aufsichtsschülerin die Straße rauf an der Pymble Ladies. Sie reagiert auf Karens Einleitung mit einer Reihe von schnellen Nickbewegungen, ihre Busan-Augen werden von einem alles aufsaugenden Intellekt zum Strahlen gebracht. »Derzeit liegt der Fokus darauf, dass sie sich wohl fühlt«, sagt die Ärztin in perfektem Wahroonga.

»Ist es wahrscheinlich, dass das Gespräch sie aufregt?«

»Es hat einen gewissen Ernst«, sagt Karen. »Aber ich hoffe, es wird ihr auch Ruhe schenken.«

»Fünf Minuten, seien Sie so sanft wie möglich.«

»Verstanden.«

»Wahrscheinlich spielt sie in ihrer Freizeit Chopin«, sagt Lenny zum kleiner werdenden Rücken des Mädchens. »Und leitet Kliniken im Kongo.«

»Was als Nächstes passiert, ist inoffiziell«, sagt Karen. »So absolut vertraulich, dass es schon nicht mehr witzig ist.«

Das Vanillebuch taucht in Karens Hand auf wie die Spielkarten eines Zauberers. Lenny betrachtet es mit offener Gier. »Schon gut, ich bin nicht zum Spaß hier.«

Das Dämmerlicht in dem Raum ist schrecklich. Einen Augenblick lang denken sie, sie wurden in den falschen geführt, eine für die Leichenbeschau reservierte Kammer: Eine Maschine in der Ecke ist das Einzige, was sich bewegt. Sie sieht primitiv aus, ein lächerlich billiges Requisit aus der Stummfilmära. Ein schwarzer Gummihandschuh bläst sich auf und schrumpft, haucht heiser, übernimmt das ganze Atmen.

Eine Schwester folgt ihnen hinein und betätigt den Schalter für das Nachtlicht. Das entsetzliche Gesicht von jemandem, der zu lange hier war, außer Kraft gesetzt, sich nach dem Anstoß sehnend, den ihm niemand geben will. Die Luft ist dünn wie die Augen.

»Mrs Meath? Mein Name ist Karen. Ich bin von der Polizei. Das ist eine Kollegin, Leonara. Ich bin hier, um mit Ihnen über Ihren Sohn zu sprechen.«

Die Augäpfel rollen langsam, und Lenny schaut in die Ecke des Raums. Nichts da. Manchmal ist nichts schön.

Ein Stuhl am Bett, und Karen nimmt Platz, spricht Worte flüssig, aber überlegt. Lenny überlegt, ob sie sich diese schon lange zurechtgelegt hat oder ob Karens Verstand einfach von stimmiger und formelhafter Natur ist. »Nach dem Prozess Ihres Sohns hat sich ein pensionierter Richter die Verurteilung noch einmal genauer angesehen. Sein Name war Angelus Koestler. Jetzt ist er tot, aber wir haben seinen Befund. Ich wollte, dass Sie wissen, was er festgestellt hat.«

»Mary, die Detectives, die die Ermittlungen geleitet haben, haben der Staatsanwaltschaft entscheidende Beweismittel vorenthalten. Auch der Verteidigung. Richter Koestler hielt das Zurückgehaltene für entlastend – als ausreichend, um William als Verdächtigen im Fall des Mordes an Sophie Dance auszuschließen. Koestlers juristischer Ansicht nach war die Verurteilung Ihres Sohnes nicht ausreichend begründet.«

Die Maschine macht unermüdlich weiter, sinniert über die weitreichenden Neuigkeiten. Entgegen den Erwartungen dreht sich die Hand der Mutter langsam, die Finger bilden einen Punkt, der sich zum Himmel hin orientiert. Karen weicht ihm nicht aus, beugt sich dicht an sie heran, um das Fleisch zu packen und das Flüstern zu hören, die Botschaft einer alten Frau von der anderen Seite.

»Heftig«, sagt Lenny zum Gang hin. Karen, auf den Hacken, atmet beinahe genauso tief, zieht ihren Rock zurecht, die Jacke gerade und herunter. Die Geste ist die eines Marshals, der einen Saloon mit Schlägerei verlässt, schnelle Vergeltung blutig geübt. Aber in ihrem Gesicht ist kein Anzeichen von Gerechtigkeit, keine sheriffartige Genugtuung. Lenny denkt an ihr eigenes Testament, ihre eigenen letzten Wünsche. Gott bewahre sie vor Tagen wie jenem, Nächten wie dieser.

Schrotflinte, danke. Wer würde vortreten? Sie kann nicht erwarten, dass die Kater es machen.

Die Unterhaltung auf dem Weg nach unten besteht aus drei Sätzen, acht Sekunden.

»Das hättest du nicht machen müssen.«

»Doch. Musste ich.«

»Na ja. Sie sah besser aus, nachdem sie's gehört hat.«

In der Nacht hören sie Sirenen. Kommen sie näher? Erst werden sie lauter, dann leiser, während die Frauen auf überdachten Wegen gehen, vom sanften Regen verschont bleiben, nicht aber von dem heftigen Wind auf dem langen Abstieg zum Parkplatz. Ein Mann in Uniform wartet, ein bezahlter Wächter im Straßenlaternenschein.

»Blödes Arschloch«, sagt Karen leise. Beim Anblick ihrer Dienstmarke reißt der Sicherheitsmann die Augen auf und pfeift leise aus Respekt. »Scheiße, das ging aber schnell.«

»Ich bin das Opfer, nicht die Kavallerie. Was haben Sie?«

Sein Schulterzucken ist überzeugend. »Keine Zeugen. Ich hab den Schaden entdeckt und gemeldet. Fertig.«

Karen sieht ihn nicht an; sie ist zu beschäftigt, alles andere anzusehen. Beifahrerseite hinten, das Fenster ist eingeschlagen. Auf der Kehrseite des Verstands, wo Prophezeiungen zu Hause sind, befinden sich harte Tatsachen in vier Dimensionen, sie sieht den Mann mit der Skimaske, der gekonnt einen Reifenheber schwingt und ihre Akten durchwühlt. Wenn das Universum aus dunkler Materie besteht, dann gilt das für den menschlichen Geist ebenfalls.

»Pech«, sagt Lenny Clarke.

»Schauen wir mal«, sagt Karen Millar.

21

Sutton trifft sich mit Rawson in dem Frühstückscafé, um über Sport und das Wetter zu sprechen. Sie schnappen sich einen Platz auf dem Fußweg und schauen zu, wie die kleine Stadt zum Leben erwacht/was so für Leben gehalten wird. Für den Bonecrusher ist es zum Ritual geworden, ihnen den Speck bis auf den letzten Rest wegzuessen, einen Liter Kaffee zu trinken und mit Saft nachzuspülen. Als die Würstchen kommen, spucken sie aus der Pfanne, und jemand atmet ihm vielsagend an den Fuß.

»Ich will ins Hinterland fahren«, sagt er unter Schmerzen, ein Stück weiß-heißes Fleisch hopst links und rechts in seinem Mund. »Au.«

»Wann lernst du's endlich«, sagt Sutton zu seinen Eiern.

»Ich mach das nur, weil er sonst winselt.«

Rawson denkt, das Problem sei seine strategische Ungeschicktheit, die grausamen, aber mildtätigen Randstücke, die er durch die Luft zu Boden fallen lässt. Er tunkt sie vorher in Wasser, aber die Zunge eines Hundes ist der empfindlichste Leckstab in der kosmischen Daseinskette …

»Nicht wegen dem Hund«, sagt Sutton. »Wegen deiner Verstopfung.« Sie hören ein hohes empörtes Bellen, Bloke ärgert sich über ein Leckerli, an dem er sich verbrennen wird, wenn er es frisst. Rawson schaut auf den Hauptteller und gibt ein ganz ähnliches Wimmern von sich.

»Kann ich ihn mitnehmen?«

Sutton nickt/sie verdienen einander. Er winkt sie davon, spaziert zurück zu seinem Hotel.

Er schließt die Tür auf und bleibt im Rahmen stehen. Der Zimmerservice war da gewesen. Sutton macht immer sein Bett, bevor er geht, und das Zimmermädchen macht es immer nochmal, frische Bettwäsche betont straff aufgezogen, militärisch streng. Der Gast weiß, dass es zum Wettkampf geworden ist.

Er macht zwei Schritte in den Raum hinein und zieht seine Wraparound ab, wirft sie sachte mit einer Bewegung aus dem Unterarm aufs Bett. Dasselbe mit der Brieftasche, mit der Armbanduhr. Sutton macht einen dritten/vierten Schritt und nimmt das Metall in die Hand, ballt die Faust, bis der Schlüssel wie eine Waffe hervorsteht.

»Komm raus.«

Ein Mann tritt aus dem zweiten Schlafzimmer, die Hände hoch erhoben. Ein Kopf größer als Sutton, breiter um die Brust, sonnengebräunt und sehr gut aussehend. Sein Ausdruck ist mild/grenzt an Belustigung. Sein Anzug wunderschön.

»Hallo, Jamie.«

Sutton runzelt die Stirn. Er nimmt den Schlüssel, steckt ihn wieder in die Tasche.

»Es war Rawson. Er hat seine Töchter angerufen.«

»Aha.«

»Ich hab gesagt, eine Woche, aber ich hab länger gebraucht.«

»Wir hätten inzwischen längst weiterziehen sollen.«

»Stimmt. Aber es gibt keinen Ort, an dem sie dich nicht finden.«

»Du meinst *uns*.«

Simon lächelt. »Ich bin nur die Person, die sie schicken. Mich kannst du löschen, Jamie. Kannst mich jetzt sofort auslöschen. Aber die anderen bleiben.«

»Früher warst du arroganter.«

»Hab mich verändert. Wenn man neben jemandem kämpft, lernt man ihn kennen. Wenn man tötet, entsteht eine Bindung. Und trotzdem haben wir dich nicht gekannt.«

»Ihr habt gewusst, dass ich zuverlässig bin. Was sonst?«

»Eine rhetorische Frage von Sutton. Wahnsinn … es stimmt, dass du verlässlich warst. Eine stille Person, begabt, aber sogar dein Name war gelogen.«

»Mein Name ist Sutton.«

»Jemand kann einen neuen Namen annehmen, ja. Aber einen alten wird niemand los. Deine Schwester ist gestorben, als du sechs warst; deine Mutter, als du zehn warst. Dein Vater hat dich geschlagen, du musstest ins Krankenhaus, hat vor Gericht erwirkt, dass er dich wiederbekommt. Weißt du, was er zum Richter gesagt hat? Ich hab's schriftlich. Du hast den Namen deines Onkels angenommen, eines Mannes, mit dem du nur durch dessen Eheschließung verwandt bist.«

»Warum bist du hier?«

»Um dich zu warnen. Anderen Befehle zu geben, war einfach, aber nicht dir. Du warst schon viel weiter auf dem Weg, den ich auch gehen wollte. Jetzt liegst du zurück.«

»Wenn du es sagst.«

»*Tu ne souviens de Djibouti?*«

»*Non.*«

»*La dernière soirée – L'embuscade près de l'hôpital. Les Ghanéens n'étaient pas Ghanéens … J'étais en admiration devant toi, Jamie. Comme les autres. Tu m'as rendu ça difficile. Je veux dire.*«

»*Ça n'existe pas.*«

»*Djibouti?*«

»*Le passé. Il n'y a pas de Djibouti. Pas d'embuscade/pas the Ghanéens/pas d'hôpital/pas de véhicule blinde. Il y a seulement maintenant, il y a seulement cela.*«

»*Le français fait de toi un philosophe.*«

»Une chose n'existe pas en dehors du moment où elle …«

»Existe?«

»Tu penses que c'est une blague, cette querelle entre deux hommes.«

»Je ne me moque pas de toi. Juste ton accent.«

»Arnaud.«

»Ta voix – elle est pleine de poisons … Die Frau, mit der du zusammengelebt hast, liebt diese Sprache, Jamie. Und hat keine Ahnung, dass du sie sprichst.«

»Deshalb haben sie dich geschickt. Weil wir uns vorher kannten.«

»Die Vergangenheit wurde nicht erwähnt.«

»Vielleicht haben sie's nicht begriffen.«

»Sei nicht so.«

Suttons Aufruhr wächst langsam, aber sicher. Er hat kein Werkzeug für den Job/es gibt kein schlimmeres Gefühl. »Was kann Rawson ihnen verraten?«

»Alles. Damit werden sie sich begnügen. Und wenn du versuchst, ihm zu helfen, bringen sie dich unter die Erde.«

Der Schreiner schlägt eine Hand vors Gesicht, als wollte er einen Kopfschmerz wegreiben, eine Erinnerung. »Ist nur eine Fehde. Ein verdammt blöder Streit zwischen Fremden.«

»Am Anfang. Aber dann geht es weiter. Ein Instrument kommt zustande.«

»Ein was?«

»Alles ist machbar, Jamie. Das dürfte einem Jungen, der seine Schwester verloren hat, bevor er sie kennenlernte, nicht neu sein. Dessen Mutter ihn nicht schützen konnte. Dessen Vater ihn nicht leiden konnte. Du hast deinen Onkel an eine Krankheit verloren und deine Tante an Trunkenheit am Steuer. Mit zwanzig bist du zur Armee und in ferne Länder gereist, hast geheime Kriege geführt, Terror verübt.«

»Du hast mir gezeigt wie.«

»Ja – und ich habe die Lektion gelernt, so wie du sie nicht gelernt hast.« Simon zieht einen Zettel aus der Tasche, reicht ihn rüber. »Bilanzaufstellung«, sagt der wunderschöne Anzug. »Rawsons Fond für seine Töchter.« Ein Fingerschnippen: »Weg, leer. Das Instrument kann das machen.«

»Es kann stehlen.«

»Genau das ist die Welt – ein Prozess fortgesetzten Diebstahls. Rawson wird entlassen werden, sämtlicher Belobigungen entkleidet. Die neue Kommission wird ein Exempel statuieren, Zeugen aufrufen, um ihn als Stammkunden von Bordellen zu identifizieren, als Veteranen harter Drogen. Rechtsbeugung, Meineid, Umgang mit kriminellen Elementen – wenn er dagegen ankämpft, sämtliche Beziehungen spielen lässt, wird man ihm vielleicht erlauben, seine Töchter in Anwesenheit von gerichtlich bestellten Personen zu besuchen.«

»Seinen Mädchen wird es egal sein, ob er Arbeit hat.«

»Rawson aber nicht – auf seine Selbstachtung kommt es an. Er wird Onkel Jem noch auf seiner Seite haben, aber Jem wird sich um seinen eigenen Scheiß kümmern müssen. Ich hab das Gefühl, du wirst noch einmal wegen Koestler vernommen werden. Nur fürs Protokoll, das Instrument versteht dich nicht. Slane ist nicht dein Freund, aber du hast ihn geschützt – sogar auf eigene Kosten. Ich hab versucht, es zu erklären.«

»Der Fall ist Blödsinn.«

»Die Polizei kann nicht Anklage erheben, nein. Aber die Behörden können sich einen anderen Vorwurf ausdenken. Sie werden dazu gezwungen werden. Und dieses Mal gibt es keine Berufung.«

»Versuch's.«

»Ist schwer, sich aufs Gefängnis vorzubereiten, Jem – aber ich hab gestaunt, als man mir erzählt hat, dass du nicht klarkommst.«

Sutton steigt aus dem Truck und geht auf die Brandung zu, zeitlose Front in einem andauernden Krieg. Er trägt Jeans, sonst nichts, keine Schuhe/kein Hemd. Die Welt um die Mittagszeit ist still mit null Vögeln und dem urwüchsigen Meer, Wasser, das jedes erdenkliche Ding gehört und bezeugt hat. Aber vielleicht hat es keine Erinnerungskraft, keine Zellen, um die Daten einzusperren, die es sammelt. Das wäre schrecklich, denkt er, wenn das Meer ein Goldfisch wäre – jede Gräueltat die erste.

Die Unterstellung stimmt. Er kam nicht klar.

Sutton gelangt an den Ort, wo neue Namen vergeben werden. Füße ins Wasser getaucht, um den Herzschlag zu spüren, aber der Puls ein Essig, widert ihn rasch an. Als er sich ins Innere kehrt, sieht er, dass der Truck leer ist/der Mann namens Simon verschwunden.

20

Nichts ist so sprachgewandt wie die Stille. Man kann seinen Kompass daran ausrichten, die Uhr danach stellen, staunen über ihr Talent, das Wesen eines Dings zum Ausdruck zu bringen. Das Mädchen, das deine Briefe nicht beantwortet/der Junge, der dich nicht zurückruft.

Karens Wagen ist eine kalte Umgebung. Das kaputte Fenster ist daran schuld. Ein eisig belebender Wind wird hinter ihnen vernehmbar, fegt durch die belästigten Unterlagen. Der Lufthauch ist der Geist des Vandalen, ein gesichtsloser Mann mit Reifenheber. Nichts wurde mitgenommen.

Leonara sagt: »Setz mich einfach an einer Wache ab.«

Die Fahrerin nickt und steigt in die Eisen wie Stirling Moss, rast den Pacific Highway hinunter, während dort Namen wie Wegmarkierungen auftauchen und verschwinden. Gordon, Killara, Lindfield, Roseville. Die Straße spult sich ab wie ein Band, und die südliche Metropole nähert sich durch die mondbedingte Flut. Sie umfahren Chatswood, als Lenny ihren Vorschlag erneut höflich vorträgt.

Karen antwortet dieses Mal mit Worten: »Dachte, wir fahren vielleicht an einen kontrollierten Ort, ich lass dich Koestlers Buch lesen.«

Die Journalistin sagt nichts, fürchtet, Gesprochenes könnte den Moment zerstören/das Angebot irgendwie platzen lassen.

– Bist du nie gefahren?

– Ich mag Züge. Höre Musik, arbeite.

– Ich denke mal, wenn du in Faulconbridge zusteigst, bekommst du immer einen Sitzplatz.

– So ziemlich ja. Hab mich ans Autofahren nie gewöhnt, deshalb hab ich's auch nie vermisst.

– Für mich wär's ein herber Schock. Andererseits, so wie sich der Verkehr in der Stadt hier entwickelt.

– Der neue Chefredakteur hält ihn für schlimmer als in Manhattan. Aber hey, mit dem neuen Tunnel wird es wieder.

– Wie kann eine Stadt so reich sein und so neu und so verdammt zurückgeblieben, wenn's ums Autofahren geht?

– Kevin hat sich das auch immer wieder gefragt … mein Verlobter.

– Habt ihr's nicht durchgezogen?

– Er ist gestorben.

– Oh, tut mir leid.

– Bin selbst schuld. Kriegsfotograf. Auf Vernunft hab ich bei einem Mann nie Wert gelegt.

– Dann habt ihr euch wohl durch die Arbeit kennengelernt.

– *Straits Times.* Er hat über Beirut berichtet, Damaskus. Ein wilder Kolonialjunge.

– Klingt nach einem Weiberhelden.

– Das war er. Aber die Welt hat ihn sich immer wieder geholt.

– Und es gab nie einen anderen?

– Nein. Wie steht's mit dir, Detective – jemand Besonderes?

– Angelus Koestler.

– Um Gottes willen … hab gehört, Caron Daley ist schon eine ganze Weile in dich verliebt.

– Caron Daley ist verliebt in Caron Daley.

– Stimmt. Wird er immer noch der Silver Wobbler genannt?

– Ja, der Typ verbiegt alles.

– Außer Detective Millar.

– Hör auf; alleine ist man weniger einsam. Meinst du nicht?

Sie führen dieses Gespräch in einer anderen Dimension, das Gewicht der Worte ist real, aber wahrnehmbar nur als Absenz – als negative Interpretation in einem speziellen Bereich. »Middle Harbour Yacht-Club«, sagt Lenny. Sie wirft einen Blick auf die warmen Lichter des Clubhauses. »Schick.«

»Wichser.«

»Ist das dein kontrollierter Ort?«

»Mir nach.«

Der Yachthafen ist ein feierlicher Forst aus hochaufragenden Masten. Nächtliche Vögel auf den Salings beobachten ihr Herannahen, Raubtiersilhouetten, aber die Art nicht erkennbar. Das Wasser ist schlecht, weil unbewegt/verunsichert alles andere.

»Ich mag Boote«, erklärt Lenny, dann kommt sie sich wie eine Idiotin vor. Sie hat es nur gesagt, um den Raum zu füllen, in den eigentlich der Soundtrack gehört. Ihre Anführerin bewegt sich zielsicher über die Planken, kennt den Weg, umhüllt von ihrem Mantel. Ihr Gang ist vertraut, aber Leonara braucht einen Augenblick, um der chancenlosen Eleganz einen Namen zuzuordnen, der Fick-dich-Überzeugtheit. Karen geht wie ein Model, das Mode nicht mag.

Die Polizei besteigt eine Yacht, etwas kleiner, älter und breiter als der Durchschnitt. Lenny bleibt auf dem Steg stehen und bestaunt das von Gaslicht beschienene Deck, Bullaugen unter dem langen Kompasshäuschen und ordentlich aufgeschossene Taue. Das sichtbare Holz ist walnussreich wie im Bilderbuch, Messing glänzt wie weit wertvolleres Metall. Die Wahrheit ihrer nicht lange zurückliegenden Bemerkung durchströmt sie, rückwirkend, dafür aber gewaltig.

»Die *Winter Traffic.*«

»Willkommen an Bord«, sagt Karen, steigt hinab in den Frachtraum.

»Das ist magisch.«

»Verdammt eng, das ist es. Kannst du mal mit der Lampe rüberleuchten?«

»Wem gehört sie?« fragt Lenny.

»Mir.«

»Niemals.«

»Doch – Dads ganzer Stolz. Ich segele nicht, aber David fährt damit raus.«

»Chestwyn?«

»Er bezahlt auch den Liegeplatz. Und alles, was kaputt geht – also praktisch alles, ständig.«

»Du lieber Gott. Du besitzt eine verdammte Yacht.«

»Ist nur ein abgehalfterter alter Kahn. Und ich müsste kündigen, wenn jemand dahinterkäme.« Karen befindet sich auf Händen und Knien an dem schmaler zulaufenden Bug, geht Schubladen und Schränke durch, um Rettungswesten und Leuchtpistolen zu holen. »Irgendwo hier ist noch eine Flasche Rotwein. Ach so – warte mal.«

»Schon gut«, sagt Lenny. »Ich denke, ich nehme dasselbe wie du.«

»Sicher? Ich will nicht für irgendwas verantwortlich sein.«

»Keine Angst«, sagt die Reporterin, die bereits seit dem Krankenhaus einen ordentlichen Drink hätte vertragen können.

»Wein scheint mir angemessen, wir können so tun, als wären wir bei der Messe.«

Die Dame von der Zeitung sieht sich um, kommt sich herrschaftlich vor, bewundert die beengte Neuheit der genialen Bordküche, die kleinen Lüftungsklappen obendrüber. Die Bank ist mit dunkelgrünem Leder gepolstert, entsprechend der einengenden Krümmung des Bugs. Zwei Bücherregale, das erste dicht gepackt mit Karten, Gebrauchsanweisungen, Bänden über die Wartung von Diesel-Motoren. Im anderen stehen echte Bücher, Michener und Tom Clancy, *Zwei Herren aus Verona*.

»Hundertprozent sicher? Ich kann auch gerne Saft trinken oder so.«

»Sicher.«

»Wird eine schreckliche Plörre sein.«

»Lass mich nur nicht mehr trinken als ein Glas, Captain.«

»Abgemacht«, sagt Karen. »Vorausgesetzt, ich finde ihn überhaupt.«

Sie findet ihn: Die Polizistin versucht es im halbdunklen Keller und birgt Queen Adelaide. Mit verbesserter Effizienz treibt sie Gläser, einen Korkenzieher auf, und danach durchleben sie einen beklommenen Moment: Sollen sie anstoßen oder nicht?

– Er war ein bisschen jünger. Sein Name war Brendan, und er kam aus Belfast. Wir haben uns unterwegs kennengelernt, und mehr werde ich dazu nicht sagen.

– Verstanden, Detective.

– Ich hab kalte Füße bekommen, und er hat eine andere geheiratet. Das ist alles.

– Kapiert.

– In meinem Herzen hatten wir Kinder. Ich habe ihnen Namen gegeben und Sternzeichen zugeordnet, kleinere gesundheitliche Probleme. Menschen leben so. Es ist möglich.

– »Ich habe nichts zu feiern«, sagt Karen im Wirklichen, das Weinglas erhoben in rebellischer Luft. »Du?«

– »Du lässt mich Koestlers Buch lesen. Das kommt mir wie ein Hauptgewinn vor.«

– »Ich geh nach oben, lass dich lesen.«

Die Mädchen auf der Highschool wollten ihre Freundschaft mehr, als sie deren wollte. Sie suchten ihre Anerkennung, weil sie ihnen Angst machte. Gewaltsamer Verlust der Eltern: Karen hatte die ultimative Erwachsenenerfahrung überlebt, trug jetzt ein unsichtbares Erwachsenenkennzeichen. Eine Vorreiterin, die mit schrecklicher Intelligenz versehen zurückgekehrt war, ein Update, das Kinder nicht wirklich begreifen/*Sterben ist verdammt noch mal möglich.*

Sie geht die ganze Länge der *Winter Traffic* ab und trägt die Neuigkeit für immer. Bei ihrem dritten Besuch am Bug setzt sie sich und lässt die Beine über die Seite hängen. Als Kind hatte sie häufig hier gesessen, aber das Boot war immer in Bewegung gewesen. Bei hohem Tempo übertrug es das zarte Brummen in ihr Fleisch, die schnelle Vibration ein Überschuss wesentlicher Energien. Jetzt gibt es keine, kein System läuft ab. Das Boot schläft/ist nur ein Ding. Karen nimmt einen Schluck von der Plörre und lehnt sich zurück.

Scheiße – sie hebt das Glas in die Luft, um es zu untersuchen, und betrachtet die Flasche ganz genau, das Etikett. Du lieber Himmel.

Von unten hört sie Lenny sich räuspern, Karen lauscht auf das Umblättern der Seiten. Es war schwer, sich von Koestlers Abschiedsgeschenk zu trennen/das Parfüm ist ihres.

Die Luft oben ist kalt, und vielleicht zum ersten Mal überhaupt ist ihr Mantel der Herausforderung nicht gewachsen. Die Kabine unten böte ihr hundert Sekunden lang eine heiße Dusche, aber die Logistik stößt sie ab. Sie würde sich vor dem Gast ausziehen müssen, und Intimität ist verdammt noch mal wie Slanes Crew oder Jamie Sutton: nicht symmetrisch. Lenny und Karen sind bei Koestler intim – bei Bercovitch und Rawson; aber nach Einbruch der Dunkelheit, auf einem Boot weiß Karen, welche unterschiedlichen Systeme sie repräsentieren. Lenny hat sich schwer hocharbeiten müssen und nichts geschenkt bekommen. Sie trägt flache Sandalen und lange Röcke, geblümte Blusen, dazu Handtaschen, die zu nichts passen. Karen ist neue Schule, unternehmenstaugliche Anzüge in Black-Hawk-Grau und Fremdenlegion-Blau, kolumbianisches Rebellen-Blau und Mausoleums-Schiefer. Das gespenstische Wort, das Karen zuschwebt, wenn sie an Lenny denkt, ist *Flittchen*.

Mehr Wein. Mehr Räuspern seitens Lenny. Karen zieht ihr Telefon heraus und ruft den unmittelbaren Brendan an, den Brendan in ihrem Leben, den sie tatsächlich erreichen und zu fassen bekommen kann.

»Karen Carpenter.«

»Tut mir leid, ich weiß, ist spät.«

»Alles gut. Ist alles gut?«

»Wunderbar. Gibt's Fortschritte bei dem, worüber wir gesprochen haben?«

»Wer suchet, der findet.«

»Ernsthaft?«

Das Geräusch von Tavish, der ein Wohnzimmer in Ashfield verlässt, ein nächtlicher Fernseher dröhnt in seinem Fahrwasser. Lässt sich ein Feierabendbier schmecken, BT – bezeichnet die Glotze als seinen Elektro-Kamin. »Ich hab LAC gebeten, ihn auf die Fahndungsliste zu setzen, hab mit Morrison von Myrmidon gesprochen. Ich hab die Samo-Karte nicht ausgespielt, ihn nur gebeten, die Fühler auszustrecken. Ich fress einen Besen, wenn er's nicht getan hat.«

Karen angespannt: Von den Einzelheiten will sie nichts wissen. »Und?«

»Südküste, ein Wohnwagenplatz unten bei Jervis.«

»Solo?«

»Hab die Anschrift. Hast du einen Stift?«

»Klar«, lügt Karen. Dieser Sünde macht sie sich ständig schuldig, dass sie demjenigen am Ende der Leitung sagt, sie habe einen Stift. Ist einfacher, als zu sagen, *nein, aber ein gutes Gedächtnis* … weniger verzeihlich ist, wie sie die Daten in langgezogenen Silben wiederholt, um das Tempo ihres vermeintlichen Schreibens anzuzeigen. Rawson hat sich im Adventure Point Leisure Park verkrochen.

»Gute Arbeit, Mr Tavish.«

»Was jetzt – zu ihm runterfahren?«

»Irgendwie so.«

»Grüß ihn von mir.«

»Mach ich, meine Liebe. Wir sprechen uns morgen.«

Lenny steigt die Leiter hinauf, taucht ungeschickt auf, ein blätterfutterndes Beuteltier weit weg von seinem Zuhause in den Bergen. Sie steht hinter Karen an Deck, hält sich an einem Tau fest, um nicht das Gleichgewicht zu verlieren. Dauert eine Weile, bis sie's sagt.

»Keiner von denen kommt gut weg.«

»Nein«, sagt Karen. »Aber einer kommt richtig schlecht weg.«

»Die Sünde des Ablasskrämers.«

»Was hast du gesagt? *Paspaley war derjenige, der gerufen wurde, wenn sie jemanden nicht leiden konnten.*«

»Meath war's nicht«, sagt Lenny. »Er hat das Mädchen nicht entführt, ist nicht mit dem Boot an Cobbler's Beach gelandet.«

Karen schüttelt den Kopf und starrt aufs Wasser. »Der Fall war Bullshit. Wenn man sich die kriminaltechnischen Befunde mal genauer ansieht …«

»Hat die Leiche nicht dort hingelegt.«

»Hat die Leiche nicht gesehen, hat die Leiche nicht berührt. Nicht auf See. Den Geschworenen wurde nie was von der Mole erzählt.«

»Fies«, sagt Lenny. »Aber was ändert das?«

»Koestler hielt Paspaley für korrupt. Er hat mit Zeugen gesprochen, es aufgeschrieben. Zum Zeitpunkt seiner Pensionierung war er der dienstälteste Richter – er wollte es nicht einfach auf sich beruhen lassen.«

»Wusste Paspaley, dass ihm der Richter hinterherschnüffelt?«

»Ich weiß es nicht. Zu dem Zeitpunkt war er verschwunden. Aber es ist ein Motiv.«

»Wenn du nicht beweisen kannst, dass er wusste, was Koestler tat …«

»Koestler hat Slane den Bericht zur Aufbewahrung übergeben. Als Versicherungspolice. Er wusste, dass er unter Druck steht.«

»Warum hat er nicht um Schutz gebeten? Der Premier hat ihn immer zurückgerufen, wenn er darum gebeten hat, das hat er immer gemacht.« Karen sagt nichts. Sie sitzt zur Hälfte über dem Rand, hängt über dem dunklen Wasser. Der Hauptstrom im Gehirn eines jeden Menschen, stellt sich bereitwillig Krokodile, Haie, Riesenkraken unter der Oberfläche vor, die sich vornehmen, nach deinem hühnerartigen Fleisch zu schnappen. Lenny sagt: »Paspaley ist vermutlich auf einem Fischerboot vor Weipa, hat keine Ahnung von der ganzen Sache … ich spiele hier den *advocatus diaboli*.«

»Ich bezweifle, dass er keine Ahnung hat. Ich habe ihm eine Kopie geschickt.«

»Wovon?«

»Von dem Ding, das du gerade gelesen hast.«

»Scheiße.«

»Zu Händen seiner Schwester. Margaret; Ipswich. Sie hat mich noch nicht angerufen.«

Lennys Kopfschütteln ist unwirsch, durchsetzt von Wissen. »Er ist nicht der Typ, der ans Telefon geht.«

»Den falschen Mann reinlegen; weißt du, wie weit du zurückgehen musst? Das ist echt anstrengend. Und die ganze verfluchte Zeit …«

»Derjenige, der das Kind umgebracht hat, ist da draußen.«

»Das wirklich Abgefuckte ist, dass die anderen es wussten.«

»Das ist abgefuckt«, sagt Lenny, »keine Frage. Aber Typen wie Holden, Rawson, Rexy Faulkner – die ziehen nicht einfach ab, wenn sie den Täter nicht kriegen. Nicht bei einem Fall wie Beowulf.«

»Also?«

»Ich will nicht, dass du unter die Räder kommst.«

»Wessen – die vom Pardoner?«

»Von Bercovitch. Der schlägt sich nicht schlecht gegen die Korruption, aber korrupte Polizisten werden ihm keinen Gefallen tun. Männer wie der geben die Scheiße einfach an den Nächsten weiter, Karen. Immer.«

Die Polizistin scheint die Theorie zu überdenken, ihr glasiger Blick ist wie ein Mikrofiche-Jünger, der spätnachts am Altar huldigt. »Ich denke, es ist Zeit, dass wir über das sprechen, was unausgesprochen im Raum steht.«

»Und das wäre?«

»Der Shiraz.«

Die Ernsthaftigkeit ist weg/sie lachen gemeinsam. »Du hast es verkackt«, sagt Lenny.

»Und wie.«

»Ich hab nur einen Schluck getrunken und gedacht, *Scheiße – die hat aber eine komische Vorstellung von Plörre.*«

»Ich hab Davids 79er Grange aufgemacht. Ich bin geliefert.«

»Zurückkippen?«

»Glaube nicht, dass das funktioniert ... scheiß drauf – wir trinken noch ein Glas.«

»Müssen wir wohl«, sagt Lenny. »Der ist verdammt noch mal sensationell.«

»Setz dich. Wir machen das richtig.«

19

Bobby Cobra sitzt in seiner Stammkneipe und starrt auf die Bildschirme, bibbert um seine Einsätze in Richmond, Warrnambool, scheiß Wentworth Park. Er seufzt und zerreißt Wettscheine, während eine Zwei-zu-eins-Chance nach der anderen mit Pauken und Trompeten flöten geht. Mit der Zeit kapiert er die Botschaft, regt sich gewaltig auf über einen Ein-Dollar-zu-sechzig-Favoriten in Geelong, der hundert Meter vor dem Ziel verreckt. »Die Pferde, *ja*«, donnert er mit Hass in der Stimme. »Die Hunde, *ja*/die Wagen verdammte Scheiße niemals.« Ein paar Gäste lächeln wissend, aber der Rest scheint es nicht zu hören, ist fasziniert von dem Schauspiel der intensiv leuchtenden Seidenträger unter nächtlichem Flutlichthimmel in weiter Entfernung.

Sutton kommt zu spät und noch später, Rawson überwacht das Ausmaß vermittels der Startzeiten. Eine Stunde rumzubringen ist einfach, einen Abend, eine gesamte Existenz. Er setzt auf Esel und dann Platzierte und schließlich einen Sieger, *Gottseidank gibt es nächtliche Galopprennen in Toowoomba.* Der Gewinn genügt gerade für den Preis eines knorpeligen Schnitzels, und fast gewinnt er das Abzeichen, isst matschigen Salat, begleitet vom Gepolter silberhaariger Rentner, die einzeln nacheinander hereinkommen und wieder rausgehen, um sich etwas zu essen zu holen. Letzte Essensbestellungen Punkt halb zehn und die Beleuchtung größtenteils Neon.

Um zehn macht er Schluss und bedankt sich bei den Mädchen hinter dem Tresen, verflucht sie, weil sie sein großes und angeborenes Glück verdorben haben. Sein letztes Bild beim Rausgehen ist das von den Unermüdlichen, die er zurücklässt, drei missratene Brüder, die im Gedärm der Rennzeitung stochern. *Verfickte Scheiße, die Hunde aus West Australia Mitte der Woche.* Big Ship ist dankbar für den Segen, den sie ihm gewähren/er ankert als Bescheidener dort ab.

Ein Statuettenumriss auf dem dunklen Platz des benachbarten

Bowls Club. Er gehört einem reglosen Sutton, den Rücken vom Licht abgewandt/das Gesicht dem Himmel zugeneigt. Er flackert an den Rändern wie als Spezialeffekt, ein mit weißem Elmsfeuer besetztes Hologramm.

Der Inkrementale brüllt mit falscher Autorität, *Sie dürfen da nicht hin.* Null Reaktion, kein Fünkchen. Er spaziert ungeordnet rüber.

»Schöner Abend dafür.«

»Ich bin dabei«, sagt Sutton. »Ich mach's.«

Das lässt den Riesen zögern, die beiden sind einen Meter auseinander, aber Jamie ist jetzt weniger substanziell als aus fünfzig Metern Entfernung. Er ist eine samtige Projektion von Licht auf Licht, und Rawson fragt sich, ob es ihm gut geht.

»Wunderbar.«

Der Übergang seines Venus-Starrens, das herrliche Sternenfeld außerhalb der Städte. »Du denkst an Suze.«

»Nein«, sagt Sutton. »Doch.«

»Ist es dir schon mal so vorgekommen, als wäre sie Veronica und Kristy Betty und du Archie und ich der verfluchte Jughead?«

»Noch nie.«

»Gut. Was ist passiert?«

»Der Tag, an dem du Bier besorgt hast. Weißt du noch?«

»Klar. Ich hab den alten ...«

»Nicht. Ich will nicht wissen, wie du's gemacht hast.«

»War kein großes Ding, mein Freund.«

»Du irrst dich.«

»Oh Gott, aber das hör ich oft.«

Sie verlassen den Schauplatz und gehen zum Wohnwagenpark, Bloke ist in der Nähe des Pintara festgemacht/der Minotaurus bewacht ein Maultier. Er verfolgt ihr Herannahen würdevoll schweigend, liegt auf dem Bauch, den Körper gerade, die Pfoten verschränkt wie ein führender Intellektueller der hündischen

Linken. Er neigt den Kopf verwundert darüber, dass sie so still sind.

»Drink?«

»In Ordnung.«

Gemütlich im Wohnwagen, das Zusammenspiel aus Lampen und Barlicht, ein Wunder, das niemand bemerkt. Rawson schaltet im Hintergrund das Radio ein, ein bisschen ABC, und zwei kleine Flaschen Darwin werden angeeignet, eingeweiht. Rawson behält Sutton genau unter peripherer Überwachung, wartet darauf, dass der Schreiner spricht.

»Bedingungen.«

»Schieß los.«

»Du nimmst alles.«

»Was – Ei und Rote Bete? Ananasscheiben?«

»Ich mein's ernst. Ich will keinen Anteil. Betrachte es als Abschiedsgeschenk.«

»Schönes Geschenk.«

»Du wirst jeden Cent brauchen.«

»Ich weiß.«

»Wir erledigen den Job auf meine Art.«

»Ganz, wie du willst.«

»Du hast gesagt, Bopper Dean war Busfahrer?«

»Stimmt.«

»Ein guter?«

»Weiß nicht«, sagt Rawson ruhig. Eine feierliche Aufrichtigkeit: Er hat aus Überzeugung auf sein Geschenk verzichtet/all das Böse, das es säte.

Sutton starrt das Etikett auf seiner Flasche an, jetzt weniger gut lesbar als bei Tageslicht mit Sonnenbrille. »Du wirst es vermissen.«

»Reschs?«

»Sydney.«

Rawson trinkt, um sich zu wappnen, ein Schimmer Darlington-Neon in den Augen. »Oh Gott, nein. Ich werde an den Kanälen von Florenz wandeln, mein Lieber – durch die Galerien von Venedig schlendern. Ich werde von meinem schmutzigen Gewinn leben wie ein König, und nur die schönsten römischen Huren werden meinen Namen kennen.«

»Deinen Namen.«

»Du bist in einer eigenartigen Stimmung, Jem. Bist du sicher?«

»Hinterher. Wo willst du hin?«

»Du weißt, wohin.«

»Tu's nicht.«

»Warum nicht? Die Zeitschriften vermuten, Whit läuft in Soho rum. Sie wird nicht weit sein.«

»Du bist ein Idiot.«

»Immer schon gewesen.«

»Vergiss sie. Vergiss sie, sonst hast du nie wieder einen glücklichen Tag.«

»Wegen ihr hab ich Bauchschmerzen, mein Freund.« Ich krieg Säure-Reflux davon/liege hilflos am Boden.

»Du und Kristy. Das war von Anfang an Mist.«

»War toll am Anfang.«

»Als sie mit dir zusammen war, hing sie an der Nadel. Erst bei Chris ist sie clean geworden.«

Rawson schaut seine Flasche an, ein Braunglas-Saufbehälter, zerbricht, sobald leer. »Du bist heute Abend ganz schön streng, Bruder.«

»Wenn ich denken würde, dass die Chancen auch nur eins zu hundert stünden, würde ich es nicht sagen. Aber so ist es nicht.«

Rawson schnippt die Asche von seiner Zigarette und geht zum Kühlschrank, der im Inneren des Wohnwagens wirklich riesig wirkt. Er holt eine Flasche Wodka aus dem Tiefkühlfach und schenkt zwei ein. »Freitag«, sagt er, kälter als das Getränk. »Ist das in Ordnung?«

»Als ich fünfzehn war«, sagt Sutton. »Hab ich meinen Namen geändert.«

»Was?«

»Ich hab meinen Namen in Jamie Sutton geändert.«

Rawson setzt sich gerade auf, dreht sich um. »Ist das dein verdammter Ernst?«

»Ja.«

Er kehrt zu seinem Stuhl zurück, setzt sich schwer und nuschelt vor sich hin, schüttelt den Kopf. »War das, ich meine, hatte das was mit deinem Dad zu tun?«

»Das war, nachdem er gestorben war … willst du mich fragen, wie ich richtig heiße?«

Rawson übereignet sich den Smirnoff in einem einzigen Zug. Dann trinkt er den von Sutton. Er hustet ein paar Mal, aber es ist nicht das bisschen Wasser, das in seiner Kehle steckt.

»Wieso erzählst du mir das jetzt? Du hattest zwanzig scheiß Jahre Zeit dafür.«

»Weiß nicht.«

»Doch, weißt du.«

Sutton verschränkt die Arme, die Geste hat etwas Mechanisches: Sie gehört zu jemandem, der experimentell entkernt wurde. Rawson merkt, dass die Gläser leer sind, deshalb erhebt er sich und wiederholt den Gang, Suttons wird zur Abwechslung sicher geliefert. Ein Instrument aus dem Radio reizt Blokes feines Gehör, und man hört ihn heulen.

»Nach dem Job«, sagt Rawson. »Erzähl's mir danach.«

»Abgemacht.«

»Es sei denn, du heißt Rob. Oder Steele. Weil das ein großartiges scheiß Omen wäre.«

»Tut mir leid.«

»Noch einer?«

»Nein.«

Sie schütteln sich die Hand und Sutton geht, ein Mann und ein Wolf verschwinden ins Hinterland. Bobby Cobra sieht ihnen von dem zu kleinen Eingang aus zu und ruft in dem Moment, in dem ihre Umrisse unscharf werden.

»Das Flugticket, das du mir besorgt hast. Ich sitze doch in der Business-Class, oder?«

18

– Samstag sind es zwei Jahre, Detective.

– Einhundertundvier Wochen ohne Gerechtigkeit. Man sollte uns die Köpfe kürzen.

– Im *Weekend Australian* steht ein Artikel darüber. Sechstausend Wörter über *Wer hat den Richter ermordet.*

– Vorsichtig, Lenny. Die stehlen dir noch die Schau.

– Das ist diese Kuh Celia Corbie. Die könnte nicht mal die Bonbonpapierchen für Fantales beschriften.

– Sie hat mich angerufen, wollte ein Interview. Hab nicht zurückgerufen.

– Gut gemacht. Hab dich gut erzogen.

– Sagt dir Ajax was?

– Oh Gott, der Wein ist echt gut … das ist ein Fußballverein, oder?

– Das war der Große. In Troja.

– Ach so, na klar.

– Komm schon, Ms Clarke. Auf der Strecke hier fließt der Verkehr in beide Richtungen.

– Hat dir Bob Mack das nie erzählt? Vom Mock Hero Club? Den ganzen Codes und Ritualen?

– Nein: Hat er nicht. Und allmählich wird es spät.

– Schon gut, reg dich ab.

– In meiner Ausbildung hatte ich die Druitt Street. Gute Schule. Zugeteilt wird angeblich nach dem Zufallsprinzip, aber irgendwas ist mit dem Gericht los, dass es immer den ganzen Dreck anzieht, das ganze Drama. Die berühmtesten Verbrecher sind da durchgegangen wie durch eine Drehtür. Berühmte Bullen auch.

– Typen wie Rawson.

– Damals gab es noch mehr echte Charaktere auf der Welt. Rawse war zweite Generation, zweite Reihe. In Bezug auf Theatralik konnte er mit Cavendish nicht mithalten, das war der reine Magnetismus.

– Ganz schön viele Lorbeeren für Cavendish.

– Eamon hatte so ein düsteres Charisma; das ist einem einfach aufgefallen, Welle für Welle. Egal, was heute über ihn gesagt wird, was die tuscheln, Tatsache ist, wir hatten Glück. Glück, dass er Polizist war und nicht Premierminister oder ein verdammter Kronanwalt. Wäre er einer von denen gewesen …

– Die Geschworenen haben ihn geliebt.

– Die Geschworenen, die Richter, andere Polizisten. Sogar die Verbrecher, die er an die Wand genagelt hat. Kennst du den müden Spruch, *er hat mir das Gefühl gegeben, der einzige Mensch auf der Welt zu sein?* Wenn man mit so einem Talent gesegnet ist, so wie Cavendish, merkst du, dass wir alle bloß Kinder sind. Und wenn jemand kommt, der uns das Gefühl gibt, was Besonderes zu sein … in der ganzen Stadt gab's keine Frau, die er nicht hätte haben können.

– Gutaussehend. Ein Ladykiller.

– Auf jeden Fall interessant anzuschauen. Black Irish. Einfach ein geborenes Genie.

– Und seine Crew?

– Angefangen hat es gar nicht förmlich.

– So was ist organisch – ein Spitzname hier, ein abgekürzter Behördengang dort. Die Typen sind einfach scharenweise zu ihm gekommen, haben ihm Bericht erstattet, nicht ihren Vorgesetzten, haben um Rat gebeten, ihm den ganzen Dreck erzählt, der ihnen untergekommen ist, die ganzen Geheimnisse der Stadt. Und sie waren bedingungslos loyal. Die sind zu ihm nach Hause, bis dort eine Art Gericht abgehalten wurde. Die Hälfte war bloß dort, um Clem zu sehen, aber Cavendish hat sie verführt.

– Clem?

– Seine Frau, Clementine. Die schönste Frau, die ich je gesehen habe. Und das war sie auch noch mit fünfzig. Fast schon unheimlich/sie sah mit der Zeit immer besser aus. Und war im Umgang mit denen fast so gut wie Cav. Sie hat mit niemandem geschlafen, hatte nur so eine Art, den Flirt zu steuern, jedem einzelnen von sechs Typen in einem Raum das Gefühl zu geben, dass sie ganz kurz davor waren, zu punkten. Wenn sie nur noch ein bisschen Geduld haben würden, warten, bis die anderen fünf Arschgesichter gegangen waren …

– Cavendish war nicht von der eifersüchtigen Sorte.

– Ich glaube, ihm hat gefallen, dass alle scharf auf sie waren, hat zu gerne gesehen, wie die Macht gewirkt hat. Schließlich fiel das alles auch auf ihn zurück. Clem war die Tochter eines Gangsters, in Kings Cross geboren, Strip-Club-DNA. Für die letzte Welle, die durchkam, als die Crew offiziell wurde, war sie wie eine Mutter. Aber eine geronnene Mum, die ihnen Sachen beibrachte.

– Igitt.

– Typen sind leicht. Bloß Jungs. Er hat ihnen Codenamen gegeben, und sie hat ihnen Kekse gebacken, Mädchen zugeführt. Loben und belohnen, strafen und kontrollieren. An einem Tag bist du hier der Angesagteste, mein Goldjunge. Und ehe du's dich versiehst, bist du ein Köter, außen vor, keine Ahnung warum.

– Was meinst du mit Codenamen?

– Cavs IQ war nicht mehr auf der Richter-Skala, aber er ist mit vierzehn von der Schule ab, hat sich also alles selbst beigebracht. Lesen hat ihm viel bedeutet, weil er es erst spät gelernt hat. Fotografisches Gedächtnis, konnte ganze Absätze auswendig vortragen. Sein Ding waren die Klassiker.

– Und …

– Und McAllister war Jason und Peters war Herakles. Hardaway war Theseus. Die Baster-Brüder: Castor und Pollux. Caron nannten sie Narziss.

– Caron?

– Er ist erst spät dazugekommen, mit zweiundzwanzig oder so, nur ein Maskottchen. Sie kannten seinen alten Herrn und mochten sein Gesicht. Versteh mich nicht falsch, ist nicht so, als hätten sie ihm was Wichtiges zu tun gegeben.

– Definier wichtig.

– Selbstjustiz verüben, wenn die Gerichte versagen. Wenn ein schlimmer Finger laufengelassen wurde, haben sie ihn aus der Stadt gejagt. Nach einer Weile schien das nicht mehr zu genügen. Der besagte schlimme Finger ist im Hafenbecken aufgewacht.

– Morde.

– Eliminierungen, ja.

– Auf der tiefen Seite vom Pool.

– Die waren gut darin, diskret. Cavendish hat es als Kreuzzug verkauft, anständige Männer stellen sich dem Kampf, Schwächlinge lassen es bleiben. Später ist es natürlich schmutzig geworden. Wie immer.

– Okay. Definier schmutzig.

– Schmutzig ist, wenn man angesprochen wird, ob man eine Vergewaltigung rächen kann und man dafür im Gegenzug etwas entgegennimmt, eine Tagespauschale. Dann bringst du den Müll raus und stellst fest, dass es gar keine Vergewaltigung war, die du gerächt hast. Ich meine, er hat sie komisch angesehen, das schon, aber das war nicht sein Vergehen. Sein Vergehen war, dass er Heroin auf dem Territorium des Auftraggebers gedealt hat et cetera, et cetera. Wenn du das oft genug machst, bist du einfach ein Auftragsschläger. Aber ein guter: teuer, brauchst nicht die geringste Angst vor Strafverfolgung haben.

– Cavendish klingt nicht wie jemand, den man manipulieren könnte.

– Niemand hat Eamon manipuliert. Niemals. Er hat immer zehn Züge perfekt und in Farbe vorausgesehen. Die Jungs waren es, die keinen Durchblick hatten. Sie fingen an, Leute beim Glücksspiel zu überfallen, haben Bosse abgezogen, weil sich die Bosse nicht beschweren konnten. Die gewöhnlichen Soldaten dachten, das sei eine neue Front im Krieg.

– Aber das war's gar nicht.

– Nein, nur eine sehr praktische Möglichkeit für Clem, den eigenen Marktanteil zu erhöhen. Sie hatte ein weitläufiges Anwesen in Darling Point, alles bezahlt mit Handmassagen und Heroin.

– Klingt nicht sehr diskret.

– In Sydney hat man so eine Art wegzuschauen. Du weißt schon, bis jemand einen Schalter umlegt, und dann gucken alle: eine Million Kameras, tausend empörte Stimmen.

– Wobei nichts davon an die Öffentlichkeit gedrungen ist.

– Aber fast. Eine der Operationen ist schiefgelaufen. Steve Travis ist dabei draufgegangen.

– Travis.

– Perseus. Silvester 1987. Sie haben eine Bank überfallen.

– Du lieber Himmel, Jungs.

– Ja, aber eine korrupte. Ein Mafia-Auftrag. Es gab einen toten Polizisten – das hat eine ganze Kette ausgelöst. Ein paar Wochen später ist Bob Mack zu Mountain gegangen, und es war vorbei.

– Wie vorbei?

– Die Einzelheiten kenne ich nicht. Dein Ex ist vielleicht der Einzige, der das weiß.

– Ex?

– Ex-Chef. Die denken, Bob ist als Freiwild da rein, keine Schusswaffe, nur eine Liste mit Namen auf einem Blatt. Cavendish hat sich angehört, was er zu sagen hatte, und ihm die Hand geschüttelt. Sich einen doppelten Scotch eingeschenkt und das Hirn weggeblasen. Die Crew hat sich gespalten und aufgelöst.

– Ich denke, *in alle Winde zerstreut* ist die offizielle Formulierung.

– Und einigermaßen zutreffend. Harden hat sich in seinem Cortina vergast. Paddy Conlon ist verschwunden; Paspaley auch.

– Paspaley war Ajax.

– Kommt mir bekannt vor.

– Was ist mit Rawson? War er auch dabei?

– Rawson war ein weit entfernter Mond.

– Bob hat gesagt, er hat sie gehasst.

– Hat sie gehasst, hat mitgemacht, ihnen gesagt, sie sollen sich verpissen, und hat dann doch weiter mitgemacht. Es sich mit Cavendish nicht zu verscherzen, ohne gleichzeitig vollständig mit reingezogen zu werden, war ein Vollzeit-Job. Ein ziemlich wichtiger. Sich selbst zu gefährden, war das Leichteste auf der Welt.

– Sprichst du aus Erfahrung?

– Mehr oder weniger … eine Zeit lang hab ich tief mit dringesteckt, wusste nicht genau, wo meine Loyalitäten liegen. Bei der Geschichte oder den Männern? Ich hab Fehler gemacht, bin auf Sachen sitzen geblieben, auf denen ich nicht hätte sitzen bleiben dürfen, habe andere falsch dargestellt. Zu viel getrunken.

– Deshalb verstehst du sie. Typen wie Rawson.

– Mick und ich waren gemeinsam Reisende. In einem überfüllten Raum voller Sex und Gewalt war er derjenige, von dem ich wusste, dass ich Blickkontakt zu ihm aufnehmen kann. Wenn was faul war oder verkehrt oder komisch, dann hat er's genauso gemerkt wie ich. Eines Nachts kam Clem rein, hatte kaum was an, sah umwerfend aus und hat ihren Zauber spielen lassen. Siebenundvierzig Jahre alt und alles noch am richtigen Platz, als wär sie verdammte neunzehn. Rawson schüttelt den Kopf und sagt, *da ist was faul in ihrem Staate Dänemark.*

– Bobby Cobra.

– Ja, was für eine Verschwendung. Ich meine, er hat den Nagel auf den Kopf getroffen, weil da wirklich was faul war. Du hast sie angesehen und einen Ständer gekriegt, ein Damen-Horn, war aber auch so ein Schaudern, als käme untendrunter was Schreckliches zum Vorschein, wenn man es abschält, als wäre da so ein fieser Dorian-Gray-Mist im Gange. Sie hat für ihre Anleihen im Jenseits hohe Zinsen bezahlt. Trotzdem war man neidisch.

»Heroin schläft nicht«, sagt Lenny mit roten Zähnen und Gaumen. Shiraz. »Geld auch nicht. Und das Verbrechen genauso wenig.«

»Karen auch nicht.«

Lenny lacht, vom Wein beseelt. »Also eine von dir angeführte illegale Heroin dealende Bande, die Drogen gegen harte Währung tauscht und diese nach Einbruch der Dunkelheit wäscht – das muss die schlafloseste Organisation der Weltgeschichte sein.«

Karens Lächeln daraufhin ist langsam, aber vollständig. Der ganze erlesene Wein ist alle. »Kannst hier pennen, wenn' sein muss. Ich hab Schlafsäcke.«

»Ich greif in die Tasche und gönn mir ein Taxi. War ein bedeutender Abend.«

»Manchmal stehen welche vor dem Clubhaus. Taxis.«

»Schön.«

»Ich komm mit, benutze die Telefonzelle.«

»Hast du keinen Empfang hier?«

Karen hat Empfang, aber nicht hierfür. Hierfür ist ihr eine andere Leitung lieber.

»Nur mit Unterbrechungen.«

Kein Taxi; sie bestellen eins an der Club-Anmeldung. Die Frauen warten am Bordstein und Karen sammelt ihr Haar in der Hand, findet es leblos und trocken. Sie ist das jammernde *Vorher*-Mädchen aus der Shampoo-Werbung und spricht schwermütige Worte in diesem Sinne.

Lenny ist neidisch. »Kaum verabrede ich einen Friseurtermin, zack – schon sehen meine Haare toll aus. Das ist, als würden sie einen hören und sich plötzlich *benehmen.*«

»Ich überlasse dir eine Kopie«, sagt Karen. »Von Koestlers Buch. Aber jetzt noch nicht.«

»Abgemacht. Wie geht es weiter?«

»Ich besuche Helen Appleton und sehe mal, ob sie nüchtern ist.

Dann zeige ich ihr ein Foto von Paspaley und schaue erfreut zu, wie sie ihn identifiziert und aussagt, dass sie ihn sieben bis zehn Minuten vor dem Tatzeitpunkt im Haus gesehen hat.«

»Schön. Anschließend holst du besagtes Arschloch von seinem Fischerboot.«

»Nach drei Minuten Verhör geht er in die Knie. Der Pardoner unter Tränen, ein vollständiges Geständnis.«

»Chief Commissioner Millar.«

»Paspaley kriegt lebenslänglich, und du schreibst dein Buch zu Ende, es verkauft sich wie geschnitten Brot.«

»Ein Walkley Ward für mich, ein Eckbüro für dich.«

»Einverstanden. So wird's gemacht.«

Das herannahende Taxi ist ein Kombi. Die besondere Fortbewegungsart von Taxis auf unerforschtem Gelände: niedriger Gang, zögerliche Fahrweise. Sie sagen gute Nacht, und Lenny wird aufgenommen, weggebracht, das Licht oben ausgeschaltet.

Karen wiegt ihr Kleingeld, vierzig Münzen falsches Silber. Jemanden anrufen, dem es wichtig ist. Die Nummer, die Li ihr gegeben hat, ist ihr gut im Gedächtnis geblieben, ein Zeichen dafür, dass sie dazu bestimmt ist, sie zu benutzen. Eine Person meldet sich mit schwerem Atem und null Worten.

»Wissen Sie, wer dran ist?«

Immer schon eine so getriebene Stimme. Man muss sich sehr weit von sich selbst entfernen, sich wie jemand anders fühlen, um das hinzubekommen. »Ja«, sagt der Mann am anderen Ende. »Weiß ich.«

»Haben Sie einen Stift?«

»Nein. Aber ein gutes Gedächtnis.«

Der Hörer überträgt ein leises Summen auf ihr Fleisch, die Stadt ist eine jener riesigen Maschinen, die Atome freisetzen, um festzustellen, woraus Existenz besteht. Freisetzen und in Stücke reißen: Jeder Atemzug fühlt sich gesendet an, hält Millar mit einem Schrecken hin, den sie nicht näher bezeichnen kann. Dann doch: Irgendwo nimmt jemand ihre Stimme auf.

»Südküste«, sagt sie. »Adventure Point Caravan Park. Dort haben Sie eine kleine Chance zu finden, was Sie suchen.«

»Cool.«

»War das alles?«

»So weit erst mal«, sagt der Mann. »Es wird sich jemand melden.«

Der Hörer ist eine empfindsame Kreatur in ihrer Hand, eine lebendige atmende Verbindung. Aber dann das Klicken der Transsubstantiation, Karen hängt rasch auf, um das Fleisch zu reiben, das sie sterben spürte.

17

Um Mitternacht sind keine Düsenjets mehr unterwegs, die die Männer in den seelenlosen Overalls ablenken. Für einige besitzt der internationale Terminal Glamour; selbst Frachtdienste sind regelmäßige Besucher von Städten, die sie selbst niemals sehen werden. Eine kreischende 400, die den ganzen Nachmittag aufgetankt werden muss, verschwindet, und dann, acht oder zehn Tage später, ist sie wieder da. Sie war in Boston, Bischkek, Buenos Aires.

Der Teamleiter leitet das Team seit zwanzig Jahren. Er ist ein sehr sachliches Gemüt, das sich selbst mit Unmengen türkischem Kaffee betankt. Algerische Küste, der Kaffeesatz einer Heimat, die er nie wiedersehen wird. Niemand muss ihm sagen, wofür Sans Souci steht.

Ein Funkspruch übermittelt, dass man ihn auf dem Hof sehen will, der Nordwestecke, wo die Reisebusse gehorsam aufgereiht stehen. Er verlässt das Containerbüro und geht über den Stahlbalkon, grelles Flutlicht hebt zahllose Autoreihen japanischer Herkunft hervor. Auch die roboterhaften Arbeitsbienen, die drum herum schwirren. Eine Gruppe, die am weitesten entfernte, steht da und tut nichts. Er brummt lästerlich/die haben ihm verdammte Vollpfosten zugeteilt.

Vier Minuten Fußweg, die Untergebenen zerstreuen sich, als er sich nähert. Sie fahren halbherzig mit Fensterleder über die Schnauzen der Busse, die längst abgehakt wurden, achten bei ihrer überflüssigen Verrichtung darauf, keine neuen Spuren zu hinterlassen.

»Was gibt's?«

Das Klemmbrett wird übergeben/auf die unausgefüllte Stelle wird gezeigt.

»Eins von den Arschlöchern fehlt.«

»*Demain, je vais en Afrique*«, sagt der Wagen.

»Demmä schewä Africk.«

»*Morgen fahre ich nach Afrika.*«

»Morgen fahre ich ... warum zum Teufel sollte ich?« Rawson drückt auf Auswurf. »Was hältst du davon, Schwarzlippe – willst du morgen nach Afrika?«

Bloke sagt nichts. Bloke kann den zurückgebliebenen Pintara nicht leiden/er kann das Warten nicht leiden. Rawson stimmt ihm in allen Punkten zu, versucht aber, den Ball flach zu halten.

Die Welt ist eine Gruft, auf beiden Seiten ragen Lagerhäuser hoch auf, so dass der Pintara klein wirkt. Der Elektromagnetische ist kurz vor einer Erklärung – *Wir haben ein verdammtes Problem* – als Suttons altes Mädchen von einem Laster um die Kurve biegt, phantomartig auf sie zugleitet. Nur der Geist eines Pick-ups, augenlos in der Nacht, die Scheinwerfer schlafen, und die Kühlerhaube an ihrer Schnauze klafft haifischhaft wie für alle Ewigkeit auf. Rawson atmet, ist sich zum ersten Mal bewusst, dass er's gerade nicht getan hat, nicht richtig.

Noch mehrere Stunden ist es hin, aber es ist schon was anderes, wenn einen keinmal Schlafen mehr von der Tat trennt. Rawson steigt aus, und Bloke winselt, aber der Polizist ist taub gegenüber seinem Flehen, blind gegenüber seinem Ganzkörperwinden. Rawson steckt einen Schlüssel in das Rolltor und hebt den Deckel vom Spind, zehn mal zehn mal zwölf.

»Probleme?«

»Keine«, sagt Sutton.

»Wie war Bopper in Form?«

»Total zugekifft.«

»Was?«

»Alles gut. Anwesend und nüchtern.«

Sutton geht an Rawson vorbei in den Lagerraum, staunt darüber, dass alles in Ordnung ist. Gegenstände, die ihnen Zeit verschaffen können.

»Wenn ich mich umsehe?«

»Ja?«

»Finde ich dann die Pistolen?«

»Welche Pistolen.«

»Die Glocks. Schalldämpfer.«

»Hab's dir gesagt«, sagt Rawson, »hab sie von einer Brücke geworfen. Fährst du rückwärts ran, oder was?« Er schnappt sich die Sackkarre hinter einem Schrank und zerrt seine große rote Werkzeugkiste hervor. Sutton rührt sich nicht.

»Wo hast du den Kanister her?«

»Du lieber Gott. Velveteen Rabbit, wir haben Souvenirs mitgebracht.«

»Wann war das, Velveteen Rabbit?«

»Ist ungefähr fünf Jahre her.«

»Und die Waffe?«

»Hab sie 82 gekauft, einem Moldavier die Kohle in bar gegeben.«

»Gab's einen Grund, warum du 1982 Heckenschützenausrüstung gekauft hast?«

»War ein verregneter Tag, mein Freund. Ein verregneter Tag.«

Die umstrittenen Artikel befinden sich vor ihren Augen. Rawson nimmt den Kanister und sagt, »Aufstandsbekämpfung.«

»CS?«
»Was sonst? Bin ja kein scheiß Kriegsverbrecher.«
»Siehst aber so aus.«
»Ich sehe aus wie einer, der eine vom Sprengstoffkommando gevögelt hat. Geht CS klar mit dir?«
»Ich heul gleich.«
»Verdammter Atemerfrischer.«
»So weit würde ich nicht gehen.«
»Hier. Die Fernbedienung.«
Sutton setzt sich ans Steuer und setzt mit dem Truck zurück, gerade noch genug Platz für einen Mann. Sutton steigt aus, und Rawson sagt *Leck mich am Arsch/hab gedacht, das wär verschollen.* Er befingert eine alte Spule, das zerschlissene Ende von einem Film, der wie ein Taschentuch flattert. »Haben die Jungs in den Archiven in der Gore Street gefunden, an Weihnachten rausgeholt.«
»Wenn das dieser *Blue Movie* ist ...«
»Nein, Scheiße, nein. Der erste Fernsehauftritt überhaupt. Der Bombenanschlag aufs Hilton.«
»Eigentlich komisch, so was an Weihnachten zu zeigen.«
»Das machen die nicht zum Spaß. Ist nicht witzig, haha/das ist lustigerweise eigenartig. Ein paar der alten Köpfe, MacDonald und so, die dachten, sie würden mich den Wölfen zum Fraß vorwerfen. Ich hab den Typen nicht gekannt, der's abbekommen hat.«
»Warum lustigerweise eigenartig?«
»Weil ich grob bin«, sagt Bobby Cobra. »Mir fehlt es an Feingefühl. Merkst du erst, wenn du den Kram gesehen hast, aber Scheiße – mit einem Reporter im Fernsehen reden? Neunzehnhundertachtundsiebzig? Das hat mein Leben verändert. Aus irgendeinem Grund hab ich geklungen wie ein Engländer, hab gesprochen wie ein Kind.«
Bloke wählt diesen Moment, um wie ein Kind zu reden, stößt im schrottigen Pintara ein erschütterndes Jaulen aus.

»Lass ihn lieber nicht raus.«

»Nein«, sagt Sutton. »Nicht mit dem Zeug.«

Der ehemalige Detective macht eine Bewegung Richtung Werkzeugkasten und Sackkarre. »Alles klar mit dem Umrüsten?«

»Ja.«

»Dir wär lieber, wir hätten mehr Zeit.«

»Sechs Wochen wären schön.«

»Komm schon. Wir gehen's noch mal durch.«

Sutton schüttelt den Kopf. Am Tag zuvor war Probe. Eine lange.

»Geh essen.«

Die Männer umarmen sich. Wenn sie sich wiedersehen, wird sich die Welt verändert haben.

»Viel Glück.«

»Dir auch.«

Jemand winselt, weil er die Umarmung verpasst, und der Schreiner lächelt in Richtung eines Beringsee-Mischlings, der sich jetzt im Pintara windet. Aufgrund des Aufmerksamkeitsdefizits ist er gereizt, tut, als würde es irgendwo jucken oder brennen.

»Hey, Bobby.«

»Ja?«

»Vergiss nicht, ihn zu füttern.«

16

Karen liegt buchstäblich in den Armen eines Traums. Er macht Schluss mit ihr: Lässt sie gehen, sitzen, sagt ihr, sie ist nicht die Richtige für die Stelle. Der Schock treibt sie an, aber es ist ein breiter alter Fluss, und sie bricht an der Grenze zusammen, eine benommene Langstreckenläuferin, nicht sicher, auf welcher Seite des Zielbandes sie gelandet ist.

Ein Beobachter würde glauben, sie schlafe ruhig.

Im Traum befand sie sich auf dem Boot. Oben, ihr Vater am Ruder. Ihre Mutter unter Deck, wo Karen jetzt liegt, Mum hat gelesen und Wein getrunken, sich hin und wieder geräuspert. Karen in der Sonne, auf dem Bauch, hört Musik und löst ein Kreuzworträtsel. Aber eigentlich nicht.

Ihre Eltern sind anständig/der Inbegriff von Anstand. Ihren Bruder haben sie adoptiert, als Karen sechs war. Sie hatte Wutanfälle deshalb gehabt. Ständig. Mangelnde Zuneigung, fehlende Liebe für das Baby. Jahrelange edelmütige Versuche, die das Loch nicht füllen konnten.

Ihr Vater fragt, *was machst du?*

Die Karen im Traum ist eine Teenager-Karen. Dünn, introvertiert, gereizt, wenn sie durch erwachsene Kräfte gestört wird. Gut in der Schule, gut in Sport. Sie trägt einen tropischen Sarong und darunter einen konservativen Einteiler. Kein Geschwisterkind an Bord.

– Liebes?

– Die Traum-Karen hört die Frage ihres Vaters durch die Kopfhörer.

Verärgerung.

– *Kodex Zwei.* Ich knacke ihn.

– *Aber du hast die Chiffre nicht.*

– Ich sollte sie aber haben. Ich sollte in der Lage sein, es herauszubekommen.

Ihre Mutter ruft von unten; offenbar lässt sich alles hören. Karens Sarong ist verschwunden, vom Winde verweht. *Was ist eine Chiffre?*

– Das ist das Wort, mit Hilfe dessen das Rätsel funktioniert.

– Funktioniert?

– Ja, *Gott.* Ein Kryptogramm ist einfach eine Maschine, mit der man Zahlen generiert.

– Und mit wie vielen Chiffren hast du's versucht?

– 172.

– Wow!

– Du lieber Himmel, Schatz.
– Jetzt 288. Jetzt 741. Jetzt 1080.
– Langsam! Du tust dir noch weh!
– Jetzt 4087. Jetzt 11 646. Jetzt …
– Carla!

Szenenwechsel: Sie zwingen sie, ihr Zimmer aufzuräumen, als Strafe für ihre Manie. Ihr Zimmer ist ein fensterloses Büro, in dem Dutzende von Kisten sich bis unter die Decke stapeln. Papprordner kopulieren, reproduzieren, treiben es mit außergewöhnlicher Leidenschaft und geometrischem Fortschritt.

– Wer bist du?

Die grundlegende Frage: Karen dreht sich zu dem Mann um, der sie stellt. Rentenalter, Falten, dichte Augenbrauen und breite Schultern. Karens Einteiler wurde zum Zweiteiler, knapp und rot. Sie sagt, *ich bin das Lösungsmittel.*

– Die Löserin?
– Ja. Die.
– Wie viele Akten sind in dem Raum?

Sie schaut sich zweifelnd um, versucht zu zählen. Sie stehen knöcheltief im Papier, und als sie zu Holden schaut, trägt er eine Skimaske.

– Zu viele, um sie zu zählen.
– Das kannst du besser.
– 172. Jetzt 741. Jetzt 1080. Jetzt 4087. Jetzt 11 646. Jetzt …
– Knack den Fall, Carla.
– Das ist nicht mein Name.
– Doch ist er. Du hast ihn geändert, und deine Eltern sind vor Scham gestorben.
– Nein, das war wegen dem Highway.
– Knack den Fall, bevor er dich knackt.

Jetzt nackt: Peinlich, als Teenager unbekleidet im Büro erwischt zu werden. Sie kreischt und schnappt sich ihren Mantel, während die Akten ausbluten, verbluten zu reinem Papier, ein Fluss, der Dämme einreißt und Knöchel, Knie und Hüften überschwemmt.

– Die Flut des Menschen ist Papierkram.

– Was?

– Du hast es gehört.

– Die Flut des Menschen … Gott, wäre einfacher, wenn ich ein Kerl wäre.

– Natürlich.

– Du gibst es zu?

– Sicher. Aber dem Verbrechen ist das egal.

Sie ertrinken allmählich, und Holden will gerade sagen, was er weiß, aber dann verliert die Vision ihre Kraft, schaltet sich ab, wie ein vollkommen verdunkeltes Zimmer. Karen sinkt in Richtung Bewusstsein und nimmt den Traum mit sich hinunter. Einige Träume sind Sex – lassen einen benommen und ratlos liegen, verwirrt hinsichtlich der Bedeutung, was zum Teufel hast du da gesehen?

Die Flut des Menschen ist Papierkram, aber sie ertrinkt hier nicht zum ersten Mal. In Sleepwalkers hat sie die Wellen nach Leichen abgesucht, nach Belegen dafür, dass ein Hafenmeister die Suchenden über die Gezeiten informiert hat. Über Brecher, Anlegestellen, Reifenspuren im Sand, Belege dafür, dass Faulkner Beowulf zugeteilt war, Beweise dafür, dass in East Balmain ein Daimler gestohlen wurde. Holden hat recht, das Verbrechen ist rein/es hat kein Interesse und keine Befangenheit. Die Sünde ist eine Heilige, Zen, vollkommen in sich selbst, merkt nicht mal, dass du einen Rock trägst.

Vier Uhr morgens, dort oder irgendwo dort. Selbstmörderstunde. Karen dreht sich in ihrer engen Koje, hasst den Traum, weil er sie geweckt hat, wünscht, die Klaustrophobie namens Schlaf würde kommen und sie erneut ersticken. Sie presst sich gegen den Schiffsrumpf, sucht verzweifelt einen Einstieg, aber Schlaf ist für sie eine elende Sphäre, eine stumpfe Discokugel, die sie nicht tanzen lässt.

Eine Gelächter-Arie, trällernd und heterosexuell. Was macht die hier?

Kommt von dem benachbarten Schiff, der *Roar Magnetism*, ein siebenundvierzig Fuß langer alter Nachbar von ganz früher. Das deutlich vernehmbare Gekicher eines Mannes und einer Frau, und ab einem bestimmten Punkt ist jeder Mensch Detektiv, jeder Analytiker: Die beiden trinken Champagner. Das leise Brummen seiner Erregung, der skandalträchtige Tonfall bei ihr; sie macht sich darauf gefasst, sich jemandem hinzugeben, dem sie sich eigentlich nicht hingeben sollte. Glas auf Glas/sie trinken auf ihre Verabredung. Schmunzeln, Ehebruch, der Typ ist fast am Ziel.

Koestler. Edelkleptomane. Und dann hat ihm jemand was Edles gestohlen. Schon mal einen gefahren? Du lieber Gott, mein Freund – lenkt sich wie ein Panzer. Na ja, Faulks, kann sein, kann aber auch nicht sein. Rex Herring: Die Flut des Menschen ist Papierkram, und es gab nicht keine.

Was für eine Art Mensch tut so was? Klaut wertvolle Kunst, hortet sie für sich selbst. Dieses erlesene Ding/ausschließlich für meine Augen bestimmt. Inzest: Detective Millar will um den Block laufen und darüber nachdenken. *Frage, Antwort.* Problem: Alle ihre Schuhe sind in Five Dock. Neun Paar, achtzehn Artikel, Spitzenware, aber sämtlich in verschiedenen Stadien der Abnutzung. Sie kann es nicht ertragen, sich von ihnen zu trennen, selbst nicht von den alten, die schon gar nicht mehr dicht sind. Gefährten von der Straße, den investierten Meilen und den zurückgelassenen Rivalen. Sie würde sie für nichts und niemanden hergeben. Für Liam bei einer Entführung – das war's aber auch schon. Sie würde sie gewiss nicht gegen Nebukadnezars Einkaufsliste tauschen, eine aus Walfischknochen gefertigte Camée aus dem japanischen Kaiserhaus. Auf keinen Fall/scheiß drauf. Ein silberner Grenadier mit eingelegtem Chronometer?

Mann in Uniform könnte in Ordnung sein. Bei der Marine, ganz in Weiß, amerikanisch, fit und jung und anonym. Karen schiebt ihre Hand an die Stelle in ihrer Mitte, den besonderen Knopf, der nur sachkundig berührt werden darf. Wahrscheinlich sollte sie's lassen: Sie wird davon nur wach, und das ist der Richtung, in die sie möchte, entgegengesetzt. Ach na ja, zu spät für Vermutungen – der Officer liegt bereits bei ihr im Schlafsack. Genaugenommen ein Kampfpilot … oh Gott, es wäre wirklich einfacher, wenn sie ein Kerl wäre; schnell einen runterholen, und fünf Minuten später befindet man sich schon im Tiefschlaf. Gefühllose Schweine. Und die fünf Minuten davor? Es heißt, das sind die hellsten fünf Minuten, die man jemals bekommt …

Karens Hand trifft an dem Punkt ein und erstarrt: Es ist jemand mit ihr im Raum, und es ist nicht Maverick. Sie zwingt sich, zu atmen und durch zusammengekniffene Augen zu spähen, den Tintenfleck in der Kombüse zu betrachten. Steuerbord, riesig, denkt vermutlich, sie schläft noch.

Er steht, entfaltet sich, die Flügelspanne eines Kondors. Karen schluckt trocken. Wie lange hat der verdammt noch mal schon da gesessen.

»Rawse?«

Er kommt rüber zu ihrem Schlafsack. Ihrer Zwangsjacke: Seine Hand ist wie eine vogelfressende Spinne, die sie am Kinn packt und hebt.

Ein gemeiner Stich/ihr wahrer Schlaf, sein subkutaner Kuss.

15

Logan Perceval.

Solch ein vornehmer Titel. Er denkt nicht in diesen Begriffen, nicht ausdrücklich, aber wenn er den vollständigen Namen hört, lodert winzig klein ein mittelalterliches Bild in ihm auf, eine vorübergehende Übereinstimmung in einem großen nächtlichen Wald.

Erhebe dich, Sir Logan. Gehe hin und übe dich im Zweikampf mit der Lanze.

Als er klein war, sah er einen Wandteppich hinter Museumsglas gepresst. Ein Schulausflug. Eigentlich hätte er nicht dort sein dürfen – niemand hatte seine Genehmigung unterschrieben, ihm Geld gegeben. Mrs Provis hatte ihn trotzdem mitgenommen.

Die Männer hatten Brüder abgebildet. Das sah man. Nicht im Zweikampf; sie waren zu Fuß in schwerer Rüstung, ohne Lanzen, bekämpften einander mit Schwertern. Aber nicht weit entfernt standen ihre schönen Pferde auf zwei Beinen, umarmten einander. Umarmten einander. Die Pferde waren traurig/das lag auf der Hand. Die Lektion ebenso.

Aber für ein anderes Leben als dieses. Als sie ihn zwangen, Logan Denny zu verprügeln, war er neunzehn, einfach nur Craig Perceval vom Sunshine Coast Chapter. Jetzt sitzt er an der Bushaltestelle, wartet in der Kälte vor der Morgendämmerung. Er hatte nicht gewusst, dass Sydney so kalt sein kann. Er betrachtet seinen in der Frostbeulenluft verdunstenden Atem/das ist der Beweis, dass er real ist.

Vom Herzen her fühlt er sich sanft. Wenn er alleine ist oder in den Süden fährt, um seine Tochter zu besuchen. Er hat gefragt, ob er da runterziehen könnte/das Melbourne Chapter wollte ihn. Slane hatte nein gesagt.

Vielleicht in ein, zwei Jahren, wenn ihn mehr Leute auf dem Schirm haben würden. Wenn er aufgrund von Aufdeckung vom Aktivposten zum Sicherheitsrisiko geworden sein würde. Wenn sein Wert gesunken sein und er seinen Schneid abgegeben haben würde. Dann würde er in den Süden ziehen, bei Emma sein.

Müde, und nicht nur heute Morgen. Um zwei haben sie ihn angerufen und ihm gesagt, wohin er soll. Jetzt ist es fast fünf. Verrückte Träume/konnte nicht mehr einschlafen.

Ein Wagen kommt. Noch keine Scheinwerfer/er hört es am Geräusch. Er düst in seiner Armeejacke los, die Kapuze hochgezogen, Logan spielt das Spiel, das er spielte, als er jung war.

Wollte Mechaniker werden. Achtzylinder V-Motor? Mindestens. Läuft rund, irgendwas Europäisches oder Teures von Honda.

Motorräder werden kaum noch gefahren.

Perceval, Logan. Er ist dreiundzwanzig und inzwischen dran gewöhnt. Antwortet, ohne nachzudenken, gut ausgebildet, vermisst seinen anderen Namen nicht/denkt kaum noch dran. Der Einzige, der ihn heutzutage noch *Craig* nennt, ist seine Mum, und die lebt in Logan City.

Komischer Zufall.

Er denkt an Logan Denny. Vielleicht hieß Logan Denny früher Steve Denny oder Justin Denny und hat das *Logan* auf genau dieselbe Art geerbt. Vielleicht hat es viele Logans gegeben, Hunderte vereint in einer Kette der Blutsverwandtschaft, einer gewaltsam in die Zeit zurückreichenden, bis 1100 oder so.

Logan schließt die Augen und denkt an seinen Vorfahren, den allersten Ritter jenes Namens, der diesen als Preis aussetzte.

Das Fahrzeug, das jetzt auf der Hügelkuppe erscheint, ist ein dunkelgrüner Land Rover. Logan nickt. Englisch geht als europäisch durch. Oder? Er kommt abrupt zum Stehen, die Blechkutsche, die ihn zum Ball bringen wird. Er öffnet die Tür und steigt hinten ein, der Neuwagen-Gestank verpasst ihm einen Schlag auf den Kopf.

»Mr Krakatoa.«

»Hey, Vesp.«

»Kennst du Dick Mountain?«

Strenge Blicke von dem Typen auf dem Beifahrersitz. Sie nicken einander knapp und einmalig zu, ein Nicken, das sagt, *Ich nehme zur Kenntnis, dass du existierst, aber das war's auch schon.*

Isoliert durch seine Kapuze und viele Schichten. Später wird er sich nackt fühlen, wenn er mit geballten Fäusten aus der Höhle geführt wird, Blut strömt. Fühlt sich bei der Arbeit immer hyper-beobachtet.

Dick Mountain, verfluchte Scheiße. Die müssen ihn für den Tag angeheuert haben, es muss was Ernstes sein. Der Kerl ist eine Legende, berechnet Honorar für sein bloßes Erscheinen.

Und Vespa, na ja, der ist auch kein Idiot.

Logan fragt nicht, wohin sie fahren. So was macht er nicht. Deshalb schätzen sie ihn. Deshalb und wegen der Gewalt. Man kann sich seine Begabungen im Leben nicht aussuchen/Begabungen werden für einen gewählt.

Aber eines Tages wird sein ganzes Gold ausgegeben sein. Er wird in den Süden ziehen, sich einen anderen Namen zulegen. Einen, den nur Emma benutzt.

Dad, bald, noch ein oder zwei Jahre. Wenn ihn ein paar Leute mehr auf dem Schirm haben und er kein Aktivposten mehr ist. Wenn sie eine bessere Waffe gefunden haben/wenn er seinen Schneid abgegeben hat.

14

In der stillsten Stunde fährt er durch die Stadt, spricht unter dräuendem Himmel leise mit Bloke. Regen kommt und sinkt hernieder, marschiert zur Hälfte durch die Wetterlage, bis ihn die Erleuchtung trifft. Ein leises Hüsteln, eine Entschuldigung gegenüber der Gastgeberin und dann diskreter Rückzug aufs Meer.

»Es hat den Wetterbericht zur Kenntnis genommen«, sagt der elektromagnetische Rawson, schlingernd auf dem Geruch eines öligen Lappens. Er sucht eine Tankstelle, an der auch Blumen verkauft werden, und schließlich stoßen sie auf Ringelblumen, er wählt zuversichtlich die beiden besten Sträuße aus. Sein Zögern am Tresen, kopfüber Taumeln ins ernährungstechnische Blaue: Milch mit Geschmack, Würstchen im Schlafrock, *packen Sie das Teilchen dort lieber auch noch dazu.* Big Ship und seine Riesenschande kehren mit Krümelkonfetti auf dem Hemd in die Fahrerkabine zurück. Bloke, der ihn beobachtet, ist die Seele des Tadels.

Dem Hund wird gesagt, er möge sich abregen, und sie fahren weiter nach Surry, der Straßenbelag durch die Ankunft des Regens erfrischt/die Anmut seines Rückzugs. Der Winter fühlt sich an wie Frühling und der ganze alte Scheiß wie neu, Rawson gleitet mit der Wertschätzung eines Gelehrten zwischen den Gelenkbussen hindurch, wundersame Speckkäfer, so wie sie sich krümmen und winden.

Am Krankenhaus schaltet er das Warnlicht ein. In seinem Schatten stehen Gänse, frühe Pendler, vernünftig Wartende auf das kleine grüne Männchen. Beinahe werden sie von einem Straßenfegerwagen aus dem Leben gerissen, ein beknacktes Fahrzeug, das die Ampel nicht beachtet/kryptische Nebel spuckt. Jenseits der Nebel in Neongrün steht der gefürchtete Name *Oceanic.*

Rawson bedenkt seinen Passagier mit einem *Bleib* und treibt Richtung Scheibe auf eine Reihe nicht totzukriegender, in primitive Tünche getauchter Spezialitäten zu. Um ein gleichwertiges Pendant des billigen Imbisses aufzuspüren, würde man Auslandsreisen antreten müssen, sich nach Kentish Town oder Bethnal Green überstellen. *Ich versuche mal das Lammgeschnetzelte*, sagt die Stimme von Peter Mitchell – eine besorgniserregende Last an Kleingeld wird auf einen frischen, aber bescheidenen Schein zurückgegeben.

Bei der Einfahrt nach Oxford sabbert Bloke wie verrückt. Das alaskische Auge strahlt vor Vorfreude, die Ware liegt fest eingewickelt neben den tanzenden Füßen des Fahrers. Schlachterpapier. Das andere Auge aber ist sibirisch, eine Murmel aus dunklem Glas, blutige Rache darin eingearbeitet/der Affront der Verspätung. Als der ausgehungerte Pintara innerhalb von Paddo ausruhen möchte, verschärft der Detective die Vendetta durch unnötiges Gähnen. Er setzt den Proviant auf den Grünstreifen und bekommt eine Ahnung dessen, worauf er sich eingelassen hat, das Vertilgen der Innereien mit stolzgeschwellter Hast.

Bloke weiß von dem Sheldon-Haus. Hält dessen stille Erhabenheit der Majestät seiner eigenen Person für, im Großen und Ganzen, angemessen. An der Tür schiebt er sich an Micheles versuchter Umarmung vorbei, geht direkt weiter in die Küche. *Ihr seht ausgehungert aus, ihr Jungs,* sagt Susans Mutter.

Bobby Cobra auf der Schwelle sagt: *Lass dich nicht täuschen. Das hungerbäuchige Biest benötigt nichts zu seinem Erhalt. Was mich selbst betrifft, na ja, der Kaffee duftet herrlich.* Er tritt sich die Schuhe ab, dann fallen ihm die Blumen wieder ein, er duckt sich erneut in den Wagen und kehrt zurück, nachdem er beide Sträuße zusammengeführt hat.

Sie schenkt ihm seinen Lebenssaft ein, und er fragt nach Susan, Bloke aalt sich im Garten, während Michele seufzend antwortet. *Ich will dich nicht anlügen, Michael – es geht ihr nicht gut. Ich nehme an, das war zu erwarten.* Der Bonecrusher nickt, und sein Gesicht ist lang. Nur eine Handvoll Wochen, seitdem Suzie und er hier saßen, sich durch ein unbeabsichtigtes Frühstück schwärmten. Sie hatte über die Zukunft gesagt, *so was gibt es nicht.* Vielleicht hatte sie's auf die Vergangenheit abgesehen.

»Es gefällt ihm hier.«

»Ja«, erwidert sie, betrachtet den Wolf. Er wälzt sich im Gras/beißt in Blätter. »Ich geh mit ihm spazieren.«

Rawson entdeckt einen Haarriss in irgendeinem namenlosen Organ tief drinnen. Ein Kribbeln wie bei einem Spezialeinsatz, dem Augenblick, in dem einen lauter Dinge kratzen, die man übersehen hat. »Nur wenn dir danach ist. Jamie hat ihn gestern Abend hart rangenommen.«

»Oh, da bin ich sicher. Er steckt so voller Leben. Schau nur, wie er sich windet, Mr Rambunctious.«

»Jem weiß das Babysitting zu schätzen … oh Gott, das ist ein wunderbarer Kaffee.«

»Willst du nicht bleiben und die Zeitung lesen? Ich hab den ganzen Speck gebraten.«

»Was bist du für eine Verführerin. Du bist einzigartig, Shelly Sheldon.«

»Hör auf damit.«

»Frau, ich mein's ernst – in Melbourne gibt es zweieinhalb genau wie dich.«

13

»Wir haben's verkackt. Oder?«

»Ruhe.«

Ruhe ist nicht Erics Spezialgebiet. Er schiebt sich auf seinem Sitz herum, ein unbehagliches Zucken, das nur der Auftakt zu einer Plauderei sein kann. »Wir sollten Meldung machen, uns Anweisungen holen. Vielleicht mit Gary sprechen.«

Nuts Finnegan atmet traurig aus. Er ist Rechtsausleger, der Jab, den er dem Jungen verpasst, also ziemlich gekonnt. Er erwischt Eric seitlich am Kinn, und der Junge knallt mit dem Kopf an die Scheibe.

»Wofür zum Teufel war das!«

»Ich denke. Also, halt die Klappe.«

Lange Nacht. Nuts hat den Anruf um elf bekommen, die kleine asiatische Schwuchtel hat ihm gesagt, er soll alles stehen und liegen lassen, nach Süden an die Küste fahren. In Nuts' Fall hieß das, eine Freundin liegen lassen, deren Dienste bereits bezahlt, aber noch nicht in Anspruch genommen worden waren. Ärgerlich. Nuts tat wie ihm geheißen/schnappte sich unterwegs noch Eric.

– *Holen wir Vespa ab?*

– *Der hat zu tun.*

– *Was ist mit Gary? Das ist sein Ding, oder?*

Ja, sein Ding/sein Einsatz. Aber Gary war nicht zu finden, und der Asiate sagte was von wegen, Zeit sei wichtig. *Es ist Eile geboten.* Was für eine scheiß Schwuchtel.

Tränen in Erics Augen. Weiteres Reiben. »Wieso hast du mich überhaupt mitgenommen?«

»Darum.«

»Fick dich.«

»Weil praktisch jeder zusätzliche Mann immer ...«

»Praktisch ist?«

»Treib's nicht zu weit, Junge.«

Das hat er gemacht – seit Vincentia. Jetzt sitzen sie in den verfluchten östlichen Vororten, in einem verfluchen weißen Hilux und sind dem falschen scheiß Wagen gefolgt. Passiert leicht/die Chance stand fünfzig fünfzig. Sie haben das Lagerhaus beobachtet, zwei Fahrzeuge sind weggefahren, sie haben die Umrisse des Hundes gesehen und sind dem Pintara hinterher.

Fehler. Kein Sutton/stattdessen haben sie Rawson erwischt.

Dass der Arsch dann auch noch in Nuts' Lieblingsfrühstücksimbiss hält, macht es nicht besser. Seit Stunden hat er nichts gegessen, könnte für Lammgeschnetzeltes morden. Dann bestellt sich der Wichser auch noch genau das und gibt es dem Hund! Direkt da auf dem Rasen, als ob er's *wüsste*, als ob er sich über Nuts lustig machen wollte.

Wenn sie anrufen, sich Anweisungen geben lassen, werden sie's zugeben müssen, *wir hatten den Schreiner, haben ihn aber verloren.* Garys Zorn/scheiß drauf. Nuts befindet sich schon sehr lange auf derselben Sprosse, und er hat keine Lust mehr, anzurufen und sich Anweisungen geben zu lassen.

Zwanzig Minuten brodeln. Dann geht der Detective raus, die Hände in den Taschen/tief in Gedanken. Rawson steigt in den Pintara und lässt den Motor an. Eric zieht am Sicherheitsgurt.

»Und?«

»Und was?«

»Hinterher.«

Nuts Finnegan beobachtet das Haus. Hohe Mauern, hohe Gärten. Kostet ein Vermögen. »Der Cop ist nichts.« Er ist erstaunt, wie weise das aus seinem Mund klingt.

»Hast du sie noch alle?«

»Hab ich nicht.«

Der Pintara ist jetzt außer Sichtweite. Weg, unwiderruflich. Schon okay – der Fahrer hat ein gutes Gefühl dabei. Er greift nach der Tür, sagt seinen zusätzlichen beiden Händen, sie mögen es ihm gleichtun.

12

Wieder hängt der Himmel tief. Nein – nicht unheilvoll. Ist nur die Jahreszeit,Winter, später wird der Regen aus willkürlichen, persönlichen Gründen kehrt machen. Wetter ist kein Symbol außer in Büchern/es bedeutet gar nichts.

Doch tut es. Zwei Täler, dreißig Meilen voneinander entfernt. Zwei Volksstämme. Sie ficken nicht miteinander/ein in Holzkohle eingeätztes Abkommen. Aber später im Jahr, im tiefen heidnischen Dezember, wird es in den Tälern kälter – wirklich schneidend kalt. Sie verbringen ihre Sommer damit, bessere Speere herzustellen.

Bevor man es sich versieht, geht man im Bärenfell durch die Stadt. Kommt sich in einem solchen Aufzug verdammt schlau vor. Einem ist warm und den anderen nicht. Und da, an deinem

Gürtel, baumelt einfach so noch das vom Auftrag übrige Eisen. Du weißt, so was haben die nicht.

– Wer hat so was nicht?

– Die Wichser, die wir hassen, dreißig Meilen weiter da drüben.

– Wir hassen die nicht.

– Doch.

– Die Wichser, die uns in Ruhe lassen?

– Die lachen über uns, machen Ärger.

– Ich wusste nicht, dass die über uns lachen.

– Die lachen schon seit Jahren über uns.

– Wow.

– Halten sich für wahnsinnig toll mit ihren Kühen, Werkzeugen und Frauen.

Zeit für die Schicht/auch die wird vorbeigehen.

Der hundertmilliardenste Mensch ist ein großes Beispiel, breit wie eine Axt, knapp einsachtundneunzig. Vielleicht wird jemand später noch eine Beschreibung liefern. Aber vielleicht hat er auch Glück und keiner passt auf.

Elegant gekleidet, die Haare zurückgekämmt, eine Aktentasche, die von Firmenzugehörigkeit zeugt. Oder zeugen würde, wäre sie von den Abmessungen her normal: Wie er ist auch die Tasche übergroß, auf unplausible Ausmaße gedehnt.

Gute Straße für den Zweck. Nah an den Durchgangsadern, nicht zu stark befahren, nicht zu ruhig, dass man auffällt wie ein bunter Hund. Sein langweiliger neuer Mietwagen befindet sich drei Ecken weiter, und auf dem vierminütigen Fußweg begegnet er, ganz genau, niemandem. Er stellt sich vor das Gebäude/kontrolliert seinen Körper.

Apartments, vier Stockwerke hoch, aus den sechziger Jahren. Dem Zeitalter, in dem Architekten sich von ihren Sinnen, ihrer

Phantasie verabschiedet hatten. Wahrscheinlich wurde es seit Ende der Siebziger nicht mehr gestrichen, eine Farbe wie Babykotze, könnten die Karotten von gestern gewesen sein. Aber nicht billig – nicht hier in der Gegend. Von dem nach Süden ausgerichteten Flügel hat man eine Hammeraussicht.

Er scheint mit einem Schlüssel zu hantieren, der klemmt. Passiert jedem mal. Der stattliche Mann nimmt die Schulter zu Hilfe, die Bewegung ist gewaltsam, aber äußerst kontrolliert, ein ausgerastetes Verbindungsstück wird wieder eingehakt. Die Tür öffnet sich wie ein Sesam, wie *Du lieber Himmel, sag doch was.*

Die Stille drinnen ähnelt der im Mutterleib. Das ist das Schöne an der vormittäglichen Stunde, die Klasse der Büroarbeiter ist ausgeströmt wie die Gehaltssklaven, die sie sind. Nur Großmütter lauern jetzt noch in den Katakomben, kleben gläubig an Bert Newton.

Handschuhe aus edlem Leder, zum nächsten Schloss, dem er sich gegenübersieht, ist der Mann freundlicher. Er nimmt es wie ein Schmied, ein Chirurg. Wird pro Minute bezahlt/du machst den Job ordentlich.

Kaugummi. Denk dran, es nicht hier zu lassen.

Er schlüpft hinein und schließt sachte die Tür. Eine renovierte Zwei-Zimmer-Wohnung, neutral gestrichen, ohne Möbel. Die winzige Küche schließt an ein Miniwohnzimmer an, und von dort gelangt man auf einen kaum vorhandenen Balkon. Die Vorhänge öffnen sich/er sieht die Welt wie durch einen Einwegspiegel.

Unten parkt ein Bus.

Ein großer, steht einfach da.

Die Bahngleise bestimmen die Sichtachse. Sie führen von Norden nach Süden, im Süden Richtung Hafen, im Norden zum Einkaufszentrum Chatswood. Die vorgetäuschte Metropole, die Luxusaussicht.

Sydney. Sieht aus wie eine Spielzeugeisenbahn, von Gott perfekt aufgebaut.

Er geht nicht hinaus auf den Balkon. Zu ungeschützt. Stattdessen geht er ins Schlafzimmer, wo Sicht nur aus einem Fenster möglich ist. Er schätzt die Breite des Fensterbretts und die Angriffswinkel ab.

Wird gehen. Er senkt sich auf ein Knie und legt die Tasche flach ab, die Hardware setzt sich zusammen wie ein Meccano-Baukasten. Eine lange dunkle Stabschrecke, dramatisch vor dem Hintergrund des beigefarbenen und dampfgereinigten Teppichbodens.

Acht Waggons fahren in den Bahnhof ein; Menschen werden ausgespuckt. Schulkinder, junge Mütter. Sie passieren Drehkreuze und gehen auf die saubere und durch Kreisverkehr geregelte Straße, die parallel zum Bahnhof verläuft. Eine bescheidene kleine Straße, die nie jemandem etwas zuleide getan hat, die freundlichen kleinen Geschäfte in Artarmon.

Er schaut auf seine Armbanduhr. Tschechisch. Mehr als nur funktionale Schönheit.

Rawson nimmt das Gewehr und betrachtet seinen Planeten durch das Zielfernrohr. Der Körper entspannt sich, um die Waffe anzunehmen, um seinerseits um Akzeptanz zu bitten. Das Gewicht des Dings wirkt beruhigend – die Ausgeglichenheit zwischen Handwerkskunst und hochwertigem, brutalem Stahl.

11

»Ich bin am Verhungern«, sagt Bopper Dean. »Du solltest mich was essen lassen.«

Das Leben im Bus ist wie im Gefängnis. Deine Zeit gehört dir nicht. Und du wirst mit Leuten zusammengepfercht, von denen du wünschtest, du wärst ihnen nie begegnet.

»Hörst du zu?«

»Ich hab dich nicht davon abgehalten«, sagt Sutton.

»Doch, hast du. Ich hab gesagt, ich geh eine Fleischpastete essen, und du hast mich angeguckt, mich davon abgebracht.«

Der Abbringer sagt nichts. Er sitzt im Mittschiff am Fenster, dank der starken Tönung vor der tiefstehenden Wintersonne geschützt, sowie durch die Gläser seiner Wraparound. Hin und wieder konsultiert er seine Armbanduhr.

»Alle halten Scania für angesagt«, sagt der Fahrer von Bussen. Er ist behangen mit einem Fell wie manche Sitze für die Alten, Behinderten, Schwangeren. »Schwärmen von Volvos. Sehen, dass die aus Europa kommen und das Doppelte kosten, also denken sie, die müssen besser sein. Umgekehrter Rassismus und so. Ein Hino ist mir lieber, der hat Mumm.«

Ihr Geburtstag. Er wollte Blumen organisieren, was Besseres als Blumen, aber er hatte keine Adresse. Sie auch nicht. *Ich bin noch im Motel, aber bitte, schick mir nichts. Bis es ankommt, bin ich wahrscheinlich schon raus hier. Oh Gott, ich hoffe es jedenfalls.*

»Bist du taub? Ich hab gesagt, alle halten Scanias und Volvos für besser nur wegen dem, wo die herkommen, Skandinavien ist ein perfektes Land.«

»Das denken die gar nicht.«

Widerspruch: Bopper sträubt sich dagegen. »Kennst dich wohl aus mit so was? Alter, ich arbeite seit vier Jahren für Sydney Buses – Sydenham Depot, Leichhardt Depot, Kingsgrove Depot, Liverpool Depot. Bin als Ausbilder zur Bondi Junction, hab denen gezeigt, wie man's macht.«

»Und? Kannst du den fahren?«

»Natürlich.«

»Ausgezeichnet.«

»Aber die Leute denken, es ist einfach, weil das so ein affengeiles Modell ist. Als würde es sich selbst fahren. Das wird sich nicht selbst fahren, mein Freund – das ist eine verfluchte Zwölf-Tonnen-Maschine. Die Kurve da oben? Da musst du dreimal Zwischengas geben, damit du die Haftung nicht verlierst. Und die Druckluftbremse antippen, nur antippen. Das ist kein Spaziergang.«

Bopper verfällt ins Nägelkauen, wirft tadelnde Blicke auf seinen einzigen Passagier. Der Bus ruht, in Position; Fußgänger gehen über den Weg, aber keiner schaut zweimal hin. Bop trägt die Uniform, die er bei seiner Entlassung nicht zurückgegeben hatte. »Diese scheiß Warterei«, sagt er. »Würde ich meinem ärgsten Feind nicht wünschen.«

Das Motel, das Regency: hätte Rosen auf gut Glück schicken sollen. Es einfach versuchen/was wäre im schlimmsten Fall passiert? Wenn sie eine Bleibe gefunden hat, ausgezogen ist, dann stehen sie eine Woche lang an der Rezeption.

Großes Ding. *Aber stell dir vor, sie ist noch da, hasst es, dann klopft der beste Florist von ganz Orange County bei ihr an die Tür.*

»Hast du gehört, was ich gesagt habe? Die Warterei würde ich meinem …«

»Ich muss schlimmere Typen kennen als dich.«

»Tust du wahrscheinlich auch … merkst du was? Bist du bereit?«

Bopper prallt erneut gegen die Mauer des Schweigens. Es bekümmert ihn/er braucht das Gespräch. Er steht auf, um durch den Mittelgang zu gehen, eine schrecklich groteske Gangart und das Fingerschnippen, ein Haufen melodramatischer Seufzer. Schließlich glaubt er von Suttons Ruhe infiziert worden zu sein und nimmt augenblicklich vorne Platz. Nahe beieinander, aber getrennt, jeder schaut nach vorne.

»Ich hab immer Geschichten über dich gehört. In der Stadt und so. Aber ich hab dich nie gesehen, also dachte ich allmählich, du bist ein Pigment aus Rawsons Phantasie.«

»Ein Pigment«, sagt Sutton. »Er hat mir gesagt, du wärst ein bunter Charakter.«

»Hat er?« Bopper dreht sich, setzt Ellbogen aufs Geländer wie ein Mädchen, das mitgeteilt bekommt, dass ein gewisser Junge sie mag. »Was noch?«

Sutton schaut durch seinen Komplizen durch, in den rechten Spiegel des Busses. Es ist der Leuchtturm, der das Ende der gemeinsamen Achse markiert. Eine bestimmte Form und Farbe, auf die er wartet, eine Idee, die sich auf vier dicken Rädern manifestiert.

»Bopper.«

»Ja?«

»Es ist so weit.«

10

Karen ist eine Made. Sie liegt da, dumm und leer, den Mund voller Steine.

Ein Larvenwesen, eingesponnen in Seide, gerade mal ein Snack für vorüberziehende Fressfeinde.

Von Zeit zu Zeit bewegt sich nur die Kabine. Sie kann ihn nicht sehen – der Schlafsack ist zu fest verschlossen. Er hat ihn zugemacht, sie reingestopft, eine Wüste von der Größe eines Fingerabdrucks hinten in ihrem Rachen.

Sie lebt.

Wie kommt's?

Es dauert lange, aber es fällt ihr ein. Die beiden auf der *Roar Magnetism.*

Die haben sie gerettet.

Deren Lebendigkeit; hat ihn abgestoßen. Er wollte ihre Leiche nicht raustragen, nicht, solange noch Unruhe war in der Welt. Also hat er eine Entscheidung getroffen, hat ihr die halbe Dosis verpasst. Jetzt ist es Tag, und Paspaley muss warten, bis es wieder dunkel wird.

Das ist okay, das kann er. Bei der Polizei ist Geduld die höchste Tugend.

Er ist Profi.

Man tötet erst, wenn man muss, wenn man kann. Man überschreitet diese Grenze nicht, es sei denn, Entsorgung ist unmittelbar gewährleistet.

Dank Champagner und Untreue wurde die Vollstreckung ausgesetzt.

Metall auf Metall. Mit ihrem verlangsamten logischen Denken braucht sie eine Weile, bis sie es zuordnen kann: das Knacken eines Dosenöffners. Der Mann isst Pfirsiche. Mit einer Reihe winziger Bewegungen bringt sie ihre Augen an den Vinylrand, aber ihr Körper fühlt sich nicht wie ihr Körper an.

Ihre Pfirsiche. Sie gehörten dem Boot.

Emotionen bilden sich, die ersten in diesem ihrem zweiten Leben. Karens Stoffwechsel ist schnell, und sie sagt sich, dass sie die Dosis schneller verarbeitet, als er ahnen kann.

Sie wird überleben, sich für die beschissenen Pfirsiche rächen.

Er geht weiter umher, streckt sich mit systematischer Regelmäßigkeit. Der Pardoner ist ein riesiger Kerl/so viel Blut zu pumpen. Eine solche Einheit darf nicht einfach zur Ruhe kommen. Sein Umfang ist eine ständige Pein, ständige Verantwortung.

Karens Körper ist zu ruhig, unterversorgt. Die unfreiwilligen Vorgänge wirken erzwungen, als könnten sie jeden Augenblick zusammenbrechen. Die Lunge, das Herz, das pochende Gehirn: all die Pflichtsachen, über die man gar nicht nachdenken will.

Wart's ab. Menschen haben sich schon aus Schlimmerem herausgewunden, weniger geschickte Menschen als du.

Sie hört, wie er etwas auf der Sitzbank abstellt. Ein Knacken, ein Funkgerät springt an.

»12-13, antworte.«

»HQ antwortet, Over.«

»Verfolgung aufgenommen, Eastern Valley Way.«

»AT-2 unterwegs zu Kavanagh.«

»Verstanden AT-2.«

Kein Funk – ein Polizeiscanner. Karen späht über den Rand und sieht zwei überschlagene Beine. Der Pardoner macht es sich bequem.

Notfallgeräusche, die Stadt spricht über ihre eigenen versteckten Kanäle mit sich selbst, die geheime Sprache von Verbrechen, Feuer und Herzinfarkt.

Nostalgie.

Rodge hört sich den Scheiß an, um sich die Zeit zu vertreiben.

Sie hat ihm geschrieben. *Margaret, zu Händen Ipswich.* Er ist ihr gefolgt, hat ihr Apartment beobachtet.

»121 Hampden Road, Artarmon. Alle Einheiten antworten, wiederhole alle Einheiten.«

»HQ antwortet.«

»*Rot, rot,* Achtung an alle Einheiten, 121 Artarmon läuft. Gegenüber Bahnhof, Hampden Road.«

»C6, antworte.«

»*Rot!*«

Bewaffneter Raubüberfall. Er ist ihr zum Krankenhaus gefolgt und hat ihr Fenster mit einem Reifenheber eingeschlagen. Karen wusste, dass er es war. Wusste es und hat nichts unternommen.

»121 Artarmon, voraussichtliche Ankunftszeit.«

»C7, antworte.«

»Lane Cove, zwei Minuten.«

»Brauchen Krankenwagen.«

»C7, dreißig Sekunden.«

»Verstanden, AT-6 – bleiben Sie vor Ort, kümmern Sie sich um die Verletzten.«

»Wurden Schüsse abgegeben?«

Sie ist benommen, späht über den Rand der Welt, um ihn vollständig im Profil zu sehen. Paspaley trägt eine Skimaske. Er sieht aus wie etwas aus der Kindheit. Plötzlich will der Schlaf sie holen/was für eine Ironie.

»C6 unterwegs in südlicher Richtung. Pacific Highway, drei Minuten.«

»C7 trifft ein, 3-15. Verfolgung aufgenommen, das Fahrzeug ist ein *Bus* ...«

»Parable 12, neunzig Sekunden.«

»Wiederholen Sie, C7 – haben Sie gesagt Bus?«

»Gas! Gas!«

Big Bad Banksia Man. Ja, das ist es: zwei grausame Augen und ein grausamer Schlitz von einem Mund. Snugglepot, Cuddlepie – sogar die Namen machen schläfrig. Natürlich tun sie das/es ist eine Gutenachtgeschichte. Aber wag es bloß nicht.

»C7, wir stehen unter Beschuss! Wiederhole 303 Artarmon ...«

Karen jagt so schnell nichts Angst ein, aber die Banksia Men mochte sie nicht. Durch ihren kindischen Fehler wurde einer zum Leben erweckt, ihre hirnlose mitternächtliche Mutprobe. Somnia: Wenn sie untergeht, nachgibt, wird es kein weiteres Erwachen mehr geben. Ihr Name wird ins Märchenreich übergehen, das abschreckende Beispiel einer Prinzessin, die sich nicht an die Regeln gehalten hat.

»Rot! Rot!«

Rotkäppchen. Rief nach dem Beowulf, und er kam sie holen.

09

Häufig wird einem geraten, das schlechteste Haus in der besten Straße zu kaufen. Vielleicht hat auch Gary Pterodactyl diesen Rat bekommen. Er hörte, zwinkerte und setzte seine Existenz fort. Deshalb ist Gaz Besitzer des herausragendsten Steinhaufens in einem ansonsten grauenhaften Bezirk.

Es ist das beste Haus.

Das sagt er jedem, der ihn zum ersten Mal besucht. Unweigerlich. Er schränkt die Behauptung nicht ein, erklärt sie nicht zum Spaß. Jetzt sagt er es wieder mit derselben emotionslosen Stimme. »Das beste Haus. Nuts? Das beste.«

»Toll«, flüstert Nuts. »Ich find's toll.«

»Es ist nicht toll, es ist das beste. Warum bist du hier?«

Nuts schluckt trocken/Gary verdirbt ihm die Laune. Außerdem läuft der Film in seinem Kopf in Endlosschleife, das Entsetzen in Erics Gesicht. »Nuts«, flüstert Nuts. Verschlungen wie scheiß Lammgeschnetzeltes ... er gestikuliert in Richtung des Transporters, der hinter dem kunstvoll geschmiedeten Tor wartet. »Ich hab ein Geschenk für dich.«

»Ein Wagen«, sagt Gary. »Du hast mir einen Wagen gekauft.«

»Nein, mein Freund. Komm, und sieh's dir an.«

Gary ist nackig. Nuts vermutet, dass er zurück ins Haus gehen und eine Boxershorts holen wird. Falsch: Gemeinsam gehen sie ins Erdgeschoss, der unbekleidete Primat und der bekleidete, der seine Klamotten verlegen trägt. Ein Mann läuft splitterfasernackt über den Grünstreifen.

»Die haben versucht anzurufen«, sagt Nuts. Erneut der hohle Ton, belegt mit dem jüngsten Trauma. Jeder andere würde seine

Krankenhausaugen sehen und Wasser anbieten, fragen, ob es ihm gut geht. »Die aus dem Front Office haben uns einen Hinweis auf Sutton gegeben.«

»Wann?«

»Gestern Abend. Ich sitze im Courthouse auf ein paar Bier und dann in einem Puff in der Elizabeth.«

»Elizabeth. Puff.«

»Kaum bin ich da, krieg ich den Anruf. Also nichts wie hin, Vincentia, ich und der Junge.«

»Der Junge?«

»Eric, Alter. Ist in der Notaufnahme.«

Gary nickt, als er die Nachricht hört, sagt *Eric, Notaufnahme*, als würde sich ein lange gehegter Verdacht bestätigen.

»Geht mir nicht aus dem Kopf.«

Gary ist taub gegenüber Nuts' Gedanken. Er stemmt die Hände in die Hüfte, steht hinten am Fahrzeug, mit nichts bekleidet außer einem äußerst konzentrierten Gesichtsausdruck. Etwas verschmilzt in der Linse der dunkelgetönten Scheibe, ein Monster reift im sumpfigen Dschungel heran. Die Gestalt ist blass, lebhaft, riesig vor Wut, ein Kiefer der verstärktes Glas zertrümmert.

»Der Hund«, sagt Pterodactyl.

»Wir sind dem falschen Wagen vom Lager aus gefolgt, Rawson hat das Ding in Paddo abgeworfen, ist weitergefahren.«

»Da ist Blut.«

»Von Eric, Mann. Sein Sack ist ab.«

»Sein Sack?«

»Wir laden das Ding, und es dreht durch, reißt ihm die verfluchte Jeans runter. Also renne ich schreiend ins St Vincent's, und da sitzt Eric zitternd, hält das ganze Würstchengulasch in einer verfluchten Hand. Hast du schon mal eine Krankenschwester kotzen sehen? Dabei war sie nicht mal mehr so jung.«

»Eric. Tot?«

»Nee«, sagt Nuts.

»Doch. Ohne Sack, stirbst du.«

»Kann sein. Die haben ihn auf eine Trage gelegt/ich hab mich verpisst.«

Das Tier schnellt auf eine neue Bandbreite des Zorns. »Tollwut«, sagt Gary. »Erbittert, grausam, böse.«

»Kann's nicht abwarten, dein Gesicht zu sehen. Das ist das Letzte, was Eric gesagt hat. Konnte nicht abwarten, dein Gesicht zu sehen, wenn wir dir so ein Wahnsinnsgeschenk überreichen.« Aber selbst als er es sagt, weiß Nuts, dass Eric kein Spektakel verpassen wird. Das Gesicht des nackten Mannes ist dasselbe wie immer, eine Maske aus schwachköpfiger Intensität mit nichts dahinter.

»Bloke«, sagt Gary. »Ich mach das Tor auf, du fährst rückwärts rein.«

08

»Also das ist vielleicht eine scheiß Oberkacke am frühen Freitagmorgen. Wer sind die Witzbolde da?«

»Sieht nach Channel Ten aus.«

»Hey! Runter da von dem scheiß Fußweg!«

»Herrje. Ist der Abschleppwagen unterwegs?«

»Jawohl.«

»Wissen die, dass wir mehr als einen brauchen?«

»Sorg einfach dafür, dass sie kommen – gibt nicht viel zu sehen. Die Wichser im Helikopter senden live.«

»Wo sind unsere tapferen Rallye-Fahrer?«

»Im Royal North.«

»Verletzt?«

»Nicht verletzt genug. Verfluchte Vollidioten. Einer von denen hat sich vielleicht das Genick gebrochen. Peterson ist zuständig für die Zeugenbefragung.«

»Peterson. Kenn ich nicht.«

»Da drüben, der dünne. Der weiß, was er tut.«

»Irgendwas Nützliches?«

»Nur hier und da. Schieß Channel Seven vom Himmel, bitte sei so gut, Georgie.«

»Da kommt er ja, Captain Fuckbucket.«

»Daley?«

»Ja.«

»Wieso nennen die ihn so?«

»Erzähl du.«

»Reihe von Einbrüchen auf der Fairstar, okay. Dem Vergnügungsdampfer. Die schicken scheiß Titelseite hier zu einer zehntägigen Undercover-Aktion nach Fiji. Das Einzige, was er mitgebracht hat, war ein Tripper.«

»Fuckbucket?«

»So haben die Angestellten das Schiff genannt. Absoluter Bumskahn.«

»Das Arschloch hat vielleicht ein Glück … Hallo Caron.«

»Meine Herren.«

»Sergeant Daley! Spürhund der Meere! Was gibt's Neues?«

»Haben hier ein ganz erstaunliches Exemplar. Was zum Teufel ist das?«

»*Das,* mein Lieber, ist ein Scania 3er-Serie, Baujahr 89. Wir haben es hier mit einem DS-9-Motor zu tun, vierhundert PS, mit Platz für vierundvierzig zahlende Gäste im Schoß schwedischen Komforts. Gestern Nacht bei der Kingsford-Smith-Busvermietung gestohlen.«

»Augenzeugenvermietung wäre schön.«

»Ich bin froh, dass du danach fragst. Wir haben zwei Damen aus den tiefsten Rentnergefilden, die einsteigen wollten – hielten ihn für den 291er nach Balgowlah.«

»Aha. Klingt einigermaßen senil.«

»*Compos mentis*, wenn Sie mich fragen, Euer Ehren. Sie behaupten, er stand seelenruhig an der Haltestelle draußen vor der Bank.«

»Wo sonst der Armaguard hält?«

»Wo sonst der Armaguard hält. War aber gerade noch genug Platz für den Truck zum Durchkommen. Constable? *Constable?* Siehst du den verfluchten Kameramann? Scheuch. Ihn. Weg. Die können von *da* und *da* filmen. Nicht *da*.«

»Auf Channel Nine hieß es Tränengas.«

»So ein Scheiß.«

»Irgendwelche Zivilisten eine Lunge voll abgekriegt?«

»Die Wächter hats am schlimmsten erwischt – sind mit unseren Leuten im Krankenwagen ins Royal North Shore Hospital.«

»Tränengas. Verfluchte Scheiße.«

»Die alten Schachteln – haben die was abgekriegt?«

»Der Fahrer hat die Tür aufgemacht und gesagt, *Betriebsfahrt, meine Damen.* Das war fünf oder sechs Minuten bevor es losgegangen ist. Sie beschreiben ihn als, Zitat, klein und verlottert.«

»Das hilft. Noch jemand an Bord?«

»Offensichtlich. Der Armaguard hält direkt davor, woraufhin es aus dem Scania rausdampft. Die Wächter denken sich nichts dabei, kümmern sich um ihren eigenen Kram. Rate mal was?«

»War gar kein Dampf?«

»Die Wächter klappen auf einem kreischenden Haufen zusammen.«

»Woraufhin ... was? Die Verbrecher aussteigen?«

»Nur der eine. Skimaske, keine Gasmaske.«

»Wie funktioniert das?«

»Ich weiß es nicht, Detective – Sie waren doch Klassenbester auf der Rooty Hill High.«

»Dann führt also nur der eine Typ den Überfall durch. Sind wir da sicher?«

»Ziemlich. Der chinesische Ladenbesitzer zwei Häuser weiter sieht das ganze Theater. Sein Englisch ist ein bisschen fragwürdig, aber er liefert die mit Abstand beste Version.«

»Also – die Wächter auf dem Bürgersteig. Alle drei?«

»Am Anfang nicht, nein; nur die beiden, die aussteigen.«

»Und die Tür vom Arma ist offen?«

»Ja, aber unser freundlicher Nachbarschaftsverbrecher steigt nicht ein. Er erleichtert die Aussteiger um ihren Ballast – *zack zack* – kümmert sich dann wieder ums Geschäft.«

»Holt sich nicht das Geld.«

»Steigt nicht in den Truck.«

»Also, was macht der flinke Fahrer vom Armaguard?«

»Komm schon, Boof – der flinke Fahrer, achte auf deine Ausdrucksweise. So nennt man einen Fluchtwagenfahrer. Du musst Gangster sein, um Fluchtwagenfahrer zu werden.«

»Excusez-moi.«

»Die korrekte Bezeichnung für den Fahrer des Armaguard wäre fetter Versager.«

»So wahnsinnig hat er nicht versagt – der Chinese sagt, er ist inzwischen draußen, läuft mit gezogener Waffe auf der Straße rum.«

»Und bekommt das Gas ab.«

»Und den Gangster. Die Skimaske ist, Zitat, *er plötzlich.* Er Plötzlichmann.«

»Sind das die Worte des Chinesen?«

»Ha.«

»Er plötzlich! Tlägt Maskelade!«

»Ich kapier bloß immer noch nicht, wie der ohne scheiß Gasmaske da rumspaziert. Was dann? Der Gangster steigt wieder in den Bus, der Verlotterte aufs Gas?«

»Genau. Rast mit Tempo in den Kreisverkehr, dann hoch auf den Hügel und – schwupps – vergisst, das Lenkrad rumzureißen. Und knallt frontal gegen die Ufermauer.«

»Hat den DS 9 ordentlich geschrottet.«

»Totalschaden.«

»Das Arschloch kriegt die Panik.«

»Ja. Und wie.«

»Und wie kommt's, dass wir nicht hier mit zwei spektakulären Festnahmen stehen? Streifenwagen kommt um die Ecke und dann … was? Die Gangster steigen aus, ziehen ihre Schwerter, kommen ihm mit Paintball-Knarren entgegen?«

»Negativ. Die Gangster sind zu keinem Zeitpunkt bewaffnet.«

»Und wer oder was schießt dann auf die Jungs von der Streife?«

»Das, mein lieber geschätzter Kollege, ist die Frage.«

»Leck mich. Ein Dritter.«

»Diese Paintball-Knarren haben nur eine Reichweite von achtzig Metern. Das weiß ich noch von damals, als ich mit Robbo hin bin.«

»Dann kommt's aus einem der Apartments oben auf dem Hügel.«

»Vom Balkon, tausend pro.«

»Mit einem umgebauten Gewehr … Gott – keine schlechte Arbeit.«

»Zweihundert Meter, bewegliches Ziel, mittelmäßige Munition … schaut euch die Windschutzscheibe von dem Wagen an, Jungs. Flächendeckend zugeballert.«

»Anständiger Schütze.«

»Anständig? Sie ist ein absolutes scheiß Genie.«

»Sie?«

»Oh, ich denke, wir haben es hier mit ein paar raffinierten Banditinnen zu tun, Männer. Alle klassischen Anzeichen.«

»Dritte leuchtet mir ein. Aus allen Richtungen angreifen. Erstens klauen sie den Bus, zweitens benutzen sie eine nach Süden hin ausgerichtete Wohnung als Plattform.«

»Dann ist da der Verlotterte, der sogenannte flinke Fluchtwagenfahrer. Er ist auf jeden Fall im System.«

»Wetten werden keine angenommen.«

»Nur wenn du zuversichtlich bist, dass unsere Ladies ihn wiedererkennen. Setz sie schnell ans Buch.«

»Längst passiert, Captain.«

»Ach du Scheiße – los geht's.«

»Was ist?«

»Channel Seven, Lisa Barnard.«

»Verfluchter Rottweiler.«

»Hab noch nie einen Rottie mit solchen Beinen gesehen.«

»Hab sie flachgelegt. Damals.«

»Hast du nicht.«

»Doch, hab ich.«

»Halb so viel Glück möchte ich haben.«

»Ich bleib nicht, wenn sie hier ist. Ich fahr ins RNS, rede mit den Wächtern. Vielleicht kriegen wir ja noch eine bessere Beschreibung als *Plötzlichmann.*«

»Er Plötzlichmann. Last wie vellückt!«

»Ruf an, wenn du was rausbekommst … du lieber Gott, ist der Typ zu fassen?«

»Der Wobbler.«

»Fickt Lisa Barnard, überlebt und kann auch noch davon erzählen.«

»Lässt die Bombe platzen, als wär's nichts. Als wär's ein *Fehler* gewesen.«

»Verflucht schlau.«

»Wer, Daley?«

»Der Überfall: Farbpatronen bedeuten, dass es keine Projektile gibt?«

»Und man nicht Gefahr läuft, Polizisten zu erschießen. Es sei denn, sie kommen von der Straße ab und knallen gegen einen Strommast, was die Vollidioten mehr oder weniger getan haben.«

»Sag mir, dass zu dem Zeitpunkt ein Zug eingefahren ist. Sag mir, dass vierhundert Schulkinder mit perfektem Sehvermögen irgendwo auf einer Wache sitzen und vierhundert Mal identische Aussagen zu Protokoll geben.«

»Er hat es nicht auf das Geld abgesehen. Die Tür vom Geldtransporter steht offen, und er geht nicht mal gucken.«

»Disziplin.«

»Niemand hat mir bislang erfolgreich erklären können, wohin

der Verlotterte und die Skimaske hin sind, nachdem sie den Fluchtbus geschrottet haben.«

»Weil das ist nämlich das Beste. Der Chinese sagt, der eine hat den anderen getragen, der Fahrer war ohnmächtig.«

»Der scheiß Verlotterte hat was aufs Dach bekommen.«

»Blut am Airbag?«

»Weiß nicht. Die Techniker müssen jeden Moment fertig sein.«

»Der Bullenwagen ist also außer Gefecht gesetzt – aber der Scania auch. Skimaske springt raus, nimmt den Verlotterten mit.«

»Jawohl – über der Schulter. Gamstragegriff.«

»Quatsch.«

»Runter zum Highway, nehme ich an.«

»Nein.«

»*Nein?*«

»Hoch zur Norman Street.«

»Hör auf.«

»Über den Berg. Keiner würde das versuchen, nicht nach einem Schlamassel wie dem.«

»Keiner, außer unserem Mann. Der Typ, der sich das Genick ausgerenkt hat, steigt aus dem Wagen, kriecht zum Scania. Wir reden hier von vierzig bis fünfzig Sekunden.«

»Und – warte mal – er *sieht nicht, in welche Richtung die gehen.*«

»Ich brauche was zu trinken.«

»Warte. Willst du mir erzählen, das Arschloch legt hundert Meter bergauf mit einem Typen auf der Schulter und einer Lunge voller Tränengas zurück? In fünfundvierzig Sekunden?«

»Das erzähle ich dir.«

»Das erzählen wir dir.«

»Dann lass mich dir sagen, der Fall lässt sich leicht lösen.«

»Wie?«

»Komm schon – im ganzen Land gibt es höchstens acht bis zehn Männer, die das schaffen.«

»Genau. Und die spielen alle in der ersten Rugbyliga.«
»Kannst die scheiß Raiders verwarnen.«
»Brad Clyde, Sie sind verhaftet.«
»Clarke Kent.«
»Kann sich jemand Lisa Barnard schnappen. Ihr wisst schon, Klaps auf den perfekten Hintern.«
»Ich melde mich tapfer freiwillig.«
»Tut mir leid, George – die Aufgabe ist ausschließlich für alleinstehende Männer. Los geht's, Deano, sag ihr, ich bin bereit für die Nahaufnahme.«

07

Vespa fährt die drei zu Hutchinson. Castle Hill, eine beschissene kleine Bruchbude, die kalte Sonne scheint in jede dreckige Ecke. Sie gehen hintenherum rein.

Der alte Schlosser ist auf seinem Posten, schneidet Schlüssel. Der Schraubstock, der Amboss – Geräuschkulisse wie beim Zahnarzt. Er hebt den Umrissen, die sie sind, zur Begrüßung die Hand entgegen, das grelle Licht der Arbeitslampe reflektiert von der Zweistärkenbrille. Er hat noch nicht auf/bleibt geschlossen, bis sie wieder gehen.

Vespa gibt ihnen blaue Overalls, *Hutchinsons Schlösser* auf die Tasche gestickt. Sie hören Hutch vorne rausgehen und riechen ihn zurückkommen. Er geht zwischen ihnen durch, verteilt Care-Pakete mit Eiern und Speck.

Perceval sieht aus, als könnte er ungefähr zwanzig davon essen. Dick Mountain sieht zu, wie der Junge in den King Gee steigt, ein dicker Stamm, der sich mit harter blauer Borke umgibt. Mr Krakatoa. Der Körper ist eine schwere Maschinerie, aber er passt nicht zum Gesicht, das Gesicht ist zu baby, um ihn verdient zu haben. Sie sagen, der Junge hat Talent, und Dick glaubt es, befürwortet den kahlrasierten Kopf, der seinem eigenen entspricht. Logan sieht aus wie ein Wrestler, ein griechisch-römischer, den sie nach Olympia schicken, in der Erwartung, dass er tatsächlich gewinnt.

Die Männer essen die Brötchen und trinken kalten Saft. Dick Mountain hört, wie das Schlüsselschneiden verklingt. Hämmern. Schlosser sind immer auch Schuster. Wieso? Dick kann sich vorstellen, Schlüssel zu machen, aber Schuhe würde er nicht anrühren – auf keinen scheiß Fall. Die Werkzeuge, die beide Handwerker benutzen, sind dieselben, schon wahr, aber man verlangt ja auch von keinem Feuerwehrmann, dass er den Rasen sprengt.

Vespa geht vorne raus, um mit dem alten Kauz zu sprechen, und Logan Perceval bindet die Schnürsenkel neu, bis sie fest sind, sehr fest. Das hat was/Dick Mountain gefällt es. Logan sagt, »Wir nehmen den Transporter vom Schlosser?«

»Ja.«

»Ich kann fahren.«

Dick Mountain starrt ausdruckslos auf den Kalender an der Wand. Wunderschönes Mädchen, fast nackt. Er nickt auf eine Art, die nicht von Zustimmung getragen ist. *Möglich, dass du fährst/möglich, dass nicht.*

»Ich meine, mir wird schlecht im Auto, wenn ich nicht selbst fahre. Das ist alles.«

»Kein Problem«, sagt Dick.

Miss Mai. Wer ist das Mädchen. Wo wohnt sie? Was hält sie von Männern, dem Leben und Kalendern? Wie ist es, mit einem solchen Körper, einem solchen Gesicht auf der Welt zu sein? Hat man's sehr schwer oder sehr leicht?

Vespa kommt zurück und bietet Dick die Schlüssel an, Dick nickt in Richtung von Krakatoa. »Miss Daisy bekommt Bauchkneifen, wenn sie nicht fahren darf.«

»Ich bin froh, wenn ich hier rauskomme, den Tipp kann ich euch geben.« Vespa meldet sich, quengelig und kalt. »Ihr fetten Schweine nehmt den ganzen Platz weg.«

Dick Mountain bleibt ungerührt, Logan auch. Zusammengepfercht, keine Frage, Vespa fies eingeklemmt in der Mitte, der einzige Körper, der mit Fett befrachtet ist. Zwei Männer vorne in einem Lieferwagen sind unauffällig, aber drei sehen komisch aus. Sie können genauso gut Engländer/Iren/Amerikaner unterwegs in eine Bar sein.

Keiner lächelt. Der Transporter steht auf dem Parkplatz, der an die Bootsrampe grenzt, und sie schauen in eine Welt, von der sie nichts verstehen. Der Yachtclub, ein Ort, an dem Fahrzeuge in Fuß gemessen werden, in Millionen. Sie sprechen eine andere Sprache auf dem Wasser und befolgen eigenartige Regeln. Aber selbst Boote brauchen Schlosser.

Oder?

Die Umrisse einer Fähre auf See, durchschneidet den Blick, erkundet die Mündung der Bucht, fährt aber nicht ein. Ein mürrischer Fischer kommt mit einem Eimer an der Rute, seiner Lanze vom Steg. Er trägt einen Südwester mit passender Jacke, und als er vorbeigeht, lässt Dick die Scheibe runter.

»Was angebissen?«

»Hab nichts erwischt, außer einer Erkältung.«

Der Mürrische bleibt stehen, dreht sich um, zeigt aufs Wasser, die Welt der unhungrigen Fische und gleichgültigen Schwertfische. Ein graues Königreich, absolut geheim: Ein Beobachter würde denken, er lässt sich über die Gezeiten aus, wie die Strömung das Anlegen erleichtert oder auch nicht. Er sagt: »Geh bis ans Ende. Am vorletzten Steg biegst du rechts ab, und dann ist es das dritte auf der Seite. *Winter Traffic.*«

»Leck mich am Arsch«, sagt Vespa. »Beides hass ich mehr als alles andere auf der Welt.«

Richard Mountain beugt sich näher ans Fenster. »Bewegung?«

»Nichts. Nichts, seit er hergekommen ist, und das um drei Uhr früh.«

»Danke, Bruder.«

Der fischlose Mann geht weiter/die Welt verzeichnet seinen Namen nicht.

Logan geht zuerst.

Nicht durch Eifer angetrieben, sondern durch Nervosität, die Dick Mountain ihm im Laden mehr oder weniger vorgeworfen hat. Nein, der Junge wirkt gefasst, ruhig, wie ein echter scheiß Schlosser. Er hat irgendein Klemmbrett aus dem Fahrzeug mitgenommen, und jetzt schaut er im Gehen drauf, zieht einen Phantomauftrag zu Rate.

Vespa bleibt im Transporter, aber seine Worte nicht. Sie kommen mit, ein aufbrausender Hauch über der Schulter, ein Geist, der ihm in die Rippen stupst, um ihn zu erinnern, zu ermahnen, zu drängen.

Du weißt, wer auf dem Boot ist?

Dick nickt, um die Frage zu hören. Ernst.

»Also keine Angeberei«, sagt Vesp. »Hast du gehört, Logan?«

»Keine Angeberei.«

»Braver Junge. Habt ihr beiden eine gemeinsame Geschichte?« Vespa meinte, Dick und der Typ auf dem Boot, Dick nickt wieder. »Gut«, sagt Vespa.

»Paspaley. Was ist los mit dem?«

Das von Logan, seine einzige Frage an diesem Tag. Eine steht jedem zu. Dick Mountain schaut backbord auf das Disco-Geschwofe der Bäume im Winter. Nackt und dürr, mit Ansage aus dem Gleichgewicht geraten. Eigenartig, aber Miss Mai geht ihm einfach nicht aus dem Kopf, ihre schlanken Formen haben sich ihm in die langen geplatzten Äderchen seiner Augen geprägt. Er reibt sein Ziegenbärtchen und den spitzen Haaransatz, seine ganze Schönheit dahin/jetzt ist nichts mehr übrig außer Erfahrung.

»Der Pardoner«, sagte Dick Mountain. »Scheiß Elite.«

06

Sutton taucht in den Ozean, um den Morgen abzuwaschen. Er liegt bäuchlings im heißen Sand, lässt den Schmerz in seiner Lunge ein Quantum Heilung finden. Kurz verliert er das Bewusstsein, schläft oder wird ohnmächtig, unmöglich festzustellen. Er erwacht in Sonnenlicht und Salz, benommen wie ein schiffbrüchiger Halunke.

Der einzige Überlebende. Das Erste, was er sieht, ist ein von der Gemeindeverwaltung aufgestelltes Schild, *Achtung Diebe.*

Er kämmt seine Haare in die Unterwerfung, und das mit einem Kamm, den er für neunzig Cent im K-Mart in Bondi Junction gekauft hat. Die gewohnheitsmäßige Geste eines älteren Mannes, in früheren Zeiten eines jungen. Im Einkaufszentrum geht er an Restaurants vorbei, an Bildschirmen mit Filmen: ramponierter Bus, kaputte Ufermauer. Der Streifenwagen sieht aus wie ein Karnevalswagen, über und über voller Paintball-Treffer. Vollständig von der Straße abgekommen. Unangenehme Sache, peinlich für alle Beteiligten.

Er geht runter zur Anschlussstelle, der Unterwelt der Züge. Die blaue Linie bringt ihn zum Central. Sechs Namen, sechs Stationen, ein Bogen, der sich im Osten wie eine Sichel um die Stadt legt. Die Klinge besteht aus gegensätzlichen Metallen.

Rückverfolgung. Zeittotschlagen.

In der Abenddämmerung steigt er in den 312, setzt sich nach hinten links. Neue Klamotten, neue Schuhe. Der Bus schlängelt sich durch die kalte George Street am Abend, und er denkt an den gestohlenen, ausgebrannten Wagen im weit entfernten Buschland.

Dreißig Minuten bis Paddington Town Hall. Er hätte ungefähr in derselben Zeit auch Luftlinie laufen können, aber das Gefühl, chauffiert zu werden, ist gut. In einem Bus ist man sicher vor der Polizei, der uniformierten Horde, massenhaft auf der Jagd.

Er geistert vorbei am Imperial, vorbei am Schild von Arthur's Pizza. Am Paddington Inn biegt er ab und arbeitet sich vor ins gravitative Herz der Vorstadt. Sie wird nicht da sein/er ermahnt sich, damit zu rechnen. Sie ist weit im Westen, wo die Satellitenschüsseln wispern und rotieren. Als er in ihre Straße biegt, sieht er die Lichter der Sirenen über die Flächen wischen.

Blaulichtdisco, die Polizei massiv vor Ort: Kälte kriecht in ihn hinein wie ein Alptraum. Ein Detective und zwei Streifenpolizisten, das Trio geht zwischen dem Haus und den Fahrzeugen hin und her, Sutton beobachtet sie, um deren Schwingung einzuschätzen. Er hat das Gefühl, in eine Traumwelt eingetreten zu sein, eine verkehrte Welt: Der Übergang war kompliziert, und er hat den wahren Norden aus dem Blick verloren, ist zurückgewandert zum Schauplatz seines Verbrechens. Unheil, Katastrophe, sklavisches Verfolgen unvollkommener Sterne.

Vielleicht ist es eine Schimäre, eine letzte Prüfung. Vielleicht hat Bopper sie verkauft. Sutton geht aufs Haus seiner Susan zu und erkaltet erneut von Kopf bis Fuß.

05

Rawson trinkt sein Bier im Hollywood, weil es ihm dort gefällt, weil sonst keine anderen Polizisten dort trinken. Er sitzt in einer Ecke, killt eins nach dem anderen, nicht mal er hat je solchen

Durst gekannt. Es gibt keinen speziellen Begriff für das Gefühl, wenn man den ersten Schluck trinkt, Gaumen versus eiskaltes Glas, aber ein so einzigartiger Kontakt hat eine Bezeichnung verdient. Largey Rawson schenkt ihm jetzt einen/er tauft es *Kristy*. Erfrischend, im Übermaß tödlich, das Einmaligste, was er je erlebt hat.

Im Gefängnis gibt's kein Bier. Scheiß drauf. Er denkt an die Leute, die er fortgeschickt hat, die Armee mit dem traurigen Blick/die Sträflingshorde.

Das Hollywood ist fernsehfrei. Gut. Um sechs Uhr wird es stumm herausposaunt, die Pubs werden mit Filmaufnahmen des Geschehens geschmückt. Seine Brüder, wie sie hereinlaufen: zeigen, schauen, fragen, mutmaßen. Nein, danke. Als er Gesellschaft spürt, dreht er sich sehr langsam, findet Angelo de Souza anwesend in nächster Nähe.

»Hab dich gefunden.«

»Hast du«. Big Ship seufzt, schluckt. »Bist wohl ein viel besserer Detective, als ich dachte.«

»Komm lieber mit.«

Und so endet es: Sie schicken Angel de Souza, verdammte Scheiße. Rawson übergibt seinen letzten Zug in drei Sekunden der Unsterblichkeit und erhebt sich hoch über den anderen Mann. Er täuscht würdevolle Gelassenheit vor, aber Ange hat keine Kollegen von der Streife dabei/beleidigend. I AM THE FIVE WAYS AND I AM THE SEVEN WAYS AND I AM THE BRIDGE BENEATH –

»Hör mal, Rawse …«

»Wie willst du das machen?«

»Es ist wegen Paddington, mein Freund. Es hat Probleme gegeben.«

04

Er betritt die *Winter Traffic* wie ein Mann, der das Leben auf einer Yacht gewohnt ist. Seine Sportschuhe sind leise an Deck, seine Designer-Jeans und der Kapuzenpulli schützen ihn vor der Kälte. Das Erste, was er sieht, ist eine leere Flasche Wein an der Fußreling, er nimmt sie mit wie ein Souvenir. Das zweite ist Dick Mountain, der auf der Treppe steht, die in die Kajüte führt. Slane zieht den Kopf ein und sagt nichts zu dem Wächter, keinen Gruß und auch kein erforderliches Passwort.

Logan Perceval schaut mit ruhigen blauen Augen auf. Er sitzt backbord mit einer Zeitung und einem leeren Becher vor sich auf dem Tisch. Zu seinen Füßen, verschlungen, die furchteinflößende Leiche. Logan ist ein Atlas Terrier, der auf Befehle wartet, über der erlegten Beute wacht, völlig unbeirrt vom Tod.

Die Männer tauschen die Positionen, ein Massetransfer auf begrenztem Raum. Logan, den Kopf dauerhaft gesenkt, geht in die Kombüse, um mehr Tee zu kochen. Slane stellt einen Fuß auf die Leiche, schaut aber nicht hinunter. Er schaut Karen an.

Sie sitzt aufrecht, starrt ins Leere. Der Schlafsack umhüllt sie, die Kapuze bläht sich an ihrem Hals und Kopf und verleiht ihr das Aussehen einer Science-Fiction-Königin. Vielleicht haben alle auf ihrem Planeten weiße Lippen und einen leeren Blick. Strandgut von einem sinkenden Schiff, gerettet aus eisiger See, wiederaufgewärmt hauptsächlich durch die Schuldgefühle der Überlebenden. »Nachdem ich Ihnen begegnet bin«, sagt er, »habe ich immer wieder versucht, dahinterzukommen, was Sie so attraktiv macht.«

Karen hustet, verleiht der Überbord-Theorie neues Gewicht, ihre Lunge und inneren Organe sind mit Salz überzogen. »Wie lautet der Befund?«

»Ihre Augen und Ihre Haare – haben genau dieselbe Farbe. Das kommt seltener vor, als man denkt.«

Die fraglichen Augen fokussieren den sprechenden Umriss.

The Game. Welche Farbe haben seine? Die Antwort lautet, alle möglichen Schattierungen/sie bewegen sich in unterschiedlichen Richtungen.

»Alles klar bei Ihnen, Detective?«

Die Frage lässt sie aufleben, schenkt ihr Gegenwart. Karen richtet sich auf in ihrem Kokon und räuspert sich, erst jetzt bemerkt sie den Becher mit dem inzwischen kalten Tee vor sich. Sie schaut schiffaufwärts zu den Schlossern – die »Schlosser« –, und es gelingt ihr, eine Augenbraue zu heben. »Li hatte keine Zeit?«

»Li ist zart besaitet.«

»Ah. Diejenigen, von denen man denkt, dass sie's hinkriegen, gehen immer zuerst in die Knie.«

Der Gangster stellt die Flasche auf den Tisch zwischen ihnen. »Sie haben einen teuren Geschmack.«

»Das war ein Fehler. Ich hab einige gemacht.«

»Meinen Sie den Anruf gestern Nacht?«

»Welchen Anruf?«

Er lächelt und gestattet sich erneut, den Pardoner zu betrachten. Dann tut er, was sie tat: schaut schiffaufwärts zu den Männern. Beirrt vom Tod? Null Prozent. Der Tod ist das grundlegende Ergebnis, der grundlegende Zustand. »Meiner Ansicht nach war Ihre Information gut.«

»Ich weiß nicht, wovon Sie reden.«

»Wir hatten eine Verabredung, Karen. Und Sie haben sich dran gehalten.«

Logan Perceval knurrt, droht sie zu überrollen wie der Rollstein aus Indiana Jones. Er stellt den Tee vor seinen Captain, mit Milch, ohne Zucker. »Sie will nichts essen.« Die Nachricht wird in vertraulichem Ton übermittelt, und Slane schaut sie tadelnd an, enttäuscht. Er sagt zu dem Kriegermönch: »Was gibt's denn?«

»Suppe«, sagt Logan. »Kekse.«

»Wie sieht's aus, Ms Millar – bisschen Suppe?«

Schweigen. Slane schüttelt den Kopf, schaut seinen Lieblingsretter mit *Was soll man machen*-Schulterzucken an. »Alles klar bei euch, Jungs?«

»Dick hat sich die Hand gebrochen.«

»Okay.«

Logan zieht sich zurück, und Slane sagt: »Essen Sie was. Sie haben eine Menge durchgemacht.«

»Kann man so sagen.«

»Tut mir leid, dass das passiert ist.«

»Das ist nett von Ihnen, Chris. Macht wirklich alles wieder gut. Die beiden Typen, die hier reinspaziert sind und den Kerl vor meinen Augen mit einer Drahtschlinge erwürgt haben.«

»Ich hoffe, es ging schnell.«

»Was glauben Sie wohl?«

Slane betrachtet all die alltäglichen Einzelheiten an Bord wie einer, der später aufgefordert werden wird, ein Angebot zu unterbreiten oder sich zu erinnern. »Ich nehme an, es war ein qualvoller Tod.«

»Zehn Punkte.«

Wenn sie sich rechts rüberbeugt, sieht sie das schmerzverzerrte Gesicht, das zum Oberlicht, Sonnenlicht hinaufstarrt. In der Anarchie seines Ablebens hat er die Skimaske verloren. Wohin gehen sie, die Toten? Würde man das wissen, wüsste man alles. Karen beugt sich nicht rechts rüber. »Woher wussten Sie, dass Sie die beiden schicken müssen?«

»Wir haben Sie im Auge behalten. Haben uns Sorgen gemacht.«

»Unsinn.«

»Ist die Wahrheit.«

»Sie würden die Wahrheit nicht erkennen, wenn sie Ihnen in einer tausend Dollar Flasche Grange serviert wird.«

»Ich wusste, Sie würden ihm folgen, wenn Sie Koestlers Buch gelesen haben. Hab mich nur gewundert, dass Sie so unvorsichtig waren. Er hätte Ihnen sonst was tun können.«

»Sie klingen sauer.«

»Sie haben nicht aufgepasst. Ich denke, teilweise haben Sie's mit Absicht getan. Frauen können in der Hinsicht manchmal komisch sein.«

»Ich bin keine Frau, ich bin Polizistin. Eine, die gerade Zeugin einer bandeninternen Hinrichtung wurde. Ich bin übrigens eine ziemlich überzeugende Zeugin.«

»Seien Sie nicht so dramatisch.«

Ihre Wut lässt sie begreifen, dass die Droge verarbeitet wurde, die Wirkung im Großen und Ganzen nachgelassen hat. »Sie sind mir verdammt noch mal was schuldig.«

Er wägt die Forderung ab. »Man könnte auch sagen, wir seien quitt.«

»Ich soll einfach die Klappe halten, dankbar sein?«

»So weit würde ich nicht gehen.« Chris legt die Ellbogen auf den Tisch, starrt den leeren Shiraz an. »Paspaley war tief vergraben, aber ich denke, vielleicht hat er was läuten hören über einen jungen Detective unten in Sydney.«

»Stellen Sie sich vor.«

»Ein ehemaliger Polizist schnüffelt in seinem größten Fall herum. Sammy Holden hat sein Okay gegeben. Zumindest könnte Paspaley den Eindruck gehabt haben.«

»Sie haben mich in die Falle gelockt.«

»Hat Profit gebracht. Sie wissen, wie viele den Typen erledigt haben wollten? Alte Streitereien, Detective – das ist der Treibstoff, der die Stadt in Atem hält.«

»Mordkommando.«

»Manchmal. Ich hab von einem klugen alten Iren gelernt, wie man eins führt. Einem von euch, sogar. Inzwischen ist er tot, aber er hat mich unter seine Fittiche genommen, mich unterwiesen ... er hat mich Sarpedon genannt.«

»Du lieber Gott.«

»Sarp war Trojaner. Ehrenwert. Er hielt seinem Vetter einen Vortrag über Macht, Verantwortung. Mehr vom einen, bedeutet auch mehr vom anderen. Es ist wichtig, stets das Beste zu geben, auch wenn es einem beschissenen Zweck dient.«

»Ich war der Köder.«

»Das ist jeder – jede Figur auf dem Brett. Aber wenn Sie warten, bis Sie dran sind, können Sie auch Schaden anrichten.«

»Warum sind Sie so sicher, dass ich den Mund halten werde? Weil ich Informationen verkauft habe?«

»Sie haben mir einen Kollegen verkauft, das haben Sie getan.«

»Was ist mit dem da am Boden? Ist der auch ein Kollege?«

»Das war ein Arschloch und ein Vergewaltiger, und er hatte Glück, überhaupt so lang zu leben. Wenn Sie das Bedürfnis haben, ihn in guter Erinnerung zu behalten, dann nur zu. Ich persönlich denke, dafür sind Sie zu klug. Ich denke, allmählich verstehen Sie, wie's funktioniert.«

»Und wie nicht.«

»Wenn Sie so wollen.«

»Und was passiert jetzt?«

»Sie essen Ihre Suppe und gehen auf dem Parkplatz spazieren. Wenn Sie einen dunklen Land Rover sehen, machen Sie Halt. Fahren Sie damit nach Hause und lassen Sie den Schlüssel stecken. Dann leben Sie glücklich bis an Ihr Lebensende.«

»Einfach so, hm?«

»Einfach. So.«

»Und die Schweinerei hier?«

»Keine Sorge – meine Jungs sind gut im Saubermachen.«

»Das ist schön, Chris. Morgen um diese Zeit nämlich macht der Untersuchungsrichter von New South Wales eine Ausfahrt mit dem Boot. Und er hat ein verdammt gutes Auge für faule Sachen.«

»Master Chestwyn wird nichts erfahren.«

Karen befreit ihren Arm, nimmt den kalten Tee und trinkt ihn aus. Durst gelöscht. Eine Zeit lang scheint es, als würde sich der Durst doch weiter behaupten, sie überdauern. »Ich habe dieses Boot geliebt. Jetzt kann ich nie mehr hierher zurück.«

»Wegen des Ereignisses? *Geben Sie einem Tag niemals mehr Gewicht als einem Leben, Detective Millar. Das hat mir Eamon gesagt.*«

Die Maxime wird von Essen begleitet: Nudelsuppe mit Huhn/ Butterkekse. Logan stellt beides ab, und es sieht aus wie das Essen, das man einem kleinen Kind serviert. Das Kind war sie, genau auf diesem Stuhl.

»Sie haben gesagt, wir hatten eine Verabredung«, sagt Karen. »Und ich habe mich dran gehalten.«

»Stimmt.«

»Heißt das, der Schreiner ist tot?«

»Das heißt, die Menschen, die zufriedengestellt werden mussten, sind zufrieden.«

»Politiker.«

»Mehr oder weniger.«

»Aber ein ehrenwerter, wie Serpico?«

»Sarpedon. Ja.«

»Na gut. Dann her damit.«

Slane steht auf, die Fäuste unter dem Kapuzenpulli geballt – einen surrealen Augenblick lang denkt Karen, dass er sie schlagen will, ihr wegen ihrer Unverschämtheiten eine feste Rückhand reindrücken. Der Gangster stellt eine grüne Figur auf den Tisch, und es fühlt sich an wie ein Erdbeben.

»Der Läufer«, sagt sie.

Slane antwortet, als würde er eine Taufe vornehmen, als würde er etwas bestätigen, das zuvor nur provisorisch war. »Sein Name, Ms Millar, ist TYCHO BRAHE.«

03

Rawson steht in der Küche des Sheldon-Hauses, schaut in den Garten. Es war einmal eine Zeit, da hat er die Laube gebaut. Oder Sachen getragen, im Weg gestanden, während andere von ihm geliebte, echte Arbeit verrichteten. Es war einmal eine Zeit, da frühstückte er mit Susan, und sie erzählte ihm, dass es aus sei zwischen Jem und ihr. Sie setzte in seinem Namen auf ein Pferd/den gemeinen Drunken Circus. *Von wegen The Colt from old Regret! Wo bist du jetzt, du Sauerstoffdieb? Auf welcher Weide stehst du, du unglückseliger Trottel, du adjektivischer Blödidiot?*

Es war einmal, vor einer Million Jahren, da setzte er den unglaublichen Wunderhund ab und sagte zu Michele, *du bist einziggartig, Baby: Bei den Cabbage-Patchern gibt es zweieinhalb genau wie dich.*

De Souza spricht. »Wir haben Mrs Sheldon zu ihrer Schwester gebracht.«

»Ich hab's schon beim ersten Mal gehört.«

»Niemand hat Sutton gesehen. Du hast gesagt, er hätte um acht hier sein sollen?«

»Genau.«

»Jetzt ist es neun vorbei … alle nehmen es ernst, Rawse. Mit Arthur Sheldons Frau kannst du das nicht machen.«

Rawson steht mit den Händen in den Hosentaschen da, schaut den Kollegen von der Spurensicherung bei der Arbeit zu. Zwei Kriminaltechniker nehmen Proben, Blut und Haare. Ein dritter läuft im Kreis umher wie ein makabrer Paparazzo. Alle paar Sekunden lässt der Blitz seiner Kamera die Leiche mit alkalischer Präzision aufleuchten.

»Sie mussten es nicht wieder zurückbringen«, sagt Angel mit seiner doofen und offensichtlichen Stimme.

»Ihn. Nicht es.«

»Ihn. Meinst du, Sutton war hier?«

Natürlich war er – punktgenau um acht. Er hat das Theater gesehen und ist noch mal um den Block, kam über den Garten von der Häuserreihe gegenüber rein. Von da oben musste er was sehen können.

»Rawse?«

»Weiß nicht.«

»Irgendeine Ahnung, wen wir suchen?«

Rawson wendet sich von der Scheibe der Schiebetür ab, seine

Augen trocken vom Nichtblinzeln. Er legt Angel eine Hand auf die Schulter und sagt, *man gebe mir einen Wagen.*

02

Dring dring. Dring dring.

Abhebgeräusch. »Wer ist da?«

»Weißt du, was eine Chiffre ist?«

»Kara?«

»Wer sonst. Weißt du's?«

»Das war's, Frau – ich ändere meine Nummer.«

»Ich hab dich gestört. Du hast Gesellschaft.«

»Schön wär's. Was ist los, du klingst schrecklich.«

»Eine Chiffre ist ein Wort, der Schlüssel, der ein Rätsel funktionieren lässt.«

»Ich weiß. Alles klar bei dir?«

»Ab-ge-fuckt. Wie klinge ich?«

»Wie jemand anders. Du machst mir Angst.«

»Das ist gut, Scul, weil ich nämlich auch Angst habe. Man gibt *Tycho Brahe* ein und Scheiße, rate mal? Ein noch größeres Durcheinander als am Anfang. Als du noch gar nichts gewusst hast.«

»Tycho … langsam, sag mir, wo du bist.«

»Das weißt du nicht? Natürlich nicht. Es sind nie die guten Männer, die einen ausfindig machen. Die guten Männer sitzen zu Hause und gucken Fußball.«

»Du bist betrunken. Ist es das?«

»Ich hab ihn geknackt, Doktor. *Kodex Zwei.*«

»Gut. Braves Mädchen.«

»Nein – nicht gut. Scheiß Zugzwang. Koestler hat dem Kerl *geschrieben*, ihn zu sich eingeladen.«

Das Supergirl stellt ihn sich vor, wie er da sitzt, die Spatzenbeine herumschwingt und auf Deck setzt. Er tastet nach seiner Brille, setzt sie sich mit Zeigefinger und Daumen auf den Schädel. Ein Gleichaltriger verkündet über den Radiowecker die unerhörte Nachtzeit.

»Hör auf zu weinen, Kara. Ich halte das nicht aus.«

»Männer. Ihr seid so scheiß lasch.«

»Ich komme und hol dich ab. Wir reden.«

»Aber es gibt nichts zu sagen. Ist halt abgefuckt, Peter Coren.«

»Bist du zu Hause?«

»Ich bin draußen am Hafen.«

»Tu's nicht.«

»Ich bin draußen am Hafen, und du wirst mich nicht finden.«

01

Der Truck wirkt überschwemmt, eine Fregatte, die an einem Korallenriff zerschellte. Bäume, dem mitternächtlichen Wind überlassen, vermitteln ein eigenartiges Gefühl von Wellenschlag, verschärfen das Gefühl, dass der Schauplatz irgendwie maritim ist. Gefährliches Gewässer: Der Tanz des Grases wirkt verträumt wie Seetang, und man muss auf Delphine, auf Seepferdchen achten, auf eine Meerjungfrau aus einer Geschichte, die für Kinder zu düster ist.

Der Polizeiscanner plaudert noch über Artarmon. Aber jetzt weniger, hauptsächlich Tratsch. Die Leinwand ist seit Stunden fertig/gleich morgen früh geht's weiter. *Räuber und Gendarm* sagt das Alternativ-Radio, welches Zivilisten ebenfalls hören dürfen.

Ja, Räuber und Gendarm. Kommt einem vor wie ein Film. Es ist anderen Menschen passiert/Menschen, die anders sind als sie.

Rawson schaltet es aus und beobachtet das alte Mädchen auf der anderen Seite gegenüber. Sie steht versteckt in der Nähe vom Park, halb im Licht, halb im Dunkeln. Eine Straßenlaterne wirft Eukalyptuszweige über die Motorhaube.

Aus der Ferne sehen sie aus wie Arterien, ein ausgeklügeltes Netz aus hinterhältigen Tattoos.

Der Truck war untergestellt. Sutton muss ihn geholt haben.

Leuchtet ein. Das alte Mädchen würde dabei sein wollen. Es liebt Bloke mindestens so, wie Bloke das alte Mädchen liebt.

Sutton raucht Kette und beobachtet das Haus. Es ist herrschaftlich und hässlich, die Lichter alle an, ein Dutzend Bikes stehen davor. Er schaut nicht rüber, als die Beifahrertür aufgeht.

Rawson wartet, dass Sutton was sagt. Könnte eine Weile dauern. Schließlich lässt sich die Stille nicht mehr aufrechterhalten, und er schiebt eine Cassette in den Rekorder, *Breakfast at Sweethearts* läuft seit zwanzig Sekunden.

»*She don't smile or flirt*«, sagt Rawson, als Jimmy ankommt. »*She just wears that miniskirt.*« Er holt seine Benson & Hedges aus der Tasche. »Du hast gewusst, dass ich gegenüber bin.«

Sutton bläst eine Rauchsäule in die kranke Atmosphäre.

»Na, wenn du gewusst hast, dass ich gegenüber bin, dann weißt du jetzt auch, dass da zehn andere sind und uns beobachten.«

Sutton nickt.

»Du hast ihn geliebt«, sagt der Inkrementale. »Aber das kannst du nicht machen. Überlass das mir, ich bring's in Ordnung.«

»In Ordnung?«

»Du gehst da nicht rein, Jamie. Wenn du da reingehst, stirbst du.«

Der nächste Song. Hunters & Collectors. Gute Compilation ist das. Der Song ist halb gelaufen, als Rawson Sutton am Kragen packt und sagt, *Hör zu, du blödes Arschloch, da sind fünfzehn, und die wetten, dass du's nicht hinkriegst. Also lass dir verdammt noch mal was einfallen.*

Sutton lässt sich den Übergriff bieten, reitet auf der Lautstärke. Seine Augen sind rot/sie verlassen nicht das Haus. Rawson hat das Gefühl, einen Crash-Test-Dummy festzuhalten, also lässt er los, sackt wieder in seine Ecke. Suttons Stimme ist ein Begräbnis. »Hab gedacht, du musst einen Flug erwischen.«

Bobby Cobras Augen brennen vor Tränen, vor ätzendem Schmutz und verklebtem, saurem Wispern. Er atmet schwer und versucht sie sauber zu spülen, sieht kurz aus wie einer, der seine Kontakte wechselt: ein Wimpernschlag bei offenem Mund, düstere Gelübde jener geheimen körperlichen Stelle eingeschrieben.

»Wir sind die Polizei. Schwere Niederlage. Gary ist gefickt.«

»Toll.«

»Tu das nicht, Jem – nicht nach dem, was wir heute gemacht haben. Bruder, wir haben das da draußen verkackt.«

Die Worte lösen beim Sprechenden beinahe Heiterkeit aus, eine heranbrandende Flut, von der er nasse Füße bekommt. Aber dann weicht sie zurück, nichts bleibt zurück, außer der Gewissheit, dass er nicht durchdringt. Für Sutton ist das Werk des Vormittags Ewigkeiten her. Er macht seine Zigarette aus und steigt aus dem Truck/der Master von gestern ist waffenlos.

Rawson ist die gerade noch rechtzeitig errichtete Straßensperre. Sutton ist heiser, versengt vom Schmerz.

»Die haben meinen Hund getötet.«

»Ich weiß.«

»Hast du ihn gesehen?«

»Ja.«

»Dann hast du gesehen, was die gemacht haben.«

Sutton klappt zusammen, und Rawson tritt vor, um ihn an den Schultern zu packen, zu halten. Sutton spricht über das, was sie gemacht haben/bebt hemmungslos.

»Komm schon, Jem. Lass uns gehen.«

»Das ist nicht mein Name.«

»Doch.«

Jem verpasst dem anderen einen Aufwärtshaken, einen fachmännischen Schlag, der Rawson stolpern lässt/abweichen. Aber es braucht schon einen Orkan, um Big Ship umzuwerfen.

»Hör auf.«

Sutton gehorcht. Es ist nicht der Ton, der das bewirkt/es ist der Klangeffekt. Ein metallisches Knacken. »Ist das ein Witz?«

Rawson macht keine Witze/er hat eine Glock mit Schalldämpfer in der Hand. »Steig in den Truck.«

Sutton denkt drüber nach. »Ich hab das nicht gewollt. Er war bloß ein Junge, der Wache gestanden hat.«

»Was für ein Junge?«

»Bei Whit – der, den sie Nigger genannt haben. Ich bin hin und hab ihn ausgeschaltet, hab's aber nicht richtig hingekriegt und ... sein Genick ausgerenkt. Kennst du die alten Schlösser, wenn man die ausbaut? Ein Dreh, und plötzlich hast du sieben Teile in der Hand, so dass du dich fragst, wie das passieren konnte. Und danach gibt's kein Zurück. Verstehst du? Aber dann hab ich sie im Schlafzimmer gefunden und war froh, dass es lief, wie's gelaufen ist.«

»Wovon zum Teufel sprichst du?«

»Kristy. Shark und Bison haben sie gefesselt.«

»Was?«

»Sie ist erstickt. Sie ist tot.«

»Kristy ist in London, du geisteskranker Irrer.«

»Ich musste sie nach Copperhead bringen.«

»*Hör auf.*«

»Ich musste sie tragen. Ich musste sie dem Feuer übergeben.« Ein Krächzen entweicht der Brust des Inkrementalen, ein fürchterlicher Ausdruck von emotionalem Asthma. Jamie Sutton, die einzige strikt ehrliche Person, die er je gekannt hat.

»Ich gehe jetzt«, sagt der Schreiner hölzern. »Erschieß mich nicht.«

Er bewegt sich aufs Haus zu, und Rawson sieht ihm auf einem Knie nach, atmet schwer/besessen von einem sich hebenden Arm. Wenn Ehrlichkeit unterliegt, dann in aller Stille, für den Betrachter sieht es aus wie ein bescheuertes Bugger Game.

Null

Seine welpenhaftesten Anfänge werden unter einer Steppdecke gepflegt, er erlegt schlafende Drachen mit nichts als seinen Milchzähnen. Die Beine von Herrchen, Arme von Frauchen … die Menschen tun, als würden sie jaulen, um Gnade winseln, und er ahnt, was es heißt, mächtig zu sein/ein Held.

Nachts durchläuft sie Umdrehungen, die über die Leistungsfähigkeit des Hundes hinausgehen. Susan schwingt durch Bögen, die fundiert und mathematisch sind, bewegt sich um Lichtjahre schneller als jeder hell strahlende dunkle Truck.

Kein Wunder, dass sie stets müde aufwacht.

Der Schattengeist von Sutton plaudert gerne in ihrer Umlaufbahn, aber von Susan geschieden, hängt er in den Schlafstunden durch. Das Ergebnis ist wie Gefängnis/wie ein des Träumens beraubter Leichnam. Bloke hat in jener schwierigen Zeit die Stellung gehalten, aber ein Hund ist kein Herrchen.

Nicht, dass er blind wäre gegenüber der Hinterhältigkeit von Satelliten, den Skeletten der Infrastruktur, abgebildet auf leuchtenden Röntgenaufnahmen. Susan war Paris – eine wundersame Stadt der Lichter –, aber Sutton ist das alte Angola/der heutige Sudan: ein nächtlicher Hohlraum, eine dunkle und wüstenartige Ellipse.

Der Hafen lauscht zur Überwachung. Er führt dich in der empfindlichen Linse seiner selbst mit den Mustern zusammen, deinen Vergnügungsyachten und privaten Fähren, hinter absonderlichen Vorrichtungen verborgen. Spätnachts fließt dein Delta über vor menschlichen Gesängen und Musik. Grüne Lichter, einsam am Ende der Landungsstege, regeln den winterlichen Verkehr.

Glaubt nicht den Geschichten, die erzählt werden/der Wunderhund ist ihnen entwischt. Er hat sich losgerissen aus Daktylenhänden und ist über die Auffahrt des Bösewichts verschwunden. Gemeine Männer auf erschreckenden Rädern brüllten, schafften es aber nicht, ihn zu fangen. Er folgte gewundenen Strömen bis zur Mündung.

Jenseits von Name und Angesicht ertönt der Pfiff, er wird gerufen auf die Ladefläche des Todes, um zwischen den Bäumen des Hades Freundschaft zu schließen mit all dem vergänglichen Kummer. Die Musik an der Wegkreuzung wird er lieben, spätnachts bildet sie das Delta. Das *Bleib* wird er hassen/das BLEIB ist der Tod/aber hier auf Herrchen warten.

–1

Tom Angel wurde schon geweckt, um geliebten Hauskatzen den Magen auszupumpen, aber nie wegen so was hier. Das hat man davon, wenn man um zwei Uhr morgens ans Telefon geht und Rawsons Stimme hört. Das hat man davon, wenn man ihn überhaupt in sein Leben lässt.

Er klatscht sich Nass wie billiges Kölnischwasser ins Gesicht, begibt sich auf Auto-Pilot in die Praxis. Nur eine Fahrt von vier Minuten, aber als er aus dem Wagen springt, erinnert er sich nicht mehr daran. Sie war beschaffen wie ein Traum, ein früheres Leben; wahrscheinlich hat er verfluchte rote Ampeln überfahren. Traumartig auch die Art, wie Rawson genau in dem Augenblick erscheint, in dem Tom sich fragt, wo er ist. Der Gedanke zitiert den Pintara herbei, Big Ship rollt schnell ohne Scheinwerfer auf einen als *reserviert* gekennzeichneten Platz.

Zwei Fragen, die ein Tierarzt im Herzen seines eigenen Königreichs immer stellt: *Wo ist der Patient* und *Was ist er*? Der Ruinierte Inkrementale antwortet wortlos, der Kofferraum gibt einen verwundeten Schäferhund oder kranken Rhodesian Ridgeback preis. Es braucht sonst gemahlene Bohnen, damit sich der Tierdoktor am Morgen wie ein Mensch fühlt, aber dieses Mal erwacht er rasch.

»Was zum Teufel?«

»Entspannen Sie sich«, sagt Rawson. »Ist ein Mensch.«

»Warum ist er bewusstlos?«

»Schwitzkasten. Ich wollte nicht, dass er Schmerzen hat.«

»Na schön.« *Wenn du nicht gewollt hast, dass er Schmerzen hat, vielleicht hättest du dann gar nicht erst auf ihn schießen sollen.*

– Ja, na ja, ging nicht anders. Wer ist die sturste Person, die du kennst?

– Meine Schwiegermutter.

– Schlechtes Beispiel. Die würdest du wahrscheinlich sowieso erschießen. Aber es ging um Leben oder Tod, und er wollte verdammt noch mal nicht hören.

– Das ist der Typ vom Dach, oder? Dein Freund, der ins Gefängnis gegangen ist.

– Vorsichtig, Tom. Der hat ein Gehör wie ein Hund.

– Nach so einem Schuss wird er nicht viel hören.

– Wenn ich mich recht entsinne, hast du ein abgebrochenes Medizinstudium hinter dir.

– Korrekt. Aber Kugeln entfernen war damals kein Wahlfach.

Manche Unterhaltungen werden gesprochen und andere nicht, und Rawson ist ein eingefleischter Anhänger letzterer. Stille bekommt ihnen beiden, während Angel Dust loslegt wie ein Champ, ein Soldat, der Möchtegern-Chirurg, für den Rawson ihn hält.

Er liebt es, durch Sydney zu fahren, wenn keine Autos auf der Straße sind. Man kommt sich vor wie adlig. Man hat keine Lust, jemanden zu töten. Er stimmt den informativen Pintara auf den Beethovensender ein und schaltet die Scheibenwischer runter, eine sanfte Gegenmaßnahme gegen den leichten Fünf-Uhr-Regen.

Die Stadt ist so schön, wie sie nur sein kann, verführt ihn zum Verweilen und sich dem Bevorstehenden zu stellen. Sydney ist ein schwieriger Ort, um zu bleiben/schwierig zu verlassen. Taxis sind noch immer als Körperfresser unterwegs, befahren das Nachtleben, für vom Alkohol stur gewordene Flüchtende. Der Himmel bietet Wasser an, ist lädiert, aber einsatzbereit.

Er fährt am Strip entlang, verhält sich wie ein Fahrer, dem Gesellschaft fehlt: Alle paar Minuten tritt ein Mädchen auf hohen Absätzen und mit einer Boa aus einem halb verborgenen Eingang, wirft ihm einen *Komm hol's dir*-Blick zu. Ein paar sind gar keine Mädchen/sind offensichtlich Typen, und der Gedanke daran, welche Energie nötig ist, um ein solches Leben zu leben, erschöpft ihn. Sexarbeiterinnen, eine angemessene Bezeichnung. Über zwanzig Jahre hinweg haben sie sich seine Bewunderung verdient.

Der Pintara fährt westlich über die Cahill, die beklagenswerte urbane Narbe in einer Stadt der absichtlichen Fehler. Ein niederträchtiger Streifen aus vier grauen Spuren, die dem Kai wie eine Steuer auferlegt wurden. Wie eine Strafe. Nieder mit der Perfektion, die hässlichste Straße des Landes konkurriert mit der atemberaubendsten Aussicht der Welt.

Rawson geht vom Gas, um Wasser zu trinken. Die Brücke, der Kai, das mächtige Haus der Muscheln. Hinter ihnen wälzt sich ein nördliches Meer, eifersüchtige Legobausteine spähen durch harte Art-déco-Augen. Sie betrachten Bennelong wie einen feindlichen Clan – eine Sippe, die nie gelernt hat, Türme zu bauen.

Fast dieselbe Aussicht hat er vom InterContinental. Bobby Cobra geht hinein, soll Lichtschalter umlegen, aber das Gefühl, dass sich jemand wie ein Einbrecher im Raum aufhält, lässt ihn zögern. Greifbar im Zwielicht, ein sanfter Graufilter durch luxuriöse Vorhänge: Die Erinnerung überkommt ihn. Als jüngerer Mann reiste er für kurze Zeit nach Paris und, ja, hier ist es, die unerbetene Begrüßung, derselbe eigentümliche Gallizismus des Lichts. Einen Augenblick lang fühlt er sich wie dessen menschliches Gegenstück, gedämpft und doch hochgradig präzise, während er sich in einem Zustand der Fast-Verwunderung entkleidet. Kribbeln in den Gliedern/wer geht dort? Auf der Vorderseite des uneinsehbaren Bildschirms sitzt die Kollegin, die er liebt. Verehrt: Rawson grinst, um der Raumzeit-Krümmer zu sein, brüllt ins Telefon nach Kaffee und Croissants.

Er lässt die Tür weit offen und marschiert flugs ins Badezimmer, um dort die versengendste und göttlichste aller Duschen zu nehmen, die er je gekannt hat. Elektromagnetisch, eine Turbine bewegt das Wasser. Der Gast erscheint zu einem liebevollen Frühstück, und er denkt an Suttons Bierdosen, Nacht für Nacht in Long Bay, Magie in den Augen der Geisel.

Die Wirklichkeit ist eine laufende Verarmung der Möglichkeit. Ein Festzunehmender sagte das zu ihm, erklärte, es käme aus einem Buch. Wie alles. Rawson schrieb es auf und vergaß es, aber eine gute Wahrheit lässt sich nicht unterdrücken.

Jetzt spürt er ihren Druck, während er sich in dem teuren Raum umsieht. Der Plan hatte vorgesehen, eine herrliche letzte Nacht hier zu verbringen, sich mit Veuve zu besaufen und eine Edelfreundin zu bestellen. Bei seinem Abschied von Sydney ist

Schönheit erforderlich. *Sine qua non.* Ein prächtiges Stück/ein käufliches Herz.

Er schenkt den Kaffee ein, beißt ins Croissant. Im Schrank ein einziger Bewohner, sein fabelhafter neuer blauer Anzug. Dunkler als Königs-, nicht ganz Mitternachts-, gekauft von dem Geld aus der Anleihe.

Fast das einzige Geld, das er noch hat. Das heißt, bis die Schatzwechsel eingelöst sind.

Eine Stunde später wird er im grellen Neonlicht zusammenzucken, Käfige vollgestopft mit Kranken und Verwundeten. Eine schwarze Katze namens Clio, mit bandagierter linker Pfote, schaut ihn an mit dem unbeeindruckten Gesicht, das allerorts die Domäne der Katzengeschöpfe ist.

»Wie geht es ihm?«

»Er ist stabil. Über den Berg. Sie sehen elegant aus, Mr Rawson.«

»Ich weiß, ist ein ... der Typ, dessen Vornamen ich nicht aussprechen kann.«

»Boss?«

»Hugo kriege ich gerade noch hin, Tom.«

»Ach so ... Zegna. Ermengildo.«

»Genau der. Ist er wieder zu sich gekommen?«

»Picobello. Aber er wird noch eine Weile krank sein und sich leidtun. Was passiert als Nächstes?«

Rawson schaut auf seine Armbanduhr. Unter Florentiner Venezianern will man gepflegt aussehen, wenn man durch die Straßen von Soho schlendert. Er wählt eine leere Tüte.

»Erledigungen. Pack ihn ein/Er muss noch einen Zug erwischen.«

Wenn es in Strömen gießt, ist die Central Station einfach ein großer grüner Schuppen. Die langen Wellblechhallen sind beschwerdelos verblichen, beherbergen achtundzwanzig Bahnsteige, bekamen 1949 zum letzten Mal ein neues Dach. Der Volvo fährt mit Warnblinker vor den Eingang, und Tom sagt: *Verdammt/sollen sie mir doch einen Strafzettel schreiben.* Sutton sitzt zusammengesunken hinten, den Arm in einer Schlinge.

»Das Arschloch kriegt nichts mehr mit.«

»Besser so«, sagt der Tierarzt. »Hab ihm weiß Gott eine starke Dosis verpasst.«

Angel Dust prescht vor, trägt die Transportbox, stellt sich freiwillig am Fahrkartenschalter an. Rawson öffnet die hintere Tür links, zieht Sutton aus dem Fahrzeug wie Gift aus einer Wunde. Sie stellen eine bescheidene Versammlung dar, wie sie durch die Halle schlurfen, Suttons gesunder Arm um Rawsons Hals gelegt wie ein Schal.

Nur ein Zug ist zu sehen, der 7.09 Uhr. Er grübelt auf dem Intercity-Gleis wie ein Kämpfer vor dem Kampf, seine zögerliche Absicht in die Pfeife zu blasen/die Stadt zu verlassen.

Sie setzen ihn in eine ruhige Ecke. Tom öffnet seine Tasche, holt eine Spritze heraus. Sutton starrt Rawson mit offenen Augen an, aber er hat keinen Ausdruck, keine Erkenntnis.

»Ich sage dir, wie ich heiße«, flüstert der Patient.

Rawson lächelt, und der Tierarzt verabreicht die Spritze. »Schon gut, mein Lieber. Ich weiß, wer du bist.«

Die Hufschläge des Regens. Suttons Augen vollführen eine Rolle, und er sackt gegen die Scheibe, sieht in aller Welt Augen aus wie ein Stricher. Rawson will auf ihn einreden, eine Entschuldigung übermitteln, aber der andere Mann hat im Grunde genommen den Schauplatz schon verlassen.

»Betäubungsmittel für Pferde?«

Tom schaut Rawson fragend an. *Was glaubst du eigentlich, was für eine dilettantische Provinzpraxis ich führe.* »Anafil.«

Der Tierarzt nimmt andere Dinge aus seiner Tasche, festen frischen Verband. Er gibt Rawson ein Handtuch, damit er es rollt, zwischen Fenster und Suttons Schädel klemmt. Angel Dust stellt Wasser auf den Tisch, daneben die Sandwiches, die er aus dem Sandwich-Laden geholt hat. Ein Apfel/eine Orange/eine ehrliche Tüte Pommes. Rawson holt die Pappe heraus und setzt sie Sutton auf die Brust.

»Du lieber Himmel, das wird nicht halten. Lass mich was suchen, womit wir's feststecken können.«

»Schon okay, Tommy. Ich nehm das.«

»Was ist das?«

»Nichts. Nur ein alter Orden, den ich gefunden habe.«

»Sieht wertvoll aus.«

»Schau richtig hin. Komm schon, wir beeilen uns lieber.«

»Es sei denn, du hast Lust, eine Zeit im Busch zu verbringen.«

Rawson schiebt die Transportbox in den Vorraum, passt ausgezeichnet unter den Tisch.

»Führ mich nicht in Versuchung.«

Knapp vermeiden sie, eingeschlossen zu werden, springen ohne Fanfarenstoß auf schmutzig rote Bodenplatten. Sie gehen, als der Zug anfährt.

Der Ruinierte Inkrementale schaut nicht noch einmal zurück. Es war ein schofeliges Auf Wiedersehen, kein Handschlag/kein Garnichts. Der Typ befand sich im Koma, und manchmal läuft es so, die Wirklichkeit ist eine laufende Verarmung.

Unter der Markise gegenüber dem Parkplatz. Gegenüber der George Street und dem wunderschönen Postamt, das ein Feuer ausgebrannt hat. »Fahr ich dich irgendwohin?«

Rawson schüttelt den Kopf. »Geht schon.«

Angel bleibt nachdenklich stehen, schaut in den heftiger werdenden Regenguss. Er widerspricht nicht/die Schulfreunde schütteln sich die Hände. »Du und ich«, sagt der Tierarzt. »Sind wir quitt?«

»Nein, Tommy Angel. Wir sind nicht quitt.«

Wir sind nicht quitt/ich stehe für immer in deiner Schuld.

–2

Er trocknet in einem Café zwischen Bahnhof und Halle, bildet seine Gedanken aus und beobachtet den Verkehr. Liverpool und George Street fließen im unermüdlich peitschenden Regen ineinander, aber es sind Systeme vorhanden, Systeme, um damit klarzukommen. Um halb neun ist er moralisch sicher, dass sein Nachfolger am Platz sein wird.

Bobby Cobra erhebt sich, um an Sydneys Durchgangsstraße entlangzugehen, einer Straße, die sich auf einer Seite zum Broadway hin erweitert, in Geld und Macht verwandelt, und auf der anderen in Wasser.

»Mitchell.«

Einer der besten Anwälte für Steuerrecht. Schreibt sogar Lehrbücher darüber, berät die Regierung. Er nimmt Rawson ins Visier und zuckt zusammen.

»Herrgott, du hast mir einen Wahnsinnsschrecken eingejagt.«

»Wahnsinn, aha. Gefällt mir.«

Der Anzug steht auf und umrundet den Schreibtisch, fährt eine Hand zur Begrüßung aus. Mitch ist stets sehr zuvorkommend. Ansatzweise umarmt er die Schulter des Größeren, überlegt es sich aber im Zuge der Geste doch anders. Der Arm bleibt wie eine japanische Null in der Luft hängen.

»Tut mir leid, dass ich so hereinplatze. Ich habe Briefe für die Mädchen.«

»Gar kein Problem … mh, Briefe?«
»Ich setze mich.«
»Bitte! Kaffee? Tee?«
Ein freundliches Angebot vom zweiten Ehemann. Er arbeitet für eine namhafte Kanzlei und schleimt nicht, ist aber eine so anerkannte Geheimwaffe in einer obskuren Geschäftsbranche, dass er gewaltige Summen hereinholt und Kanzleipartner ist. Von seinem Büro im Zweiundvierzigsten aus hat er Ausblick auf den Hafen, und nachdem er es viele Jahre lang als selbstverständlich hingenommen hatte, kann Rawson plötzlich nicht mehr entkommen.
»Ich gehe.«
»Ach?«
Rawson klopft auf einen Koffer, in dem er seinen Pass, die Tickets hat. »Europa, mein Freund. Der letzte Flug heute Abend.«
»Donnerwetter.«
»Genau – Donnerwetter. Weißt du, Mitchell, du bist eigentlich nicht mein Typ. Und ich vermute, umgekehrt genauso. Aber du warst großartig für Heather und die Mädchen, und du sollst nicht denken, ich wüsste das nicht. Tut mir leid, dass ich's dir nie gesagt habe.«
»Das ist sehr anständig von dir, Edward.«
»Nenn mich nicht Edward.«
»Verzeihung.«
»Jetzt hör zu – ich bekomme demnächst ein bisschen Geld. Eine Erbschaft. Ich hab mich um die Einzelheiten noch nicht gekümmert, aber ich möchte einen Fond für die Mädchen einrichten. Würdest du ihn verwalten? Würdest du das tun?«
»Natürlich. Ich meine – wenn du das für angemessen hältst.«
»Hochgradig. Aber ich muss wohl nicht erwähnen, dass ich dich fertigmache, wenn du damit nach Rio verschwindest …«
»Ich würde nie …«
»War ein Witz.«
»Ach so.«

»Noch was.«

»Sag.«

»Muss ein paar Anrufe machen – dauert höchstens zehn Minuten. Wenn das okay ist, ich wäre gerne ungestört.«

In der Jugend, wenn man noch dumm ist, sehnt man sich nach breiter Anerkennung und Ruhm. Du möchtest vom Besten überhaupt geschätzt werden. Deine Überheblichkeit ist grenzenlos, vielleicht auch deine Energie. Du gierst nach Orden, dir gehört die Macht und die Herrlichkeit, in Ewigkeit, Amen.

Dann wächst du auf, wachst müde auf; die Müdigkeit lehrt dich das ein oder andere. Du willst nicht die Macht und die Herrlichkeit, du willst es nur schön gemütlich haben, wenn der Winter kommt. Du willst dich nur wohl fühlen, in einem bequemen Bett, und Zeit haben, darin zu schlafen – und wen stört es schon, dass keine Schönheitskönigin sich darin räkelt und vor Begierde verzehrt? Danke, aber nein danke. Tief und alleine schlafen ist die neue Erotik, und Rawson hat einen Ständer beim bloßen Gedanken daran, es nicht zu nutzen.

Genug Energie für eine Dusche. Vielleicht. Die Debatte tobt während der Durchquerung des Hotelfoyers, und es überwiegt Zustimmung. Nein – Ablehnung. Im Fahrstuhl zählt er die Etagen, wie Vollidioten Geliebte zählen, und als er durch den violettlastigen Gang seines Stockwerks geistert, döst er bereits. In einem solchen Zustand, dass jede Musik wie ein Schlaflied klingt.

Death Metal: Finger greifen nach der Klinke, er schiebt den Schlüssel hinein. Grünes Licht, ein angenehmer Ton, eine Sängerin wünscht ihm *Sweet Dreams,* er stemmt sich gegen das Tor in eine Welt aus Dunkelheit und Kälte, eine jener Vorrichtungen, wo man eine Karte einstecken muss, um dem Raum zu Strom zu verhelfen. Beinahe ist es ihm zu viel: Rawson ist über das Bedürfnis nach Licht oder Klima bereits hinweg. Er ist vier Schritte weit in den Raum getreten, als Instinkte aus alter Zeit greifen, als er noch jung war, Instinkte aus einer Zeit, in der er noch der Orden würdig war. Der Duft eines Parfüms, das nicht hierhergehört.

Vanille. Es ist eine große Suite, und er sucht sie rasch mit den Augen ab, Augen, die bereit sind für das Knacken.

Die große Chromlampe in der Ecke leuchtet auf.

»Na, hallo.«

Sie sagt nichts, überlässt das Reden ihrem Dienstrevolver. Karen wirkt ernst, die Kriegerdenkmalfarbe ihrer Jacke verschmilzt derart mit dem Sessel, dass man sie kaum erkennt. Millar benutzt die Waffe als Zeigestab, lenkt ihn in die Ecke zu den schweren Vorhängen. Rawson hebt die Hände/sein Gang ist lang- und gehorsam.

Der Tisch ist rund, Glasplatte, blau getönt: Die Manschettenknöpfe scheinen im Kristallwasser zu treiben. In dem See steht christusartig eine kleine grüne Person, die wie Kunst aussieht und ihm nicht gehört.

»Wer ist der Kerl?«

»Tycho Brahe«, sagt Karen.

»Oh, an den erinnere ich mich. Der war Hooker bei Manly.«

»Leg die an.«

»Hätte nicht gedacht, dass du auf Sado-Maso stehst.«

»Mach's einfach. Hinter dem Rücken.«

»Müsste ich dafür nicht nackt sein?«

»Du bist festgenommen.«

»Okay. Weswegen?«

»Ich bin bei der Mordkommission, oder?«

Rawson wackelt mit dem Kopf, von einer Seite zur anderen, wägt den Hinweis ab. Mord Eins. Das Wackeln wird zum Nicken, und er lässt die erste Handschelle an seinem Handgelenk zuschnappen, wie ein Franzose ein Ei aufschlägt – die Geste ist abrupt, meisterlich. Die zweite Handschelle legt er nicht an/er schaut rüber zur Minibar.

»Was dagegen, wenn ich mir was zu trinken hole? Könnte für eine Zeit lang mein letzter Drink sein.«

»Hau rein.«

»Auch einen?«

»Bin im Dienst.«

»Allerdings. Und wie.«

Der Bonecrusher schlägt die Hände zusammen, als wollte er plötzlich beten; die halb angelegten Handschellen baumeln herunter wie ein schlecht durchdachtes Armband. Er nimmt zwei Minifläschchen und kippt sie in ein Whiskyglas, auf dem Platz wird Medizin oft hastig verabreicht. Er gibt Eis dazu und reißt eine Packung Cashewkerne auf.

»Acht Dollar. Ist das zu fassen? Für eine Handvoll Nüsse. Keine Ahnung, wohin das noch führen soll.« Rawson hält das Glas gegen den Lichtstrahl, während er diese Aussagen komponiert, den einen schmalen Streifen, der von draußen hereinsticht. Der Raum erwacht durch automatisches Air-Conditioning zum Leben/die Suite wird auf kalt gestellt. »Wie kommt's, dass du hier bist?«

»Spielt das eine Rolle?«

»Denke schon. Unter Polizeikollegen.«

»Du solltest nicht im Morgengrauen durch Darlo fahren, wenn dein Name auf der Fahndungsliste steht.«

»Auf der Fahndungsliste, oder wie? Und wer hat ihn da draufgeschrieben?«

Ich. »Brendan Tavish.«

»Brendano, das stille tiefe Wasser. Versteckt er sich im Schrank?«

»Nein. Wir sind alleine, nur du und ich.«

»Und Tycho.«

»Und Tycho«, stimmt Karen zu. Sie hält ein einzelnes, zuvor unbemerktes Blatt hoch. »Und das Opfer.«

»Du, ich, Tycho und das Opfer. Klingt nach einem One-Hit-Wonder aus den Siebzigern.«

»Du bist in Form, Detective. Alles in allem.«

»Das ist der Scotch, meine Liebe. Komm – trink auch einen.«

»Nein danke. Gin Tonic.«

Rawson lacht und macht es möglich. Er geht durch den Raum, will die Bestellung liefern, aber sie fängt ihn am Pass ab/sagt *Stell ihn aufs Bett*. Das Ding zwischen ihnen: Millar steht auf, aber die Waffe verlässt nicht das Zentrum seiner Brust, sie nimmt das Glas und trinkt, der Blick unglücklich und starr. Nicht zu übersehen, wie gut er ihr tut.

»Koestler«, sagt Karen. »Da war was faul in seinem Staate Dänemark.«

Rawsons neugieriges Lächeln. »Dem würde ich zustimmen.«

»Das Echo, das du hörst, nennt man Nostalgie. Ein alter Song von früher. Warum hast du ihn getötet?«

»Erzähl du, Nancy Drew.«

Rawson legt sich die Handschelle um das andere Handgelenk, hält beide Hände hocherhoben, um guten Willen zu demonstrieren. Bevor sie Einwände erheben kann, hat er den Hörer genommen, will den Zimmerservice rufen. »Wir brauchen noch ein bisschen Johnnie hier oben, und zwar schnell. Tanqueray auch.«

»So lange bleiben wir nicht«, sagt Karen, als er auflegt. Sie nimmt das Blatt und liest.

Lieber Ajax,

zunächst muss ich dir meine Enttäuschung gestehen. Ich hatte eine so hohe Meinung von dir. In den ersten Jahren habe ich mir gesagt, du bist lediglich eine unterhaltsame Person in meinem Gericht – heilsam, belebend –, aber mit der Zeit begriff ich, dass die Wahrheit wohl weniger unkompliziert ist. Das ist sie meistens.

Ich habe also distanziert fasziniert deinen Werdegang verfolgt, dabei nie wirklich gewusst, warum. War ich verliebt in dich? Natürlich – in dem Sinne, dass jeder Mensch sein diametrisches Ich verehrt. Das bist du für mich, mein umgekehrtes Korrelativ. Eine Person der Sinne, körperlich mächtig, von Männern und Frauen geliebt. Heroisch, draufgängerisch, verwirrt, dem Geistigen abgeneigt, dem inneren Intellekt. Meine entgegengesetzte Seele.

Ich habe mich immer gefreut, dich zu sehen, aber häufig mit unbestimmtem Schrecken. Ich habe dich geliebt, dich beschützt und verteidigt, habe in stillen Augenblicken an dich gedacht. Ich habe dich zutiefst gehasst, mich nach der Nachricht gesehnt, du seist gestorben.

Rawson, der Treffpunkt vieler Emotionen. »Ich kann mich erinnern, das verbrannt zu haben«, sagt er leise. »*Umgekehrtes Korrelativ.* Was für ein Flachwichser.«

»Meine Version war verschlüsselt«, sagt sie. »Ich gehe davon aus, deine war in einfachem Englisch.«

»Traurigerweise, ja … ja, das war sie. Wo hast du das her?«

»Chris Slane. Koestler hat ihm eine Kopie gegeben.«

»Hat er das wirklich?«

»Slane wusste, dass es ein Druckmittel ist. Nur konnte er's nicht lesen.«

»Und wann hast du's entschlüsselt?«

»Gestern Nacht. Heute Morgen.«

»Schlaues Mädchen. Bob und Tone wissen wirklich, wie man die Besten herauspickt. Was bin ich doch für ein Chauvi-Schwein, sehe immer nur Haare, Beine und Wangenknochen.«

»Du hast mich als asexuell bezeichnet.«

»Stimmt. Ich hab ja auch behauptet, dich nicht aus Goulburn zu kennen.«

»Aber das tust du.«

»Natürlich. Der letzte Abend in der Bar, ich hatte einen Lauf.« Karen stimmt der Behauptung mit einem Nicken zu und der Tangled Man verzieht das Gesicht. Das schuldbewusste Bedauern, das du empfinden solltest, aber nicht empfinden kannst. »Hab gedacht, ich wäre eine Weile da drin gewesen.«

»Warst du auch, Bobby Cobra. Aber nicht bei mir.«

Türklopfen. Rawson versteckt seine Leibeigenschaft und legt einen Fünfziger auf den Tresen; Karen verbirgt ihre Waffe. Ein junges Mädchen in Hoteluniform betritt den Raum, lächelt aufgrund dessen eigenartiger Dialektik. Sie entledigt sich der Mini-Fläschchen, fünf Stück, und wird aufgefordert, die Währung entgegenzunehmen.

»Sind Sie sicher?«

»Absolut.«

»Danke!«

»Gutes Trinkgeld«, sagt Karen, als sie wieder alleine sind und die Waffe erneut in voller Pracht gezogen wurde.

»Ich bin kürzlich an Geld gelangt. Großtante Myrtle, Gott hab sie selig.«

»Erzähl mir davon.«

»Von Myrtle?«

»Von Koestler.«

Rawson stellt die kleinen Behälter auf wie Fakten. »So funktioniert das nicht, mein Schatz. Die Last liegt bei dir. Noch einer?«

»Okay.«

»Ich will nicht, dass du vor mir in die Knie gehst.«

»Keine Angst. Bei Gin bin ich stabil.«

Wieder spielt er den Barkeeper, Karen sieht ihm dabei zu. Sie ist katzenartig, steif, erinnert ihn an Clio mit der Pfote. Der Gin ist in Befehlslaune, aber ihre Stimme nicht. »Die haben dich Beowulf zugewiesen. Nebenrolle, du solltest unter einem Typen arbeiten, den du gehasst hast, und einem anderen, mit dem du zerstritten warst. Es war egal – du hast es hingenommen, weil der Fall einen Nerv getroffen hat bei dir. Ein kleines Mädchen wurde entführt, missbraucht, stranguliert und weggeworfen. Zu Hause hast du Töchter in einem ähnlichen Alter.«

»So weit, so gut.«

»Paspaley gefiel Meath – aber dir nicht. Die Kriminaltechniker waren dem nicht gewachsen. Die Theorie von dem Verbrechen stimmte nicht mit den Gezeiten überein. Meath hätte nicht in dem nötigen Fenster mit seinem Boot vor Cobblers anlegen können. Du bist mit deinen Zweifeln zu Holden, und er hat gesagt, du sollst dich verpissen und deine Befehle befolgen. Hat dich einiges an Schlaf gekostet.

Dann hat dich was auf Koestler gebracht – etwas so Handfestes, dass du auf eine Vernehmung drängen konntest. Paspaley hat abgewiegelt, aber du hast Faulkner in die Enge getrieben, und zu dritt seid ihr hin, nach St James, nur mal plaudern. Koestler war höflich, und ihr seid es sachte angegangen, habt auf eure Manieren geachtet.«

»Die anderen beiden sind überzeugt gegangen. Aber du nicht. Dir hat nicht gefallen, was du gehört hast – ein Funkeln in den Augen, ein Beben in der Stimme. Der Polizist in dir hat getrunken, war aber nicht ertrunken, noch nicht. Also hast du darüber gebrütet, zugesehen, wie Meath verurteilt wurde, und es hat weiter in dir gegärt.

Zeit vergeht. Das Leben geht weiter. Aber dann, aus heiterem Himmel, bekommst du den Brief. *Lieber Ajax, meine entgegengesetzte Seele, ich bin enttäuscht bla bla bla. Ich war's, der entführte und missbrauchte, der strangulierte und liegen ließ. Ich habe dich besiegt/ich habe gelacht.*«

Rawson neigt den Kopf. »Nicht ganz«, sagt er. »Aber gar nicht schlecht.«

»Wo war der Zusammenhang? Was hat dich zu ihm geführt?«

Sein Blick bewegt sich schneller als das Licht, zurück in der Zeit. »Er hatte einen Daimler. Bist du mal einen gefahren?«

»Klar – lenkt sich wie ein Panzer.«

»Der Radstand bei den Dingern ist Wahnsinn, einzigartig. Die Astronauten hatten Reifenspuren am Tatort gefunden, aber Paspaley und so sind schon über die Autobahn zu Meath gerast. Obwohl es nur elf dieser Autos im ganzen verfluchten Staat gibt, dauert einen Vormittag, die zu überprüfen. Wie oft hat man einen solchen Durchbruch? Bei allen anderen Morden, an denen ich je gearbeitet habe, hatten wir verdammt noch mal gar nichts.«

»Faulkner hat mir Scheiße erzählt, hat gesagt, ihr seid zu dritt zu ihm, weil sein Wagen gestohlen wurde.«

»Wurde er ja auch«, sagt Rawson. »Von mir.«

»Ah.«

»Die wollten ihn nicht direkt zu Sophie befragen. Um Gottes willen, nicht mal Faulkner – und dann gab es eine Zeit, als er unantastbar war. Kommt ein Richter ins Visier, bewegt man sich mit äußerster Vorsicht oder gar nicht. Ich hab was durchblicken lassen und gleich ein Problem bekommen. Also bin ich's angegangen, hab Proben genommen, Erde und Sand – ich hatte einen bei der Spurensicherung, der sie heimlich analysiert hat. Die Proben stimmten überein mit Cobblers Beach.«

»Wen?«

»Spielt das eine Rolle? War keine Verschwörung.«

»Bin nur neugierig.«

»Hugh Scully.«

»Kenn ich nicht«, sagt Karen.

»Guter Mann. Er wusste, dass das nicht astrein war, aber er interessiert sich nur für die Wissenschaft.«

»Okay.«

»Was ich nicht hatte, waren Haare, Gewebe. Etwas, das es hieb- und stichfest gemacht hätte.«

»Aber du bist nach St James. Hast ihm auf den Zahn gefühlt.«

Rawson nickt. »Er kam direkt drauf und hat nachgefragt. Beowulf. Hatte angeblich ein schlechtes Gewissen, weil wir Zeit mit seinem Fahrzeug verschwendet haben.«

»Und du hast ihn durchschaut.«

»Beim Rausgehen hat er mich so angesehen. Erst später ist mir eine Bezeichnung dafür eingefallen.« Rawson schüttelt den Kopf. »Ein Blick von einem diametrischen Ich zum anderen. Der alte Sack hat mir zugezwinkert, mich im Prinzip herausgefordert, ihn auf der Stelle zu erledigen.«

»Hat aber noch lange gedauert, bis du ihn erledigt hast.«

»Hat lange gedauert, bis er geschrieben hat.«

»Er wollte, dass du's tust.«

»Ja.«

»Er wollte es – und du hast ihm den Gefallen getan.«

»Hab gesehen, wie bei ihm das Licht ausging. Hab's ihm ins Gesicht gesagt: *Wozu bist du gut? Zu nichts. Du bist ein Fleck, ein Fehler, eine verdammte falsche Entscheidung. Ein Pädo ist ein Loser, ist Abschaum/ein Nichts. Ich bin hier, um dich abzuschaffen, uns reinzuwaschen.*«

Rawson hebt sein Glas und prostet, trinkt, um ein Feuer zu löschen. »Lies die Stelle über Sophie.«

»Nein danke. Einmal reicht.«

»Los.«

»*Sie gab unter mir nach, wie eine perforierte Naht.*«

»Genau wie er, Karen Millar, genau wie er ... er hat es hochgehalten, als ich reinkam. Das Schachbrett. Ich dachte zum Schutz, aber später habe ich immer wieder darüber nachgedacht. Das Arschloch wollte, dass ich es benutze – hat es mir entgegengehalten wie einen Vorschlag.«

»Du hättest ihn über seine Rechte aufklären können. Ihn festnehmen.«

»Ja. Aber was für ein Mensch macht so was?«

»Ein Polizist.«

»Ich spreche nicht von mir. Ich spreche von ihm, einer Person, die ihr ganzes Leben im Dienst von Recht und Ordnung stand und dann einem Kind gegenüber zum Tier wird. Danach plant er alles – den Tod – organisiert ihn wie ein Rätsel. Wie eine verfluchte Hochzeit.«

»Dich hat er organisiert.«

»Er hat mich zu seinem Instrument gemacht, das stimmt.« Rawson starrt trübselig auf das Blatt in ihrem Schoß. »Nichts ist so eigenartig, dass es nicht schon mal getan wurde. Wenn du es denken kannst, dann gibt es einen Präzedenzfall. Trotz einer Milliarde von Vorgängen nichts Neues unter der Sonne.«

»Trink aus, Mike.«

»Niemand nennt mich so. Nur eine andere Person. Weißt du, wer?«

»Ich ziehe es vor, das hier still zu machen. Du hast keinen Zirkus verdient. Wir fahren rüber aufs Revier und machen weiter. Sauber und schnell, null Medien.«

»Dachte, du lässt mich vielleicht laufen, Karen Millar. Klopfst mir auf die Schulter. Ich habe die Welt von einem Monster befreit.«

»Tut mir leid, Genosse. Sophie war dein Fall – aber Koestler ist meiner.«

»Gut, *genau.*«

»Das Erste ist ein Anwalt. Wenn wir auf die Wache kommen, hältst du die Klappe, mach's ein bisschen wie dieser Jamie Sutton.«

»Dieser Jamie Sutton?«

»Das arme Schwein hat wegen dir gesessen.«

»Stimmt. Pech. Ich konnte nicht ahnen, dass die ihn wegen dieser Alibi-Scheiße drankriegen.«

»Aber Slane einweihen – das war Absicht.«

Rawson lächelt erneut, aber ohne Humor. »Ich wusste, dass Chris dort gewesen war. Das hatte ich von Kristy.«

»Wer ist Kristy?«

»Niemand. Nur so ein Traum von mir.«

»Klingt nach was Besonderem.«

»Kris ist ein … eine andere Unterhaltung. Ich hab gewartet, Slane reingehen und wieder rauskommen sehen; bin danach direkt rein. Ich wusste, wie das laufen würde. Dachte, es ist ein Geschäft, zwei Fliegen/eine Klappe.«

»Zwei Monster.«

»Na ja, bei Chris war's keine Bürgerpflicht – ich hatte ein Interesse daran, ihn von der Bildfläche verschwinden zu lassen … weißt du noch, der Tag in Paddington, bevor wir in die Galerie sind? Du hast gesagt, du würdest dich gerne mal mit Jamie unterhalten, aber vor allem aus menschlichem Interesse.«

Karen nickt. »Die Leute haben immer wieder gesagt, wie dicke die beiden miteinander waren, Sutton hat in Long Bay eingecheckt, um es Slane zu ersparen. Aber ich hab mit Chris geredet, hab sein Gesicht gesehen, als der Name des Schreiners fiel.«

»Der Name des Schreiners – und was genau hast du da gesehen?«

»Hass. Nur ein kurzes Aufblitzen, für den Bruchteil einer Sekunde, aber es war da.«

»Dabei ist Chris kein Kandidat für Hass.« Rawson schüttelt den Kopf, spricht durch eine Mischung aus Bedauern und Bewunderung. »Alle waren so sehr damit beschäftigt, Jem zu fragen, ob Slane auf dem Boot war, dass niemand sich die Mühe gemacht hat, mal zu überlegen, warum Jem dort war. Niemand außer dir, Jessica Fletcher. Das war der Augenblick, in dem ich kapiert habe, dass du ernst zu nehmen bist als …«

»Detective?«

»Zeitbombe.«

»Sag mir die Antwort, Jack.«

Jack seufzt. »Eines Tages ist Slane eine Sicherung durchgebrannt, er hat sich gehen lassen. Hat jemanden geschlagen, den er nicht hätte schlagen sollen.«

»Ein Mädchen?«

»Das Mädchen. Sutton hatte brüderliche Gefühle für sie, deshalb ist er auf die Fähre, hat ihm gedroht. Hat Chris gesagt, wenn er's noch mal tut, wandert er ins Krankenhaus.«

»Mutig.«

»So was wie hauptsächlich aus menschlichem Interesse gibt es nicht. Es ist immer menschliches Interesse.«

»Ja. Weil Verbrechen Inzest ist.«

»Weil Karen Millar als Detective so verdammt ernst zu nehmen ist.«

Sie steht auf, um das Lob entgegenzunehmen. »Lass uns los.«

»Du siehst gut aus mit der Pistole in der Hand. Nicht asexuell.«

»Ich schieß dir ins Bein, wenn ich muss.«

»Helena von Troja. Wenn Cavendish hier wäre …«

»Wenn Cavendish hier wäre, würde ich ihm nicht erlauben, mir einen scheiß Spitznamen zu geben.«

»Leicht gesagt. Wie der Spruch, du würdest auf mich schießen. Ist schwer, auf jemanden zu schießen, für den man Gefühle hat, selbst wenn es zu seinem Besten ist.«

»Ich hab tatsächlich Gefühle für dich.«

»Ja. Komischerweise … wenn du auf eine geliebte Person schießt, hat das Trauma einen Nachhall, Karen Millar. Kommt immer wieder zurück … aber ich gebe dir recht wegen dir und Cav. Du wärst nicht auf sein Gequatsche reingefallen. Wärst dagegen immun gewesen.«

»Der Scheiß hat mich eine Weile lang aus dem Konzept gebracht. Jemand hat mir gesagt, Paspaley ist Ajax.«

»Aber das war er ja auch, Helena – das war er. In Troja gab es zwei Ajaxe, einen großen und einen kleinen. Ich war der Telamonier und Paspaley der Lokrer. Falls dir der Witz entgangen sein sollte, er ging auf seine Kosten.«

»Der kleine Ajax.«

»Der, der die Priesterin im Tempel überfällt. Kassandra. Das Mädchen, das unangenehme Wahrheiten ausspricht und dem nicht geglaubt wird.«

»Hat er seine Strafe bekommen?«

»Natürlich – gibt viel zu viele Götter, als dass nicht. Der Lokrer stirbt auf dem Wasser, fern der Heimat.«

»Was ist mit dem anderen?«

»Bist du nicht das Mädchen mit der North-Shore-Bildung?«

»Ich bin das Mädchen, das erst spät in die Geschichte eingestiegen ist.«

Rawson schließt die herrlichen Augen. Feudalismus, wechselseitige Feindseligkeiten und Kämpfe über eine lange Zeit, die Gründe vergessen, aber niemals die Boshaftigkeit. Menschen sind vergesslich, aber schon bald fällt ihm alles wieder ein. »Der andere Ajax tritt an, um die Rüstung zu gewinnen. Das ist danach, als das mit dem Pferd schon war. Das mit der Rüstung ist ein großes Ding, aber er verliert sie an einen Anwalt – einen schmierigen Lackaffen – und kriegt einen Wutanfall so groß wie Westaustralien. Dass er den Preis nicht gewonnen hat, macht ihn so rasend, dass er ein paar Schafe zerstückelt – sie für seine Freunde hält, seine ehemaligen Freunde. Später wacht er auf und merkt, dass er sich selbst entehrt hat. Da gibt's nur noch einen Ausweg.«

»Tragisch.«

»Für die Schafe schon. Nicht für Ajax.«

»Klingt nach einem Psycho.«

»Er hat die Lektion gelebt, Karen. Er ist beispielhaft vorangegangen.«

»Indem er Schafe zerhackt?«

»Um einen Krieg zu führen, der etwas bedeutet. Einen Kampf, dessentwegen ewig über ihn gesprochen wird.«

Ajax richtet sich auf, sein Schädel unterbricht den einzigen Strahl Wintersonne. Ein Heiligenschein/Gottes Laservisier. Er hebt die Hände, um sich ehrerbietig vor der Autorität der Waffe zu zeigen, bittstellerisch vor Athene, und rauscht königlich aus seinem zweitletzten Hotelzimmer. Das nächste wird weniger luxuriös: Zementboden, weder Vorhänge noch Minibar. Rawson bröckelt mit jedem Schritt, Lava dringt durch die Risse wie ein roter Riese, angetrieben von Wut und ranzigem Petroleum. Karen steht auf und reiht sich hinter ihn, ist sich bewusst, dass sich beide voller Berechnung bewegen, die Logistik ihres Fortgangs hinunter zum Wagen. Der Gefangene greift nach der schweren Tür, zieht sie auf und dreht sich nochmal um, zieht die Karte heraus.

Licht aus, sagt Big Ship – der kluge Raum gehorcht.

-3

Ben Anderson, zunehmend kahl, aber mächtig, campiert in seinem Eckbüro. Halbmondbrille, die kleine Kette liegt hinten in seinem Genick, die Lesehilfe einer Bibliothekarin. Rawson schaut an seiner eigenen kleinen Kette entlang, einer Reihe von Gliedern, die Atlas einengen. Die Welten zwischen seinen Händen, sie durchliefen, Blut und roten Wein filterten. »Bando.«

»Bobby Cob! Verdammte Scheiße! Komm her, du Drecksack.«

Die Umarmung eines so viele Jahre unbekannten Mannes, ehemals beim Militär, jetzt ein echter Mechaniker. *Bando's Cars.* Bandos Lehrlinge. Wie lautet der Sammelbegriff für schmierige Autoschrauber?

»Du lieber Gott, Alter. Achter.«

Rawson, gut gekleidet, aber voller Wolle, die Hände vor sich gefesselt, wie Chewie auf dem Todesstern. »Dachte, du könntest das mit einer Bügelsäge.«

»Scheiß drauf. Was sind das für welche – Hiatts? Irgendwo hab ich einen Universalschlüssel.«

»Noch besser.«

Bando duckt sich aus dem Raum, um zu suchen. Ihn der Polizei zu melden?

Nein. Um Gottes willen, nein.

Achter. Keiner nennt sie heute noch so. Rawson atmet tief ein und rät zu Geduld. Seine Uhr tickt/steigert das Tempo. Als der Oberkakadu zurückkehrt, ist er priesterlich, feierlich, hält den Universalschlüssel hoch, stellt sich vor den Bittsteller wie ein Zelebrant. Ein Schlüssel für alles.

»Absolvo«, sagt Bando. Sein Ton ist verschlagen und Rawson grinst.

Neunzehnhundertvierundachtzig gab es Druck von oben, leitende Detectives wurden juristischer Unterweisung zugeführt. Die Chefs hatten es verordnet, zu viele Fälle hatten sich nicht aufrechterhalten lassen, weil die Aushilfsarbeiter keine Ahnung vom Gesetz hatten. Zwei Wahlfächer pro Jahr, egal was einem gefiel, Bezuschussung bekamen all jene, die einen ordentlichen Abschluss anpeilten. Rawse und Bando hielten nichts davon, zur Abendschule geschickt zu werden, montags und dienstags abends in der Philip Street. Größtenteils saßen sie die Stunden sternhagelvoll ab, störten die Lehrer durch Kichern wie sonst keine Erwachsenen je zuvor – legten sich aber unglaublicherweise, wenn schon nicht bei Jura, dann doch zumindest bei Latein ins Zeug. Das Einzige, was sie verbindet, lange vergessen, aber gerne aus der Mottenkiste gezogen. Bando holt eine Flasche aus dem Safe.

»*Absens haeres non erit.*«

»Ein Abwesender wird nicht Erbe sein. Guter Spruch.«

»*Acta non verba.* Taten sagen mehr als Worte.«

»Sozusagen. *Ad astra per* … Scheiße. Auf rauen Pfaden zu den Sternen.«

»Rauhe Sterne – und wie. Und du hast mir einen Fünf-Sterne-Gefallen getan, Bando. Scheußliche Fesseln/die wurden für Kleinere gemacht.«

»*Corvus oculum corvi non eruit.*«

»Du sagst es.«

Nein, ein Rabe pickt dem anderen kein Auge aus.

Der Dunst in der Luft kommt Brendan bekannt vor. So, wie wenn er sich mit Beth streitet und sie stundenlang drin sitzen bleiben müssen, gelähmt und betreten, jeder durch harte innere Barrieren eingeengt. Nicht so stressig, wenn es nur der Partner ist – aber ein Partner, den man kaum kennt? Ein Ausrutscher von einem Mädchen, das schlauer ist als du? Ist nicht mehr wie früher. Er rülpst still; weiß, egal, wie er es anpackt, es wird nicht glattgehen. Also sagt Brendan nichts, legt es auf nichts an, verknotet sich innerlich ohne Gefühle/ohne Absicht.

»Danke«, sagt Karen.

»Wofür?«

»Du weißt, wofür.«

Ja. Für keine Fragen stellen, keine Klugscheißerbemerkung.

Beth würde es nicht gefallen, dass die andere Frau entsprechende Impulse hervorruft. Brendan hat es ihr nicht gesagt: Beth denkt, Millar ist ein Kerl. Wenn das rauskommt, ist er geliefert.

Scheiße. Er freut sich nicht drauf.

Der Wagen parkt in der Victoria Street. Schöne Straße. Brendan beobachtet zwei Rucksackreisende, die durchs Laub toben, die adlerartige Schönheit der nordischen Mädchen. Wilde Falken, fern der Heimat. Sicher?

Sie erleben Abenteuer, lernen das ein oder andere, lehren das ein oder andere, die meisten überstehen es unbeschadet. Brendan lebt für die Übrigen, für die, bei denen es nicht so ist.

Noch nie den Fall einer Rucksackreisenden bearbeitet. Noch nicht.

Sie bestellte ihn in den vierundzwanzigsten Stock des InterCont, hatte ihm gesagt, *bring einen Rammbock mit.* Er hat es nicht getan, es trotz ihrer eiskalten Stimme für Verarsche gehalten. Ankunft, Begreifen, die Tür zum Zimmer kaputt, d.h. richtig ernsthaft im Arsch. Jemand hat die Karte verkehrt herum reingesteckt, dann die Klinke krumm geschweißt.

Geschweißt? Was gemacht: Das Metall sieht aus wie moderne Kunst, steht in obszönem Winkel ab, verknotet wie ein Ballon-Dackel. *Was zum Kuckuck ist hier passiert*, hat der Hotelwart gefragt, als er kam; so was hat er noch nie gesehen. Brendan hat seinen Ausweis gezeigt und gesagt, er möge das scheiß Ding aufmachen.

Karen drinnen, eine verfolgte Unschuld mit Gin-Fahne, alles andere als in Ordnung, sprachlos vor Zorn.

Im Keller des Hotels sattelten sie auf, und er zog durch die Stadt, überlegte, sie nach Hause zu bringen. Sie ist da in was hineingeraten, privat oder beruflich, die Rückstände haften hartnäckig an ihr/eine schlaflose Nacht.

Privat ist seine Theorie. Krach mit jemandem, Karen ist schwarz gekleidet, aber nicht für die Arbeit.

»Darlinghurst.«

Das Einzige, was sie die ganzen zwanzig Minuten über gesagt hat. Zwischen dem knappen Nicken zur Begrüßung in 2419 und dem *Danke* eben gerade das einzige Wort auf weiter Flur. So ist das, wenn man mit einem Meteor in ein Team gesteckt wird, einem Schützling, einer Frau. Dieser eigenartige Dunst, den man eigentlich nur von zu Hause kennt, wenn man einer Todesschwadron beitritt und an Flucht denkt.

Ein Ranger klopft an die Scheibe. Sie parken unerlaubt. Brendan gähnt und lässt erneut sein Dienstabzeichen aufblitzen. Ungeziefer verscheuchen.

Karen bekommt nichts mit von der Transaktion, grübelt hinter einer aus modischen Gründen hergestellten Brille für Riesenaugen. Sie sieht glamourös aus; Brendan stellt sie sich vor, hoch in der Luft mit einem hochrangingen Parlamentsabgeordneten, einem Minister oder dem Vorsitzenden der Liberal Party.

Die andere Frau. Abstrus? Könnte ihr Abgang sein. Die Geliebte des Premierministers, abgesägt bei einem geselligen Gin Tonic. Bedankt für ihre Dienste/still entlassen.

»Rawsons Wohnung. Kennst du die?«

Ah, Parkticket lösen. Die olle Kamelle. »Klar«, sagt Brendan. »Cockroach Farm, zwei Minuten die Straße runter.«

»Los geht's.«

»Ist er da?«

»Geheimaktion.«

Der Wagen hat dunkle Scheiben, dunkle Insassen. Sie fahren.

Das Warnlicht am Armaturenbrett des Pintara warnt schon ewig. Rawson tankt bei Mobil auf der Oxford, neben dem Buchladen und gegenüber einem anderen Buchladen, und als der Tank voll ist bis zum Rand, fährt er rückwärts die Cannibal Street rauf. Es kommt ihm vor wie die Vollendung der Fahrt, die er am Morgen unternommen hat, lange her in der Traumzeit/Dämmerzeit/es kommt ihm vor wie Heimkehr.

Das Gefühl mischt sich, als er an dem Block vorbeifährt, *Wie geht's so, Mrs Hirst*. Er fährt weiter die Ithaca entlang, die eine scharfe Rechtskurve macht und sich zum Aufschluss bietenden Hafen hin öffnet. In der diamantenen Oase wohnt ein Lied der Wiederkehr, ein Exhibitionist im Trenchcoat, den man tatsächlich sehen will.

Der Parkplatz ist ein Terminal. Der steinerne Dammweg lässt auf die Arbeit von Sträflingen schließen, ein Meniskus erfüllt von ihrem alten Schmerz. Hinter dieser harten Begrenzung ist ein kurzer Park, Apartmentgebäude nadeldünn und raketenhoch. Rawson geht vorbei am Bootshaus und spaziert über die menschenleere Mole, schätzt den Wert der herrlichen Boote, die auf dem lebendigen Uneinsehbaren festgemacht sind. Das langsame Mahlen seiner selbst gegen die Welt in inkrementalen Herzschlägen.

In seinem Körper eine Schicht Schmerz, Zellen codiert und aufbewahrt wie in den Archiven der Gore Street, wie mit der Leidenschaftslosigkeit eines Bibliothekars und der Sorgfalt eines Versicherungsunternehmers katalogisierte Pein. Jahrzehnte später wird man seinen Körper aufschneiden und die zu Juwelen verhärteten Körpersäfte finden; den Smaragd, der sein galliger Zorn war, den Onyx, der sie war.

Er ist zu früh, hat aber zu tun, lässt die Haube aufschnappen, achtet aber darauf, nicht den schwer errungenen Sonntagsstaat zu beschmutzen. Später, als das Werk vollbracht ist – als er sicher ist, dass keine verehrenden Autoschrauber Besseres hätten bewerkstelligen können –, wird er sich reinsetzen und Melodien lauschen. Ein spürbarer Abstieg durch gebrochene Oktaven; die Aufnahme verzögert durch die Flasche Bushmills unter dem Sitz. Sie wird seine ramponierte Brustpumpe auf Touren bringen und unruhigen Träumen Zunder geben – die Tickets und die Logistik des letzten Auslandsflugs heute Abend.

Brendan sagt: »Ist das wichtig? Du wirkst ein bisschen drüber.«

»Merkt man mir die Anspannung an, oder wie? Ich gehöre wohl eingeliefert.«

»Bin heute Morgen bei dir vorbei. Keine Karen. Sieht dir nicht ähnlich.«

»War über Nacht bei Freunden.«

»Okay. Ist nur, wenn ich nichts von dir höre …«

»Tut mir leid, und ja, Tav, es ist wichtig.«

»Na schön. Besorg vielleicht einen Transporter.«

»Wir sprechen das mit niemandem ab.«

»Wie immer. Bercovitch …«

»Du musst nicht mitkommen. Aber ich habe das scheiß größte Huhn mit diesem Kerl zu rupfen, und es muss sein.«

»Mit Rawse?«

»Im Großen und Ganzen. Wenn du also zu denjenigen gehörst, die beständig Liebe zu dem Mann empfinden …«

»Mach langsam, Kaz … ich halte zu dir. Aber du liebe Güte, du machst es einem schwer.«

»Wirklich? Wieso?«

Die Frage ist eine Frage, keine Kampfansage: Kaz will es ehrlich wissen. Er reibt sich das Kinn und streckt sich bis an seine philosophische Grenze. »Du hast alles, was du brauchst, um klarzukommen – nur eins nicht: Die Menschen wissen nicht, woran sie bei dir sind. Und das löst Unbehagen bei ihnen aus.«

Sie starrt das Apartmentgebäude an. Hortensien mit hängenden Köpfen, sehen niemandem in die Augen, hoffen einfach nur, bis zum Frühjahr zu überleben. Caron sagte, Rawson sei vor Tagen ausgezogen. Ausgezogen, schön – aber hat er auch alle Brücken abgebrochen? Wenn du unter Druck stehst, geh wohin, wo du dich auskennst. Sogar die alten Hasen, die Cracks, die's besser wissen müssten.

»Leih mir mal dein Handy.«

Er reicht es rüber. Eine neue Intimität; sie hat es sich noch nie geborgt.

Karen schnieft, das erste Symptom einer bevorstehenden Erkältung, ihre Nasenspitze ist leicht gerötet, als es klingelt. Typisch Karen/die Frau geht dran.

»Holly – Hi, ich bin's Karen. Bist du alleine? Okay. Hör zu, wegen der Sache, um die ich mich kümmern sollte. Ich hab gelogen. Rob schläft mit einem Mädchen aus der Personalabteilung regelmäßig, ich hab die Daten und Bilder. Tut mir leid, dass ich beim ersten Mal nicht ehrlich war.«

Brendan Tavish lauscht bestürzt. *Was soll das?* Er will aussteigen, ihr Ungestörtheit gewähren, sich von der kalten Distanziertheit in ihrer Stimme distanzieren. Aber er kann es nicht/sie sind ja offensichtlich auf Beobachtungsposten.

Die Person am anderen Ende weint. Holly. Nimmt es nicht gut auf, beschimpft Millar.

»Du hast recht«, sagt Karen schließlich in den Hörer. »Ich bin eine Schlampe. Ich könnte hier sitzen und behaupten, dass es ehrenvoller ist, irgendeinen Blödsinn reden, dir aber keinen reinen Wein einschenken. Dir geht's jetzt schlecht, und das kann ich hören. Aber es geht nicht um Ehre/es ist einfach nur die Wahrheit. Wenn du die Beweise haben möchtest, ruf mich an.«

»Scheiße«, haucht Brendan Tavish, als sie ihm das Telefon zurückgibt. »Ich bin froh, dass du in Stimmung bist.«

»In Stimmung wofür.«

»Krasse Nachrichten. Rawson hat einen registered CI, einen Typen namens Bopper Dean.«

»Und was ist mit dem?«

»Er ist tot. Die vom Raubdezernat haben Temple heute Morgen

gebrieft, im Eilverfahren, wegen des Shitstorms gestern. Dean ist in einem Motel in Silverwater aufgetaucht, hatte Schatzwechsel in Höhe von vierhunderttausend am Körper.«

»Schatzwechsel?«

»Diese Freunde, bei denen du gestern Nacht warst, müssen interessante Leute sein. Hast du keine Nachrichten gesehen? Der Überfall auf einen Geldtransporter, Caron Daley war mit seinem hübschen Gesicht in der Glotze. Schatzwechsel sind Wertpapiere.«

»Vierhunderttausend. Liegt weit über seiner Einkommensklasse.«

»Das ist erst die Hälfte. Buchstäblich. Und als ich sagte, am Körper, meinte ich, mit einem Jagdmesser an die Brust geheftet. Der arme alte Keithy Dean, lag auf einem gemieteten Doppelbett mit nichts an außer seiner Unterhose, Socken und einem verwunderten Gesichtsausdruck.«

»Ärger mit den Kollegen?«

»Mit wem, warum – und dann lässt er seinen Anteil vom Profit einfach da?«

»Das ergibt keinen Sinn.«

»Nein, tut es nicht.«

Sie versucht, es mit einzubeziehen. Was ihr nicht gelingt. Sie denkt an einen Lieferwagen in Paddington, *Mr Fuck* stand drauf. Was bedeutet das? Rawson hatte für eine Reise gepackt, ist rumgelaufen wie ein Scheidender. Karen schaut auf und hinaus zum Himmel über dem Wasser, denkt nach im Angesicht eines unbesudelten Ozeans. Was ist Sydney? Eine Stadt, in der ein Mann mit einem Jagdmesser nicht weiß, was Schatzwechsel sind? Oder eine, in der er es zwar weiß, aber vierhunderttausend für saukomisch hält, einen Tatort-Witz, eine andere Art von Botschaft.

Das Klingeln ihres Telefons überrascht Brendan: Er dachte, sie habe sich seins geliehen, weil ihres nicht zur Verfügung stand. Gestohlen, kaputt, einem Liebhaber an den Kopf geworfen. Sie zieht es heraus und meldet sich.

»Flüstere ich ins richtige Ohr?«

Caron. »Habe gerade über dich gesprochen.«

Es fühlt sich an wie Schicksal. Vielleicht ist er ja DER EINE. Hör auf, dich dagegen zu wehren, Mädchen – hör auf, ihn für einen totalen Vollpfosten zu halten. Öffne deinen Geist/er ist so hübsch und hat Beziehungen, macht sich einen Namen im Raubdezernat. Er ist leidlich interessiert, will Kinder, verdient gut, dauert vermutlich Jahre, bis er auf Abwege gerät.

Ja. Zwei. »Kleine Welt«, sagt er.

»Was willst du?«

»Dich füttern mit Myrmidon. Ein liebevoller kleiner Happen.«

»Ich höre.«

»Heute Morgen ging bei Slane im Büro ein Anruf ein. Ein gewisser E.M. Rawson wollte ein Treffen ausmachen. Betrachte dies als Tipp von der Fahndungsliste.«

»Wann, wo?«

»Wo bist du?«

»Ithaca Road«, sagt sie. »Lizzy Bay.«

»Na, so ein Zufall.«

Wirklich? »Ist eine große Macht«, sagt Karen.

»Brauchst du Verstärkung?«

Verstärkung von Fuckbucket, dem Silver Wobbler. »Ich brauch nichts von dir, Narziss.«

»Hey?«

»Wenn ich dich hier rumschnüffeln sehe, erschieß ich dich höchstpersönlich.«

»Was machst du.«

Rawson blickt mit verwüstetem Grinsen auf. »Gary Pterodactyl.«

Der Biker ist ein Tintenfleck, plastisch und psychotisch vor dem Hintergrund des abenddämmerigen Sydney. Rawson schaut runter auf die Haube, wo er ein Wörtertrio eingeritzt hat.

»Schlüsselkratzen am eigenen Wagen, oder wie?«

»Wo ist der Chef?«

»Kommt.«

Kommt schon bald zu einem Pintara in ihrer Nähe. Big Ship nickt, fast besoffen, nichts zu essen gehabt, seit dem Croissant; Gary starrt Rawson an und dann das Fahrzeug, das er verunstaltet. Er breitet sich aus, um die Stadtlandschaft zu betrachten, die Welt auf Hinterhalte abzusuchen. Keine Gefahr, nur Verschrobenheit. Die eigene Motorhaube gravieren … er hat immer schon gewusst, dass Rawson verrückt ist, ein Irrer, eine allmählich aufsteigende Durchgeknalltheit in der Welt.

Pterodactyl gibt zu verstehen, dass er zu filzen beabsichtigt; Bobby Cobra hebt die Arme und erklärt sich bereit. Dabei stehen sie Auge in Auge voreinander, der animalische Zustand kommt ihnen sehr dringend vor: sehr mit der Wurzel ausgerottet, sehr auf dem Feld des Verlierers ausgesätes Salz. Als die Durchsuchung erledigt ist und null Waffen gefunden wurden, befiehlt ihm der Polizist einzusteigen. Neuerdings streng, die Benommenheit abgelegt, ein Polizist der frühen Siebziger. Rawson praktiziert, was er predigt, und springt ans Steuer.

Lange Minuten schweigend vereint, gemeinsam unwissend. Schließlich kommt Slane aus einer ungesehenen Ecke und öffnet die Tür links hinten, der Rückspiegel erfüllt von seinen göttlichen und spinnerten Augen.

Rawson zündet eine Zigarette an und kratzt sich über die Oberlippe. Eine zutiefst nachdenkliche Gemeinschaft, er und der Gangster. Slane wartet/er war schon immer ein Anhänger der Geduld. Rawson beginnt.

»Scheußliche Sache.«

»Welche Sache?«

»Hat dir das Arschgesicht hier nichts erzählt?«

»Wovon spricht er?«

»Suttons Hund«, sagt Gary. »Ist zu Schaden gekommen.«

»Verstehe.«

»Nein«, sagt Rawson, »du verstehst nicht. Bis du gesehen hast, was gemacht wurde, verstehst du nicht.«

»Nicht so, wie ich es gemacht hätte«, sagt Slane, klingt distanziert. »Aber Gary ist unabhängig. Du kannst nicht behaupten, dass es keine Provokation gab.«

Rawson lächelt falsch. »Stellst dich hinter ihn. Klug.«

»Scheiß drauf«, sagt Gary. »Ein Hund ist bloß ein Hund.«

»Stimmt. Und ein Gott ist bloß ein Gott. Aber ein Mensch ist bloß ein Affe.«

»Kann mir nicht vorstellen, dass Sutton das gut aufgenommen hat.«

»Das stellst du dir richtig nicht vor, Christopher. Vielleicht weißt du, was einem Mann wie Sutton sein Hund wert ist.«

Rawson schraubt den Deckel ab und nimmt den vorletzten Schluck Whisky, den die Flasche zu bieten hat. »Trockene Stelle im Rachen, ungefähr halb so groß wie eine Briefmarke. Persönliches Dürrezentrum, erfahrenes Gewebe im Hinblick auf Durst. Das Gefühl, wenn das große Nass aufkommt/ich nenne das Gefühl Kristy.«

»Geht es darum?«

»Ich bin zu der Ansicht gelangt, dass es immer um alles geht. Kann es denn anders sein? Als ich klein war, ist mein Dad mit mir zum Strand und hat mir gezeigt, wie man surft. Er hat gesagt, das Wichtigste ist, wenn die Brecher kommen, dass man nicht mit halbem Tempo drauffährt. Wenn man mit halbem Tempo drauffährt, verletzt man sich. Ein oder zwei Jahre später war's Fußball/dieselbe Regel.«

»Scheiß Erinnerungsduselei«, sagt Gary Pterodactyl.

»Sei nachsichtig mit mir. Mein Dad war insgesamt nicht der Typ für gute Ratschläge, deshalb habe ich diesem Prinzip übermäßig großes Gewicht beigemessen: Je härter man draufhält, desto besser ist man. Aber was fürs Tackling und fürs Surfen galt, gilt nicht immer fürs Leben. Das Leben zieht nie den Kürzeren, Gary – nur du. Wenn ich alles noch mal machen könnte, als ich selbst oder als jemand anders, würde ich versuchen, ein kleines bisschen geschmeidiger durchzukommen.«

Slane ist geschmeidig: »Du hast Li gesagt, du willst über einen Waffenstillstand sprechen.«

»Alles zu seiner Zeit. Ich weiß, dass du zu tun hast, aber du hast nicht zu viel zu tun, um hier zu sein. Die Tatsache an sich liefert ihren eigenen Beweis.« Rawson drückt auf den Knopf, und Kelly stößt zu ihnen wie ein vierter Gesprächspartner.

Von St Kilda nach …

»Mir gefällt die Rivalität«, sagt Rawson. »Ganz ehrlich. Ist nicht meine Stadt, aber ich verstehe, warum manche drauf schwören. Da fehlt der Schwanzfaktor, Gary.«

»Schwanzfaktor. Du meinst die Schwulen.«

»Nein, du hundemordender arschgesichtiger Bastard, ich meine nicht die Schwulen. Ich meine, dass Städte die Seele vergangener Zeiten wie Schlangenhaut abwerfen, und doch gibt es immer einen in Bernstein gegossenen Augenblick, der sich niemals abschält. Manche Vergangenheiten sind nie vergangen.«

»Wovon zum Teufel redest …«

»Melbourne. Es kann seiner viktorianischen Identität nicht entkommen.«

»Aber das liegt in Victoria«, sagt Gary. »Da liegt es nun mal.«

»Du hast recht. Pterodactyl. Und du irrst dich. Ich bin mit der überhitzten Straßenbahn von Flinders nach G gefahren, und mir fiel es leicht, an eine Zeit zu denken, als Cricket noch jung war. Ich bin sogar verbotenerweise durch das Old Melbourne Gaol spaziert, habe in jeder Ecke Ned zugeflüstert, *ich weiß, dass du noch unter uns bist.«*

»Ich setz mich mit ihm hin«, sagt Slane. »Wenn Sutton Ort und Zeit benennt, setze ich mich mit ihm hin.«

»Sydney hat länger gebraucht, seine eiserne Version zu finden. Schau dir die Träger von Wynyard Crossing an, dann weißt du, wer die Brücke gebaut hat – welche Hände, welche Herzen. Alles davor ist verloren, und danach konnte nichts mehr die Zeit von

Langs Präsidentschaft in den Schatten stellen, Bradman, der für das Land, aus dem er stammt, in Stellung geht.«

»Schau mich nicht so an.«

»Ich schau nicht *dich* an, du verfluchter Fettfleck. Ich schaue *Phar Lap* an.«

»Und du siehst Ärger.«

»Ich weiß, was du denkst, Gaz. *Warum ist er so cool? Ich weiß, er will mich fertigmachen wegen dem Hund.* Die Antwort lautet: Ich bin entspannt.«

»Entspannt.«

»Ich hab dich in der Hand, Terry Sackville.«

»Wir werden sehen.«

»Willst du wissen, was der Unterschied ist zwischen einer Frau und einem Mann?«

»Du hast den Unterschied gerade schon genannt. Der Schwanzfaktor.«

»Der Unterschied ist, dass eine Frau sich verlieben möchte. Sie ist stolz auf diesen Zustand. Anders ist es beim Mann/er wird ihn leugnen, wenn er kann. Aber der Nachweis lässt sich stets finden, wenn Alpha auf Omega trifft.«

»Scheiß drauf. Wir haben verdammt noch mal Besseres zu tun, als …«

»Unter der Wüste lebt eine schreckliche Maschine. Die Amerikaner verwenden sie, um Lichtpartikel zu zertrümmern, herauszufinden, woraus Licht besteht. Es dürfen immer nur zwei rein, und obwohl sie einander nicht erblicken/erblicken sie das Angesicht Gottes.«

»Gottes, hm?«

»Sie suchen nach einer Konstante, die ihre Zweige vereint, aber in drei von hundert Fällen geht das schief. Soll ich dir den Grund verraten?«

»Warum nicht?«

»Der Grund, Gary Pterodactyl, ist, dass zwei der Wissenschaftler heimlich ineinander verliebt sind. Sie sind durch zwei

Fuß Kevlar voneinander getrennt/durch Mauern aus bewusster Unwissenheit. Aber die Zellen in ihren Körpern sprechen miteinander, verzerren Gewebe, begegnen einander wie die beiden lebenswichtigen Arten von Licht. Ein Impuls in meinem spezifischen BAUCH sagt, der Mann wird sie eines Tages verlassen, sich sagen/der Welt, dass er nie wirklich geliebt hat und damit eine revisionistische Sünde begehen.«

»Und was zum Teufel soll das sein?«

»Die Gegenwart wie eine Waffe gegen die Vergangenheit einzusetzen, eine Lüge, die man sich selbst erzählen kann, und den phantastischen Irrtum begehen, sie zu glauben. In Hinblick auf Handlungen, Gary Pterodactyl, ist diese fast so niederträchtig wie das Quälen eines Hundes. *Fiat iustitia pereat mundus.*«

»Fiat?«

»Es möge Gerechtigkeit geschehen, und gehe die Welt darüber zugrunde.«

»Das Arschloch ist korrupt«, sagt Terry Sackville.

»Kann sein«, sagt Slane. Rawson lächelt, als er plötzlich dessen Angst hört.

»Ich bin nicht korrupt«, sagt der Inkrementale kryptisch. »Aber ich bin was anderes.«

»Was?«, fragt Slane.

»Kurz davor, dir eine Geschichte zu erzählen. In ihrem Zentrum steht eine Frau. Natürlich – eine sexy Rothaarige namens Deanna. Ich habe häufig angemerkt, dass sie mir das ein oder andere beigebracht hat. Menschen hören diese Feststellung und kichern; Männer in Kneipen etc. etc. Sie nehmen an, ich spreche von Schlafzimmerkünsten.« Rawson greift nach dem Schlüssel, sein fromm anzüglicher Blick, als das Lied zu Ende geht und sich mit seiner Sehnsucht nach Auflösung mischt. »Ein in Gift getauchtes Herz ist vor Flammen gefeit.«

»Flammen?«

»Beruhigt euch, Jungs. Ist doch allgemein bekannt, dass ich mal was mit einer vom Sprengstoffkommando hatte.«

-4

Bercovitch ist in einer hochrangigen Besprechung in einem hochrangigen Stockwerk, als ohne jede Entschuldigung eine Referentin hereineilt. Sie flüstert ihm ins Ohr, aber noch bevor sie ihre Botschaft übermittelt hat, sind vier Pager angesprungen, klingeln drei Telefone. Zweiundzwanzig Minuten später ist er vor Ort, gefangen in einer Welt grotesker Dringlichkeit. Eine Sirene ist ein brennendes Fahrzeug und verbreitet entsprechende Nachrichten.

Sydney lodert vor Begierde, mehr zu erfahren. Überall Helikopter und die Zufahrtsstraßen dicht: Medien, Schaulustige, ein Dutzend Polizeitransporter. Sie haben die Explosion meilenweit gehört, mindestens über ein Dutzend Straßenecken.

»Im Radio heißt es Gasleitung.«

»Gibt es Verletzte?«

Scheiß auf Verletzte. Wie viele Tote?

Gestaffelte Straßensperren an der Mündung der Ithaca, Krankenwagen kommen dorther – ohne Licht, ohne Sirene –, nach kurzem Verhör wird er mit seinem eigenen Wagen durchgelassen. Bercovitch wird weitergewunken, von Fotografen fotografiert. Das Blitzlichtgewitter, das Kriminelle abbekommen, wenn sie Gerichtsgebäude verlassen: Er trägt dieselbe Grinsemaske zur Schau.

Sechs rote Wasserträger und die Hälfte aller Feuerwehrleute von New South scheiß Wales.

Ihre Helme, ihre Äxte.

»Darüber werden die Leute die nächsten beschissenen zwanzig Jahre reden.«

Bercovitch spürt die Ehrfurcht des Fahrers, gelangt aber zu anderen Schlussfolgerungen. Über nichts reden Leute zwanzig Jahre lang. Das hier wird die Katastrophe des Tages, der Zirkus der Woche, das Ding des Monats, das Ereignis des Jahres.

Danach wird es schnell in den Hintergrund treten, total. Das heißeste Ticket im Staat verliert an Temperatur, seine gesamte frühere Radioaktivität. Uranium wird Thorium, weil Radium zu Blei wird.

»Scheiß Schmeißfliegen.«

Der Fahrer meint die Helikopter. Jetzt ist er auf sicherem Grund. Wo und warum kommen Schmeißfliegen zusammen?

Fleisch, offen unter freiem Himmel.

Er geht in den eingegrenzten Bereich, hält Abstand zwischen sich und den B&R Crews, den Kosmonauten von der Spurensicherung. Er schlendert schweigend umher, nickt bekannten Gesichtern zu.

Es ist nicht sein Zirkus – Daniels ist der Mann in dem großen Zelt, nennt sich Control. Bercovitch ist einfach hier, zu hochrangig, als dass man ihm sagen könnte, er solle sich verpissen, allgemein bekannt als Macquarie-Street-gesalbt.

Wird nicht mehr lange dauern, bis er respektvoll in Kenntnis gesetzt wird.

Die vernarbte Hülle dessen, was vielleicht einmal ein Pintara gewesen sein mag.

Scheiß Belfast: Das Ding wurde gebraten, nach außen gewölbt durch die Wucht des Krampfes, die heftigen Verbrennungen waren innerlich, aber vollständig. Die Schale hängt halb in dem Krater, den sie erzeugt hat, ein Matchbox-Auto, das dem falschen, wahnsinnigen Kind verkauft wurde.

Ja: Ein vorüberziehender Riese hat es aufgehoben und dem Feuer übergeben, ihm mit Gewalt das Rückgrat verbogen, mit groben und brutalen Mitteln.

Weiter weg, rechts, ein zweites Zelt, Sanitäter und eingeschworene Personen gehen rein und raus, alle sind sie den starrenden

Blicken der Schaulustigen in weiter Ferne auf den Balkonen der Apartmentgebäude ausgesetzt. Es ist die Sorte Zelt, das um eine Leiche herum aufgeschlagen wird, um die Beweismittel vor dem Wetter zu schützen, die abscheulichen Einzelheiten vor inoffiziellen Blicken zu verbergen.

Der Polizist bringt Bercovitch auf den aktuellen Stand: Erste Vermutung ist, der Fahrer und der Mann hinten waren sofort tot. Mehr oder weniger. Der andere, auf dem Beifahrersitz vorne – na ja, er hat weniger von der Explosion abbekommen. Hat noch gelebt, als ihn der Amboss traf.«

»Aber nicht überlebt.«

»Achtzig Prozent Verbrennungen ersten Grades.«

»Okay. Dann war's wohl besser so.«

»Tausendprozentig.«

»Trotzdem ein scheußlicher Tod.«

Bercovitch hat sein Handy im Auto gelassen. Absichtlich. Ruhe im Auge des Sturms/man lernt es zu kultivieren. Er geht näher an das Wrack heran, zufrieden, dass der Polizist ihm folgt. Aktenkoffer. Die Umrisse von zwei Leichen mit geschwärzten Schädeln, die Münder weit geöffnet und aufgetrieben, ein Zusammenschluss von der Hitze gekreuzigter Seelen. Sind sie miteinander verschmolzen ins Jenseits gegangen? »Der Kriminaltechniker sagt, der Mann hinten ist Chris Slane.«

»*Wie bitte?*«

»Ja – vor zehn Minuten hat er seine Brieftasche rausgefischt. Alles geschmolzen, aber den Führerschein kann man noch lesen.«

»Du lieber Gott … und der Fahrer?«

»Unbekannt. Tavish macht eine Aussage gegenüber Daniels.«

»Tavish?«

»War vor Ort, Sir. Hat den Wagen beschattet.«

Bercovitch dreht sich um. »Alleine?«

»Negativ. Karen Millar – sie ist auf dem Weg ins St Vincent's. Offenbar wollte sie zum Wagen gehen, als er hochgegangen ist, am Rande hat es sie mit erwischt.«

Der Chief Inspector schaut an dem Hilfsbeamten vorbei, vorbei an den gestreiften Epauletten zu einem Wassergarten, aus dem ein einziger Vogel aus der Dunkelheit auftaucht, aus Sydney. Eine Kreatur zum Waten geschaffen, zum Nächtlichen-Flügel-Ausbreiten wie ein Zauberer, der seine Zauberkraft verloren hat, nicht aber sein Leben, ein pantomimischer Geist, der niemanden erschreckt/seine ganzen Zauberkunststücke sind vergebens. Die perfekte S-Kurve des grauherzigen Schwans, der über den gläsernen Hafen gleitet und seinen eleganten Freund auf dem Wasser fragt, ob es sich gelohnt hat – dieser himmellose Handel, dieser faustische Schlamassel.

»Du sagst, Karen war in der Sprengzone?«

»Hat sie schwer erwischt, Sir. Die schätzen fünfzig fünfzig.«

»Nein. Nein.«

»Fünfzig fünfzig, vielleicht ein bisschen weniger.«

-5

Ist schon eine komische Wüste.

Die Wochen vergehen in Minuten, die heiße trockene Welt dreht sich im kosmischen Schnellvorlauf – Mond und Sonne und wieder Mond, ein rasanter, sich wiederholender Kreislauf.

Die wahnsinnig ineinander verlaufenden Farben werden rhythmisch, hypnotisch, aber es ist nie genug Zeit, sie zu benennen. Die Schöpfung ist zu reich, zu promisk.

Er ist sich nicht sicher, ob er in drei Dimensionen existiert.

Die Wand war immer schon da, eine Felswand, die seinen nördlichen Horizont erfüllt. Sie hat das Aussehen von etwas, das tabu ist. Gigantische Buchstaben treiben umher, sprechen eine Warnung in blauer Tinte aus.

ICH HAB FRIDEN …

In Orange raussetzen.

»Ha, schönes Schild. Meinst du, das ist so gemeint?«

»Warum nicht? Weißt du noch, wie Muggins damals in Berowra aufgewacht ist? Um zwei Uhr früh, wir mussten hin und sie holen.«

»Wieso *wir?*«

»Komm schon – schüttel ihn.«

»Mich brauchst du nicht anschubsen, schubs *ihn* an.«

Er kann etwas mit diesen Worten anfangen, aber sie können nichts mit ihm anfangen. Er ist bereits wach.

Oder nicht? Er öffnet die Augen und die ganze strahlend helle Welt.

Bäume und Schuppen; jemand hat den Sand vertrieben. Die tief am Himmel stehende Sonne scheint durch ein grüngetöntes Fenster, und er wartet darauf, dass sie innerhalb weniger Augenblicke untergeht. Stattdessen bleibt sie stehen, belagert in rot sumpfigem Dunst, satt durchtränkt/neigt sie sich zum Rückzug. Er theoretisiert angstfrei, dass das Universum auf ein aberwitziges Tempo beschleunigt, geplatzt ist.

Der Raum kommt jetzt besser in den Blick. Es ist durch die Landschaft gestreift, die Australien wurde, und er sieht sie durch Tränen, durch Augen voller Schlaf. Der Mann blinzelt und schaut seinen einen gesunden Flügel an, und dann versteht er.

ICH HAB FRIDEN.

Die Mauer. Es ist nur sein Arm.

»Sie sind da.«

Er schaut zum Ursprung des Geräuschs und sieht ein starkes und altes Gesicht. Blaue Uniform/Zugbegleiter. »Dachte, ich muss zurückkommen und Sie schütteln.« Der Rat bedeutet nichts, aber er begreift die Notwendigkeit, sich zu erheben, zu gehen.

Der Mann würgt, schafft es aber, sich aufzurichten, wird von wahnsinnig wirbelnden Gewässern aus dem Gleichgewicht gebracht.

»Vergessen Sie Ihren Freund nicht.«

»Niemals.«

Ein Griff presst gegen Finger, Sutton lässt die Transportbox beinahe fallen, weil er mit dem Gewicht nicht gerechnet hat. Er neigt den Kopf, um durch das Gitter zu schauen, sieht einen Haufen schlafende Orangenmarmelade.

Der bekaterte Mann geht unstet über den Bahnsteig, bewegt sich geisterhaft an Deck großer wogender Schiffe. Schiffe, die Vorfahren herbrachten, Urahnen. Helligkeit trifft Sutton mitten im Nirgendwo, und er ist alleine, alleine … aber dann wird der Frieden vollständig, ihr Klang eine Musik, die einst der Vergangenheit angehörte, aber jetzt die Zukunft sein wird. Herrchen fällt Susan in die Arme, und es gibt keinen Schmerz, nicht mehr – nur eine abgenutzte, ländliche Erinnerung, die ewig am Stahl entlanghallt.

Danksagung

Bei der Veröffentlichung dieses Romans war die redaktionelle Beratung durch Alaina Gougoulis klug, gerecht und unverzichtbar; AG, mein beständiger Dank. Ähnlich dankbar bin ich der kleinen, aber einzigartigen Truppe bei Text Publishing.

Toni Jordan, eine unverbesserliche Förderin der Karrieren anderer, war auch im vorliegenden Fall am Werk; sie hat verfochten, sie hat beraten. Einige echte Alpha Betas waren Karen Abey, Jenny Kaldor und Edoardo Bigazzi – sie standen mir mit großzügigem Rat zu späteren Entwürfen bei (die früheren wurden N. Clarke, A. Foley und T. Lunney zugemutet, die alle gnädig reagierten). Meinem eisernen Leser, Bobby Hunt – danke, Bruder.

Jim Greenall und Margaret Guest, denen dieses Werk gewidmet ist, schenkten uneingeschränkte Liebe und Unterstützung im Zuge seiner Entwicklung. Dasselbe gilt für die von der einzigartigen Joan O'Shea geleitete Kooloona Crew und bevölkert von hervorragenden Spürhunden: Scamp, Quentin, Georgie Best. Richard Redman, Michael O'Connor und Davey Higgins stellten mir Räume zum Arbeiten zur Verfügung, und ich bin Clementine Marcq für ihr Französisch und ihr musikalisches Können zu Dank verpflichtet.

Ein letzter Dank an CHH, für die Entstehung dieses Buches ganz entscheidend.